60 ANOS

TRADIÇÃO EM
COMPARTILHAR
CONHECIMENTO

CLÁSSICOS ZAHAR
em EDIÇÃO BOLSO DE LUXO

Persuasão
Jane Austen

A Bela e a Fera*
Madame de Beaumont, Madame de Villeneuve

Sherlock Holmes (9 vols.)
Arthur Conan Doyle

As aventuras de Robin Hood
O conde de Monte Cristo
Os três mosqueteiros
Alexandre Dumas

O corcunda de Notre Dame
Victor Hugo

O ladrão de casaca*
Maurice Leblanc

O Lobo do Mar
Jack London

Rei Arthur e os cavaleiros da Távola Redonda
Howard Pyle

O pequeno príncipe*
Antoine de Saint-Exupéry

Drácula
Bram Stoker

20 mil léguas submarinas
A ilha misteriosa
Jules Verne

Títulos disponíveis também em edição comentada e ilustrada
(exceto os indicados por asterisco)
Veja a lista completa da coleção no site zahar.com.br/classicoszahar

Jules Verne

A ILHA MISTERIOSA

Tradução:

ANDRÉ TELLES

ZAHAR

Título original: *L'Île mystérieuse*

Jorge Zahar Editor Ltda.
rua Marquês de S. Vicente 99 – 1º | 22451-041 Rio de Janeiro, RJ
tel (21) 2529-4750 | fax (21) 2529-4787
editora@zahar.com.br | www.zahar.com.br

Grafia atualizada respeitando o novo
Acordo Ortográfico da Língua Portuguesa

Ilustrações: Jules Férat (1819-19??), gravadas por Charles Barbant (18??-1922)
para a edição de 1875 de *A ilha misteriosa* (Paris, Hetzel)

Consultoria: Vítor Tinoco (Parte 1, cap.14)
Revisão: Mônica Surrage, Nina Lua
Projeto gráfico: Carolina Falcão
Capa: Rafael Nobre/Babilonia Cultura Editorial

CIP-Brasil. Catalogação na publicação
Sindicato Nacional dos Editores de Livros, RJ

Verne, Jules, 1828-1905
V624i A ilha misteriosa/Jules Verne; tradução André Telles. – 1.ed. – Rio de Janeiro: Zahar, 2017.
il. (Clássicos Zahar)

Tradução de: L'Île mystérieuse
ISBN 978-85-378-1673-8

1. Ficção francesa. I. Telles, André. II. Título. III. Série.

CDD: 843
17-40466 CDU: 821.133.1-3

SUMÁRIO

APRESENTAÇÃO

NASCIDO EM 1828, em Nantes, cidade portuária na região francesa da Bretanha, Jules Verne ainda muito jovem foi marcado pela leitura de dois romances: um que já era clássico em sua época, *Robinson Crusoé* (1719), do escritor inglês Daniel Defoe, e outro então mais recente porém de grande sucesso, *Os Robinsons suíços*, do pastor suíço Johann David Wyss. Em ambos, os personagens naufragam em terras isoladas e desertas, tendo de reconstruir a civilização a partir do nada.

Arrebatado por esses livros, Jules Verne foi aos poucos se encontrando como escritor, não sem antes ter de enfrentar a pressão do pai para que seguisse a carreira de advogado.

Com o editor Pierre-Jules Hetzel (1814-86), estabeleceu a parceria que iria mudar sua vida. Hetzel participou ativamente da elaboração e desenvolvimento de quase todos os seus livros. O primeiro trabalho que fizeram juntos foi o conhecido *Cinco semanas em um balão* (1863). Logo em seguida, em março de 1864, Hetzel lançava o primeiro número da *Magasin d'Éducation et de Recréation*, revista metade didática, metade paradidática. Nessa última metade, numa seção intitulada "Viagens Extraordinárias", os romances de Verne, entre eles *Viagem ao centro da Terra* (1864) e *20 mil léguas submarinas* (1869), seriam ininterruptamente publicados até 1886, ano da morte do editor. Primeiro na revista, em folhetim, e depois em volumes independentes, tais aventuras o transformariam no clássico que é hoje e imortalizariam a parceria com Hetzel.

Em 24 de março de 1905, às oito horas da manhã, Jules Verne morreu de uma última crise de diabetes e paralisia, em Amiens.

A ilha misteriosa parte da seguinte situação: na época da Guerra Civil Americana, arrastados pelos ares num balão desgovernado e posteriormente rasgado por um furacão, cinco "náufragos do ar" vão parar numa ilha deserta do Pacífico Sul. Estes personagens, que irão compor a alegoria reduzida da humanidade, são os seguintes: Gedeon Spillet, um jornalista, cronista de aventura e homem de ação, dotado de conhecimentos de medicina e grande destreza; Nab, o empregado negro, que leva ao extremo a virtude da fidelidade e admira seu patrão com uma humildade comovente; Bonadventure Pencroff, um marujo emotivo, espontâneo, grande trabalhador e um espírito essencialmente prático; Harbert Brown, o filho adotivo adolescente de Pencroff que vive ao longo do livro uma intensa experiência de passagem para a vida adulta; e, por fim, o engenheiro sério e reflexivo Cyrus Smith. Como se vê, um grupo de múltiplos e complementares talentos.

Uma vez na ilha, o pequeno núcleo de colonos irá, em poucos e acelerados anos, refazer toda a longa trajetória da civilização, da pré-história aos tempos modernos, do domínio do fogo à fabricação de nitroglicerina, dos primeiros artefatos à pilha elétrica, da cerâmica rudimentar à instalação de um elevador e de um telégrafo, sem deixar de passar pelo advento da agricultura e da pecuária.

Em seu esforço para dominar a natureza selvagem, os colonos recebem também ajudas misteriosas e inimagináveis numa ilha a princípio deserta. Sua luta pela sobrevivência é, portanto, acrescida de uma inquietude nova, ligada aos pressentimentos e depois à certeza de uma entidade oculta na ilha, cujos sinais, mais evidentes a cada dia, impõem-se pouco a pouco.

Verne escreveu *A ilha misteriosa*, publicado na revista *Magasin d'Éducation et de Recréation*, entre 1º de janeiro de 1874 e 15 de dezembro de 1875.

Esta é uma versão reduzida da apresentação de Rodrigo Lacerda para *A ilha misteriosa: edição comentada e ilustrada*, publicado pela Zahar em 2015.

Frontispício da primeira edição, 1875

PRIMEIRA PARTE

Os náufragos do ar

I

O ciclone de 1865 • Gritos nos ares • Um balão viaja no olho de um furacão • A lona rasgada • Nada, só mar • Cinco passageiros • O que se passa no cesto • Terra à vista • O desfecho do drama

– VOLTAMOS A SUBIR?

– Não! Ao contrário! Estamos descendo!

– Pior, sr. Cyrus! Estamos caindo!

– Não é possível! Jogue fora o que resta de lastro!

– Acabo de esvaziar o último saco!

– O balão subiu?

– Não!

– Ouço barulho de ondas!

– O mar está logo abaixo do cesto!

– Pelos meus cálculos, a menos de cento e cinquenta metros!

Então uma voz poderosa rasgou os ares para dizer:

– Livrem-se de tudo que tem peso...! Tudo! E entreguemo-nos a Deus!

Eram estas réplicas que retiniam no ar, por sobre o vasto deserto de água do Pacífico, em torno das quatro horas da tarde do dia 23 de março de 1865.

Decerto todos se lembram do terrível vendaval de nordeste deflagrado em pleno equinócio daquele ano, ocasião em que o barômetro caiu a setecentos e dez milímetros. O furacão, pois se tratava de um, estendeu-se de 18 a 26 de março, sem trégua. As devastações por ele produzidas, na América, na Europa e na Ásia, espraiaram-se num raio de três mil quilômetros, o qual se desenhava obliquamente no equador desde o paralelo 35 norte até o paralelo 40 sul! Cidades arrasadas, florestas desenraizadas, praias invadidas por trombas-d'água que se precipitavam como maremotos, navios encalhados, centenas segundo os registros do Bureau Véritas, territórios inteiros nivelados por aguaceiros que pulverizavam tudo em sua passagem, milhares de pessoas dizimadas na terra ou engolidas pelo mar: foram estes os testemunhos de furor que o incomensurável furacão deixou após sua passagem. Em matéria de desastre, o cataclismo superava os que haviam destruído Havana e Guadalupe, a primeira em 25 de outubro de 1810, a segunda em 26 de julho de 1825.

Ora, justo no momento em que tantas catástrofes golpeavam terras e mares, um drama, não menos instigante, desenrolava-se nos ares conturbados.

Com efeito, um balão, carregado feito uma bolha na crista de um ciclone e absorvido pelo movimento giratório da coluna de ar, atravessava o espaço a uma velocidade de noventa milhas por hora,* girando sobre si mesmo, como se capturado por algum *maëlstrom* aéreo.

Abaixo do apêndice inferior desse balão, via-se um cesto desgovernado, contendo cinco passageiros, praticamente invisíveis em meio aos densos vapores misturados a água pulverizada que se propagavam até a superfície do oceano.

De onde vinha aquele aeróstato, verdadeiro joguete da monstruosa tempestade? De que ponto do mundo se lançara? Evidentemente não pudera partir durante o furacão. Ora, o furacão já durava cinco dias, seus primeiros sintomas tendo se manifestado no dia 18. Haveria motivos para crer que vinha de muito longe, uma vez que não poderia ter avançado mais de três mil e duzentos quilômetros por dia?

Uma coisa, entretanto, era certa: não dispunham de nada que pudesse ajudá-los a calcular a rota percorrida desde a partida, visto

* Ou seja, 46m/s ou 166km/h (aproximadamente 42 léguas de 4 quilômetros). (Nota do autor)

haverem perdido todo e qualquer ponto de referência. Carregados pela fúria da tempestade, não estava excluída a possibilidade de que não a sentissem, fato por certo curioso. Girando sobre si mesmos, avançavam sem nada perceber de tal rotação ou de seu deslocamento horizontal. A espessa camada de nuvens acumulada sob o cesto era uma cortina indevassável. Não se via nada. A própria opacidade das nuvens era tão intensa que impedia saber se era dia ou noite. Enquanto haviam se mantido nas zonas elevadas, em meio à imensidão escura, nenhum reflexo luminoso, rumor de terras habitadas ou bramido do oceano chegara até eles. Só a descida vertiginosa dava-lhes a medida dos perigos que corriam acima das águas.

O balão, contudo, livre dos objetos pesados, como armas, munições e mantimentos, voltara a ascender às camadas superiores da atmosfera, alcançando mil e trezentos metros. Os passageiros, vendo abaixo o mar e julgando os perigos dos ares menos temíveis que os das águas, não haviam hesitado em lançar fora inclusive itens de primeira necessidade, dispostos a não desperdiçar mais um grama daquele gás, alma do artefato que os mantinha acima do abismo.

A noite transcorreu em meio a inquietudes que teriam sido mortíferas para almas menos enérgicas. Na madrugada, o furacão indicou uma tendência de moderação e, ao amanhecer daquele 24 de março, notaram-se alguns sinais de arrefecimento, com os vapores mais vesiculares subindo novamente para as camadas superiores. Em poucas horas, o ciclone se dissipou e arrebentou. A intempérie, do estado de furacão, passou ao de borrasca, isto é, a velocidade de translação das camadas atmosféricas caiu pela metade, gerando o que os marinheiros chamam de um “vento de três rizes”. O que não deixou de representar uma sensível melhora na convulsão dos elementos.

Por volta das onze horas, as camadas inferiores ganharam certa transparência. Da atmosfera, emanava aquela limpidez úmida que se dá a ver e sentir após a passagem das grandes intempéries. O furacão parecia não ter continuado sua carreira para oeste, e sim se dissolvido por si mesmo, propagando-se em ondas elétricas, como costuma acontecer com os tufões do oceano Índico.

Em compensação, por volta desse horário foi possível constatar que o balão voltava a descer, lentamente e num movimento contínuo. Parecia inclusive murchar aos poucos, a lona esgarçando-se ao se distender e passando da forma esférica à oval.

Ao meio-dia, o aeróstato deslocava-se a ínfimos seiscentos metros de altura acima do nível do mar. Graças à sua grande capacidade, mil e quatrocentos metros cúbicos, conseguira manter-se por um longo tempo no ar, ora atingindo grandes altitudes, ora deslocando-se horizontalmente.

Foi nessa conjuntura que os passageiros se desfizeram dos últimos objetos que sobrecarregavam o cesto, desde os poucos víveres que ainda restavam até os minúsculos utensílios que recheavam seus bolsos, enquanto um deles, subindo até o aro para onde convergiam as cordas da rede, tentava prender com firmeza o apêndice inferior do aeróstato.

Era patente que não conseguiam mais manter o balão nas zonas elevadas e que o gás acabara!

Estavam perdidos!

Com efeito, não era um continente, uma ilha que se estendia abaixo deles. O espaço não continha qualquer ponto de aterrissagem, sequer uma superfície sólida em que uma âncora enganchasse.

Era o oceano, imenso, varrido por ondas de inaudita violência! Era o oceano, sem limites visíveis, até mesmo para eles, que o dominavam das alturas e cujos olhares nesse momento abrangiam um raio de quarenta milhas! Era a planície líquida, espancada sem misericórdia, chicoteada pela borrasca, a qual eles decerto viam como um tropel de vagalhões em fúria, sobre os quais teria sido lançada uma vasta rede de cristas brancas! Nenhuma terra à vista, nenhum sinal de navio!

Era imperioso, portanto, deter o movimento descensional e impedir que o aeróstato fosse engolido pelas ondas. E, naturalmente, era a essa operação capital que se dedicava a tripulação. Contudo, apesar de tais esforços, o balão continuava a descer, ao mesmo tempo que avançava vertiginosamente, seguindo a direção do vento, isto é, nordeste-sudoeste.

Situação terrível a daqueles desafortunados! Não sendo mais senhores do aeróstato, todas as suas tentativas revelavam-se infrutíferas. O balão murchava. O fluido escapava inelutavelmente. O ritmo da descida acelerava a olhos vistos e, à uma da tarde, o cesto despencou para uma altitude de cento e oitenta metros acima do oceano.

Quanto ao escapamento do gás, que saía aos borbotões por um rasgo da lona, impossível vedá-lo.

Aliviando o cesto de todos os objetos que ele continha, os passageiros haviam conseguido prolongar sua navegação por algumas horas. Isso, no entanto, somente adiava a catástrofe e, se alguma língua de terra não surgisse antes do anoitecer, pessoas, cesto e balão desapareceriam definitivamente nas águas.

Os passageiros do aeróstato, homens indubitavelmente enérgicos, que sabiam encarar a morte de frente, tentaram então executar a única manobra ainda possível. Nenhum murmúrio escapava de seus lábios, decididos que estavam a lutar até o último segundo, a fazer de tudo para retardar a queda fatal. O cesto não passava de uma caixa de vime, imprópria para boiar e, se porventura caíssem, não haveria como mantê-la à tona.

Às duas horas, o aeróstato encontrava-se apenas cento e vinte metros acima das águas.

Nesse momento, a voz soberana e inquebrantável de um dos homens arriscou uma pergunta. A ela, responderam vozes não menos enérgicas.

– Nos livramos de tudo?

– Não! Ainda temos dez mil francos em ouro!

Um saco pesado caiu imediatamente no mar.

– O balão subiu?

– Um pouco, mas não tardará a descer de novo!

– O que restou para jogar fora?

– Nada.

– Esperem...! O cesto!

– Agarremo-nos à rede! E sacrifiquemos o cesto ao mar!

Era, com efeito, o único e último meio de prolongar a vida do aeróstato. As cordas que o prendiam ao aro foram cortadas e o balão, após a queda do cesto, subiu aproximadamente seiscentos metros.

Os cinco passageiros haviam se içado para a rede acima do aro, e, agarrando-se à trama das malhas, contemplavam o abismo.

A sensibilidade estática de um aeróstato é um fato conhecido. Basta aliviá-lo de qualquer peso, por mais insignificante que este seja, para impulsioná-lo verticalmente. Flutuando nos ares, ele se comporta como uma balança de precisão matemática. Nada mais natural, portanto, que, aliviado de um peso relativamente significativo, ele seja como que catapultado. Foi o que aconteceu.

Contudo, após equilibrar-se por um instante nas zonas superiores, o balão começou a cair novamente. O gás escapava inelutavelmente pelo rasgo.

Os passageiros haviam esgotado seus expedientes. Nenhuma astúcia humana era capaz de salvá-los agora. Só lhes restava a ajuda divina.

Às quatro horas, o balão balançava a apenas cento e cinquenta metros da superfície das águas.

Um latido inteligente fez-se ouvir. Um cão acompanhava os passageiros e agarrava-se a seu dono nas malhas da rede.

– Top viu alguma coisa! – exclamou um dos passageiros.

Logo em seguida, uma voz imponente dava o alerta:

– Terra! Terra!

Desde o amanhecer, o balão, que o vento continuava a arrastar para sudoeste, percorrera uma distância considerável, que já perfazia centenas de quilômetros, e, de fato, uma nesga de terra montanhosa acabava de apontar naquela direção.

Para alcançá-la, contudo, cinquenta quilômetros a sotavento, precisavam, no mínimo, de uma hora, e isso com a condição de não desviarem da rota. Uma hora! O balão não se esvaziaria antes disso, perdendo todo o combustível que lhe restava?

Eis a terrível pergunta! Os passageiros já tinham diante dos olhos aquele ponto sólido, que urgia alcançar a todo custo. Ignoravam o que era, ilha ou continente, visto mal saberem para que confim do mundo o furacão os arrastara! Porém, habitado ou não, hospitaleiro ou não, era crucial aterrissarem!

Às quatro horas, o balão já não se sustinha mais no ar, roçando na superfície das águas. Como a crista das ondas gigantes já lambera diversas vezes a parte inferior da rede, tornando-a mais pesada, o aeróstato, qual um pássaro com um chumbo na asa, lutava desesperadamente para manter-se no ar.

Meia hora depois, com a extensão de terra a apenas dois quilômetros, o balão, esgotado, flácido, murcho, encarquilhado, não continha mais gás senão em sua parte superior. Agarrados à rede, os passageiros ainda constituíam um grande peso para ele e, dali a pouco, com água já na cintura, passaram a ser fustigados pelos vagalhões furiosos. O envelope de lona do aeróstato formou uma concha e, com o vento enfunando-a, o que restava do balão foi impelido qual um veleiro. Quem sabe assim não se abeirava da costa!

Ora, estava ele a menos de quatrocentos metros da areia quando, saídos simultaneamente de quatro peitos, ressoaram gritos terríveis. O balão, que parecia incapaz de voltar a subir, acabava de dar um pinote inesperado, após ser golpeado por uma verdadeira bofetada das águas. Como se de súbito aliviado de uma parte extra de seu peso, ascendeu então a uma altitude de quatrocentos e cinquenta metros, encontrando nesse patamar uma espécie de corrente de vento que, em vez de levá-lo direto à costa, impeliu-o numa direção quase paralela. Por fim, dois minutos mais tarde, aproximou-se obliquamente da areia da praia, na qual, fora do alcance das ondas, encalhou.

Ajudando-se uns aos outros, os passageiros conseguiram desvencilhar-se das malhas da rede. Livre do peso, o balão foi de novo capturado pelo vento, qual um pássaro ferido e momentaneamente reanimado, e desapareceu no espaço.

O cesto transportara cinco passageiros humanos, além do cão, e o balão lançara apenas quatro na praia.

Tudo indicava que o passageiro ausente fora carregado pelo vagalhão que acabava de golpear a rede, o que permitira ao aeróstato, mais leve, ganhar um sobrevoo e, instantes depois, alcançar a terra.

Tão logo os quatro náufragos – podemos chamá-los assim – pisaram o solo, pensando no companheiro ausente, exclamaram:

– Ele chegará a nado! Vamos salvá-lo!

2

Um episódio da guerra de Secessão • O engenheiro Cyrus Smith • Gedeon Spilett • Nab • O marujo Pencroff • O jovem Harbert • Uma proposta inesperada • Encontro às dez da noite • Partida durante a tempestade

NÃO ERAM NEM AERONAUTAS profissionais, nem aficcionados de expedições aéreas que o furacão acabava de lançar naquela costa, e sim prisioneiros de guerra, cuja audácia levara a evadirem-se em circunstâncias extraordinárias. Estiveram cem vezes à beira da morte! Por cem vezes seu balão rasgado esteve prestes a atirá-los no abismo! Os céus, contudo, reservavam-lhes um estranho destino e, no dia 20 de março, após fugirem de Richmond, sitiada pelas tropas do general Ulysses Grant, achavam-se a onze mil quilômetros da capital da Virgínia, principal praça-forte dos separatistas durante a terrível guerra de Secessão. Já fazia cinco dias que cruzavam os ares.

Eis, a propósito, as circunstâncias curiosas em que se dera a fuga dos prisioneiros – fuga que viria a resultar na catástrofe que descrevemos.

Em fevereiro desse mesmo ano de 1865, durante um dos malogrados ataques-relâmpago lançados pelo general Grant no intuito de apoderar-se de Richmond, diversos oficiais sob seu comando caíram em poder do inimigo e foram proibidos de deixar a cidade. O mais eminente desses prisioneiros de guerra integrava o estado-maior geral e chamava-se Cyrus Smith.

Nascido em Massachusetts, Smith era engenheiro, além de cientista de primeira linha, a quem o governo da União, durante a guerra, confiara a direção das ferrovias, de inquestionável valor estratégico.

Autêntico ianque, magro, ossudo, longilíneo, na casa dos quarenta e cinco anos, já encanecia no cabelo, cortado rente, e na barba, da qual conservava apenas um basto bigode. Possuía uma bela cabeça "numismática", pronta para ser cunhada em medalha, olhos sanguíneos, a boca séria, o perfil de um cientista da escola pragmática. Iniciou a carreira de engenheiro batendo martelo e picareta, tal como um general inicia a sua como soldado raso. Portanto, além do conhecimento técnico, possuía uma habilidade manual fora do comum. Seus músculos exibiam notáveis sinais de tonicidade e, verdadeiro homem de ação e pensamento, agia sem esforço, impelido por ampla expansão vital, transparecendo em seus atos aquela pertinácia que desafia toda má sorte. Muito instruído, pragmático, "traquejado", para empregar uma palavra do jargão militar, era um temperamento soberbo, pois, além de senhor de si em quaisquer circunstâncias, preenchia no mais alto grau estas três condições, cujo conjunto determina a energia humana: atividade mental e física, impetuosidade e força de vontade. E sua divisa poderia ser a de Guilherme de Orange no século XVII: "Não esperar para empreender, nem triunfar para perseverar."

Cyrus Smith era igualmente a coragem em pessoa, tendo participado de todas as batalhas da guerra de Secessão. Começando, sob o comando de Ulysses Grant, nos voluntários de Illinois, batera-se em Paducah, Belmont, Pittsburg-Landing, no cerco de Corinth, em Port Gibson, Rio Negro, Chattanooga, Wilderness, no Potomac, em todas as circunstâncias, valentemente, como digno soldado do general que declarava: "Jamais contabilizo os meus mortos!" E, por diversas vezes, Cyrus Smith esteve por ingressar no efetivo daqueles que o terrível Grant não contabilizava, porém nessas escaramuças, em que ele não se poupava, a sorte vinha sempre o favorecendo, até o momento em que foi ferido e feito prisioneiro durante a batalha de Richmond.

Junto com Cyrus Smith, e no mesmo dia, outro personagem importante caía nas mãos dos sulistas. Este era ninguém menos que o ilustre Gedeon Spilett, "repórter" do *New York Herald*, enviado na

Ninguém menos que o ilustre Gedeon Spilett.

condição de correspondente a fim de acompanhar as peripécias da guerra junto aos exércitos do Norte.

Gedeon Spilett pertencia à linhagem desses intrépidos cronistas ingleses ou americanos, Stanley e outros, a quem nada faz recuar se o que está em jogo é conseguir um furo e passá-lo à sua gazeta nos prazos mais exíguos. Os jornais da União, como o *New York Herald*, constituem verdadeiras potências, e seus delegados são representantes influentes. Gedeon Spilett distinguia-se na linha de frente desses delegados.

Homem de muitas virtudes, enérgico, dinâmico e disposto a tudo, fervilhante de ideias, tendo corrido o mundo inteiro, soldado e artista, eloquente no conselho, resoluto na ação, indiferente à lida, ao cansaço e ao perigo quando se tratava de investigar um fato, para ele primeiro e para o seu jornal depois, verdadeiro herói da curiosidade, da informação, do inédito, do desconhecido e do impossível, Spilett era um desses intrépidos observadores que escrevem em meio ao tiroteio, "apuram" sob os obuses, e para quem todos os riscos são bem-vindos.

Participara igualmente, na linha de frente, de todas as batalhas, e, com o revólver em uma das mãos e o bloquinho na outra, o canhoneio não fazia seu lápis tremer. Não cansava os fios com telegramas inoportunos como alguns, que falam sem ter nada a dizer; cada notícia que passava, curta, precisa e clara, jogava luzes num aspecto importante. Aliás, humor era coisa que não lhe faltava. Foi Spilett que, após a batalha de Big Black River Bridge, querendo a todo custo garantir seu lugar no guichê do posto telegráfico a fim de comunicar ao jornal o resultado da refrega, telegrafou durante duas horas os primeiros capítulos da Bíblia. Isso custou dois mil dólares ao *New York Herald*, mas o jornal conseguiu dar o furo.

De alta estatura, Gedeon Spilett tinha no máximo quarenta anos. Suíças louras puxando para o ruivo emolduravam-lhe o rosto. O olhar era sereno, embora atento e rápido quando exigido. Olho de homem acostumado a captar num átimo todos os detalhes de um horizonte. Uma compleição sólida, forjada sob todos os climas qual uma barra de aço temperada na água fria.

Fazia dez anos que Gedeon Spilett era correspondente exclusivo do *New York Herald*, que ele enriquecia não só com reportagens, mas também com desenhos, pois manuseava o lápis tão bem como a pena. Quando caiu prisioneiro, trabalhava na descrição e no desenho de uma batalha. As últimas palavras registradas em seus apontamentos foram: "Um sulista me aponta a arma na cara e..." E o disparo errou o alvo, pois, obedecendo a um hábito incorrigível, Gedeon Spilett saiu do episódio sem um arranhão.

Cyrus Smith e Gedeon Spilett, que só se conheciam de nome, foram ambos transferidos para Richmond. O ferimento do engenheiro cicatrizou rapidamente e, durante a convalescença, ele e o repórter terminaram por se aproximar. Simpatizando e admirando-se mutuamente, os dois homens logo estabeleceram um objetivo comum: fugir, reintegrar o exército de Grant e voltar a combater em suas fileiras pela unidade federal.

Embora Richmond se encontrasse sob severa vigilância e uma fuga parecesse impossível, os dois americanos, que tinham autorização para circular pela cidade, estavam decididos a agarrar a primeira oportunidade. Nesse ínterim, o criado de Cyrus Smith, devotadíssimo ao patrão, foi ao seu encontro. Esse intrépido indivíduo era um preto nascido na propriedade do engenheiro, de pai e mãe escravos, mas que desde cedo Cyrus Smith, abolicionista de razão e coração, alforriara. O escravo, livre, não quis abandonar o patrão, amando-o a ponto de dar a vida por ele. Era um rapaz de trinta anos, forte, ágil, habilidoso, inteligente, doce e sossegado, às vezes ingênuo, sempre risonho, solícito e generoso. Chamava-se Nabucodonosor, mas só atendia pelo apelido sonoro e familiar de Nab.

Tão logo soube que o patrão caíra prisioneiro, Nab deixou Massachusetts e partiu para a região de Richmond, onde, usando de astúcia e habilidade e arriscando vinte vezes a vida, conseguiu penetrar na cidade sitiada. Impossível descrever a satisfação de Cyrus Smith ao rever o criado e a alegria de Nab ao reencontrar o patrão.

Contudo, se Nab conseguira penetrar em Richmond, sair era outra história, uma vez que os prisioneiros federais eram severamente vigiados. Seria preciso uma oportunidade extraordinária para ensejar uma evasão com certa chance de sucesso, e tal oportunidade não só não se apresentava, como parecia difícil engendrá-la. Enquanto isso, Grant prosseguia suas enérgicas operações militares. A vitória de Petersburg custara-lhe imensos sacrifícios. Suas forças, reunidas às de Butler, continuavam sem triunfar diante de Richmond, nada fazendo prever que a libertação dos prisioneiros estivesse próxima. O repórter, a quem o maçante cativeiro não fornecia nenhum novo detalhe interessante para apurar, não se aguentava mais e só tinha um pensamento: sair de Richmond a qualquer custo. Em mais de uma ocasião, aliás, chegara a tentar a façanha, sendo impedido por obstáculos intransponíveis.

Enquanto isso, o cerco prosseguia, e, se os prisioneiros ansiavam por escapar para juntarem-se ao exército de Grant, não deixava de haver alguns sitiados com a mesma intenção, embora sonhando juntarem-se ao exército separatista, entre os quais um tal Jonathan Forster, sulista fanático. Afinal de contas, se os prisioneiros federais não podiam deixar a cidade, tampouco os federados, acossados pelo exército do Norte. Já fazia tempo que o governador de Richmond perdera o contato com o general Lee, sendo do mais alto interesse transmitir notícias da situação da cidade, a fim de apressar a marcha do exército auxiliar. Esse Jonathan Forster teve então a ideia de usar um balão para transpor as linhas sitiantes e, assim, alcançar as posições separatistas. O governador autorizou a tentativa. Um aeróstato foi fabricado e colocado à disposição de Forster, a quem cinco companheiros deveriam acompanhar nos ares. Levariam consigo armas, para o caso de terem de se defender ao aterrissarem, e mantimentos, para o caso de a viagem aérea prolongar-se.

A partida do balão estava marcada para a noite de 18 de março, e, contando com um vento noroeste de intensidade média, os aeronautas esperavam chegar em poucas horas ao quartel-general de Lee. Esse vento noroeste, contudo, não foi em absoluto um ventinho qualquer. Ao raiar do dia 18, já era possível constatar sua metamorfose em furacão. A tempestade chegou com tamanha intensidade que, ante a impossibilidade de arriscar o aeróstato e seus passageiros em meio à fúria dos elementos, a partida teve de ser adiada.

O balão, portanto, enfunado na grande praça de Richmond, achava-se preparado para partir à primeira estiagem, e, na cidade, a impaciência não fazia senão aumentar diante da inalterabilidade das condições atmosféricas.

Os dias 18 e 19 de março transcorreram sem que nenhuma mudança se produzisse na tormenta. Deitado pelas rajadas do vento, o balão parecia prestes a ser arrancado do solo. A noite de 19 para 20 passou, mas, ao amanhecer, o furacão ganhou força. Impossível partir.

Nesse dia, o engenheiro Cyrus Smith foi abordado em uma rua de Richmond por um desconhecido. Era um marujo a quem chamavam Pencroff, na faixa dos trinta e cinco, quarenta anos, forte, bronzeado, olhos inteligentes e que não paravam de piscar, boa-praça. Pois esse Pencroff era um ianque, que singrara todos os mares do globo e a quem, em matéria de aventuras, acontecera tudo que de extraordinário pode acontecer a um bípede implume. Desnecessário dizer que era uma natureza dinâmica, atrevida, a quem nada impressionava. No começo do ano, Pencroff deslocara-se para Richmond por conta de negócios, na companhia de um rapazola de quinze anos, Harbert Brown, de Nova Jersey, filho de seu capitão, órfão que ele amava como se fosse um filho. Impedido de sair da cidade antes das primeiras operações do cerco, viu-se então, para seu grande desprazer, bloqueado, o que o levou a ruminar a mesma ideia: fugir a qualquer custo. Ciente da reputação do engenheiro Cyrus Smith, pressentia a impaciência com que aquele homem determinado mordia o freio. Nesse dia, portanto, não hesitou em abordá-lo, perguntando sem rodeios:

– Já não está cheio de Richmond, sr. Smith?

O engenheiro olhou fixamente para o homem que o interpelava daquela forma e este acrescentou em voz baixa:

– Quer fugir, sr. Smith?

– É para quando...? – respondeu ansiosamente o engenheiro, e podemos afirmar que tal resposta lhe escapou involuntariamente, visto que ele sequer examinara o desconhecido que lhe dirigia a palavra. No entanto, após avaliar, com um olho exigente, a fisionomia leal do marujo, não teve dúvida de que tinha diante de si um homem honesto.

– Com quem tenho a honra? – perguntou, laconicamente.

Pencroff apresentou-se.

– Muito bem – respondeu Cyrus Smith. – E como pretende fugir?

– Naquele balão ocioso que largaram na praça e parece estar justamente à nossa espera...!

O marujo não precisou terminar a frase. O engenheiro compreendera na segunda palavra. Agarrou Pencroff pelo braço e o arrastou até sua casa.

Lá chegando, o marujo expôs o seu plano, muito simples na verdade. O máximo que arriscariam, caso viessem a executá-lo, eram suas vidas. Verdade que o furacão alcançava seu grau máximo de violência, mas um engenheiro esclarecido e audacioso como Cyrus Smith decerto saberia pilotar um aeróstato. Pencroff, se dominasse o mecanismo, não hesitaria em partir – com Harbert, entenda-se. Uma tempestade a mais ou a menos não faria diferença para quem já vencera um sem-número delas.

Sem emitir um som, porém com faíscas nos olhos, Cyrus Smith escutou o marujo. Se era uma oportunidade que ele pedia, lá estava ela, não iria desperdiçá-la. O fato de ser perigoso mostrava que o plano era exequível. À noite, a despeito da vigilância, poderiam aproximar-se do balão, esgueirar-se para dentro do cesto e cortar as amarras que o prendiam ao solo! Embora implicasse risco de vida, a iniciativa poderia dar certo e, não fosse aquela tempestade... Ora, sem a tempestade o balão já teria partido, e a oportunidade, tão almejada, não surgiria naquele momento.

– Não estou sozinho... – disse por fim Cyrus Smith.

– Quantas pessoas pretende levar? – indagou o marujo.

– Duas: meu amigo Spilett e meu criado Nab.

– Isso dá três – concluiu Pencroff –, e, com Harbert e eu, cinco. O balão tem capacidade para seis...

– Isso é suficiente. Partiremos! – decidiu Cyrus Smith.

A primeira pessoa do plural incluía o repórter, que não era homem de recuar e que, quando o plano lhe foi comunicado, aprovou-o sem reservas. O que o espantava era ideia tão simples não lhe ter ocorrido antes. Quanto a Nab, seguiria o patrão aonde este fosse.

– Então, até a noite – despediu-se Pencroff. – Fingiremos curiosidade e nos encontraremos os cinco na praça do balão!

– Até a noite, às dez – concordou Cyrus Smith –, e queiram os céus que a tempestade não dê trégua até a nossa partida!

Pencroff cumprimentou o engenheiro e retornou ao seu alojamento, onde se encontrava o jovem Harbert Brown. O corajoso adolescente conhecia o plano do marujo e não era sem certa ansiedade que aguardava o resultado da confabulação com o engenheiro. Como se vê, eram cinco homens determinados, dispostos a se atirar na tormenta, no olho de um furacão!

Não, o furacão não se acalmou, e não passava pela cabeça de Jonathan Forster nem de seus companheiros enfrentá-lo naquele frágil cesto! O dia foi terrível. O engenheiro só temia uma coisa: que o aeróstato, preso no solo e vergado pelo vento, se rasgasse em mil farrapos. Horas a fio, deambulou pela praça quase deserta, vigiando o aparelho. Pencroff, fazendo o mesmo de sua parte, com as mãos nos bolsos e disparando bocejos, fingia matar o tempo, igualmente receoso de que o balão viesse a se rasgar ou mesmo a ter as amarras rompidas e sumir nos ares.

A hora do crepúsculo chegou, trazendo consigo uma noite escuríssima. Uma névoa densa espalhava-se em forma de nuvens rente ao solo, caía uma mistura de chuva e neve. Fazia frio. O céu cinzento parecia achatar Richmond. Era como se a violenta tempestade houvesse instalado uma espécie cessar-fogo entre sitiantes e sitiados e o canhão se calado ante as ensurdecedoras detonações do furacão. As ruas da cidade se esvaziaram. A ninguém pareceu necessário, sob aquele tempo medonho, vigiar a praça em cujo centro debatia-se o aeróstato. Logo, todas as condições eram propícias à partida dos prisioneiros. Mas que viagem terrível os esperava, no olho da tormenta...

"Maré altamente desfavorável!" ruminava Pencroff, prendendo com um soco o chapéu, que o vento disputava com sua cabeça. "Paciência, conseguiremos assim mesmo!"

Às nove e meia, Cyrus Smith e seus companheiros vagavam pelos diversos lados da praça, que os bicos de gás, apagados pelo vento, deixavam numa escuridão profunda. Não se via sequer o imenso aeróstato, quase por inteiro deitado no solo. Além dos sacos de lastro que prendiam as cordas da rede, o cesto achava-se atracado por um cabo resistente que passava por uma argola cimentada no calçamento e prendia-se a outra a bordo.

Os cinco prisioneiros reuniram-se junto ao cesto. Não haviam sido detectados: a escuridão era tão profunda que não conseguiam enxergar uns aos outros.

Sem pronunciar uma palavra, Cyrus Smith, Gedeon Spilett, Nab e Harbert tomaram seus lugares no cesto, enquanto Pencroff, sob as ordens do engenheiro, ia desatando os sacos de lastro um a um. Isso foi coisa de instantes, e o marujo logo se juntou aos companheiros.

O único elemento que retinha o aeróstato passou então a ser o cabo dobrado, não restando a Cyrus Smith senão dar a ordem da partida.

Nesse momento, um animal pulou para dentro do cesto. Era Top, o cão do engenheiro que, tendo arrebentado sua corrente, seguira o dono. Temendo o excesso de peso, Cyrus Smith queria devolver o pobre canino à terra.

– Ora! Um a mais! – intercedeu Pencroff, jogando dois sacos de areia para fora do cesto.

Logo em seguida, soltou o cabo dobrado, e o balão, ascendendo numa direção oblíqua, desapareceu, depois de bater com o cesto em duas chaminés, que, com o tranco da largada, ele derrubou.

O furacão manifestava-se então com uma violência inaudita. Nem sequer passou pela cabeça do engenheiro descer durante a noite e, quando o dia raiou, nuvens obstruíam-lhe toda visão da terra. Somente cinco dias mais tarde uma fresta revelou o mar sem fim que se estendia sob aquele aeróstato que o vento arrastava a uma velocidade vertiginosa!

O leitor agora já sabe o que fez com que, dos cinco homens que partiram no dia 20 de março, quatro tenham sido lançados numa costa deserta, no dia 24 do mesmo mês, a mais de dez mil quilômetros de seu país!

E aquele que faltava, que os quatro sobreviventes do balão corriam para socorrer, era o seu líder natural: o engenheiro Cyrus Smith!

3

Cinco da tarde • O ausente • O desespero de Nab • Buscas ao norte • O recife • Uma noite triste e angustiosa • A cerração matutina • Nab sai nadando • Panorama do território • Travessia a vau do estreito

ATRAVÉS DAS MALHAS DA REDE, que haviam cedido, o engenheiro fora capturado pelo mar revolto. Seu cão desaparecera com ele. O fiel animal arrojara-se voluntariamente para socorrer o dono.

– Em frente! – exclamou o repórter. E todos os quatro, Gedeon Spilett, Harbert, Pencroff e Nab, alheios ao esgotamento e ao cansaço, deram início às buscas.

O pobre Nab chorava de raiva e desespero ao mesmo tempo, supondo haver perdido tudo que amava no mundo.

Não haviam escoado dois minutos entre o momento em que Cyrus Smith desaparecera e o instante em que seus companheiros tinham alcançado a terra. Logo, nutriam a esperança de chegar a tempo de salvá-lo.

– Procuremos! Procuremos! – gritou Nab.

– Sim, Nab – respondeu Gedeon Spilett –, vamos achá-lo!

– Vivo?

– Vivo!

– Ele sabe nadar?

– Que pergunta! – respondeu Nab! – E, não se esqueça, Top está com ele!

O marujo, ouvindo o fragor das ondas, sacudiu a cabeça! Fora no litoral norte, a aproximadamente um quilômetro do local onde os náufragos acabavam de aterrissar, que o engenheiro desaparecera.

Ora, se Smith conseguira alcançar o ponto mais próximo da costa, era, no máximo, a um quilômetro que este ponto devia situar-se.

Eram perto de seis horas. A cerração acabava de descer, escurecendo ainda mais a noite. Seguindo rumo ao norte, os náufragos percorriam a costa leste daquela terra onde o acaso os lançara – terra desconhecida, cuja situação geográfica nem sequer suspeitavam. Pisavam um solo arenoso, crivado de pedras, aparentemente desprovido de qualquer tipo de vegetação. Desigual e acidentado, parecia, em certas áreas, uma peneira com pequenas tocas, o que dificultava muito a caminhada. Desses orifícios, invisíveis devido à escuridão, a todo instante escapavam aves gordas e pesadas, fugindo em todas as direções. Outras, mais ágeis, alçavam voo em bando e passavam feito nuvens. O marujo julgava identificar gaivotas e fragatas, cujos pios agudos duelavam com os rugidos do mar.

De tempos em tempos, os náufragos paravam e arriscavam alguns gritos, pondo-se então à espreita de uma possível resposta do lado do mar. E, de fato, tinham todos os motivos para pensar que, se porventura estivessem nas proximidades do local onde o engenheiro naufragara, os latidos de Top, no caso de seu dono não se achar em condições de dar sinal de vida, teriam chegado até eles. Porém, como nenhum outro ruído se destacava além do estrépito das ondas e da rebentação, o grupo seguia adiante, inspecionando os mais ínfimos recortes do litoral.

Após um estirão de vinte minutos, os quatro náufragos foram subitamente detidos por uma barreira espumante de ondas. O terreno sólido esboroava-se. Achavam-se na extremidade de uma ponta afilada, contra a qual o mar quebrava furiosamente.

– É um promontório – concluiu o marujo. – Temos de retroceder mantendo-nos à direita, assim alcançaremos terra verdadeiramente firme.

– E se ele estiver nessas águas! – reagiu Nab, apontando para o oceano, cujas ondas gigantes recortavam a penumbra.

– Pois bem, chamemos por ele!

E, juntando as vozes, todos puseram-se a gritar vigorosamente, mas nada lhes respondeu. Esperaram um momento. Recomeçaram. Mais uma vez, nada.

Os náufragos então retornaram pelo lado oposto do promontório, de solo igualmente arenoso e pedregoso. Pencroff, contudo, observou que aquele trecho do litoral era mais acidentado, formando um aclive, e ruminou que este devia dar acesso, por uma extensa rampa, a uma costa elevada, cuja escarpa desenhava-se confusamente na penumbra. Nessa parte da praia, as aves escasseavam e o mar se mostrava menos encapelado e estrepitoso, com uma diminuição sensível da intensidade da rebentação. Mal se ouvia o barulho das ondas. Sem dúvida, aquele lado do promontório formava uma enseada em semicírculo, protegida das correntes do largo por uma ponta adunca.

Naquela direção, contudo, os náufragos rumavam para o sul, ou seja, para o lado do litoral oposto ao que Cyrus Smith pudera alcançar. Já haviam percorrido cerca de três quilômetros e a linha da orla ainda não apresentava nenhuma curva que os reconduzisse ao norte. Tudo indicava, porém, que aquele promontório, cuja ponta haviam acabado de contornar, ligava-se à terra firme. Mesmo esgotados, os náufragos não perdiam a coragem e seguiam adiante, esperando a qualquer momento topar com algum ângulo abrupto que os levasse de volta à direção inicial.

Qual não foi então sua decepção quando, numa ponta escarpada formada por rochas escorregadias após percorrerem aproximadamente quatro quilômetros, depararam novamente com o mar!

– Estamos num recife! – exclamou Pencroff. – E o atravessamos de ponta a ponta!

A observação do marujo procedia. Os náufragos haviam sido lançados não em um continente, nem sequer em uma ilha, mas em um recife, que não media mais de quatro quilômetros de comprimento e cuja largura era, acabavam de constatar, irrisória.

Aquela ilhota árida, coalhada de pedras, sem vegetação, refúgio isolado de escassas aves marinhas, faria parte de um arquipélago mais importante? Impossível afirmar. Quando se encontravam no cesto e entreviram a terra através das brumas, os passageiros do balão não estavam em condições de calcular sua localização. Naquele momento, contudo, Pencroff, com seus olhos de marujo acostumados a devassar a escuridão, julgava de fato distinguir contornos confusos a oeste, sugerindo um litoral escarpado.

Mergulhados na escuridão, entretanto, era impossível determinar a que sistema, simples ou complexo, o recife pertencia. Da mesma forma, impossível abandoná-lo, visto que o mar o cercava. Cumpria então adiar para o dia seguinte as buscas pelo engenheiro, que, desafortunadamente, não dera sinais de vida.

– O silêncio de Cyrus não prova nada – declarou o repórter. – Ele pode estar desmaiado, ferido, momentaneamente sem condições de responder. Não é motivo para perdermos a esperança.

O repórter lançou então a ideia de acender, num determinado ponto da ilha, uma fogueira que pudesse servir de referência para o engenheiro. Mas foi em vão que cataram lenha ou arbustos secos. Era tudo areia e pedra.

Podemos imaginar a angústia de Nab e de seus companheiros, já tão afeiçoados ao intrépido Cyrus Smith, impotentes para socorrê-lo. O jeito era esperar o amanhecer. Ou o engenheiro conseguira salvar-se por conta própria e já encontrara refúgio em algum ponto da costa, ou perdera-se para sempre!

A espera foi longa e penosa. O frio era intenso. Embora sofressem cruelmente, os náufragos mal se apercebiam disso, nem sequer lhes passando pela cabeça tirar um instante de repouso. Esquecendo-se de si próprios, pensando no chefe, sem jamais perder as esperanças, iam e vinham naquele recife árido, retornando incessantemente à sua extremidade norte, onde presumiam estar mais próximos do local da catástrofe. Punham-se à escuta, gritavam, aguardavam uma resposta tranquilizadora, e suas vozes deviam reverberar longe, pois certa calma reinava então na atmosfera e o barulho da rebentação começava a diminuir com a virada da maré.

Um dos gritos de Nab pareceu inclusive, num determinado momento, produzir certo eco. Harbert apontou o fato para Pencroff, acrescentando:

– Isso comprovaria a existência de um litoral bem próximo, a oeste.

O marujo fez um sinal afirmativo. Aliás, seus olhos nunca o enganavam. Se ele intuíra uma terra, era porque terra havia.

Esse eco distante, porém, foi a única resposta obtida pelos gritos de Nab, e a imensidão, por toda a extensão leste do recife, permaneceu silenciosa.

Nesse ínterim, o céu abriu. Em torno da meia-noite, algumas estrelas luziram e, se estivesse ali, junto aos seus companheiros, o engenheiro teria observado que aquelas estrelas não eram mais as do hemisfério boreal. Com efeito, não se via a polar naquele novo horizonte e as constelações zenitais não eram mais as que ele estava habituado a detectar no hemisfério norte do novo continente: o Cruzeiro do Sul é que resplandecia no polo austral do mundo.

A noite se foi. Por volta das cinco da manhã do dia 25 de março, as camadas superiores do céu ganharam tons suaves. Embora o horizonte continuasse mergulhado na escuridão, com a chegada da manhã uma neblina opaca levantou-se do mar, de maneira que o campo visual não ia além dos sessenta metros. A cerração desmembrava-se em grossas volutas, que se deslocavam pesadamente.

Isso representava um grande contratempo para os náufragos, incapazes de discernir qualquer coisa à sua volta. Enquanto os olhares de Nab e do repórter esquadrinhavam o oceano, o marujo e Harbert procuravam o litoral que deveria existir a oeste. Mas não avistavam um palmo de terra.

– Não interessa – disse Pencroff –, se não vejo terra, sinto-a... Está ali... ali... Isso é tão certo quanto não estarmos mais em Richmond!

A névoa, contudo, não demoraria a se dissipar. Não passava de uma cerração de tempo bom, pois um belo sol aquecia a atmosfera e seu calor fluía até o recife.

Com efeito, por volta das seis e meia, quarenta e cinco minutos após o nascer do sol, a névoa começou a se dissipar. Compacta nas alturas, despedaçava-se embaixo. Dali a pouco, como se descida de uma nuvem, a ilha surgiu e logo em seguida o mar descortinou-se qual um plano circular, infinito a leste, porém a oeste interceptado por uma costa elevada e íngreme.

Sim, lá estava a terra, a salvação garantida ao menos provisoriamente! Entre o recife e o litoral, separados por um canal com oitocentos metros de largura, uma corrente vertiginosa fluía estrepitosamente.

Um dos náufragos, porém, sem pedir a opinião dos companheiros ou pronunciar qualquer palavra, ouvindo apenas o próprio coração, atirou-se irrefletidamente na correnteza. Era Nab. Ansiava por alcançar aquele litoral e subi-lo rumo ao norte. Ninguém conseguiu contê-lo. Pencroff chamou por ele, em vão. O repórter já ia atrás dele, quando Pencroff o interpelou:

– Pretende atravessar o canal?

– Sim – respondeu Spilett.

– Ora, espere um pouco e confie em mim – aconselhou o marujo. – Nab dará conta de socorrer seu patrão. Entrando neste canal, corremos o risco de ser tragados pela correnteza, extremamente violenta, e lançados no mar aberto. Ora, ou eu muito me engano ou isso é um refluxo da vazante. Veja como a água descobre a areia. Um pouco de paciência. Com a maré baixa, poderemos atravessar a vau.

– Tem razão – concordou o repórter. – Devemos nos esforçar para permanecer juntos.

Enquanto isso, Nab pelejava contra a correnteza, tentando atravessá-la obliquamente. Com os ombros negros emergindo a cada braçada, embora arrastado à revelia, avançava cada vez mais em direção à costa. Levou mais de meia hora para transpor os oitocentos metros que separavam o recife da costa, só vindo a pisar em terra num ponto centenas de metros além daquele frontal ao ponto de que partira.

Saindo da água no sopé de um elevado paredão de granito e se sacudindo vigorosamente, Nab, sem perder um segundo, sumiu atrás de uma ponta rochosa que se projetava no mar, mais ou menos na altura da extremidade setentrional da ilha.

Fora com imensa angústia que os companheiros de Nab haviam acompanhado sua audaciosa tentativa, e, quando ele saiu de seu campo de visão, seus olhares voltaram-se para a terra à qual iam pedir refúgio. Aproveitaram para comer alguns mariscos encontrados na areia, refeição magra, mas refeição.

O litoral à sua frente formava uma vasta baía, terminada, ao sul, numa ponta árida e selvagem, desprovida de toda vegetação e com aparência bastante agreste. Essa ponta vinha juntar-se ao litoral por uma espécie de arco granítico, formando um desenho extravagante. Na direção norte, ao contrário, a baía, alargando-se, apresentava uma costa mais abaulada, que corria de sudoeste para nordeste e terminava num cabo afilado. Entre esses dois pontos extremos, nos quais se assentava o arco da baía, a distância podia ser de doze quilômetros. A oitocentos metros da praia, o recife ocupava uma estreita faixa de mar e lembrava um imenso cetáceo, cuja carcaça ampliada ele representasse. Sua largura máxima não ultrapassava quatrocentos metros.

Na parte frontal ao recife, o litoral compunha-se, no primeiro plano, de uma praia de areia fina, semeada por rochas escuras, que, naquele momento, afloravam pouco a pouco junto com a maré vazante. No segundo plano, destacava-se uma espécie de cortina granítica talhada na vertical e coroada, a pelo menos cem metros de altura, por um topo irregular. Corria assim por uma extensão de cinco quilômetros, terminando abruptamente à direita num lanço uniforme, que julgaríamos modelado pela mão do homem. À esquerda, ao contrário, acima do promontório, essa espécie de penhasco irregular decompunha-se em estilhaços prismáticos e espalhava-se em aglomerados de seixos e entulho, descendo e formando uma rampa alongada que se confundia gradualmente com os rochedos da ponta meridional. No planalto que acompanhava o litoral, não havia uma só árvore. Tratava-se nitidamente de uma mesa, igual à que domina a Cidade do Cabo, no cabo da Boa Esperança, embora em proporções menores. Era isso, em todo caso, que viam a partir do recife. Todavia, à direita, atrás da aresta lisa, a vegetação estendia-se exuberante, alegrando o olho profundamente entristecido pela contemplação das linhas ásperas do paredão granítico.

Por fim, bem ao fundo e mais elevado que o planalto, na direção noroeste e a uma distância mínima de doze quilômetros, resplandecia um pico branco golpeado diretamente pelos raios de sol. Era um chapéu de neve, coroando algum monte distante.

Impossível, portanto, decidir se aquela terra formava uma ilha ou se pertencia a um continente. Por outro lado, vendo as rochas convulsionadas aglomeradas à esquerda, um geólogo não teria hesitado em lhes atribuir origem vulcânica, pois eram incontestavelmente produto de um trabalho plutônico.

Gedeon Spilett, Pencroff e Harbert observavam atentamente aquele território, onde talvez viessem a viver longos anos, onde talvez inclusive viessem a morrer, caso ele não se encontrasse na rota dos navios!

– Muito bem! – exclamou Harbert. – O que acha, sr. Pencroff?

– Como em tudo, vejo coisas boas e coisas ruins – respondeu Pencroff. – Esperemos. A vazante já se manifesta. Dentro de três horas poderemos tentar a travessia e, uma vez do outro lado, colocaremos a cabeça no lugar e encontraremos o sr. Smith!

Pencroff não se enganara em suas previsões. Três horas depois, com a vazante, ficou exposta grande parte da areia que formava o leito do canal. Entre o recife e o litoral havia apenas uma passagem estreita, sem dúvida fácil de atravessar.

Com efeito, em torno das dez horas, Gedeon Spilett e seus dois companheiros despiram-se, fizeram uma trouxa com as roupas e, com elas nas cabeças, aventuraram-se pelo canal, cuja profundidade não ia além de dois metros. Harbert, que não pisava mais o fundo, saiu nadando como um peixe e seu êxito foi completo. Os três chegaram sem dificuldades ao litoral oposto, onde, após secarem-se ligeiramente ao sol e tornarem a vestir suas roupas, que haviam isolado do contato com a água, conferenciaram.

4

Os litófagos • A foz do rio • As Chaminés • Continuação das buscas • A floresta de coníferas • O estoque de lenha • À espera do refluxo da maré • Vista panorâmica • A balsa de lenha • Regresso ao rio

O REPÓRTER RECOMENDOU ao marujo que o esperasse ali mesmo, pois voltaria, e, sem perder um instante, subiu o litoral na direção seguida horas antes por Nab. Ansiando por notícias do engenheiro, não demorou a desaparecer numa curva.

Harbert manifestara o desejo de acompanhá-lo.

– Fique, meu rapaz – aconselhou o marujo. – Temos de montar acampamento e procurar alguma coisa mais sólida do que mariscos para mastigar. Nossos amigos chegarão esgotados. Cada qual com sua tarefa.

– Às suas ordens, mestre Pencroff – aquiesceu Harbert.

– Ótimo – reagiu o marujo –, vai dar certo. Procedamos com método. Estamos cansados, com frio e fome. O objetivo, portanto, é encontrar abrigo, fogo e comida. A floresta nos dá lenha, os ninhos contêm ovos: falta achar a casa.

– Minha intuição – sugeriu Harbert – diz que deve haver uma caverna no meio dessas rochas, restando-nos descobrir alguma abertura de acesso.

– É isso – concordou Pencroff. – Mãos à obra, meu rapaz.

E ambos puseram-se a caminho, acompanhando a linha do maciço, pela praia que a maré vazante despira. Porém, em vez de subirem para o norte, desceram para o sul, pois Pencroff notara, algumas centenas de passos abaixo do lugar aonde haviam aportado, que a costa se abria numa espécie de estreito, que, segundo ele, devia ser a foz de um rio ou riacho. Ora, não só era importante eles se estabelecerem nas vizinhanças de um curso d'água potável, como bem possível que a correnteza houvesse arrastado Cyrus Smith para aquele lado.

O maciço alcançava cem metros de altura, como dissemos, mas o bloco era inteiramente compacto e, mesmo em sua base, fugazmente lambida pelo mar, não oferecia qualquer fresta que pudesse servir de refúgio provisório. Era um paredão liso, forjado num granito resistente, que as águas jamais haviam erodido. No topo, esvoaçava um mundo de aves aquáticas, sobressaindo diversas espécies da ordem dos palmípedes, de bico alongado, comprimido e afilado – aves estrepitosas, pouco ariscas na presença do homem, o qual, sem dúvida pela primeira vez, perturbava sua solidão. Entre esses palmípedes, Pencroff reconheceu diversos *labbes*, um tipo de gaivotas também designadas como cagarras, além de pequenas e vorazes fragatas, que faziam ninho nas anfractuosidades do granito. Um tiro de espingarda, disparado no meio daquele mundaréu de aves, teria abatido um grande número, mas, para disparar um tiro de espingarda, é preciso uma espingarda, e nem Pencroff nem Harbert dispunham de uma. Ademais, fragatas e *labbes* são literalmente intragáveis e até o sabor de seus ovos é execrável.

Enquanto isso, Harbert, que avançara um pouco mais para a esquerda, não demorou a perceber algumas rochas revestidas de algas, que a maré alta recobriria dali a poucas horas. Sobre essas rochas, espalhadas por entre os viscosos sargaços, abundavam conchas bivalves, que pessoas famintas não podiam desdenhar. Harbert então chamou Pencroff, que veio correndo.

– Ei, são mexilhões! – exclamou o marujo. – Eis com que substituir os ovos que nos faltam!

– Não são mexilhões – respondeu o jovem Harbert, que examinava atentamente os moluscos agarrados às rochas –, são litófagos.

– E isso se come? – perguntou Pencroff.

– E isso se come?

– Perfeitamente.

– Então, aos litófagos!

O marujo podia confiar em Harbert. O adolescente era um ás em história natural e sempre alimentara verdadeira paixão por essa ciência. Seu pai o incentivara nesse caminho, fazendo-o estudar com os melhores professores de Boston, que terminaram por se afeiçoar àquele menino inteligente e estudioso. Seu faro de naturalista, portanto, viria a ser de grande auxílio na sequência dos acontecimentos, e, nessa estreia, ele não se enganou.

Esses litófagos eram conchas oblongas, amalgamadas em cachos e bastante aderentes às pedras. Pertenciam àquela espécie de moluscos perfuradores, que escavam buracos nas pedras mais duras, cujas conchas arredondam-se nas duas pontas, disposição que não se observa no marisco comum.

Pencroff e Harbert fartaram-se de litófagos, os quais bastava colher entreabertos ao sol. Comeram-nos como ostras e, julgando-lhes o sabor forte, não sentiram falta de pimenta ou de temperos de qualquer espécie.

Com a fome momentaneamente aplacada, restava fazer o mesmo com a sede, a qual só fez aumentar após a ingestão daqueles moluscos por natureza condimentados. O passo seguinte, portanto, era encontrar água doce, e não era possível que esta faltasse em região tão caprichosamente acidentada. Pencroff e Harbert, após tomarem a precaução de fazer amplo estoque de litófagos, com os quais encheram bolsos e lenços, voltaram a pisar em terras altas.

Duzentos passos adiante, chegaram àquele recorte denteado, pelo qual, segundo a previsão de Pencroff, um riacho devia correr aos borbotões. Naquele ponto, o paredão parecia ter sido rasgado por algum violento episódio plutônico. Em sua base, abria-se uma pequena enseada, cujo fundo formava um ângulo bastante agudo. Ali, o curso d'água media trinta metros de largura e suas duas margens não ocupavam mais de seis metros em cada flanco. O rio praticamente se encaixava entre as duas paredes de granito, cuja altura tendia a cair a montante da foz; em seguida, fazia uma guinada brusca e desaparecia na mata, a oitocentos metros de distância.

– Aqui, água! Lá, comida! – exclamou Pencroff. – Perfeito, Harbert, agora só falta a casa.

A água do rio era cristalina e, naquele momento da maré, isto é, da vazante, quando o fluxo ascendente não interferia, o marujo verificou que era doce. Estabelecido esse ponto importante, Harbert procurou alguma cavidade que pudesse servir de abrigo, mas suas buscas foram infrutíferas. O maciço era liso, uniforme e escarpado em toda a sua extensão.

Todavia, na própria foz do curso d'água, e num nível acima da preamar, os deslizamentos haviam formado, se não uma gruta, ao menos um conglomerado de rochedos gigantes, fato comum nas regiões graníticas, e ao qual se dá o nome de "chaminés".

Pencroff e Harbert penetraram então nos corredores de areia que permeavam os rochedos, iluminados pela luz que atravessava os desvãos formados entre as pedras, algumas das quais desafiavam as leis do equilíbrio. Junto com a luz, contudo, entrava o vento – uma corrente de ar ininterrupta – e, com o vento, o frio cortante do exterior. Entretanto, o marujo raciocinou que, se obstruíssem determinados pontos daquelas galerias e vedassem algumas aberturas com uma mistura de pedra e areia, era possível tornar as Chaminés um lugar habitável. Seu plano geográfico representava o sinal tipográfico &, abreviatura de *et cetera*. Ora, se isolassem o anel superior do sinal, pelo qual entrava o vento sul e oeste, poderiam utilizar o espaço inferior.

– Eis o que temos pela frente – concluiu Pencroff. – Pena ainda não contarmos com o sr. Smith, quem é quem saberia tirar o melhor partido deste labirinto.

– Nós o encontraremos, mestre Pencroff! – exclamou Harbert. – E, quando ele voltar, terá aqui um abrigo razoavelmente confortável.

Para isso, basta construir uma lareira na galeria da esquerda, com um duto para a fumaça.

– É o que faremos, meu rapaz – respondeu o marujo –, e essas Chaminés – foi o nome que Pencroff conservou para a moradia provisória – quebrarão o nosso galho. A primeira coisa a fazer, contudo, é um estoque de combustível. Imagino que um pouco de lenha seja suficiente para vedar essas frestas através das quais o diabo sopra sua trombeta!

Harbert e Pencroff deixaram as Chaminés e, fazendo um guinada brusca, começaram a subir a margem esquerda do rio, cuja forte correnteza naquele momento era intensa, arrastando pedaços de lenha. A maré alta – e ela já se fazia sentir – devia impelir de volta aquele volume de água rio acima, o que fez o marujo cogitar aproveitar o fluxo e refluxo para transportar objetos pesados.

Após quinze minutos de caminhada, ele e o rapaz alcançaram o cotovelo desenhado pelo rio e dobraram seu curso para a esquerda. A partir desse ponto, seu leito cortava uma floresta magnífica. Suas árvores, ainda verdejantes apesar da estação avançada, pertenciam à família das coníferas, aclimatada em todas as regiões do globo, dos climas setentrionais às regiões tropicais. O jovem naturalista reconheceu especialmente cedros, bastante comuns na zona himalaia e que espalham um aroma agradabilíssimo! Entre essas belas árvores, cresciam grupos de pinheiros, com suas tênues copas amplamente abertas como guarda-sóis. Na relva que cobria o solo, Pencroff sentiu seu pé esmagando galhos secos, que crepitavam como fogos de artifício.

– Bom, meu rapaz – ele disse a Harbert –, embora eu ignore o nome dessas árvores, classifico-as na categoria "lenha boa para queimar", e, por ora, ela é a única de que precisamos!

– Façamos um estoque! – sugeriu Harbert, pondo mãos à obra.

A coleta foi fácil. Nem sequer era necessário desfalcar as árvores, pois uma imensa quantidade de lenha seca jazia a seus pés. Porém, se não faltava combustível, os meios de transporte deixavam a desejar. Seca do jeito que estava, a lenha queimaria como papel. Daí a necessidade de transportar um bom estoque até as Chaminés e, para isso, um contingente de dois homens seria insuficiente. E Harbert expôs a dificuldade.

– Ora, meu rapaz! – inflamou-se o marujo. – Bem ou mal, transportaremos essa lenha. Há sempre um jeito de fazer as coisas! Se tivéssemos uma carroça ou um barco, seria moleza!

– Temos o rio! – exclamou Harbert.

– Perfeitamente – aprovou Pencroff. – O rio será para nós um caminho que anda sozinho, e balsas de lenha não foram inventadas à toa.

– Entretanto – observou Harbert –, neste exato momento esse caminho está andando na direção oposta à nossa, uma vez que a maré está subindo!

– Ficaremos preparados para a vazante – respondeu o marujo –, e será o rio que transportará o nosso combustível até as Chaminés. Enquanto isso, fabriquemos a nossa balsa.

O marujo, seguido por Harbert, dirigiu-se para o ângulo que a orla da floresta formava com o rio. Ambos carregavam, cada um na proporção de suas forças, um fardo de lenha, amarrado em feixes. Nas margens, em meio a uma relva sobre a qual o pé do homem decerto jamais pisara, encontrava-se igualmente uma grande quantidade de galhos secos. Pencroff começou a fabricar sua balsa.

Numa espécie de remanso formado por uma ponta da margem, a qual freava a correnteza, o marujo e o rapaz dispuseram toras de lenha bem grossas, que amarraram com cipós. Configurou-se assim uma espécie de jangada, sobre a qual empilharam toda a coleta, ou seja, uma carga mínima para vinte homens. No espaço de uma hora, o trabalho foi concluído e a balsa, amarrada na margem, esperava o refluxo da maré.

De comum acordo, como ainda dispunham de algumas horas pela frente, Pencroff e Harbert resolveram alcançar o planalto, a fim de examinar a região de um ponto mais panorâmico.

Por sorte, seiscentos metros atrás do ângulo formado pelo rio, o paredão, terminando num barranco, vinha morrer num suave declive sobre a orla da floresta, esculpindo uma espécie de escada natural. Harbert e o marujo começaram então a subir e, graças ao vigor de suas panturrilhas, em poucos instantes chegaram à crista, indo postar-se no ângulo que esta formava sobre a foz do rio.

Lá, seu primeiro olhar foi para aquele oceano que acabavam de atravessar em tão terríveis condições! Examinaram com emoção toda aquela parte setentrional da costa, onde se dera a catástrofe. Fora ali que Cyrus Smith desaparecera. Procuraram com os olhos se algum destroço do balão, ao qual um homem pudesse se agarrar, ainda boiava. Nada! O mar não passava de um vasto deserto de água, assim como o litoral. Nem sinal do repórter ou de Nab, que, naquele momento, deviam estar tão longe que não era possível avistá-los.

– Algo me diz – raciocinou Harbert – que um homem forte como o sr. Cyrus não iria se afogar feito um grumete, devendo ter alcançado alguma ponta de areia. Não acha, sr. Pencroff?

O marujo balançou tristemente a cabeça. Sem mais esperanças de rever Cyrus Smith, porém não querendo matar as que Harbert porventura ainda alimentasse, respondeu:

– Sem dúvida, sem dúvida, nosso engenheiro é capaz de proezas impensáveis para qualquer outro...!

Enquanto isso, observava a costa com extrema atenção. Sob seus olhos estendia-se a praia, protegida, à direita da foz, por cinturões de abrolhos. Esses rochedos, ainda apontando as cabeças, pareciam grupos de anfíbios deitados na linha de rebentação. Mais além dos escolhos, o mar rebrilhava sob os raios solares. Ao sul, uma ponta aguda tapava o horizonte e não era possível saber se a terra se prolongava naquela direção ou desviava para sudeste e sudoeste, o que lhe daria a forma de uma península inusitadamente comprida. Na ponta setentrional da baía, a orla litorânea fazia uma ampla curva.

Naquele ponto, a praia era baixa, lisa, sem penhasco, com amplos bancos de areia, que o refluxo da maré desnudava.

Pencroff e Harbert voltaram-se então para oeste e seus olhares esbarraram subitamente na montanha de pico nevado que se erguia a uma distância de dez ou doze quilômetros. Desde suas primeiras encostas até três quilômetros de distância do litoral, estendiam-se imensas florestas, realçadas por grandes chapadas verdejantes, resultado da presença de árvores de folhagem persistente. Em seguida, da orla dessa floresta até a praia, verdejava um vasto planalto com árvores caprichosamente distribuídas. À esquerda, através das clareiras, viam-se cintilar fugazmente as águas do riacho, dando a impressão de que o seu curso sinuoso retornava às vertentes da montanha, onde provavelmente nascia. No ponto em que o marujo deixara a balsa de lenha, ele passava a correr entre dois paredões de granito; porém, enquanto em sua margem esquerda as ribanceiras seguiam lisas e íngremes, na direita, ao contrário, elas desciam gradualmente, com os maciços transformando-se em rochas dispersas, as rochas em pedras, as pedras em seixos, até a extremidade da ponta.

– Estaremos numa ilha? – murmurou o marujo.

– Em todo caso, parece sem fim! – respondeu o rapaz.

– Uma ilha, por mais sem fim que seja, será sempre uma ilha! – decretou Pencroff.

Mas essa importante questão ainda não podia ser respondida. Era preciso adiar a solução para outro momento. Quanto à terra em si, ilha ou continente, parecia fértil, com belíssimas paisagens e espécimes variados.

– Isso é uma dádiva – admitiu Pencroff –, e, considerando nosso infortúnio, devemos agradecer à Providência.

– Deus então seja louvado! – respondeu Harbert, cujo coração devoto transbordava gratidão pelo Autor de todas as coisas. Pencroff e Harbert então, procurando adivinhar o que o futuro lhes reservava, examinaram mais detidamente o território onde o destino os lançara.

Em seguida, acompanhando a crista meridional do platô de granito, ornamentado por um cinturão de rochas caprichosas com as formas mais extravagantes, Pencroff e Harbert tomaram o caminho de volta. Antes, detectaram centenas de aves aninhadas nas reentrâncias e Harbert, saltando sobre as rochas, espantou uma revoada inteira.

– Ah! – exclamou. – Estas não são nem gaivotas nem fragatas.

– O que são então? – perguntou Pencroff. – Caramba, eu diria pombos!

– Acertou, mas são pombos selvagens ou pombos-da-rocha – respondeu Harbert. – Reconheço-os pela dupla faixa preta de suas asas, a rabadilha branca e a plumagem azul furta-cor. Ora, se o pombo-da-rocha é comestível, seus ovos devem ser excelentes, e os que voaram certamente deixaram alguns no ninho...!

– Não lhes daremos tempo de eclodir, a não ser como omelete! – zombou Pencroff.

– Mas onde fará sua omelete? – provocou Harbert. – No chapéu?

– Bom – disse o marujo –, eu sou bruxo, mas nem tanto. Faremos ovos na casca, meu rapaz, e me encarrego de digerir os mais duros!

Pencroff e o rapaz examinaram com atenção as anfractuosidades do granito e, com efeito, encontraram ovos em certas cavidades! Recolheram algumas dúzias, que foram colocadas no lenço do marujo, e, como se aproximava o momento de a maré subir, ambos iniciaram nova descida em direção ao curso d'água.

Quando chegaram ao cotovelo do rio, era uma hora da tarde e a corrente já se invertia. Convinha, portanto, aproveitar o refluxo para conduzir a balsa até a foz. Pencroff não tinha a intenção de deixá-la partir, na corrente, sem direção, e tampouco pretendia embarcar nela para pilotá-la. Mas um marujo nunca se desconcerta quando se trata de confeccionar cabos ou cordames e, catando alguns cipós, Pencroff trançou rapidamente uma corda com várias braças de comprimento. O cabo vegetal foi amarrado na popa da jangada, e o marujo conservou-o nas mãos, enquanto Harbert, impelindo a balsa com uma vara comprida, controlava-a na correnteza.

O procedimento deu certo. A volumosa carga de lenha, que o marujo, caminhando na margem, escorava, desceu o curso d'água. As ribanceiras eram aprumadas, não havia risco de a balsa naufragar, e, antes de duas horas, ela chegava à foz, a poucos passos das Chaminés.

5

Arrumação das Chaminés • A importante questão do fogo • A caixa de fósforos • Buscas na praia • Retorno do repórter e de Nab • Um único fósforo! • A lareira crepitante • Primeiro jantar • Primeira noite em terra

DESCARREGADA A BALSA de lenha, a primeira preocupação de Pencroff foi tornar as Chaminés um recanto habitável, eliminando a corrente de ar que soprava através dos corredores. Areia, pedras, galhos entrelaçados e terra molhada vedaram hermeticamente as galerias do &, abertas aos ventos provenientes do sul, e isolaram seu anel superior. Apenas um duto, estreito e sinuoso, que dava para o flanco, foi mantido, a fim de conduzir a fumaça para fora e criar um sistema de sucção na lareira. As Chaminés viram-se assim divididas em três ou quatro quartos, se é que podemos dar esse nome àqueles antros escuros, que mal satisfariam uma fera. Por outro lado, estavam em terreno seco e era possível manter-se em pé, pelo menos no cômodo principal, que ocupava a área central. Uma areia fina cobria o solo e, pesando tudo, até conseguirem algo melhor, era possível acomodar-se ali. Enquanto trabalhavam, Harbert e Pencroff conversavam.

– Talvez – dizia Harbert – nossos companheiros tenham encontrado instalações mais adequadas...

– É possível – respondia o marujo –, mas, na dúvida, não se abstenha! Mais vale um pássaro na mão do que dois voando!

– Ah! – repetia Harbert. – A falta que nos faz o sr. Smith!

– Sim! – murmurava Pencroff. – Esse era um homem de verdade!

– Era... – disse Harbert. – Perdeu a esperança de encontrá-lo?

– Deus me perdoe! – respondeu o marujo.

Feitos os primeiros arranjos, Pencroff declarou-se bastante satisfeito.

– Agora – concluiu –, podemos receber nossos amigos.

Restava preparar a lareira e o jantar. Tarefa simples e fácil, na verdade. Grandes pedras achatadas foram dispostas ao fundo do primeiro corredor à esquerda, no orifício do estreito duto, que havia sido mantido. O que a fumaça não carregava de calor para fora bastava evidentemente para manter uma temperatura conveniente do lado de dentro. O marujo colocou algumas toras, entremeadas por gravetos, sobre as pedras da lareira, e a reserva de lenha foi armazenada num dos quartos.

Estava às voltas com essa tarefa quando Harbert perguntou se ele tinha fósforos.

– Claro – respondeu Pencroff –, e acrescento: sorte a nossa, pois, sem esses fósforos, ou uma bucha, estaríamos em maus lençóis!

– Em último caso, acha que seríamos capazes de fazer fogo como os selvagens – respondeu Harbert –, atritando dois pauzinhos secos um no outro?

– Tente, meu rapaz, e tudo que obterá será uma tendinite!

– É, no entanto, um procedimento muito simples e disseminado nas ilhas do Pacífico.

– Não digo que não – respondeu Pencroff –, mas tudo leva a crer que os selvagens conhecem a manha ou utilizam uma lenha especial, pois, mais de uma vez, já tentei produzir fogo por esse método e sempre fracassei! Logo, confesso preferir os fósforos! Onde estão os fósforos?

Pencroff procurou no casaco a caixinha, da qual, fumante inveterado, nunca se separava. Nada. Vasculhou nos bolsos da calça e, para sua profunda estupefação, tampouco encontrou a referida caixa.

– Que coisa estúpida, mais do que estúpida! – vociferou, olhando para Harbert. – Deve ter caído do meu bolso, perdi-a! Mas você, Harbert, será que não tem nada que sirva de bucha para fazermos fogo?

– Nada, Pencroff!

Coçando a cabeça freneticamente, o marujo, seguido pelo rapaz, deixou o abrigo.

Na areia, nas rochas, próximo à ribanceira do rio, os dois procuraram atentamente, em vão. A caixinha era de cobre, não lhes teria passado desapercebida.

– Sr. Pencroff – indagou Harbert –, por acaso não se livrou dessa caixa quando estávamos no balão?

– Tenho certeza que não – garantiu o marujo. – Porém, sacudidos como fomos, não é surpresa objeto tão pequeno sumir. Até o meu cachimbo me abandonou! Diabo de caixa! Onde pode estar?

– Veja, o mar está se retirando... – disse Harbert. – Quem sabe ela não caiu no ponto em que aportamos?

Era pouco provável que encontrassem a tal caixa, que as ondas deviam ter misturado aos seixos da praia durante a maré alta, mas não custava tirar a limpo. Harbert e Pencroff dirigiram-se rapidamente até a ponta em que haviam desembarcado na véspera, a aproximadamente seiscentos metros das Chaminés. Ali, em meio ao cascalho, nas reentrâncias das rochas, efetuaram buscas minuciosas. Nada. Se o objeto caíra naquele local, fora possivelmente arrastado pelas ondas. À medida que o mar se retraía, o marujo vasculhava todos os interstícios das rochas, sem nada encontrar. Era uma perda grave, na circunstância, e, por ora, irreparável.

Pencroff não escondeu seu imenso desapontamento e, circunspecto, não pronunciava uma palavra. Harbert quis consolá-lo, observando que, muito provavelmente, os fósforos estariam encharcados e inutilizáveis.

– De forma alguma, meu rapaz – rebateu o marujo. – Estavam numa caixa de cobre muito bem fechada! E agora, como fazer?

– Não tenho dúvida de que conseguiremos – insistiu Harbert. – O sr. Smith ou o sr. Spilett serão mais espertos do que nós!

– Sim – concordou Pencroff –, mas, enquanto isso, estamos sem fogo, e nossos companheiros encontrarão apenas uma triste refeição à sua espera!

– Mas – reagiu impetuosamente Harbert –, não é possível que eles não tenham fósforos ou pelo menos algum tipo de pederneira!

– Duvido muito – respondeu o marujo, balançando a cabeça. – Em primeiro lugar, Nab e Smith não fumam, e muito receio que o sr. Spilett tenha preferido conservar seu caderno à sua caixa de fósforos!

Harbert não respondeu. A perda da caixa era evidentemente um fato lamentável. Ainda assim, o rapaz não perdeu a esperança de fazer fogo de uma maneira ou de outra. Pencroff, mais vivido e calejado, não pensava assim. Para ele, só havia uma coisa a fazer: aguardar o retorno de Nab e do repórter e desistir dos ovos cozidos que ele tinha em mente oferecer-lhes. Ora, um regime de carne crua não lhe parecia, nem para os demais, uma perspectiva agradável.

Antes de regressarem às Chaminés, o marujo e Harbert, precavendo-se ante a possibilidade de não obterem fogo, fizeram uma nova coleta de litófagos, e retomaram silenciosamente o caminho de seu abrigo.

Pencroff, com os olhos cravados no solo, continuava a procurar a caixa desaparecida. Chegou a subir a margem esquerda do rio desde a foz até o cotovelo em que a balsa de lenha fora atracada. Foi novamente ao planalto, percorreu-o em todas as direções, procurou-a no capinzal da orla da floresta – tudo em vão.

Eram cinco horas da tarde quando Harbert e ele chegaram de volta às Chaminés. Desnecessário dizer que os corredores foram vasculhados até em seus mais escuros recantos, e as buscas, definitivamente abandonadas.

Por volta das seis horas, no momento em que o sol descia por trás das terras altas do oeste, Harbert, que ia e vinha pela praia, assinalou o retorno de Nab e Gedeon Spilett.

Voltavam sozinhos! O rapaz sentiu um aperto inexprimível no coração. O marujo não se enganara quanto a seus pressentimentos: o engenheiro Cyrus Smith não fora encontrado!

Tão logo chegou, o repórter sentou numa pedra e permaneceu calado. Extenuado, morrendo de fome, não tinha forças para pronunciar uma palavra!

Quanto a Nab, seus olhos vermelhos atestavam o quanto havia chorado, e novas lágrimas, que ele não conseguia conter, diziam claramente que perdera toda esperança!

O repórter fez o relato das buscas empreendidas para encontrar Cyrus Smith. Nab e ele haviam percorrido a costa numa extensão de mais de doze quilômetros, por conseguinte muito além do ponto onde se efetuara a penúltima queda do balão, queda seguida pelo desaparecimento do engenheiro e de Top. A praia estava deserta. Nenhum vestígio ou marca. Nenhuma pedra recentemente movida, nenhum indício na areia, nenhuma pegada humana em toda aquela parte do litoral. Tudo indicava que nenhum habitante frequentava aquela zona da costa. O mar parecia tão ermo como a praia, e fora ali, a poucas centenas de metros da areia, que o engenheiro encontrara seu túmulo.

Nesse momento, Nab levantou-se e, com uma voz que ainda denotava um pingo de esperança, exclamou:

– Não, não! Ele não está morto! Não, isto não! Ele?! Impossível! Eu! Um outro qualquer, vá lá! Mas ele, nunca! É um homem que volta de tudo!

Em seguida, perdendo as forças, murmurou:

– Ai! Não aguento mais!

Harbert acorreu.

– Nós o encontraremos, Nab! – disse o adolescente. – Deus nos irá devolvê-lo! Mas, até lá, alimente-se! Coma, coma um pouco, por favor!

E, dizendo isso, oferecia ao coitado alguns punhados de conchas, refeição magra e insuficiente!

Embora estivesse há horas sem comer, Nab recusou. Privado de seu patrão, não podia, não queria mais viver! Quanto a Gedeon Spilett, devorou aqueles moluscos e, em seguida, deitou-se na areia, ao pé de um rochedo. Embora esgotado, estava calmo. Então, Harbert aproximou-se dele e, tomando-lhe a mão, falou:

– Sr. Spilett, descobrimos um abrigo onde irá sentir-se melhor que aqui. Está anoitecendo. Venha descansar! Amanhã, veremos...

O repórter levantou-se e, guiado pela mão do rapaz, dirigiu-se às Chaminés.

Nesse momento, Pencroff aproximou-se dele e, com toda a naturalidade do mundo, perguntou-lhe se por acaso não teria um fósforo consigo. O repórter parou, procurou nos bolsos e, nada encontrando, respondeu:

– Tinha, mas devo ter jogado fora...

O marujo então chamou Nab, fez-lhe a mesma pergunta e recebeu a mesma resposta.

– Maldição! – praguejou o marujo, incapaz de conter-se.

O repórter ouviu a praga e, voltando-se para Pencroff:

– Nenhum fósforo?

– Nenhum, e, consequentemente, nada de fogo!

– Ah! – exclamou Nab. – Se o patrão estivesse aqui, saberia como tirá-los dessa!

Os quatro náufragos permaneceram imóveis e entreolharam-se, não sem inquietude. Foi Harbert o primeiro a romper o silêncio:

– Sr. Spilett, o senhor é fumante, tem sempre fósforos consigo! Procure novamente! Um único fósforo nos bastaria!

O repórter voltou a vasculhar nos bolsos da calça, do colete, do paletó e, enfim, para grande alegria e surpresa de Pencroff, sentiu um palitinho perdido no forro do colete. Seus dedos haviam-no capturado através do pano, mas não conseguiam retirá-lo. Como devia ser um fósforo, e um único, era imperioso não decapitá-lo!

– Posso tentar? – pediu o rapaz.

E, habilidosamente, sem quebrá-lo, conseguiu remover o pedacinho de madeira, o miserável e valioso pauzinho, que tanto significava para aqueles infelizes! Estava intacto.

– Um fósforo! – exclamou Pencroff.– Ah! É como se tivéssemos um carregamento!

Pegou o fósforo e, seguido pelos companheiros, retornou às Chaminés.

Aquele palitinho, que nos países habitados riscamos com tanta indiferença, e cujo valor é nulo, ali requeria extrema precaução. O marujo certificou-se de que estava bem seco. Feito isto, pediu:

– Precisamos de papel.

– Aqui está – disse Gedeon Spilett, rasgando, após certa hesitação, uma folha de seu caderno.

Pencroff pegou o papel que o repórter lhe estendia e agachou-se diante da lareira, abastecida com tufos de capim, folhas e musgo secos instalados sob as achas, dispostos de maneira a fazer o ar circular livremente e assim inflamar a lenha seca.

Pencroff dobrou o pedaço de papel em forma de cone, como fazem os fumantes de cachimbo durante as ventanias, e introduziu-o por entre o musgo. Pegando em seguida um seixo ligeiramente áspero, limpou-o com cuidado e, com o coração disparado, riscou lentamente o palito, prendendo a respiração.

A primeira tentativa não surtiu qualquer efeito. Pencroff não pressionara com muita força, temendo descascar o fósforo.

– Não, não vou conseguir – disse, com a mão trêmula... – Vou danificar o palito... Não consigo... Não quero! – e, levantando-se, incumbiu Harbert de substituí-lo.

O rapaz pareceu tomar um susto. Seu coração bateu mais forte. A caminho de roubar o fogo do céu, Prometeu certamente estava mais calmo! Harbert, contudo, não hesitou, riscando prontamente o palito no seixo. Ouviu-se um pequeno crepitar e uma tênue chama azulada brotou, produzindo uma fumaça resinosa. Harbert virou lentamente a cabeça do palito para baixo, de maneira a alimentar a chama, e introduziu-a em seguida no cone de papel. Em poucos segundos, o fogo consumiu o papel e se propagou pelo musgo. Instantes depois, a lenha seca estalava e uma alegre labareda, ativada por um vigoroso sopro do marujo, brotava na escuridão.

– Resumindo – exclamou Pencroff, levantando-se –, nunca fiquei tão nervoso na vida!

Certo é que aquele fogo, sobre o átrio de pedras achatadas, reconfortava. A fumaça fluía com facilidade pelo estreito duto, o sistema de sucção da Chaminé funcionava e um calor agradável não demorou a se espalhar.

Cumpria zelar para que não se extinguisse e, para isso, conservar sempre um punhado de brasa sob o borralho. Mas isso era mera questão de cuidado e atenção, uma vez que lenha não faltava e o estoque poderia ser sempre renovado em tempo útil.

Pencroff tratou logo de aproveitar aquele fogo, preparando uma iguaria mais nutritiva do que simples litófagos. Duas dúzias de ovos foram trazidas por Harbert. O repórter, recostado num canto, observava esses preparativos sem nada dizer. Um triplo pensamento agitava-lhe a mente. Cyrus continuava vivo? Em caso afirmativo, onde poderia estar? Se sobrevivera à queda, como explicar não ter dado sinal de vida? Quanto a Nab, vagava sem rumo pela praia. Não passava, agora, de um corpo sem alma.

Pencroff, que conhecia cinquenta e duas maneiras de preparar ovos, não teve escolha naquela circunstância, só lhe restando cozinhá-los sob as cinzas quentes. Em poucos minutos, o cozimento foi operado e o marujo convidou o repórter a participar do jantar. Foi a primeira refeição dos náufragos naquela costa desconhecida. Os ovos cozidos estavam excelentes e, como o ovo contém todos os elementos indispensáveis à alimentação humana, os quatro náufragos sentiram-se saciados e revigorados.

Ah, se a tripulação estivesse completa! Se todos os cinco prisioneiros evadidos de Richmond ali estivessem, sob aquele conglomerado de rochas, diante daquele fogo crepitante e claro, sobre aquela areia seca, talvez então devessem louvar a Deus! Contudo, lamentavelmente, faltava ali o mais sagaz, o mais técnico também, aquele que era seu líder incontestável: Cyrus Smith! E o seu corpo sequer merecera uma sepultura!

Assim transcorreu aquele 25 de março. À noite, do lado de fora, o vento soprava e a rebentação monótona quebrava na praia. Os seixos, impelidos e carregados pelas ondas, rolavam num estrépito ensurdecedor. Após anotar sumariamente os incidentes daquele dia – o primeiro vislumbre da terra nova, o desaparecimento do engenheiro, a exploração da costa, o episódio dos fósforos etc. –, o repórter retirara-se para o fundo de uma galeria escura e, ajudado pelo cansaço, terminara por pregar o olho.

Harbert também se entregara ao sono. Quanto ao marujo, com um olho vigilante, passou a noite junto à lareira, para a qual não economizou lenha.

Um único náufrago não dormiu nas Chaminés. Foi o inconsolável e desesperado Nab, que, durante toda a noite, a despeito das recomendações dos companheiros para que descansasse, vagou pela praia chamando pelo patrão!

6

O inventário dos náufragos • Nada • O lenço queimado • Expedição à floresta • A flora das coníferas • O jacamar escapa • Rastros de animais selvagens • Os surucuás • Os tetrazes • Uma pescaria singular

O INVENTÁRIO DOS OBJETOS pertencentes aos náufragos do ar, lançados num litoral que parecia desabitado, foi prontamente realizado. Afora as roupas que vestiam no momento da catástrofe, não tinham nada. Cumpre, no entanto, mencionar um caderno e um relógio que Gedeon Spilett conservara, sem dúvida por descuido, mas nenhuma arma, nenhum utensílio, nem sequer um canivete. Os passageiros do balão haviam se desfeito de tudo para deixar o aeróstato mais leve. Os heróis imaginários de Daniel Defoe ou Wyss, bem como os Selkirk e os Raynal, naufragados em Juan Fernandez ou no arquipélago das Auckland, nunca se viram em penúria tão extrema. Ou retiravam abundantes recursos dos navios naufragados, seja em sementes, gado, ferramentas ou munições, ou algum destroço chegava à costa permitindo-lhes prover as necessidades básicas da vida. Não se viam a priori completamente desarmados face à natureza. Não era o caso, naquela terra, onde não contavam com nenhum instrumento, nenhum utensílio. Nada, precisavam construir tudo! Se ao menos Cyrus Smith estivesse com eles, se o engenheiro pudesse colocar sua ciência prática e espírito inventivo a serviço da situação, talvez nem toda esperança estivesse perdida! Infelizmente, não contavam mais com Cyrus Smith. Os náufragos nada deviam esperar senão de si mesmos e da Providência, que nunca abandona aqueles cuja fé é sincera.

Uma pergunta exigia resposta urgente: deveriam instalar-se naquela parte da costa sem procurar saber a que continente ela pertencia, se era habitada, ou se era apenas a praia de uma ilha deserta?

Questão de alta relevância, a ser respondida no prazo mais exíguo possível. Tal verificação determinaria as medidas a ser tomadas. Todavia, curvando-se à opinião de Pencroff, pareceu-lhes conveniente esperar uns dias antes de empreender uma exploração. Com efeito, urgia estocar víveres e providenciar alimentação mais nutritiva do que a fornecida exclusivamente por ovos ou moluscos. Expostos a longas fadigas e sem um abrigo para repousar, os exploradores necessitavam, antes de tudo, recobrar as forças.

As Chaminés ofereciam um refúgio provisoriamente satisfatório. O fogo ardia, seria fácil alimentar as brasas. Conchas e ovos eram o que não faltava nos rochedos e na praia. Terminariam encontrando um jeito de matar alguns pombos, que voavam às centenas na crista do planalto, nem que fosse a golpes de porrete ou pedradas. As árvores da floresta adjacente dariam frutos comestíveis? O principal, a água potável, estava ali. Combinaram então que, durante alguns dias, permaneceriam nas Chaminés a fim de preparar uma expedição, fosse para percorrer o litoral, fosse para explorar o interior.

Esse plano agradou especialmente a Nab, que, absorto em suas ideias e pressentimentos, não tinha nenhuma pressa de abandonar a zona litorânea, teatro da catástrofe. Não acreditava, não queria acreditar na perda de Cyrus Smith. Julgava impossível um homem daquela têmpera terminar seus dias de maneira tão vulgar, carregado por um vagalhão, afogado a poucas centenas de metros da praia! Enquanto as águas não houvessem devolvido o corpo do engenheiro, enquanto ele, Nab, não tivesse visto com os próprios olhos e tocado com as próprias mãos o cadáver de seu patrão, não acreditaria em sua morte! E essa ideia enraizou-se mais do que nunca em seu coração obstinado. Ilusão talvez, mas ilusão respeitável, que o marujo não quis destruir! Para Pencroff, não restava mais esperança, o engenheiro realmente perecera no mar, mas como discutir com Nab? Ele era como um cão fiel, que não abandona o local onde caiu o dono, e sua dor era tão grande que ele provavelmente não lhe sobreviveria.

Ao raiar do dia 26 de março, Nab percorreu novamente o litoral na direção norte, retornando ao ponto onde o mar possivelmente engolira o desafortunado Smith.

O almoço desse dia consistiu unicamente em ovos de pomba e litófagos. Harbert descobrira sal, sedimentado por evaporação, na cavidade das rochas, e essa substância mineral não poderia ter vindo mais a propósito.

Terminada a refeição, Pencroff perguntou ao repórter se este queria acompanhá-los até a floresta, onde Harbert e ele tentariam caçar. Contudo, analisando a situação, julgaram apropriado deixar alguém nas Chaminés para cuidar do fogo e para o caso, bastante improvável, de Nab precisar de ajuda. O repórter ficou.

– À caça, Harbert – convocou o marujo. – Encontraremos munição no caminho e cortaremos nossas armas na floresta.

Quando iam partir, Harbert sugeriu levarem alguma coisa que pudesse servir de mecha.

– O quê? – perguntou Pencroff.

– Pano queimado – respondeu o rapaz. – Dessa forma, se necessário, podemos improvisar uma bucha.

Embora tal ideia acarretasse o inconveniente de exigir o sacrifício de um pedaço de lenço, o marujo julgou-a bastante sensata. Parte do lenço xadrez de Pencroff foi então imediatamente reduzida à condição de bucha. Esse material inflamável foi guardado no cômodo central, no fundo de uma pequena cavidade da rocha, ao abrigo de qualquer vento ou umidade.

Eram então nove da manhã. O tempo estava ameaçador, o vento soprava do sudeste. Harbert e Pencroff, não sem antes voltar os olhos para a fumaça que saía de uma ponta de rocha, deixaram as Chaminés e logo puseram-se em marcha pela margem esquerda do rio.

Ao chegarem à floresta, Pencroff arrancou dois sólidos galhos da primeira árvore que encontrou e os transformou em porretes, cuja ponta Harbert tratou de afiar numa pedra. Ah, o que não daria para ter uma faca! Em seguida, os dois caçadores embrenharam-se pelo capinzal, seguindo a praia. A partir do cotovelo que desviava seu curso para o sudoeste, o rio estreitava um pouco e suas margens formavam um leito profundo, coberto pela dupla arcada de árvores. Pencroff, a fim de não se perder, resolveu seguir o curso d'água, que o traria sempre de volta ao ponto de partida. Não era fácil, porém, avançar pela margem o tempo todo: ora os galhos flexíveis das árvores curvavam-se até a altura da corrente, ora o cipoal ou os espinheiros requeriam o emprego dos porretes para ser vencidos. Volta e meia Harbert esgueirava-se por entre as ramagens rompidas com a agilidade de um gato e desaparecia na mata. Pencroff, no entanto, logo o chamava de volta, pedindo-lhe que não se afastasse.

Enquanto isso, o marujo observava com atenção a disposição e a natureza do local. Naquela margem esquerda, o solo eram plano, subindo imperceptivelmente na direção do interior. Em determinados pontos era tão úmido que lembrava um pântano. Percebia-se ali toda uma rede subjacente de artérias líquidas, que, por alguma fissura subterrânea, deviam expandir-se na direção do rio. Em determinados pontos, um ribeirão cortava a mata, sendo atravessado sem dificuldade. A margem oposta parecia mais acidentada, desenhando com mais nitidez o vale em cuja vertente o rio corria. A ribanceira, coberta de árvores dispostas em patamares, formava uma cortina indevassável. Avançar por aquela margem teria sido bem mais árduo, pois, além dos barrancos íngremes, as árvores, debruçadas na água, só resistiam graças à força das raízes.

Desnecessário acrescentar que essa floresta, bem como a costa já percorrida, não apresentava quaisquer sinais de presença humana. Pencroff constatou tão somente rastros de quadrúpedes, pegadas frescas de animais cuja espécie ele não conseguia identificar. Tudo indicava – e foi também a opinião de Harbert – que algumas delas haviam sido deixadas por feras de grande porte, com as quais sem dúvida deveriam contar; em parte alguma, porém, marcas de um machado num tronco de árvore ou restos de um fogo extinto ou uma pegada humana; com o que deviam regozijar-se talvez, pois, naqueles confins, no meio do Pacífico, a presença do homem talvez fosse mais temível do que desejável.

Atentos aos obstáculos, Harbert e Pencroff mal conversavam, avançando tão lentamente que, após uma hora de marcha, haviam transposto apenas um quilômetro e meio. Até ali a caçada fora completamente infrutífera. Embora algumas aves piassem e esvoaçassem sob a ramagem das árvores, pareciam bastante ariscas, como se o homem lhes houvesse instintivamente infundido um justo temor. Numa área pantanosa da floresta, Harbert assinalou, entre outros espécimes, um pássaro com o bico afilado e comprido, anatomicamente semelhante a um martim-pescador, distinguindo-se deste último, todavia, pela plumagem mais áspera, dotada de um brilho metálico.

– Deve ser um jacamar – opinou Harbert, tentando aproximar-se do animal.

– Seria uma ótima oportunidade de provar um jacamar – respondeu o marujo –, se o referido pássaro consentisse em se deixar assar.

Nesse momento, uma pedrada, desferida com força e habilidade pelo adolescente, acertou a ave na raiz da asa. A estocada, entretanto, não foi suficiente, pois o jacamar voou e desapareceu num piscar de olhos.

– Que desastrado eu sou! – exclamou Harbert.

– Ao contrário, meu rapaz! – consolou-o o marujo. – A pedrada foi certeira, qualquer outro teria feito pior. Não desanime! Um dia desses nós o pegamos!

A expedição prosseguiu. À medida que os caçadores avançavam, o porte das árvores, mais espaçadas, aumentava, mas nenhuma delas produzia frutos comestíveis. Pencroff procurava em vão alguma preciosa palmeira, espécie de mil utilidades na vida doméstica, cuja presença foi constatada até o paralelo 40 no hemisfério norte e até o 35 no sul. Mas aquela floresta compunha-se exclusivamente de coníferas, como cedros, já identificados por Harbert, e abetos-de-douglas, semelhantes aos que crescem na costa noroeste dos Estados Unidos, sem falar nos pinheiros gigantes, com quarenta e cinco metros de altura.

Nesse momento, uma revoada de pequenas aves de bela plumagem, com a cauda longa e furta-cor, espalhou-se por entre os galhos e cobriu o solo com suas penas, debilmente presas, formando um fino tapete. Harbert recolheu algumas e, após examiná-las, foi taxativo:

– São surucuás.

– Eu preferia uma galinha-d'angola ou um tetraz – opinou Pencroff. – Mas, afinal, são comestíveis?

– Sim, e sua carne é delicadíssima – explicou Harbert. – Aliás, não me parece difícil nos aproximarmos e matá-los a porretadas.

O marujo e o rapaz, rastejando na relva, alcançaram o pé de uma árvore, cujos galhos baixos estavam semeados de aves. Os surucuás esperavam na passagem os insetos com que costumam se alimentar. Viam-se suas patas emplumadas agarrarem com força os delgados ramos que lhes serviam de apoio.

Os caçadores ergueram-se então e, manuseando seus porretes feito uma foice, dizimaram renques inteiros de surucuás, que nem sequer pensaram em fugir, deixando-se abater estupidamente. Uma centena já cobria o solo, quando os outros resolveram debandar.

– Excelente – vibrou Pencroff –, aqui está uma caça na medida para caçadores de nossa categoria! Seriam apanhados com a mão!

O marujo enfiou os surucuás, como tordos, numa varinha flexível, e a expedição seguiu adiante. Puderam então observar que o curso d'água fazia uma ligeira curva, de maneira a formar um gancho para o sul, mas esse desvio não devia se prolongar, pois a nascente, decerto resultado do derretimento da neve que cobria os flancos do cone central, devia situar-se na montanha.

Se o objetivo principal da expedição era proporcionar aos hóspedes das Chaminés a maior quantidade possível de caça, não se podia dizer que houvessem triunfado. O marujo então prosseguiu diligentemente suas buscas, praguejando sempre que algum animal, que ele nem sequer tinha tempo de identificar, fugia através do matagal. Se pelo menos contassem com Top, o cão! Mas Top desaparecera junto com seu dono e provavelmente perecera ao seu lado!

Por volta das três da tarde, novos bandos de pássaros foram avistados através das árvores, bicando as bagas aromáticas, zimbro, entre outras. Subitamente, uma espécie de toque de clarim ressoou na mata. A estranha e sonora fanfarra era produzida por galináceos denominados tetrazes nos Estados Unidos. Dali a pouco viram-se alguns casais, com uma plumagem oscilando entre parda e marrom e a cauda castanha. Harbert identificou os machos pelas duas álulas pontudas, formadas pelas penas eriçadas do pescoço. Pencroff julgou indispensável apoderar-se de um daqueles galináceos, do tamanho de uma galinha, cuja carne não fica nada a dever à da galinhola. Tarefa inglória, contudo, pois eles não permitiam aproximação. Após várias tentativas infrutíferas, que não tiveram outro resultado senão assustar os tetrazes, o marujo disse ao rapaz:

– Ora bolas, já que não podemos matá-las no ar, tentemos apanhá-las na linha.

– Como uma carpa? – exclamou Harbert, bastante surpreso com a proposta.

– Como uma carpa – respondeu seriamente o marujo.

Pencroff encontrara na relva meia dúzia de ninhos de tetrazes, cada um deles contendo entre dois e três ovos, e teve todo o cuidado para não tocar neles, pois os donos não deixariam de retornar. Foi ao seu redor que imaginou esticar as linhas – não linhas de laçar, mas verdadeiras linhas de pesca. Levou Harbert até certa distância dos ninhos, e ali, com a destreza de um discípulo de Izaac Walton, preparou seus singulares artefatos. Harbert acompanhava o procedimento com um interesse fácil de compreender, embora duvidasse de seu êxito. As linhas foram confeccionadas com cipós finos, que, atados um ao outro, alcançaram entre cinco e seis metros de comprimento. Como anzol, espinhos grossos e resistentes, com as pontas curvas, fornecidos por um pé de acácia-anã, foram fixados nas extremidades das linhas. Quanto à isca, gordas minhocas vermelhas que rastejavam no solo cumpriram esse papel.

Feito isto, Pencroff, avançando pela relva e dissimulando-se com habilidade, foi instalar a ponta de suas linhas equipadas com anzóis nas imediações dos ninhos dos tetrazes; voltou então para pegar a outra ponta e se escondeu com Harbert atrás de um tronco de árvore. Ambos esperaram pacientemente. Harbert, vale dizer, não acreditava muito no sucesso do inventivo Pencroff.

Uma longa meia hora depois, como previra o marujo, vários casais de tetrazes retornavam a seus ninhos. Saltitando, ciscavam o solo, sem desconfiar da presença dos caçadores, que, aliás, tiveram o cuidado de se posicionar a sotavento dos galináceos.

O adolescente, respeitando o momento, prendia a respiração, ao passo que Pencroff, com os olhos arregalados, a boca aberta, os lábios em forma de bico, como se fosse provar um pedaço do tetraz, mal respirava.

Enquanto isso, os galináceos, indiferentes, passeavam por entre os anzóis. Pencroff então sacudiu um pouco a linha, agitando as iscas, como se as minhocas continuassem vivas.

Ao fazê-lo, o marujo por certo sentia uma emoção muito mais intensa que a do pescador comum, uma vez que este não vê sua presa chegar através das águas.

As sacudidelas logo despertaram a atenção dos galináceos, e os anzóis foram atacados a bicadas. Três tetrazes, sem dúvida os mais vorazes, engoliram ao mesmo tempo isca e anzol. Instantaneamente, com um golpe seco, Pencroff deu um puxão na linha e, pelo bater das asas, pressentiu que as aves estavam no papo.

– Hurra!

– Hurra! – exclamou, precipitando-se para a caça, da qual se assenhoreou num instante.

Harbert aplaudiu, visto ser a primeira vez que assistia a uma pescaria de aves. O marujo, contudo, surpreendentemente modesto, afirmou que aquela não era sua primeira tentativa e que, a propósito, não lhe cabia o mérito da invenção.

– Seja como for – acrescentou –, na situação em que nos encontramos, não duvido nada que façamos coisas ainda mais mirabolantes!

Os tetrazes foram amarrados pelas patas, e Pencroff, feliz por não voltar de mãos vazias e percebendo que o dia começava a se recolher, julgou prudente retornar ao abrigo.

Para isso, bastava descerem o rio, e, em torno das seis horas, esgotados, Harbert e Pencroff adentravam as Chaminés.

7

Nab ainda não voltou • Reflexões do repórter • O jantar • Prenúncio de uma noite difícil • A tempestade é terrível • Partida noturna • Desafiando a chuva e o vento • A doze quilômetros do primeiro acampamento

NA PRAIA, Gedeon Spilett, imóvel e de braços cruzados, observava o mar, cujo horizonte, a leste, confundia-se com uma grossa nuvem escura que subia celeremente rumo ao zênite. O vento já era intenso, esfriando à medida que o dia morria. O céu inteiro tinha um mau aspecto, e os primeiros sinais da ventania não tardaram a se manifestar.

Harbert entrou nas Chaminés. Pencroff dirigiu-se ao repórter, que, absorto em seus pensamentos, não o viu chegar.

– Teremos uma péssima noite, sr. Spilett! – disse o marujo. – A chuva e o vento farão a festa dos petréis!

O repórter então se voltou e, percebendo Pencroff, interpelou-o:

– Em sua opinião, a que distância da costa o cesto foi golpeado pela onda gigante que carregou nosso companheiro?

O marujo não esperava por tal pergunta. Refletiu um instante e respondeu:

– A duas amarras, no máximo.

– Mas o que é uma amarra? – perguntou Gedeon Spilett.

– Aproximadamente cento e vinte braças, ou cerca de duzentos metros.

– Isso significa – indagou o repórter – que Cyrus Smith teria desparecido a, no máximo, trezentos e sessenta metros da praia?

– Aproximadamente – respondeu Pencroff.

– E o cão também?

– Também.

– O surpreendente – acrescentou o repórter –, admitindo que nosso companheiro tenha morrido, é que Top também tenha se afogado e nem o seu corpo nem o de seu dono tenham encalhado na praia!

– Com o mar tão encrespado, isso não me admira – respondeu o marujo. – Aliás, é bem possível que as correntes os tenham arrastado para um ponto distante do litoral.

– Acha então realmente que o nosso companheiro morreu afogado? – insistiu o repórter.

– É a minha opinião.

– Pois eu – disse Gedeon Spilett –, em que pese o respeito que devo à sua experiência, mestre Pencroff, penso que o duplo e absoluto desaparecimento de Cyrus e Top, vivos ou mortos, tem alguma coisa de inexplicável e inverossímil.

– Eu gostaria de pensar como o senhor, sr. Spilett – respondeu Pencroff. – Infelizmente, minha convicção é inabalável!

Dito isto, o marujo retornou às Chaminés. Um belo fogo crepitava na lareira, pois Harbert acabava de abastecê-la com uma braçada de lenha seca, e as chamas relampejavam nas partes escuras do corredor.

Pencroff cuidou imediatamente de preparar o jantar. Uma vez que todos necessitavam recuperar forças, pareceu-lhe apropriado introduzir no cardápio um prato suculento. Reservou, portanto, as fieiras de surucuás para o dia seguinte, depenando em seu lugar dois tetrazes, que, logo em seguida, espetados num galho, assavam sobre um fogo flamejante.

Eram sete da noite e Nab ainda não retornara. Essa ausência prolongada começava a preocupar Pencroff, que temia um acidente naquela terra desconhecida ou ainda que o infeliz terminasse cometendo um ato desesperado. Harbert, em contrapartida, fazia outras conjecturas. Para ele, se Nab não voltara, é porque se produzira uma circunstância nova, que o estimulara a prorrogar suas buscas. Ora, se alguma coisa diferente acontecera, a coisa decerto envolvia Cyrus Smith. Se Nab não voltara, era porque uma esperança qualquer o retinha. Quem sabe não encontrara algum indício, uma pegada, um resto de destroço que constituísse uma boa pista... Ou já se achasse ao lado do patrão...

Assim raciocinava o rapaz. Assim se expressou e seus companheiros o ouviram. O repórter, com um gesto, foi o único a aprová-lo. Para Pencroff, no entanto, o mais provável era que Nab houvesse aprofundado suas buscas no litoral e por esse motivo ainda não retornara.

Mesmo assim, agitado por vagos pressentimentos, diversas vezes Harbert manifestou a intenção de ir à cata de Nab. Pencroff, porém, convenceu-o de que seria uma aventura inútil, pois, naquela escuridão e tempo terrível, ele jamais encontraria seu rastro, sendo preferível esperar. Se no dia seguinte Nab não desse sinal de vida, Pencroff não hesitaria em se juntar a Harbert para irem à sua procura.

Spilett concordou com a opinião do marujo de não se separarem, e Harbert foi obrigado a desistir de seu plano, não sem que duas lágrimas lhe brotassem dos olhos.

O repórter não se conteve e abraçou o emotivo rapaz.

O mau tempo instalara-se de vez. O vento sudeste varria a praia com uma violência inaudita. Ouvia-se o mar, então na vazante, quebrando no primeiro cinturão de rochedos, ao largo do litoral. A chuva, pulverizada pelo furacão, formava uma espécie de névoa líquida. Retalhos de vapores corriam sobre a praia, onde os seixos rolavam e rangiam continuamente. A areia, erguida pelo vento, misturara-se ao aguaceiro, tornando o ataque, de poeira mineral e líquida, implacável. Entre a foz do rio e o lanço do paredão, grandes redemoinhos turbilhonavam e as camadas de ar que escapavam desse vórtice, não encontrando outra saída senão o estreito vale em cujo fundo revolvia-se o curso d'água, eram para ele aspiradas com irresistível violência. Isso fazia com que a fumaça da lareira, expelida através do estreito duto, por vezes invadisse os corredores, tornando-os inabitáveis.

Eis por que, assim que os tetrazes atingiram o ponto de cozimento, Pencroff deixou o fogo morrer, conservando apenas as brasas cobertas pelas cinzas.

Às oito horas, Nab ainda não voltara. Agora, contudo, era bem razoável supor que a tempestade impedira o seu retorno, obrigando-o a procurar refúgio em alguma cavidade, à espera do fim da tormenta ou, ao menos, do alvorecer. Ir atrás dele, tentar encontrá-lo naquelas condições, era impossível.

As aves constituíram o único prato do jantar e sua carne, excelente, foi avidamente degustada. Pencroff e Harbert, esfaimados depois da expedição, não se fizeram de rogados.

Depois do jantar, cada um retirou-se para o canto onde já pernoitara na véspera e Harbert não demorou a cair no sono ao lado do marujo, que se deitara ao pé da lareira.

Do lado de fora, à medida que a noite avançava, a tempestade ganhava proporções formidáveis. Era um vendaval comparável ao que carregara os prisioneiros de Richmond até aquelas terras do Pacífico. Tais intempéries eram frequentes naquela zona, durante o período de equinócio, e pródigas em catástrofes, terríveis principalmente em vastas extensões, que não opõem nenhum obstáculo à sua fúria! Não admirava, portanto, que litoral tão exposto a leste, isto é, diretamente às estocadas do furacão, e atingido de cheio por este, fosse golpeado com uma força de que nenhuma descrição pode dar ideia. Por sorte, o conglomerado rochoso formado pelas Chaminés era sólido. Tratava-se de enormes blocos de granito, alguns dos quais, contudo, ainda recentes, pareciam tremer nas bases. Pencroff percebia isso e, apalpando as paredes, sentia aqueles leves tremores. Mas afinal, ele repetia sozinho, e com razão, não havia nada a recear: aquele refúgio improvisado não iria desmoronar. O que não o impedia de ouvir o estrondo das pedras, desgarradas do topo do planalto e arrancadas pelos deslizamentos, caindo na praia. Algumas inclusive rolavam até a parte superior das Chaminés, ou ali se pulverizavam, quando projetadas perpendicularmente. Por duas vezes, o marujo rastejou até a abertura do corredor, a fim de observar o exterior. Aquelas avalanches, contudo, de fraca intensidade, não constituíam perigo, e ele voltou ao seu posto ao pé do fogo, cujas brasas crepitavam sob a cinza.

Ignorando a sanha do furacão, o estrépito da tempestade e a fúria da tormenta, Harbert dormia profundamente. Até mesmo Pencroff, que a vida de marujo acostumara aos cataclismos, pregara o olho. O único a se manter acordado, afligido pela preocupação, era Gedeon Spilett, arrependido de não ter acompanhado Nab. Vimos que nem toda a esperança o abandonara. Compartilhando os pressentimentos de Harbert, não tirava Nab da cabeça. Por que ele não retornara? Remexia-se em sua cama de areia, mal prestando atenção à luta dos elementos. Suas pálpebras, pesando de cansaço, desciam, mas algum fugaz pensamento as reabria quase imediatamente.

Nesse ínterim, a noite avançava, e deviam ser duas horas da manhã quando Pencroff, que dormia feito uma pedra, foi vigorosamente sacudido.

– O que é? – exclamou, despertando e recobrando a lucidez com a prontidão característica do povo do mar.

O repórter estava debruçado sobre ele e lhe dizia:

– Escute, Pencroff, escute!

O marujo prestou atenção e não distinguiu outro barulho a não ser o provocado pelas rajadas.

– É o vento – disse.

– Não – insistiu Gedeon Spilett –, prestei bem atenção e julguei ouvir...

– O quê?

– Latidos de um cão!

– Um cão! – exclamou Pencroff, levantando-se de um pulo.

– Sim… latidos…

– Não é possível! – reagiu o marujo. – Como seria possível que, com o barulho da tempestade…

– Pois ouça… – pediu o repórter.

Pencroff tornou a ouvir com mais atenção e, num momento de trégua, julgou de fato perceber latidos ao longe.

– E então…? – indagou o repórter, apertando a mão do marujo.

– Sim… sim! – respondeu Pencroff.

– É Top! É Top! – exclamou Harbert, que acabava de acordar, e todos os três se arrojaram para a entrada das Chaminés.

Sair não foi nada fácil, pois o vento os empurrava para trás. Terminaram por triunfar, embora só conseguissem manter-se de pé amparando-se nas rochas. Entreolharam-se, impossível falar.

A escuridão era absoluta. Mar, céu e terra confundiam-se numa treva uniforme. Parecia não haver um átomo de luz na atmosfera.

Por alguns minutos, o repórter e seus dois companheiros viram-se como que esmagados pelas rajadas do vento, molhados até os ossos pela chuva, enceguecidos pela areia. Em seguida, numa trégua da tormenta, ouviram mais uma vez os latidos e perceberam que Top deveria estar longe.

Pois não podia ser outro senão Top, a latir daquele jeito! Estaria sozinho ou acompanhado? Sem dúvida sozinho, uma vez que, se estivesse com ele, Nab teria ido diretamente para as Chaminés.

O marujo apertou a mão do repórter, que não podia ouvi-lo, e, fazendo sinal de "Espere!", entrou de volta no corredor.

Instantes depois, tornava a sair com uma acha de lenha acesa, agitando-a nas trevas e emitindo assobios agudos.

A esse sinal, que parecia esperado, latidos mais próximos responderam e logo um cão penetrou no corredor. Atrás dele, entraram Pencroff, Harbert e Gedeon Spilett.

Uma braçada de lenha seca foi lançada sobre os carvões e uma chama viva iluminou a galeria.

– É Top! – exclamou Harbert.

Era Top, com efeito, um magnífico cão anglo-francês, cruzamento que lhe dera por herança a velocidade e o faro apurado, duas virtudes por excelência do cão de caça.

Era o cão do engenheiro Cyrus Smith. Mas estava sozinho! Nem seu dono, nem Nab o acompanhavam!

Ainda assim, como o seu instinto pudera conduzi-lo até as Chaminés, que ele não conhecia? Aquilo parecia inexplicável, sobretudo durante aquela noite negra e tempestuosa! Detalhe ainda mais inexplicável, Top não estava cansado nem esgotado, tampouco sujo de lama ou areia!

Harbert atraíra-o para si e apertava sua cabeça entre as mãos. O cão aceitava e esfregava o pescoço nas mãos do rapaz.

– Se o cão foi encontrado, o dono será também! – bradou o repórter.

– Queira Deus! – respondeu Harbert. – Vamos! Top nos guiará!

Pencroff não fez objeção. Percebia claramente que a chegada de Top podia representar um desmentido às suas conjecturas.

– Avante! – exclamou.

Pencroff cobriu cuidadosamente os carvões da lareira, depositando um punhado de lascas de lenha sob as cinzas, de maneira a encontrar fogo na volta. Feito isto, e após recolher os restos do jantar, arrojou-se pela saída, precedido pelo cão, que parecia chamá-lo com latidos curtos, e seguido pelo repórter e o rapaz.

A tempestade estava no auge de sua violência. A lua, nova naquele momento, e por conseguinte em conjunção com o sol, impedia a passagem de qualquer luminosidade através das nuvens. Andar em linha reta era praticamente impossível, melhor confiar no instinto de Top. O que foi feito. O repórter e o rapaz seguiam atrás do cão, com o marujo fechando a marcha. Não havia como se comunicarem.

A chuva não era forte, pulverizada pelas rajadas do furacão, mas o furacão era terrível.

Uma circunstância, no entanto, jogava a favor do marujo e de seus dois companheiros. Com efeito, o vento soprava do sudeste, empurrando-os, por conseguinte, pelas costas. A areia que ele levantava com violência, e que teria sido insuportável caso a recebessem de frente, eles a recebiam por trás, e, com a condição de não se virarem, não os incomodava a ponto de lhes refrear a marcha. Em suma, avançavam quase sempre mais rápido do que pretendiam, às vezes acelerando ainda mais a fim de não caírem, mas uma imensa esperança redobrava suas forças. Dessa vez, não era mais desorientados que percorriam a praia: agora tinham certeza de que Nab encontrara seu patrão e lhes enviara o fiel Top. Mas o engenheiro estava vivo ou Nab mandara chamar os amigos apenas para que prestassem as últimas homenagens ao cadáver do desafortunado Smith?

Deixando para trás a ribanceira, da qual haviam prudentemente se afastado, o repórter e Pencroff sugeriram uma parada, a fim de tomarem fôlego. A concha de um rochedo protegia-os do vento, e, após aquela caminhada, ou corrida, de quinze minutos, puderam respirar. Conseguiram então trocar algumas palavras, e, após Harbert pronunciar o nome de Cyrus Smith, Top deu uma série de latidos, como se confirmando que o dono estava são e salvo.

– Salvo, não é? – repetia Harbert. – Salvo, Top?

E o cão respondia.

Seguiram adiante. Eram em torno de duas e meia da manhã. O mar começava a engrossar e, impelida pelo vento, a maré, que era de sizígia, ameaçava evoluir para uma ressaca. Vagalhões rebentavam contra o cinturão de rochedos, atacando-o com tal violência que, muito provavelmente, transpunham o recife, então absolutamente invisível. Logo, aquele comprido dique não protegia mais a costa, agora diretamente exposta aos impactos do mar aberto.

Assim que o marujo e seus companheiros viram-se fora da concha de pedra, o vento voltou a fustigá-los furiosamente. Curvados, dando as costas para as rajadas de vento, o grupo caminhava celeremente, seguindo Top, que não hesitava quanto à direção a tomar. Subiam para o norte, tendo à direita uma interminável crista de ondas, que rebentava com um estrépito ensurdecedor, e à esquerda uma região escura, cujo aspecto era impossível conjecturar. Sentiam, porém, que devia ser relativamente plana, pois agora o furacão passava por eles, sem os golpear de volta, efeito que se produzia quando ricocheteava no paredão de granito.

Às quatro da manhã, estimaram ter percorrido uma distância de oito quilômetros. As nuvens haviam subido um pouco e não se arrastavam mais rente ao solo. As rajadas, menos úmidas, propagavam-se em rápidas correntes de ar, mais secas e frias. Vestindo roupas inapropriadas, Pencroff, Harbert e Gedeon Spilett sofriam cruelmente, mas nenhuma queixa lhes escapava dos lábios. Estavam determinados a seguir Top aonde quer que aprouvesse ao inteligente animal conduzi-los.

Por volta das cinco horas, o dia raiou. No zênite, onde os vapores eram menos espessos, tons de cinza delinearam o contorno das nuvens e, dali a pouco, sob uma faixa escura, uma risca mais luminosa desenhou nitidamente o horizonte marítimo. Uma luz castanha tingiu ligeiramente a crista das ondas e a espuma recuperou sua brancura. Enquanto isso, à esquerda, ainda no lusco-fusco, o serrilhado do litoral começava a destacar-se confusamente.

Às seis da manhã já era dia claro. Nuvens corriam celeremente nas camadas superiores da atmosfera. O marujo e seus companheiros, então a aproximadamente dez quilômetros das Chaminés, seguiam por uma praia de superfície plana, guarnecida ao largo por um cinturão de recifes dos quais, durante a maré-cheia, se viam apenas as cabeças. À esquerda, em direção ao interior, estendia-se um terreno agreste e arenoso, com dunas esparsas e crivadas de cardos. O litoral era pouco acidentado e, como barreira ao oceano, opunha apenas uma cadeia bastante irregular de pequenos morros. Aqui e ali, uma ou duas árvores resistiam, deitadas para oeste, os galhos projetados nessa mesma direção. Bem ao fundo, a sudoeste, a orla da última floresta.

Foi nesse ponto que Top começou a dar sinais de agitação, avançando, retrocedendo até o marujo, incitando-o a apertar o passo. Num determinado momento, deixou a praia e, movido pelo instinto, enveredou sem hesitação por entre as dunas.

Seguiram-no. A região parecia absolutamente deserta. Nem um ser vivo sequer respirava ali.

O colar de dunas, bastante amplo, era formado por morros distribuídos aleatoriamente. Era como uma Suíça de areia em miniatura, e só um instinto prodigioso era capaz de se orientar naqueles meandros.

Cinco minutos após deixarem a praia, o repórter e seus companheiros chegaram diante de uma espécie de orifício aberto no lado oposto de uma duna elevada. Ali, Top deteve-se e latiu com eloquência. Spilett, Harbert e Pencroff penetraram na caverna.

Em seu interior, viram Nab, ajoelhado junto a um corpo estendido num leito de capim...

Esse corpo era o do engenheiro Cyrus Smith.

8

Cyrus Smith está vivo? • Relato de Nab • Pegadas • Uma questão insolúvel • As primeiras palavras de Cyrus Smith • Confirmação das pegadas • O retorno às Chaminés • Pencroff desolado!

NAB NÃO SE MEXEU. O marujo dirigiu-lhe uma única palavra.

– Vivo?

Nab não respondeu. Gedeon Spilett e Pencroff empalideceram. Harbert juntou as mãos e permaneceu imóvel. Estava claro, contudo, que o infeliz, absorto em sua dor, não vira os companheiros nem ouvira a pergunta do marujo.

O repórter ajoelhou-se junto ao corpo inerte e aplicou o ouvido sobre o peito do engenheiro, cujas roupas ele entreabriu. Um minuto – um século! – transcorreu, enquanto procurava flagrar um sinal do coração.

Nab soerguera-se e olhava sem ver. O desespero nunca alterou tanto a fisionomia de um homem. Irreconhecível, esgotado, alquebrado de dor, julgava o patrão morto.

Gedeon Spilett, após realizar longo e acurado exame, levantou-se.

– Está vivo! – declarou.

Foi a vez de Pencroff ajoelhar-se ao lado de Cyrus Smith e captar igualmente algumas pulsações e um tênue bafejo escapando dos lábios do engenheiro.

Harbert, intuindo o que o repórter ia pedir, correu para fora a fim de trazer água. A trinta metros da caverna, encontrou um ribeirão cristalino, manifestamente engrossado pelas chuvas da véspera e desaguando na areia. Mas não havia nada naquelas dunas, nem sequer uma concha, para transportar o precioso líquido! O rapaz limitou-se então a encharcar o lenço no ribeirão e voltar correndo. Por sorte, o lenço úmido foi suficiente para Gedeon Spilett, que desejava tão somente umedecer os lábios do engenheiro. As moléculas de água fresca produziram um efeito quase instantâneo. Um suspiro escapou do peito de Cyrus Smith, que pareceu inclusive tentar pronunciar algumas palavras.

– Nós o salvaremos! – prometeu o repórter.

Ao ouvir aquelas palavras, Nab voltou a alimentar esperanças. Despiu então o patrão para verificar se ele não estava ferido. Nem a cabeça, nem o tronco, nem os membros apresentavam sinais de contusões, sequer arranhões, coisa surpreendente, uma vez que o corpo de Cyrus Smith devia ter rolado pelas pedras; até as mãos pareciam ilesas, sendo difícil explicar como o engenheiro não conservara marca alguma dos esforços que decerto fizera para atravessar o cinturão de recifes.

Mas essa explicação viria mais tarde. Quando Cyrus Smith estivesse em condições de falar, contaria tudo. O que importava agora era reanimá-lo, e massagens podiam funcionar. Usaram a japona do marujo para isso. O engenheiro, aquecido por aquela rude fricção, mexeu ligeiramente os braços, e sua respiração começou a se restabelecer. Quase morrera de esgotamento e, sem a chegada dos amigos, Cyrus Smith não estaria mais neste mundo.

– Pensou que o seu patrão estava morto? – perguntou o marujo a Nab.

– Sim! Morto! – respondeu Nab. – E, se Top não os tivesse encontrado, se vocês não viessem, eu teria enterrado o patrão e morrido ao seu lado!

Isso mostra a situação periclitante de Cyrus Smith!

Nab fez um relato do que acontecera. Na véspera, de madrugada, após deixar as Chaminés, seguira a praia na direção norte até o ponto já alcançado anteriormente.

Lá, desanimado, admitiu, procurou, em meio às rochas e dunas, qualquer indício capaz de guiá-lo. Vasculhara sobretudo a parte da praia que a maré alta não cobria, pois, à beira-mar, o vaivém das águas devia ter apagado possíveis rastros. Não esperava mais encontrar o patrão vivo. Logo, era à procura de um cadáver que ele vagava, um cadáver que ele desejava sepultar com as próprias mãos!

A despeito de seus esforços, Nab nada encontrou. Aquela costa deserta parecia jamais ter sido frequentada por seres humanos. Os milhões de conchas, as que o mar não conseguia alcançar – e que se espalhavam além do alcance das marés –, estavam intactos. Nenhuma concha pisoteada. Numa extensão de duzentos, trezentos metros, nenhum vestígio de desembarque, antigo ou recente.

Nab decidira avançar alguns quilômetros pelo litoral. Quem sabe a correnteza não teria carregado o corpo para um ponto mais afastado... Quando um cadáver flutua a pouca distância de uma praia plana, é muito raro que as águas, cedo ou tarde, não o devolvam à terra. Nab não ignorava esse fato e queria rever o patrão pela última vez.

– Acompanhei a linha da costa por mais três quilômetros, examinei toda a barreira de rochedos na maré baixa, toda a praia na maré alta, e já estava desistindo de encontrar alguma coisa quando, ontem, por volta das cinco da tarde, deparei com pegadas na areia.

– Pegadas? – admirou-se Pencroff.

– Sim! – confirmou Nab.

– E essas pegadas partiam dos rochedos? – perguntou o repórter.

– Não – respondeu Nab –, só apareciam depois da linha da maré, pois entre essa linha e os rochedos deviam ter se apagado.

– Continue, Nab – pediu Gedeon Spilett.

– Quando vi as pegadas, enlouqueci. Estavam bastante nítidas e se dirigiam às dunas. Segui-as ao longo de uns quatrocentos metros, correndo e ao mesmo tempo evitando apagá-las. Cinco minutos depois, quando já anoitecia, ouvi os latidos de um cão. Era Top, e Top me trouxe até aqui, para junto do patrão!

Nab terminou o relato evocando sua dor ao encontrar aquele corpo inanimado e como tentou auscultar-lhe algum sopro de vida! Agora que o encontrara morto, queria-o vivo! Todos os seus esforços foram inúteis! Só lhe restava prestar as últimas homenagens àquele a quem tanto amara!

Nab pensara então em seus companheiros. Estes, sem dúvida, gostariam de ver pela última vez o desventurado Cyrus Smith! Top estava ali. Não poderia confiar na sagacidade do fiel animal? Repetiu então diversas vezes o nome do repórter, o amigo do engenheiro que Top mais conhecia. Em seguida, apontou para o sul, e o cão partiu correndo na direção indicada.

Vimos como, guiado por um instinto quase sobrenatural, pois o animal nunca estivera nas Chaminés, Top chegara lá.

Todos haviam escutado atentamente o relato de Nab e continuavam sem entender por que Cyrus Smith, após os esforços que devia ter feito para escapar das ondas e transpor os recifes, não apresentava nenhum arranhão. Outro fato inexplicável: como o engenheiro conseguira alcançar, a mais de um quilômetro e meio da praia, aquela caverna perdida no meio das dunas?

– Quer dizer, Nab – indagou o repórter –, que não foi você que carregou seu patrão até aqui?

– Não, não fui eu – confirmou Nab.

– Fica evidente que o sr. Smith veio para cá sozinho – disse Pencroff.

– Evidente, com efeito – observou Gedeon Spilett –, mas difícil de acreditar!

Só poderiam obter tais explicações da boca do engenheiro, e, para isso, só lhes restava esperar que recuperasse a fala. Felizmente, graças às massagens, que lhe haviam restaurado a circulação sanguínea, ele já apresentava sinais de melhora. Cyrus Smith voltou a mexer a cabeça, e palavras incompreensíveis escaparam mais uma vez de seus lábios.

Nab, debruçado sobre ele, chamava-o, mas o engenheiro parecia não ouvir e seus olhos continuavam fechados. A vida só se manifestava em seu corpo pelo movimento. Os sentidos ainda não haviam despertado.

Pencroff lamentou muito não ter fogo, nem dispor de meios para fazê-lo, pois infelizmente se esquecera de trazer o lenço já preparado, que, exposto ao atrito de dois seixos, teria facilmente se inflamado. Quanto aos bolsos do engenheiro, estavam absolutamente vazios, exceto o do colete, que continha seu relógio. Era urgente, portanto, transportar Cyrus Smith para as Chaminés, e o mais cedo possível. Foi a opinião de todos.

Enquanto isso, os cuidados dispensados ao engenheiro prometiam devolver-lhe a consciência mais depressa do que o esperado. A água com que refrescavam seus lábios reanimava-o gradativamente, uma vez que Pencroff teve a ideia de misturar-lhe um pouco do caldo da carne de tetraz que ele trouxera. Harbert correu até o rio e retornou com duas grandes conchas de bivalves. O marujo preparou uma espécie de poção e introduziu-a entre os lábios do engenheiro, que pareceu sorver avidamente a beberagem.

Seus olhos então se abriram. Nab e o repórter estavam debruçados sobre ele.

– Patrão! Patrão! – exclamou Nab.

O engenheiro ouviu. Reconheceu Nab e Spilett, depois seus outros dois companheiros, Harbert e o marujo, e apertou debilmente suas mãos.

Algumas outras palavras escaparam de sua boca – palavras que ele já pronunciara, sem dúvida, e que refletiam os pensamentos que atormentavam seu espírito naqueles momentos. Dessa vez, as palavras foram compreendidas.

– Ilha ou continente? – murmurou.

– Ah! – exclamou Pencroff, sem se conter. – Com todos os diabos, estamos nos lixando para isso, contanto que sobreviva, sr. Cyrus. Ilha ou continente? Veremos depois.

O engenheiro fez um sinal afirmativo e pareceu adormecer.

Aquele sono foi respeitado, e o repórter tomou imediatamente as providências para que Smith fosse transportado nas melhores condições possíveis. Nab, Harbert e Pencroff deixaram a caverna e se dirigiram para uma duna alta, com algumas árvores raquíticas espetadas no topo. E, enquanto caminhavam, o marujo não se cansava de repetir:

– Ilha ou continente! Preocupar-se com isso à beira da morte! Que homem!

Ao chegarem ao topo da duna, Pencroff e seus dois companheiros, sem outras ferramentas senão os braços, arrancaram os galhos de uma árvore estropiada, espécie de pinheiro-marítimo desbastado pelos ventos; em seguida, desses galhos, fizeram uma liteira, que, uma vez forrada com tufos de folhas e capim, permitiria transportar o engenheiro.

Isso levou aproximadamente quarenta minutos, e eram dez horas quando o marujo, Nab e Harbert voltaram para junto de Cyrus Smith, a quem Gedeon Spilett não abandonara.

O engenheiro despertava do sono, ou melhor, do torpor em que fora encontrado. Suas faces, que até aquele momento resumiam-se à palidez da morte, ganhavam cor. Levantou-se um pouco, observou à sua volta e pareceu perguntar onde estava.

– Consegue me ouvir sem se cansar, Cyrus? – indagou o repórter.

– Sim – respondeu o engenheiro.

– Minha opinião – disse então o marujo – é que ele o escutará melhor se comer mais um pouquinho dessa geleia de tetraz, pois é tetraz, sr. Cyrus – acrescentou, apresentando-lhe um pouco da geleia, à qual agora misturara nacos de carne.

Cyrus Smith comeu na medida do possível, e o que sobrou foi dividido entre seus três companheiros, que estavam famintos e decerto não mataram a fome.

– Tudo bem! – disse o marujo. – Iguarias nos esperam nas Chaminés, pois, é bom que saiba, sr. Cyrus, lá para as bandas do sul, temos uma casa com quartos, camas e lareira e, na copa, dúzias de aves que o nosso Harbert chama de surucuás. Sua padiola está pronta e, tão logo se sinta em condições, o transportaremos até a sua residência.

– Obrigado, meu amigo – respondeu o engenheiro –, podemos ir daqui a uma ou duas horas... E agora, fale, Spilett.

O repórter contou então o que se passara. Narrou os acontecimentos que Cyrus Smith ignorava, a queda definitiva do balão, a aterrissagem naquelas paragens desconhecidas, que, independentemente do que fossem, ilha ou continente, pareciam desertas, a descoberta das Chaminés, as buscas empreendidas para encontrar o engenheiro, o devotamento de Nab, tudo que deviam à inteligência do fiel Top etc.

– Ora – perguntou Cyrus Smith com a voz ainda debilitada –, eu não fui resgatado na praia?

– Não – respondeu o repórter.

– E não foram vocês que me trouxeram para cá?

– Não.

– Qual é a distância entre esta caverna e os rochedos?

– Aproximadamente oitocentos metros – respondeu Pencroff. – E estamos tão perplexos quanto o senhor por encontrá-lo neste local, sr. Cyrus!

– Singularíssimo, com efeito – respondeu o engenheiro, que voltava gradualmente à vida e demonstrava interesse por esse tipo de detalhe –, singularíssimo!

– Agora – pediu o marujo –, pode nos contar o que aconteceu depois que foi carregado pelo vagalhão?

Cyrus Smith puxou pela memória. De pouca coisa se lembrava. A onda gigante arrancara-o da rede do aeróstato. Após afundar algumas braças, ele voltou à superfície e, apesar da escuridão, percebeu um ser vivo agitando-se ao seu lado. Era Top, que se atirara no mar para socorrê-lo. Ergueu então os olhos e não avistou mais o balão, que, aliviado de seu peso e do cão, catapultara-se qual uma pedra. Viu-se, em meio àquelas águas conturbadas, a uma distância da costa que não devia ser inferior a oitocentos metros. Tentou lutar contra as vagas, nadando vigorosamente. Top segurava-o pelas roupas, mas uma corrente irresistível o carregou, empurrando-o para o norte, e, após meia hora de esforços, ele afundou, arrastando Top consigo para o abismo. Era tudo de que se lembrava, desde o momento do desastre até o feliz instante em que se viu nos braços dos amigos.

– No entanto – insistiu Pencroff –, de uma maneira ou de outra o senhor deve ter sido lançado na praia e caminhado até aqui, uma vez que Nab encontrou pegadas suas na areia!

– É... de fato... – refletiu o engenheiro. – Algum sinal de seres humanos na costa?

– Nenhum – declarou o repórter. – Aliás, se isso foi obra providencial de algum salvador, por que ele o teria abandonado após arrancá-lo das ondas?

– Tem razão, meu caro Spilett. Ei, Nab – acrescentou o engenheiro, voltando-se para o criado –, não foi você que... você não teria tido um momento de ausência... durante o qual... Não, absurdo... Será que essas pegadas continuam lá? – perguntou Cyrus Smith.

– Sim, patrão – respondeu Nab –, na entrada, no lado oposto mesmo dessa duna, num local protegido do vento e da chuva. As outras foram apagadas pela tempestade.

– Pencroff – disse Cyrus Smith –, que tal pegar meus sapatos e verificar se eles coincidem exatamente com essas pegadas?

O marujo fez o que lhe pedia o engenheiro. Harbert e ele, guiados por Nab, foram até o local onde se encontravam as pegadas, enquanto Cyrus Smith dizia ao repórter:

– Coisas inexplicáveis aconteceram por aqui!

– Inexplicáveis, com efeito! – concordou Gedeon Spilett.

– Mas deixemos isso por ora, meu caro Spilett, conversaremos mais tarde.

Um instante depois, o marujo, Nab e Harbert regressavam.

Não havia dúvida possível. Os sapatos do engenheiro coincidiam exatamente com as pegadas conservadas. Logo, havia sido Cyrus Smith quem as deixara na areia.

– Está bem – admitiu –, fui eu quem sofri essa alucinação, essa ausência que atribuí a Nab! Caminhei feito um sonâmbulo, sem ter consciência de meus passos, e foi Top que, comandado por seu instinto, me conduziu até aqui, depois de me arrancar das águas... Venha, Top! Aqui, cãozinho!

O magnífico animal foi pulando e latindo até o dono, que não lhe regateou carícias.

Havemos de convir que não existia outra explicação plausível para os fatos que haviam resultado no salvamento de Cyrus Smith, cabendo a Top todos os méritos pelo feito.

Ao meio-dia, Pencroff perguntou ao engenheiro se ele se julgava em condições de ser transportado. Com um esforço que denotava a mais enérgica vontade, Cyrus Smith limitou-se a levantar. De todo modo, foi obrigado a apoiar-se no marujo, caso contrário teria caído.

– Muito bem! – incentivou Pencroff. – A padiola do sr. engenheiro.

A padiola foi trazida. Os galhos transversais haviam sido cobertos com musgo e capim. Após acomodarem Cyrus Smith, o grupo tomou o rumo da costa, Pencroff numa ponta dos varais, Nab na outra.

Eram doze quilômetros de marcha, porém, como não seria possível avançar celeremente, e talvez se vissem obrigados a parar, deviam levar no mínimo seis horas até alcançar as Chaminés.

A ventania não dava trégua, mas felizmente não chovia. Mesmo deitado, o engenheiro, apoiado num cotovelo, observava o litoral, sobretudo a parte oposta ao mar. Não falava, apenas olhava e decerto gravava na mente o perfil daquela região, com seus acidentes geográficos, florestas e espécimes diversos. Contudo, após duas horas de marcha, o cansaço prevaleceu e ele adormeceu na padiola.

Às cinco e meia, o pequeno grupo chegava ao paredão, e, logo em seguida, às Chaminés.

Pararam todos ali, depositando a padiola na areia. Cyrus Smith dormia profundamente e não despertou.

Pencroff, pego de surpresa, pôde então constatar o descalabro causado no local pela terrível tempestade da véspera. Grandes avalanches haviam se produzido. Imensos blocos de pedra jaziam na praia e um espesso tapete de vegetais marinhos, sargaços e algas cobria todo o litoral. O mar, isso era evidente, avançando sobre o recife, alcançara o sopé do imenso paredão de granito.

Na entrada das Chaminés, o solo esboroado mostrava os sinais da violenta ressaca.

Pencroff foi assaltado por uma espécie de pressentimento. Precipitando-se pelo corredor e dele voltando a sair quase instantaneamente, quedou estático e fitou os companheiros.

O fogo se extinguira. As cinzas afogadas não passavam de lama. O lenço guardado para servir de mecha desaparecera. O mar penetrara até o fundo das galerias e revirara tudo, destruíra tudo no interior das Chaminés.

9

"Não vê que Cyrus está aqui?" • Tentativas de Pencroff • Atritando dois gravetos • Ilha ou continente? • Os planos do engenheiro • Em que ponto do oceano Pacífico? • Na mata • O pinheiro-manso • Caçando uma capivara • Fumaça de bom agouro

GEDEON SPILETT, Harbert e Nab foram sucintamente informados a respeito da situação. Aquele incidente, prenhe de gravíssimas consequências – ao menos Pencroff via dessa forma –, gerou reações diversas nos companheiros do honesto marujo.

Nab, feliz da vida após encontrar o patrão, mal escutava, isto é, nem sequer se preocupava com o que Pencroff dizia.

Harbert, por sua vez, pareceu compartilhar as apreensões do marujo. Quanto ao repórter, assim lhe respondeu:

– Quer saber, mestre Pencroff? Não ligo a mínima!

– Mas repito que não temos mais fogo!

– Isso não é nada!

– Nem como acendê-lo novamente!

– E eu com isso?

– No entanto, sr. Spilett...

– Não vê que Cyrus está aqui? – respondeu o repórter. – Não vê que o nosso engenheiro está vivo? Ele certamente dará um jeito de acender o fogo!

– E com quê?

– Com nada.

O que respondeu Pencroff? Não respondeu, pois, no fundo, partilhava a confiança que seus companheiros depositavam em Cyrus

Smith. Para eles, o engenheiro era um microcosmo, um compêndio de toda a ciência e inteligência humana! Era preferível estar com Cyrus numa ilha deserta do que sem ele na mais equipada cidade da União. Com ele, nada podia faltar. Com ele, havia esperança. Se alguém viesse dizer àquela brava gente que uma erupção vulcânica estava prestes a aniquilar aquela terra, a qual seria engolida pelos abismos do Pacífico, todos teriam respondido, imperturbáveis: "Cyrus está aqui! Cyrus dará um jeito!"

Nesse ínterim, contudo, o engenheiro mergulhara em nova prostração, causada pelo deslocamento na padiola, não sendo possível recorrer à sua experiência naquele exato instante. O jantar certamente deixaria a desejar. Com efeito, toda a carne de tetraz já fora consumida e eles não dispunham de nenhum meio para cozinhar qualquer tipo de caça. Por sinal, os surucuás estocados haviam desaparecido. A solução, portanto, era improvisar.

A primeira providência foi transportar Cyrus Smith para a galeria central, onde montaram uma cama de algas e sargaços ainda razoavelmente secos. O profundo sono em que ele mergulhara decerto restauraria melhor e mais rapidamente suas forças do que o teria feito uma alimentação suculenta. Anoitecera e a temperatura, alterada por uma mudança de vento para nordeste, esfriou drasticamente. Ora, como o mar destruíra as divisórias erguidas por Pencroff em determinados pontos das galerias, correntes de ar penetravam, tornando as Chaminés pouco hospitaleiras. O engenheiro, portanto, teria passado um mau bocado se os seus companheiros, desfazendo-se de seus paletós e japonas, não lhe houvessem improvisado uma coberta.

Aquela noite, o jantar limitou-se aos inevitáveis litófagos, de que Harbert e Nab fizeram ampla coleta na praia. A esses moluscos, contudo, o rapaz acrescentou certa quantidade de algas comestíveis, que ele colhera em rochedos elevados, só batidos pelo mar no período das grandes ressacas. Essas algas, pertencentes à família das fucáceas, eram espécies de sargaços, que, secas, forneciam uma substância gelatinosa bastante rica em elementos nutritivos. O repórter e seus companheiros, após comerem uma quantidade considerável de litófagos, chuparam então aqueles sargaços, cujo sabor julgaram tolerável, cumprindo dizer que, nas costas asiáticas, eles constituem parte importante na dieta dos nativos.

– Paciência! – disse o marujo. – Agora o sr. Cyrus está aqui para nos ajudar.

Nesse ínterim, o frio apertara e eles não sabiam como combatê-lo.

O marujo, aflito, tentou fazer fogo de todas as maneiras, contando inclusive com a ajuda de Nab. Encontrou um tufo de musgo seco e, batendo duas pedras uma na outra, obteve algumas fagulhas, mas o musgo, pouco inflamável, não pegou. Aquelas fagulhas, que não passavam de sílex incandescente, não tinham a consistência das que saíam da ponta de aço na pederneira usual.

Pencroff, sem demonstrar qualquer confiança no procedimento, tentou em seguida atritar dois gravetos secos um contra o outro, à maneira dos selvagens. Se o suor que Nab e ele transpiraram houvesse se transformado em calor, este, segundo as novas teorias, teria sido suficiente para ferver a caldeira de um vapor! O resultado, contudo, foi nulo. Os gravetos esquentaram, só isso, por sinal muito menos que os dois aventureiros.

Após uma hora de trabalho, Pencroff, suando em bicas e desapontado, desistiu da operação.

– Quando me fizerem acreditar que os selvagens acendem fogo dessa maneira – decretou –, fará calor até no inverno! Mais fácil acender meus braços, esfregando-os um no outro!

O marujo estava errado ao desprestigiar o método. Os selvagens de fato acendem a lenha mediante uma fricção rápida de dois pedaços de pau, porém nem toda espécie de madeira convém a esse tipo de operação e, depois, como se diz, tem o "macete", e tudo indica que Pencroff não o conhecia.

O mau humor de Pencroff não durou muito. Os dois pauzinhos jogados fora por ele haviam sido recolhidos por Harbert, que se descabelava, esfregando-os ainda mais vigorosamente. O forte marujo não pôde conter uma gargalhada, ao ver os esforços do adolescente para triunfar onde ele fracassara.

– Vá esfregando, mocinho, vá esfregando! – brincou.

– É o que faço – respondeu Harbert, rindo –, mas minha única pretensão é me aquecer, em vez de tiritar de frio, e logo estarei tão à vontade quanto o senhor, mestre Pencroff!

Dito e feito. Em todo caso, tiveram de desistir do fogo para aquela noite. Gedeon Spilett, repetindo pela vigésima vez que Cyrus Smith resolveria aquilo com um pé nas costas, terminou por se deitar no colchão de areia de uma das galerias. Harbert, Nab e Pencroff o imitaram, enquanto Top dormia aos pés do dono.

No dia seguinte, 28 de março, quando o engenheiro acordou, por volta das oito da manhã, deparou com seus companheiros espreitando seu despertar, e, como na véspera, suas primeiras palavras foram:

– Ilha ou continente?

Como o leitor pode ver, era uma obsessão.

– Ora, não fazemos a menor ideia, sr. Smith! – respondeu Pencroff.

– Ainda não sabem...

– Mas saberemos – acrescentou o marujo – assim que nos guiar por estas terras.

– Julgo-me em condições de tentar – respondeu o engenheiro, que, sem muito esforço, levantou-se e pôs-se de pé.

– Assim é que se fala! – exclamou o marujo.

– Meu único problema agora é a fraqueza – explicou Cyrus Smith. – Deem-me algo para comer e entrarei em forma. Temos fogo, não é mesmo?

A pergunta não obteve resposta imediata, mas instantes depois Pencroff desabafou:

– Ai de nós, sr. Cyrus, não temos fogo, quer dizer, deixamos de ter!

E o marujo fez o relato do que acontecera na véspera. O engenheiro divertiu-se ao ouvir a história do fósforo único e da tentativa abortada de fazer fogo à maneira dos selvagens.

– Daremos um jeito – respondeu o engenheiro –, e se não encontrarmos algo que possa servir de mecha...

– Então?

– Então faremos fósforos.

– Químicos?

– Químicos!

– Vê como é fácil! – exclamou o repórter, dando um tapinha no ombro do marujo.

Este, embora não julgasse a coisa tão simples, não protestou. Todos saíram. O tempo abrira novamente. Um sol forte nascia no horizonte marítimo, salpicando com lantejoulas de ouro as asperezas prismáticas do imponente paredão.

Após vistoriar o ambiente, o engenheiro sentou-se num bloco de pedra e Harbert ofereceu-lhe alguns punhados de mariscos e sargaços:

– É tudo que temos, sr. Cyrus.

– Obrigado, meu rapaz, isso é o suficiente. Por ora, pelo menos.

E devorou aquela magra refeição, a qual regou com um pouco de água fresca, colhida no rio com uma concha funda. Seus companheiros o observavam em silêncio.

Então, revigorado, Cyrus Smith cruzou os braços e indagou:

– Quer dizer, amigos, que ainda não sabem se a sorte nos lançou em um continente ou uma ilha?

– Não, sr. Cyrus – respondeu Harbert.

– Saberemos amanhã – declarou o engenheiro. – Até lá, nada a fazer.

– Está brincando? – replicou Pencroff.

– O quê, então?

– Fogo – sugeriu o marujo, que também tinha sua ideia fixa.

– Não se preocupe, Pencroff – tranquilizou-o Cyrus Smith. – Ontem, enquanto vocês me transportavam, julguei avistar, a oeste, uma montanha dominando essa região...

– Exatamente – concordou Gedeon Spilett –, montanha que deve ser bem elevada...

– Ótimo – concluiu o engenheiro. – Amanhã, subiremos ao seu cume e veremos se este território é uma ilha ou um continente. Até lá, repito, nada a fazer.

– Sim, fogo! – insistiu o obstinado marujo.

– Ora, faremos fogo! – repetiu Gedeon Spilett. – Um pouco de paciência, Pencroff.

O marujo olhou para Gedeon Spilett como quem quer dizer: "Se dependermos do senhor para isso, tão cedo não haverá cheiro de assado por aqui!" Mas calou-se.

Cyrus Smith, no entanto, não havia respondido, parecendo indiferente à questão. Pensativo, retomou o fio de suas ideias:

– Amigos – declarou –, nossa situação, embora por certo deplorável, é, por outro lado, muito simples. Ou nos encontramos num continente, e então, a custo de peripécias mais ou menos arriscadas, alcançaremos alguma terra habitada, ou numa ilha. Neste último caso, das duas, uma: se a ilha for habitada, seremos socorridos por seus habitantes; se for deserta, teremos de nos virar sozinhos.

– Coisa trivial, de fato – comentou Pencroff.

– Continente ou ilha – indagou Gedeon Spilett –, em que ponto do mundo acha que aquele furacão nos jogou, Cyrus?

– Impossível saber ao certo – respondeu o engenheiro –, mas presumo termos caído em terras do Pacífico. Com efeito, quando deixamos Richmond, o vento soprava de nordeste e sua própria violência sugere que não deve ter mudado de direção. Se tal trajetória se manteve, de nordeste para sudeste, atravessamos os estados da Carolina do Norte, da Geórgia, o golfo do México, o próprio México, em sua zona estreita, e, por fim, grande extensão do Pacífico. Não estimo em menos de oito a nove mil quilômetros a distância percorrida pelo balão, e, ainda que tenha variado em um quarto, o vendaval deve ter nos arrastado até o arquipélago de Mendaña, ou seja, as Pomotu, e, por que não, se estivesse porventura a uma velocidade maior do que suponho, até as terras da Nova Zelândia. Se esta última hipótese se confirmar, nosso repatriamento será fácil. Ingleses ou maoris, encontraremos sempre com quem falar. Se, ao contrário, essa costa pertence a alguma ilha deserta de um arquipélago micronésio, poderemos constatar isso do cume do monte que domina a região, e então tomaremos as disposições para nos estabelecer aqui, como se daqui nunca mais devêssemos sair!

– Nunca mais! – exclamou o repórter. – Por acaso disse "nunca mais", meu caro Cyrus?

– Nas atuais circunstâncias, é preferível ver as coisas pelo seu lado negro – ponderou o engenheiro – e reservar a surpresa para o melhor!

– Boas falas! – concordou Pencroff. – E esperemos também que essa ilha, se for uma, não esteja situada fora da rota dos navios. Seria realmente muito azar!

– Só saberemos em que nos fiar após escalar a montanha, e faremos isso o quanto antes – respondeu o engenheiro.

– E amanhã já estará em condições de aguentar o esforço de tal empreitada, sr. Cyrus? – preocupou-se Harbert.

– É o que espero – tranquilizou-o o engenheiro –, mas para isso você e Pencroff terão de provar que são caçadores inteligentes e espertos.

– Sr. Cyrus – atreveu-se novamente o marujo –, uma vez que toca no assunto caça, se eu estivesse tão certo de poder assá-la na minha volta quanto estou de trazê-la...

– Pois faça isso, mestre – respondeu Cyrus Smith.

Ficou então combinado que o engenheiro e o repórter passariam o dia nas Chaminés a fim de explorar o litoral e o planalto, enquanto

Nab, Harbert e o marujo retornariam à floresta, com a finalidade de renovar a provisão de lenha e capturar todo e qualquer animal de pena ou pelo que passasse a seu alcance.

Partiram, assim, em torno das dez da manhã, Harbert, confiante, Nab, alegre, e Pencroff, resmungando: "Se quando eu voltar, encontrar fogo em casa, terá sido porque um raio em pessoa veio acendê-lo!"

Após atravessarem a praia e alcançarem o cotovelo que ela formava com o rio, o marujo, detendo-se, consultou os dois amigos:

– Começamos como caçadores ou lenhadores?

– Caçadores – respondeu Harbert. – Aliás, Top já está farejando.

– Cacemos então – concordou o marujo. – Voltaremos depois para fazer nossa provisão de lenha.

Dito isso, Harbert, Nab e Pencroff, após arrancarem três galhos do tronco de um jovem pinheiro, seguiram Top, que trotava na relva alta.

Nessa ocasião, os caçadores, em vez de acompanhar o curso do rio, embrenharam-se na mata. Eram sempre as mesmas árvores, a maioria pertencente à família dos pinheiros. Em determinados lugares, de vegetação mais rala, o gigantismo das árvores, agrupadas em arvoredos, parecia indicar que aquela região encontrava-se em latitude mais alta do que supunha o engenheiro. Algumas clareiras, com alguns troncos carcomidos espalhados, estavam cobertas de lenha seca, constituindo assim inesgotável reserva de combustível. Mais além, transposta a clareira, a mata se fechava, tornando-se quase impenetrável.

Guiar-se por entre aquele emaranhado de árvores, sem nenhuma trilha aberta, era coisa bem difícil, o que fez com que o marujo, de tempos em tempos, marcasse o caminho, quebrando determinados galhos facilmente reconhecíveis. Parecia arrependido de não ter subido o curso d'água, como Harbert e ele haviam feito durante sua primeira excursão, visto não terem topado com nenhum tipo de caça depois de uma hora de caminhada. Top, correndo rente aos galhos baixos, só desentocava aves demasiado ariscas. Os próprios surucuás sumiram completamente e tudo levava a crer que o marujo voltaria àquela parte pantanosa da floresta, onde procedera triunfalmente à sua pesca ao tetraz.

– Ei, mestre Pencroff! – zombou Nab. – Se a sua caçada se resumir a isso, não precisaremos de um fogo muito alto para cozinhar!

– Preste atenção, Nab – insurgiu-se o marujo. – Não será caça o que faltará quando voltarmos.

– Então não confia no sr. Smith?

– Claro que sim.

– Não acredita que ele fará fogo?

– Acreditarei quando a lenha estiver queimando.

– O que irá acontecer, uma vez que o patrão afirmou.

– Veremos!

O sol ainda não alcançara o ponto mais alto de seu curso acima do horizonte. A expedição então seguiu adiante, propiciando uma útil descoberta por parte de Harbert: uma árvore que dava frutas comestíveis. Era o pinheiro-manso, que produz um excelente pinhão, muito estimado nas zonas temperadas da América e da Europa. Harbert apontou para os pinhões, que rebentavam de maduros, e todos se regalaram.

– Pensem bem – brincou Pencroff –, algas substituindo pão, mariscos substituindo carne, pinhões como sobremesa: está na cara que se trata de um jantar de pessoas sem um único fósforo no bolso!

– Não podemos nos queixar – rebateu Harbert.

– Não estou me queixando, meu rapaz – esclareceu Pencroff. – Mas repito que falta carne nesse cardápio!

– Top viu alguma coisa...! – exclamou Nab, correndo em direção à capoeira na qual, latindo, o cão desaparecera. Aos latidos de Top, misturavam-se rosnados estranhos.

O marujo e Harbert foram atrás de Nab. Se alguma peça de caça houvesse ali, não era o momento de discutir como cozinhá-la, e sim de capturá-la.

Assim que se embrenharam na mata, os caçadores viram Top lutando com um animal e mordendo-lhe a orelha. Era um quadrúpede, espécie de porco com aproximadamente oitenta centímetros de comprimento, entre castanho e preto, mais claro na barriga, um pelo duro e ralo, e garras, então fortemente fincadas no solo, que pareciam unidas por membranas.

Harbert julgou reconhecer uma capivara, isto é, um dos maiores espécimes da ordem dos roedores.

O grande animal, contudo, parecia ignorar o cão. Revirando estupidamente os olhos arregalados, afundados atrás de uma grossa cortina de gordura, devia ser a primeira vez que topava com humanos.

Quando Nab ergueu seu porrete para atacar o roedor, este, desvencilhando-se dos dentes de Top, que lhe arrancara apenas um pedaço da orelha, rosnou furiosamente, investiu contra Harbert e, derrubando-o, desapareceu na mata.

– Ah, tratante! – xingou Pencroff.

Imediatamente os três lançaram-se no rastro de Top e, quando estavam prestes a alcançá-lo, o animal desapareceu nas águas de um extenso charco, assombreado por imensos e seculares pinheiros.

Nab, Harbert e Pencroff imobilizaram-se. Top lançara-se na água, mas a capivara, escondida nas profundezas do charco, não aparecia mais.

– Aguardemos – disse o rapaz –, pois em breve ela virá respirar na superfície.

– Não irá se afogar? – perguntou Nab.

– Não – explicou Harbert –, ela tem as patas espalmadas, sendo quase um anfíbio. Fiquemos de tocaia.

Top permanecera na água. Pencroff e seus dois companheiros distribuíram-se pela margem, a fim de interceptar todas as saídas para a capivara, que o cão procurava, nadando na superfície do charco.

Harbert não estava enganado. Após alguns minutos, o animal voltou à tona. Num pulo, Top precipitou-se sobre ele, impedindo-o de mergulhar novamente. Logo em seguida, a capivara, arrastada até a margem, era atacada por Nab.

– Hurra! – exclamou Pencroff, que não economizava essa interjeição de triunfo. – Um carvão em brasa e esse roedor é que será roído até os ossos!

Pencroff jogou a capivara no ombro e, calculando pela altura do sol que deviam ser duas horas, deu sinal de retirada.

O instinto de Top foi de grande valia para os caçadores, que, graças ao inteligente animal, encontraram com facilidade o caminho de volta. Meia hora depois, chegavam à curva do rio.

Embora, sem fogo, aquilo lhe parecesse uma tarefa inútil, Pencroff, tal como da primeira vez, carregara rapidamente uma balsa de lenha, e, seguindo o curso da corrente, rumaram todos para as Chaminés.

Quando estavam a apenas quinze metros, o marujo se deteve e, apontando para uma aresta do penhasco, soltou novamente um hurra formidável:

– Harbert! Nab! Vejam! – exclamava.

Era uma espiral de fumaça que escapava por entre as rochas!

10

Uma invenção do engenheiro • O que intriga Cyrus Smith • Partida rumo à montanha • A floresta • Solo vulcânico • As tragopanas • Os carneiros selvagens • O primeiro planalto • Acampamento noturno • O topo do cone

INSTANTES DEPOIS os três caçadores viram-se diante de uma fogueira crepitante, onde já se encontravam Cyrus Smith e o repórter. Pencroff, com a capivara na mão, olhava para um e outro, sem dizer nada.

– E então, incrédulo? – exclamou o repórter. – Fogo, fogo de verdade, que assará esplendidamente essa magnífica peça com que nos deliciaremos daqui a pouco!

– Mas quem acendeu...? – perguntou Pencroff.

– O sol!

A resposta de Gedeon Spilett era exata. Havia sido o sol que fornecera aquele calor que maravilhava Pencroff. O marujo negava-se a crer nos próprios olhos, achando-se de tal forma estupefato que não lhe ocorria interrogar o engenheiro.

– Dispunha então de uma lente? – perguntou Harbert a Cyrus Smith.

– Não, meu rapaz – este respondeu –, mas fabriquei uma.

E mostrou o dispositivo usado como lente, feito simplesmente a partir dos dois vidros que ele retirara do relógio do repórter e do seu. Após tê-los enchido com água e tornado suas beiradas aderentes usando um pouco de argila, fabricara uma verdadeira lente, que, convergindo os raios solares para um musgo bem seco, provocara sua combustão.

O marujo considerou o artefato e olhou para o engenheiro sem pronunciar uma palavra. Seu olhar, contudo, dizia muito! Se, para ele, Cyrus Smith não era um deus, era, seguramente, mais que um homem. Por fim, recuperando a fala, exclamou:

– Anote isso, sr. Spilett, anote no seu papel!

– Está anotado – riu o repórter.

Em seguida, com a ajuda de Nab, o marujo preparou o espeto, e a capivara, limpa dentro das regras, dali a pouco dourava, qual um leitão, sobre uma chama clara e crepitante.

As Chaminés foram se tornando mais habitáveis, o fogo da lareira aquecia as galerias, as divisórias de pedra e areia haviam sido refeitas.

Como vemos, o engenheiro e Spilett haviam empregado bem o dia. Cyrus Smith estava praticamente recuperado e aventurara-se no planalto. De lá, seu olho, acostumado a calcular alturas e distâncias, fixara-se demoradamente naquele cone, cujo ponto culminante ele pretendia alcançar no dia seguinte. Estimou a altitude da montanha, situada a aproximadamente oito quilômetros a nordeste, em mil metros acima do nível do mar. Por conseguinte, um observador posicionado em seu cume poderia varrer o horizonte com o olhar num raio de até oitenta quilômetros. Parecia, portanto, que Cyrus Smith resolveria com facilidade aquela questão de "continente ou ilha", à qual, não sem razão, dava prioridade sobre as demais.

Jantaram e a carne da capivara foi declarada excelente. Sargaços e pinhões complementaram a refeição, durante a qual o engenheiro, preocupado com os planos para o dia seguinte, pouco falou.

Por uma ou duas vezes, Pencroff arriscou algumas ideias quanto ao que fazer, mas Cyrus Smith, visivelmente um espírito metódico, limitara-se a balançar a cabeça.

– Amanhã – repetia –, saberemos o que nos espera e agiremos em função disso.

Terminada a refeição, novas braçadas de lenha foram lançadas ao fogo, e os hóspedes das Chaminés, incluindo o fiel Top, mergulharam num sono pesado. Nenhum incidente veio perturbar a noite serena e, no dia seguinte – 29 de março –, acordaram todos bem-dispostos e animados, prontos para empreender a expedição que decidiria sua sorte.

Estava tudo preparado para a partida. Os restos da capivara ainda eram suficientes para alimentar Cyrus Smith e seus companheiros por vinte e quatro horas. Aliás, planejavam abastecer-se a caminho. Como os vidros haviam sido recolocados nos relógios do engenheiro e do repórter, Pencroff queimou outro pedaço do lenço para servir de mecha. Quanto ao sílex, não deveria faltar naquele solo de origem plutônica.

Eram sete e meia quando os exploradores, armados com porretes, deixaram as Chaminés. Adotando o ponto de vista de Pencroff, pareceu-lhes de bom alvitre seguir pelo caminho já percorrido através da floresta, deixando em aberto o trajeto da volta. Além disso, era o percurso mais retilíneo até a montanha. Tomaram então o rumo do sul e seguiram pela margem esquerda do rio, abandonando-a no ponto em que fazia uma curva para sudoeste. A trilha, já aberta sob as frondes das árvores, foi reencontrada e, às nove horas, o grupo alcançava a orla ocidental da floresta.

Do litoral para o interior, o terreno, até ali pouco acidentado, a princípio pantanoso, depois seco e arenoso, formava um ligeiro aclive. Alguns animais, bastante ariscos, foram entrevistos entre as grandes árvores. Top desentocava-os com habilidade, mas seu dono chamava-o de volta imediatamente, pois ainda não era hora de persegui-los. Mais tarde, veriam. O engenheiro não perdia de vista sua ideia fixa. Inclusive não nos enganaríamos afirmando que ele não observava nem o entorno, nem sua configuração, nem seus espécimes naturais. Seu único objetivo era escalar aquele monte e era para lá que se dirigia com determinação.

Às dez horas, fizeram uma parada de alguns minutos e, tão logo saíram da floresta, o sistema orográfico da região descortinou-se aos seus olhos, prestando-se a uma análise. A montanha compunha-se de dois cones. O primeiro, talhado a uma altura de aproximadamente setecentos e cinquenta metros, era escorado por contrafortes irregulares, que pareciam se ramificar e cravar no solo como se fossem garras. Por entre essas vertentes, corriam diversos vales estreitos e arborizados, cujos últimos agrupamentos alcançavam a altura do primeiro cone. A vegetação, no entanto, parecia ser menos luxuriante na parte da montanha voltada para o nordeste, onde viam-se ravinas profundas, possivelmente escavadas pelo corrimento da lava.

Sobre o primeiro cone, repousava um segundo, ligeiramente oblíquo e arredondado no topo. Imagine o leitor um amplo chapéu redondo caído de lado. Seu terreno parecia árido, com pedras avermelhadas espetadas qual alfinetes.

Era o pico do segundo cone que precisavam alcançar, e as vertentes dos contrafortes afiguravam-se o melhor acesso até lá.

– Estamos em terreno vulcânico – explicou Cyrus Smith, e, seguido pelos companheiros, começou a escalar a vertente de um contraforte, que, por uma linha sinuosa e, por conseguinte, menos íngreme, desembocava no primeiro planalto.

Intumescências proliferavam no solo, visivelmente convulsionado pelas forças plutônicas. Espalhados por toda parte, blocos erráticos, refugos de basalto, calcário, obsidianas. Aqui e ali, em arvoredos isolados, cresciam coníferas, que, centenas de metros abaixo, no fundo de estreitas gargantas, formavam um escudo verde, quase impenetrável aos raios solares.

Durante essa primeira parte da escalada pelas rampas inferiores, Harbert detectou vestígios que apontavam a passagem recente de grandes animais, ferozes ou não.

– Será que esses bichos irão nos ceder seus domínios pacificamente? – questionou Pencroff.

– Se eles se fizerem de engraçadinhos – respondeu o repórter, que já caçara o tigre na Índia e o leão na África –, não haverá outro remédio senão expulsá-los. Enquanto isso, olho vivo!

À medida que conversavam, subiam. O trajeto, encompridado pelos desvios e obstáculos, era longo. Além disso, às vezes faltava chão e eles deparavam com pirambeiras, que era preciso contornar. Procurando seguir trilhas naturais e sinuosas, perdiam tempo e se cansavam. Ao meio-dia, quando pararam para almoçar na orla de um vasto pinheiral, junto a um ribeirão que descia encachoeirado, o pequeno grupo ainda se achava a meio caminho do primeiro planalto, que, tudo indicava, só seria alcançado ao anoitecer.

Daquele ponto, o horizonte marítimo descortinava-se com maior amplitude, porém, à direita, o olhar, interceptado pelo promontório agudo do sudeste, não conseguia determinar se a costa se ligava por uma língua qualquer a alguma terra em segundo plano. À esquerda, o campo de visão abrangia um perímetro maior, ao norte; porém, desde o noroeste até o ponto ocupado pelos exploradores, ele era cortado pela aresta de um contraforte singularmente esculpido, que formava o poderoso esteio do cone central. Não era possível, então, adiantar nada no que se refere ao enigma que intrigava Cyrus Smith.

À uma hora retomaram a subida, fazendo uma guinada a sudoeste e voltando a penetrar na mata fechada. Ali, sob o dossel das árvores, esvoaçavam diversos casais de galináceos da família dos faisões. Eram tragopanas, enfeitadas com um peitilho carnudo, que pendia de seus gogós, e dois tênues cornos cilíndricos, cravados atrás dos olhos. Nesses casais, do tamanho de um galo, a fêmea era integralmente marrom, ao passo que o macho resplandecia sob sua plumagem vermelha, salpicada de pequenas lágrimas brancas. Com uma pedrada certeira e contundente, Gedeon Spilett matou uma daquelas tragopanas, para a qual Pencroff, já faminto, voltou os olhos com certa cobiça.

Saindo da mata, os alpinistas, para cortar caminho, escalaram um paredão de trinta metros e alcançaram um patamar superior, escasso em árvores e de solo aparentemente vulcânico. Viram-se então obrigados a embicar para leste, fazendo curvas para tornar as

Para cortar caminho, escalaram um paredão de trinta metros.

subidas mais amenas, pois estas eram escarpadas e todo cuidado era pouco na hora de escolher onde pisar. Nab e Harbert mantinham-se à frente, Pencroff fechava o grupo; entre eles, Cyrus e o repórter. Os animais que frequentavam aqueles contrafortes – e rastros era o que não faltava – decerto pertenciam à raça, caracterizada por patas firmes e espinha flexível, das camurças ou cabras-montesas. Mas não era esse o nome pelo qual Pencroff os conhecia, pois, ao vê-los, exclamou:

– Carneiros!

Os colonos encontravam-se a quinze metros de meia dúzia de animais de grande porte, com robustos chifres encurvados para trás e achatados próximo à ponta, tosão lanoso, escondido sob longos pelos sedosos cor de ferrugem. Não eram carneiros comuns, mas uma espécie típica das regiões montanhosas das zonas temperadas, a qual Harbert designou como carneiros selvagens.

– Possuem pernil e costeletas? – perguntou o marujo.

– Sim – respondeu Harbert.

– Então são carneiros – decidiu Pencroff.

Os animais, imóveis entre os sedimentos de basalto, olhavam perplexos, como se fosse a primeira vez que viam bípedes humanos e, subitamente tomados pelo medo, desapareceram saltitando por entre as rochas.

– Até já! – gritou Pencroff, fazendo graça e provocando risos em Cyrus Smith, Gedeon Spilett, Harbert e Nab.

A subida prosseguiu. Não raro topavam, em certos declives, com sulcos de lavas caprichosamente estriadas. Pequenas solfataras às vezes escalonavam a rota seguida pelos alpinistas, e, em determinados pontos, era preciso contorná-las. Em outras áreas, o enxofre depositara, sob a forma de concreções cristalinas e em meio às substâncias que costumam preceder as efusões de lava, pozolanas com grãos irregulares e altamente calcinadas, cinzas esbranquiçadas compostas de uma infinidade de pequenos cristais feldspáticos.

Ao chegarem ao primeiro altiplano, formado pela base do cone inferior, as dificuldades da escalada acentuaram-se. Por volta das quatro horas, a última zona arborizada fora deixada para trás. Subsistiam, aqui e ali, alguns pinheiros desgalhados e esqueléticos, que resistiam heroicamente, àquela altitude, aos vendavais do alto-mar. Felizmente, para os cinco náufragos, o tempo estava ameno e a atmosfera tranquila, pois, a uma altitude de novecentos metros, um vento mais forte lhes teria criado problemas. A pureza do céu no zênite era sentida na transparência do ar. Uma calma perfeita envolvia os excursionistas. Não viam mais o sol, então escondido atrás do amplo biombo formado pelo cone superior, que encobria o horizonte oeste e cuja sombra imensa, estendendo-se até o litoral, prolongava-se à medida que o astro radioso deitava em sua curva diurna. Alguns vapores, mais cerração do que nuvens, surgiam a leste, tingindo-se, sob a ação dos raios solares, de toda a gama de cores espectrais.

Apenas cento e cinquenta metros separavam então os exploradores do altiplano que desejavam alcançar, a fim de lá montarem acampamento para a noite, mas a distância viu-se quadruplicada pelos zigue-zagues que tiveram de fazer. O solo parecia abrir-se a seus pés. As escarpas às vezes formavam ângulos tão abertos que, quando as asperezas da rocha, corroídas pelo vento, não ofereciam ponto de apoio suficiente, os alpinistas escorregavam pelos regos de lavas solidificadas. Por fim, veio o crepúsculo e já era quase noite quando Cyrus Smith e seus companheiros, esgotados depois de uma escalada de sete horas, chegaram à mesa do primeiro cone.

Trataram então de montar acampamento e recobrar forças, jantando primeiro, dormindo em seguida. Esse segundo patamar da montanha assentava-se sobre uma base de rochedos, entre os quais não foi difícil encontrar abrigo. A lenha era escassa, mas obteriam fogo recorrendo aos musgos e arbustos secos espalhados em determinadas áreas do planalto. Enquanto o marujo armava a fogueira sobre pedras que dispôs para esse fim, Nab e Harbert iam à cata de lenha, voltando dali a pouco com um fardo de arbustos. A pederneira foi acionada e o lenço absorveu as fagulhas do sílex, as quais, sopradas por Nab, geraram um fogo crepitante, protegido pelas pedras.

Esse fogo destinava-se tão somente a combater a temperatura um pouco fria da noite e não foi usado para assar o faisão, que Nab guardara para o dia seguinte. Os restos da capivara e algumas dezenas de pinhões compuseram o jantar. Ainda não eram seis e meia quando terminaram a refeição.

Ocorreu então a Cyrus Smith a ideia de aproveitar a semipenumbra para explorar a ampla base circular que escorava o cone superior da montanha. Não sossegaria enquanto não soubesse se este poderia ser contornado, na eventualidade de seus flancos, demasiado escarpados, impedirem o acesso até o topo. Era uma questão deveras preocupante, pois, na direção para a qual o chapéu se inclinava, isto é, o norte, o planalto poderia não oferecer estabilidade. Ora, se o cume da montanha não pudesse ser alcançado e, ao mesmo tempo, não houvesse um meio de contornar a base do cone, seria impossível examinar a zona ocidental do território, e a principal missão da escalada não seria cumprida.

Portanto, deixando o cansaço de lado e encarregando Pencroff e Nab de organizar o pernoite e Gedeon Spilett de registrar os incidentes do dia, o engenheiro seguiu a borda circular do planalto, dirigindo-se para o norte. Harbert o acompanhava.

Era uma noite bonita e tranquila, a escuridão, ainda pouco profunda. Cyrus Smith e o rapaz caminhavam lado a lado, em silêncio. Em determinados trechos, o planalto espraiava-se à frente deles e eles avançavam sem contratempos. Em outros, obstruído pelos deslizamentos, oferecia apenas uma picada, pela qual não passavam duas pessoas emparelhadas. Após um estirão de vinte minutos, Cyrus Smith e Harbert viram-se obrigados a parar. A partir daquele ponto, as rampas dos dois cones se juntavam, não havendo mais qualquer diferença entre as duas partes da montanha.

Contorná-la, desafiando penhascos com aproximadamente setenta graus de inclinação, era impraticável.

Obrigados a desistir da rota circular, consideraram então a possibilidade de retomar a escalada direta do cone.

Com efeito, diante deles abria-se uma fissura profunda. Era a boca da cratera superior, o gargalo, se preferirem, pelo qual, na época em que o vulcão ainda era ativo, escapavam as matérias eruptivas líquidas. As lavas solidificadas e as escórias incrustadas formavam uma espécie de escadaria natural, com degraus largos, facilitando o acesso ao cume.

Um relance foi suficiente para Cyrus Smith reconhecer aquela formação geológica, e, sem hesitar, seguido pelo adolescente, ele penetrou na imensa fissura, em meio à crescente escuridão.

Ainda restavam trezentos metros de escalada. As vertentes internas da cratera ofereceriam uma passagem? Teriam de verificar. Enquanto houvesse como avançar, o engenheiro não cogitava desistir. Por sorte, tais aclives, compridos e sinuosos, descreviam uma espécie de espiral no interior do vulcão, facilitando a subida. Quanto ao vulcão em si, não havia dúvida de que estava completamente extinto. Nenhuma fumaça saía de seus flancos. Não se viam chamas nas cavidades profundas. Nenhuma efervescência, nenhum tremor escapava daquele poço escuro, que talvez se entranhasse até as vísceras do globo. O próprio ar, dentro da cratera, não parecia saturado por nenhum tipo de vapor sulfúrico. Era mais que o sono de um vulcão, era sua morte.

A tentativa de Cyrus Smith seria bem-sucedida. Pouco a pouco, Harbert e ele, escalando os paredões internos, viram a cratera alargar-se acima de suas cabeças. O raio daquela nesga circular do céu, emoldurada pelas bordas do cone, aumentava a olhos vistos. A cada passo, por assim dizer, dado por Cyrus Smith e Harbert, novas estrelas entravam em seu campo de visão. As magníficas constelações do céu austral reluziam. No zênite, brilhavam cristalinamente a esplêndida Antares do Escorpião e, não longe dela, a famosa Beta Centauri, considerada a estrela mais próxima do globo terrestre. Em seguida, à medida que a cratera se alargava, surgiram Fomalhaut, na constelação do Peixe, o Triângulo Austral e, por fim, quase no polo antártico do mundo, a fulgurante constelação do Cruzeiro do Sul, que ocupa posição análoga à Estrela Polar no hemisfério norte.

Eram quase oito horas quando Cyrus Smith e Harbert pisaram a crista superior da montanha, no topo do cone. A escuridão então era completa, não se enxergava nada além de um raio de três quilômetros. O mar cercava aquela terra desconhecida ou esta se juntava, a oeste, a algum continente do Pacífico? Ainda não era possível saber. A oeste, nitidamente desenhada no horizonte, uma barra de nuvens intensificava as trevas, e o olho não conseguia discernir se, naquele ponto, céu e mar formavam uma mesma linha circular.

De repente, contudo, surgiu no horizonte um luar difuso, cujos raios desceram lentamente, enquanto a nuvem subia na direção do zênite.

Era um crescente de lua, prestes a desaparecer, mas cuja luminosidade foi suficiente para descortinar a linha horizontal, então separada das nuvens, e o engenheiro pôde ver sua imagem trêmula refletir-se fugazmente numa superfície líquida.

Cyrus Smith agarrou a mão do rapaz e, à medida que o crescente lunar morria no oceano, declarou gravemente:

– Uma ilha!

II

No cume • Dentro da cratera • O mar circundante • Nenhum sinal de terra • Vista aérea do litoral • Hidrografia e orografia • A ilha é habitada? • Batismo de baías, golfos, cabos, rios etc. • A ilha Lincoln

MEIA HORA DEPOIS, Cyrus Smith e Harbert estavam de volta ao acampamento. O engenheiro limitara-se a dizer aos amigos que a terra na qual o acaso os lançara era uma ilha e que, no dia seguinte, eles veriam. Em seguida, cada um se arranjou como pôde para dormir, e, naquela fenda basáltica, setecentos e cinquenta metros acima do nível do mar, "os ilhéus" aproveitaram a noite serena para mergulhar num repouso profundo.

No dia seguinte, 30 de março, após uma refeição sumária, que se resumiu à tragopana assada, o engenheiro manifestou a intenção de subir novamente ao topo do vulcão, a fim de estudar em detalhe a ilha em que ele e seus amigos estavam aprisionados, talvez pelo resto de suas vidas caso o território estivesse localizado a uma grande distância de uma terra qualquer ou se encontrasse fora da rota dos navios que visitam os arquipélagos do oceano Pacífico. Dessa vez, todos participaram da expedição, pois todos queriam contemplar a ilha, de cuja boa vontade agora dependeriam.

Deviam ser mais ou menos sete da manhã quando Cyrus Smith, Harbert, Pencroff, Gedeon Spilett e Nab deixaram o acampamento. Nenhum deles parecia preocupado com a situação. Transbordavam, sem dúvida, autoconfiança, mas cumpre observar que a base dessa fortaleza não era a mesma em Cyrus Smith e em seus companheiros. Enquanto o engenheiro sentia-se capaz de arrancar daquela natureza selvagem tudo que pudesse ser útil à vida de seus companheiros e à sua, estes, precisamente porque tinham Cyrus Smith ao seu lado, nada temiam. Nada mais compreensível. Pencroff, que não se esquecia do episódio do fogo, não teria se desesperado um instante, ainda que lançado num recife inóspito, se o engenheiro estivesse com ele nesse recife.

– Francamente! – exclamou. – Para quem escapou de Richmond, deixando as autoridades com cara de tacho, seria o cúmulo não conseguir, cedo ou tarde, sair de um lugar onde com certeza ninguém vai querer nos prender!

Cyrus Smith fez o mesmo trajeto da véspera, contornando o cone pelo planalto formado pela aba até a entrada da gigantesca fenda. O tempo estava magnífico. O sol avançava por um céu límpido e cobria com seus raios todo o flanco oriental da montanha.

Chegaram à cratera. Correspondia exatamente ao que o engenheiro entrevira na penumbra, isto é, um amplo funil abrindo-se até uma altura de trezentos metros acima do planalto. Descendo do topo, formações lávicas serpenteavam pelas vertentes da montanha, escalonando assim o percurso com matérias eruptivas até os vales inferiores, que riscavam a região setentrional da ilha.

O interior da cratera, cuja inclinação não ultrapassava trinta e cinco, quarenta graus, não oferecia obstáculos à escalada. Viam-se ali antiquíssimos vestígios de lavas, provavelmente despejadas pelo vértice do cone antes de criarem essa fenda lateral.

Não era possível calcular visualmente a profundidade da chaminé vulcânica que estabelecia a comunicação entre as camadas subterrâneas e a cratera, pois ela se perdia no abismo; porém, quanto à extinção do vulcão, não alimentavam mais qualquer dúvida.

Antes das oito da manhã, sobre uma saliência formada na borda setentrional, os cinco náufragos viram-se reunidos no topo da cratera.

– Mar! Em todas as direções, mar! – exclamavam, como se os seus lábios não conseguissem represar aquela palavra, que os transformava em ilhéus.

Com efeito, estavam cercados pelo imenso lençol líquido! Talvez, subindo novamente ao topo do cone, Cyrus Smith ainda alimentasse a esperança de descobrir alguma coisa, alguma ilha próxima, que na véspera não avistara devido à escuridão. Mas nada se via até os confins do horizonte, ou seja, num raio de mais de setenta quilômetros. Nenhuma terra à vista. Nenhuma vela. Toda aquela imensidão vazia, com a ilha ocupando o centro de uma circunferência aparentemente infinita.

Calados, imóveis, o engenheiro e os amigos esquadrinharam com o olhar, durante alguns minutos, todos os pontos do oceano, até os seus mais extremos limites. Contudo, nem mesmo Pencroff, que tinha olhos de lince, avistou alguma coisa, e, se houvesse uma terra qualquer no horizonte, ainda que encoberta por tênue neblina, o marujo certamente a teria detectado com os dois verdadeiros telescópios que a natureza instalara sob sua arcada superciliar!

Do oceano, os olhares passaram à ilha, que eles dominavam por inteiro. A primeira pergunta partiu de Gedeon Spilett, e nos seguintes termos:

– Qual será a extensão desta ilha?

De fato, não parecia muito grande no meio do oceano sem fim.

Cyrus Smith refletiu alguns instantes, estudou atentamente o perímetro da ilha e, levando em conta a altitude do local, afirmou:

– Amigos, creio não me enganar atribuindo uma extensão de mais de cinquenta quilômetros ao litoral da ilha.

– E, consequentemente, sua superfície...?

– Difícil calcular – respondeu o engenheiro –, tendo em vista seu contorno acidentado.

Se Cyrus Smith não errara em seu cálculo, a ilha deveria ter, aproximadamente, a extensão de Malta ou Zaquintos, no Mediterrâneo. Em contrapartida, era muito mais irregular e menos rica em cabos, promontórios, baías, enseadas ou angras. Sua forma, verdadeiramente estranha, surpreendia o olhar, e quando Gedeon Spilett, a pedido do engenheiro, desenhou seu contorno, julgaram-na parecida com algum animal fantástico, uma espécie de pterópode monstruoso, adormecido nas águas do Pacífico.

Eis, portanto, a configuração exata da ilha, que era importante conhecer e cujo mapa foi imediatamente rabiscado pelo repórter com razoável precisão.

A parte leste do litoral, isto é, aquela em que os náufragos haviam aterrissado, era abaulada e margeava uma ampla baía, a qual, a sudeste, terminava num cabo agudo, que uma ponta ocultara de Pencroff durante sua primeira exploração. A nordeste, outros dois cabos rematavam a baía, desenhando entre eles um golfo estreito, cuja forma assemelhava-se à mandíbula aberta de um formidável tubarão.

Na direção nordeste-noroeste, o litoral reproduzia a forma do crânio achatado de uma fera, elevando-se adiante para formar uma espécie de corcova, o que não proporcionou um desenho muito preciso daquela região da ilha, cujo centro era ocupado pela montanha vulcânica.

A partir daquele ponto, o litoral corria com certa regularidade para o norte e o sul, tendo dois terços de seu perímetro escavados por uma pequena enseada, a qual terminava num comprido rabicho, semelhante ao apêndice caudal de um gigantesco crocodilo.

Essa cauda formava uma verdadeira península, que se estendia mais de cinquenta quilômetros mar adentro, a contar do cabo sudeste da ilha, já mencionado, e se abria numa ampla enseada, esculpindo o litoral inferior daquela terra tão fantasticamente recortada.

Em sua largura mínima, isto é, entre as Chaminés e a enseada observada na costa ocidental, que lhe correspondia em latitude, a ilha media apenas quinze quilômetros. Em contrapartida, em seu comprimento máximo, da mandíbula do nordeste à ponta da cauda do sudoeste, não se contavam menos de cinquenta.

Quanto ao interior da ilha, tinha sua parte meridional tomada por florestas desde a montanha até o litoral, sendo árido e arenoso ao norte. Todos ficaram bastante surpresos ao avistarem, entre o vulcão e a praia, um lago, emoldurado por árvores frondosas na margem, de cuja existência não suspeitavam. Visto daquelas alturas, o espelho d'água parecia encontrar-se no nível do mar, mas, após refletir um pouco, o engenheiro explicou aos amigos que o lago devia situar-se a aproximadamente cem metros de altitude, pois o planalto que lhe servia de bacia não passava do prolongamento do planalto litorâneo.

– Será então um lago de água doce? – perguntou Pencroff.

– É quase certo – respondeu o engenheiro –, pois deve ser alimentado pelas águas que correm da montanha.

– Vejo um riacho desaguando nele – disse Harbert, apontando para um pequeno córrego, cuja nascente devia brotar nos contrafortes ocidentais.

– De fato – concordou Cyrus Smith –, e, uma vez que o córrego alimenta o lago, é provável que, do lado do mar, exista um escoadouro pelo qual vaze o excesso das águas. Veremos isso na volta.

O pequeno curso d'água, repleto de meandros, e o rio já identificado pareciam constituir o sistema hidrográfico, ao menos tal como se oferecia à vista dos exploradores. Não era impossível, contudo, que, sob as massas arbóreas que formavam uma imensa floresta sobre dois terços da ilha, outros rios corressem para o mar. Era inclusive bastante plausível, de tal forma a região parecia fértil e pródiga em magníficos espécimes da flora das zonas temperadas. Já na parte setentrional, nenhum indício de vias fluviais; talvez águas estagnadas na porção pantanosa do nordeste, mas só; o que se via resumia-se a dunas e areais, aridez que contrastava vivamente com o verde exuberante que cobria a maior parte do território.

O vulcão não ocupava a parte central da ilha. Erguia-se na região noroeste e parecia demarcar o limite entre as duas zonas. A sudoeste, sul e sudeste, a vegetação encobria os primeiros patamares dos contrafortes. Ao norte, em contrapartida, era possível distinguir suas ramificações, que iam morrer nas planícies de areia. Fora igualmente daquele lado que, no período das erupções, o fluxo de lava irrompera, criando uma larga calçada magmática, que se estendia até a estreita mandíbula e formava um golfo a nordeste.

Cyrus Smith e os amigos permaneceram uma hora no topo da montanha. A ilha desdobrava-se aos seus olhares como um mapa em relevo, com suas diversas hachuras, verdes para as florestas, amarelas para as areias, azuis para as águas. Eles a abraçavam em sua totalidade, apenas escapando a seu exame o sol, escondido sob a vasta vegetação, o talvegue dos vales ensombrecidos e o interior dos estreitos desfiladeiros, escavados ao pé do vulcão. Restava uma questão grave a ser resolvida, a qual influenciaria de modo determinante o futuro dos náufragos.

A ilha era habitada?

Foi o repórter que levantou a questão, à qual, após o minucioso exame que acabava de ser feito das diversas regiões da ilha, todos tendiam a responder pela negativa.

Em parte alguma se via trabalho da mão humana. Nenhuma aglomeração de choças, nenhuma cabana isolada, nenhuma pescaria no litoral. Nenhuma fumaça no ar, traindo a presença do homem. É verdade, uma distância de aproximadamente cinquenta quilômetros separava os observadores dos pontos extremos, isto é, daquela cauda que se projetava a sudoeste, e, mesmo para os olhos de Pencroff, teria sido difícil avistar uma habitação. Tampouco era possível erguer aquela cortina verde que cobria três quartos da ilha para verificar se abrigava ou não algum povoado. Geralmente, contudo, nas exíguas terras existentes nas águas do Pacífico, os ilhéus costumam habitar o litoral, e o litoral parecia absolutamente deserto.

Até nova exploração, portanto, tudo indicava tratar-se de uma ilha desabitada.

Mas seria frequentada, ainda que temporariamente, por nativos de arquipélagos próximos? Pergunta de difícil resposta. Não se via terra num raio de oitenta quilômetros. Mas oitenta quilômetros era coisa fácil de transpor, seja por embarcações malaias, seja pelas grandes pirogas polinésias. Logo, tudo dependia da situação da ilha, de seu isolamento no Pacífico ou de sua proximidade dos arquipélagos. Cyrus Smith, sem instrumentos, conseguiria calcular mais tarde sua posição em latitude e longitude? Igualmente difícil. Na dúvida, convinha tomar certas precauções contra um possível ataque de nativos vizinhos.

A exploração da ilha estava concluída, sua configuração, determinada, seu relevo, demarcado, sua extensão, calculada, sua hidrografia e orografia, verificadas. Spilett registrara em seu mapa, na medida do possível, a distribuição das florestas e planícies. Só lhes restava descer as escarpas da montanha e examinar a composição do solo, do tríplice ponto de vista de seus recursos minerais, vegetais e animais.

Porém, antes de dar sinal de partida aos companheiros, Cyrus Smith, com uma voz calma e grave, tomou a palavra:

– Eis, amigos, o pedacinho de terra no qual a mão do Todo-Poderoso nos lançou. É nele que viveremos, talvez por longo tempo. Nada impede, contudo, que um socorro inesperado chegue até nós, se porventura algum navio passar... Digo porventura, pois essa ilha é pouco importante; não oferece sequer um porto que possa servir de abrigo para as embarcações, e é de se temer que esteja situada fora das rotas comumente percorridas, isto é, demasiadamente ao sul para os navios que frequentam os arquipélagos do Pacífico, demasiadamente ao norte para os que se dirigem à Austrália dobrando o cabo Horn. Não pretendo ocultar nada a respeito da situação...

– E tem razão, meu caro Cyrus – respondeu prontamente o repórter. – Você está lidando com homens. Eles confiam em você e você pode contar com eles. Certo, amigos?

– Obedecerei cegamente ao sr. Cyrus – disse Harbert, estendendo a mão para o engenheiro.

– Meu patrão, sempre e em qualquer lugar! – exclamou Nab.

– Quanto a mim – disse o marujo –, não me chamo mais Pencroff se fizer corpo mole. Aliás, caso concorde comigo, sr. Smith, faremos dessa ilha uma pequena América! Construiremos cidades, abriremos ferrovias, instalaremos telégrafos e, um belo dia, quando ela estiver transformada e urbanizada, bem civilizada, iremos oferecê-la ao governo da União! Eu só peço uma coisa.

– E qual é? – perguntou o repórter.

– É não nos considerarmos mais náufragos, e sim colonos que vieram aqui para colonizar!

Cyrus Smith não pôde se abster de sorrir, e a moção do marujo foi aprovada. Ele então agradeceu aos amigos, acrescentando que contava com sua energia e com a ajuda dos céus.

– Avante! Rumo às Chaminés! – bradou Pencroff.

– Um instante, amigos – disse o engenheiro –, parece-me apropriado dar um nome a esta ilha, bem como aos cabos, promontórios e cursos d'água que temos diante dos olhos.

– Boa ideia – concordou o repórter. – No futuro, isso simplificará as instruções que teremos a dar ou receber.

– Realmente – aderiu o marujo –, será um progresso podermos dizer para onde vamos e de onde viemos. Teremos a impressão de ser de algum lugar.

– As Chaminés, por exemplo – sugeriu Harbert.

– Exatamente! – respondeu Pencroff. – É um nome que já pegou e me veio do nada. Manteremos o nome Chaminés para o nosso primeiro acampamento, sr. Cyrus?

– Claro, mestre Pencroff, uma vez que o batizou assim.

– Bom, quanto aos outros, será fácil – bravateou o marujo, que estava inspirado. – Vamos batizá-los como faziam os Robinson, cuja história Harbert leu para mim mais de uma vez: "baía Providência", "ponta dos Cachalotes", "cabo da Desilusão"...!

– Ou então nossos nomes, sr. Smith, sr. Spilett, Nab – brincou Harbert.

– Meu nome! – exclamou Nab, mostrando os dentes, reluzentes de tão brancos.

– Por que não? – replicou Pencroff. – "Porto Nab" soaria muito bem! E "cabo Gedeon..."

– Prefiro nomes inspirados em nosso país – opinou o repórter –, que nos lembrem os Estados Unidos da América.

– Sim, no caso dos principais – concordou Cyrus Smith. – Para os das baías ou mares, aceito de bom grado. Nada mais auspicioso, amigos, do que batizarmos essa vasta baía ao leste com o nome de baía da União, por exemplo, a ampla chanfradura ao sul como baía Washington, o monte em que nos encontramos neste momento como monte Franklin e o lago que se estende diante de nossos olhos como lago Grant. Esses nomes lembrarão nosso país e os grandes cidadãos que o honraram; contudo, para os rios, golfos, cabos e promontórios que avistamos do alto desta montanha, escolhamos denominações que lembrem antes sua configuração específica. Assim os gravaremos melhor em nossas mentes e, ao mesmo tempo, eles serão mais práticos. A forma da ilha é suficientemente estranha para nos sugerir uma profusão de nomes que a representem. Quanto aos cursos d'água que não conhecemos, às diversas partes da floresta que exploraremos mais tarde, às enseadas que serão descobertas na continuação, nós os batizaremos à medida que toparmos com eles. O que acham, amigos?

A proposta do engenheiro foi aprovada por unanimidade. A ilha oferecia-se aos olhos dos colonos qual um mapa desdobrado, cabendo-lhes escolher um nome para cada um de seus recortes, côncavos e convexos, assim como para cada um de seus relevos. Gedeon Spilett os anotaria e a nomenclatura geográfica da ilha seria definitivamente adotada.

Para começar, acatando a sugestão do engenheiro, designaram as duas baías e a montanha como baía da União, baía Washington e monte Franklin.

– Agora – adiantou-se o repórter –, à península que se projeta a sudoeste da ilha, sugiro dar o nome de Serpentina, e o de promontório Réptil (*Reptile-end*) à cauda adunca que a remata, pois é efetivamente uma cauda reptiliana.

– Aprovado – disse o engenheiro.

– E – emendou Harbert – aquela outra ponta da ilha, aquele golfo que lembra tão singularmente uma mandíbula aberta, será o golfo Tubarão (*Shark-gulf*).

– Bem achado! – exultou Pencroff. – E completaremos a imagem batizando como cabo Mandíbula (*Mandible-cap*) às duas arcadas do maxilar.

– Mas há dois cabos – observou o repórter.

– E qual o problema?! – rebateu Pencroff. – Teremos então o cabo Mandíbula-Norte e o cabo Mandíbula-Sul.

– Anotado – respondeu Gedeon Spilett.

– Falta batizar a ponta na extremidade sudeste da ilha – lembrou Pencroff.

– A ponta da baía da União? – corrigiu Harbert.

– Cabo da Garra (*Claw-cape*)! – exclamou prontamente Nab, que também queria ser padrinho de um pedaço qualquer de seu domínio. A verdade é que Nab encontrara um excelente topônimo, pois aquele cabo representava fielmente a poderosa garra do animal fantástico, que a ilha desenhada evocava de maneira tão singular.

Pencroff estava encantado com o aspecto que as coisas assumiam, e as imaginações, desenfreadas, logo forjaram os seguintes nomes:

Para o rio que fornecia água potável aos colonos, e perto do qual o balão os lançara, Mercy – prova de gratidão à Providência;

Para o recife no qual os náufragos aterrissaram, recife da Salvação (*Safety-island*);

Para o planalto estendido no topo do paredão de granito, acima das Chaminés, e do qual o olhar podia abraçar toda a vasta baía, planalto do Mirante;

Por fim, para todo aquele conjunto de matas impenetráveis que cobriam a península Serpentina, florestas do Faroeste.

Terminada a nomenclatura das partes visíveis da ilha, combinaram batizar os novos logradouros à medida que fossem descobertos.

Quanto à orientação da ilha, o engenheiro determinara-a por uma observação aproximativa da altura e da posição do sol, o que colocava a leste a baía da União e todo o planalto do Mirante. No dia seguinte, contudo, registrando a hora exata do alvorecer e do poente e calculando a posição do sol no intervalo transcorrido entre essa alvorada e esse poente, ele pretendia determinar com precisão o norte da ilha, pois, em consequência de sua posição no hemisfério austral, o sol, no momento exato de sua culminação, passava ao norte, e não ao sul, como, em seu movimento aparente, ele parece fazer nos locais situados no hemisfério boreal.

Concluída a missão, não restava mais aos colonos senão descer o monte Franklin para retornar às Chaminés, quando Pencroff exclamou:

– E não é que somos uns cabeças de vento?

– E pode me dizer por quê? – perguntou Gedeon Spillet, que fechara seu caderno e preparava-se para partir.

– Nossa ilha, caramba! Esquecemos de batizá-la!

Harbert fez menção de sugerir o nome do engenheiro, e todos os seus companheiros o teriam aplaudido, quando Cyrus Smith disse simplesmente:

– Vamos batizá-la com o nome de um grande cidadão, amigos, daquele que neste momento luta para defender a unidade da república americana! Chamemo-la ilha Lincoln!

Três hurras foram a resposta dada à sugestão do engenheiro.

E aquela noite, antes de dormirem, os novos colonos conversaram sobre a pátria distante e a terrível guerra que a cobria de sangue. Não tinham como saber que o Sul logo viria a ser derrotado e que a causa do Norte, a causa da justiça, triunfaria, graças a Grant e a Lincoln!

Ora, isso acontecia no dia 30 de março de 1865, e eles ignoravam que, dezesseis dias depois, numa sexta-feira santa, um crime pavoroso seria cometido em Washington: atingido pela bala de um fanático, Abraham Lincoln tombaria.

12

Acertando os ponteiros • Pencroff satisfeito • Uma fumaça suspeita • O curso do córrego Vermelho • A flora da ilha Lincoln • A fauna • Faisões-da-montanha • Perseguição aos cangurus • A cutia • O lago Grant • Retorno às Chaminés

APÓS LANÇAREM um último olhar à sua volta, os colonos da ilha Lincoln contornaram a cratera por sua estreita borda e, meia hora depois, estavam de volta ao primeiro altiplano, onde haviam montado acampamento na véspera.

Como Pencroff sugeriu ser hora do almoço, ocorreu-lhes acertar os relógios de Cyrus Smith e do repórter.

Vimos que o de Gedeon Spilett havia sido poupado pela água do mar, pois o repórter fora o primeiro a ser lançado na areia, fora do alcance das ondas. Era um instrumento de grande precisão, verdadeiro cronômetro de bolso, no qual Gedeon Spilett nunca se esquecera de dar corda diariamente.

Quanto ao relógio de Cyrus Smith, evidentemente, parara durante o tempo que ele passara nas dunas. O engenheiro então lhe deu corda, e, estimando pela altura do sol que deviam ser em torno de nove da manhã, acertou o relógio nesse horário.

Gedeon Spilett ia imitá-lo, quando o engenheiro, detendo-o com a mão, observou:

– Não, caro Spilett, espere. Você manteve a hora de Richmond, não foi?

– Isso mesmo, Cyrus.

– Logo, seu relógio está acertado pelo meridiano dessa cidade, meridiano que, a princípio, é o de Washington, concorda?

– Sem dúvida.

– Pois bem, conserve-o assim. Limite-se a lhe dar corda com regularidade, mas não toque nos ponteiros. Isso pode nos ser útil.

"Para quê?" ruminou o marujo.

Comeram, e tão avidamente que a reserva de caça e pinhões chegou ao fim. Pencroff, no entanto, não ficou nem um pouco preocupado com isso. Na volta, se abasteceriam. Top, cuja ração fora irrisória, decerto encontraria algum novo pitéu na mata. Além do mais, o marujo cogitava pedir ao engenheiro que fabricasse pólvora e uma ou duas espingardas de caça, e, na sua cabeça, isso já era coisa feita.

Deixando o planalto, Cyrus Smith propôs aos amigos retornarem às Chaminés por um novo caminho. Pretendia fazer o reconhecimento do lago Grant, tão esplendidamente emoldurado em sua cercadura de árvores. Seguiram então a crista de um dos contrafortes, onde provavelmente nascia o córrego que alimentava o lago. Em suas conversas, os colonos já empregavam os topônimos recém-adotados, o que facilitava sobremodo a troca de ideias. Harbert e Pencroff – um adolescente e o outro eterna criança – exultavam e, enquanto caminhavam, o marujo exclamava:

– Ora, Harbert! A vida é bela! Impossível nos perdermos, meu rapaz, uma vez que, seja passando pelo lago Grant, seja alcançando o Mercy através das matas do Faroeste, chegaremos necessariamente ao planalto do Mirante, e de lá à baía da União!

Estava combinado que, sem formar um grupo compacto, os colonos não se afastariam muito uns dos outros. Agora era certo que animais perigosos habitavam as matas fechadas da ilha, sendo prudente ficar de sobreaviso. Quase sempre Pencroff, Harbert e Nab encabeçavam a marcha, precedidos por Top, que farejava todos os recantos. O repórter e o engenheiro avançavam lado a lado, Gedeon Spilett à espreita de qualquer incidente, o engenheiro calado a maior parte do tempo e só se desviando do caminho para recolher aqui e ali alguma substância mineral ou vegetal, que guardava no bolso sem emitir qualquer comentário.

"Que diabos ele está apanhando?" murmurava Pencroff. "Olho, olho e nada vejo que mereça que eu me abaixe!"

Por volta das dez horas, o pequeno grupo descia as últimas rampas do monte Franklin, terreno ainda árido. Caminhavam por uma terra ocre, calcinada, que, precedendo a orla da floresta, formava uma planície com cerca de um quilômetro e meio de extensão. Blocos de basalto, que, segundo os experimentos de Bischof, precisaram de trezentos e cinquenta milhões de anos para resfriar, espalhavam-se pelo solo, bastante acidentado. Em contrapartida, não se viam sinais de lava, mais presentes nas escarpas setentrionais.

Cyrus Smith, portanto, esperava alcançar sem contratempos o curso do córrego, que, segundo ele, devia correr sob as árvores, na orla da planície, quando percebeu Harbert voltando precipitadamente, enquanto Nab e o marujo escondiam-se atrás das rochas.

– O que houve, Harbert? – perguntou Spilett.

– Fumaça – respondeu o rapaz. – Vimos fumaça saindo de algumas rochas, a trinta metros do ponto em que estamos.

– Homens por essas bandas? – exclamou o repórter.

– Evitemos nos mostrar até saber com quem lidamos – recomendou Cyrus Smith. – Nativos nesta ilha, eu os temeria mais do que desejaria encontrá-los. Onde Top se meteu?

– Disparou na frente.

– Não late?

– Não.

– Estranho. Tentemos chamá-lo.

Em poucos instantes, o engenheiro, Gedeon Spilett e Harbert haviam se juntado aos outros dois amigos e, como eles, enveredaram por entre os blocos basálticos.

Dali a pouco avistaram uma fumaça subindo em espiral pelos ares, fumaça cuja cor ocre chamava atenção.

Top voltou, convocado por um leve assobio do dono, que, fazendo sinal para que os amigos o esperassem, esgueirou-se por entre as rochas.

Os colonos, imóveis, aguardavam ansiosamente o resultado daquela exploração, quando um chamado de Cyrus Smith os fez acorrer. Logo reuniram-se a ele, surpreendendo-se todos com o cheiro desagradável que impregnava o ar.

Tal cheiro, facilmente reconhecível, bastara para o engenheiro identificar a origem daquela fumaça, que a princípio o preocupara, e não sem razão.

– Esse fogo – explicou –, ou melhor, essa fumaça é simplesmente um produto da natureza. Trata-se de uma fonte sulfurosa, que nos permitirá tratar eficazmente nossas laringites.

– Formidável! – exclamou Pencroff. – Pena eu não estar resfriado!

Os colonos dirigiram-se então para o ponto de onde a fumaça escapava. Lá, viram uma fonte sulfurosa sódica, que brotava abundantemente por entre as rochas e cujas águas, após absorverem o oxigênio do ar, exalavam um forte cheiro de ácido sulfídrico. Mergulhando a mão, Cyrus Smith notou tratar-se de água oleosa. Provou-a e constatou que seu sabor era um pouco adocicado. Quanto à temperatura, calculou-a em 95°F (35°C). E quando Harbert lhe perguntou em que baseava aquele cálculo, respondeu:

– É muito simples, mocinho: ao mergulhar a mão nessa água, não senti sensação nem de frio nem de calor. Logo, ela se acha à mesma temperatura do corpo humano, que é aproximadamente essa.

Em seguida, como a fonte sulfurosa não oferecia nenhuma utilidade naquele momento, os colonos dirigiram-se à compacta orla de árvores, que viam a alguns metros de distância.

Ali, tal como haviam presumido, o córrego passeava suas águas vivas e cristalinas por entre barrancos de terra vermelha, cor indicativa da presença de óxido de ferro e que sugeriu prontamente seu nome: córrego Vermelho.

Tratava-se, na realidade, de um ribeirão largo, profundo e claro, formado pelas águas da montanha, o qual, misto de rio e torrente, deslizando pacificamente sobre a areia, rugindo por entre cabeças de rocha ou se precipitando em cachoeiras, corria em direção ao lago por uma extensão de uns três quilômetros, com uma largura variando entre dez e doze metros. A água era doce, o que fazia supor o mesmo para a do lago. Circunstância auspiciosa, para o caso de encontrarem em suas margens morada mais confortável que as Chaminés.

Quanto às árvores, que, algumas dezenas de metros rio abaixo, assombreavam as margens do córrego, pertenciam em sua maioria a espécies que abundam na zona temperada da Austrália ou da Tasmânia, bem diferentes das coníferas que ocupavam a parte da ilha já explorada a poucos quilômetros do planalto do Mirante. Naquela época do ano, começo do mês de abril, que, no hemisfério sul, corresponde ao mês de outubro, isto é, início do outono, as árvores ainda estavam cobertas de folhas. Sobressaíam casuarinas e eucaliptos, alguns dos quais deveriam fornecer na primavera seguinte um maná açucarado bastante similar ao maná oriental. Cedros australianos cresciam igualmente nas clareiras, forradas por um capim alto conhecido como *tussac* na Nova Holanda; já o coqueiro, tão disseminado nos arquipélagos do Pacífico, parecia faltar na ilha, cuja latitude sem dúvida era muito baixa.

– Que pena! – lamentou-se Harbert. – Uma árvore tão útil e que dá frutas tão bonitas!

Quanto às aves, de asas abertas, planavam por entre os galhos finos dos eucaliptos e casuarinas. Cacatuas pretas, brancas ou cinzentas, papagaios e periquitos, com a plumagem matizada de todas as cores, pássaros-reis, de um verde reluzente e com a crista vermelha, maritacas azuis ("*blues mountains*") pareciam exibir-se através de um prisma, fazendo um alarido ensurdecedor.

De repente, um extravagante concerto de pios desafinados ressoou no meio de uma touceira e os colonos ouviram alternadamente trinados de pássaros, rosnados de quadrúpedes e uma espécie de estalar de língua, que poderia ter saído dos lábios de um indígena. Esquecendo os princípios da prudência mais elementar, Nab e Harbert precipitaram-se para lá. Por sorte, não encontraram nem fera temível, nem indígena perigoso, mas, simplesmente, um punhado de aves irreverentes e estridentes, identificadas como faisões-da-montanha. Algumas porretadas certeiras puseram fim ao número de imitação, proporcionando um prato refinado para o jantar.

Harbert também avistou magníficos pombos de asas cor de bronze, alguns ostentando soberbas cristas, outros drapejados de verde, como seus congêneres de Port-Macquarie; mas foi impossível alcançá-los, bem como aos corvos e pegas, que fugiam em revoadas. Um tiro de chumbinho teria dizimado aquelas aves, porém, em matéria de armas de tiro, os caçadores ainda estavam limitados à pedra, e, em matéria de armas de impacto, ao porrete, sendo tais artefatos primitivos insuficientes nas circunstâncias.

Essa insuficiência ficou demonstrada ainda mais categoricamente quando um bando de quadrúpedes, avançando em saltos de nove metros, verdadeiros mamíferos voadores, fugiu por cima dos arbustos com tal agilidade e a tal altura que pareciam esquilos pulando de uma árvore a outra.

– Cangurus! – exclamou Harbert.

– E isso se come? – replicou Pencroff.

– Preparado no bafo – respondeu o repórter –, equipara-se às melhores carnes de caça...!

O marujo não esperou Gedeon Spilett terminar a frase estimulante para, seguido por Nab e Harbert, pôr-se no rastro dos cangurus. Cyrus Smith chamou-os de volta, em vão. Mas seria igualmente em vão que os caçadores perseguiriam aquele animal elástico, que ricocheteava feito bala. Após cinco minutos de corrida, estavam ofegantes e o bando sumira na mata. Top não tivera mais sucesso.

– Sr. Cyrus – disse Pencroff, quando o engenheiro e o repórter juntaram-se a ele –, como vê, é indispensável fabricarmos espingardas. Considera a ideia viável?

– Talvez – respondeu o engenheiro –, mas antes disso fabricaremos arcos e flechas. Aliás, não duvido nada que venhamos a ser tão habilidosos em seu manejo quanto os caçadores australianos.

– Flechas, arcos! – desdenhou Pencroff. – Isso é brinquedo de criança!

– Não seja presunçoso, amigo Pencroff – interveio o repórter. – Durante séculos, arcos e flechas foram suficientes para ensanguentar o mundo. A pólvora pode ter nascido ontem, mas, infelizmente, a guerra é tão velha quanto a raça humana – infelizmente!

– Tem toda a razão! – arrependeu-se o marujo. – Às vezes falo as coisas sem pensar. Peço desculpas!

Enquanto isso, Harbert, imerso em sua ciência favorita, história natural, voltava aos cangurus:

– De toda forma, estamos lidando com a espécie mais arisca, de grande porte e pelagem cinza e cerrada. Contudo, se não me falha a memória, existem cangurus pretos e vermelhos; cangurus de rochedos; cangurus-ratos, mais fáceis de apanhar..., enfim, uma dúzia de espécies.

– Harbert – replicou sentenciosamente o marujo –, para mim há apenas uma espécie de canguru, o "canguru no espeto", e é precisamente esta que nos faltará hoje à noite!

Desataram todos a rir ao ouvir a nova classificação de mestre Pencroff. O bravo marujo não escondia sua decepção, vendo seu jantar limitado aos faisões canoros; porém, mais uma vez, o destino viria a se mostrar benevolente com ele.

Pois Top, vendo o próprio interesse em jogo, adiantava-se e, com o instinto aguçado por um apetite feroz, farejava o terreno. Se algum animal fosse parar em seus dentes, era inclusive possível que não sobrasse nada para os caçadores; mas Nab ficou de olho nele, no que fez bem.

Por volta das três horas, Top desapareceu entre os arbustos e rosnados concentrados logo indicaram que estava às voltas com algum animal.

Nab arrojou-se e, com efeito, avistou Top devorando avidamente um quadrúpede, o qual, dez segundos depois, teria sido impossível de reconhecer no estômago de Top. Afortunadamente, o cão topara com uma ninhada; matara três roedores, enquanto outros dois – os animais em questão pertenciam a essa ordem – jaziam estrangulados no solo.

Nab irrompeu então triunfalmente, tendo em cada mão um roedor, cujo tamanho ultrapassava o de uma lebre. Tinham manchas esverdeadas sobre a pelagem amarela e um arremedo de cauda.

Os colonos não hesitaram em dar a esses roedores o nome preciso, isto é, marás, espécies de cutias, um pouco maiores que seus congêneres das regiões tropicais, verdadeiros coelhos da América, de orelhas compridas, queixadas dotadas de cinco molares de cada lado, o que os distingue precisamente das cutias.

– Hurra! – gritou Pencroff. – Chegou o assado! Agora, sim, podemos voltar para casa!

A marcha, interrompida por um instante, foi retomada. O córrego Vermelho continuava rolando suas águas límpidas sob a abóbada das casuarinas, banksias e seringueiras gigantes. Liliáceas soberbas alcançavam seis metros de altura. Outras espécies arborescentes, desconhecidas do jovem naturalista, debruçavam-se sobre o riacho, que rumorejava sob aqueles dosséis verdejantes.

À medida que avançavam, o curso d'água alargava-se, e Cyrus Smith pressentiu que logo chegariam à foz. Com efeito, subitamente, ao deixarem para trás um denso conglomerado de belas árvores, ela surgiu.

Os exploradores tinham chegado às margens ocidentais do lago Grant, região que merecia um exame mais acurado. Aquela extensão de água, com uma circunferência de aproximadamente onze quilômetros e uma superfície de duzentos e cinquenta acres,* repousava dentro de uma cercadura de árvores variadas. A leste, através de uma cortina de vegetação pitorescamente irregular, cintilava o horizonte marítimo. Ao norte, o lago desenhava uma curva ligeiramente côncava, que contrastava com o recorte agudo de sua ponta inferior. Numerosas aves aquáticas frequentavam as praias daquele pequeno Ontário, cujas "mil ilhas" eram representadas por um rochedo que emergia de sua superfície, a algumas centenas de metros da margem meridional. Ali, conviviam diversos casais de martins-pescadores, empoleirados nas pedras, graves, imóveis, espreitando a passagem dos peixes, depois, lançando-se, mergulhando, emitindo um pio agudo e reaparecendo com a presa no bico. Em outras praias e no recife, saracoteavam patos selvagens, pelicanos, galinhas-d'água, bicos-vermelhos, melifagídeos, dotados de uma língua em forma de pincel, e um ou dois exemplares de esplêndidos menurídeos, cuja cauda tem a graciosa forma de uma lira.

Quanto às águas do lago, eram doces, limpas, um pouco turvas, e certas borbulhas que formavam círculos concêntricos e se cruzavam na superfície indicavam que fossem bastante piscosas.

– É realmente uma beleza este lago! – admirou Gedeon Spilett. – A vontade é morar em suas margens!

– Moraremos! – respondeu Cyrus Smith.

Os colonos, procurando então um caminho mais curto para as Chaminés, desceram até a curva formada, ao sul, pela junção das margens do lago. Não sem dificuldade, abriram uma trilha através de capoeiras e arbustos que a mão do homem jamais desbravara, rumando para o litoral, de maneira a alcançar a parte norte do planalto do Mirante. Após seguirem cerca de três quilômetros nessa direção, transposta a cortina de árvores, surgiu o planalto, atapetado por uma relva cerrada, e, mais além, o mar sem fim.

* Aproximadamente 200 hectares. (Nota do autor)

Para regressar às Chaminés, bastava atravessar o planalto na diagonal, o que representava mil e quinhentos metros, e voltar a descer até o cotovelo formado pelo primeiro meandro do Mercy. Mas o engenheiro desejava descobrir como e por onde vazava o excedente das águas do lago e a expedição embicou para o norte, penetrando três quilômetros na mata. De fato, devia existir um escoadouro em algum ponto, sem dúvida uma fissura no granito. O lago, afinal, não passava de um imenso tanque, abastecido pela vazão do córrego, e seu excedente deveria necessariamente escoar para o mar por alguma cachoeira. Caso isso se confirmasse, o engenheiro julgava possível aproveitar a força da queda-d'água, energia completamente desperdiçada. Seguiram então pelas margens do lago Grant, atravessando o planalto, mas, após percorrerem quase dois quilômetros, Cyrus Smith não conseguiu descobrir o escoadouro, que, não obstante, devia existir.

Eram quatro e meia da tarde. Os preparativos do jantar exigiam o regresso dos colonos. A expedição então fez meia-volta, e, pela margem esquerda do Mercy, alcançou as Chaminés.

Lá alimentaram o fogo, e Nab e Pencroff, assumindo a cozinha, prepararam agilmente um mará assado, com o qual todos se regalaram.

Terminada a refeição, quando todos cabeceavam de sono, Cyrus Smith tirou do bolso pequenas amostras de minerais de diferentes espécies, limitando-se a dizer:

– Amigos, isso é minério de ferro, isso é pirita, isso é argila, isso é cal, isso é carvão. Eis o que a natureza nos oferece, eis a sua cota para o trabalho comum! Amanhã, entraremos com a nossa!

13

Contribuição de Top • Fabricação de arcos e flechas • Uma olaria •
O forno de cerâmica • Diversos utensílios culinários • A primeira sopa •
A artemísia • O Cruzeiro do Sul • Importante observação astronômica

– MUITO BEM, sr. Cyrus, por onde começamos? – perguntou, na manhã seguinte, Pencroff ao engenheiro.

– Pelo começo – respondeu Cyrus Smith.

E, com efeito, era de fato pelo "começo" que os colonos seriam obrigados a começar. Sem possuir sequer ferramentas para fabricar ferramentas, tampouco se encontravam naquelas condições ideais, em que, "dispondo-se de tempo, poupam-se forças". Não tinham tempo, uma vez que precisavam prover imediatamente sua subsistência, e se, por um lado, lastreados em toda a experiência humana, não tinham nada para inventar, em contrapartida, tinham tudo para fabricar. Ferro e aço ainda se encontravam no estado de minério, a cerâmica no de argila, as cobertas e roupas no de matéria têxtil.

A propósito, vale ressaltar que os colonos eram homens na mais bela e poderosa acepção da palavra. O engenheiro Smith não podia ser assessorado por companheiros mais inteligentes, nem com maior devotamento e zelo. Interrogara-os. Conhecia suas aptidões.

Gedeon Spilett, repórter de grande talento, que estudara tudo para poder falar a respeito de tudo, decerto contribuiria imensamente com sua inteligência e habilidade manual para a colonização da ilha. Não recuaria diante de nenhuma tarefa e, caçador apaixonado, transformaria em profissão aquilo que, até o momento, fora apenas prazer para ele.

Harbert, rapaz de boa índole, já notavelmente instruído nas ciências naturais, daria uma colaboração valiosa à causa comum.

Nab era o devotamento em pessoa. Habilidoso, inteligente, infatigável, forte, com uma saúde de ferro, tinha noções sobre o trabalho de forja e poderia ser muito útil à colônia.

Quanto a Pencroff, havia sido marinheiro em todos os oceanos do globo, carpinteiro em todos os estaleiros do Brooklyn, aprendiz de alfaiate nos navios do Estado, jardineiro e horticultor nas horas vagas etc., e, como o povo do mar, exímio em tudo, sabia de tudo um pouco.

Teria sido mesmo muito difícil reunir cinco homens mais aptos a lutar contra a adversidade, mais seguros de triunfar sobre ela.

"Pelo começo", dissera Cyrus Smith. Ora, esse começo referido pelo engenheiro era a construção de um dispositivo capaz de transformar substâncias naturais. O leitor não ignora o papel que o calor desempenha nessas transformações, e combustível, lenha ou carvão mineral, era o que não faltava. O que não tinham era um forno para manipulá-lo.

– Para que servirá esse forno? – indagou Pencroff.

– Para fabricar os utensílios de cerâmica de que precisamos – respondeu Cyrus Smith.

– E qual o material que utilizaremos para construir esse forno?

– Tijolos.

– E como os faremos?

– Com argila. A caminho, amigos. Para evitar idas e vindas, instalaremos a oficina no mesmo local da fábrica. Nab trará os víveres e teremos fogo para assar a comida.

– Sim – concordou o repórter –, mas e se, por falta de armas de caça, não conseguirmos comida?

– Ah, se pelo menos tivéssemos uma faca! – lamentou-se o marujo.

– O que faria com ela? – indagou Cyrus Smith.

– Fabricaria um arco e flecha, e a nossa copa transbordaria de caça!

– Sim, uma faca, uma lâmina afiada... – ruminou o engenheiro consigo mesmo.

Nesse momento, seus olhares convergiram para Top, que ia e vinha pela praia.

Subitamente, o olhar de Smith se animou.

– Top, aqui! – gritou.

O cão acorreu ao chamado do dono. Este segurou-lhe a cabeça entre as mãos e, soltando a coleira de seu pescoço, cortou-a ao meio, exclamando:

– Pronto, duas facas, Pencroff!

Dois hurras foram a resposta do marujo. A coleira de Top era feita de uma fina lâmina de aço temperado. Bastava amolá-la numa pedra abrasiva, de maneira a aguçar o fio do gume, e raspar a rebarba numa pedra mais lisa. Ora, esse tipo de rocha arenítica abundava na praia e, duas horas depois, a caixa de ferramentas da colônia compunha-se de duas lâminas afiadas, nas quais fora fácil prender dois sólidos cabos.

A conquista dessa primeira ferramenta foi saudada como um triunfo. Conquista valiosa, com efeito, e que veio muito a propósito.

Partiram. A intenção de Cyrus Smith era retornar à margem ocidental do lago, ao ponto onde na véspera observara aquela terra argilosa, da qual possuía uma amostra. Seguiram então a margem do Mercy, atravessaram o planalto do Mirante, e, após caminharem cerca de oito quilômetros, chegaram a uma clareira, situada a sessenta metros do lago Grant.

No caminho, Harbert identificou uma árvore da qual os nativos da América do Sul aproveitam os galhos para fabricar arcos. Era a crejimba, da família das palmeiras, que não dá frutos comestíveis. Galhos compridos e retos foram cortados, desfolhados, aplainados, mais resistentes no centro, mais delicados nas pontas, só faltando achar a madeira certa para confeccionarem a curva do arco. Optaram por uma espécie pertencente à família das malváceas, um *Hibiscus heterophyllus*, que fornece fibras de uma resistência notável, comparável a tendões de animais. Pencroff obteve assim arcos admiráveis, aos quais não faltavam senão as flechas. Estas seriam fáceis de confeccionar, a partir de galhos retos e rígidos, sem nodosidades, o mesmo não se dando com a ponta, que exigia material da família do ferro. Mas Pencroff ruminou que, deslanchado o processo, o acaso faria o resto.

Os colonos haviam chegado ao terreno visitado na véspera, o qual se compunha de argila figulina, usada na fabricação de tijolos e telhas e, por conseguinte, ideal para a operação que tinham em mente. O procedimento era simples. Bastava desengordurar a figulina com areia, modelar os tijolos e cozinhá-los no calor de um fogo de lenha.

Normalmente, os tijolos são acondicionados dentro de moldes, mas o engenheiro contentou-se em fabricá-los com a mão. O dia inteiro e o seguinte foram dedicados a essa tarefa. A argila, embebida na água, amassada em seguida com os pés e mãos dos operários, foi dividida em prismas de igual tamanho. Um trabalhador experiente é capaz de confeccionar, sem maquinaria, até dez mil tijolos em doze horas; contudo, em dois dias de trabalho, os cinco oleiros da ilha Lincoln não fabricaram mais de três mil, enfileirados um atrás do outro à espera de que a secagem completa permitisse efetuar seu cozimento, isto é, dentro de três ou quatro dias.

Cyrus Smith reservou o dia 2 de abril para calcular a posição geográfica da ilha.

Na véspera, anotara exatamente a hora em que o sol desparecera no horizonte, descontando a refração. Pela manhã registrou exatamente a hora em que ele reapareceu. Entre aquele poente e aquele arrebol, haviam transcorrido doze horas e vinte e quatro minutos. Logo, seis horas e doze minutos após nascer, o sol, naquele dia, passaria exatamente pelo meridiano, e o ponto do céu que ele viesse a ocupar nesse momento seria o norte.*

---

* Com efeito, nessa época do ano e para essa latitude, o sol nascia às 5h48 e se punha às 18h12. (Nota do autor)

Na hora aprazada, Cyrus marcou esse ponto e, alinhando com o sol duas árvores que deviam lhe servir de referência, obteve dessa forma uma meridiana invariável para as suas operações posteriores.

Durante os dois dias que antecederam o cozimento dos tijolos, os colonos procederam à coleta de lenha, cortando galhos ao redor da clareira e catando os gravetos caídos sob as árvores. Não se esqueceram de caçar um pouco nos arredores, principalmente agora que Pencroff dispunha de dezenas de flechas dotadas de afiadíssimas pontas. Top é que proporcionara aquelas pontas, ao capturar um porco-espinho, bastante medíocre como peça de caça, mas de valor incontestável graças aos espinhos de que é dotado. Esses espinhos foram presos solidamente nas pontas das flechas, cuja direção foi assegurada por um leme de penas de cacatua. O repórter e Harbert não demoraram a se tornar exímios arqueiros. Dessa forma, a caça de pelo e de pluma abundou nas Chaminés, capivaras, pombos, cutias, galos-tetrazes etc. A maior parte desses animais foi abatida na parte da floresta situada na margem esquerda do Mercy, a que deram o nome de bosque do Jacamar, em memória à ave que Pencroff e Harbert haviam perseguido por ocasião de sua primeira expedição.

Comeram a carne fresca, mas conservaram os pernis da capivara, defumando-os num bafo de lenha verde, após aromatizá-los com folhas odoríferas. Apesar de revigorante, esse cardápio restringia-se a carne assada, e os comensais teriam ficado felizes se ouvissem chiar no fogo uma boa panela de sopa; mas para isso deviam esperar que a panela fosse fabricada, e, por conseguinte, que o forno fosse construído.

Durante essas expedições, realizadas num perímetro restrito em torno da olaria, os caçadores puderam constatar a passagem recente de animais de grande porte, dotados de poderosas garras, cuja espécie não foram capazes de reconhecer. Cyrus Smith recomendou-lhes extrema prudência, pois era provável que a mata abrigasse feras perigosas.

No que fez bem. Com efeito, certo dia Gedeon Spilett e Harbert avistaram um animal semelhante a uma onça. Por sorte não foram atacados, pois talvez não houvessem escapado sem ferimentos graves. Contudo, tão logo tivesse ao seu alcance uma arma séria, quer dizer, uma espingarda daquelas reivindicadas por Pencroff, Gedeon Spilett jurou travar uma guerra encarniçada contra as feras e dizimá-las.

As Chaminés, durante esses poucos dias, não receberam nenhuma melhoria no que se refere a conforto, uma vez que o engenheiro esperava encontrar, ou construir, se necessário fosse, uma habitação mais apropriada. Por ora contentavam-se em estender sobre a areia das galerias uma fresca liteira de musgo e folhas secas e, nesses colchonetes um tanto primitivos, os trabalhadores, esgotados, dormiam um sono reparador.

Os colonos também passaram a contar os dias vividos na ilha Lincoln, desde que haviam aterrissado ali, mantendo a seguir um controle regular. Em 5 de abril, que era uma quarta-feira, completavam-se doze dias desde que o furacão lançara os náufragos naquele litoral.

Ao raiar do dia 6 de abril, o grupo encontrava-se reunido na clareira, no local planejado para cozer os tijolos. Naturalmente, tal operação devia ser efetuada ao ar livre, e não em fornos, ou melhor, a própria aglomeração dos tijolos constituiria um enorme forno que se autocozeria. O combustível, composto de um emaranhado de gravetos, foi estendido sobre o solo e cercado por diversos renques de tijolos secos, que logo formaram um volumoso cubo, em cujas paredes externas foram instalados respiradouros. Esse trabalho durou o dia inteiro e, apenas à noite, foi possível atear fogo nos gravetos.

Aquela noite, ninguém dormiu, todos cuidando para que o fogo não se extinguisse.

A operação durou quarenta e oito horas e foi um sucesso completo. Tratava-se agora de deixar a massa fumarenta esfriar, e, nesse ínterim, Nab e Pencroff, guiados por Cyrus Smith, transportaram para uma joeira, feita de ramagens trançadas, diversos carregamentos de carbonato de cálcio, pedras muito comuns, encontradas em abundância ao norte do lago. Decompostas pelo calor, elas forneceram uma cal viva, bem grossa, dilatada após a manipulação, enfim, tão pura como se produzida pela calcinação do giz ou do mármore. Misturada com areia, cujo efeito é impedir que a massa agarre ao se solidificar, essa cal constitui excelente argamassa.

Desses diversos procedimentos, resultou que, em 9 de abril, o engenheiro dispunha de certa quantidade de cal preparada e alguns milhares de tijolos. Sem perder um instante, os colonos então deram início à construção de um forno, destinado a cozer os diversos utensílios de cerâmica indispensáveis ao uso doméstico. Não foi difícil. Cinco dias depois, o forno era abastecido com carvão mineral da jazida descoberta pelo engenheiro na foz do córrego Vermelho e uma fumaça ainda incipiente escapava de uma chaminé com cerca de seis metros de altura. A clareira transformara-se em verdadeira usina, e Pencroff não estava longe de acreditar que daquele forno sairiam todos os produtos da indústria moderna.

Até lá, os colonos fabricariam utensílios banais, mas de grande utilidade na prática culinária. A matéria-prima era a própria argila extraída do solo, à qual Cyrus acrescentara um pouco de cal e de quartzo. Na realidade, essa massa constituía uma espécie de "barro de cachimbo", com o qual confeccionaram potes, xícaras modeladas em blocos de pedra apropriados, pratos, grandes jarras e tinas para água etc. A forma dos utensílios, irregulares, deixava a desejar, porém, depois de cozidos a temperaturas elevadas, a cozinha das Chaminés viu-se dotada de uma louça comparável à mais fina porcelana.

Vale mencionar que Pencroff, desejoso de saber se aquela argila merecia a qualificação de barro de cachimbo, confeccionou para uso próprio alguns cachimbos bastante toscos, que ele julgou encantadores, mas para os quais, nem tudo é perfeito, faltava o tabaco. E, acrescentemos, isso representava uma grande privação para Pencroff.

A cozinha das Chaminés viu-se dotada de uma louça comparável à mais fina porcelana.

– Mas o tabaco virá, como todas as coisas! – repetia ele, em seus rompantes de confiança absoluta.

Esses trabalhos duraram até 15 de abril, exigindo um consciencioso emprego do tempo. Transformados em oleiros, os colonos não fizeram outra coisa senão cerâmica. Quando Cyrus Smith julgasse por bem transformá-los em ferreiros, seriam ferreiros. Contudo, como o dia seguinte era um domingo, por sinal domingo de Páscoa, todos concordaram em santificá-lo, guardando repouso. Esses americanos eram homens religiosos, seguidores escrupulosos dos preceitos da Bíblia, e a situação em que se achavam só fazia aumentar sua fé no Autor de todas as coisas.

Na tarde de 15 de abril, regressaram então definitivamente às Chaminés. O resto das cerâmicas foi transportado e o forno, apagado, aguardando nova finalidade. A volta foi marcada por um episódio feliz, a descoberta, feita pelo engenheiro, de uma espécie capaz de substituir o cogumelo do gênero políporo, geralmente usado como mecha para fazer fogo. Convenientemente preparado, tal cogumelo é extremamente inflamável, sobretudo quando previamente saturado com pólvora de canhão ou fervido numa solução de nitrato ou cloreto de potássio. Pois até ali não haviam encontrado um único desses políporos, sequer um *morillo* com propriedades equivalentes. Naquele dia, porém, o engenheiro, percebendo uma erva pertencente ao gênero artemísia, que inclui entre suas principais espécies o absinto, a citronela, o estragão, o jenipapo etc., colheu alguns molhos e apresentou-os ao marujo:

– Tome, Pencroff – recomendou –, vai gostar disso.

Pencroff observou atentamente a planta, revestida de pelos sedosos e longos e com as folhas forradas por uma penugem macia.

– Ora, o que é isso, sr. Cyrus? – perguntou Pencroff? – Bênção dos céus! Será tabaco?

– Não – respondeu Cyrus Smith –, é artemísia, que utilizaremos como mecha.

E, com efeito, essa erva, depois de seca, forneceria uma substância altamente inflamável, sobretudo quando, mais tarde, o engenheiro a houvesse impregnado com nitrato de potássio, abundante na ilha e que não passa de salitre.

Aquela noite, os colonos, reunidos no aposento central, jantaram dignamente. Nab havia preparado uma sopa de cutia e um pernil de capivara aromatizado, ao qual vieram juntar-se os tubérculos fervidos do *caladium macrorhizum*, espécie de herbácea da família das aráceas e que, na zona tropical, desenvolveu forma arborescente. Esses rizomas eram extremamente saborosos e nutritivos, lembrando a farinha vendida na Inglaterra como "sagu de Portland", e foram improvisados como pão, que ainda faltava aos colonos da ilha Lincoln.

Terminado o jantar, antes de se entregarem ao sono, os cinco amigos foram fazer a digestão na praia. Eram oito horas. A noite se anunciava magnífica. A lua, no plenilúnio nos últimos cinco dias, ainda não nascera, mas o horizonte já ganhava os tons prateados, doces e pálidos de uma espécie de "aurora lunar". No zênite austral, as constelações circumpolares, entre as quais o Cruzeiro do Sul, que o engenheiro já saudara no topo do monte Franklin, reluziam.

Cyrus Smith dedicou um tempo à observação daquela esplêndida constelação, que exibe em seu topo e sua base duas estrelas de primeira grandeza, no braço esquerdo uma de segunda grandeza e no direito uma de terceira.

Em seguida, após refletir, perguntou a Harbert:

– Não estamos em 15 de abril?

– Sim, sr. Cyrus – respondeu o rapaz.

– Ora, amanhã, se não me engano, será um dos quatro dias do ano em que a hora verdadeira se confunde com a hora média, o que significa, meu rapaz, que, amanhã, com uma margem de erro de poucos segundos, o sol atravessará o meridiano exatamente ao meio-dia dos relógios. Logo, se as condições climáticas colaborarem, julgo possível calcular a longitude da ilha com uma margem de erro de poucos graus.

– Sem instrumento, sem sextante? – duvidou Gedeon Spilett.

– Sim – asseverou o engenheiro. – De toda forma, uma vez que a noite está clara, tentarei obter nossa latitude hoje mesmo, calculando a altura do Cruzeiro do Sul, isto é, do polo austral, acima do horizonte. Afinal, amigos, para empreender grandes obras de instalação, não basta constatar que esta terra é uma ilha; precisamos antes descobrir a que distância ela se acha seja do continente americano, seja do australiano, seja dos principais arquipélagos do Pacífico.

– Com efeito – acrescentou o repórter –, se estivermos a apenas uma centena de milhas de uma costa habitada, pode ser que, em vez de uma casa, seja mais negócio construir um barco.

– Eis por que – continuou Cyrus Smith – tentarei obter a latitude da ilha Lincoln hoje à noite para amanhã, ao meio-dia, calcular sua longitude.

Se o engenheiro possuísse um sextante, aparelho que permite medir com grande precisão a distância angular dos objetos por meio da reflexão, a operação não teria oferecido qualquer dificuldade e, com a altura do polo calculada aquela noite e a passagem do sol pelo meridiano no dia seguinte, ele teria obtido as coordenadas da ilha. Contudo, sem tal aparelho, o jeito era improvisar.

Cyrus Smith voltou então às Chaminés. À luz da fogueira, modelou duas pequenas réguas achatadas, acoplou-as uma à outra por uma de suas extremidades e formou uma espécie de compasso, cujas hastes podiam afastar-se ou aproximar-se. O ponto de junção era atravessado por um resistente espinho de acácia, retirado dos gravetos da fogueira.

Fabricado o instrumento, o engenheiro retornou à praia. Contudo, como precisava medir a altura do polo acima de um horizonte nitidamente delineado, isto é, um horizonte de mar, e o cabo da Garra ocultava-lhe o horizonte sul, foi obrigado a procurar um posicionamento melhor. O mais apropriado, evidentemente, teria sido o litoral voltado diretamente para o sul, mas isso exigiria a travessia do Mercy, na cheia àquela hora, o que representava um obstáculo.

Por conseguinte, Cyrus Smith estabeleceu seu ponto de observação no planalto do Mirante, sem esquecer de descontar a altitude acima do nível do mar – altitude que ele pretendia calcular no dia seguinte mediante um simples procedimento de geometria elementar.

Os colonos dirigiram-se então ao planalto, subindo a margem esquerda do Mercy, e foram posicionar-se na orla que se estendia de noroeste para sudeste, isto é, na linha de rochas irregulares que margeava o rio.

Essa parte do planalto ficava a aproximadamente trinta metros da ribanceira da margem direita, a qual, por um duplo declive, descia até a costa meridional da ilha. Nenhum obstáculo então interpunha-se ao olhar, que abraçava o horizonte numa semicircunferência desde o cabo até o promontório do Réptil. Ao sul, a linha do horizonte, iluminada pelos primeiros raios de luar, destacava-se nitidamente no céu.

Naquele momento, o Cruzeiro do Sul apresentava-se ao observador numa posição invertida, com a estrela Alfa na base, que é seu ponto mais próximo do polo Sul.

Essa constelação não se acha tão próxima do polo antártico quanto a Estrela Polar do Ártico. A estrela Alfa situa-se a aproximadamente vinte e sete graus do polo, e Cyrus Smith, ciente disso, considerou tal distância em seu cálculo. A fim de simplificar o cálculo, teve igualmente o cuidado de observá-la no momento em que ela atravessava o meridiano abaixo do polo.

Cyrus Smith apontou então uma haste de seu compasso de lenha para o horizonte marítimo e a outra para Alfa, como teria feito com as lunetas de um círculo repetidor, e a abertura das duas hastes forneceu-lhe a distância angular que separava Alfa do horizonte. A fim de manter inalterável o ângulo obtido, espetou, com o auxílio de espinhos, as duas pernas de seu aparelho sobre uma terceira, posicionada transversalmente, impedindo que sua abertura variasse.

Feito isso, restava apenas calcular o ângulo obtido, reproduzindo a observação ao nível do mar, de maneira a levar em conta a depressão do horizonte, o que exigia calcular a altitude do planalto. O valor desse ângulo forneceria assim a altura de Alfa e, consequentemente, a do polo acima do horizonte, isto é, a latitude da ilha, uma vez que a latitude de um ponto do globo é sempre igual à altura do polo acima do horizonte desse ponto.

Esses cálculos foram deixados para o dia seguinte, e, às dez horas, todos dormiam profundamente.

14

A altura do paredão de granito • Uma aplicação do teorema dos triângulos semelhantes • Latitude da ilha • Uma expedição ao norte • O viveiro de ostras • Planos para o futuro • O sol cruza o meridiano • Coordenadas da ilha Lincoln

No dia seguinte, 16 de abril – domingo de Páscoa –, os colonos saíram das Chaminés ao amanhecer, lavaram suas roupas e aprontaram-se. O engenheiro pretendia fabricar sabão tão logo dispusesse das matérias-primas necessárias à saponificação: sódio ou potássio, banha ou óleo. A importante questão da renovação do vestuário seria igualmente contemplada em seu devido tempo e lugar. Em todo caso, as roupas de que dispunham ainda resistiriam uns seis meses, pois eram grossas e apropriadas para o trabalho braçal. Todas essas providências, no entanto, dependiam da localização da ilha com relação às terras habitadas. Era o que, se o tempo permitisse, seria determinado naquele dia.

Ora, o sol, elevando-se num horizonte cristalino, anunciava um dia magnífico, um desses belos dias de outono que são como o último adeus da estação luminosa.

Cumpria, portanto, completar os dados das observações da véspera, calculando a altitude do planalto do Mirante acima do nível do mar.

– Não precisaria para isso de um instrumento análogo ao que utilizou ontem? – perguntou Harbert ao engenheiro.

– Não, meu rapaz – ele respondeu –, procederemos diversamente, e de uma maneira mais precisa.

Harbert, que adorava instruir-se a respeito de todas as coisas, seguiu o engenheiro, que se afastou do sopé do paredão granítico e desceu até a beira da praia. Pencroff, Nab e o repórter dedicavam-se a outras tarefas.

Cyrus Smith muniu-se de uma espécie de vara reta, com cerca de três metros e meio de comprimento, a qual, considerando sua própria altura, que ele conhecia em milímetros, ele medira o mais exatamente possível. Harbert tinha consigo um fio de prumo, que Cyrus Smith lhe passara, isto é, uma simples pedra presa na ponta de uma vareta flexível.

Ao chegar a aproximadamente seis metros da orla da praia, e a cento e cinquenta do paredão, que se erguia perpendicularmente, Cyrus Smith enterrou cinquenta centímetros da vara na areia, e manipulando-a com cuidado, conseguiu, com a ajuda do fio de prumo, posicioná-la perpendicularmente ao plano do horizonte.

Feito isso, recuou e deitou-se na areia a uma distância tal que seu raio visual abrangesse ao mesmo tempo a ponta da vara e o topo do paredão. Em seguida, marcou cuidadosamente esse local com uma estaca.

Dirigindo-se então a Harbert, perguntou:

– Conhece os princípios elementares de geometria?

– Um pouco, sr. Cyrus – respondeu Harbert, que não queria parecer gabola.

– Ainda se recorda quais são as propriedades de dois triângulos semelhantes?

– Sim – respondeu Harbert. – Seus lados correspondentes são proporcionais.

– Pois bem, meu rapaz, acabo de construir dois triângulos semelhantes, ambos retângulos: o primeiro, menor, tem, como lados, a vara perpendicular e a distância que separa a estaca da ponta inferior da vara, e, como hipotenusa, meu raio visual; o segundo tem como lados o paredão perpendicular e a distância que separa a estaca da base desse paredão, meu raio visual formando igualmente sua hipotenusa, que se revela ser o prolongamento da hipotenusa do primeiro triângulo.

– Ah, sr. Cyrus, compreendi! – exclamou Harbert. – A distância da estaca até a vara e a distância da estaca até a base da muralha são proporcionais à altura da vara e à altura da muralha.

– Exatamente, Harbert – assentiu o engenheiro –, e, tão logo meçamos as duas primeiras distâncias, conhecendo a altura da vara, só nos restará mais um cálculo de proporção a fazer, o que nos fornecerá a altura da muralha, poupando-nos o estorvo de medi-la manualmente.

As duas distâncias horizontais foram calculadas com o auxílio da própria vara, cujo comprimento acima da areia era exatamente três metros.

A primeira distância era de quatro metros e meio entre a estaca e o ponto em que a vara estava enterrada na areia.

A segunda distância, entre a estaca e a base da muralha, era de cento e cinquenta e quatro metros e meio. Concluídas essas mensurações, Cyrus Smith e o adolescente voltaram às Chaminés.

Ali, o engenheiro pegou uma pedra achatada que trouxera de suas expedições anteriores, espécie de quadro-negro de xisto, sobre o qual era fácil traçar algarismos com a ajuda de uma concha aguçada. Estabeleceu então a seguinte proporção:

$$4{,}5 : 154{,}5 :: 3 : x$$
$$154{,}5 \times 3 = 463{,}5$$
$$463{,}5/4{,}5 = 103$$

Donde foi estabelecido que o paredão de granito media cem metros de altura.

Cyrus Smith tornou então a pegar o instrumento que fabricara na véspera, cujas duas hastes, por seu grau de abertura, forneciamlhe a distância angular da estrela Alfa até o horizonte. Mediu com bastante precisão a abertura do ângulo sobre uma circunferência, que ele dividiu em trezentos e sessenta partes iguais. Ora, o ângulo era de dez graus. Por conseguinte a distância angular total entre o polo e o horizonte, acrescentando-se-lhe os vinte e sete graus que separam Alfa do polo antártico, e reduzindo ao nível do mar a altura do planalto sobre o qual a observação fora efetuada, verificou-se ser de trinta e sete graus. Donde Cyrus Smith concluiu que a ilha Lincoln estava situada a 37° de latitude sul, ou, dada a precariedade das condições de cálculo, aplicando uma margem de erro de cinco graus, que devia estar situada entre os paralelos 35 e 40.

Para completar as coordenadas da ilha, faltava a longitude. Era o que o engenheiro tentaria determinar naquele mesmo dia, ao meio-dia, isto é, no momento em que o sol cruzasse o meridiano.

Decidiram dedicar o domingo a um passeio, ou melhor, à exploração da parte da ilha situada entre o norte do lago e o golfo do Tubarão, e, se as condições do tempo permitissem, esticar a incursão até a costa setentrional do cabo Mandíbula-Sul. Almoçariam nas dunas, somente retornando à noite.

Às oito e meia da manhã, o grupo já percorria a orla do canal. Do outro lado, no recife da Salvação, uma revoada de aves passeava gravemente. Eram mergulhões, espécie de pinguins, claramente identificáveis pelo pio desagradável, que lembra o zurrar de um burro. Pencroff não os considerou senão do ponto de vista comestível, e foi com extrema satisfação que soube que, embora escura, sua carne era saborosa.

Também era possível ver rastejarem, na areia, grandes anfíbios, focas, sem dúvida, que pareciam ter escolhido o recife como refúgio. Embora impossível considerar tais animais do ponto de vista alimentar, pois sua carne untuosa é detestável, Cyrus Smith examinou-os atentamente, e sem revelar sua ideia, comunicou aos companheiros que muito em breve faria uma visita ao recife.

A praia seguida pelos colonos estava semeada de mariscos, alguns dos quais teriam feito a alegria de um aficcionado por malacologia. Eram, dentre outros exemplares, fasianelas, terebratulas, trigônias etc. Mas aquilo de que viriam a tirar maior proveito era uma vasta ostreira, a qual emergia durante a maré baixa e que Nab divisou por entre as rochas, a aproximadamente seis quilômetros das Chaminés.

– Nab não desperdiçou o dia – exclamou Pencroff, percebendo o viveiro de ostráceas que se estendia mar adentro.

– É uma descoberta muito bem-vinda, com efeito – concordou o repórter –, e, se é verdade, como corre por aí, que uma ostra produz entre cinquenta e sessenta mil ovos, dispomos de uma reserva inesgotável.

– Em compensação, ouvi dizer que a ostra não é lá muito nutritiva – atalhou Harbert.

– E não é mesmo – confirmou Cyrus Smith. – Ela contém pouquíssima substância nitrogenada, e um homem que se alimentasse exclusivamente de ostras teria de comer pelo menos entre quinze e dezesseis dúzias por dia.

– Que coisa! – exclamou Pencroff. – Mas podemos engolir grosas e mais grosas que não esgotaremos o viveiro. Aliás, que tal pegar algumas para o almoço?

E sem esperar resposta, sabendo sua sugestão de antemão aprovada, o marujo e Nab foram catar um punhado daqueles moluscos. Colocaram-nos numa espécie de rede, confeccionada por Nab em fibra de hibisco, a qual já continha as entradas da refeição. Seguiram então litoral acima, entre as dunas e o mar. De tempos em tempos, a fim de estar preparado para a observação solar, marcada para meio-dia em ponto, Cyrus Smith consultava seu relógio.

Toda essa parte da ilha, do ponto onde se encontravam até o cabo Mandíbula-Sul, que fechava a baía da União, era muito árida. Na praia, misto de areia, conchas e escória de lava, deambulavam aves marinhas, gaivotas e grandes albatrozes, bem como patos selvagens. Estes, legitimamente, despertaram a cobiça de Pencroff, que tentou abatê-los a flechadas, porém sem êxito, pois as aves negavam-se a pousar. Só era possível acertá-las no ar. O que levou o marujo a repetir para o engenheiro:

– Pense bem, sr. Cyrus, enquanto não tivermos uma ou duas espingardas de caça, só nos restará salivar!

– Sem dúvida, mestre Pencroff – interveio o repórter –, mas isso só depende do senhor! Arranje-nos ferro para os canhões, aço para as baterias, salitre, carvão e enxofre para a pólvora, mercúrio e ácido nítrico para as espoletas, sem esquecer o chumbo para as balas, e Cyrus nos fará espingardas de primeira linha!

– Calma lá! – ponderou o engenheiro. – Claro, podemos encontrar todos esses minérios na ilha, mas uma arma de fogo é um instrumento delicado, requerendo ferramentas de grande precisão. Enfim, mais tarde veremos.

– Por que jogamos fora todas aquelas armas que tínhamos no balão, nossos utensílios, até nossos canivetes?! – desesperou-se Pencroff.

– Se não tivéssemos feito isso, Pencroff, seríamos nós que estaríamos no fundo do mar! – lembrou Harbert.

– Isso não deixa de ser verdade, meu rapaz! – concordou o marujo.

E, passando a outra ideia:

– Às vezes fico imaginando a cara de Jonathan Forster e seus amigos ao darem com a praça vazia e o balão roubado!

– A última de minhas preocupações é saber o que eles pensaram! – opinou o repórter.

– Mas a ideia foi minha! – gabou-se Pencroff.

– Esplêndida ideia, Pencroff – curvou-se Gedeon Spilett, rindo –, cujo resultado foi nos jogar aqui onde estamos!

– Prefiro estar aqui a estar na mão dos sulistas! – exclamou o marujo. – Principalmente depois que o sr. Cyrus fez a gentileza de juntar-se a nós!

– Pensando bem, eu idem! – admitiu o repórter. – Aliás, o que nos falta? Nada!

– Exceto… tudo! – completou Pencroff, desatando a rir e sacudindo os ombros largos. – Mais dia menos dia, contudo, daremos um jeito de zarpar daqui!

– E talvez mais cedo do que imaginam, amigos – apoiou o engenheiro –, caso a ilha Lincoln esteja situada a uma distância razoável de um arquipélago habitado ou um continente. Saberemos dentro de uma hora. Não disponho de um mapa do Pacífico, mas tenho gravada na memória sua configuração meridional. A latitude obtida ontem coloca a ilha Lincoln entre a Nova Zelândia, a oeste, e o Chile, a leste. Seja como for, a distância entre esses dois territórios é de pelo menos dez mil quilômetros. Resta, portanto, determinar o ponto que a ilha ocupa nesse vasto espaço de mar, e é isto que a longitude nos fornecerá daqui a pouco, com uma margem de erro desprezível, espero.

– Não seria o arquipélago das Pomotu o mais próximo de nós em latitude?

– Sim – disse o engenheiro –, mas a distância que nos separa dele é de dois mil quilômetros.

– E por ali? – indagou Nab, que acompanhava a conversa com extremo interesse e apontou para o sul.

– Por ali, nada – respondeu Pencroff.

– Rigorosamente nada – reforçou o engenheiro.

– Pois bem, Cyrus – quis saber o repórter –, e se a ilha Lincoln estiver a apenas trezentos ou quinhentos quilômetros da Nova Zelândia ou do Chile...?

– Nesse caso – respondeu o engenheiro –, em vez de construirmos uma casa, construiremos um barco, e mestre Pencroff se encarregará de pilotá-lo...

– E por que não, sr. Cyrus? – animou-se o marujo. – Estou mais que preparado para ser capitão... espeto é montar uma embarcação capaz de vencer o mar!

– Faremos isso, se for necessário! – foi a resposta de Cyrus Smith.

Enquanto conversavam sobre seu destino, aproximava-se a hora programada para a observação. Como faria Cyrus Smith, sem nenhum instrumento, para determinar a passagem do sol pelo meridiano da ilha? Era o que Harbert não conseguia imaginar. Os observadores estavam naquele momento a uma distância de dez quilômetros das Chaminés, não longe das dunas em que o engenheiro fora encontrado, após seu enigmático salvamento. Ali, fizeram uma parada para o almoço, pois eram onze e meia. Harbert foi pegar água no riacho que corria nas proximidades e transportou-a no cantil trazido por Nab.

Enquanto isso, Cyrus Smith dispunha tudo para sua observação astronômica. Para começar, escolheu na praia um lugar bem limpo, uniformemente nivelado pela maré vazante. A finíssima camada de areia parecia gelo, nenhum grão ultrapassava os demais. Pouco importava, aliás, que tal camada fosse plana ou não, e tampouco que a vara, com um metro e oitenta de altura, nela enterrada, estivesse ou não aprumada exatamente na perpendicular. Ao contrário, o engenheiro inclinou-a para sul, isto é, para o lado oposto ao sol, pois não convém esquecer que os colonos da ilha Lincoln, justamente pelo fato de a ilha situar-se no hemisfério sul, viam o astro radioso descrever seu arco diurno acima do horizonte norte, e não do horizonte sul.

Harbert deduziu então como o engenheiro procederia para determinar a culminação do sol, isto é, sua passagem pelo meridiano da ilha, ou, mais simplesmente, o meio-dia do lugar: seria por meio da sombra projetada pela vara na areia, método que, na falta de instrumentos adequados, lhe daria uma aproximação aceitável para o resultado que desejava obter.

Com efeito, no momento em que a sombra alcançasse seu comprimento mínimo seria meio-dia em ponto, bastando acompanhar a extremidade dessa sombra para determinar o instante em que, após ter sucessivamente encolhido, ela voltava a se espichar. Inclinando sua vara para o lado oposto ao sol, Cyrus Smith encompridava a sombra, cujas alterações, dessa forma, seriam mais fáceis de constatar. De fato, quanto maior o ponteiro de um mostrador, mais fácil acompanhar o deslocamento de sua ponta. A sombra da vara era o ponteiro. Quando julgou chegado o momento, Cyrus Smith ajoelhou-se na areia e, com o auxílio de pequenas balizas de madeira fincadas na areia, foi marcando os sucessivos decréscimos da sombra da vara. Picados de curiosidade e debruçados sobre ele, seus companheiros acompanhavam a operação.

O repórter, empunhando o cronômetro, preparava-se para registrar a hora que este marcaria quando a sombra alcançasse seu comprimento mínimo. Lembramos que, como Cyrus Smith efetuava aquele cálculo no dia 16 de abril, dia em que o tempo verdadeiro e o tempo médio coincidem, a hora cravada por Gedeon Spilett seria a hora verdadeira assinalada nos relógios de Washington, o que simplificava o cálculo.

Enquanto, lentamente, o sol avançava, a sombra da vara diminuía na mesma proporção e, quando Cyrus Smith notou que ela voltava a se expandir, perguntou:

– Que horas são?

– Cinco horas e um minuto – respondeu prontamente Gedeon Spilett.

Não restava senão efetuar a operação. Nada mais fácil. Considerando, em números redondos, a defasagem de cinco horas entre o meridiano de Washington e o da ilha Lincoln, isso significava que era meio-dia na ilha Lincoln quando já eram cinco da tarde em Washington. Ora, o sol, em seu movimento aparente ao redor da Terra, percorre um grau a cada quatro minutos, ou seja, quinze graus por hora. Isso multiplicado por cinco horas dava setenta e cinco graus.

Logo, dado que Washington situa-se a 77°3'11", ou, o que dá no mesmo, setenta e sete graus contados do meridiano de Greenwich – que, tal como os ingleses, os americanos adotavam como referência das longitudes –, resultava que a ilha estava localizada a setenta e sete graus mais setenta e cinco graus a oeste do meridiano de Greenwich, isto é, a 152° de longitude oeste.

Cyrus Smith comunicou esse resultado a seus companheiros, e, embutindo a margem de erro, como já fizera no caso da latitude, julgou poder afirmar que a ilha Lincoln assentava-se entre os paralelos 35 e 37 e entre os meridianos 150 e 155 a oeste de Greenwich.

A margem de erro, decorrente da precariedade da observação, era, como vemos, de cinco graus nas duas direções, o que, a cem quilômetros por grau, podia gerar um erro de quinhentos quilômetros em latitude ou longitude, no que se refere à localização exata.

Tal margem, contudo, era irrisória para a decisão que tinham de tomar, pois a distância da ilha Lincoln até a terra ou arquipélago mais próximos era tão exorbitante que tornava impossível transpô-la numa simples canoa.

Com efeito, segundo os cálculos efetuados, sua localização a situava a pelo menos dois mil quilômetros do Taiti e das ilhas do arquipélago das Pomotu, a mais de três mil quilômetros da Nova Zelândia, a mais de sete mil quilômetros da costa americana!

E, quando Cyrus Smith consultava suas recordações, não lhe vinha à mente nenhuma ilha, naquela zona do Pacífico, que ocupasse a posição da ilha Lincoln.

15

Preparativos para o inverno • O desafio metalúrgico • Ida ao recife da Salvação • Caça às focas • Captura de uma equidna • O kula • O método "catalão" • A fabricação do ferro • Como forjar aço

No dia seguinte, 17 de abril, a primeira palavra do marujo foi para Gedeon Spilett.

– Muito bem, amigo – perguntou –, o que faremos hoje?

– O que Cyrus determinar – respondeu o repórter.

Pois bem, de oleiros e ceramistas que haviam sido até aquele momento, os amigos do engenheiro passariam a metalúrgicos.

Na tarde da véspera, a expedição se havia estendido até a ponta do cabo da Mandíbula, distante cerca de doze quilômetros das Chaminés. Naquele ponto terminava a longa série de dunas, com o solo ganhando aspecto vulcânico. Não eram mais altas escarpas, como no planalto do Mirante, e sim uma bizarra e caprichosa moldura que cercava aquele estreito golfo compreendido entre dois cabos formados pelas lavas expelidas do vulcão. Ao chegarem àquela ponta, os colonos fizeram meia-volta e, apesar de estarem de volta às Chaminés ao anoitecer, não dormiram antes de resolver definitivamente se deixariam ou não a ilha Lincoln.

Os dois mil quilômetros que separavam a ilha do arquipélago das Pomotu eram uma distância respeitável. Um bote não seria suficiente para a travessia, ainda mais com a chegada do inverno. Tal era a opinião categórica de Pencroff. Ora, construir um bote, mesmo dispondo das ferramentas necessárias, era tarefa árdua e, como os colonos não as possuíam, a primeiríssima medida era fabricar martelos, machados, enxós, serrotes, brocas, plainas etc., o que demandaria certo tempo. Decidiram então passar o inverno na ilha Lincoln e procurar uma moradia mais confortável do que as Chaminés para nela se abrigarem durante a estação fria. Antes de tudo era necessário extrair o minério de ferro, de que o engenheiro observara algumas jazidas na parte noroeste da ilha, e transformá-lo em ferro ou aço.

Em geral o solo não contém metais em estado de pureza, estes sendo, quase sempre, encontrados misturados a oxigênio ou enxofre. Justamente, as duas amostras coletadas por Cyrus Smith eram, uma de ferro magnético, não carbonatado, a outra, de pirita, ou seja, sulfureto de ferro. O primeiro, portanto, era óxido de ferro, passível de ser reduzido por meio do carvão, isto é, desoxigenado, para alcançar um estado de pureza. Essa redução é feita submetendo-se o minério, em presença do carvão, a altas temperaturas, seja pelo método mais rápido e fácil, o "catalão", que tem a vantagem de transformar o minério mediante uma única operação, seja pelo método dos altos fornos, que primeiro transforma o minério em ferro fundido para depois, eliminando os três ou quatro por cento de carvão nele contidos, transformá-lo em ferro puro.

Ora, do que necessitava Cyrus Smith? De ferro puro, não de ferro fundido, o que o levou a adotar o método de redução mais rápido. A propósito, o minério que ele extraíra era por natureza bastante puro e rico, de um tipo que, encontrado em formações indistintas, numa tonalidade cinza-escuro, gera um pó negro, cristaliza em octaedros regulares, fornece os ímãs naturais e, na Europa, é usado para fabricar ligas de alta qualidade, no que Suécia e Noruega não têm rivais. Não longe daquela jazida, ficavam as minas de carvão de pedra já exploradas pelos colonos, o que facilitaria imensamente o tratamento do minério, dada a proximidade das fontes de matéria-prima. Aliás, um fato similar está por trás da riqueza das extrações no Reino Unido, onde a hulha, usada para fabricar o metal, é extraída conjuntamente do mesmo solo.

– Pelo que vejo, sr. Cyrus – acercou-se Pencroff –, vamos extrair o tal minério de ferro?

– Sim, amigo – respondeu o engenheiro –, e nesse intuito, creio que julgará isso uma boa notícia, comecemos por empreender uma caça às focas, no recife.

– Uma caça às focas! – exclamou o marujo, voltando-se para Gedeon Spilett. – Então precisamos de foca para fabricar ferro?

– Se o Cyrus falou! – respondeu o repórter.

Mas o engenheiro já deixara as Chaminés, e Pencroff teve de preparar-se para aquela caçada sem mais explicações.

Cyrus Smith, Harbert, Gedeon Spilett, Nab e o marujo logo estavam reunidos na praia, num ponto em que, na vazante, o canal criava uma espécie de passagem a vau. A maré se encontrava no ponto mais baixo do refluxo, e os caçadores efetuaram a travessia com a água abaixo dos joelhos.

Era a primeira vez que Cyrus Smith botava os pés no recife. Para seus companheiros, era a segunda vez, já que fora ali que eles haviam sido arremessados no começo de tudo.

Ao chegarem, foram recepcionados por centenas de pinguins, que os observavam candidamente. Armados com porretes, os colonos poderiam matá-los com facilidade, mas nem lhes passou pela cabeça entregar-se a tal massacre duas vezes inútil, pois era igualmente importante não assustar os anfíbios, deitados na areia a poucas centenas de metros. Eles respeitaram assim alguns pinguins bastante inocentes, cujas asas, reduzidas ao estado de tocos, achatavam-se em forma de nadadeiras, guarnecidas de plumas de aspecto escamoso.

Os colonos então avançaram prudentemente na direção do extremo norte, caminhando por um solo crivado de pequenas poças, as quais formavam ninhos de aves aquáticas. Na direção da ponta do recife, surgiram grandes pontos negros nadando à tona d'água, lembrando cabeças de escolhos em movimento. Eram os anfíbios que eles deviam capturar. Para isso, tinham de esperar que eles se instalassem em terra firme, pois, com sua bacia estreita, seu pelo rente e cerrado e sua silhueta fusiforme, esses animais, excelentes nadadores, são difíceis de ser capturados no mar, ao passo que, no solo, suas patas curtas e espalmadas não lhes permitem senão um rastejar desengonçado.

Pencroff conhecia os hábitos desses anfíbios e aconselhou aos amigos esperar que eles deitassem na areia para tomar sol, o que não demoraria a mergulhá-los num sono profundo. Agiriam então de maneira a lhes impedir a retirada, golpeando-os nos focinhos.

Os caçadores dissimularam-se atrás das rochas do litoral e aguardaram silenciosamente.

Uma hora depois, as focas foram espojar-se na areia. Eram meia dúzia. Pencroff e Harbert então partiram, a fim de contornar a ponta do recife e surpreendê-las pela retaguarda. Simultaneamente, Cyrus Smith, Gedeon Spilett e Nab, rastejando em meio às rochas, deslizavam rumo ao futuro campo de batalha.

De repente, a elevada estatura do marujo aprumou-se e Pencroff soltou um grito. O engenheiro e os dois amigos arrojaram-se feito um raio entre as focas e o mar. Dois desses animais, vigorosamente atingidos, tombaram mortos na areia, enquanto os demais alcançavam a água e fugiam em direção ao alto-mar...

– As focas solicitadas, sr. Cyrus! – disse o marujo, voltando-se para o engenheiro.

– Muito bem – respondeu Cyrus Smith. – Com elas, fabricaremos foles de forja!

– Foles de forja! – exclamou Pencroff. – Que destino!

Era de fato um dispositivo gerador de vento, necessário ao tratamento do minério, que o engenheiro pretendia fabricar com a pele dos anfíbios. Estes eram de porte mediano, seu comprimento não passava de dois metros e a cabeça lembrava a de um cão.

Visto ser inútil carregar os dois pesadíssimos animais, Nab e Pencroff resolveram tirar-lhes a pele ali mesmo, enquanto Cyrus e o repórter terminavam de explorar o recife.

O engenheiro e os dois amigos arrojaram-se feito um raio entre as focas e o mar.

Pencroff e Nab saíram-se bem em sua tarefa e, três horas depois, Cyrus Smith tinha à sua disposição duas peles de foca, as quais pretendia utilizar assim mesmo, sem nenhum tipo de tratamento.

Os colonos foram obrigados a esperar que a maré baixasse para retornar às Chaminés pelo canal.

Não foi tarefa simples estender aquelas peles em molduras de madeira, destinadas a mantê-las esticadas, e depois costurá-las com fibras vegetais, para nelas armazenar o ar sem deixar que escapasse muito. Foi preciso recomeçar várias vezes. Cyrus Smith tinha à sua disposição apenas duas lâminas de aço, remanescentes da coleira de Top, e, não obstante, ele foi tão habilidoso, e o auxílio dos companheiros tão inteligente, que, três dias depois, o ferramental da pequena colônia acrescera-se de uma máquina de soprar, destinada a injetar ar no cerne do minério, quando este fosse tratado pelo calor – condição indispensável para o êxito da operação.

Foi logo na manhã do dia 20 de abril que teve início "a era metalúrgica", como a denominou o repórter em suas anotações. Vimos que o engenheiro decidira operar na própria jazida de hulha e minério de ferro. Ora, segundo suas observações, aquelas jazidas estavam situadas no sopé da vertente nordeste do monte Franklin, isto é, uma distância de dez quilômetros. Impensável, portanto, regressar diariamente às Chaminés: a pequena colônia acamparia numa cabana de galhos, assim poderiam trabalhar dia e noite.

Assentado o plano, partiram ao amanhecer. Nab e Pencroff arrastavam sobre uma esteira o fole e certa quantidade de provisões vegetais e animais, que, aliás, seria renovada no trajeto.

Seguiram pelo bosque do Jacamar, atravessando-o obliquamente na direção sudeste-noroeste, mata fechada. Para isso, tiveram de abrir uma trilha, que mais tarde viria a formar a artéria mais curta entre o planalto do Mirante e o monte Franklin. Pertencentes às espécies já identificadas, as árvores eram magníficas. Harbert, contudo, detectou outras, entre as quais diversos dragoeiros, que Pencroff apelidou de "alhos-porós pretensiosos", pois, a despeito do tamanho, eram da família das liliáceas, a mesma da cebola, da cebolinha, da chalota ou do aspargo; possuíam raízes lígneas, saborosas depois de cozidas e as quais, submetidas a determinada fermentação, fornecem um agradabilíssimo licor. Fizeram um estoque.

A travessia da mata tomou-lhes o dia inteiro, mas permitiu-lhes observar a fauna e a flora. Top, encarregado da fauna, corria pela relva e por entre os arbustos, desentocando indistintamente toda espécie de caça. Harbert e Spilett mataram dois cangurus a flechadas, bem como um animal que lembrava muito um ouriço e um tamanduá: com o primeiro, porque rolava feito uma bola e eriçava espinhos; com o segundo, porque tinha garras escavadoras, um focinho comprido e fino rematado por um bico de ave e uma língua extensível, espinhosa, que lhe servia para apanhar insetos.

– E quando ele estiver no caldeirão – indagou Pencroff, fazendo-se de ingênuo –, com que parecerá?

– Com um excelente bife – respondeu Harbert.

– É só o que pedimos – concluiu o marujo.

Ao longo da trilha, avistaram alguns javalis selvagens, que não tentaram atacar os colonos, e nada sugeria que viessem a encontrar feras temíveis, quando, em meio a uma densa vegetação, o repórter julgou ver, a alguns passos de distância, entre os primeiros galhos de uma árvore, um animal que ele tomou por um urso e o qual ele começou a desenhar tranquilamente. Para a sorte de Gedeon Spilett, o animal em questão não pertencia à ameaçadora família dos plantígrados. Era apenas um "kula", mais conhecido sob o nome de bicho-preguiça, do tamanho de um cachorro grande, o pelo eriçado e a cor ruça, patas dotadas de fortes garras, o que lhe permitia trepar nas árvores e se alimentar de folhas. Comprovada a identidade do mencionado animal, cujos afazeres eles não atrapalharam, Spilett apagou "urso" da legenda de seu desenho, pôs "kula" no lugar e seguiram adiante.

Às cinco da tarde, Cyrus Smith dava sinal de alto. Achavam-se fora da floresta, na raiz dos imponentes contrafortes que, em sua vertente leste, calçavam o monte Franklin. A poucas centenas de passos descia o córrego Vermelho, o que significava água potável nas proximidades.

O acampamento foi imediatamente montado. Em menos de uma hora, construíram, entre as árvores, porém na orla da floresta, uma casinhola, usando uma argamassa feita de galhos, cipó e argila, abrigo satisfatório. Deixaram para o dia seguinte as sondagens geológicas. Prepararam o jantar, um belo fogo flamejou em frente ao galpão, o espeto girou e, às oito horas, enquanto um dos colonos mantinha o fogo aceso, na eventualidade de algum animal perigoso rondar as cercanias, os demais dormiam o sono dos justos.

No dia seguinte, 21 de abril, Cyrus Smith, acompanhado por Harbert, foi em busca daqueles terrenos de formação antiga, em cuja superfície já topara com uma amostra de minério. Encontrou a jazida à flor do solo, praticamente na nascente do córrego, ao pé da base lateral de um dos contrafortes nordeste. Riquíssimo em ferro, incrustado em sua ganga fúsil, aquele minério convinha perfeitamente ao modo de redução que o engenheiro pretendia empregar, isto é, o método catalão, porém simplificado, tal como empregado na Córsega.

Com efeito, o método catalão propriamente dito requer a construção de fornos e cadinhos, nos quais minério e carvão, dispostos em camadas alternadas, são transformados e reduzidos. Cyrus Smith tencionava prescindir de tais construções e, com o minério e o carvão, modelar simplesmente uma massa cúbica, para cujo centro dirigiria o vento do fole. Decerto era este o procedimento empregado por Tubal-Caim e os primeiros metalúrgicos do mundo habitado. Ora, o que haviam conseguido os netos de Adão, e que ainda dava bons resultados nas regiões ricas em minério e combustível, não podia senão triunfar nas circunstâncias em que se achavam os colonos da ilha Lincoln.

Assim como o minério de ferro, o carvão foi recolhido, sem dificuldade, diretamente do solo. A primeira coisa que fizeram foi quebrar o minério em pequenos pedaços e, manualmente, retirar as impurezas que sujavam sua superfície. Em seguida, carvão e minério de ferro foram dispostos em montinhos e camadas alternadas – como se faz com o carvão vegetal quando se quer carbonizá-lo. Dessa maneira, sob o empuxo do ar projetado pelo fole, o carvão se transformaria em ácido carbônico e depois em óxido de carbono, elemento encarregado de reduzir o óxido de ferro, isto é, extrair-lhe o oxigênio.

Assim o engenheiro procedeu. O fole de pele de foca, dotado de um tubo em argila refratária, previamente fabricado no forno de cerâmica, foi instalado próximo ao monte de minério. Movido por um mecanismo cujas peças consistiam em chassi, cordas de fibras e contrapesos, o dispositivo expeliu naquela massa uma provisão de ar que, ao mesmo tempo em que elevava a temperatura, contribuía para a transformação química que devia gerar o ferro puro.

A operação foi trabalhosa. Fez-se necessária toda a paciência, toda a engenhosidade dos colonos para levá-la a cabo. Triunfaram, e o resultado definitivo foi uma escória de ferro reduzida ao estado de esponja, que foi preciso bater e depurar, isto é, fundir, para expulsar a ganga liquefeita. Era evidente que o primeiro martelo fazia falta àqueles ferreiros improvisados, contudo, no fim das contas, encontravam-se nas mesmas condições em que se encontrara o primeiro metalúrgico e fizeram o que este certamente fizera.

O primeiro fragmento de ferro, acrescido de um cabo, foi o martelo que usaram para, sobre uma bigorna de granito, forjar o segundo. Terminaram conseguindo fabricar um metal grosseiro, mas utilizável.

Finalmente, após muitos esforços e fadigas, no dia 25 de abril, diversas barras de ferro achavam-se forjadas, as quais iam se transformando em ferramentas, pinças, alicates, picaretas, pás etc., que Pencroff e Nab declaravam ser autênticas joias.

Contudo, não era no estado de ferro puro que aquele metal podia prestar grandes serviços, e sim, principalmente, transformado em aço. O aço é uma liga de ferro e carvão extraída seja do ferro-gusa, retirando deste último o excesso de carvão, seja do ferro puro, acrescentando-lhe o carvão que lhe falta. O primeiro, obtido mediante a descarbonatação do ferro-gusa, fornece o aço natural ou *puddle*; o segundo, produzido pela carbonatação do ferro puro, dá o aço de cementação.

Era então este último que Cyrus Smith devia procurar fabricar de preferência, uma vez que encerrava o ferro em estado puro. Conseguiu isso aquecendo o metal com carvão granulado num cadinho feito com argila refratária.

Em seguida, esse aço, que é maleável a quente e a frio, foi trabalhado com o martelo. Nab e Pencroff, corretamente orientados, forjaram cunhas de machado, as quais, incandescidas e mergulhadas bruscamente na água fria, adquiriram excelente têmpera.

Outros instrumentos, grosseiramente modelados, é óbvio, foram assim fabricados: lâminas de plaina, machados, machadinhas, faixas de aço a ser transformadas em serrotes, torqueses de carpinteiro, além de ferros para enxós, pás, picaretas, martelo, pregos etc.

Finalmente, em 5 de maio, terminada a primeira era metalúrgica, os ferreiros retornaram às Chaminés, onde novas tarefas os levariam a abraçar novas habilidades.

16

A questão da moradia é reconsiderada • Extravagâncias de Pencroff • Exploração ao norte do lago • A orla setentrional do planalto • Cobras • A extremidade do lago • Top dá sinais de inquietude • Top mergulha • Luta submarina • O dugongo

ESTAVAM EM 6 DE MAIO, o qual corresponde ao 6 de novembro das regiões do hemisfério norte. O tempo fechara nos últimos dias, e era importante tomar determinadas medidas com vistas à chegada do inverno. A temperatura, contudo, ainda não caíra drasticamente e um termômetro em centígrados, transportado para a ilha Lincoln, ainda marcaria uma média de 10° a 12° acima de zero. Essa média não surpreendia, uma vez que a ilha, situada muito possivelmente entre os paralelos 35 e 40, decerto obedecia, no hemisfério sul, às mesmas condições climáticas que a Sicília ou a Grécia no hemisfério norte. Por outro lado, da mesma forma que a Grécia ou a Sicília são açoitadas por frios violentos, que produzem neve e gelo, a ilha Lincoln sofreria sem dúvida, no período mais agudo do inverno, determinadas quedas de temperatura para as quais convinha precaver-se.

Em todo caso, embora o frio não ameaçasse, a estação das chuvas estava próxima e, naquela ilha isolada, em pleno oceano Pacífico, exposta a todas as intempéries do alto-mar, o mau tempo devia ser frequente e provavelmente terrível.

A questão de uma moradia mais confortável que as Chaminés teve então de ser seriamente reconsiderada e prontamente resolvida.

Pencroff, naturalmente, apesar de não esconder sua afeição por aquele pouso, descoberto por ele, logo admitiu a necessidade de se mudarem dali. As Chaminés já haviam sido visitadas pelo mar, nas circunstâncias que conhecemos, e eles não podiam se arriscar novamente a um acidente similar.

– A propósito – acrescentou Cyrus Smith, que naquele dia debatia tais assuntos com seus companheiros –, temos de tomar certas precauções.

– Por quê? A ilha não é habitada... – ponderou o repórter.

– Isso é bem provável – concordou o engenheiro –, embora ainda não a tenhamos explorado por inteiro. Contudo, se nenhum ser humano a habita, temo que os animais perigosos abundem. Convém, portanto, nos precavermos contra uma possível agressão, caso contrário um de nós se verá obrigado a passar as noites acordado para vigiar o fogo. E depois, amigos, temos de estar preparados para tudo. Esta é uma zona do Pacífico bastante frequentada pelos piratas malaios...

– Como assim? – indagou Harbert. – Um lugar isolado como este?

– Sim, meu rapaz – respondeu o engenheiro. – Esses piratas são marinheiros temerários, além de terríveis facínoras, e, consequentemente, cumpre tomar todas as medidas.

– Muito bem – assentiu Pencroff –, criaremos barreiras para nos proteger contra os selvagens de duas e de quatro patas. Mas, sr. Cyrus, não seria aconselhável explorar a ilha de ponta a ponta, antes de empreender alguma coisa?

– Talvez fosse mesmo melhor – aderiu Gedeon Spilett. – Quem sabe não encontramos no litoral oposto a caverna que procuramos inutilmente do lado de cá.

– É verdade – admitiu o engenheiro –, mas estão se esquecendo, amigos, que é fundamental nos instalarmos junto a um curso d'água e que, do cume do monte Franklin, não vimos ribeirão nem rio para o lado oeste. Aqui, ao contrário, estamos posicionados entre o Mercy e o lago Grant, vantagem considerável que não devemos menosprezar. Sem esquecer que este litoral, orientado para o leste, não está exposto, como o outro, aos ventos alísios, que, neste hemisfério, sopram do noroeste.

– Então, sr. Cyrus – sugeriu o marujo –, vamos então construir uma casa na beira do lago. Agora não nos faltam nem tijolos nem ferramentas. Depois de oleiros, ceramistas, fundidores, ferreiros, por que não ser pedreiros, diabos!

– Está bem, meu amigo, porém, antes de tomarmos uma decisão, creio que o melhor a fazer é procurarmos. Uma casa cujas obras já estivessem providenciadas pela natureza nos pouparia muito trabalho e talvez nos oferecesse um refúgio ainda mais seguro, pois estaria tão bem defendida contra os inimigos de dentro como contra os de fora.

– Com efeito, Cyrus – concordou o repórter –, mas já examinamos todo o maciço granítico da costa, e nenhum buraco, nem sequer uma fenda!

– Nenhuma! – enfatizou Pencroff. – Ah! se pudéssemos escavar uma casa nesse paredão, a uma certa altura, de maneira a nos colocar fora de alcance...! Já consigo visualizar, na fachada que contempla o oceano, cinco ou seis quartos...

– Com janelas para a claridade passar! – entusiasmou-se Harbert, rindo.

– E uma escada para subirmos! – acrescentou Nab.

– Estão rindo? – rebelou-se o marujo. – E por quê, podem me dizer? O que há de impossível no que proponho? Por acaso não temos pás e picaretas? Acham que o sr. Cyrus não é capaz de fabricar pólvora para os novos explosivos? Não é verdade, sr. Cyrus, que fará pólvora no dia em que precisarmos?

Cyrus Smith escutara o entusiasta Pencroff, desenvolvendo seus planos um tanto extravagantes. Atacar aquela massa de granito, mesmo explodindo minas, era um trabalho hercúleo, e era realmente uma pena que a natureza não tivesse feito o trabalho mais pesado. Como resposta, o engenheiro propôs ao marujo examinarem mais atentamente o paredão, depois a foz do rio, até o ângulo que o terminava ao norte.

Saíram, portanto, e procederam a uma minuciosa exploração, numa extensão de aproximadamente três quilômetros. Contudo, em ponto algum, o paredão, liso e reto, revelou qualquer cavidade. Os ninhos dos pombos-da-rocha que esvoaçavam em seu topo não passavam, na realidade, de buracos perfurados na própria crista e borda acidentada do granito.

Circunstância desagradável, pois perfurar aquele maciço, com picareta ou pólvora, para nele abrir uma caverna espaçosa, era inconcebível. O acaso fizera com que Pencroff descobrisse o único abrigo provisoriamente habitável em toda aquela parte do litoral, isto é, aquelas Chaminés, que, não obstante, eles cogitavam abandonar.

Terminada a exploração, os colonos encontravam-se então no ângulo norte do paredão, onde ele terminava em ribanceiras alongadas que iam morrer na praia. Desde aquele ponto até seu extremo limite a oeste, ele não formava mais senão uma espécie de talude, espessa aglomeração de pedras, terra e areia, amalgamadas por plantas, arbustos e ervas, com uma inclinação de apenas quarenta e cinco graus. Aqui e ali, o granito ainda aflorava em pontas agudas naquela espécie de penhasco. Moitas de árvores escalonavam-se nas ribanceiras cobertas por uma relva espessa. O esforço da vegetação, contudo, não ia muito longe e uma comprida planície de areia, que começava no sopé do talude, estendia-se até o litoral.

Cyrus Smith intuiu que deveria ser daquele lado que o excedente das águas do lago se esvaía sob a forma de uma cascata. Com efeito, tal volume, fornecido pelo córrego Vermelho, certamente vazava por um ponto qualquer. Ora, esse ponto, o engenheiro ainda não o encontrara em nenhuma das praias já exploradas, isto é, desde a foz do riacho, a oeste, até o planalto do Mirante.

O engenheiro propôs então a seus companheiros que escalassem o talude e voltassem às Chaminés pelas encostas, explorando as margens setentrionais e orientais do lago.

A proposta foi aceita e, em poucos minutos, Harbert e Nab haviam chegado ao planalto. Cyrus Smith, Gedeon Spilett e Pencroff os seguiram num passo mais cadenciado.

A seiscentos metros de altura, o belo espelho d'água cintilava sob os raios do sol através da folhagem. A paisagem era deslumbrante naquele ponto. As árvores, em tons de amarelo, agrupavam-se magnificamente, para deleite da vista. Alguns velhos troncos, enormes, derrubados pela idade, contrastavam, por suas cascas escuras, com o tapete verdejante que revestia o solo. Um mundo de cacatuas ruidosas piava estridentemente, verdadeiros prismas móveis, pulando de galho em galho. A luz parecia decompor-se através daquela singular ramagem.

Os colonos, em vez de se dirigirem à margem norte do lago, contornaram a borda do planalto, de maneira a alcançarem a foz do córrego em sua margem esquerda. Era um desvio de quatro quilômetros. A caminhada não oferecia obstáculos, pois as árvores, bem espaçadas, deixavam uma passagem livre. Percebia-se claramente que ali terminava a zona fértil, com a vegetação mostrando-se menos exubernate do que em toda a área compreendida entre o curso do córrego e do Mercy.

Cyrus Smith e seus companheiros caminhavam com certa apreensão naquele solo, novo para eles. Arcos, flechas e porretes guarnecidos com uma ponta de ferro, eram estas suas únicas armas. Entretanto, não toparam com nenhuma fera, sendo provável que as feras preferissem frequentar as matas fechadas do sul. Em contrapartida, os colonos tiveram a desagradável surpresa de perceber Top paralisado diante de uma serpente de grandes dimensões, medindo entre quatro e cinco metros de comprimento. Nab atacou-a com uma porretada. Cyrus Smith examinou o réptil e constatou que não era venenoso, pois pertencia à espécie das serpentes-diamantes, iguaria com que se alimentavam os nativos de Nova Gales do Sul. Isso não excluía a possiblidade de haver outras, cuja picada fosse mortal, tais como as cobras-surdas, de cauda bífida, que se aprumam, ou as serpentes aladas, dotadas de duas aurículas que lhes permitem projetar-se num piscar de olhos. Passado o primeiro susto, Top perseguia os répteis com uma obsessão temerária, o que levava seu dono a chamá-lo o tempo todo.

A foz do córrego Vermelho, no ponto em que se lançava no lago, foi logo alcançada. Na margem oposta, os exploradores reconheceram o local que já haviam visitado ao descerem do monte Franklin. Cyrus Smith constatou que a vazão da água do córrego era considerável; portanto, era necessário que num ponto qualquer a natureza houvesse providenciado um escoadouro para o excedente das águas do lago. Era esse escoadouro que deviam descobrir, pois, sem dúvida, formava uma cachoeira cuja força mecânica seria possível aproveitar.

Os colonos, caminhando à vontade, mas sem se afastar demasiado uns dos outros, começaram então a contornar a acidentada margem do lago. As águas pareciam altamente piscosas e Pencroff jurou fabricar alguns dispositivos de pesca para explorá-las.

Começaram por dobrar a ponta aguda a nordeste. Era de supor que a vazão das águas se desse naquele local, pois a extremidade do lago quase tocava a borda do planalto. Isso, no entanto, não se confirmou, e os colonos seguiram adiante explorando a margem, que, após uma ligeira curva, voltava a descer em paralelo ao litoral.

Embora a margem fosse menos arborizada daquele lado, alguns arvoredos esparsos conferiam um aspecto pitoresco à paisagem. O lago Grant aparecia então em toda a sua extensão e nenhuma brisa enrugava a superfície de suas águas. Top, fuçando os arbustos, desentocou revoadas de aves das mais variadas espécies, que Gedeon Spilett e Harbert cumprimentaram com suas flechas. Uma delas foi inclusive abatida certeiramente pelo adolescente e tombou em meio às algas pantanosas. Top correu até lá e trouxe uma bela ave nadadora, cor de ardósia, bico curto, placa frontal bastante desenvolvida, dedos alargados por uma bainha festonada, asas rendadas de branco. Era uma carqueja, do tamanho de uma gorda perdiz, pertencente ao grupo dos macrodátilos, que constitui a transição entre a ordem dos pernaltas e a dos palmípedes. Triste caça, em suma, e cujo sabor decerto deixava a desejar. Porém, como Top sem dúvida era menos exigente que seus donos, ficou acertado que a carqueja seria o seu jantar.

Os colonos seguiram então pela margem oriental do lago, e dali a pouco deveriam topar novamente com a região já explorada. O engenheiro estava bastante surpreso, pois não via nenhum indício de escoamento do excedente das águas, e não escondeu sua perplexidade para o repórter e o marujo.

Naquele momento, Top, que se mostrara bastante calmo até ali, deu sinais de agitação. O inteligente animal ia e vinha pela margem e, erguendo a pata, como se houvesse deparado com alguma caça invisível, parava subitamente e observava as águas; em seguida, latia com furor, à espreita, por assim dizer, calando-se subitamente.

No início, nem Cyrus Smith, nem seus companheiros haviam atentado para a inquietude de Top, mas os latidos do cão tornaram-se tão aflitos que o engenheiro terminou por se preocupar.

– O que há, Top? – perguntou.

O cão, demonstrando toda a sua angústia, deu diversos pulos sobre o seu dono e depois voltou a se lançar em direção à margem. Então, subitamente, precipitou-se no lago.

– Top, aqui! – gritou Cyrus Smith, que não queria que seu cão se aventurasse naquelas águas suspeitas.

– O que está acontecendo lá embaixo? – perguntou Pencroff, examinando a superfície do lago.

– Top detectou algum anfíbio – respondeu Harbert.

– Um crocodilo, talvez? – sugeriu o repórter.

– Não penso dessa forma – opinou Cyrus Smith. – Crocodilos vivem em regiões de latitudes mais baixas.

Enquanto isso, obedecendo ao chamado do dono, Top voltara à margem, mas não deixou mais ninguém sossegado: saltitava em meio ao emaranhado de algas e, guiado pelo instinto, parecia seguir alguma criatura invisível que houvesse se esgueirado sob as águas do lago e renteado suas margens. No entanto, as águas estavam calmas, nenhuma ruga perturbava sua superfície. De quando em quando os colonos paravam e observavam atentamente. Nada. Ali havia mistério.

Intrigadíssimo, o engenheiro disse apenas:

– Levemos a exploração até o fim.

Meia hora depois, todos haviam alcançado o ângulo sudeste do lago, que confinava com o planalto do Mirante. Embora a inspeção das margens do lago terminasse naquele ponto, o engenheiro não conseguira descobrir por onde e como se dava o escoamento das águas.

– Seja como for, escoadouro existe – repetia –, e, uma vez que não é aparente, deve se abrigar no interior do maciço granítico da costa!

– Qual a importância de sabermos isso, caro Cyrus? – perguntou Gedeon Spilett.

– Imensa – respondeu o engenheiro –, pois, se o escoamento se dá através do maciço, deve haver alguma cavidade em seu interior, a qual seria fácil tornar habitável mediante o desvio das águas.

– Não acha possível, sr. Cyrus, que as águas escoem pelo próprio fundo do lago – questionou Harbert – e desaguem no mar por um duto subterrâneo?

– De fato, não deixa de ser possível – assentiu o engenheiro –, e, se assim for, seremos obrigados a construir nossa casa com as próprias mãos, uma vez que a natureza não arcou com os primeiros custos da obra.

Os colonos preparavam-se então para atravessar o planalto e retornar às Chaminés, pois já eram cinco horas, quando Top deu novos sinais de agitação. Latindo com raiva, precipitou-se pela segunda vez no lago antes que seu dono pudesse contê-lo.

Correram todos para a margem. O cão já estava a mais de sessenta metros de distância e Cyrus Smith chamava-o insistentemente, quando uma cabeça enorme emergiu da superfície das águas, que não pareciam profundas naquele local.

Harbert reconheceu imediatamente a espécie de anfíbio à qual pertencia aquela cabeça cônica com olhos descomunais, decorados por bigodes de longos fios sedosos.

– Um peixe-boi! – exclamou.

Não era um peixe-boi, mas um membro da mesma espécie, pertencente à ordem dos cetáceos, denominado dugongo, cujas ventas abriam-se na parte superior do focinho.

O enorme animal arrojou-se sobre o cão, que em vão tentou esquivar-se e regressar à margem. Seu dono nada podia fazer para salvá-lo, e antes que ocorresse a Gedeon Spilett ou Harbert assestar seus arcos, Top, capturado pelo dugongo, desaparecia sob as águas.

Com seu porrete rebitado na mão, e decidido a atacar o formidável animal até mesmo em seu elemento natural, Nab ia lançar-se em socorro do cão.

– Não, Nab – disse o engenheiro, retendo seu fiel servidor.

Enquanto isso, uma luta travava-se sob as águas. Luta inexplicável, pois naquelas condições, evidentemente, Top não podia resistir. Luta que devia ser terrível, constatava-se pelo borbulhar da superfície, e que, enfim, só poderia terminar com a morte do cão! Inesperadamente, contudo, no centro de um círculo de espuma, Top reapareceu. Arremessado no ar por alguma força desconhecida, elevou-se três metros acima da superfície do lago e, voltando a cair no meio das águas convulsionadas, logo alcançou a praia, sem lesões graves e milagrosamente salvo.

Cyrus Smith e seus companheiros olhavam sem compreender. Circunstância mais inexplicável ainda: a luta parecia prosseguir sob

Inesperadamente, no centro de um círculo de espuma,
Top reapareceu, arremessado no ar por alguma força desconhecida.

as águas! Sem dúvida o dugongo, atacado por algum outro poderoso animal, após liberar o cão brigava agora pela própria vida.

Isso, porém, não durou muito tempo. As águas avermelharam-se de sangue e o corpo do dugongo, emergindo num espelho escarlate que se espalhou amplamente, logo veio soçobrar numa pequena praia no ângulo sul do lago.

Os colonos acorreram ao local. O dugongo estava morto. Era um animal de grande porte, com quatro metros e meio, quem sabe cinco metros de comprimento, que devia pesar mais de uma tonelada. Em seu pescoço, via-se um ferimento que parecia produzido por uma lâmina cortante.

Qual seria então o anfíbio capaz de, com tal golpe terrível, destruir o colossal dugongo? Ninguém saberia dizer, e, bastante preocupados com aquele incidente, Cyrus Smith e os amigos retornaram às Chaminés.

17

Visita ao lago • A corrente sinalizadora • Os planos de Cyrus Smith • A gordura do dugongo • Uso das piritas xistosas • Sulfato de ferro • Como fabricar glicerina • Sabão • Salitre • Ácido sulfúrico • Ácido nítrico • A nova cachoeira

NO DIA SEGUINTE, 7 de maio, Cyrus Smith e Gedeon Spilett, deixando o almoço a cargo de Nab, dirigiram-se ao planalto do Mirante, enquanto Harbert e Pencroff subiam o rio, a fim de renovar o estoque de lenha.

O engenheiro e o repórter logo chegaram à pequena praia da ponta sul do lago, na qual o anfíbio encalhara. Bandos de aves já se haviam abatido sobre sua massa carnuda e eles tiveram de expulsá-las com pedradas, pois a intenção de Cyrus Smith era extrair a gordura do dugongo e com ela suprir as necessidades da colônia. Quanto à carne do animal, não podia deixar de constituir excelente iguaria, lembrando que, em certas regiões da Malásia, é prato exclusivo dos príncipes nativos. Mas isso era assunto de Nab.

Naquele instante, outros pensamentos ensimesmavam Cyrus Smith. O incidente da véspera não se apagara de sua mente. Sua intenção agora era desvendar o mistério daquela refrega submarina e descobrir que parente dos mastodontes ou de outros monstros marinhos haviam causado ferimento tão estranho no dugongo.

Entretanto, após um tempo na beira do lago, olhando, observando, nada dera sinais de vida sob as águas tranquilas, que cintilavam aos primeiros raios do sol.

Na pequena praia em que jazia o corpo do dugongo, as águas eram mais rasas, porém, como a partir daquele ponto o leito do lago descia, era provável que, em seu centro, a profundidade fosse considerável. O lago não passava de um vasto tanque abastecido pelas águas do córrego Vermelho.

– Ora – comentou o repórter –, essas águas não parecem indicar nada de suspeito...

– Pois é, meu caro Spilett – concordou o engenheiro –, não sei mesmo como explicar o incidente de ontem.

– Admito – prosseguiu Gedeon Spilett – que o ferimento infligido a esse anfíbio é, no mínimo, estranho. Além disso, não entendo como Top pôde ter sido expelido das águas daquela forma... Parecia arremessado por um braço poderoso, o qual, armado com um punhal, tivesse em seguida matado o dugongo!

– Exatamente – respondeu o engenheiro, agora pensativo. – Há alguma coisa nisso que não consigo compreender. Mas porventura compreende, caro Spilett, de que maneira eu mesmo fui salvo, como pude ser arrancado das águas e transportado para as dunas? Não, estou certo? Logo, pressinto nisso algum mistério, que sem dúvida desvendaremos um dia. Fiquemos, portanto, vigilantes e evitemos tocar no assunto com nossos amigos. Guardemos os comentários para nós e sigamos em frente.

Como vimos, o engenheiro ainda não conseguira descobrir por onde escapava o excedente de águas do lago, porém, como não havia nenhum indício de que ele transbordasse, era forçoso existir um escoadouro em algum lugar. Pois calhou de, precisamente naquele momento e naquele ponto, Cyrus Smith detectar uma corrente forte e nítida. Lançou algumas lascas de madeira e viu que se dirigiam para o ângulo sul. Seguiu a corrente, caminhando pela praia, e chegou à ponta meridional do lago.

Ali ocorria uma espécie de depressão das águas, como se estas se perdessem bruscamente em alguma fissura do terreno.

Colocando o ouvido rente à superfície do lago, Cyrus Smith prestou atenção e percebeu distintamente o barulho de uma cachoeira subterrânea.

– É aqui – declarou, erguendo-se – que se opera a descarga das águas, é aqui, sem dúvida, que, por um duto escavado no maciço granítico, elas vão juntar-se ao mar, através de cavidades que podemos usar em nosso proveito! Muito bem! Descobrirei!

O engenheiro cortou um galho comprido, desfolhou-o e, mergulhando-o no vértice das duas margens, detectou a existência de um amplo orifício a apenas trinta centímetros da superfície. Esse orifício era a entrada do escoadouro tão procurado, e a força da correnteza era tão grande naquele ponto que o galho foi arrancado das mãos do engenheiro e desapareceu.

– Agora não resta mais dúvida – repetiu Cyrus Smith. – É aqui a entrada do escoadouro, precisamos apenas alcançá-la.

– E como? – perguntou Gedeon Spilett.

– Abaixando o nível das águas do lago em noventa centímetros.

– E de que jeito?

– Abrindo outra saída, maior do que esta.

– Em que ponto, Cyrus?

– Na área da margem mais próxima do litoral.

– Mas é uma margem de granito! – observou o repórter.

– Que seja – respondeu Cyrus Smith –, explodirei esse granito, e as águas, ao escoarem, deixarão o orifício a descoberto...

– Formando uma queda-d'água sobre a praia – acrescentou o repórter.

– Da qual tiraremos proveito! – respondeu Cyrus. – Venha, venha!

O engenheiro arrastou o companheiro, cuja confiança em Cyrus Smith era tão absoluta que não lhe passava pela cabeça a possibilidade de fracasso. E, no entanto, aquela margem granítica, como rasgá-la, como, sem pólvora e com ferramentas rudimentares, desagregar aquelas rochas? A empreitada que o engenheiro pretendia realizar não estaria além de suas forças?

Quando Cyrus Smith e o repórter retornaram às Chaminés, encontraram Harbert e Pencroff ocupados em descarregar a balsa de lenha.

– Os lenhadores já vão terminar, sr. Cyrus – disse o marujo, rindo –, e quando precisarem de pedreiros...

– Pedreiros, não, químicos – respondeu o engenheiro.

– Sim – acrescentou o repórter –, vamos explodir a ilha.

– Explodir a ilha! – exclamou Pencroff.

– Só uma pequena parte! – replicou Gedeon Spilett.

– Ouçam, amigos – disse o engenheiro.

E expôs o resultado de suas observações. Segundo ele, devia haver uma cavidade qualquer no bloco granítico que sustentava o planalto do Mirante e ele pretendia alcançá-la. Para fazer isso, precisava, antes de tudo, desobstruir a abertura pela qual se precipitavam as águas e, assim, baixar seu nível, proporcionando-lhes um escoadouro mais amplo. Daí a necessidade de fabricar uma substância explosiva capaz de produzir uma forte sangria em outro ponto da margem. Era o que ia tentar Cyrus Smith, empregando os minerais que a natureza punha à sua disposição.

Desnecessário descrever o entusiasmo com que todos, e mais particularmente Pencroff, receberam esse plano. Empregar meios épicos, rasgar o granito, criar uma queda-d'água, tudo falava ao marujo! E, uma vez que o engenheiro necessitava de químicos, ele seria químico, como seria pedreiro ou sapateiro se o engenheiro requisitasse. Seria tudo que ele quisesse, "até mesmo professor de dança e bons modos", caso necessário, disse a Nab.

Em primeiro lugar, Nab e Pencroff foram encarregados de extrair a gordura do dugongo e defumar sua carne, que se destinaria à alimentação. Os dois partiram imediatamente, sem pedir outras explicações. A confiança que tinham no engenheiro era absoluta.

Logo em seguida, Cyrus Smith, Harbert e Gedeon Spilett, arrastando a esteira e subindo a margem do rio, dirigiram-se à jazida de carvão mineral, onde abundavam piritas xistosas, encontradas, com efeito, em sedimentos mais recentes, e das quais Cyrus Smith já coletara uma amostra.

O dia foi dedicado a carrear certa quantidade dessas piritas até as Chaminés. No fim do dia, dispunham de várias toneladas.

No dia seguinte, 8 de maio, o engenheiro deu início às manipulações. Sendo as piritas xistosas compostas principalmente de carbono, sílica, alumínio e sulfureto de ferro – este em excesso –, tratava-se de isolar o sulfureto de ferro e transformá-lo em sulfato o mais depressa possível. Obtido o sulfato, extraía-se dele o ácido sulfúrico.

Tal era o objetivo a ser alcançado. O ácido sulfúrico é um dos agentes mais empregados na indústria e seu grau de consumo indica o avanço industrial de uma nação. Mais tarde ele viria a ser de extrema utilidade para os colonos na fabricação de velas, curtição de peles etc., porém, naquele momento, o engenheiro reservava-o para outro uso.

Cyrus Smith delimitou, atrás das Chaminés, uma área cujo terreno era absolutamente liso. Ali, armou um monte de gravetos e lenha rachada, sobre o qual dispôs fragmentos de xistos piritosos, apoiados uns contra os outros; em seguida, o conjunto foi coberto por uma fina camada de piritas, previamente reduzidas ao volume de uma noz.

Feito isso, atearam fogo à lenha, cujo calor contagiou os xistos, os quais se inflamaram, uma vez que continham carvão e enxofre. Então novas camadas de lascas de piritas foram dispostas de maneira a formar um monte bem alto, que foi externamente vedado com terra e ramagens, à exceção de alguns respiradouros, como se pretendessem carbonizar uma meda de lenha para fazer carvão.

Em seguida, deixaram que a transformação se consumasse por si só. Afinal, faziam-se necessários nada menos que dez a doze dias para que o sulfureto de ferro se transformasse em sulfato de ferro e o alumínio em sulfato de alumínio, duas substâncias igualmente solúveis, ao contrário das demais, sílica, escórias de carvão e cinzas.

Enquanto o trabalho químico se desenrolava, Cyrus Smith procedia a outras operações. Era mais do que zelo. Era obstinação.

Nab e Pencroff haviam retirado a gordura do dugongo e estocado-a em grandes recipientes de argila. A meta era isolar um dos elementos daquela gordura, a glicerina, saponificando-a. Ora, para obter esse resultado, bastava tratá-la com sódio ou cal. Com efeito, uma ou outra dessas substâncias, após atacar a gordura, formaria um sabão e isolaria a glicerina, e era justamente essa glicerina que o engenheiro queria obter. Cal era o que não faltava, sabemos; em todo caso, o método pela cal produziria apenas saponáceos calcários, insolúveis e, por conseguinte, inúteis, ao passo que o método que recorria ao sódio forneceria um sabão solúvel, utilizável nas faxinas domésticas. Como homem prático, Cyrus Smith dava preferência ao sódio. Era difícil obtê-lo? Não, pois as algas marinhas abundavam na praia: salicórnias, ficoides e todas as fucáceas que formam os sargaços e as macroalgas. Recolheram então uma grande quantidade dessas algas, secaram-nas e, em seguida, queimaram-nas em fossas ao ar livre. A combustão das algas foi alimentada durante vários dias, até o calor aumentar a ponto de derreter as cinzas; o resultado da incineração foi uma massa compacta, acinzentada, conhecida em todos os tempos como sódio natural.

Obtido esse resultado, o engenheiro tratou a gordura com o sódio, o que produziu, de um lado, sabão solúvel, e, de outro, a substância neutra denominada glicerina.

Mas isso não era tudo. Cyrus Smith ainda precisava, visando procedimentos futuros, de outra substância, o nitrato de potássio, mais conhecido como sal de nitro ou salitre.

Cyrus poderia fabricar aquela substância tratando o carbonato de potássio, extraído facilmente das cinzas dos vegetais, com o ácido nítrico. Mas faltava-lhe o ácido nítrico, e era precisamente esse ácido que ele pretendia obter no fim. Vigorava portanto um círculo vicioso, do qual parecia não haver saída. Dessa vez, contudo, a natureza lhe seria favorável e lhe forneceria o salitre sem que ele tivesse outro trabalho senão recolhê-lo. Harbert descobriu uma jazida no norte da ilha, no sopé do monte Franklin, e eles só tiveram de refinar aquele sal.

Tais atividades tomaram uma semana, encerrando-se antes que a transformação do sulfureto em sulfato de ferro estivesse concluída. Os dias seguintes foram dedicados à fabricação de cerâmica refratária em argila plástica e à construção de um forno de tijolos especial, que serviria para a destilação do sulfato de ferro, quando este fosse obtido. Tudo isso foi concluído por volta de 18 de maio, justamente quando a transformação química terminava. Gedeon Spilett, Harbert, Nab e Pencroff, habilidosamente guiados pelo engenheiro, haviam se tornado os mais exímios operários metalúrgicos do mundo. A necessidade, aliás, é sempre o melhor professor.

Quando o monte de piritas foi completamente reduzido pelo fogo, o produto da operação, consistindo em sulfato de ferro, sulfato de alumínio, sílica, escória de carvão e cinzas, foi depositado numa tina cheia d'água. Essa mistura, batida, colocada em repouso e depois decantada, resultou num líquido claro, contendo sulfato de ferro e sulfato de alumínio liquefeitos, as demais substâncias havendo permanecido sólidas, visto serem insolúveis. Finalmente, após a evaporação parcial desse líquido, os cristais de sulfato de ferro se sedimentaram e as águas-mães, isto é, o líquido não evaporado, que continha sulfato de alumínio, foram descartadas.

Cyrus Smith tinha então à sua disposição uma quantidade mais que suficiente de cristais de sulfato de ferro, do qual agora urgia extrair o ácido sulfúrico.

Na prática industrial, são caras as instalações requeridas para a produção de ácido sulfúrico. Com efeito, são necessárias grandes fábricas, um ferramental específico, aparelhos de platina, câmaras de chumbo, refratárias ao ácido, nas quais se opere a transformação etc. Embora não dispusesse de nada disso, o engenheiro sabia que, especialmente na Boêmia, produz-se ácido sulfúrico com recursos mais simples, que tem inclusive a vantagem de contar com um grau superior de concentração. É o método empregado na obtenção do ácido conhecido como ácido de Nordhausen.

Para obter o ácido sulfúrico, Cyrus Smith tinha apenas uma operação a efetuar: calcinar em recipiente fechado os cristais de sulfato de ferro, de maneira que o ácido sulfúrico se destilasse em vapores, os quais em seguida produziriam o ácido por condensação.

Foi para essa manipulação que serviram as cerâmicas refratárias, nas quais foram colocados os cristais, e o forno, cujo calor deveria destilar o ácido sulfúrico. A operação foi um sucesso, e em 20 de maio, doze dias após ter início, o engenheiro obtinha o agente que esperava utilizar das mais variadas formas no futuro.

Mas para que ele queria aquele agente? Pura e simplesmente para produzir ácido nítrico, o que não foi difícil, uma vez que o salitre, atacado pelo ácido sulfúrico, forneceu-lhe, por destilação, precisamente esse ácido.

E, para terminar, em que empregar aquele ácido nítrico? Era o que seus companheiros ainda ignoravam, pois ele não desvendara suas verdadeiras intenções com aquele procedimento.

Nesse ínterim, o engenheiro alcançou o seu objetivo, e uma última operação proporcionou-lhe a substância que tantas manipulações exigira.

Após coletar o ácido nítrico, ele o pusera em presença da glicerina, previamente concentrada pela evaporação em banho-maria, obtendo, mesmo sem empregar mistura refrigerante, vários litros de um líquido oleoso e amarelado.

Esta última operação, Cyrus Smith realizara-a sozinho, afastado, longe das Chaminés, pois ela oferecia riscos de explosão, e, quando levou um botijão daquele líquido para os amigos, limitou-se a dizer:

– Aqui está a nitroglicerina!

Era, com efeito, o terrível produto, cujo poder explosivo talvez seja o décuplo do gerado pela pólvora comum e que já causou tantos acidentes! Contudo, depois de descoberto o meio de transformá-lo em dinamite, quer dizer, na verdade misturá-lo com uma substância sólida, argila ou açúcar, suficientemente porosa para retê-lo, o perigoso líquido pôde ser utilizado com mais segurança. Pois a dinamite ainda não era conhecida na época em que os colonos viviam na ilha Lincoln.

– E é esse licor que explodirá as rochas? – perguntou Pencroff, com uma expressão incrédula.

– Sim, amigo – respondeu o engenheiro –, e essa nitroglicerina produzirá um efeito e tanto, na medida em que o granito é extremamente duro e oporá grande resistência à fragmentação.

– E quando veremos isso, sr. Cyrus?

– Amanhã, assim que tivermos escavado um buraco de mina – respondeu o engenheiro.

Logo ao amanhecer do dia seguinte – 21 de maio –, os mineiros dirigiram-se à ponta que constituía a margem leste do lago Grant, a qual distava apenas quinhentos passos do litoral. Naquele ponto, o planalto situava-se num plano inferior ao das águas, represadas exclusivamente por sua parede de granito. Era então evidente que, se rompessem aquela parede, as águas escapariam por aquela saída e formariam um riacho, que, após correr pela ribanceira do planalto, cairia na praia. Em seguida, com o abaixamento geral do nível do lago, a abertura do escoadouro ficaria a descoberto – o que era o objetivo final.

Portanto, era a parede que tinham de arrebentar. Sob a direção do engenheiro e manejando uma picareta com habilidade e vigor, Pencroff atacou o granito pelo lado externo. O buraco a ser perfurado devia partir de uma aresta horizontal da margem e aprofundar-se obliquamente, de maneira a alcançar um nível bem inferior ao das águas do lago. Dessa maneira, a força explosiva, afastando as rochas, permitiria que as águas escoassem amplamente para fora e, por conseguinte, abaixassem seu nível suficientemente.

Foi um trabalho demorado, pois, querendo impressionar os amigos, o engenheiro não esperava gastar menos de dez litros de nitroglicerina na operação. Pencroff, porém, revezando com Nab, trabalhou tão bem que por volta das quatro da tarde o buraco da mina estava terminado.

Restava o problema da combustão da substância explosiva. Em geral, a nitroglicerina é inflamada por intermédio de mechas de fulminato, que, fragmentando-se, geram a explosão. Com efeito, é necessário um impacto para provocar a explosão e, simplesmente acesa, a substância queimaria sem fragmentar-se.

Cyrus Smith poderia decerto fabricar uma bucha. Na falta de fulminato, podia facilmente obter uma substância análoga ao algodão-pólvora, uma vez que tinha ácido nítrico à sua disposição. Essa substância, prensada num cartucho e introduzida na nitroglicerina, teria se fragmentado mediante o uso de uma bucha e causado a explosão.

Mas Cyrus Smith sabia que a nitroglicerina tem a propriedade de detonar com o impacto. Resolveu então se beneficiar de tal propriedade, reservando o outro método como alternativa.

Com efeito, basta uma martelada sobre algumas gotas de nitroglicerina espalhadas na superfície de uma pedra dura para provocar a explosão. O operador, contudo, não pode desferi-la sem ser vítima do procedimento. Cyrus Smith então imaginou pendurar num caibro, acima do buraco da mina, usando uma fibra vegetal, um bloco de ferro pesando vários quilos. Uma segunda fibra comprida, previamente besuntada com enxofre, seria amarrada no meio da primeira por uma de suas pontas, enquanto a outra ponta desenrolava-se no chão até uma distância de alguns metros do buraco da mina. O fogo, ateado nessa segunda fibra, faria com ela queimasse até atingir a primeira. Esta, pegando fogo por sua vez, se romperia e o bloco de ferro despencaria sobre a nitroglicerina.

Montaram, portanto, a parafernália. Em seguida, o engenheiro, tendo afastado os companheiros, encheu o buraco da mina até a nitroglicerina aflorar sua abertura e despejou algumas gotas na superfície da rocha, abaixo do bloco de ferro já pendurado.

Feito isso, Cyrus Smith pegou a extremidade da fibra besuntada com enxofre, acendeu-a e, correndo dali, voltou a juntar-se a seus companheiros nas Chaminés.

A fibra deveria queimar durante vinte e cinco minutos e, com efeito, vinte e cinco minutos depois, uma explosão, da qual não saberíamos dar ideia, reboou. Parecia que toda a ilha tremia em suas bases. Uma girândola de pedras projetou-se nos ares como se expelida de um vulcão. O abalo produzido pelo ar deslocado foi tão intenso que fez as rochas das Chaminés oscilarem. Os colonos, embora a mais de quatro quilômetros do explosivo, foram derrubados no solo.

Reergueram-se tão logo puderam, subiram até o planalto e correram ao ponto onde a margem do lago devia ter sido rasgada pela explosão...

Um triplo hurra escapou de seus peitos! A parede de granito fendera-se em grande extensão! Um curso d'água buliçoso escapava por ali, corria espumante através do planalto e, atingindo a crista, precipitava-se na praia de uma altura de noventa metros!

18

Pencroff não duvida de mais nada • O antigo escoadouro do lago • Descida subterrânea • Atravessando o granito • Top sumiu • A caverna central • O poço inferior • Mistério • A picareta entra em ação • A volta

O PLANO DE Cyrus Smith triunfara, porém, como de hábito, sem dar mostras de nenhuma satisfação, lábios cerrados, olhar fixo, ele permanecia impassível. Harbert estava entusiasmado; Nab pulava de alegria; Pencroff balançava a cabeçorra e murmurava estas palavras: "E não é que o nosso engenheiro se saiu bem?"

Com efeito, a nitroglicerina atuara poderosamente. A sangria, imposta ao lago, era tão significativa que o volume de águas que passou a vazar através do novo escoadouro era pelo menos o triplo do que vazava anteriormente pelo antigo. O resultado de tal intervenção, portanto, deveria ser uma redução do nível das águas do lago em pelo menos sessenta centímetros.

Os colonos voltaram às Chaminés, a fim de lá pegar picaretas, porretes com pontas de ferro, cordas de fibras, uma pederneira e uma mecha; em seguida regressaram ao planalto. Top os acompanhava.

No caminho, o marujo não se conteve e sugeriu ao engenheiro:

– Sabia que essa poçãozinha que o senhor preparou pode explodir nossa ilha inteira?

– Sem dúvida alguma, a ilha, os continentes e a própria Terra – concordou Cyrus Smith. – É só uma questão de quantidade.

– Não seria possível então usar essa nitroglicerina para carregar armas de fogo? – perguntou o marujo.

– Não, Pencroff, pois se trata de uma substância excessivamente fragmentadora. Mas não seria difícil fabricar algodão-pólvora ou mesmo pólvora comum, uma vez que temos ácido nítrico, salitre, enxofre e carvão. Armas, infelizmente, é que não temos.

– Oh, sr. Cyrus! – exclamou o marujo. – Com um pouco de boa vontade...!

De fato, Pencroff riscara a palavra "impossível" do dicionário da ilha Lincoln.

Já no planalto do Mirante, os colonos dirigiram-se imediatamente à ponta do lago, onde se situava a entrada do antigo escoadouro, o qual agora devia estar exposto e acessível, uma vez que as águas não se precipitavam mais através dele, facilitando o reconhecimento de sua disposição interna.

Em poucos instantes, os colonos haviam alcançado o ângulo inferior do lago e um relance foi suficiente para constatarem seu triunfo.

Com efeito, na parede granítica do lago, agora acima do nível das águas, via-se a abertura tão procurada. Uma espécie de pequeno degrau, desnudado pelo recuo das águas, permitia o acesso. O vão media aproximadamente seis metros de largura, mas apenas dois de altura. Era como um ralo de esgoto no meio-fio da calçada, o que dificultava a passagem dos colonos. Nab e Pencroff pegaram então suas picaretas e, em menos de uma hora, deram-lhe uma altura suficiente.

O engenheiro aproximou-se e constatou que as paredes do escoadouro, em sua parte superior, não indicavam um declive de mais de trinta, trinta e cinco graus. Portanto, era possível descer e até mesmo, desde que a inclinação não aumentasse, alcançar o nível do mar. Logo, se houvesse, o que era muito provável, alguma cavidade no interior do maciço granítico, talvez fosse possível aproveitá-la.

– E então, sr. Cyrus, o que nos detém? – perguntou o marujo, impaciente para aventurar-se na estreita galeria. – Não vê que Top já se embarafustou?

– Calma – respondeu o engenheiro. – Convém antes tomar certas providências. Nab, vá cortar alguns galhos resinosos.

Nab e Harbert correram até as margens do lago, assombreadas por pinheiros e outras coníferas; dali a pouco voltaram com galhos, com os quais fizeram uns tipos de archotes, que foram acesos no fogo da pederneira. E, com Cyrus Smith liderando a marcha, os colonos penetraram no escuro duto anteriormente ocupado pelo excedente das águas.

Ao contrário do que poderiam supor, o diâmetro do duto se alargava à medida que se aprofundava, de modo que não demorou muito para que os exploradores pudessem aprumar-se e descer eretos. As paredes de granito, desgastadas pelas águas desde tempos imemoriais, eram escorregadias, e todo cuidado era pouco para evitar um tombo. Assim, os colonos haviam se amarrado uns aos outros por meio de uma corda, como fazem os alpinistas nas montanhas. Felizmente, algumas saliências do granito, formando verdadeiros degraus, tornavam a descida menos perigosa. Gotículas, ainda agarradas nas rochas, irizavam-se aqui e ali à luz dos archotes fazendo as paredes parecerem cobertas por estalactites. O engenheiro examinou aquele granito escuro. Não viu nele um estrato, uma falha. O bloco era compacto, de grãos cerrados. Logo, aquele duto datava da própria origem da ilha. Não haviam sido as águas que o escavaram gradualmente. Plutão, e não Netuno, o havia perfurado com as próprias mãos, sendo inclusive possível distinguir na muralha os vestígios de um trabalho eruptivo que a passagem das águas não conseguira apagar inteiramente.

Os colonos desciam lentamente. Não podiam deixar de sentir certa emoção, aventurando-se pioneiramente nas profundezas daquele maciço. Se não falavam, refletiam, e a alguns deles decerto ocorreu o pensamento de que algum polvo ou outro gigantesco cefalópode pudesse ocupar cavidades internas em comunicação com o mar. Logo, convinha avançar com cautela.

Por outro lado, Top encabeçava o pequeno grupo e podiam confiar na sagacidade do cão, que, se necessário, não deixaria de dar o alarme.

Após descerem cerca de trinta metros, seguindo um trajeto bastante sinuoso, Cyrus Smith, que caminhava à frente, fez alto e seus companheiros juntaram-se a ele. O lugar onde estacionaram estava seco, formando uma caverna de exígua dimensão. Embora algumas gotas pingassem da abóbada, estas não provinham de uma infiltração do maciço. Eram simplesmente os últimos vestígios deixados pela torrente que por tanto tempo estrondeara dentro daquela cavidade. O ar, por sinal, ligeiramente úmido, não emitia qualquer emanação mefítica.

– E então, meu caro Cyrus? – interpelou-o Gedeon Spilett. – Aqui estamos num refúgio ignoto, dissimulado nas profundezas, mas, no fim das contas, inabitável.

– Por que inabitável?

– Porque é pequeno e escuro demais.

– Não podemos ampliá-lo, escavá-lo, abrir respiradouros para a luz e o ar livre? – questionou Pencroff, que não duvidava mais de nada.

– Vamos em frente – sugeriu Cyrus Smith –, continuemos nossa exploração. Quem sabe, mais abaixo, a natureza não preparou alguma coisa que nos poupe esse trabalho?

– Ainda não avançamos um terço – observou Harbert.

– É, mais ou menos um terço – concordou Cyrus Smith –, pois descemos cerca de trinta metros desde a entrada, logo, não é impossível que, trinta metros abaixo...

– Por onde anda Top...? – perguntou Nab, interrompendo seu patrão.

Procuraram na caverna. O cão não estava lá.

– Provavelmente seguiu adiante – disse Pencroff.

– Atrás dele! – comandou Cyrus Smith.

Retomaram a descida. O engenheiro observava com cuidado os desvios que o escoadouro desenhava, e, a despeito de tantos meandros, orientava-se com certa facilidade, na direção do mar.

Os colonos desceram ainda cerca de vinte metros mais, perpendicularmente, quando sua atenção foi atraída por ruídos distantes vindos das profundezas do maciço. Pararam e escutaram. Aqueles sons, propagados pela galeria, como a voz através de um tubo acústico, chegavam-lhes nitidamente aos ouvidos.

– São latidos de Top! – exclamou Harbert.

– Isso mesmo – confirmou Pencroff –, e observo que o nosso corajoso cão late furiosamente.

– Temos nossos porretes – lembrou Cyrus Smith. – Atenção e em frente!

– Isso está ficando cada vez mais interessante – murmurou Gedeon Spilett ao ouvido do marujo, que fez um sinal afirmativo.

Cyrus Smith e os amigos correram para acudir o cão. Os latidos de Top tornavam-se cada vez mais nítidos e era possível notar uma raiva estranha em sua agonia. Porventura estaria às voltas com algum animal cuja toca ele invadira? Fato é que, sem pensar no perigo a que se expunham, nossos colonos sentiam-se agora arrebatados por uma irresistível curiosidade. Não desciam mais a galeria, deixavam-se por assim dizer escorregar na pedra, e, em poucos minutos, vinte metros abaixo, encontraram Top.

Naquele ponto, a galeria abria para uma vasta e magnífica caverna. Top corria de um lado para outro, latindo com furor. Pencroff e Nab, agitando suas tochas, projetaram então grandes fachos de luz sobre todas as asperezas do granito, enquanto Cyrus Smith, Gedeon Spilett e Harbert, com o porrete erguido, mantinham-se alerta para o caso de algum incidente.

A imensa caverna estava vazia. Os colonos a percorreram em todas as direções. Nada, nenhum animal, nenhum ser vivo! Apesar disso, Top continuava a latir. Nem afagos nem ameaças foram capazes de calá-lo.

– Em algum ponto deve haver uma saída, pela qual as águas do lago escoam para o mar – disse o engenheiro.

– Tem razão – assentiu Pencroff –, e olho vivo com os buracos.

– Procure, Top, avante! – gritou Cyrus Smith.

O cão, incentivado pelas palavras do dono, correu até a extremidade da caverna, onde seus latidos redobraram.

Seguiram-no e, à luz dos archotes, surgiu a boca de um verdadeiro poço escavado no granito. Era evidentemente por ali que se operava a saída das águas antes infiltradas no maciço, e, dessa vez, não era mais uma galeria oblíqua e de fácil acesso, e sim um poço perpendicular, no qual parecia impossível aventurar-se.

Estenderam os archotes sobre o orifício. Continuaram sem enxergar nada. Cyrus Smith pegou um galho aceso e o lançou no abismo. A resina cintilante, cujo poder iluminador aumentou proporcionalmente à velocidade da queda, clareou o interior do poço, mas continuaram sem distinguir nada. Em seguida, a chama se apagou com um leve tremor, indicando que atingira a superfície da água, isto é, o nível do mar.

O engenheiro, após calcular o tempo de queda, estimou a profundidade do poço em aproximadamente trinta metros.

O solo da caverna, portanto, achava-se a noventa metros acima do nível do mar.

– Apresento-lhes o nosso lar – disse simplesmente Cyrus Smith.

– Que uma criatura qualquer habitava antes de nós – completou Gedeon Spilett, que não matara a curiosidade.

– Pois bem, a criatura qualquer, anfíbio ou não, fugiu por esse poço – concluiu o engenheiro – e cedeu-nos o lugar.

– Apoiado – rematou o marujo. – A propósito, o que eu não daria para estar na pele de Top quinze minutos atrás... afinal, se ele latiu tanto, devia ter uma razão para isso.

Cyrus Smith observava seu cão, e se algum de seus companheiros houvesse se aproximado dele, teria-lhe ouvido murmurar:

– E penso que Top sabe muito mais não só sobre isso, como sobre muitas outras coisas!

Em todo caso, o sonho dos colonos achava-se amplamente realizado. O acaso, ajudado pela incrível perspicácia de seu líder, fora generoso com eles. Tinham ali, à disposição, uma vasta caverna, cuja área ainda não podiam estimar à luz incipiente dos archotes, mas que certamente seria fácil de dividir em quartos, erguendo divisórias de tijolos, e ocupar, se não como uma casa, pelo menos como um espaçoso apartamento. As águas haviam-na desertado e não podiam mais retornar. O espaço estava livre.

Restavam duas dificuldades: uma, iluminar aquela gruta esculpida dentro de um bloco maciço; a outra, tornar seu acesso mais cômodo. No que se refere à claridade, embora impossível alcançá-la por cima, devido à espessura do teto, talvez fosse possível perfurar a parede anterior, que dava para o mar. Cyrus Smith, que ao longo da descida calculara bastante aproximativamente sua obliquidade, e por conseguinte o comprimento do escoadouro, inclinava-se a crer que a fachada do paredão não devia ser muito espessa. Ora, se obtivessem luz daquela forma, o acesso também estaria garantido, uma vez que seria igualmente fácil abrir porta e janelas, bem como instalar uma escada externa.

Cyrus Smith comunicou suas ideias aos companheiros.

– O que estamos esperando então, sr. Cyrus? Mãos à obra! – reagiu Pencroff. – Com a minha picareta, já vejo a luz do outro lado da parede. Onde devo bater?

– Aqui – respondeu o engenheiro, apontando para o forte marujo uma concavidade na parede, o que devia reduzir sua espessura.

Pencroff atacou o granito e, durante meia hora, à luz dos archotes, estilhaços saltaram por toda parte. A rocha soltava faíscas sob sua picareta. Nab substituiu-o, depois Gedeon Spilett.

O trabalho já durava duas horas, o que podia significar que naquele ponto a espessura do paredão excedia o comprimento do cabo da picareta, quando, num último golpe desferido por Gedeon Spilett, a ferramenta, atravessando o granito, voou para o lado de fora.

– Hurra! Mil vezes hurra! – vibrou Pencroff.

A espessura do paredão era de noventa centímetros naquele ponto.

Cyrus Smith foi olhar pela abertura, vinte e cinco metros acima do nível do mar. À sua frente estendiam-se a orla da praia, o recife e, mais além, o oceano sem fim.

Enquanto isso, atravessando o largo orifício, pois a rocha se desagregara e o fizera expandir, e inundando a esplêndida caverna, a luz entrava aos borbotões e produzia um efeito mágico! Se, em sua parte esquerda, a escavação tinha apenas nove metros de altura e largura por um comprimento de trinta, em sua parte direita, em compensação, era um palácio, com sua abóbada abaulando-se a uma altura de mais de vinte e cinco metros. Em determinados pontos, colunas de granito, irregularmente distribuídas, sustentavam arcos semelhantes aos da nave de uma catedral. A cúpula, assentada em espécies de pilares laterais, ora se abaixava, formando arcadas, ora se alteava, desenhando nervuras ogivais e perdendo-se em balaustradas escuras, cujas caprichosas linhas adivinhavam-se na penumbra. Profusamente adornada com saliências que lembravam uma miríade de pingentes, via-se ali uma miscelânea pitoresca de tudo o que as arquiteturas bizantina, romana e gótica produziram pela mão do homem. Com a ressalva de que, no caso, era tudo obra da natureza! Ela é que escavara sozinha aquele feérico Alhambra dentro de um bloco de granito!

Os colonos estavam pasmos de admiração. Onde esperavam encontrar simplesmente uma estreita cavidade, topavam com uma espécie de palácio maravilhoso! Nab, como se transportado para o interior de um templo, chegara a descobrir a cabeça!

Gritos de estupor saíram de todas as bocas. Os hurras ecoavam e iam se perder de eco em eco no fundo das naves escuras.

– Ah, meus amigos – exclamou Cyrus Smith –, quando houvermos iluminado suficientemente o interior desta muralha e alocado nossos quartos, despensas e escritórios em sua ala esquerda, ainda nos restará esta esplêndida caverna, que transformaremos em sala de estudos e museu!

– E a chamaremos...? – perguntou Harbert.

– Granite House – respondeu Cyrus Smith, denominação que seus companheiros saudaram com os tradicionais hurras.

Os archotes já estavam quase se apagando e, como para regressar precisavam alcançar novamente o topo do planalto e escalar a galeria, ficou decidido que deixariam para o dia seguinte as obras relativas à ocupação da nova moradia.

Antes de partir, Cyrus Smith foi se debruçar mais uma vez sobre o poço escuro, que mergulhava perpendicularmente até o nível do mar. Escutou atentamente. Não se ouvia nenhum barulho, sequer o das águas, que a rebentação devia às vezes agitar naquelas profundezas. Lançaram novamente uma resina inflamada. As paredes do poço se iluminaram fugazmente, mas como da primeira vez, nada de suspeito se manifestou. Se algum monstro marinho fora inopinadamente surpreendido pelo refluxo das águas, àquela hora já alcançara o mar aberto através do duto subterrâneo que se estendia sob a praia e despejava o excedente do lago antes que nova saída lhe fosse oferecida.

Nesse ínterim, o engenheiro, imóvel, à espreita, olhar mergulhado no antro, não pronunciou uma única palavra.

O marujo aproximou-se dele, e, tocando-lhe o braço, interpelou-o:

– Sr. Smith?

– O que deseja, caro amigo? – indagou o engenheiro, como se regressasse do país dos sonhos.

– Os archotes irão se apagar daqui a pouco.

– A caminho! – exclamou Cyrus Smith.

O pequeno grupo deixou a caverna e começou sua ascensão através da galeria escura. Top, que ainda emitia curiosos rosnados, fechava a marcha. A subida foi árdua. Os colonos detiveram-se alguns instantes na gruta superior, que formava uma espécie de

A luz produzia um efeito mágico, e colunas de granito sustentavam arcos semelhantes aos da nave de uma catedral.

patamar, a meia altura da íngreme escada de granito. Em seguida, continuaram.

Um ar mais frio logo se fez sentir. As gotículas, evaporadas, não cintilavam mais nas paredes. A claridade fuliginosa dos archotes empalidecia. O que era carregado por Nab apagou-se e, para não perderem-se em meio à escuridão profunda, foram obrigados a apertar o passo.

Assim fizeram e, pouco antes das quatro horas, quando o archote do marujo extinguia-se por sua vez, Cyrus Smith e seus companheiros saíram pela boca do escoadouro.

19

O plano de Cyrus Smith • A fachada de Granite House • A escada de corda • Os sonhos de Pencroff • Ervas aromáticas • Uma coutada natural • Transposição das águas com vistas à nova moradia • Vista das janelas de Granite House

No dia seguinte, 22 de maio, tiveram início as obras destinadas à ocupação da nova casa. Os colonos, com efeito, tinham pressa em se mudar para aquele refúgio amplo e confortável, escavado em plena rocha, protegido das águas do mar e do céu, e deixar o precário abrigo das Chaminés. Estas não deviam ser completamente abandonadas, no entanto, e o plano do engenheiro era transformar o local numa oficina para obras de grande vulto.

A primeira providência de Cyrus Smith foi marcar com precisão o ponto exatamente defronte à fachada de Granite House. Para isso, foi até a praia, até o sopé do imenso paredão, e, como a picareta, que voara das mãos do repórter, devia ter caído perpendicularmente, bastava encontrá-la para descobrir o lugar onde o granito fora perfurado.

A picareta foi logo encontrada e, com efeito, um buraco abria-se perpendicularmente acima do ponto onde ela fincara-se na areia, cerca de vinte e cinco metros acima da praia. Alguns pombos-da-rocha já entravam e saíam pela estreita abertura, como se tivesse sido para eles que haviam descoberto Granite House!

A intenção do engenheiro era dividir a parte direita da caverna em vários quartos, precedidos por um corredor de entrada, e iluminá-la por meio de cinco janelas e uma porta abertas diretamente na fachada. Pencroff aceitava as cinco janelas, mas não entendia a utilidade da porta, uma vez que o antigo escoadouro oferecia uma escada natural, pela qual seria sempre fácil acessar Granite House.

– Caro amigo – respondeu-lhe Cyrus Smith –, se é fácil chegarmos à nossa morada pelo escoadouro, será igualmente fácil para outros que não nós. Pretendo, ao contrário, obstruir esse escoadouro logo em sua entrada, vedá-lo hermeticamente e, se necessário, inclusive camuflar sua boca, provocando, por meio de um dique, uma nova elevação das águas do lago.

– E como nós entraremos? – questionou o marujo.

– Por uma escada externa – respondeu Cyrus Smith –, uma escada de corda, que, uma vez retirada, tornará impossível o acesso às nossas dependências.

– Mas por que tantas precauções? – insistiu Pencroff. – Até agora os animais não pareceram ser muito temíveis. Quanto à possibilidade de a ilha ser habitada por nativos, isso está fora de questão!

– Tem certeza disso, Pencroff? – duvidou o engenheiro, observando o marujo.

– Só teremos certeza absoluta quando a tivermos explorado de ponta a ponta – recuou o marujo.

– Exatamente – disse Cyrus Smith –, pois dela conhecemos apenas uma parte ínfima. De toda forma, se não temos inimigos na ilha, eles podem vir de fora, pois estas são paragens sinistras do Pacífico. Não custa, portanto, precaver-se contra qualquer eventualidade.

Cyrus Smith falava sensatamente, e, sem fazer mais nenhuma outra objeção, Pencroff preparou-se para executar suas ordens.

A fachada de Granite House receberia então a claridade através de cinco janelas e uma porta, as quais dariam internamente para o que constituía "o apartamento" propriamente dito, bem como de uma ampla sacada e várias claraboias, que permitiriam à luz invadir aquela maravilhosa nave com vocação de sala de estar. A fachada, a vinte e cinco metros do nível do solo, dava para o leste e o sol nascente a saudava com seus primeiros raios. Ela se estendia por uma área compreendida entre a saliência que formava uma curva sobre a foz do Mercy e uma linha perpendicular traçada acima do aglomerado de rochas constituído pelas Chaminés. Assim, os ventos importunos, isto é, os de nordeste, não a golpeavam senão de raspão, visto que ela estava protegida pela posição da referida saliência. A propósito, até que os caixilhos das janelas fossem confeccionados, o engenheiro tencionava vedar as aberturas com postigos grossos, que não deixariam passar nem vento nem chuva e que ele poderia dissimular em caso de necessidade.

A primeira tarefa, portanto, consistiu em abrir os vãos necessários. Como a ação da picareta sobre a rocha deixava muito a desejar, Cyrus Smith, homem dos grandes meios e ainda dispondo de certa quantidade de nitroglicerina à disposição, não hesitou em empregá-la. O efeito da substância explosiva foi convenientemente delimitado e, com a detonação, o granito se desfez exatamente nos locais escolhidos pelo engenheiro. Em seguida, a picareta e o martelete recortaram o desenho ogival das cinco janelas, da vasta sacada, das claraboias e da porta; os caixilhos, cujas linhas foram planejadas com apuro, ganharam acabamento e, alguns dias após o começo das obras, Granite House achava-se esplendidamente iluminada pela luz do alvorecer, que penetrava até em suas mais secretas profundezas.

Segundo a planta elaborada por Cyrus Smith, o apartamento deveria ser dividido em cinco cômodos com vista para o mar: à direita, uma entrada acessada por uma porta na qual terminaria a escada; em seguida, um primeiro conjugado, com nove metros de largura, uma sala de jantar, medindo doze metros, um quarto dormitório, de largura idêntica, e finalmente um "quarto de hóspedes", reivindicado por Pencroff e que confinava com o salão.

Esses quartos, ou melhor, essa série de quartos que formavam o apartamento de Granite House não deviam ocupar toda a profundidade da caverna. O acesso se daria por um corredor disposto entre eles e uma despensa comprida, na qual utensílios, provisões e estoques teriam lugar de sobra. Todos os espécimes recolhidos na ilha, da flora e da fauna, estariam ali em excelentes condições de conservação e severamente protegidos da umidade. Espaço era o que não faltava, cada objeto podendo ser metodicamente acomodado. Além disso, os colonos ainda tinham à disposição a pequena gruta situada acima da grande caverna, que funcionaria como sótão da nova moradia.

Elaborada essa planta, só restava executá-la. Os mineiros voltaram a ser oleiros e tijolos foram trazidos e depositados no sopé de Granite House.

Até aquele momento Cyrus Smith e seus companheiros só haviam entrado na caverna pelo antigo escoadouro. Esse modo de acesso obrigava-os primeiro a subir ao planalto do Mirante, fazendo um desvio pela margem do rio, depois descer sessenta metros pela galeria e, quando quisessem sair, subir até o planalto novamente. O que resultava em perda de tempo, além de deixá-los exauridos. Cyrus Smith resolveu então proceder sem demora à fabricação de uma sólida escada de corda, que, uma vez retirada, deixasse Granite House inexpugnável.

Essa escada foi confeccionada com extremo cuidado, e suas barras verticais, formadas por fibras de "curry-jonc", trançadas com a ajuda de uma cruzeta, tinham a solidez de um cabo grosso. Quanto aos degraus, trabalhados com mão de mestre por Pencroff, foi uma espécie de cedro vermelho, com galhos leves e resistentes, que os forneceu.

Aproveitaram para fabricar outros tipos de cordas, igualmente com fibras vegetais, e uma espécie de guindaste rudimentar foi instalado na porta. Dessa forma, os tijolos puderam ser facilmente içados até a altura de Granite House. O transporte do material achava-se, portanto, racionalizado, e a arrumação interna propriamente dita pôde começar. Cal era o que não faltava; tijolos, dispunham de milhares, prontos para uso. Ergueram com facilidade a estrutura das divisórias, bastante simples, aliás, e, num tempo curtíssimo, o apartamento foi dividido em quartos e despensa, de acordo com a planta aprovada.

Essas diversas obras, sob a direção do engenheiro, que manejava o martelo e a pazinha de pedreiro, foram executadas com agilidade. Nenhum trabalho manual era estranho a Cyrus Smith, que, assim, podia ensinar a companheiros zelosos e inteligentes. Todos trabalhavam com confiança, alegria até, Pencroff sempre com uma tirada hílare, ora carpinteiro, ora cordoeiro, ora pedreiro, e contagiando o grupo com seu bom humor. Depositava uma confiança cega no engenheiro, nada sendo capaz de abalá-la. Julgava-o capaz de empreender tudo, triunfar em tudo. A questão do vestuário e dos calçados – questão decerto grave –, a da iluminação durante as noites de inverno, a valorização das porções férteis da ilha, a transformação daquela flora selvagem numa flora civilizada, tudo lhe parecia fácil e, com a ajuda de Cyrus Smith, tudo se faria no devido tempo. Sonhava com rios canalizados, beneficiando o transporte das riquezas do solo, explorações de pedreiras e jazidas, máquinas apropriadas para todas as práticas industriais, vias férreas, sim, vias férreas!, cuja malha um dia certamente cobriria a ilha Lincoln.

O engenheiro deixava Pencroff falar. Não rebatia nenhum dos exageros do generoso coração. Sabia do poder de contágio da confiança, sorria, inclusive, ao ouvi-lo falar, sem, contudo, trazer à baila as inquietudes que o futuro lhe inspirava. Com efeito, naquela zona do Pacífico, fora da rota dos navios, temia jamais ser socorrido. Era então exclusivamente com eles mesmos que os colonos deviam contar, pois a distância da ilha Lincoln para qualquer outra terra era tão grande que aventurar-se num barco, de construção necessariamente tosca, constituiria atitude grave e perigosa.

Por outro lado, como dizia o marujo, eles estavam léguas à frente dos Robinson de antigamente, para os quais tudo dependia de um milagre.

Pois eles sabiam, e o homem que sabe triunfa onde outros inelutavelmente vegetariam e pereceriam.

Harbert sobressaiu-se durante essa fase dos trabalhos. Era inteligente e dinâmico, compreendia depressa, executava corretamente, e Cyrus Smith apegava-se cada vez mais ao adolescente, o qual, por sua vez, dedicava ao engenheiro uma amizade admirativa e respeitosa. Pencroff não deixava de perceber a grande afinidade entre as duas criaturas, mas não sentia nenhum ciúme.

Nab era Nab. Era o que seria sempre, a coragem, o zelo, a dedicação, a abnegação personificada. Depositava no patrão a mesma fé que Pencroff, a despeito de manifestá-la menos ruidosamente. Quando o marujo se entusiasmava, Nab parecia sempre responder-lhe: "Ora, nada mais natural." Pencroff e ele davam-se muito bem e não demoraram a estreitar a amizade.

Quanto a Gedeon Spillet, participava do trabalho comum com a mesma destreza dos demais – o que sempre espantava um pouco o marujo. Um "jornalista" que não apenas compreendia, mas executava tudo com extrema habilidade!

A escada foi definitivamente instalada, em 28 de maio, com seus cem degraus distribuídos numa altura perpendicular de vinte e cinco metros. Cyrus Smith conseguira dividi-la em duas partes, graças a um ressalto do paredão que formava uma saliência a aproximadamente doze metros do solo. Tal saliência, nivelada com precisão pela picareta, tornou-se uma espécie de patamar, no qual fixaram a primeira escada, cujo primeiro lanço foi assim reduzido pela metade, e que uma corda permitiu içar até a altura de Granite House. Quanto à segunda escada, foi presa tanto em sua extremidade inferior, que repousava sobre a saliência, quanto em sua extremidade superior, fixada diretamente na soleira da porta. Dessa forma, a subida tornou-se incrivelmente mais fácil. A propósito, Cyrus Smith pretendia instalar mais tarde um elevador hidráulico, que pouparia tempo e energia aos moradores de Granite House.

Os colonos, ágeis e safos, logo se acostumaram com a escada de enfrechates, e Pencroff, com sua experiência de marinheiro, hábil em subir e descer esses degraus roliços dos ovéns das embarcações, foi um excelente professor. Mas teve de ensinar a Top também.

O pobre cão, com suas quatro patas, não fora concebido para aquele tipo de exercício. Pencroff, contudo, era um professor tão pertinaz que Top terminou por subir razoavelmente, sobressaindo-se depois na escada como seus pares nos circos. Se o marujo ficou orgulhoso do aluno, não sabemos dizer. O fato é que Pencroff foi visto mais de uma vez carregando o cão nas costas, do que Top jamais se queixou.

Neste ponto, vale ressaltar que, durante as obras, executadas com toda a celeridade possível pois o inverno se aproximava, a questão alimentar não fora negligenciada. Diariamente, o repórter e Harbert, que terminaram por assumir a função de provedores da colônia, dedicavam algumas horas à caça. Por enquanto, limitavam-se a explorar a mata do Jacamar, à esquerda do rio Mercy, uma vez que, sem ponte ou canoa, ainda não o haviam atravessado. Todas aquelas imensas florestas, às quais haviam dado o nome de mata do Faroeste, continuavam, portanto, inexploradas. Reservavam aquela importante expedição para os primeiros dias de sol da primavera seguinte. Mas a mata do Jacamar não deixava de ser pródiga no que se refere à caça: cangurus e javalis ali abundavam, e tanto os porretes com rebites como os arcos e flechas dos caçadores mostravam sua serventia. Além disso, Harbert descobrira, nas margens a sudoeste do lago, uma coutada natural, espécie de pradaria ligeiramente úmida, coberta por salgueiros e ervas aromáticas, que perfumavam o ar, como tomilho, serpão, manjericão, alfavaca, todas elas espécies aromáticas da família das labiadas, um cardápio perfeito para um coelho.

Diante da observação do repórter, segundo a qual seria espantoso faltarem coelhos onde a mesa estava posta para eles, os dois caçadores exploraram atentamente aquela coutada. Em todo caso, brotavam ali diversas plantas úteis, bem como diversos espécimes do reino vegetal dignos do estudo de um naturalista. Harbert, portanto, colheu um punhado de mudas de manjericão, alecrim, erva-cidreira, betônica etc., que possuem propriedades terapêuticas diversas, algumas peitorais, adstringentes, febrífugas, outras antiespasmódicas ou antirreumáticas. E, quando mais tarde, Pencroff perguntou para que serviria toda aquele herbário:

– Para nos curar – respondeu o rapaz –, para nos curar quando ficarmos doentes.

– Ora, e por que ficaríamos doentes, não havendo médicos na ilha? – respondeu muito seriamente Pencroff.

Para isso não havia resposta, o que não impediu o rapaz de efetuar sua colheita, a qual foi muito bem recebida em Granite House. Tanto mais que a essas plantas medicinais ele pôde juntar uma notável quantidade de monardas dídimas, conhecidas na América setentrional pelo nome de chá de oswego e que produzem uma excelente bebida.

Afinal, naquele dia, procurando bem, os dois caçadores descobriram a verdadeira localização da coutada. Ali, o solo tinha tantos buracos como uma escumadeira.

– Tocas! – exclamou Harbert.

– Sim – concordou o repórter –, estou vendo.

– Mas serão habitadas?

– Eis a questão.

A questão não tardou a ser elucidada. Quase imediatamente, centenas de pequenos animais, semelhantes a coelhos, fugiram em todas as direções e tão velozmente que nem Top teria conseguido acompanhá-los. Não adiantava correr, os roedores lhes escapariam com facilidade. Mas o repórter estava determinado a não sair dali antes de capturar pelo menos meia dúzia daqueles quadrúpedes. Basicamente, pretendia abastecer a despensa, porém sem descartar a possibilidade de domesticar alguns mais tarde. Com um punhado de laços estendidos na entrada das tocas, a operação não poderia dar errado. No momento, contudo, não dispunham de laços, nem tinham com que fabricá-los. Tiveram então de resignar-se a inspecionar cada toca, cutucá-la com o porrete, fazer, com muita paciência, o que não era possível fazer de outro modo.

Finalmente, após uma hora de buscas, quatro roedores foram capturados em suas tocas. Vulgarmente conhecidos como coelhos da América, eram muito semelhantes aos seus congêneres da Europa.

O produto da caça foi então levado para Granite House e incluído no cardápio do jantar. Os hóspedes daquela coutada não eram de se jogar fora, satisfazendo plenamente o paladar. Tornou-se um valioso recurso para a colônia, parecendo ser inesgotável.

No dia 31 de maio, as divisórias estavam terminadas. Faltava apenas mobiliar os quartos, o que seria trabalho para os longos dias de inverno. Uma lareira foi instalada no primeiro cômodo, que servia de cozinha. O duto, destinado a conduzir a fumaça para o lado de fora, deu certo trabalho aos pedreiros improvisados. Pareceu mais simples a Cyrus Smith fabricá-lo com barro de tijolo; como estava fora de questão instalar uma saída pelo teto, perfuraram um orifício no granito acima da janela da referida cozinha e foi por ele que o cano, disposto obliquamente, como o de um fogão de lenha, passou. Tudo sugeria que os grandes ventos de leste, que golpeavam diretamente a fachada, avivariam o fogo, porém não só aqueles ventos eram raros, como Nab, o mestre-cuca, não ligava muito para isso.

Concluídas essas obras internas, o engenheiro tratou de vedar a entrada do antigo escoadouro, a qual conduzia ao lago, de maneira a impedir qualquer acesso por aquela via. Blocos de rochas foram rolados para a abertura e cimentados. Cyrus Smith resolveu adiar o seu plano de afogar aquele orifício sob as águas do lago, alçando-as novamente a seu nível original por meio de um dique. Contentou-se em camuflar o local com plantas, arbustos e relva, que foram plantados nos interstícios das rochas e que na primavera vicejariam com exuberância.

Em contrapartida, adaptou o escoadouro, criando um pequeno canal de água doce do lago para abastecer a nova morada. Uma pequena sangria, feita acima de seu nível, produziu esse resultado, e aquele tributário de uma fonte pura e inesgotável tinha uma vazão de vinte e cinco a trinta galões por dia.* Água era uma coisa que não viria a faltar em Granite House.

Finalmente, deram os trabalhos por encerrados, pois o inverno se aproximava. Espessos postigos permitiam fechar as janelas da fachada, esperando que o engenheiro arranjasse tempo para fabricar vidro para vidraças.

Gedeon Spilett decorara as saliências da rocha, em torno das janelas, com plantas e trepadeiras das mais variadas espécies, emoldurando as aberturas com um verde pitoresco e encantador.

Os moradores da sólida, arejada e segura habitação extasiavam-se diante do trabalho realizado. As janelas permitiam que seus olhares se estendessem por um horizonte ilimitado, que os dois cabos Mandíbula fechavam ao norte e o cabo da Garra ao sul. Toda a baía da União desdobrava-se de maneira magnífica à sua frente. Sim, aqueles bravos colonos tinham todos os motivos para estar satisfeitos, e Pencroff não economizava elogios ao que chamava humoristicamente de "seu apartamento no quinto andar e com mezanino"!

* Um galão equivale a cerca de 4,5l. (Nota do autor)

20

A estação das chuvas • A questão do vestuário • Caçando focas • Fabricação de velas • Obras internas em Granite House • As duas pontes • Retorno de uma visita à ostreira • O que Harbert acha no bolso

A ESTAÇÃO DE INVERNO começou efetivamente no mês de junho, que corresponde ao mês de dezembro do hemisfério norte. Chegou com aguaceiros e rajadas, que se sucederam sem trégua. Os moradores de Granite House deram então o devido valor às vantagens de uma casa inexpugnável às intempéries. O abrigo das Chaminés certamente não teria aguentado os rigores de uma invernada, e era muito provável que grandes ressacas, geradas pelos ventos do alto-mar, ainda eclodissem. Prevendo tal eventualidade, Cyrus Smith tomou inclusive algumas precauções, a fim de preservar, na medida do possível, a oficina metalúrgica e os fornos lá instalados.

Durante todo o mês de junho, o tempo foi empregado em trabalhos diversos, que não excluíam nem a caça nem a pesca, e a despensa da copa pôde ser abundantemente abastecida. Pencroff, em seus tempos livres, propunha-se a montar armadilhas, nas quais depositava grandes esperanças. Fabricara laçadas com fibras lígneas e todos os dias a coutada fornecia seu lote de roedores. Nab dedicava quase todo seu tempo a salgar ou defumar as carnes, o que lhes garantia excelentes conservas.

A questão do vestuário foi então discutida com a devida seriedade. Os colonos não tinham outras roupas senão as mesmas que vestiam quando o balão os atirou na ilha. Embora quentes e resistentes, e muito bem cuidadas, assim como sua roupa-branca, que mantinham em perfeito estado de asseio, tudo aquilo logo exigiria substituição.

Em todo caso, se o inverno fosse muito rigoroso, os colonos teriam grandes chances de tiritar de frio.

Nesse quesito, a engenhosidade de Cyrus Smith deixou a desejar. Ele fizera o mais urgente, arranjara a casa e assegurara a alimentação, mas o frio chegaria antes que a questão das roupas estivesse resolvida. Convinha então resignar-se e passar aquele primeiro inverno sem reclamar muito. Com a chegada do verão, fariam uma caçada séria àqueles carneiros selvagens, cuja presença havia sido assinalada durante a expedição ao monte Franklin e, uma vez tosquiada sua lã, o engenheiro saberia certamente fabricar calçados e tecidos resistentes... Como? Daria um jeito.

– Muito bem, resolveremos isso esquentando as canelas em Granite House! – exclamou Pencroff. – Lenha é o que não falta e não há razão para economizar.

– Além disso – acrescentou Gedeon Spilett –, como a ilha Lincoln não está situada numa latitude muito elevada, é provável que seus invernos não sejam severos. Você não disse, Cyrus, que, no outro hemisfério, o paralelo 35 corresponde ao da Espanha?

– Exatamente – respondeu o engenheiro –, mas há invernos muito frios na Espanha! Inclusive com nevascas e geadas, e a ilha Lincoln também pode ser duramente castigada! Por outro lado, é uma ilha e, como tal, suponho que a temperatura aqui seja mais moderada.

– E por que, sr. Cyrus? – indagou Harbert.

– Porque o mar, mocinho, pode ser considerado um imenso reservatório, no qual são armazenados os calores do verão. Chegado o inverno, ele devolve esses calores, o que assegura nas regiões adjacentes aos oceanos uma temperatura mediana, menos alta no verão, porém menos baixa no inverno.

– É ver para crer – decretou Pencroff. – Peço que não me importunem mais com o frio que fará ou deixará de fazer. O fato é que os dias já estão curtos e as noites, longas. E se pensássemos um pouco no problema da iluminação?

– Nada mais fácil – disse Cyrus Smith.

– De pensar? – troçou o marujo.

– De resolver.

– E quando começamos?

– Amanhã, promovendo uma caçada às focas.

– Para quê?

– Ora, Pencroff! Para fabricar velas!

Era este, com efeito, o plano do engenheiro: plano exequível, uma vez que ele dispunha de cal e ácido sulfúrico, e os anfíbios da ilha lhe forneceriam a gordura necessária para sua fabricação.

Corria o dia 4 de junho. Era domingo de Pentecostes e, de comum acordo, todos decidiram respeitar à data. Todas as obras foram suspensas e preces dirigidas aos céus. Agora, contudo, aquelas preces eram ações de graças. Os colonos da ilha não eram mais os miseráveis náufragos lançados no recife. Não pediam mais, agradeciam.

No dia seguinte, 5 de junho, sob um clima adverso, partiram para o recife. Continuavam a ter de esperar a maré vazante para atravessar o estreito a vau. Para resolver de uma vez por todas o problema, planejaram construir uma canoa que, além de facilitar a travessia até o recife, servisse para subirem o Mercy por ocasião da grande exploração do sudoeste da ilha, adiada para os primeiros dias claros.

As focas eram abundantes e os caçadores, armados com seus porretes, mataram meia dúzia com facilidade. Nab e Pencroff as limparam e eles só levaram para Granite House a gordura e a pele, esta devendo servir para a fabricação de calçados resistentes.

O resultado da caçada foi o seguinte: aproximadamente cento e cinquenta quilos de gordura, que deviam ser inteiramente empregados na fabricação das velas.

A operação foi extremamente simples, e, se não resultou em objetos absolutamente perfeitos, pelo menos estes eram aproveitáveis. Cyrus Smith dispunha apenas de ácido sulfúrico. Aquecendo-o com corpos gordurosos neutros – no caso, a gordura de foca –, conseguiu isolar a glicerina; a partir desta nova combinação, poderia isolar com facilidade a oleína, a margarina e a estearina, empregando água fervente. Contudo, para simplificar a operação, preferiu saponificar a gordura por meio da cal. Obteve assim um sabão calcário, fácil de ser decomposto pelo ácido sulfúrico e o qual, precipitando a cal no estado de sulfato, liberou os ácidos graxos.

Desses três ácidos, oleico, margárico e esteárico, o primeiro, sendo líquido, foi isolado por meio de uma pressão suficiente. Quanto aos outros dois, formavam a substância mesma a ser usada na modelagem das velas.

O procedimento não exigiu mais de vinte e quatro horas. Após vários testes, as mechas foram fabricadas com fibras vegetais e embebidas na substância liquefeita, o que resultou em verdadeiras velas esteáricas, modeladas à mão, às quais não faltou senão o branqueamento e o polimento. Embora decerto não oferecessem a vantagem das mechas impregnadas com ácido bórico, ou seja, vitrificar-se à medida de sua combustão e consumir-se até o fim, como Cyrus Smith confeccionara um belo par de espevitadeiras, essas velas foram imensamente apreciadas durante os serões de Granite House.

Foi um mês de incessantes atividades no novo lar. Os carpinteiros não ficaram parados e aperfeiçoaram as ferramentas, que eram muito rudimentares, aumentando sua variedade.

Entre outras coisas, fabricaram tesouras, o que lhes permitiu finalmente cortar os cabelos, e, se não fazer a barba, pelo menos apará-la ao seu gosto. Harbert ainda era imberbe, Nab sempre o seria, mas seus companheiros, hirsutos, providenciaram a confecção dos mencionados instrumentos.

A fabricação de um serrote foi uma proeza, mas finalmente obtiveram um instrumento que, vigorosamente manejado, venceu as fibras lígneas da madeira. Fizeram, assim, mesas, cadeiras e armários, que mobiliaram os quartos principais, além de estrados de cama, guarnecidos simplesmente com colchões de zostera.

A cozinha, com suas prateleiras, nas quais repousavam os utensílios de cerâmica, seu fogão de tijolos e seu tanque, oferecia um excelente aspecto, e nela Nab cozinhava gravemente, como se estivesse num laboratório de química.

Os carpinteiros, porém, logo tiveram que dar tratos à bola, porque o novo escoadouro, criado à base de explosivos, exigia a construção de dois pontilhões, um no planalto do Mirante, o outro, na própria praia. Agora, com efeito, o planalto e a praia achavam-se cortados transversalmente por um curso d'água que por força os colonos seriam obrigados a atravessar quando desejassem alcançar o norte. Para evitar isso, teriam de fazer um desvio considerável e dirigir-se para oeste até as nascentes do córrego Vermelho. O mais simples então era instalar, no planalto e na praia, duas pontes, com oito ou nove metros de comprimento, com estrutura de madeira, apenas desbastada com machado. Foi trabalho de poucos dias. Instaladas as pontes, Nab e Pencroff reservaram um tempo para irem até a ostreira que haviam descoberto nas águas defronte das dunas. Foram puxando uma espécie de carroça, que substituía a antiga esteira, na verdade bastante precária, e trouxeram alguns milheiros de ostras, rapidamente aclimatadas aos rochedos que formavam inúmeros parques naturais na foz do Mercy. Os moluscos eram de excelente qualidade, e os colonos passaram a consumi-los quase diariamente.

Como vemos, embora seus habitantes só tivessem explorado uma ínfima parte dela, a ilha Lincoln já lhes provia quase todas as necessidades. E era provável que, vasculhada em seus mais secretos refúgios, em toda aquela zona arborizada que se estendia desde o Mercy até o promontório do Réptil, fosse pródiga em novos tesouros.

Uma única privação ainda fazia padecer os colonos da ilha Lincoln. Não lhes faltavam alimentos nitrogenados, tampouco ervas para temperá-los; as raízes lígneas dos dragoeiros, submetidas à fermentação, forneciam-lhes uma bebida acidulada, espécie de cerveja, de longe preferível à água pura; haviam inclusive fabricado açúcar, sem cana nem beterraba, coletando uma determinada seiva destilada pelo *Acer saccharinum*, espécie de bordo da família das aceríneas, que prospera em todas as zonas médias e abundava na ilha; preparavam também um chá bastante saboroso, usando as monardas trazidas da coutada; enfim, dispunham de sal à vontade, única substância mineral que entra na alimentação... mas pão não tinham.

Talvez, mais tarde, os colonos conseguissem substituir esse alimento por algum equivalente, farinha de sagu ou fécula de árvore de pão, sendo possível, com efeito, que as florestas do sul comportassem entre seus espécimes aquelas preciosas árvores; porém, até aquele momento, nada.

Nesse ínterim, contudo, a Providência veio em socorro dos colonos. Numa proporção infinitesimal, é verdade, mas, enfim, mesmo com toda a sua inteligência e engenhosidade, Cyrus Smith jamais poderia ter produzido o que, pelo maior dos acasos, Harbert encontrou um dia no forro de seu casaco, que ele estava cerzindo.

Naquele dia – chovia torrencialmente –, os colonos estavam reunidos no salão de Granite House, quando o rapaz exclamou de repente:

– Veja, sr. Cyrus. Um grão de trigo!

E mostrou aos companheiros uma semente, uma única semente, que, de seu bolso furado, passara ao forro do casaco.

A presença daquela semente explicava-se pelo hábito de Harbert, em Richmond, alimentar alguns pombos que Pencroff lhe dera de presente.

– Uma semente de trigo? – indagou com vivacidade o engenheiro.

– Sim, sr. Cyrus, mas só uma, nada além disso!

– Ora, meu rapaz – exclamou Pencroff, sorrindo –, não me parece que tenhamos avançado muito! O que faremos com uma única semente de trigo?

– Faremos pão – respondeu Cyrus Smith.

– Pão, bolos, tortas! – zombou o marujo. – Encaremos a realidade! Vai demorar um tempinho até podermos nos empanzinar com o pão dessa semente!

Harbert, menosprezando sua descoberta, já se dispunha a jogar o grão fora, quando Cyrus Smith pegou-o, examinou-o e, constatando seu bom estado, encarou o marujo bem de frente e perguntou tranquilamente:

– Sabe quantas espigas um grão de trigo é capaz de produzir?

– Uma, suponho! – respondeu o marujo, admirado com a pergunta.

– Dez, Pencroff. E sabe quantas sementes possui uma espiga?

– Aí já é pedir muito.

– Em média, oitenta – afirmou Cyrus Smith. – Logo, se plantarmos essa semente, na primeira safra colheremos oitocentas, as quais, na segunda, produzirão seiscentas e quarenta mil, na terceira, quinhentos e doze milhões e, na quarta, mais de quatrocentos bilhões. Tal é a proporção.

Os companheiros de Cyrus Smith escutavam-no sem responder. Aqueles números os deixavam tontos. Contudo, eram exatos.

– Sim, amigos – continuou o engenheiro. – São estas as progressões geométricas da fecunda natureza. E eu acrescentaria: o que é essa multiplicação do grão de trigo, cuja espiga carrega apenas oitocentos grãos, comparada à da papoula, que carrega trinta e duas mil sementes, ou à de determinados pés de tabaco que produzem trezentos e sessenta mil? Em poucos anos, sem as numerosas pragas que interrompem sua fecundidade, essas plantas invadiriam a terra inteira.

Mas o engenheiro não terminara o seu pequeno interrogatório.

– Vamos adiante, mestre Pencroff – prosseguiu. – Sabe quantos alqueires representam quatrocentos bilhões de sementes?

– Não – respondeu o marujo –, o que sei é que não passo de um asno!

– Pois bem, Pencroff, isso daria mais de três milhões cento e trinta mil por alqueire.

– Três milhões! – exclamou Pencroff.

– Três milhões.

– Em quatro anos?

– Em quatro anos – respondeu Cyrus Smith, e até em dois, se, como espero sob essa latitude, viermos a fazer duas colheitas por ano.

A isso, segundo seu costume, Pencroff não julgou poder replicar de outra forma senão com um sonoro hurra.

– Portanto, Harbert – concluiu o engenheiro –, você fez uma descoberta de extrema importância para nós. Tudo, meus amigos, tudo nos pode ser útil nas condições em que nos encontramos. Não se esqueçam disso, por favor.

– Não, sr. Cyrus, não, não esqueceremos – aquiesceu Pencroff –, e se um dia eu encontrar uma dessas sementes de tabaco, que se multiplicam por trezentos e sessenta mil, asseguro-lhe que lhe dispensarei todo o meu carinho! E agora, sabem o que nos resta fazer?

– Plantar essa semente – respondeu Harbert.

– E – acrescentou Gedeon Spilett – com todos os respeitos que lhe são devidos, pois ela carrega nossas espetaculares safras vindouras.

– Contanto que cresça! – opinou o marujo.

– Crescerá – foi a resposta de Cyrus Smith.

Estavam no dia 20 de junho. O momento então era propício para semear aquela única e preciosa semente. Cogitaram primeiramente plantá-la num vaso, porém, pensando bem, resolveram confiar mais francamente na natureza e enterrá-la. O que foi feito no mesmo dia, sendo desnecessário acrescentar que todas as precauções foram tomadas visando o êxito da empreitada.

Como o tempo clareara um pouco, os colonos subiram ao topo de Granite House. Lá, no planalto, escolheram um lugar bem protegido do vento, no qual o sol do meio-dia viesse despejar todo o seu calor. O local foi limpo, capinado com esmero, inclusive arado, a fim de expulsar insetos ou minhocas; estenderam ali uma camada de terra boa, amanhada com um pouco de cal; cercaram o terreno; em seguida, enterraram a semente na camada úmida.

Era como se assentassem a primeira pedra de um arranha-céu! Isso lembrou a Pencroff o dia em que acendera seu único fósforo e todos os cuidados que dispensara àquela operação. Dessa vez, contudo, a coisa era mais grave. Afinal, de um jeito ou de outro, fogo os náufragos sempre conseguiriam produzir, mas que gênio humano seria capaz de criar um grão de trigo se, por algum infortúnio, aquele viesse a perecer?

21

Abaixo de zero • Exploração da zona pantanosa do sudeste • Zorros • Vista do mar • O futuro do oceano Pacífico • O incansável trabalho dos infusórios • O que será do globo? • A caçada • O pântano das Tadornas

A PARTIR DAQUELE MOMENTO, não houve sequer um dia em que Pencroff não fosse visitar o que chamava seriamente de seu "trigal". E ai dos insetos que nele se aventurassem! Não deviam contar com qualquer misericórdia!

No fim do mês de junho, após chuvas intermináveis, o tempo esfriou definitivamente e, no dia 29, um termômetro Fahrenheit teria certamente marcado meros 20° acima de zero (−6,67°C).

O dia seguinte, 30 de junho, dia que corresponde ao 31 de dezembro do ano boreal, era uma sexta-feira. À observação de Nab, segundo a qual o ano terminava com um dia funesto, Pencroff respondeu que o próximo, consequentemente, ia começar com um auspicioso – o que era preferível.

Em todo caso, começou com um frio bastante intenso. Blocos de gelo acumularam-se na foz do Mercy e o lago não demorou a solidificar-se em toda a sua extensão.

Em diversas ocasiões, viram-se obrigados a renovar o estoque de lenha. Pencroff não esperara o rio congelar para carrear enormes balsas de lenha à sua destinação. A correnteza era um motor incansável, e foi usada para transportar a lenha boiando até o momento em que o frio veio estagná-la. Ao combustível tão abundantemente fornecido pela floresta, juntaram também várias carroças de carvão, que tiveram de ir buscar nos contrafortes do monte Franklin. O aquecimento propiciado pelo carvão vegetal revelou-se capital no dia 4 de julho, quando a temperatura caiu a 8°F (−13°C). Uma segunda lareira fora instalada na sala de jantar e, ali, os colonos trabalhavam em conjunto.

Durante esse período de frio, Cyrus Smith constatou, satisfeito, a utilidade de ter desviado até Granite House um pequeno canal com água do lago Grant. Captada abaixo da superfície congelada, descendo em seguida pelo antigo escoadouro, ela conservava a liquidez e desembocava em um reservatório interno, escavado num canto da despensa e cujo excedente vazava pelo poço até o mar.

Com o tempo extremamente seco, os colonos, superpondo o máximo de peças de roupa possível, resolveram dedicar um dia à exploração da parte sudoeste da ilha, compreendida entre o Mercy e o cabo da Garra. Era uma área vasta e pantanosa, excelente terreno para caçadas, pois era o paraíso das aves aquáticas.

Seriam aproximadamente quinze quilômetros de ida e quinze de volta, logo o dia seria bem empregado. Como se tratava da exploração de uma parte desconhecida da ilha, toda a colônia participou. Portanto, às seis horas da manhã do dia 5 de julho, junto com o nascer do sol, Cyrus Smith, Gedeon Spilett, Harbert, Nab e Pencroff, armados com porretes, armadilhas para pássaros e arcos e flechas e carregando víveres suficientes, deixaram Granite House, precedidos de Top, que, abria a marcha, saltitante.

Optaram pelo trajeto mais curto, e o mais curto foi atravessar o rio Mercy sobre os blocos de gelo que então o obstruíam.

– Entretanto – observou sensatamente o repórter –, isso não pode substituir uma ponte séria!

A construção de uma ponte "séria" já constava da lista de obras futuras.

Era a primeira vez que os colonos pisavam a margem direita do Mercy e se aventuravam em meio àquelas grandes e soberbas coníferas, no momento cobertas de neve.

Não tinham percorrido um quilômetro quando, de uma touceira fechada, saiu uma família inteira de quadrúpedes, que haviam elegido o local como domicílio e cuja fuga foi provocada pelos latidos de Top.

– Ei, acho que eram raposas! – exclamou Harbert, quando viu o grupo debandar o mais depressa que podia.

Eram raposas, com efeito, mas raposas de grande porte, que emitiam uma espécie de ladrido, com os quais o próprio Top pareceu se assustar, pois interrompeu sua perseguição, dando tempo para que os rápidos animais escapassem.

O cão tinha motivos para se assustar, uma vez que não sabia história natural. No entanto, pelos regougos que emitiram, aquelas raposas de pelagem pardacenta e caudas negras que terminavam num pompom branco haviam denunciado sua origem. Sem hesitar, Harbert chamou-as então pelo seu verdadeiro nome: zorros. Esses zorros são comuns no Chile, nas Malvinas e em todas as regiões da América atravessadas pelos paralelos 30 e 40. Harbert lamentou muito que Top não tivesse apanhado um daqueles carnívoros.

– São comestíveis? – perguntou Pencroff, com seu ponto de vista bastante original sobre os representantes da fauna da ilha.

– Não – respondeu Harbert –, mas os zoólogos ainda não concluíram se a pupila dessas raposas é diurna ou noturna, não sabendo se devem classificá-las no gênero dos canídeos propriamente dito.

Cyrus Smith não pôde abster-se de sorrir ao ouvir a reflexão do rapaz, sempre abalizada. Quanto ao marujo, a partir do momento em que aquelas raposas não podiam ser classificadas no gênero comestível, votou-lhes total desprezo. De toda forma, advertiu que seria bom tomarem algumas precauções contra a provável visita daqueles saqueadores de quatro patas ao futuro terreiro de aves de Granite House. O que ninguém contestou.

Deixando para trás a ponta do Destroço, os colonos depararam com uma praia comprida, banhada pelo vasto mar. Eram oito da manhã. O céu estava cristalino, como acontece sob frios intensos e prolongados. Cyrus Smith e seus companheiros, no entanto, aquecidos pelo estirão, não sentiam a temperatura. A propósito, não ventava, circunstância que torna infinitamente mais toleráveis as fortes quedas de temperatura. Um sol resplandecente, porém sem ação calorífica, emergia então do oceano, equilibrando seu imenso disco no horizonte. O mar formava um espelho tranquilo e azul, como o de um golfo mediterrânico quando o céu está límpido. O cabo da Garra, com sua curva que lembrava um iatagã, adelgaçava-se a aproximadamente sete quilômetros a sudeste. À esquerda, a orla do pântano terminava bruscamente numa pequena ponta, que os raios solares desenhavam então com uma risca de fogo. Aquela parte da baía da União, totalmente exposta ao alto-mar e sem um banco de areia que a protegesse, era o último lugar para navios, impelidos pelos ventos que sopravam do leste, procurarem abrigo. Pela tranquilidade do mar, cujas águas não eram perturbadas por nenhuma saliência marinha, por sua cor uniforme, sem nenhuma mancha amarelada, pela ausência de qualquer tipo de recife, enfim, percebia-se que ali o litoral era acidentado e o oceano encobria profundos abismos. Atrás, a oeste, alinhavam-se, porém a uma distância de sete quilômetros, os primeiros renques de árvores das florestas do Faroeste. Pareciam estar, por assim dizer, na costa desolada de alguma ilha das regiões antárticas que os blocos de gelo houvessem invadido. Foi naquele lugar que os colonos resolveram parar para o almoço. Acenderam uma fogueira de arbustos e sargaços secos e Nab preparou uma refeição de carnes frias, temperadas com algumas xícaras de chá de oswego.

Enquanto comiam, faziam suas observações. Contrastando com toda a região ocidental, aquela parte da ilha Lincoln era totalmente estéril. O que levou o repórter a refletir que, se o acaso os houvesse lançado naquela praia, eles teriam tido uma ideia deplorável de seu futuro domínio.

– Acho inclusive que não teríamos conseguido alcançá-la – respondeu o engenheiro –, pois o mar aqui é profundo e não nos ofereceria um rochedo como apoio. Defronte à Granite House, pelo menos, havia bancos de areia e um recife, o que multiplicava as probabilidades de salvação. Aqui, nada senão abismo!

– É muito singular – observou Gedeon Spilett – o fato de essa ilha, relativamente pequena, apresentar um solo tão diversificado. Pela lógica, essa diversidade aparente é característica de continentes com certa extensão. É como se a parte ocidental da ilha Lincoln, tão rica e fértil, fosse banhada pelas águas quentes do golfo do México e suas praias do norte e do sudeste se localizassem numa espécie de mar Ártico.

– Tem razão, meu caro Spilett – concordou Cyrus Smith –, vejo as coisas da mesma maneira. Essa ilha, tanto em sua forma como em sua natureza, é estranha. É como uma compilação de todas as características típicas de um continente, aliás não me admiraria que tivesse sido um continente em outros tempos.

– O quê! Um continente no meio do Pacífico? – exclamou Pencroff.

– Por que não? – retrucou Cyrus Smith. – Quem diz que outrora a Austrália e a Nova Irlanda, tudo o que os geógrafos ingleses chamam de Australásia, reunidas aos arquipélagos do Pacífico, não teriam formado uma sexta parte do mundo, tão importante quanto a Europa ou a Ásia, quanto a África ou as duas Américas? Não descarto a possibilidade de todas as ilhas emersas nesse vasto oceano serem os pontos culminantes de um continente agora engolido, mas que dominava as águas nas eras pré-históricas.

– Como foi a Atlântida em outros tempos – sugeriu Harbert.

– Exatamente, meu filho… se é que ela existiu um dia.

– E a ilha Lincoln teria feito parte desse continente? – indagou Pencroff.

– É bem provável – respondeu Cyrus Smith –, o que explicaria a diversidade de espécimes que vemos em sua superfície.

– E o número considerável de animais que ainda a habitam – acrescentou Harbert.

– Justamente – aquiesceu o engenheiro –, e com isso você dá um novo argumento em apoio à minha tese. Pelo que vimos até agora, é grande o contingente de animais na ilha, e, o mais bizarro, das mais variadas espécies. Há uma razão para isso e, para mim, é que a ilha Lincoln deve ter feito parte de algum vasto continente que afundou gradualmente nas águas do Pacífico.

– Quer dizer que um belo dia – duvidou Pencroff, que não parecia nada convencido – o que resta desse antigo continente pode vir a desaparecer e não haver mais nada entre a América e a Ásia?

– Não – declarou Cyrus Smith –, pois surgirão novos continentes, que bilhões de bilhões de animálculos trabalham para construir neste momento.

– E que pedreiros são esses? – perguntou Pencroff.

– Os infusórios do coral – respondeu Cyrus Smith. – Foram eles que fabricaram, mediante um trabalho contínuo, a ilha Clermont-Tonerre, os atóis e muitas outras ilhas de corais espalhadas pelo oceano Pacífico. São necessários quarenta e sete milhões desses parasitas para pesar um grão,* e, não obstante, com os sais marinhos que eles absorvem, com os elementos sólidos da água que eles assimilam, esses animálculos produzem calcário, o qual forma enormes substruções submarinas, cuja resistência e solidez igualam-se à do granito. Antigamente, nas primeiras eras da criação, a natureza, empregando o fogo, produziu terras por levantamento; agora, ela encarrega animais microscópicos de substituir esses agentes, cuja força dinâmica, no interior do globo, evidentemente diminuiu – prova disso, o grande número de vulcões atualmente extintos na superfície da Terra. E acredito piamente que, com o transcorrer dos séculos e com a ajuda de infusórios, o Pacífico venha a se transformar um dia

* Um grão pesa 59mg. (Nota do autor)

num vasto continente, que novas gerações habitarão e civilizarão por sua vez.

– Bota tempo nisso! – observou Pencroff.

– A natureza tem o tempo a seu favor – replicou o engenheiro.

– Mas para que novos continentes? – quis saber Harbert. – Parece-me que a extensão atual das regiões habitáveis é suficiente para a humanidade. Ora, a natureza não faz nada à toa.

– Nada à toa, com efeito – admitiu o engenheiro –, mas eis como seria possível explicar a necessidade futura de novos continentes, e precisamente nesta zona tropical ocupada pelas ilhas coralígenas. É uma hipótese que julgo plausível.

– Estamos escutando, sr. Cyrus – disse Harbert.

– Eis o que penso: os cientistas geralmente admitem que um dia nosso globo há de acabar, ou melhor, que o intenso resfriamento que ele sofrerá extinguirá toda vida animal e vegetal. No que eles não concordam é quanto à causa desse resfriamento. Uns pensam que resultará da queda de temperatura do sol, daqui a milhões de anos; outros, da extinção gradual do fogo interior de nosso globo, que tem sobre ele uma influência mais acentuada do que geralmente se supõe. De minha parte, inclino-me por esta última hipótese, baseando-me no fato de que a lua é manifestamente um astro que esfriou, deixando de ser habitável, embora o sol continue a despejar a mesma quantidade de calor em sua superfície. Ora, se a lua esfriou, foi porque o fogo interior, ao qual, assim como todos os astros do mundo estelar, ela deveu sua origem, se extinguiu completamente. Enfim, seja qual for a causa disso, nosso globo um dia esfriará, mas esse esfriamento se dará gradativamente. O que acontecerá então? As zonas temperadas, numa época mais ou menos distante, serão tão habitáveis como hoje são as regiões polares. Isso fará com que as populações de humanos, assim como os conglomerados de animais, refluam para as latitudes mais diretamente expostas à influência solar. Será uma migração maciça. A Europa, a Ásia Central e a

América do Norte serão pouco a pouco abandonadas, assim como as partes baixas da América do Sul. A vegetação seguirá a migração humana. A flora recuará na direção do equador, junto com a fauna. As partes centrais da América do Sul e da África se tornarão os continentes mais habitados. Os lapões e samoiedos encontrarão as mesmas condições climáticas do oceano polar nas praias do Mediterrâneo. Quem nos diz que, por essa época, as regiões equatoriais não serão demasiado pequenas para abrigar a humanidade terrestre e alimentá-la? Logo, por que a previdente natureza, a fim de oferecer refúgio a toda a migração vegetal e animal, não lançaria, desde agora, sob o equador, as bases de um novo continente e encarregaria os infusórios de construí-lo? Refleti muito a respeito de todas essas coisas, amigos, e creio seriamente que um dia o aspecto de nosso globo se verá completamente transformado, que, em consequência da eclosão de novos continentes, os mares cobrirão os antigos e, nos séculos futuros, Colombos irão descobrir as ilhas do Chimborazo, do Himalaia ou do monte Blanc, resquícios de uma América, uma Ásia e uma Europa submersas. No fim, esses novos continentes se tornarão igualmente inabitáveis; o calor arrefecerá como o calor de um corpo que a alma acaba de abandonar e a vida desparecerá do globo, quando não definitiva, pelo menos momentaneamente. Talvez, então, nosso esferoide venha a descansar, a se refazer na morte, para um dia ressuscitar em condições superiores! Mas tudo isso, amigos, é segredo exclusivo do Autor de todas as coisas e, a propósito do trabalho dos infusórios, deixei-me arrastar um pouco longe talvez, escrutando os segredos do futuro.

– Para mim, caro Cyrus – opinou Gedeon Spilett –, essas teorias são profecias que um dia virão a se realizar.

– É segredo de Deus – repetiu o engenheiro.

– Tudo isso é muito bonito – interveio então Pencroff, que escutara atentamente –, mas agora me responda, sr. Cyrus: a ilha Lincoln também foi construída pelos seus infusórios?

– Não – explicou Cyrus Smith –, ela é de origem exclusivamente vulcânica.

– Então um dia desaparecerá?

– É provável.

– Espero já ter zarpado daqui.

– Não estaremos mais aqui, fique tranquilo, Pencroff, uma vez que não nos apetece morrer aqui e que um dia daremos um jeito de nos safar.

– Enquanto isso – concluiu Gedeon Spilett –, vamos nos instalar aqui como se fosse para a vida inteira. Nunca se deve fazer nada pela metade.

Assim terminaram a conversa e o almoço. A exploração foi reiniciada, e os colonos chegaram ao local que fazia limite com a região pantanosa.

Era realmente um pântano, cuja extensão, até aquela costa abaulada que rematava a ilha a sudeste, media em torno de trinta quilômetros quadrados. O solo era composto de um lodo argilo-silicatado, misturado a diversos fósseis vegetais, sendo composto por algas, juncos, ceibas, bunhos e, em certas áreas, por um espesso manto de relva. Alguns tanques congelados rebrilhavam aqui e ali sob os raios solares. Nem as chuvas, nem qualquer rio, transbordado por uma enxurrada, poderiam ter formado aquelas reservas d'água. A conclusão natural era que o pântano era alimentado pelas infiltrações do solo, o que viria a se confirmar. Não descartaram a hipótese de aquele ar, nos períodos de calor, impregnar-se dos miasmas causadores do paludismo.

Pairando acima das plantas aquáticas, rente às águas estagnadas, esvoaçava um mundo de aves. Caçadores pantaneiros profissionais não desperdiçariam um tiro de fuzil. Patos selvagens, arrebios, piadeiras e narcejas viviam ali aos bandos e, pouco ariscos, permitiam facilmente a aproximação.

As aves posicionavam-se em fileiras tão cerradas que um tiro de espingarda de chumbinho por certo derrubaria uma dúzia delas. Limitaram-se, portanto, a algumas flechadas. O resultado foi menos espetaculoso, mas a flecha sorrateira tem a vantagem de não assustar as aves, que teriam se espavorido ante a detonação de uma arma de fogo. Os caçadores contentaram-se então, daquela vez, com uma dúzia de patos cujas características eram o corpo branco cintado por uma faixa cor de canela, a cabeça verde, a asa negra, branca e ruça e o bico achatado, os quais Harbert identificou como tadornas. Top demonstrou toda a sua destreza ao recolher as aves, por cujo nome designaram aquela zona pantanosa da ilha. Ora, os colonos dispunham ali de uma abundante reserva de caça aquática. Explorando-a apropriadamente e em seu devido tempo, era grande a probabilidade de capturarem alguns espécimes, se não domesticáveis, ao menos passíveis de se adaptar às cercanias do lago, o que as deixaria mais ao alcance dos consumidores.

Por volta das cinco da tarde, o grupo tomou o caminho de volta para casa, atravessando o pântano das Tadornas (*Tadorn's-fens*) e novamente o Mercy pela ponte de gelo.

Às oito da noite, todos estavam de volta a Granite House.

22

Mundéus • As raposas • Os porcos-do-mato • Ventania noroeste • Tempestade de neve • Cesteiros • Os rigores do inverno • Cristalização do açúcar de bordo • O poço misterioso • A grande expedição • O chumbinho

O FRIO INTENSO DUROU até 15 de agosto, sem ultrapassar, no entanto, aquele máximo de Fahrenheit observado até ali. No ar parado, a temperatura baixa era facilmente suportável, porém, quando o vento soprava, os colonos, com seus precários agasalhos, sofriam. Pencroff pôs-se a lamentar que a ilha Lincoln não abrigasse algumas famílias de ursos, em vez de raposas ou focas, cuja pele deixava a desejar.

– Ursos costumam andar bem-vestidos – ele dizia –, e não lhes custaria nada nos ceder seus paletós quentes para o inverno.

– Ora, Pencroff – arreliava Nab –, e se os ursos se negassem a entregar os paletós? Afinal, não sendo eles são Martinho...

– Por bem ou por mal, Nab, por bem ou por mal – replicava Pencroff, num tom exageradamente autoritário.

Contudo, ou aqueles formidáveis carnívoros não existiam na ilha ou então não se haviam mostrado até o momento.

De todo modo, por via das dúvidas, Harbert, Pencroff e o repórter trataram de espalhar novas armadilhas no planalto do Mirante e adjacências da mata. Na opinião do marujo, todo animal, fosse qual fosse, seria uma boa presa, e roedores ou carnívoros que caíssem naqueles mundéus seriam bem recebidos em Granite House.

Essas armadilhas, aliás, eram extremamente simples: fossos escavados no terreno, por cima um teto de galhos e plantas dissimulando a abertura, no fundo uma isca cujo cheiro pudesse atrair os animais, e só. Não foram, naturalmente, escavados ao acaso, mas nos locais em que pegadas mais numerosas indicavam frequentes passagens de quadrúpedes. Todos os dias, eles eram visitados, e, em três ocasiões, logo nos primeiros dias, foram encontrados exemplares de zorros, já avistados na margem direita do Mercy.

– Apre! Então só há raposas nesse país! – exclamou Pencroff, na terceira vez que retirou um desses animais do fosso onde ele se encolhia todo. – Animais que não prestam para nada!

– Claro que prestam – disse Gedeon Spilett. – Prestam para uma coisa!

– E para que então?

– Para servir de iscas e atrair outros!

O repórter tinha razão, e as armadilhas foram então preparadas com os cadáveres das raposas.

O marujo também fabricara laçadas empregando as fibras do curry-jonc e estas se revelaram mais produtivas que os mundéus. Era raro o dia em que algum coelho da coutada não se deixasse capturar. Embora o prato de resistência fosse sempre o mesmo, Nab sabia variar os molhos e os comensais não se atreviam a reclamar.

Em uma ou duas ocasiões, entretanto, na segunda semana de agosto, os mundéus reservaram-lhes surpresas, aprisionando cavalis do tipo já assinalado ao norte do lago. Pencroff não precisou perguntar se aqueles animais eram comestíveis, pois sua semelhança com o porco da América ou da Europa dizia tudo.

– Mas fique sabendo que não são porcos, Pencroff – alertou-o Harbert.

– Meu bom rapaz – disse o marujo, debruçando-se no buraco e puxando pelo pequeno apêndice que lhe servia de cauda um daqueles representantes da família dos suínos –, deixe-me acreditar que são porcos!

– E por quê?

– Porque me agrada!

– Gosta tanto assim de porco, Pencroff?

– Gosto – respondeu o marujo –, principalmente dos pés, e, se ele tivesse oito em vez de quatro, eu gostaria duas vezes mais!

Quanto aos animais capturados, eram porcos-do-mato pertencentes a um dos quatro gêneros que compõem a família, sendo inclusive da mesma espécie dos taiaçus, identificáveis pela cor escura e desprovidos dos longos caninos que equipam a boca de seus congêneres. Vivem geralmente em bandos, sendo provável que abundassem nas partes arborizadas da ilha. Eram, em todo caso, comestíveis da cabeça aos pés, e Pencroff não lhes exigia mais que isso.

Em torno de 15 de agosto, uma ventania noroeste trouxe uma mudança de tempo. A temperatura subiu alguns graus e os vapores acumulados na atmosfera não demoraram a se dissolver em neve. Coberta por uma camada branca, a ilha se mostrou sob um novo aspecto a seus habitantes. Nevou tão copiosamente nos dias seguintes que a altura da neve logo alcançou sessenta centímetros.

O vento não demorou a esfriar drasticamente e, das alturas de Granite House, ouvia-se o mar rebentar nos rochedos. Em certos recantos, surgiam súbitos redemoinhos, e a ventania, formando altas colunas giratórias de neve, assemelhava-se àquelas trombas-d'água que rodopiam na base e que os navios atacam com canhoneios. O furacão, contudo, soprando de noroeste, pegava a ilha pelas costas e a orientação de Granite House a preservava de um ataque direto. Em meio à nevasca, tão terrível quanto as que se formam em determinadas regiões polares, nem Cyrus Smith, nem seus companheiros conseguiram, a despeito de sua vontade, aventurar-se do lado de fora, permanecendo confinados durante cinco dias, de 20 a 25 de agosto. A tempestade bramia na floresta do Jacamar, que devia sofrer. Sem dúvida, muitas árvores se veriam desenraizadas, e Pencroff se consolava dizendo que isso lhe pouparia o trabalho de abatê-las.

O vento não demorou a esfriar drasticamente e, das alturas de Granite House, ouvia-se o mar rebentar nos rochedos.

– O vento virou lenhador, deixem que ele trabalhe – repetia.

Aliás, não haveria como impedi-lo.

Os hóspedes de Granite House agradeciam aos céus por lhes haver providenciado aquele refúgio sólido e inexpugnável! Cyrus Smith tinha direito legítimo à sua parte nos agradecimentos, mas, afinal, a natureza é que escavara aquela vasta caverna, cabendo ao engenheiro tão somente o mérito da descoberta. Ali, todos estavam em segurança, e os golpes da tempestade não podiam atingi-los. Se tivessem construído a tal casa de tijolos e madeira no planalto do Mirante, ela certamente não teria resistido aos rigores daquele furacão. Quanto às Chaminés, a rebentação fragorosa das ondas bastava para indicar que estavam completamente inabitáveis, pois o mar, passando por cima do recife, devia fustigá-las impiedosamente. Ali, contudo, em Granite House, no bojo daquele maciço, contra o qual nada podiam água ou ar, não havia o que temer.

Durante aqueles poucos dias de confinamento, os colonos não permaneceram inativos. Madeira, já serrada em tábuas, não faltava na despensa e, pouco a pouco, eles completaram o mobiliário, com mesas e cadeiras sólidas. Embora esses móveis, um pouco pesados, não justificassem o nome, que pressupõe a mobilidade como condição essencial, Nab e Pencroff, orgulhosíssimos, não os teriam trocado pelos móveis de Boulle.

Concluída esta fase, os carpinteiros transformaram-se em cesteiros, e tampouco se saíram mal na nova atividade. Haviam descoberto, na direção daquela ponta que o lago projetava ao norte, um exuberante vimeiro, no qual brotava um sem-número de vimeiros-púrpuras. Antes da estação das chuvas, Pencroff e Harbert haviam colhido aqueles úteis arbustos, e seus galhos, bem preparados, puderam ser empregados com proveito. As primeiras tentativas resultaram em objetos informes, porém, graças à habilidade e inteligência dos operários, que se consultavam mutuamente, pautando-se por modelos já vistos e competindo entre si, cestarias de diversos tamanhos logo vieram a enriquecer o almoxarifado da colônia. Fizeram uma boa provisão, e Nab pôde guardar em cestos especiais suas colheitas de rizomas, pinhões e raízes de dragoeiro.

Durante a última semana daquele mês de agosto, o tempo mudou mais uma vez; a temperatura caiu um pouco e a tempestade se acalmou. Mesmo com sessenta centímetros de neve cobrindo a praia, os colonos precipitaram-se para o lado de fora e, constatando que a superfície se solidificara, resolveram subir ao planalto do Mirante.

Que mudança! Aqueles bosques, que eles haviam deixado verdejantes, sobretudo na zona mais próxima, onde dominavam as coníferas, desapareciam então num tom uniforme. Florestas, pastagens, lago, rio, praias, tudo estava branco, desde o cume do monte Franklin até o litoral. A água do Mercy corria sob uma abóbada de gelo que, a cada fluxo e refluxo da maré, pororocava e rebentava com estrépito. Milhares de aves esvoaçavam sobre a superfície sólida do lago, patos e narcejas, arrebios e tarambolas. As rochas por entre as quais a cachoeira despencava na beirada do planalto pareciam alfinetes de gelo. As águas saíam como que de uma monstruosa gárgula esculpida com toda a extravagância de um artista da Renascença. Quanto ao cálculo dos prejuízos à floresta causados pelo furacão, isso ainda não era possível estimar, cumprindo esperar o derretimento da volumosa camada branca.

Gedeon Spilett, Pencroff e Harbert aproveitaram para checar os mundéus. Não foi fácil encontrá-los sob a neve. Tiveram inclusive de tomar muito cuidado para não cair em nenhum deles, o que teria sido ao mesmo tempo perigoso e humilhante: cair na própria armadilha! Driblando os obstáculos, encontraram os fossos intocados. Em contrapartida, a despeito de nenhum animal ter sido capturado, eram numerosas as pegadas nos arredores, destacando-se, nitidamente, vestígios de garras. Harbert não hesitou em afirmar que algum carnívoro do gênero felino passara por ali, o que fortalecia a opinião do engenheiro no que se referia à presença de feras perigosas na ilha

Lincoln. Embora devessem habitar as matas fechadas do Faroeste, pressionadas pela fome, elas haviam se aventurado até o planalto do Mirante. Teriam farejado os hóspedes de Granite House?

– Resumindo, que tipo de felinos? – perguntou Pencroff.

– São onças – respondeu Harbert.

– Eu pensava que só encontrávamos esses animais em países quentes...

– No novo continente – respondeu o rapaz –, eles são observados desde o México até os pampas de Buenos Aires. Ora, como a ilha Lincoln está localizada aproximadamente na mesma latitude que as províncias de La Plata, não admira encontrarmos aqui algumas onças.

– Bom, ficaremos atentos – murmurou Pencroff.

Nesse intervalo, sob a influência da temperatura, que subira, a neve terminou por derreter. Veio a chuva e, graças à sua ação dissolvente, a camada branca se desfez. Apesar do mau tempo, os colonos reabasteceram a despensa: pinhões, raízes de dragoeiro, rizomas, licor de bordo, na parte vegetal; coelhos de coutada, cutias e cangurus, na parte animal. Isso exigiu algumas expedições à floresta, onde constataram que o último furacão de fato derrubara um grande contingente de árvores. O marujo e Nab chegaram a ir com a carroça até a mina de carvão, a fim de trazer algumas toneladas de combustível. No caminho, perceberam que a chaminé do forno de barro cozido havia sofrido diversos danos causados pelo vento, que arrancara pelo menos dois metros de sua cumeeira.

Além do carvão, renovaram igualmente o estoque de lenha de Granite House, aproveitando a corrente do Mercy, que voltara a ficar desimpedida, para fazerem várias viagens de balsa. Nada garantia que o período de frio mais intenso tivesse chegado ao fim.

Os colonos também fizeram uma visita às Chaminés, cujo resultado foi felicitarem-se mutuamente por não se haverem abrigado lá durante a tempestade. Deixando marcas incontestáveis de seu furor, o mar, encapelado pelos ventos que sopravam do largo e avançando sobre o recife, atacara ferozmente os corredores, que estavam assoreados. Além disso, espessas camadas de sargaços cobriam as rochas. Enquanto Nab, Harbert e Pencroff caçavam ou renovavam o estoque de combustível, Cyrus Smith e Gedeon Spilett procuraram desobstruir as Chaminés, onde, protegidos pela acumulação da areia, a forja e os fornos foram encontrados praticamente intactos.

Como se verá, os colonos fizeram bem em renovar seu estoque de combustível, pois ainda viriam a padecer um frio severo. No hemisfério norte, sabemos, fevereiro notabiliza-se pelas grandes quedas de temperatura. A mesma coisa acontecia no hemisfério sul, e o fim de agosto, que é o fevereiro da América do Norte, não escapou a essa lei climática.

Em torno do dia 25, após uma nova alternância de neve e chuva, o vento sudeste irrompeu e, bruscamente, o frio se intensificou. Segundo os cálculos do engenheiro, a coluna mercurial de um termômetro Fahrenheit não teria marcado menos de −8° (−22,22°C), e essa sensação, agravada pela ventania, não arrefeceu ao longo de vários dias. Os colonos viram-se então novamente obrigados a aquartelar-se em Granite House, e, como tiveram de vedar hermeticamente todas as aberturas da fachada, deixando apenas uma exígua passagem para a renovação do ar, o consumo de velas foi considerável. A fim de economizá-las, passaram a contar apenas com as chamas da fogueira para iluminar, e para isso não poupavam lenha. Em mais de uma ocasião, alguns deles desceram à praia, contornando os blocos de gelo que o fluxo acumulava a cada maré, mas logo tiveram de voltar a Granite House, e não era sem dificuldade e desconforto que suas mãos agarravam os degraus da escada. Sob aquele frio intenso, as cordas chegavam a lhes queimar os dedos.

Para ocupar aqueles tempos de ócio gerados pelo confinamento em Granite House, Cyrus Smith arquitetou então uma atividade passível de ser realizada entre quatro paredes.

Sabemos que os colonos não tinham à sua disposição outro açúcar a não ser a substância líquida que, fazendo incisões profundas no bordo, extraíam dessa árvore. Bastava-lhes então recolher aquela seiva em recipientes e nesse estado empregá-la com diversos fins culinários; por sinal, tal licor, ao envelhecer, tendia a branquejar e ganhar consistência de xarope, o que o tornava ainda melhor.

Um dia, porém, visando um aprimoramento, Cyrus Smith anunciou aos companheiros que eles seriam promovidos a refinadores.

– Refinadores! – exclamou Pencroff. – Esse trabalho deve ser fogo!

– Bota fogo nisso! – concordou o engenheiro.

– Então nada mais propício! – replicou o marujo.

Que a palavra refinamento não desperte nos leitores a lembrança de usinas complexas, com maquinarias e operários. Não! Para cristalizar aquela seiva, bastava purificá-la mediante uma operação extremamente simples, que consistia em cozinhá-la em amplos recipientes de argila e submetê-la a certa evaporação. Quando a espuma subiu à superfície e começou a engrossar, Nab teve o cuidado de mexê-la com uma espátula de madeira – o que devia acelerar sua evaporação e ao mesmo tempo impedi-la de contrair um gosto empireumático.

Após algumas horas de ebulição num fogo nada brando, que fazia bem tanto aos manipuladores quanto à substância manipulada, esta se transformara num xarope grosso. Esse xarope foi despejado em moldes de argila, de formas variadas, previamente fabricados nos próprios fornos da cozinha. No dia seguinte, esfriado, o xarope transformara-se em tabletes e pão de açúcar, o qual, embora um pouco avermelhado, era quase transparente e de ótimo sabor.

O frio persistiu até meados de setembro, e os prisioneiros de Granite House começavam a achar seu cativeiro demasiado longo. Quase diariamente, tentavam sair um pouco, mas não podiam se demorar. Trabalhavam então constantemente na arrumação da casa. E, enquanto trabalhavam, conversavam. Cyrus Smith instruía seus companheiros nos mais diferentes domínios, discorrendo principalmente sobre as aplicações práticas da ciência. Se os colonos não tinham biblioteca à disposição, o engenheiro era um livro sempre pronto, sempre aberto na página requerida por cada um, livro que lhes resolvia todas as questões e que eles folheavam com frequência. O tempo corria célere e aqueles ótimos sujeitos não pareciam temer o futuro.

Por outro lado, já era hora de acabar com aquela clausura. Todos ansiavam, quando não pela estação amena, ao menos pelo fim daquele frio insuportável. Se estivessem minimamente vestidos de maneira a poder desafiá-lo, quantas excursões poderiam ser tentadas, às dunas, ao pântano das Tadornas! Os animais deviam estar menos ariscos e a caçada seguramente seria frutífera. Cyrus Smith fazia questão de que ninguém comprometesse a saúde, pois precisava de todos os braços, e seus conselhos foram seguidos.

Desnecessário dizer que o mais impaciente com aquela clausura, depois de Pencroff, claro, era Top. O fiel cão sentia-se no cativeiro em Granite House. Ia e vinha de um quarto a outro, indicando à sua maneira o tédio do confinamento.

Cyrus Smith observara que, sempre que se aproximava daquele poço escuro, que fazia a comunicação com o mar e do qual a boca se abria no fundo da despensa, Top emitia rosnados singulares. Girava sem parar em torno do buraco, já coberto com uma tampa de madeira. Às vezes, inclusive, tentava esgueirar as patas sob a tampa, como se quisesse erguê-la. Latia então de uma maneira especial, denotando cólera e apreensão.

Mais de uma vez o engenheiro pilhara aquele comportamento. O que haveria então naquele abismo que pudesse impressionar a tal ponto o inteligente animal? Que o poço terminava no mar, isso era certo. Será que se ramificava em estreitos dutos através das fundações da ilha? Faria comunicação com outras grutas? Que monstro marinho viria respirar de tempos em tempos na boca do poço? Sem saber o que pensar, o engenheiro imaginava os piores enredos. Acostumado a incursionar no domínio dos fatos científicos, não se perdoava quando se deixava arrastar para o campo do estranho, beirando o sobrenatural. Contudo, como explicar o fato de Top, cão sensato que não perdia tempo uivando para a lua, não parar de farejar e espreitar aquele abismo, se nada acontecia ali que devesse despertar sua inquietude? A atitude de Top intrigava Cyrus Smith mais do que lhe parecia razoável confessar a si mesmo.

Em todo caso, o engenheiro não comunicou essas suas impressões senão a Gedeon Spilett, julgando inútil iniciar os companheiros nas reflexões involuntárias nele fomentadas pelo que talvez não passasse de uma cisma de Top.

O frio chegara ao fim. Ainda houve chuvas, rajadas misturadas com neve, granizo, ventanias, mas tais intempéries não eram de longa duração. O gelo e a neve haviam derretido; a praia, o planalto, as margens do Mercy e a floresta voltaram a ficar habitáveis. Esse retorno da primavera deslumbrou os hóspedes de Granite House, onde agora só passavam as horas do sono e das refeições.

Caçaram muito na segunda metade de setembro, o que levou Pencroff a renovar seu pedido por armas de fogo, as quais afirmava terem sido prometidas por Cyrus Smith. Este, sabendo perfeitamente que, sem ferramentas especiais, lhe seria quase impossível fabricar uma espingarda útil, recuava sempre, adiando a empreitada para mais tarde. Argumentava, aliás, que Harbert e Gedeon Spilett haviam se tornado arqueiros tão habilidosos que todo tipo de animais excelentes – cutias, cangurus, capivaras, pombos, abetardas, patos selvagens, narcejas, em suma, caça de pelo ou de pluma – caía sob suas flechas e, por conseguinte, eles podiam esperar. Mas o cabeçudo marinheiro não entendia desse jeito e espezinharia o engenheiro até ter o seu desejo satisfeito. Gedeon Spilett, em todo caso, apoiava Pencroff.

– Se, como tudo indica, a ilha abriga animais ferozes – dizia –, precisamos pensar em combatê-los e dizimá-los. Pode chegar um momento em que isso se torne inelutável!

Por essa época, contudo, não era de forma alguma a questão das armas de fogo que preocupava Cyrus Smith, e sim a do vestuário. As roupas usadas pelos colonos, embora houvessem resistido àquele inverno, não deveriam durar até o próximo. Peles de carnívoros ou lã de ruminantes, era do que eles necessitavam a todo custo e, uma vez que não faltavam carneiros selvagens, convinha pensar num meio de formar um rebanho para as necessidades da colônia. Um cercado para os animais domésticos e um terreiro para as aves – em suma, uma espécie de fazenda a ser criada em algum ponto da ilha: seriam estes os dois projetos a serem executados durante a estação amena.

Consequentemente, e com vistas a essas obras futuras, tornava-se urgente conhecer mais a fundo toda a zona inexplorada da ilha Lincoln, isto é, as altas florestas que se estendiam à direita do Mercy, desde sua foz até a extremidade da península Serpentina, bem como por toda a costa ocidental. Para isso, fazia-se necessário um tempo seco e estável, e um mês deveria ainda transcorrer até que a expedição pudesse ser empreendida de forma proveitosa.

Aguardavam, portanto, com certa impaciência, quando se produziu um incidente que veio aguçar ainda mais o desejo dos colonos de vistoriar integralmente os seus domínios.

Estavam em 24 de outubro. Nesse dia, Pencroff fora visitar os mundéus, que ele mantinha sempre convenientemente preparados. Dentro de um deles, encontrou três animais, que seriam muito bem recebidos na despensa da copa. Era uma porca-do-mato com duas crias.

Entusiasmado com a captura, Pencroff voltou então a Granite House e, fiel a seu temperamento, fez grande alarde em cima da caçada.

– Agora sim, sr. Cyrus, faremos uma refeição digna desse nome! – exclamou. – E o senhor também, sr. Spilett, há de comer!

– Estou mesmo ansioso para provar – respondeu o repórter –, mas qual será o cardápio?

– Leitão.

– Tem certeza de que é leitão, Pencroff? Ouvindo-o, achei que tivesse trazido uma perdiz trufada!

– Como assim? – revoltou-se Pencroff. – Por acaso desprezaria um leitão?

– Não – respondeu Gedeon Spilett, sem mostrar entusiasmo –, contanto que não abusemos...

– Ué, senhor jornalista – replicou o marujo, que não gostara de ver sua caça depreciada –, está se fazendo de difícil? Sete meses atrás, quando desembarcamos na ilha, teria dado pulos de alegria se deparasse com uma caça igual a essa...!

– Está certo, está certo – respondeu o repórter. – O homem nunca é perfeito e nunca está satisfeito.

– Enfim – continuou Pencroff –, espero que Nab se supere. Vejam! Esses dois porcos-do-mato não têm três meses. Ficarão tenros como codornas! Vamos, Nab, venha. Eu mesmo vigiarei o assamento.

E o marujo, seguido por Nab, foi para a cozinha, onde se concentrou nos afazeres culinários.

Deixaram-no trabalhar como bem entendesse. Nab e ele prepararam então uma refeição magnífica: os dois filhotes de porco-do-mato, uma sopa de canguru, presunto defumado, amêndoas de pinhão, refresco de dragoeiro, chá de oswego – enfim, tudo o que de melhor havia. Destacando-se, no entanto, entre todos aqueles pratos, figuravam em primeiro plano os saborosos porcos-do-mato, preparados no bafo.

Às cinco horas, o jantar foi servido no salão de Granite House. A sopa de canguru fumegava sobre a mesa e não houve quem não a julgasse excelente.

À sopa sucederam os porcos-do-mato, que o próprio Pencroff fez questão de destrinchar e do qual serviu porções monstruosas a cada um dos comensais.

Os leitões estavam realmente deliciosos, e Pencroff devorava sua parte com um entusiasmo inaudito quando, de repente, escaparam-lhe um grito e uma imprecação.

– O que há? – perguntou Cyrus Smith.

– Há... há... que acabo de quebrar um dente! – respondeu o marujo.

– Por acaso recheou com pedras os seus porcos-do-mato? – zombou Gedeon Spilett.

– É o que parece – respondeu Pencroff, retirando da boca o objeto que lhe custara um molar...!

Não era uma pedra... Era um chumbinho.

FIM DA PRIMEIRA PARTE

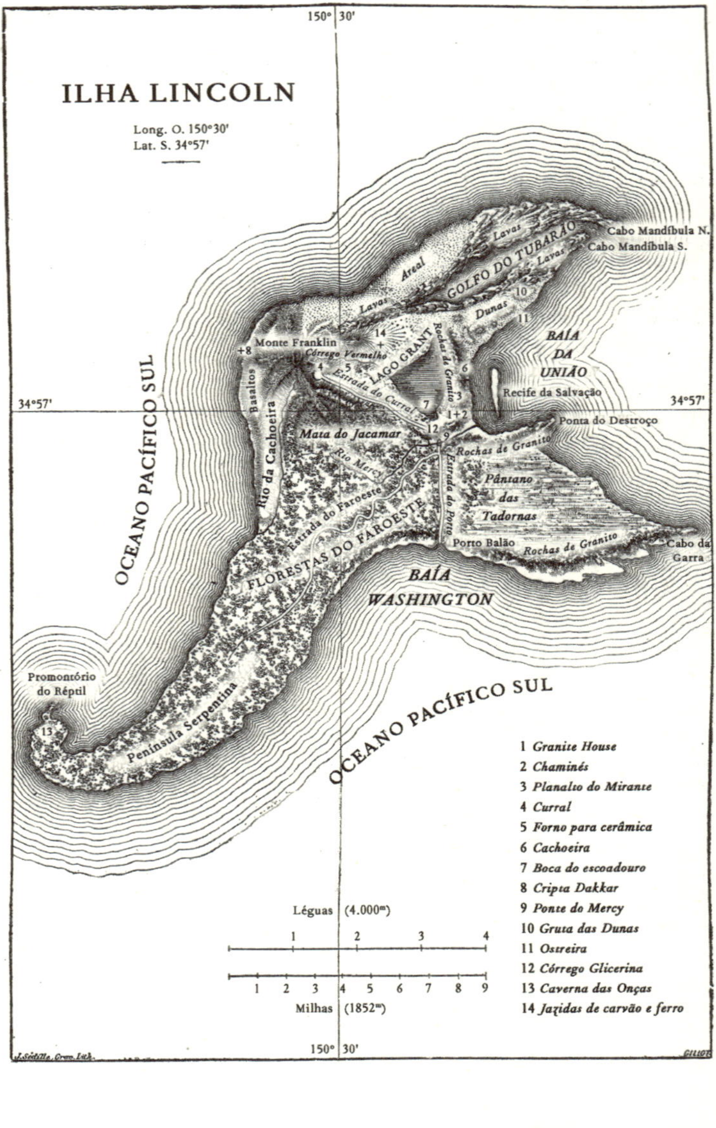
ILHA LINCOLN
Long. O. 150°30'
Lat. S. 34°57'
150° 30'
34°57'
OCEANO PACÍFICO SUL
Cabo Mandíbula N.
Cabo Mandíbula S.
Lavas
Areal
GOLFO DO TUBARÃO
Dunas
BAÍA DA UNIÃO
Monte Franklin
Córrego Vermelho
LAGO GRANT
Rochas de Granito
Estrada do Curral
Recife da Salvação
Basaltos
Rio da Cachoeira
Mata do Jacamar
Rio Mercy
Ponta do Destroço
Estrada do Faroeste
Estrada do Porto
Pântano das Tadornas
FLORESTAS DO FAROESTE
Porto Balão
Cabo da Garra
BAÍA WASHINGTON
Promontório do Réptil
Península Serpentina
1 Granite House
2 Chaminés
3 Planalto do Mirante
4 Curral
5 Forno para cerâmica
6 Cachoeira
7 Boca do escoadouro
8 Cripta Dakkar
9 Ponte do Mercy
10 Gruta das Dunas
11 Ostreira
12 Córrego Glicerina
13 Caverna das Onças
14 Jazidas de carvão e ferro
Léguas (4.000m)
Milhas (1852m)

SEGUNDA PARTE

O degredado

I

A propósito do chumbinho • A construção de uma canoa • Caçadas • No topo de um kauri • Nada indica a presença do homem • A pescaria de Nab e Harbert • Tartaruga virada • Cadê a tartaruga? • Explicação de Cyrus Smith

FAZIA SETE MESES, contados dia a dia, que os passageiros do balão haviam sido lançados na ilha Lincoln. Durante todo esse tempo, a despeito de todas as buscas realizadas, nenhum ser humano surgira à sua frente. Em momento algum, uma fumaça qualquer denunciara a presença do homem na superfície da ilha ou um trabalho manual atestara sua passagem por ela, nem em época remota, nem em época recente. Não só parecia desabitada, como tudo indicava jamais tê-lo sido. E agora eis que todo aquele arcabouço de deduções se esboroava ante um simples fragmento de metal, encontrado no corpo de um inofensivo roedor!

Ora, evidentemente o chumbo saíra de uma arma de fogo, e que outro ser que não o humano faz uso desse tipo de arma?

Quando Pencroff pousou o chumbinho sobre a mesa, seus companheiros quedaram-se pasmos. Todas as consequências daquele incidente, considerável a despeito de sua aparente insignificância, irromperam atabalhoadamente em seus espíritos. A aparição súbita de uma criatura sobrenatural não os teria deixado mais perplexos.

Cyrus Smith não titubeou em ser o primeiro a formular as hipóteses que aquele fato, tão surpreendente quanto inesperado, deveria suscitar. Depois de pegar o projétil, virá-lo, revirá-lo e apertá-lo entre o indicador e o polegar, ele perguntou a Pencroff:

– Está em condições de afirmar que o porco-do-mato atingido por esse projétil tinha apenas três meses?

– Se tanto, sr. Cyrus – respondeu Pencroff. – Ele ainda mamava na mãe quanto o encontrei no fosso.

– Muito bem – prosseguiu o engenheiro –, isso prova que, no máximo três meses atrás, um tiro foi disparado na ilha Lincoln.

– E que uma bala de chumbo – acrescentou Gedeon Spilett – atingiu, embora não de maneira letal, essa cria.

– Não resta sombra de dúvida – concordou Cyrus Smith –, e eis algumas consequências que podemos deduzir deste incidente: ou a ilha era habitada antes de nossa aterrissagem ou homens aqui desembarcaram há no máximo três meses. Esses homens chegaram voluntária ou involuntariamente? Por conta de uma aterrissagem ou um naufrágio? É um ponto que só poderá ser elucidado mais tarde. Quanto ao que são, europeus ou malaios, inimigos ou amigos de nossos povos, isso nada nos autoriza antecipar; se ainda habitam a ilha ou se a deixaram, tampouco sabemos. Essas perguntas, contudo, nos concernem de maneira tão direta que não podemos ficar na incerteza por muito tempo.

– Não! Cem vezes não! Mil vezes não! – exclamou o marujo, levantando-se da mesa. – Não pode haver outros homens nesta ilha! Que diabos! A ilha não é grande, se fosse habitada, já teríamos topado com alguns de seus habitantes.

– O contrário, de fato, é que causaria espanto – reforçou Harbert.

– Muito mais espantoso, suponho – atalhou o repórter –, seria esse porco-do-mato ter nascido com um chumbinho no corpo!

– A menos – disse seriamente Nab – que Pencroff tenha...

– Como pode conceber tal coisa, Nab? – revoltou-se o marujo. – Por acaso acha que estou com uma bala de chumbo no maxilar há cinco ou seis meses sem perceber? Mas onde ela teria se escondido? – insistiu o marujo, abrindo a boca de maneira a mostrar os magníficos trinta e dois dentes que a guarneciam. – Examine bem, Nab, e, se encontrar um dente oco nesse ancinho, autorizo-o a arrancar uma dúzia!

– A hipótese de Nab é inadmissível, com efeito – concordou Cyrus Smith, que, apesar da gravidade de seus pensamentos, não reprimiu um sorriso. – O certo é que, no máximo há três meses, um tiro de espingarda foi disparado nesta ilha. No entanto, para mim, das duas uma: ou as criaturas quaisquer que irromperam nesta ilha encontram-se nela há pouquíssimo tempo ou então apenas passaram por aqui, pois se, na época em que descortinamos a ilha do cume do monte Franklin, ela estivesse habitada, teríamos visto ou sido vistos. O mais provável, portanto, é que, apenas algumas semanas atrás, uma tempestade tenha lançado náufragos num ponto qualquer do litoral. Seja o que for, temos que saber com certeza.

– Penso que devemos agir com prudência – disse o repórter.

– É também a minha opinião – concordou Cyrus Smith –, pois infelizmente é bem provável que tenham sido piratas malaios que desembarcaram na ilha!

– Sr. Cyrus – indagou o marujo –, não seria conveniente, antes de tomar qualquer providência, construirmos uma canoa que nos permitisse subir o rio ou mesmo, em caso de necessidade, contornar a ilha? Não podemos ser pegos desprevenidos.

– Sua ideia é boa, Pencroff – respondeu o engenheiro –, mas não podemos esperar. E necessitaríamos de pelo menos um mês para construir uma canoa...

– Uma canoa de verdade, sim – ponderou o marujo –, porém, não se tratando de uma embarcação destinada a resistir ao mar aberto, em cinco dias no máximo lhe asseguro construir uma canoa capaz de navegar pelo Mercy.

– Em cinco dias – exclamou Nab –, fabricar um barco?

– Sim, Nab, um barco à moda indígena.

– De madeira? – ele quis saber, com a expressão incrédula.

– Sim, ou melhor, casca de árvore – esclareceu Pencroff. – Repito, sr. Cyrus, em cinco dias o assunto estará liquidado.

– Se forem mesmo cinco dias, tudo bem! – assentiu o engenheiro.

– Mas daqui até lá é aconselhável ficarmos de prontidão! – alertou Harbert.

– Prontidão severa, amigos – respondeu Cyrus Smith –, e suplico-lhes que limitem suas expedições de caça às cercanias de Granite House.

O jantar terminou menos alegremente do que esperava Pencroff.

Resumindo, a ilha era ou havia sido habitada por outros humanos que não os colonos. Desde o incidente da bala de chumbo, este era um fato agora incontestável e tal revelação só podia gerar sérias preocupações entre os colonos.

Antes de irem dormir, Cyrus Smith e Gedeon Spilett confabularam longamente a respeito daqueles enigmas, ruminando se aquele episódio não teria alguma conexão com as circunstâncias inexplicáveis do resgate do engenheiro e outras particularidades estranhas que já os haviam intrigado em mais de uma ocasião. Cyrus Smith, contudo, pesando os prós e os contras, terminou por dizer:

– Enfim, quer a minha opinião, caro Spilett?

– Sim, Cyrus.

– Pois bem, ei-la: por mais minuciosamente que exploremos a ilha, nunca descobriremos nada!

Logo no dia seguinte, Pencroff pôs mãos à obra. Não se tratava de fazer uma canoa com cintas e costado, mas simplesmente uma embarcação flutuante, de fundo chato, que se adequasse à navegação do Mercy, sobretudo nas proximidades de suas nascentes, onde a água teria pouca profundidade. Pedaços de cortiça costurados um ao outro constituiriam o corpo da embarcação; dessa forma, nem pesada nem maciça, poderiam transportá-la com facilidade no caso de toparem com obstáculos naturais. Pencroff pretendia suturar as faixas de casca de árvore com pregos rebitados a fim de garantir, com tal aderência, a perfeita impermeabilidade do equipamento.

O segredo, portanto, estava em escolher árvores cuja casca, flexível e resistente, se prestasse àquele tratamento. Ora, precisamente, o último furacão abatera certa quantidade de abetos de douglas, as mais apropriadas para aquele tipo de construção. Alguns desses abetos jaziam no solo, restando apenas extrair-lhes a casca, o que foi o mais difícil, considerando a imperfeição das ferramentas dos colonos. No fim, conseguiram.

Enquanto o marujo, auxiliado pelo engenheiro, trabalhava em sua obra, sem desperdiçar um instante, Gedeon Spilett e Harbert não permaneciam ociosos, pois haviam se autonomeado provedores da colônia. O repórter não se cansava de admirar o adolescente, que adquirira uma destreza notável no manejo do arco ou do porrete. Além disso, Harbert mostrava-se ousado, parecendo deter aquele sangue-frio que, sem medo de errar, poderíamos chamar de "o raciocínio da bravura". Os dois companheiros de caça, obedecendo, aliás, às recomendações de Cyrus Smith, não se afastavam além de um raio de quatro quilômetros de Granite House, mas as primeiras encostas da floresta já contribuíam com um tributo suficiente de cutias, capivaras, cangurus, porcos-do-mato etc. e, embora o produto dos mundéus fosse pouco significativo desde que o frio cessara, a coutada fornecia seu contingente de praxe, capaz de alimentar toda a colônia da ilha Lincoln.

Durante aquelas caçadas, Harbert volta e meia discutia com Gedeon Spilett a respeito do incidente da bala de chumbo e das consequências deduzidas pelo engenheiro, e um dia – 26 de outubro – interpelou-o:

– Mas, sr. Spilett, não julga extraordinário que, se náufragos desembarcaram na ilha, ainda não tenham aparecido nas imediações de Granite House?

– Julgo extraordinário, se eles porventura ainda estiverem aqui, mas nada extraordinário, se não estiverem mais!

– Acha então que esses indivíduos já deixaram a ilha? – insistiu Harbert.

– Isso é mais que provável, meu rapaz, pois, se a estadia deles houvesse se prolongado, e principalmente se ainda estivessem aqui, algum incidente teria terminado por denunciar sua presença.

– Contudo, se conseguiram partir – observou o rapaz –, é porque não eram náufragos...

– Exatamente, Harbert, ou, pelo menos, eram o que eu chamaria de náufragos provisórios. É muito possível, com efeito, que uma ventania os tenha lançado na ilha, poupado sua embarcação, e, passada a ventania, eles tenham se feito novamente ao mar.

– Uma coisa nós temos de admitir – disse Harbert –, o sr. Smith pareceu antes temer do que desejar a presença de seres humanos em nossa ilha.

– Com efeito – explicou o repórter –, segundo ele, só malaios para frequentar esses mares e, sendo tais fidalgos uns maus elementos, é recomendável evitá-los.

– Não acha possível, sr. Spilett – insistiu Harbert –, que um dia venhamos a encontrar vestígios desse desembarque e talvez coloquemos as coisas em pratos limpos...?

– Não digo que não, meu rapaz. Um acampamento abandonado, uma fogueira extinta podem nos dar uma pista e é disso que iremos atrás na próxima expedição.

No dia em que assim conversavam, os dois caçadores encontravam-se numa zona da floresta nas adjacências do Mercy, notável por árvores de rara beleza. Destacavam-se ali, com alturas que beiravam os sessenta metros, algumas daquelas soberbas coníferas às quais os nativos dão o nome de kauris na Nova Zelândia.

– Tive uma ideia, sr. Spilett – disse Harbert. – Que tal eu trepar num desses kauris e, lá de cima, fazer um reconhecimento panorâmico?

– A ideia é boa – concordou o repórter –, mas conseguirá alcançar o topo desses gigantes?

– Não custa tentar – respondeu Harbert.

Ágil e habilidoso, o adolescente atacou os primeiros galhos, cuja disposição facilitava a escalada do kauri, e, em poucos minutos, chegava ao topo, que emergia daquela imensa planície luxuriante formada pelo dossel da floresta.

Daquele ponto elevado, o olhar podia estender-se por toda a zona meridional da ilha, desde o cabo da Garra, a sudeste, até o promontório do Réptil, a sudoeste. A noroeste, erguia-se o monte Franklin, tapando uma faixa do horizonte.

Harbert, contudo, das alturas de seu observatório, podia observar precisamente toda a área ainda não explorada da ilha, que pudera dar ou dava refúgio aos estranhos de cuja presença suspeitavam.

O rapaz observou atentamente. No mar, a princípio, nada à vista. Nenhum sinal de vela, nem no horizonte, nem nos bancos de areia da ilha. Todavia, como a cortina de árvores escondia o litoral, era possível que uma embarcação, quem sabe amputada de sua mastreação, houvesse atracado e, por conseguinte, permanecesse invisível para Harbert.

Nas matas do Faroeste, nada também. A floresta formava um domo impenetrável num raio de vários quilômetros quadrados, sem uma clareira ou descampado. Era inclusive impossível seguir o curso do Mercy e identificar o ponto da montanha onde ele nascia. Talvez outros cursos d'água corressem para oeste, mas nada dava certeza disso.

Contudo, se não avistava nenhum indício de acampamento, será que Harbert não poderia surpreender no ar algum sinal de fumaça que apontasse a presença do homem? Naquela atmosfera translúcida, qualquer vapor teria se destacado contra o fundo do céu.

Por um instante Harbert julgou avistar uma tênue fumaça subindo a oeste, mas uma observação mais acurada demonstrou que se enganara. Examinou tudo atentamente, e tinha olhos de lince... Não, decididamente não havia nada.

Harbert desceu então do kauri e os dois caçadores retornaram a Granite House. Lá, Cyrus Smith escutou o relato do adolescente e, balançando a cabeça, manteve-se calado. Agora estava claro que só poderiam resolver o enigma após uma exploração completa da ilha.

Dois dias depois, em 28 de outubro, produziu-se outro incidente inexplicável.

Passeando pela praia, a quatro quilômetros de Granite House, Harbert e Nab capturaram um magnífico exemplar da ordem dos quelônios, o que os deixou felicíssimos. Era uma tartaruga franca do gênero *mydas*, cuja carapaça oferecia admiráveis reflexos esverdeados.

Foi Harbert quem avistou a tartaruga, que rastejava por entre as rochas a fim de alcançar o mar.

– Aqui, Nab, aqui! – ele gritou.

Nab acorreu.

– Belo animal – exclamou Nab –, mas como capturá-lo?

– Nada mais fácil, Nab – explicou Harbert. – Vamos virar a tartaruga e colocá-la de pernas pro ar, assim ela não fugirá. Pegue o seu porrete e procure me imitar.

O réptil, percebendo o perigo, recolhera a cabeça entre a carapaça e o peitilho, bem como as patas. E estacionou, imóvel feito uma pedra.

Harbert e Nab introduziram então seus porretes sob o esterno do animal e, juntando forças, conseguiram, não sem dificuldade, virá-lo de barriga pra cima. A tartaruga, que media um metro de comprimento, devia pesar pelo menos duzentos quilos.

– Viva! – exclamou Nab. – Eis com que alegrar o amigo Pencroff.

O amigo Pencroff decerto não deixaria de se alegrar, uma vez que a carne dessas tartarugas, que se alimentam de zosteras, é extremamente saborosa. Por enquanto, aquele exemplar não permitia entrever senão sua cabeça minúscula, achatada, porém alargada por grandes fossas temporais, escondidas sob uma abóbada óssea.

– E agora, o que faremos com o produto da nossa caçada? – perguntou Nab. – Não podemos arrastá-lo até Granite House.

– Visto que ela não consegue se aprumar, vamos deixá-la aqui – respondeu Harbert. – Mais tarde voltaremos para buscá-la com a carroça.

– Combinado.

Mesmo assim, por via das dúvidas, Harbert tomou a precaução, que Nab julgara supérflua, de calçar o animal com grandes seixos. Feito isso, os dois caçadores retornaram a Granite House pela praia, que a maré, então na vazante, desnudava amplamente. Harbert, querendo fazer uma surpresa para Pencroff, não lhe contou nada a respeito do "soberbo exemplar dos quelônios" que ele deixara de barriga para cima na areia. Duas horas depois, Nab e ele estavam de volta, com a carroça, ao local onde haviam deixado o animal. E o soberbo exemplar dos quelônios não estava mais lá.

Intrigados, Harbert e Nab procuraram em volta. Era, não obstante, exatamente o local onde haviam deixado a tartaruga. O rapazola encontrou inclusive os seixos que utilizara e, por conseguinte, tinha certeza de não estar enganado.

– E essa agora! – matutava Nab. – Será que o bicho se endireitou e saiu andando?

– Parece que sim – respondeu Harbert, que, com os olhos nos seixos espalhados pela areia, continuava atônito.

– No fim das contas, Pencroff é que não ficará nada satisfeito.

"E talvez o sr. Cyrus fique um pouco atrapalhado para explicar esse desaparecimento!" pensou Harbert.

– Bom – disse Nab, querendo esconder o insucesso –, não toquemos no assunto.

– Ao contrário, Nab, temos de falar – decidiu Harbert.

E ambos, pegando de volta a carroça, que tinham levado à toa, retornaram a Granite House.

Ao chegar ao estaleiro, onde o engenheiro e o marujo trabalhavam, Harbert contou o ocorrido.

– Ah, desastrados! – exclamou o marujo. – Deixar escapar no mínimo cinquenta sopas!

– Ora, Pencroff – replicou Nab –, não é culpa nossa se o animal fugiu, repito que o viramos de barriga pra cima!

– Então, não viraram o suficiente! – reagiu gaiatamente o intratável marujo.

– E essa agora! – exclamou Harbert.

E contou que tomara o cuidado de calçar a tartaruga com seixos.

– Então é um milagre! – replicou Pencroff.

– Eu achava, sr. Cyrus – disse Harbert –, que as tartarugas, uma vez dispostas sobre o dorso, não conseguiam mais colocar-se sobre suas patas, principalmente as de grande porte...

– E é verdade, meu filho – assentiu Cyrus Smith.

– Então como pôde acontecer...?

– A que distância do mar vocês deixaram a tartaruga? – perguntou o engenheiro, que, interrompendo o que fazia, refletia no incidente.

– A uns quatro metros e meio, no máximo – respondeu Harbert.

– E maré estava baixa nesse momento?

– Sim, sr. Cyrus.

– Muito bem – raciocinou o engenheiro –, o que a tartaruga não podia fazer na areia, é possível que tenha feito na água. Ela deve ter se aprumado quando a preamar a engolfou e alcançado tranquilamente o mar aberto.

– Ah, como somos desastrados! – exclamou Nab.

– Foi precisamente isso que tive a honra de lhes comunicar! – indicou Pencroff.

A explicação de Cyrus Smith era sem dúvida satisfatória. Mas estaria ele convencido de sua pertinência? Não ousaríamos afirmar.

2

Primeiro teste da canoa • Um destroço na costa • O reboque • A ponta do Destroço • Inventário do baú: ferramentas, armas, instrumentos, roupas, livros, utensílios • O que falta a Pencroff • O Evangelho • Um versículo do livro sagrado

NO DIA 29 DE OUTUBRO, a canoa de casca de árvore estava terminada. Pencroff cumprira sua promessa e em cinco dias tinham uma espécie de piroga, cujo casco foi cintado com varetas flexíveis de crejimba. Um banco na popa, outro no meio, servindo de trave, um terceiro na proa, estribos para sustentar os cabos de dois remos, uma zinga para direcionar, completavam essa embarcação, que media três metros e meio de comprimento e não chegava a pesar cem quilos. Quanto à operação de lançamento, foi extremamente simples. A leve canoa foi carregada até a areia, para a beira d'água, em frente a Granite House, e a preamar a fez boiar. Pencroff, pulando imediatamente dentro da embarcação, manobrou-a com a zinga e constatou que estava perfeita para o uso a que se destinava.

– Hurra! – exclamou o marujo, não se eximindo de celebrar assim o próprio triunfo. – Com ela, poderíamos circum-navegar...

– O mundo? – zombou Gedeon Spilett.

– Não, a ilha. Usando pedras como lastro, mais um mastro na proa e o pedaço de vela que o sr. Smith fabricará um dia, iremos longe! E então, sr. Cyrus, sr. Spilett, Harbert e Nab, por que não vêm testar nossa nova embarcação? Que diabos! Afinal de contas, precisamos verificar se ela nos aguenta todos juntos!

Era um teste imprescindível. Pencroff, com um golpe da zinga, levou a embarcação até a beira da praia, por uma estreita passagem que havia entre as rochas, e ficou acertado que, naquele mesmo dia, testariam a canoa, seguindo rente ao litoral até a primeira ponta, onde terminavam os rochedos do sul.

Ao embarcar, Nab exclamou:

– Ei, o seu barco está fazendo água, Pencroff!

– Não ligue, Nab – respondeu o marujo. – A madeira precisa de um tempinho para se impermeabilizar! Em dois dias, o problema estará sanado e nossa canoa não terá mais água no ventre que o estômago de um bêbado. Todos a bordo!

Feito isso, Pencroff apontou para o mar aberto. O tempo estava magnífico, o mar, calmo como as águas contidas nas margens estreitas de um lago, e a canoa mostrou-se capaz de enfrentá-las com a mesma segurança que exibia ao subir o sossegado curso do Mercy.

Enquanto Nab e Harbert encarregavam-se dos remos, Pencroff, na popa da embarcação, manobrava a zinga.

Atravessando o canal, o marujo passou rente à ponta meridional do recife. Uma leve brisa soprava do sul. Não havia uma marola, nem no canal, nem no mar aberto. Apenas compridas ondulações, que a canoa mal sentia, pesada como estava, engrossavam a superfície de quando em quando. Afastaram-se cerca de oitocentos metros da costa, de maneira a avistar o monte Franklin em todo o seu prumo.

Em seguida, virando de bordo, Pencroff voltou na direção da foz do rio. A canoa então acompanhou a margem, a qual, por sua vez, arredondando-se na ponta extrema, escondia toda a pantanosa planície das Tadornas.

Essa ponta, que a forma da curva do litoral alongava, ficava a cerca de dois quilômetros do Mercy. Os colonos resolveram ir até lá e não ultrapassá-la senão o estrito necessário para terem uma noção panorâmica da costa até o cabo da Garra.

Evitando os abrolhos, de que aqueles bancos estavam semeados e os quais a preamar começava a cobrir, a canoa margeou então o litoral, mantendo uma distância de quatrocentos metros. À medida que corria desde a foz do rio até a ponta, o paredão perdia altura. Era um amontoado de rochas graníticas, caprichosamente distribuídas, bastante diferentes da cortina formada pelo planalto do Mirante, e de aspecto extremamente selvagem. Parecia que uma imensa caçamba de pedregulhos havia sido despejada ali. Nenhum tipo de vegetação medrava no rabicho agudo, que se estendia por quatro quilômetros a partir da floresta e evocava nitidamente o braço de um gigante saindo de uma manga de verdor.

A canoa, impelida pelos dois remos, avançava sem dificuldade. Gedeon Spilett, com o lápis em uma das mãos e o caderno na outra, rascunhava o contorno do litoral. Nab, Pencroff e Harbert confabulavam e analisavam aquelas regiões que ainda não conheciam, e, à medida que a embarcação descia para o sul, os dois cabos Mandíbula pareciam se deslocar e fechar ainda mais a baía da União.

Quanto a Cyrus Smith, não falava, apenas observava, e, pela desconfiança estampada em seu olhar, parecia estar diante de uma região estranha e fora dos padrões.

Após quarenta e cinco minutos de navegação, quando a canoa alcançara quase a extremidade da ponta e Pencroff preparava-se para dobrá-la, Harbert, levantando-se, apontou uma mancha escura e indagou:

– O que é aquilo lá na praia?

Todos os olhares se voltaram para o ponto indicado.

– Com efeito – intrigou-se igualmente o repórter –, há alguma coisa. Parece um destroço no meio da areia.

– Ah! – exclamou Pencroff. – Já sei o que é!

– O que é então? – perguntou Nab.

– Barris, barris, que podem estar cheios! – respondeu o marujo.

– Para a praia, Pencroff! – decidiu Cyrus Smith.

Dali a poucas remadas, a canoa abicou na curva de uma pequena enseada e seus passageiros saltaram na praia.

Pencroff não se enganara. No local, havia dois barris, cobertos pela areia até a metade, mas ainda solidamente amarrados num amplo baú, que, de carona nos tonéis, boiara até vir encalhar na praia.

– Isso significa que houve um naufrágio nas paragens da ilha? – perguntou Harbert.

– Evidentemente – respondeu Gedeon Spilett.

– Mas o que temos nesse baú? – exclamou Pencroff, com uma impaciência mais do que natural. – O que temos nesse baú? Está fechado, precisamos de alguma coisa para arrebentar a tampa! Quem sabe umas boas pedradas...

E o marujo, erguendo um pedregulho, ia destroçar uma das laterais do baú, quando o engenheiro o deteve:

– Pencroff, consegue domar sua impaciência só por mais uma horinha?

– Mas, sr. Cyrus, pense um pouquinho! Nossa sobrevivência pode estar dentro desse baú!

– Saberemos daqui a pouco, Pencroff – insistiu o engenheiro –, mas, confie em mim, não o destrua, ele pode nos ser útil. Vamos transportá-lo para Granite House, onde o abriremos mais facilmente, sem destroçá-lo. Está todo preparado para a viagem e, se boiou até aqui, boiará melhor ainda até a foz do rio.

– Tem razão, sr. Cyrus, eu já ia fazer uma besteira – admitiu o marujo –, às vezes a gente quase perde o controle!

A observação do engenheiro era sábia. Os objetos encerrados no baú, que devia pesar bastante, pois fora "aliviado" com a ajuda de dois barris vazios, decerto não caberiam na canoa. Logo, era mais negócio rebocá-lo tal qual até a praia de Granite House.

E agora, de onde vinha aquele destroço? Era, de fato, uma questão da mais alta importância. Cyrus Smith e seus companheiros examinaram atentamente os arredores e depois percorreram uma grande extensão da praia. Não depararam com nenhum outro destroço. O mar foi igualmente esquadrinhado. Harbert e Nab subiram numa pedra alta, o horizonte estava deserto. Nada à vista, nenhuma embarcação à deriva, nenhuma vela.

Não restava dúvida, contudo, de que houvera um naufrágio. Quem sabe aquele incidente não estava conectado à bala de chumbo? Talvez estranhos houvessem atracado em outra ponta da ilha... Talvez ainda estivessem ali... Por outro lado, os colonos logo chegaram à conclusão de que aqueles forasteiros não podiam ser piratas malaios, uma vez que o destroço tinha evidentemente procedência americana ou europeia.

Todos voltaram para junto do baú, que media um metro e meio de comprimento por um de largura. Era em madeira de carvalho, muito bem vedado e forrado com uma pele grossa, fixada por sua vez com pregos de cobre. Os dois imensos barris, hermeticamente fechados, pareciam vazios e aderiam a seus flancos por meio de cordas resistentes, intercaladas por nós que Pencroff reconheceu facilmente como nós de marinheiro. Parecia em perfeito estado de conservação, o que se explicava pelo fato de haver encalhado numa praia de areia, e não num recife. Era até possível afirmar, examinando-o bem, que sua estadia no mar não fora longa e que sua chegada àquela praia era recente. A água parecia não lhe haver penetrado e os objetos que ele continha deviam estar intactos.

Tudo sugeria que o baú fora lançado por cima da amurada de um navio à deriva, que navegava em direção à ilha e cujos passageiros, na esperança de que ele alcançasse a praia, onde o recuperariam mais tarde, haviam tomado a precaução de torná-lo mais leve mediante uma boia improvisada.

– Vamos rebocar esse destroço até Granite House – disse o engenheiro –, onde faremos seu inventário; em seguida, se descobrirmos na ilha sobreviventes desse presumido naufrágio, o devolveremos a quem de direito. Se não encontrarmos ninguém...

– Ficamos com ele! – exclamou Pencroff. – Mas, por Deus, que diabos pode haver aí dentro?

A maré já começava a alcançar o destroço, que deveria evidentemente boiar com a preamar. Uma das cordas que amarravam os barris foi parcialmente desenrolada e serviu de amarra para acoplar o aparato flutuante à canoa. Em seguida, Pencroff e Nab escavaram a areia com seus remos, a fim de facilitar o deslizamento do baú, e dali a pouco a canoa, com o baú a reboque, começou a dobrar a ponta, batizada na oportunidade como ponta do Destroço (*Flotsam-point*). O rebocador estava pesado e os barris mal eram suficientes para manter o baú fora da água. O marujo temia a todo instante que ele se soltasse e afundasse. Felizmente, seus temores não se concretizaram, e uma hora e meia depois de partirem – precisaram de todo esse tempo para atravessar os cinco quilômetros de distância –, a canoa acostava na praia defronte a Granite House.

Canoa e destroço foram então puxados para a areia e, com o refluxo da maré, não demoraram a secar. Nab foi buscar ferramentas para arrombar o baú, de maneira a danificá-lo o mínimo possível, e procederam a seu inventário. Pencroff não procurou esconder que estava profundamente emocionado.

O marujo começou por soltar os dois barris, que, em excelente estado, seriam de grande serventia. Em seguida, os fechos foram arrebentados por meio de um alicate e a tampa logo se ergueu.

Um segundo contêiner de zinco forrava o interior do baú, manifestamente arrumado para que os objetos que guardava se mantivessem, em quaisquer circunstâncias, protegidos da umidade.

– Ah! – exclamou Nab. – Tomara que sejam conservas!

– Espero sinceramente que não – retorquiu o repórter.

– Se pelo menos houvesse… – disse o marujo à meia-voz.

– O quê, meu Deus? – perguntou Nab, que captara o comentário.

– Nada!

A chapa de zinco foi rasgada em toda a sua largura, dobrada nos flancos do baú e, pouco a pouco, objetos de natureza bem diversa eram retirados e depositados na areia. A cada novo item, Pencroff soltava novos hurras, Harbert batia palmas e Nab dançava. Havia ali livros que deixaram Harbert louco de alegria e utensílios de cozinha que Nab cobriu de beijos!

Afinal, os colonos tinham todos os motivos para estar radiantes, pois o baú continha ferramentas, armas, instrumentos, roupas, utensílios, livros, e eis sua listagem detalhada, tal como registrada no caderno de Gedeon Spilett:

FERRAMENTAS:
3 facas com várias lâminas
2 machados de lenhador
2 machadinhas
3 plainas
2 enxós
1 enxó com dois gumes
6 tesouras temperadas a frio
2 limas
3 martelos
3 furadeiras
2 brocas
10 sacos de pregos e parafusos
3 serrotes de diversos tamanhos
2 latas de agulhas

ARMAMENTOS:
2 espingardas de pederneira
2 fuzis de cápsulas
2 carabinas de estopim central
5 cutelos
4 sabres de abordagem
2 barris de pólvora podendo conter cada um vinte e cinco libras
12 caixas de mechas

INSTRUMENTOS:

1 sextante
1 binóculo
1 luneta
1 caixa de compassos
1 bússola de bolso
1 termômetro Fahrenheit
1 barômetro aneroide
1 caixa contendo uma câmera fotográfica, lente, chapas, produtos químicos etc.

VESTUÁRIO:

2 dúzias de camisas numa fazenda especial semelhante à lã, mas cuja origem era evidentemente vegetal
3 dúzias de meias no mesmo tecido

UTENSÍLIOS:

1 caldeirão de ferro
6 panelas de cobre estanhado
3 pratos de ferro
10 jogos de talheres de alumínio
2 chaleiras
1 fogareiro portátil
6 facas de mesa

LIVROS:

1 Bíblia, contendo Antigo e Novo Testamentos
1 atlas
1 dicionário dos diferentes dialetos polinésios
1 dicionário de ciências naturais, em seis volumes
3 resmas de papel branco
2 livros de registro com as páginas em branco

Os colonos tinham todos os motivos para estar radiantes.

– Temos de admitir – concluiu o repórter, depois de terminado o inventário – que o proprietário desse baú era um homem prático! Ferramentas, armas, instrumentos, roupas, utensílios de cozinha, livros, não falta nada! Para mim, está claro que ele previa o naufrágio e se preparou com antecedência.

– Não falta nada mesmo – murmurou Cyrus Smith, pensativo.

– E seguramente – acrescentou Harbert – a embarcação que transportava esse baú e seu proprietário não era um navio pirata malaio.

– A menos – sugeriu Pencroff – que esse proprietário estivesse prisioneiro de piratas...

– Difícil... – duvidou o repórter. – É mais provável que um navio americano ou europeu tenha sido arrastado para essas paragens e seus passageiros, querendo salvar o estrito necessário, prepararam esse baú e o lançaram ao mar.

– É a sua opinião, sr. Cyrus? – perguntou Harbert.

– É, meu filho – respondeu o engenheiro –, deve ter acontecido dessa forma. É possível que, prevendo um naufrágio, alguém tenha reunido nesse baú diversos objetos de primeira utilidade, a fim de recuperá-los depois em algum ponto da costa...

– Até uma câmera fotográfica! – observou o marujo, com ares de incredulidade.

– Quanto a esse aparelho – respondeu Cyrus Smith –, não compreendo bem sua utilidade; afinal, penso que qualquer náufrago teria preferido um sortimento de roupas mais completo ou uma carga maior de munição!

– E não há nesses instrumentos, utensílios e livros nenhuma marca ou endereço que identifique sua procedência? – perguntou Gedeon Spilett.

Puseram-se a verificar. Cada objeto foi então minuciosamente examinado, principalmente os livros, instrumentos e armas. Contrariando a praxe, nem as armas, nem os instrumentos traziam a marca do fabricante; por sinal, encontravam-se em perfeito estado, parecendo intocados. Mesma particularidade em se tratando das ferramentas e utensílios: tudo era novo em folha, o que, em suma, provava que aqueles objetos não haviam sido pegos ao acaso e atirados a esmo no baú, e sim, ao contrário, que sua escolha fora meditada e sua classificação estipulada com meticulosidade. Era o que indicava igualmente o segundo forro metálico, que os havia preservado da umidade e não poderia ter sido soldado num momento de pressa.

Quanto aos dicionários de ciências naturais e dos idiomas polinésios, embora sem nome de editora ou data de publicação, eram de origem inglesa.

Idem para a Bíblia, impressa em língua inglesa, um *in-quarto* notável do ponto de vista tipográfico e que parecia ter sido constantemente folheada.

Já o atlas era uma obra magnífica, compreendendo diversos mapas do mundo inteiro e planisférios elaborados segundo o esquema de projeção de Mercator, cujos dísticos eram em francês mas que tampouco trazia data de publicação ou nome de editora.

Não havia, portanto, naqueles diversos objetos, nenhum indício que pudesse apontar sua proveniência e nada, por conseguinte, de natureza a sugerir a nacionalidade do navio, que sem dúvida passara recentemente por aquela zona. Seja como for, independentemente da procedência, aquele baú tornava os colonos da ilha Lincoln simplesmente ricos. Até aquele momento, transformando os produtos da natureza, haviam fabricado tudo sozinhos e, graças à sua inteligência, se saído muito bem. Mas não parecia que, enviando-lhes aqueles diversos artefatos da indústria humana, a Providência quisera recompensá-los? Seus agradecimentos elevaram-se então unanimemente para os céus.

Um deles, contudo, não estava nada nada satisfeito: Pencroff. De fato, o baú parecia não oferecer uma coisa que ele prezava imensamente, e, à medida que os objetos eram retirados, seus hurras diminuíam de intensidade. Terminado o inventário, ouviram-no murmurar estas palavras:

– Tudo isso é muito bonito, mas o que eu mais queria não veio!

O que levou Nab a lhe dizer:

– Ora, amigo Pencroff, o que esperava então?

– Meia libra de tabaco – respondeu seriamente Pencroff –, e minha felicidade seria completa!

Todos riram da queixa do marujo.

Da descoberta daquele destroço, porém, resultava que, agora mais que nunca, urgia fazer uma exploração séria da ilha. Combinaram então pôr-se a caminho ao raiar do dia seguinte, subindo o Mercy de maneira a alcançar a costa ocidental. Se náufragos houvessem desembarcado em algum ponto daquele litoral, decerto achavam-se em situação precária, cumprindo levar-lhes socorro sem demora.

Durante esse dia, os diversos objetos foram transportados para Granite House e dispostos metodicamente no grande salão.

Esse dia – 29 de outubro – era precisamente um domingo e, antes de ir para a cama, Harbert perguntou ao engenheiro se concordava em ler para todos alguma passagem do Evangelho.

– Com prazer – respondeu Cyrus Smith.

Quando pegou o livro sagrado e ia abri-lo, Pencroff deteve-o:

– Sr. Cyrus, sou supersticioso. Abra ao acaso e leia o primeiro versículo que lhe cair sob os olhos. Veremos se ele se aplica à nossa situação.

Cyrus Smith sorriu da reação do marujo e, curvando-se a seu desejo, abriu o Evangelho precisamente num lugar em que um marcador separava as páginas.

Seus olhos foram direto para uma cruz vermelha, que, feita a lápis, precedia o versículo 8 do capítulo VII do Evangelho segundo são Mateus.

E ele leu o versículo, assim concebido:

"Aquele que pedir, receberá e aquele que procurar, achará."

3

A partida • A preamar • Olmos e lódãos • Plantas diversas • O jacamar • Aspecto da floresta • Os eucaliptos gigantes • Por que são chamadas "árvores da febre" • Bandos de macacos • A cachoeira • Acampamento noturno

No dia seguinte, 30 de outubro, tudo estava preparado para a expedição programada, que os últimos acontecimentos tornavam tão urgentes. Com efeito, a situação mudara de maneira tão drástica que os colonos da ilha Lincoln podiam julgar-se não mais na condição de quem pede socorro, e sim na de quem pode proporcioná-lo.

Ficou então acertado que subiriam o Mercy até o ponto em que o rio fosse navegável. Assim, os exploradores poupariam suas forças e poderiam transportar seus víveres e armas até uma região avançada no lado oeste da ilha.

Na realidade, tinham de pensar não só nos objetos que carregavam consigo, como também naqueles que o acaso talvez lhes permitisse levar para Granite House. Se houvesse ocorrido um naufrágio na costa, como tudo fazia presumir, destroços não faltariam e seriam uma boa aquisição. Nesse sentido, a carroça sem dúvida teria sido mais útil que a frágil canoa, porém, pesada e rústica, teriam de empurrá-la, o que era uma desvantagem e levou Pencroff a queixar-se: por que, junto com "sua meia libra de tabaco", o baú não continha uma parelha de vigorosos cavalos de Nova Jersey, que teriam sido utilíssimos à colônia?!

Os víveres, já embarcados por Nab, compunham-se de conservas de carne e galões de cerveja e licor fermentado, isto é, o suficiente para aguentarem três dias, limite de tempo que Cyrus Smith determinara para a expedição. Aliás, se necessário, pretendiam se reabastecer no caminho, e Nab não se esquecera de trazer o fogareiro portátil.

Quanto às ferramentas, os colonos escolheram os dois machados de lenhador, que serviriam para abrir trilhas na mata fechada, e, como instrumentos, a luneta e a bússola de bolso.

Como armas, optaram pelas duas espingardas de pederneira, mais úteis naquela ilha do que teriam sido fuzis de percussão, as primeiras usando apenas sílex, fáceis de substituir, os segundos requerendo espoletas, as quais o uso frequente teria esgotado rapidamente. Em todo caso, não deixaram de levar também uma das carabinas e alguns cartuchos. Quanto à pólvora, da qual os barris continham cerca de cinquenta libras, viram-se obrigados a levar parte dela, embora o engenheiro pretendesse fabricar uma substância explosiva que permitisse economizá-la. Às armas de fogo, juntaram as cinco facas em seus estojos de couro, e, assim equipados, os colonos podiam aventurar-se naquela vasta floresta com alguma chance de sucesso.

Desnecessário acrescentar que Pencroff, Harbert e Nab, armados até os dentes, achavam-se no auge da alegria, apesar de Cyrus lhes ter feito prometer não dispararem um tiro de fuzil sem necessidade.

Às seis da manhã, a canoa foi empurrada para o mar. Todos embarcaram, inclusive Top, dirigindo-se para a foz do Mercy.

Fazia só meia hora que a maré começara a subir. Portanto, eles ainda dispunham de algumas horas de água, já que, mais tarde, a vazante tornaria difícil navegar rio acima. Como teriam lua cheia dentro de três dias, a maré já mostrava sua força, e a canoa, que bastava manter na corrente, avançou rapidamente entre as duas ribanceiras, sem que fosse necessário aumentar a velocidade com ajuda dos remos.

Em poucos minutos, os exploradores haviam alcançado o cotovelo formado pelo Mercy, exatamente o ângulo onde, sete meses antes, Pencroff juntara seu primeiro fardo de lenha.

Após aquele ângulo bastante agudo, o rio, arredondando-se, embicava para sudoeste e seu leito corria à sombra de grandes coníferas eternamente verdejantes.

O aspecto das margens do Mercy era magnífico. Cyrus Smith e seus companheiros não podiam senão admirar aqueles belos efeitos obtidos com tanta facilidade pela natureza só com água e árvores. À medida que avançavam, as essências florestais modificavam-se. À margem direita do rio distribuíam-se magníficos espécimes das ulmáceas, preciosos olmeiros, tão cobiçados pelos construtores por terem a propriedade de resistir bem à água. Em seguida, árvores pertencentes à mesma família, entre outras, lódãos, cuja noz produz um óleo de grande utilidade. Mais adiante, Harbert observou algumas lardizabaláceas, cujos ramos flexíveis, macerados na água, fornecem excelentes cordames, e dois ou três troncos de ebenáceas, em belos tons escuros e sulcados por veios caprichosos.

De tempos em tempos, em certos remansos, atracavam a canoa. Então Gedeon Spilett, Harbert, Pencroff, empunhando as espingardas e precedidos por Top, faziam uma batida na margem. Afora caça, era possível que encontrassem alguma planta útil de que não convinha desdenhar, e o jovem naturalista foi amplamente servido, pois descobriu uma espécie de espinafres silvestres da família das quenopodiáceas e vários espécimes de crucíferas, pertencentes ao mesmo gênero que a couve, que, transplantados, decerto seria possível "civilizar"; eram agrião, raiz-forte, rabanetes e, finalmente, pequenos caules ramosos, ligeiramente aveludados, com um metro de altura, que produziam sementes quase marrons.

– Sabe que planta é essa? – perguntou Harbert ao marujo.

– Tabaco! – exclamou Pencroff, que, evidentemente, nunca vira sua planta predileta a não ser no fornilho do cachimbo.

– Não, Pencroff! – respondeu Harbert. – Não é tabaco, é mostarda.

– Vá lá quanto à mostarda! – respondeu o marujo. – Mas se, por acaso, um pé de tabaco se apresentar, meu rapaz, por favor, não o despreze.

– Acharemos um dia! – disse Gedeon Spilett.

– Sério?! – exclamou Pencroff. – Pois bem, nesse dia não sei mais o que faltará à nossa ilha!

Desenraizadas com cuidado, as diversas mudas foram transportadas para a canoa, que Cyrus Smith não abandonava, sempre absorto em suas reflexões.

O repórter, Harbert e Pencroff desembarcaram assim várias vezes, ora na margem direita do Mercy, ora na esquerda. Esta era menos íngreme, aquela mais arborizada. Consultando sua bússola de bolso, o engenheiro constatou que a direção do rio a partir do primeiro cotovelo era nitidamente sudoeste-nordeste e praticamente retilínea por uma extensão de aproximadamente cinco quilômetros. Porém, tudo indicava que essa direção se modificava adiante e o Mercy subia para noroeste, rumo aos contrafortes do monte Franklin, de cujas águas se abastecia.

Durante uma dessas excursões, Gedeon Spilett conseguiu capturar dois casais de galináceos vivos. Eram aves de bicos compridos e delicados, com os pescoços alongados, asas curtas e aparentemente sem cauda. Harbert acertadamente designou-as como inambus e ficou resolvido que seriam os primeiros hóspedes do futuro terreiro.

Até ali os fuzis não haviam se manifestado e a primeira detonação que ressoou nas matas do Faroeste foi provocada pela aparição de uma bela ave, anatomicamente semelhante a um martim-pescador.

– É um velho amigo! – exclamou Pencroff, e podemos dizer que seu tiro partiu à sua revelia.

– Que amigo? – perguntou o repórter.

– A ave que nos escapou na primeira excursão e cujo nome demos a essa parte da floresta.

– Um jacamar! – exclamou Harbert.

Era efetivamente um jacamar, bela ave, cuja plumagem bastante rude é revestida por um brilho metálico. Alguns chumbinhos haviam-na derrubado, e Top levou-a para a canoa, junto com uma dúzia de turacos-loricos, espécie de trepadores do tamanho de um pombo, todos de um verde intenso, com parte das asas magenta e um topete em riste debruado de branco. Coube ao adolescente a honra daquele belo tiro de fuzil, o que o deixou todo orgulhoso. Os loricos possuíam uma carne melhor que a do jacamar, a qual é um pouco fibrosa, mas seria difícil convencer Pencroff de que ele não matara o rei das aves comestíveis.

Eram dez horas da manhã quando a canoa alcançou um segundo cotovelo do Mercy, a cerca de oito quilômetros de sua foz. Fizeram alto naquele local, para almoçar, e a pausa, ao abrigo de árvores altas e frondosas, estendeu-se por meia hora.

A largura do rio ainda oscilava entre dezoito e vinte metros e a profundidade de seu leito, entre um metro e meio e dois. O engenheiro observara que diversos afluentes engrossavam seu curso, mas não passavam de simples riachos não navegáveis. Quanto à floresta, incluindo tanto o bosque do Jacamar como as matas do Faroeste, estendia-se a perder de vista. Em parte alguma, nem sob as altas copas, nem sob as árvores das margens do Mercy, percebia-se a presença do homem. Os exploradores não encontraram nenhum indício suspeito, sendo evidente que o machado de um lenhador jamais rasgara aquelas árvores e o facão de um desbravador jamais cortara aqueles cipós estendidos de um tronco a outro, em meio aos arbustos indevassáveis e às plantas altas. Se náufragos haviam soçobrado na ilha, ainda não haviam deixado o litoral, e não era sob aquele espesso teto que convinha procurar os sobreviventes do presumido naufrágio.

O engenheiro agora parecia manifestar certa pressa de alcançar a costa ocidental da ilha Lincoln, distante, segundo seus cálculos, pelo menos oito quilômetros. A navegação foi retomada e embora, por sua direção no momento, o Mercy parecesse correr não para o litoral, e sim para o monte Franklin, ficou decidido que continuariam na canoa enquanto esta contasse com água suficiente sob a quilha para flutuar. Isso, além de evitar fadigas inúteis, significava um ganho de tempo, pois de outra forma teriam de abrir uma trilha a machado através da mata fechada.

O fluxo, porém, logo veio a cessar, seja porque a maré baixara, e de fato estava na hora, seja porque não se fazia mais sentir àquela distância da foz do Mercy, o que os obrigou a usar os remos. Nab e Harbert instalaram-se no banco, Pencroff na zinga, e a canoa continuou a subir o rio.

Do ponto onde se encontravam, era possível perceber que a floresta ia ficando mais rala, com as árvores menos frondosas e cada vez mais isoladas. Em contrapartida, precisamente porque eram mais espaçadas, aproveitavam mais intensamente o ar puro que circulava à sua volta, e eram magníficas.

Que esplêndidos espécimes da flora daquela latitude! Sua presença decerto era suficiente para um botânico apontar, sem hesitação, o paralelo que atravessava a ilha Lincoln!

– Eucaliptos! – extasiou-se Harbert.

Eram efetivamente esses soberbos vegetais, os últimos gigantes da zona extratropical, congêneres de similares da Austrália e da Nova Zelândia, ambas situadas à mesma latitude que a ilha Lincoln. Alguns chegavam a ter sessenta metros de altura, com a circunferência de seus troncos medindo seis metros na base e sua casca, entranhada por uma resina perfumada, até doze centímetros de espessura. Nada mais maravilhoso e singular do que aqueles enormes espécimes da família das mirtáceas, cuja folhagem bordava a luz, peneirando os raios de sol até o solo!

Uma relva fresca revestia o solo ao pé dos eucaliptos e de suas moitas escapavam revoadas que cintilavam nos feixes luminosos como carbúnculos alados.

– Isso é que é árvore! – exclamou Nab. – Têm alguma serventia?

– Duvido muito! – questionou Pencroff. – Vegetais gigantes são iguais a humanos gigantes. Só são bons no circo!

– Acho que comete um erro, Pencroff – replicou Gedeon Spilett –, uma vez que a madeira do eucalipto começa a ser empregada com sucesso no mobiliário.

– Eu acrescentaria – interveio Harbert – que esses eucaliptos pertencem a uma família que compreende uma série de generosos espécimes: a goiabeira, que dá as goiabas; o craveiro, que produz o cravo-da-índia; o romanzeiro, que dá as romãs; a *Eugenia cauliflora*, cujos frutos servem para a fabricação de um vinho bem razoável; a murta *ugni*, que encerra um excelente licor alcoólico; a murta *caryophyllus*, cuja casca forma uma apreciada canela; a *Eugenia pimenta*, de onde vem a pimenta-da-jamaica; a murta comum, cujas bagas podem substituir a pimenta-do-reino; o *Eucalyptus robusta*, que produz uma espécie de maná excelente; o *Eucalyptus gunei*, cuja seiva se transmuta em cerveja por meio da fermentação; em suma, todas essas árvores conhecidas pelo nome de "árvores-da-vida" ou "pau-ferro", pertencentes à família das mirtáceas, que abrange quarenta e seis gêneros e trezentas espécies!

Pararam todos para ouvir o rapaz, que pronunciava entusiasticamente sua pequena aula de botânica. Cyrus Smith escutava-o sorrindo, enquanto Pencroff exibia um sentimento de orgulho indescritível.

– Ótimo, Harbert – respondeu Pencroff –, mas eu ousaria jurar que nenhum dos espécimes utilíssimos que você acaba de citar é tão descomunal como o que temos aqui!

– Realmente, Pencroff.

– Isso só vem corroborar a minha tese – concluiu o marujo –, a saber: os gigantes são imprestáveis.

– É aí que se engana, mestre Pencroff – atalhou o engenheiro –, pois, justamente, estes gigantescos eucaliptos que nos dão sombra têm uma grande utilidade.

– E qual seria, por favor?

– Purificar a região que habitam. Sabe como eles são conhecidos na Austrália e na Nova Zelândia?

– Não, sr. Cyrus.

– "Árvores-da-febre".

– Porque a transmitem?

– Não, porque a previnem!

– Bem, vou anotar isso – disse o repórter.

– Anote sim, meu caro Spilett, pois parece comprovado: a presença de eucaliptos neutraliza os miasmas palustres. Esse preservativo natural foi testado em algumas regiões do sul da Europa e do Norte da África, cujo solo era absolutamente insalubre, e o estado de saúde de seus habitantes melhorou gradativamente. Não há mais febres intermitentes nas regiões cobertas pelas florestas dessas mirtáceas. É um fato agora inquestionável e uma feliz circunstância para nós, colonos da ilha Lincoln.

– Ah, ilha abençoada! – exclamou Pencroff. – Repito, nela nada falta, a não ser...

– Isso virá, Pencroff, encontraremos – respondeu o engenheiro –, mas retomemos nossa navegação e avancemos até um ponto em que o rio possa carregar a canoa.

A exploração então prosseguiu, durante pelo menos três quilômetros, em meio a uma região coberta por eucaliptos, que dominavam toda a mata daquela zona da ilha. O terreno ocupado por eles estendia-se além dos limites da vista a partir de cada flanco do Mercy, cujo leito, bastante sinuoso, corria então por entre altas ribanceiras verdejantes. Esse leito achava-se obstruído em diversos pontos por um capinzal alto e até mesmo por rochas pontiagudas, o que dificultava a navegação. A ação dos remos viu-se prejudicada e Pencroff foi obrigado a usar uma vara para impelir o barco. Perceberam também que o fundo subia aos poucos e que se aproximava o momento em que a canoa, sem água suficiente para flutuar, encalharia. O sol já se deitava no horizonte, projetando as sombras descomunais das árvores no solo. Cyrus Smith, constatando a impossibilidade de alcançar naquele dia a costa ocidental da ilha, resolveu acampar no ponto onde a pouca profundidade os detivesse. Calculava estarem ainda a oito ou dez quilômetros da costa, distância muito grande para tentarem transpô-la no meio da noite através daquelas matas desconhecidas.

Continuaram, portanto, a avançar sem descanso através da floresta, que aos poucos voltava a ficar mais densa e parecia mais habitada também, pois, se os olhos do marujo não o haviam enganado, ele julgou perceber bandos de macacos locomovendo-se sob as copas das árvores. Em mais de uma ocasião, inclusive, dois ou três desses animais pararam a certa distância da canoa e ficaram a olhar os colonos sem manifestar qualquer desconfiança, como se, vendo homens pela primeira vez, ainda não houvessem aprendido a temê-los. Embora fosse fácil abater os quadrúmanos a tiros de espingarda, Cyrus Smith opôs-se àquele massacre inútil, não de todo descartado por um incontido Pencroff. Aliás, nada mais prudente, pois aqueles macacos, fortes e dotados de extrema agilidade, poderiam se tornar uma ameaça, sendo preferível não provocá-los com agressões inconsequentes.

Não deixa de ser verdade que o marujo considerava o macaco de um ponto de vista estritamente alimentar e, com efeito, esses animais, exclusivamente herbívoros, constituem excelente peça de caça. Porém, uma vez que os víveres abundavam, seria inútil desperdiçar munição.

Por volta das quatro horas, a navegação do Mercy começou a ficar muito difícil, pois seu curso estava obstruído por plantas aquáticas e pedras. As ribanceiras tornavam-se cada vez mais altas e o leito do rio já se esgueirava por entre os primeiros contrafortes do monte Franklin. A nascente, portanto, não deveria estar longe, uma vez que se alimentava de todas as águas das vertentes meridionais da montanha.

– Antes de quinze minutos – disse o marujo – seremos obrigados a parar, sr. Cyrus.

– Pois bem, pararemos, Pencroff, e montaremos acampamento para a noite.

– A que distância devemos estar de Granite House? – perguntou Harbert.

– Aproximadamente doze quilômetros – respondeu o engenheiro –, considerando, todavia, os meandros do rio, que nos arrastaram para noroeste.

– Continuaremos sempre em frente? – perguntou o repórter.

– Enquanto for possível – respondeu Cyrus Smith. – Amanhã, ao raiar do dia, deixaremos a canoa e, em duas horas, espero, atravessaremos a distância que nos separa da costa; assim, teremos praticamente o dia inteiro para explorar o litoral.

– Avante! – gritou Pencroff.

Não demorou muito, contudo, para a canoa raspar o fundo pedregoso do rio, cuja largura agora não ia além de seis metros. Um espesso dossel verdejante abaulava-se acima de seu leito, envolvendo-o na semipenumbra. Ouvia-se igualmente o fragor de uma queda-d'água, indicando, a algumas centenas de passos a montante, a presença de uma represa natural.

E, com efeito, depois de uma última curva do rio, surgiu uma cachoeira por entre as árvores. A canoa tocou o fundo do leito e, instantes depois, estava amarrada a um tronco, na margem direita.

Eram cinco da tarde. Os últimos raios do sol atravessavam a espessa ramagem e fustigavam obliquamente a pequena cachoeira, cuja poeira úmida refletia as cores do prisma. Mais além, o leito do Mercy desaparecia sob o túnel de árvores, onde se alimentava de alguma pequena nascente escondida. Os diversos ribeirões que afluíam ao longo de seu percurso formavam um verdadeiro rio mais abaixo, o qual, porém, no ponto onde se encontravam, não passava de um riacho límpido e raso.

Acamparam ali mesmo, um sítio encantador. Os colonos desembarcaram e acenderam uma fogueira sob um copado de lódãos, cujos galhos, em caso de necessidade, poderiam vir a ser um refúgio noturno.

O jantar foi devorado, pois estavam famintos, e prepararam-se para dormir. Contudo, ouvindo alguns rugidos de natureza suspeita ao anoitecer, a fogueira foi avivada de maneira a proteger os expedicionários com suas chamas crepitantes. Nab e Pencroff revezaram a guarda e não economizaram lenha. Talvez não tenham se enganado julgando ver algumas sombras de animais rondando o acampamento, sob o dossel de árvores ou por entre as ramagens; mas a noite transcorreu sem incidentes e, no dia seguinte, 31 de outubro, às cinco da manhã, todos estavam de pé, prontos para partir.

4

Rumo ao litoral • Bandos de quadrúmanos • Novo curso d'água • Por que a maré é imperceptível • Uma floresta à beira-mar • O promontório do Réptil • Harbert inveja Gedeon Spilett • Bambus ou fogos de artifício?

Às seis da manhã, após forrarem o estômago, os colonos puseram-se a caminho, com a intenção de alcançar a costa ocidental da ilha pelo trajeto mais curto. Quanto tempo levariam até lá? Cyrus Smith calculara duas horas, o que evidentemente dependeria da natureza dos obstáculos que surgissem. Aquela região do Faroeste parecia inextricável, uma selva composta de árvores das mais variadas espécies. Logo, era possível que tivessem de abrir uma trilha através da mata, rompendo arbustos e cipós, e avançar não só com o machado na mão, mas com a espingarda também, sem dúvida, haja vista os rosnados das feras ouvidos à noite. A posição exata do acampamento pudera ser determinada pela localização do monte Franklin e, uma vez que o vulcão situava-se a uma distância de menos de cinco quilômetros ao norte, bastava seguirem reto na direção sudoeste para saírem na costa ocidental.

Amarrada a canoa cuidadosamente, partiram. Pencroff e Nab carregavam víveres suficientes para alimentar o pequeno grupo durante pelo menos dois dias. Logo, não havia mais necessidade de caçar, e, a fim de não se fazerem notar na zona litorânea, o engenheiro recomendou igualmente evitarem toda detonação intempestiva.

As primeiras machadadas foram desferidas em meio a moitas de aroeira, um pouco acima da queda-d'água. Com a bússola na mão, Cyrus Smith indicou a rota a ser seguida.

Quase todos os espécimes de árvores da floresta já haviam sido registrados nas cercanias do lago e do planalto do Mirante. Eram deodaras, abetos, casuarinas, seringueiras, eucaliptos, dragoeiros, hibiscos, cedros e outras essências, quase todas de porte mediano, uma vez que a proliferação coibia seu desenvolvimento. Os colonos, portanto, avançavam lentamente pela trilha desbravada, a qual, imaginava o engenheiro, deveria mais além conectar-se às margens do córrego Vermelho.

Desde que haviam partido, desciam os declives inferiores que constituíam o sistema orográfico da ilha, num terreno bem seco, mas cuja luxuriante vegetação pressagiava ou a presença de uma rede hidrográfica nas entranhas do solo ou o curso próximo de um riacho. Todavia, Cyrus Smith não se recordava de haver identificado qualquer outro curso d'água durante sua expedição à cratera exceto os do córrego Vermelho e do Mercy.

Nas primeiras horas de marcha, voltaram a topar com bandos de macacos, os quais pareciam denotar o mais vivo espanto diante da visão daqueles homens de aspecto inédito para eles. Gedeon Spilett perguntava gaiatamente se aqueles ágeis e robustos quadrúmanos não o consideravam, bem como a seus companheiros, um irmão degenerado! E, francamente, simples pedestres, a cada passo estorvados pelos arbustos, tropeçando nos cipós e esbarrando nos troncos de árvores, não faziam bonito comparados àqueles animais elásticos, que saltavam de galho em galho e que nada podia deter em sua carreira. Apesar de numerosos, os macacos felizmente não manifestavam nenhuma disposição hostil.

Viram também alguns javalis, cutias, cangurus e outros roedores, além de dois ou três kulas, aos quais Pencroff teria tranquilamente destinado algumas cargas de chumbo.

– Infelizmente, a temporada de caça ainda não foi aberta – resmungou ele. – Aproveitem então, amigos. Deem cambalhotas, saltem e voem em paz! Na volta teremos uma conversinha!

Às nove e meia da manhã, ainda na trilha que percorriam rumo a sudoeste, toparam com um ribeirão desconhecido, com uma largura entre nove e dez metros, cuja correnteza turbulenta, causada pelo declive de seu leito, era intercalada por numerosas pedras, precipitando-se estrondosamente. Era um córrego profundo e cristalino, porém absolutamente não navegável.

– E agora! Não temos como avançar! – lamentou-se Nab.

– Claro que sim – respondeu Harbert –, é apenas um ribeirão, poderemos perfeitamente atravessá-lo a nado.

– Para quê? – objetou Cyrus Smith. – Não resta qualquer dúvida de que esse ribeirão corre para o mar. É só permanecermos em sua margem esquerda e seguirmos sua borda; me admiraria muito se ele não nos conduzisse num piscar de olhos ao litoral. Em frente!

– Um instante – disse o repórter. – E o nome desse córrego, amigos? Não deixemos nossa geografia incompleta.

– Certíssimo! – aprovou Pencroff.

– Batize-o, meu rapaz – sugeriu o engenheiro, dirigindo-se ao adolescente.

– Não seria preferível fazer antes o seu reconhecimento até a sua foz? – ponderou Harbert.

– Que seja – respondeu Cyrus Smith. – Vamos margeá-lo então, sem escalas.

– Mais um instante! – interveio Pencroff.

– O que há? – perguntou o repórter.

– Suponho que, sendo a caça proibida, a pesca seja permitida – arriscou o marujo.

– Não podemos perder tempo – respondeu o engenheiro.

– Oh, cinco minutos! – implorou Pencroff. – Só lhe peço cinco minutos, no interesse do nosso almoço!

E Pencroff, deitando-se na margem, mergulhou os braços nas águas inquietas e logo fez saltarem dúzias de belos lagostins, que proliferavam nas pedras.

– Ih, que banquete! – exclamou Nab, acercando-se para ajudá-lo.

– Quando eu digo que, à exceção de fumo de cachimbo, tem de tudo nessa ilha! – murmurou Pencroff, com um suspiro.

Em menos de cinco minutos fizeram uma pescaria por assim dizer milagrosa, pois o ribeirão abundava em lagostins. Encheram até a borda um saco com aqueles crustáceos, que exibiam uma carapaça de coloração azul-cobalto e possuíam um rostro pontiagudo, e seguiram adiante.

Desde que passaram a acompanhar a margem daquele novo córrego, os colonos avançavam com mais facilidade e rapidez. Por sinal, não depararam com nenhum indício de presença humana no caminho. De tempos em tempos, observavam pegadas deixadas por animais de grande porte quando estes iam matar a sede no ribeirão, mas nada além disso, e ainda não fora naquela zona do Faroeste que o porco-do-mato recebera o chumbinho que custara um molar de Pencroff.

Nesse ínterim, considerando aquela correnteza vivaz que fugia em direção ao mar, Cyrus Smith foi levado a supor que seus companheiros e ele estavam muito mais longe da costa ocidental do que julgavam. De fato, naquele momento a maré subia no litoral e, caso sua foz se encontrasse próxima, deveria ter revertido a correnteza do ribeirão. Ora, tal efeito não se produziu e o curso d'água seguia a queda natural do leito. Intrigadíssimo, o engenheiro consultou várias vezes sua bússola a fim de certificar-se de que nenhum meandro do rio o reconduzia para o interior do Faroeste.

Enquanto isso, o ribeirão ia ganhando largura e suas águas ficavam menos agitadas. As árvores da margem direita eram tão cerradas quanto as da esquerda, o que não permitia ver muita coisa. Em todo caso, aquela mata fechada era certamente inabitada, pois Top não latia e o inteligente animal não teria deixado de assinalar a presença de qualquer estranho nas cercanias do curso d'água.

Às dez e meia, para grande surpresa de Cyrus Smith, Harbert, que se adiantara um pouco, parou e exclamou:

– O mar!

Instantes depois, os colonos, estáticos na orla da floresta, avistavam a costa ocidental da ilha desdobrar-se diante de seus olhos.

No entanto, que contraste entre aquela costa e a costa leste, na qual o acaso primeiramente os lançara! Ali, nada de muralha de granito ou recife ao largo, sequer uma praia de areia. Ali, a floresta é que formava o litoral, debruçando suas últimas árvores, fustigadas pelas ondas, sobre as águas. Não era em absoluto um litoral tal como os normalmente engendrados pela natureza, seja estendendo vastos tapetes de areia, seja agrupando rochas, e sim uma admirável orla feita das mais belas árvores do mundo. A beira-mar era sobreelevada de maneira a dominar o nível das grandes marés e, por todo aquele solo luxuriante, assentado numa base de granito, as esplêndidas árvores pareciam tão solidamente enraizadas quanto as que se comprimiam no interior da ilha.

Os colonos encontravam-se nesse momento na chanfradura de uma pequena enseada sem importância, incapaz de receber sequer dois ou três barcos de pesca e que funcionava como uma espécie de gargalo para o novo córrego. Contudo, disposição curiosa, suas águas, em vez de se lançarem no mar por uma foz em declive suave, caíam de uma altura de mais de doze metros, o que explicava por que, na hora em que a maré subia, esta não era sentida a montante do rio. Com efeito, as marés do Pacífico, mesmo em sua elevação máxima, nunca deviam atingir o nível do ribeirão, cujo leito formava uma espécie de calha superior, e milhões de anos decerto transcorreriam até que as águas roessem aquela plataforma de granito e escavassem uma foz navegável. Portanto, de comum acordo, deram a esse curso d'água o nome de rio da Cachoeira (*Falls river*).

Adiante, na direção norte, a orla formada pela floresta estendia-se por aproximadamente três quilômetros e meio; depois, as árvores escasseavam e, mais além, colinas pitorescas delineavam-se, acompanhando uma linha quase reta, que corria para o norte e para o sul.

Em contrapartida, ao longo de toda a porção de litoral compreendida entre o rio da Cachoeira e o promontório do Réptil, imperavam as massas verdejantes, árvores magníficas, algumas eretas, outras encurvadas, cujas raízes a comprida linha de rebentação vinha banhar. Ora, era para aquele lado, isto é, por quase toda a península Serpentina, que a expedição devia prosseguir, uma vez que aquela parte do litoral oferecia refúgios que a outra, árida e selvagem, teria recusado a náufragos, quaisquer que fossem eles.

O dia estava bonito e claro e, do alto de um penhasco, onde Nab e Pencroff prepararam o almoço, a vista alcançava bem mais longe. Não se via uma vela no horizonte cristalino. Ao longo de todo o litoral, nenhuma embarcação, sequer um destroço. O engenheiro, contudo, só sossegaria depois de explorar a costa até o limite da península Serpentina.

Almoçaram rapidamente, às onze e meia, e logo em seguida Cyrus Smith deu sinal de partida. Em vez de percorrerem a borda de um penhasco, ou uma praia de areia, os colonos foram obrigados a acompanhar o renque de árvores, de maneira a permanecerem no litoral.

A distância que separava a foz do rio da Cachoeira do promontório do Réptil era de aproximadamente vinte quilômetros. Numa praia lisa, os colonos poderiam, sem pressa, cobrir tal distância em quatro horas, porém, com árvores para contornar, arbustos para cortar, cipós para romper, precisaram do dobro desse tempo para alcançar sua destinação, pois tinham de parar inúmeras vezes e tais desvios encompridavam singularmente o trajeto.

Em todo caso, nenhum sinal sugeria um naufrágio recente naquele litoral. Verdade, como observou Spilett, que a maré poderia ter arrastado tudo para o largo e o fato de não encontrarem mais nenhum vestígio não os autorizava a concluir que um navio não tivesse naufragado naquelas paragens da ilha Lincoln.

O raciocínio do repórter era correto; aliás, o incidente da bala de chumbo era uma prova indubitável de que nos últimos três meses um tiro de espingarda fora disparado na ilha.

Já eram cinco horas e a ponta da península Serpentina distava ainda três quilômetros de onde os colonos se achavam. Estava claro que, após alcançarem o promontório do Réptil, Cyrus Smith e seus companheiros não teriam mais tempo de voltar, antes do pôr do sol, ao acampamento, montado próximo à nascente do Mercy. Daí a necessidade de passar a noite no promontório. Víveres não faltavam, o que era uma sorte, pois a caça de pelo deixara de se mostrar naquela orla, que no fim das contas era um simples litoral. Em compensação, as aves abundavam, jacamares, surucuás, tragopanas, tetrazes, maritacas, papagaios, cacatuas, faisões, pombos e uma infinidade de outras. Não havia uma árvore sem ninho, um ninho que não abrigasse um bater de asas!

Por volta das sete da noite, os colonos, esgotados, chegaram ao promontório do Réptil, espécie de voluta extraordinariamente recortada sobre o mar. Ali terminava a floresta ribeirinha da península, e o litoral, em toda a sua parte sul, ganhava novamente o aspecto costumeiro de uma costa, com suas rochas, recifes e praias. Logo não era impossível que um navio à deriva houvesse encalhado naquela região da ilha, mas anoitecia e tiveram de adiar as buscas para o dia seguinte.

Pencroff e Harbert começaram imediatamente a procurar um local propício para montarem acampamento. As últimas árvores das matas do Faroeste vinham morrer naquela ponta, e, entre elas, o adolescente reconheceu grandes bambuzais.

– Excelente! – exclamou. – Eis uma valiosa descoberta.

– Valiosa? – duvidou Pencroff.

– Sem dúvida – concordou Harbert. – Sei que não preciso lhe dizer, Pencroff, que a casca de bambu, cortada em tiras flexíveis, serve para fazer cestos e samburás; que a mesma casca, reduzida a pasta e macerada, serve para a fabricação do papel da China; que os caules fornecem, dependendo da espessura, bengalas, hastes de cachimbo, calhas; que os grandes bambus constituem um excelente material de construção, leve e sólido, além de resistirem aos insetos. Muito menos acrescentaria que, serrando um bambu entre dois nós e conservando como fundo uma parte da divisória transversal que forma o nó, obtemos assim recipientes sólidos e cômodos muito em voga entre os chineses! Não! Isso não basta para você. Mas...

– Mas...?

– Mas, caso ignore, dou-lhe ciência de que, na Índia, esses bambus são degustados como aspargos.

– Aspargos de nove metros! – exclamou o marujo. – E são bons, pelo menos?

– Deliciosos – respondeu Harbert. – Entretanto, não são os caules de nove metros que eles comem, e sim os brotos de bambu.

– Perfeito, mocinho, perfeito! – admirou-se Pencroff.

– Também acrescentaria que a medula dos caules novos, marinada no vinagre, constitui um tempero deveras apreciado.

– Cada vez melhor, Harbert!

– E finalmente que esses bambus transpiram entre seus nós um licor açucarado, com o qual é possível fazer uma bebida bastante satisfatória.

– É tudo? – indagou o marujo.

– Tudo!

– E por acaso isso se fuma?

– Não, não se fuma, meu pobre Pencroff.

Harbert e o marujo não tiveram de procurar muito tempo um local adequado para o pernoite. As rochas da margem, violentamente fustigadas pelo mar influenciado pelos ventos sudoeste, apresentavam cavidades capazes de protegê-los de possíveis intempéries. Contudo, quando estavam prestes a penetrar numa dessas grutas, foram detidos por rugidos tonitruantes.

– Para trás! – gritou Pencroff. – Só temos chumbo miúdo em nossas espingardas e animais que rugem tão bonito simplesmente ririam de nossa munição!

E o marujo, segurando Harbert pelo braço, arrastou-o para trás das rochas, no momento em que um magnífico animal surgia na entrada da gruta.

Era uma onça, aproximadamente do tamanho de um de seus congêneres da Ásia, isto é, medindo mais de um metro e meio da extremidade da cabeça ao início da cauda. Seu pelo fulvo era mosqueado por várias fileiras de ocelos pretos regularmente distribuídos, contrastando com a pelagem branca da barriga. Harbert reconheceu no bicho o feroz rival do tigre, muito mais temível que o puma, que não passa do rival do lobo!

A onça avançou e, com o pelo eriçado e os olhos injetados, observou à sua volta, como se farejasse o homem pela primeira vez.

Nesse momento, o repórter contornava as rochas elevadas e Harbert, imaginando que ele não percebera a onça, ia arrojar-se sobre ela, mas Gedeon Spilett fez-lhe um sinal com a mão e continuou a caminhar. Não era a primeira vez que se via diante de uma onça e, avançando até chegar a dez passos do animal, permaneceu imóvel, a espingarda apoiada no ombro, sem que nenhum de seus músculos estremecesse.

A onça, contraída, saltou sobre o caçador, porém, no meio do pulo, uma bala atingiu-a entre os dois olhos e ela caiu morta.

Harbert e Pencroff precipitaram-se para o animal. Nab e Cyrus Smith acorreram de seu lado e todos permaneceram por alguns instantes a contemplar o animal estendido no solo, cujos magníficos despojos seriam usados para decorar o salão de Granite House.

– Ah, sr. Spilett! Como o admiro e invejo! – exclamou Harbert, num rompante de entusiasmo mais do que natural.

– Ora, meu rapaz – respondeu o repórter –, você teria feito o mesmo.

– Eu! Com o mesmo sangue-frio...!

– Imagine, Harbert, que uma onça é uma lebre e abrirá fogo com a maior tranquilidade do mundo.

Uma bala atingiu-a entre os dois olhos.

– Exatamente! – acrescentou Pencroff. – Basta ser esperto!

– E agora – sugeriu Gedeon Spilett –, uma vez que a onça deixou seu covil, não vejo por que, amigos, não o ocuparmos durante a noite...

– Mas outras podem vir! – alertou Pencroff.

– É só acendermos uma fogueira na entrada da caverna e elas não se atreverão a passar dali.

– Para a casa das onças, então! – bradou o marujo, rebocando o cadáver do animal pelo terreno.

Os colonos dirigiram-se para o covil abandonado e ali, enquanto Nab limpava o animal, seus companheiros faziam, na entrada da gruta, um grande monte de lenha seca, que a floresta fornecia em abundância.

Cyrus Smith, de olho no bambuzal, foi cortar uma certa quantidade de lascas, que misturou ao combustível da fogueira.

Feito isso, instalaram-se na gruta, cujo chão arenoso estava coberto de ossadas; por via das dúvidas, as armas foram carregadas, para o caso de uma agressão súbita; jantaram, e depois, chegando a hora de descansar, atearam fogo no monte de lenha armado na entrada da caverna.

Imediatamente um verdadeiro tiroteio eclodiu! Eram os bambus atingidos pela labareda, que espocavam como fogos de artifício! Aquele estrondo bastaria para espantar as feras mais audaciosas!

E não fora o engenheiro o inventor daquele método de provocar intensas detonações, pois, segundo Marco Polo, os tártaros, muitos séculos atrás, o empregavam com sucesso para afugentar de seus acampamentos as temíveis feras da Ásia Central.

5

Proposta de voltar pelo litoral sul • Configuração da costa • Em busca do presumido náufrago • Um destroço nos ares • Descoberta de um ancoradouro natural • À meia-noite nas margens do Mercy • Uma canoa à deriva

CYRUS SMITH E SEUS COMPANHEIROS dormiram como inocentes marmotas na caverna que a onça tão educadamente deixara à sua disposição.

Ao raiar do dia, estavam todos na orla marítima, na ponta extrema do promontório, e seus olhares ainda miravam aquele horizonte, visível em dois terços de sua circunferência. O engenheiro pôde mais uma vez constatar que nenhuma vela ou costado de navio se mostrava no mar. Nem com a luneta vislumbrou qualquer coisa de suspeito.

Nada, tampouco, no litoral, pelo menos na parte retilínea que formava a costa sul do promontório por uma extensão de cinco quilômetros, pois, mais além, um dente no terreno dissimulava o restante da praia, e nem sequer da ponta da península Serpentina se podia ver o cabo da Garra, escondido pelos altos penhascos.

Restava então explorar a orla meridional da ilha. Ora, tentariam empreender imediatamente tal exploração, dedicando-lhe aquela jornada de 2 de novembro?

Isso não fazia parte do plano original. Com efeito, após deixarem a canoa na nascente do Mercy, ficara acertado que, vistoriada a costa oeste, voltariam para recuperá-la e regressariam a Granite House pela rota do Mercy. Cyrus Smith até ali julgara que a costa ocidental pudesse oferecer refúgio a um navio à deriva ou a um navio em curso regular de navegação, porém, uma vez constatada a inexistência de qualquer ponto de desembarque, teriam de procurar no litoral sul da ilha o que não haviam encontrado no oeste.

Foi Gedeon Spilett quem sugeriu prosseguirem a exploração, de maneira a elucidar definitivamente o enigma do presumido naufrágio, indagando a distância entre o cabo da Garra e a ponta da península.

– Cerca de cinquenta quilômetros – respondeu o engenheiro –, levando em conta as curvas do litoral.

– Cinquenta quilômetros! – exclamou Gedeon Spilett. – Será uma caminhada puxada. Contudo, penso que devemos voltar a Granite House pelo litoral sul.

– Mas – observou Harbert –, do cabo da Garra a Granite House, ainda precisa acrescentar cerca de quinze quilômetros.

– Digamos sessenta quilômetros de porta a porta – ponderou o repórter –, sou a favor de percorrê-los. Pelo menos veremos como é esse litoral desconhecido e não teremos de repetir a exploração.

– Muito justo – concordou Pencroff. – Mas e a canoa?

– A canoa passou um dia inteiro sozinha na nascente do Mercy – respondeu Gedeon Spilett –, pode muito bem passar dois! Até agora não se pode dizer que a ilha esteja infestada de ladrões!

– Pois quando me lembro da história da tartaruga, já não esbanjo tanta confiança – alfinetou o marujo.

– A tartaruga! A tartaruga! – exclamou o repórter. – Não sabe que foi o mar que a revirou?

– Quem garante? – murmurou o engenheiro.

– Mas... – disse Nab.

Nab tinha alguma coisa a dizer, era evidente, pois abria a boca e fizera menção de falar.

– O que deseja falar, Nab? – perguntou o engenheiro.

– Se voltarmos pela costa até o cabo da Garra – considerou Nab –, depois de dobrar esse cabo, seremos barrados...

– Pelo Mercy! Tem razão – respondeu Harbert –, e não dispomos nem de ponte, nem de barco para atravessá-lo!

– Ora, sr. Cyrus – sugeriu Pencroff –, esse rio pede apenas uns troncos flutuantes para ser vencido!

– De toda forma – disse Gedeon Spilett –, será útil construir uma ponte, se quisermos ter um acesso mais cômodo ao Faroeste!

– Uma ponte! – exclamou Pencroff. – Ora, o sr. Smith não é engenheiro de profissão? Pois ele nos fará uma ponte quando quisermos ter uma ponte! Quanto a transportá-los esta noite para a outra margem do Mercy, e isso sem molhar um fio de suas roupas, encarrego-me disso. Ainda temos um dia de víveres, é tudo de que precisamos; aliás, a caça talvez não faça tanta falta hoje quanto ontem. Avante!

A proposta do repórter, entusiasticamente apoiada pelo marujo, obteve aprovação geral, pois, como todos queriam acabar com aquela dúvida, a rota pelo cabo da Garra fecharia a expedição. Porém, não havia um minuto a perder, pois uma marcha de sessenta quilômetros era um bom estirão, não havendo como alcançar Granite House antes do anoitecer.

Às seis da manhã, o pequeno grupo pôs-se a caminho. Prevendo encontros desagradáveis, com bípedes ou quadrúpedes, as espingardas foram carregadas e Top, escalado para encabeçar a marcha, foi instruído a dar uma batida na orla da floresta.

A partir da extremidade do promontório, a qual formava o rabicho da península, a costa se arredondava por uma extensão de oito quilômetros, que foi rapidamente transposta, não tendo as mais minuciosas investigações indicado qualquer vestígio de um desembarque antigo ou recente, um destroço, um resto de acampamento, as cinzas de uma fogueira extinta, uma pegada!

Os colonos, ao chegarem ao ângulo no qual a curvatura terminava para formar a baía Washington, na direção nordeste, puderam então abraçar com o olhar o litoral sul da ilha em toda a sua extensão. Quarenta quilômetros adiante, a costa terminava no cabo da Garra, quase invisível na bruma da manhã e que um efeito de miragem realçava, como se ele estivesse suspenso entre terra e água. Entre o local ocupado pelos colonos e o fundo da imensa baía, a margem se compunha, em primeiro lugar, de uma praia ampla e plana, emoldurada por uma orla de árvores na retaguarda; em seguida, o litoral, bastante irregular, projetando pontas agudas no mar; por fim, algumas rochas escuras, que, aglomeradas numa pitoresca desordem, rematavam o cabo da Garra.

Assim desdobrava-se aquela parte da ilha, que os exploradores viam pela primeira vez e que examinaram num relance, após uma breve pausa.

– Um navio que desse as caras por aqui – disse então o marujo – estaria inevitavelmente perdido. Bancos de areia, que se estendem mar adentro e, mais à frente, recifes! Simplesmente inóspito!

– Mas alguma coisa desse navio ficaria para contar a história – observou o repórter.

– Alguns pedaços de madeira nos recifes e nada nos bancos de areia – respondeu o marujo.

– Por que diz isso?

– Ora, esses bancos, ainda mais perigosos que os recifes, devoram tudo que o mar lhes oferece, bastando alguns dias para que o casco de um navio de várias centenas de toneladas seja tragado por eles!

– Quer dizer então, mestre – quis saber o engenheiro –, que, se uma embarcação encalhasse num desses bancos, não haveria nada de espantoso no fato de não restarem vestígios?

– Exatamente, sr. Cyrus, por obra do tempo ou de uma tempestade. Mesmo assim me causaria espanto se destroços de mastreação não tivessem sido lançados na costa pela rebentação.

– Continuemos então nossas buscas – decidiu Cyrus Smith.

À uma da tarde, os colonos haviam alcançado o fundo da baía Washington, tendo percorrido até ali cerca de trinta quilômetros.

Fizeram alto para almoçar.

Ali começava uma costa irregular, serrilhada e acompanhada por uma longa linha de recifes, além dos bancos de areia, os quais a maré, cheia àquela hora, não tardaria a revelar. As impetuosas ondulações do mar, estourando nas cabeças das rochas, pulverizavam-se em franjas espumantes. Daquele ponto até o cabo da Garra, a praia se estreitava, comprimindo-se entre a orla dos recifes e a da floresta.

Isso significava que teriam uma caminhada difícil pela frente, já que inúmeras pedras deslocadas atulhavam a costa. O paredão de granito também tendia a ganhar altitude e, das árvores que o coroavam na retaguarda, só era possível ver as copas verdejantes, que nenhum vento balançava.

Após meia hora de repouso, os colonos puseram-se novamente em marcha, sem que seus olhos tivessem deixado de varrer um único recanto dos recifes e da praia. Pencroff e Nab chegaram a se aventurar nos recifes, todas as vezes que um objeto lhes atraía o olhar. Não encontraram, porém, nenhum destroço, tendo sido enganados pela conformação bizarra das rochas. Em contrapartida, constataram que, embora abundante em mariscos comestíveis, aquela praia só poderia ser explorada com proveito depois que estabelecessem uma comunicação entre as duas margens do Mercy e aperfeiçoassem os meios de transporte.

Dessa forma, portanto, nada relacionado a um suposto naufrágio surgia naquele litoral, ao passo que qualquer objeto de certo vulto, o casco de um navio, por exemplo, teria sido visível ou seus destroços arrastados para a praia, como acontecera com o baú, encontrado a menos de trinta quilômetros dali. Entretanto, nada se via.

Por volta das três horas, Cyrus Smith e seus companheiros chegaram a uma enseada bem fechada, na qual não desembocava nenhum curso d'água. Invisível a partir do largo, configurava um verdadeiro porto natural, do qual saía um desfiladeiro estreito, formado pela disposição das pedras.

No fundo dessa enseada, alguma violenta convulsão rasgara a costa rochosa e um recorte, alargando-se em suave declive, dava acesso ao platô superior, que podia estar situado a menos de quinze quilômetros do cabo da Garra e, por conseguinte, a seis quilômetros em linha reta do planalto do Mirante.

Gedeon Spilett propôs aos companheiros pararem ali, o que foi aceito por todos, pois, embora não fosse hora do jantar, a marcha lhes abrira o apetite e nenhum deles recusou um pedaço de carne. Aquele lanche permitiria esperar o jantar em Granite House.

Alguns minutos depois, os colonos, sentados ao pé de um magnífico arvoredo de pinheiros-marítimos, devoravam as provisões que Nab tirara de seu embornal.

Estavam entre quinze e dezoito metros acima do nível do mar. Logo, o raio de visão era bastante amplo e, ultrapassando os últimos rochedos do cabo, ia perder-se na baía da União. Porém, nem o recife nem o planalto do Mirante eram visíveis ou podiam sê-lo, uma vez que o relevo do solo e a cortina das grandes árvores escondiam abruptamente o horizonte norte.

Desnecessário acrescentar que, apesar da extensão de mar que os exploradores abarcavam com o olhar e de a luneta do engenheiro varrer toda aquela linha circular em que céu e água se confundiam, nenhum navio foi percebido.

Da mesma forma, toda aquela porção do litoral que permanecia inexplorada foi esquadrinhada pela luneta minuciosamente desde a praia até os recifes, e nenhum destroço apareceu no campo do instrumento.

– Pensando de maneira positiva – insinuou Gedeon Spilett –, é um consolo saber que ninguém virá nos reivindicar a posse da ilha Lincoln.

– Mas, afinal, e a bala de chumbo? – exaltou-se Harbert. – Não foi um produto de nossa imaginação, suponho!

– Com mil diabos, não! – explodiu Pencroff por sua vez, pensando no molar perdido.

– Então o que concluir? – indagou o repórter.

– Isto: que nos últimos três meses, no máximo, um navio, voluntariamente ou não, fundeou... – respondeu o engenheiro.

– O quê! Admitiria, Cyrus, que ele foi engolido sem deixar rastro? – questionou o repórter.

– Não, meu caro Spilett, mas pense bem: se é certo que algum ser humano colocou o pé nesta ilha, não parece menos certo que já a deixou.

– Ora, se o compreendo bem, sr. Cyrus – interveio Harbert –, o navio teria zarpado...?

– Evidentemente.

– E teríamos perdido a última oportunidade de nos repatriar? – acrescentou Nab.

– Sim, a última, receio.

– Pois bem! Uma vez que a oportunidade está perdida, vamos para casa – decretou Pencroff, que já estava com saudade de Granite House.

Porém, assim que ele se levantou, Top pôs-se a latir alvoroçado e saiu da mata trazendo na boca um farrapo sujo de lama.

Nab arrancou-lhe o farrapo da boca. Era um pedaço de lona resistente.

Top continuava a latir e, com suas idas e vindas, parecia convidar o dono a segui-lo na floresta.

– Talvez aí esteja a explicação do meu chumbinho! – exclamou Pencroff.

– Um náufrago! – sugeriu Harbert.

– Ferido, talvez! – disse Nab.

– Ou morto! – atreveu-se o repórter.

E todos se precipitaram no rastro do cão, por entre os imensos pinheiros que formavam a primeira cortina da floresta. Por via das dúvidas, haviam engatilhado as armas.

Embrenharam-se profundamente na mata, porém, para seu grande desapontamento, continuaram sem achar qualquer tipo de pegada.

Arbustos e cipós pareciam intactos, fazendo-se necessário inclusive cortá-los com o machado, como já haviam feito nos trechos mais cerrados da floresta. Era difícil admitir que uma criatura humana tivesse passado por ali, mas Top ia e voltava não como um cão que fareja a esmo, e sim como criatura dotada de vontade e que segue um propósito.

Após sete ou oito minutos de marcha batida, Top estacou. Os colonos, chegando a uma espécie de clareira, cercada por altas árvores, olharam à sua volta e não viram nada, nem sob os arbustos, nem por entre os troncos das árvores.

– Ora, o que há, Top? – perguntou Cyrus Smith.

Top latiu mais alto, saltitando ao pé de um gigantesco pinheiro.

De repente, Pencroff exclamou:

– He, he, que beleza!

– O quê? – perguntou Gedeon Spilett.

– Estamos procurando um destroço qualquer no mar e na terra!

– E daí?

– E daí que é no ar que ele se encontra!

E o marujo apontou para uma espécie de grande farrapo esbranquiçado, agarrado na copa do pinheiro, do qual Top trouxe um retalho caído no solo.

– Mas isso não é um destroço! – exclamou Gedeon Spilett.

– O que seria então?! – reagiu Pencroff.

– Como assim? É...?

– É tudo que resta do nosso navio aéreo, nosso balão, que naufragou lá no alto, no topo dessa árvore!

Pencroff não estava enganado e soltou um hurra magnífico, acrescentando:

– E é uma lona excelente! Eis com que nos abastecer de pano durante anos! E fazer lenços e camisas! Hein, sr. Spilett, o que me diz de uma ilha em que as camisas dão em árvores?

Era efetivamente uma circunstância auspiciosa para os colonos da ilha Lincoln o aeróstato, após seu último corcoveio nos ares, ter caído na ilha e eles terem a sorte de encontrá-lo. Ou conservariam o envelope daquela forma, se quisessem tentar nova evasão pelos ares, ou usariam proveitosamente as poucas centenas de metros de uma lona de algodão de boa qualidade, quando raspassem seu verniz. Como o leitor pensa corretamente, a alegria de Pencroff contagiava e empolgava.

Tinham, no entanto, de retirar a lona da árvore em que estava pendurada, para colocá-la num lugar seguro, e este não foi um trabalho fácil. Nab, Harbert e o marujo, após treparem na copa das árvores, tiveram de fazer prodígios de habilidade para soltar o enorme aeróstato desinflado.

A operação durou quase duas horas, e eles recolheram não só o envelope, com seu alçapão, molas, guarnições de cobre e rede – isto é, um lote considerável de cabos e cordames –, como também o aro de contenção e a âncora do balão. O envelope, salvo o rasgão, estava em bom estado e só o seu apêndice inferior fora danificado.

Era uma dádiva que caíra do céu.

– De toda forma, sr. Cyrus – disse o marujo –, se um dia decidirmos deixar a ilha, não será num balão, certo? Navios aéreos não vão aonde queremos, sabemos bem disso! Aliás, por mim construiríamos um belíssimo barco de umas vinte toneladas e, dessa lona, faríamos uma mezena e uma bujarrona. Com as sobras, faríamos roupas!

– Veremos, Pencroff – respondeu Cyrus Smith –, veremos.

– Até lá, vamos colocar tudo isso em segurança – disse Nab.

Com efeito, impossível pensar em transportar para Granite House aquela carga de lona, cabos, cordames, cujo peso era considerável, e, enquanto não trouxessem a carroça, era importante não deixar aquelas riquezas por muito tempo à mercê do primeiro furacão. Juntando forças, os colonos conseguiram arrastar tudo até a praia, onde descobriram uma cavidade rochosa suficientemente espaçosa, que, graças à sua posição, nem o vento, nem a chuva, nem o mar podiam visitar.

– Precisávamos de um armário, temos um armário – disse Pencroff. – Porém, como ele não fecha a chave, é prudente dissimular sua abertura. Não falo isso pelos ladrões bípedes, mas pelos quadrúpedes.

Às seis da tarde, estava tudo armazenado e, após batizarem a pequena chanfradura que formava a enseada com o nome muito pertinente de porto Balão, tomaram de volta o caminho do cabo da Garra. Pencroff e o engenheiro confabulavam a respeito de diversos projetos urgentes. Para começar, precisavam lançar uma ponte sobre o Mercy, a fim de estabelecer uma comunicação fácil com o sul da ilha; a seguir, a carroça voltaria para buscar o aeróstato, pois a canoa não tinha capacidade para transportá-lo; depois, construiriam um saveiro com convés; depois, Pencroff o aparelharia como um *cutter*, e poderiam empreender viagens de circum-navegação... em torno da ilha; depois etc.

À medida que conversavam, a noite caía, e o céu já estava escuro quando o grupo alcançou a ponta do Destroço, justamente no ponto onde haviam descoberto o valioso baú. Porém, ali tampouco nada indicava que um naufrágio qualquer se houvesse produzido, o que os obrigava a reconsiderar conclusões previamente formuladas por Cyrus Smith.

Da ponta do Destroço a Granite House ainda restavam seis quilômetros, rapidamente percorridos; mas já passava da meia-noite, quando, após seguirem o litoral até a foz do Mercy, os colonos chegaram ao primeiro cotovelo formado pelo rio.

Ali, a largura do leito media vinte e quatro metros, o que complicava a travessia, mas Pencroff, que se oferecera para transpor tal dificuldade, foi intimado a fazê-lo.

Os colonos estavam extenuados. O estirão fora longo, e o incidente do balão exigira arduamente de pernas e braços. Portanto, tinham pressa de chegar a Granite House para comer e dormir e, se a ponte estivesse construída, em quinze minutos estariam em casa.

A noite estava um breu. Pencroff preparou-se então para cumprir sua promessa, construindo uma embarcação que permitisse efetuar a travessia do Mercy. Nab e ele, equipados com machados, escolheram duas árvores próximas à margem, com as quais pretendiam fazer uma espécie de jangada, e começaram a atacá-las pela base.

Cyrus Smith e Gedeon Spilett, sentados na ribanceira, aguardavam o momento de ajudar os companheiros, enquanto Harbert ia e vinha, sem se afastar muito.

De repente, o rapaz, que subira um pouco o rio, voltou precipitadamente, apontando para a montante do curso d'água:

– O que está à deriva, ali? – ele gritou.

Pencroff interrompeu seu trabalho e avistou um objeto movendo-se confusamente na penumbra.

– Uma canoa! – ele disse.

Todos se aproximaram e, para sua extrema surpresa, viram uma embarcação descendo o curso d'água.

– Ó da canoa! – gritou o marujo, por vício profissional e sem pensar que talvez fosse melhor ficar calado.

Nenhuma resposta. A embarcação seguia à deriva, achando-se a apenas três metros, quando o marujo exclamou:

– Mas é a nossa canoa! Ela rompeu a amarra e seguiu a corrente! Temos de admitir que chega muito a propósito.

– Nossa canoa...? – murmurou o engenheiro.

Pencroff tinha razão. Era de fato a canoa, cuja amarra arrebentara, sem dúvida, e que descera sozinha desde a nascente do Mercy! Cumpria então agarrá-la na passagem antes que fosse impelida pelas corredeiras do rio, para além de sua foz, e foi o que Nab e Pencroff fizeram com habilidade, usando uma vara comprida.

A canoa acostou na margem. O engenheiro, pulando a bordo, agarrou a corda e apalpou-a para verificar se fora efetivamente o atrito nas pedras que a rompera.

– E então – disse-lhe em voz baixa o repórter –, eis o que podemos chamar de uma circunstância...

– Estranha! – completou Cyrus Smith.

Estranha ou não, era muito bem-vinda! Harbert, o repórter, Nab e Pencroff embarcaram por sua vez. Estes não duvidaram um instante de que a corda houvesse mesmo arrebentado, mas o mais espantoso de tudo era o fato de a canoa chegar justo no momento em que os colonos estavam ali para agarrá-la na passagem, pois, quinze minutos mais tarde, ela teria se perdido no mar.

Se houvesse ocorrido na época dos gênios, aquele incidente denotaria que a ilha era assombrada por uma criatura sobrenatural que colocava seu poder a serviço dos náufragos!

Com algumas remadas, os colonos chegaram à foz do Mercy. A canoa foi puxada para a praia, até as proximidades das Chaminés, e todos se dirigiram à escada de Granite House.

Naquele momento, contudo, Top latiu com raiva e Nab, que procurava o primeiro degrau, deixou escapar um grito...

Não havia mais escada.

6

"Ó de casa!" • Uma noite nas Chaminés • A flecha de Harbert • Plano de Cyrus Smith • Uma solução inesperada • O que aconteceu em Granite House • Como um novo criado entra no estafe dos colonos

CYRUS SMITH ESTACARA, sem pronunciar uma palavra. No escuro seus companheiros procuravam, tanto nas vertentes do paredão, caso o vento tivesse deslocado a escada, quanto rente ao solo, se ela houvesse se soltado... Mas a escada tinha desaparecido. Quanto a verificar se uma borrasca a havia içado ao primeiro patamar, no meio do paredão, impossível naquela noite de breu.

– Se isso for uma piada – exclamou Pencroff –, é de péssimo gosto! Chegar em casa e não encontrar mais a escada para subir ao seu quarto... quem está cansado não acha a mínima graça!

Nab, por sua vez, era só interjeições.

– Seja como for, não está ventando! – observou Harbert.

– Começo a achar que coisas singulares acontecem na ilha Lincoln! – disse Pencroff.

– Singulares? – rebateu Gedeon Spilett. – Claro que não, Pencroff, nada mais natural. Alguém veio durante nossa ausência, tomou posse da residência e retirou a escada!

– Alguém! – exclamou o marujo. – E quem terá sido então...?

– Ora, o caçador da bala de chumbo – respondeu o repórter. – Para que ele serviria senão para explicar nossa desventura?

– Muito bem, se houver alguém lá em cima – avisou Pencroff, praguejando, pois começava a ficar impaciente –, terá de responder ao meu chamado.

E, com uma voz de trovão, o marujo bradou um "Ó de casa" prolongado, que os ecos reverberaram com força.

Os colonos prestaram atenção e, no patamar de Granite House, julgaram ouvir uma espécie de risada, cuja origem não puderam identificar. Porém, nenhuma voz respondeu à voz de Pencroff, que recomeçou inutilmente seu vigoroso chamado.

Havia naquilo com que estarrecer os homens mais indiferentes do mundo, e os colonos não eram de forma alguma esses indiferentes. Na situação em que se encontravam, todo incidente tinha sua gravidade e, certamente, nos sete meses em que habitavam a ilha, nenhum se apresentara com caráter tão inusitado.

Portanto, esquecendo-se do cansaço e pasmos diante da singularidade do fato, quedavam-se todos ao pé de Granite House, sem saber o que pensar ou fazer, interrogando-se inutilmente, multiplicando as hipóteses mais inverossímeis. Nab se lamentava, desapontadíssimo por não poder voltar à sua cozinha, ainda mais que os víveres haviam se esgotado e eles não tinham mais como renová-los naquele momento.

– Meus amigos – disse então Cyrus Smith –, só temos uma coisa a fazer: esperar o amanhecer e agir de acordo com as circunstâncias. Em todo caso, vamos esperar nas Chaminés. Lá estaremos ao abrigo e, se não pudermos jantar, pelo menos poderemos dormir.

– Mas qual foi o bufão que nos pregou esta peça? – perguntou mais uma vez Pencroff, inconformado com aquele contratempo.

Fosse quem fosse o bufão, a única coisa a fazer era, como sugerira o engenheiro, voltar às Chaminés e lá esperar o dia. Por via das dúvidas, Top foi escalado para permanecer sob as janelas de Granite House e, quando recebia uma ordem, Top obedecia sem hesitação. O valente cão permaneceu então ao pé da muralha, enquanto seu dono e seus companheiros refugiavam-se nas rochas.

Afirmar que os colonos, apesar do cansaço, dormiram bem na areia das Chaminés seria deturpar a verdade. Estavam aflitos para medir o alcance daquele incidente, fosse ele resultado de um acaso cujas causas naturais seriam esclarecidas ao amanhecer, fosse, ao contrário, obra de um ser humano. Além disso, suas camas não eram nada confortáveis. De uma maneira ou de outra, sua residência fora invadida e eles não tinham como reconquistá-la.

Ora, Granite House era mais que uma residência, era um armazém. Lá ficava todo o material da colônia, armas, instrumentos, ferramentas, munições, estoque de víveres etc. Se fosse saqueada, os colonos teriam de recomeçar tudo de novo, fabricando novamente do zero armas e utensílios. Coisa grave! Por conseguinte, movidos pela inquietude, a todo instante um deles saía para verificar se Top estava montando guarda direito. Sozinho, Cyrus Smith aguardava com sua paciência costumeira, embora sua razão implacável se exasperasse ao ver-se em face de um fato absolutamente inexplicável. E se indignava, pensando que, à sua volta, acima talvez, exercia-se uma influência à qual ele não podia atribuir um nome. Gedeon Spilett compartilhava totalmente sua opinião a esse respeito e ambos conversaram em diversas ocasiões, porém à meia-voz, sobre as circunstâncias inexplicáveis que desafiavam sua perspicácia e experiência. Havia seguramente um mistério naquela ilha, mas como desvendá-lo? Harbert, por sua vez, apenas especulava, planejando interrogar Cyrus Smith. Quanto a Nab, terminara por ruminar que tudo aquilo não era com ele, que eram coisas do patrão, e, se não receasse melindrar os companheiros, teria dormido aquela noite tão conscienciosamente como se descansasse em sua cama de Granite House!

Por fim, Pencroff era o que mais esbravejava, demonstrando abertamente toda a sua ira.

– Alguém está querendo rir à nossa custa! – exclamava. – Pois bem, não gosto de engraçadinhos e ai daquele em quem eu botar as mãos!

Assim que as primeiras luzes do dia elevaram-se no leste, os colonos, armados até os dentes, dirigiram-se à praia, para junto à linha dos rochedos. Granite House, diretamente golpeada pelo sol nascente, logo estaria iluminada pelos fulgores da aurora e, com efeito, antes das cinco horas, as janelas, cujos postigos estavam fechados, apareceram através das cortinas de folhagem.

Daquele lado, tudo em ordem, porém um grito escapou do peito dos colonos ao avistarem a porta, que não obstante haviam fechado antes de partir, escancarada.

Alguém penetrara em Granite House. Não restava mais dúvida.

A seção superior da escada, que levava do patamar até a porta, estava no lugar, mas a inferior havia sido içada até a entrada. Era mais que evidente que os intrusos haviam se precavido contra uma possível surpresa.

Quanto a reconhecer sua espécie e seu número, isso ainda não era possível, uma vez que não se via ninguém.

Pencroff chamou de novo.

Nenhuma resposta.

– Desaforados! – berrou o marujo. – E não é que dormem tranquilamente, como se estivessem em casa! Ei! Piratas, bandidos, corsários, filhos de John Bull!

Quando Pencroff, em sua condição de americano, tratava alguém de "filho de John Bull", era porque chegara aos últimos limites do insulto.

Naquele momento o dia amanheceu completamente e a fachada de Granite House resplandeceu sob os raios solares. Porém, tanto no interior como no exterior, tudo permanecia silencioso e calmo.

Os colonos já duvidavam se Granite House estava mesmo ocupada, a despeito da posição alterada da escada e da certeza que tinham de que, fossem quem fossem, os invasores estavam encurralados! Mas como chegar até eles?

Harbert teve então a ideia de prender uma corda numa flecha e lançar essa flecha de maneira a que passasse por entre os primeiros degraus da escada, que pendiam no limiar da porta. Poderiam então, manejando a corda, desenrolar a escada até o solo e restabelecer a comunicação com Granite House.

Não lhes restava evidentemente outra coisa a fazer e, com um pouco de habilidade, o método tinha tudo para dar certo. Por sorte, haviam deixado diversos arcos e flechas num corredor das Chaminés, junto com aproximadamente quarenta metros de uma corda leve trançada em hibisco. Pencroff desenrolou essa corda, em cuja ponta prendeu uma flecha bem emplumada. Em seguida, Harbert, após encaixar a flecha em seu arco, mirou com extremo cuidado a ponta dependurada da escada.

Cyrus Smith, Gedeon Spilett, Pencroff e Nab haviam recuado, de maneira a observar o que se passaria nas janelas de Granite House. O repórter, com a espingarda no ombro, mirava na porta.

O arco se distendeu, a flecha assobiou e, arrastando a corda, atravessou os dois últimos degraus da escada

A operação fora um sucesso.

Harbert pegou imediatamente a ponta da corda, porém, no momento em que dava uma sacudidela para fazer a escada cair, um braço, introduzindo-se num piscar de olhos entre a parede e a porta, agarrou-a e puxou-a para o interior de Granite House.

– É ou não é um desaforo? – indignou-se o marujo. – Se é uma bala que você quer, não perde por esperar!

– Mas quem é, afinal? – perguntou Nab.

– Quem? Não reconheceu...?

– Não.

– Ora, um símio, um macaco, um sapaju, um chimpanzé, um orangotango, um babuíno, um gorila, um sagui! Nossa casa foi invadida por macacos, que subiram pela escada durante nossa ausência!

Nesse momento, como se para dar razão ao marujo, três ou quatro quadrúmanos mostravam-se nas janelas, cujos postigos eles haviam empurrado, e saudavam os verdadeiros donos do lugar com mil cabriolas e caretas.

– Bem que eu desconfiei que não passava de uma macaquice! – exclamou Pencroff. – Mas lá está um deles que pagará pelos outros!

O marujo, trazendo o fuzil ao ombro, apontou rapidamente para um dos macacos e abriu fogo. Fugiram todos, exceto um, que, mortalmente ferido, despencou na praia.

O macaco, de grande estatura, pertencia à primeira ordem dos quadrúmanos, isso era inequívoco. Fosse um chimpanzé, um orangotango, um gorila ou um gibão, classificava-se entre os antropomorfos, assim designados devido à semelhança com os indivíduos da raça humana. Até que Harbert declarou tratar-se de um orangotango, e era sabido que o adolescente era bom em zoologia.

– Magnífico animal! – exclamou Nab.

– Magnífico, vá lá! – vociferou Pencroff. – Mas ainda não vejo como voltar para casa!

– Harbert atira bem – sugeriu o repórter – e seu arco está aqui! Que ele continue…

– Ótimo! Esses macacos são espertos! – exclamou Pencroff. – Eles não voltarão às janelas e não poderemos matá-los. Quando penso nos estragos que eles podem fazer nos quartos, na despensa…

– Paciência – respondeu Cyrus Smith. – Esses animais não irão nos acuar por muito tempo!

– Só me sentirei seguro quando eles estiverem no chão – bravateou o marujo. – Para começar, sr. Cyrus, sabe quantas dúzias de farsantes temos lá em cima?

Teria sido difícil responder a Pencroff, assim como Harbert fazer outra tentativa, pois a ponta inferior da escada fora novamente puxada para dentro da porta, e, quando deram um novo tranco na corda, esta arrebentou e a escada não caiu.

Situação de fato espinhosa. Pencroff bufava. A cena tinha algo de cômico, embora ele não achasse nada engraçado. Era evidente que os colonos terminariam por reconquistar seus domínios e de lá expulsar os intrusos, mas quando e como? Eis o que eles não saberiam dizer.

Passaram-se duas horas, durante as quais os macacos evitaram mostrar-se; mas continuavam lá e, em três ou quatro ocasiões, um focinho ou uma pata esgueiraram-se pela porta ou janelas, os quais foram cumprimentados com tiros de espingarda.

– Tentemos um truque – disse então o engenheiro. – Talvez os macacos pensem que fomos embora e deem as caras. Spilett e Harbert, embosquem-se atrás das pedras e abram fogo em tudo que aparecer.

As ordens do engenheiro foram obedecidas e, enquanto o repórter e o adolescente, os dois atiradores mais habilidosos da colônia, postavam-se a uma boa distância, porém fora do campo de visão dos macacos, Nab, Pencroff e Cyrus Smith subiam ao planalto e dirigiam-se à floresta para caçar alguma coisa, pois a hora do almoço chegara e, em matéria de víveres, estavam a zero.

Ao fim de meia hora, os caçadores retornaram com alguns pombos-da-rocha, que, bem ou mal, foram assados. Nenhum macaco reaparecera.

Gedeon Spilett e Harbert foram participar do almoço, enquanto Top vigiava as janelas. Em seguida, após comerem, voltaram a seus postos.

Duas horas mais tarde, a situação ainda não se modificara. Os quadrúmanos não davam mais nenhum sinal de vida, e tudo levava a crer que haviam desaparecido; mas o que parecia mais provável é que, assustados com a morte de um deles, apavorados com as detonações das armas, se mantivessem calados no fundo dos quartos de Granite House, ou mesmo na despensa. E quando se pensava nas riquezas que encerrava aquela despensa, a paciência tão recomendada pelo engenheiro terminava por degenerar em veemente irritação, e, francamente, não lhes faltavam motivos.

– Decididamente, é muito estúpido – terminou por dizer o repórter –, e, pensando bem, não há razão para que isso termine!

– Por outro lado, temos que nos livrar desses tratantes! – exclamou Pencroff. – Nada mais fácil, ainda que eles fossem vinte, mas, para isso, teríamos de combatê-los corpo a corpo! E então! Não haveria um meio de chegar até eles?

– Sim – respondeu o engenheiro, que acabava de ter uma ideia.

– Muito bem, pois se há um meio – disse Pencroff –, é o melhor, pois não há outros! E qual é?

– Desçamos até Granite House pelo antigo escoadouro do lago – respondeu o engenheiro.

– Ah, com mil diabos! – exclamou o marujo. – Como não pensei nisso?!

Era, com efeito, o único meio de penetrar em Granite House, a fim de combater o bando e expulsá-lo. O orifício do escoadouro, é verdade, estava vedado por uma parede de pedras cimentadas, que seria necessário sacrificar, mas nada os impediria refazê-la. Felizmente, Cyrus Smith ainda não executara seu plano de dissimular aquele orifício imergindo-o sob as águas do lago, pois a operação teria demandado certo tempo.

Já era mais de meio-dia quando os colonos, armados e equipados com picaretas e picões, deixaram as Chaminés, passaram sob as janelas de Granite House, ordenaram a Top que permanecesse em seu posto e se prepararam para subir a margem esquerda do Mercy, a fim de alcançar o planalto do Mirante.

Contudo, não haviam dado cinquenta passos naquela direção quando ouviram os latidos furiosos do cão. Era como um apelo desesperado.

Pararam.

– Corram! – disse Pencroff.

E todos desceram às pressas novamente até a praia.

Ao chegarem à curva, viram que a situação mudara.

Com efeito, os macacos, tomados por um pavor súbito, provocado por alguma causa desconhecida, procuravam fugir. Dois ou três corriam e saltavam de uma janela a outra com agilidade de acrobatas. Nem sequer procuravam recolocar a escada, pela qual teriam descido com facilidade, e, em seu pavor, talvez tivessem esquecido esse meio de escapar. Dali a pouco, cinco ou seis entraram no campo de visão dos colonos, que, mirando a seu bel-prazer, abriram fogo. Uns, feridos ou mortos, caíram dentro dos quartos, soltando guinchos estridentes. Os demais, propelidos para fora, vinham ao solo, e, instantes depois, era lícito supor não haver mais um quadrúmano vivo em Granite House.

– Hurra! – exclamou Pencroff. – Hurra! Hurra!

– Não sei por que tanto hurra! – comentou Gedeon Spilett.

– Ora, por quê?! Estão todos mortos – respondeu o marujo.

– Que seja, mas isso ainda não nos permite voltar para casa.

– Ao escoadouro! – replicou Pencroff.

– Sem dúvida – concordou o engenheiro. – Entretanto, teria sido preferível...

Nesse momento, como uma resposta à observação de Cyrus Smith, viram a escada escorregar pela beirada da porta, desenrolar-se e tombar no solo.

– Com mil cachimbos! Essa foi além da conta! – exclamou o marujo, fitando Cyrus Smith.

– Além da conta! – murmurou o engenheiro, que foi o primeiro a se lançar na escada.

– Cautela, sr. Cyrus – exclamou Pencroff. – Pode ser que tenha sobrado um ou outro sagui...

– Logo veremos – respondeu o engenheiro, sem se deter.

Seus companheiros o seguiram e, um minuto depois, chegavam ao umbral da porta.

Procuraram em toda parte. Nada nem nos quartos nem na despensa, que havia sido respeitada pelo bando de símios.

– E a escada? – exclamou o marujo. – Qual terá sido o cavalheiro que a arremessou para nós?

Naquele instante, porém, um grito ressoou e um grande macaco, que se refugiara no corredor, precipitou-se dentro da sala, perseguido por Nab.

– Ah, bandido! – exclamou Pencroff.

E, com o machado na mão, ia rachar a cabeça do animal quando Cyrus Smith deteve-o, dizendo-lhe:

– Poupe-o, Pencroff.

– Quer que eu perdoe esse capadócio?

– Sim! Foi ele quem jogou a escada para nós!

E o engenheiro disse isso com uma voz tão estranha que foi difícil saber se falava sério ou não.

De toda forma, arrojaram-se sobre o símio, que, após defender-se valentemente, foi derrubado e imobilizado.

– Ufa! – exclamou Pencroff. – E agora o que faremos dele?

– Um criado! – respondeu Harbert.

O rapaz não estava de forma alguma brincando, pois sabia o partido que é possível tirar dessa inteligente raça de quadrúmanos.

Os colonos aproximaram-se então do macaco e o examinaram atentamente. De fato, pertencia àquela espécie de antropomorfos cujo ângulo facial não é sensivelmente inferior ao dos australianos e hotentotes. Era um orangotango e, como tal, não tinha nem a ferocidade do babuíno, nem a irreflexão do macaco, nem a sujeira do sagui, nem a impaciência do macaco-de-gibraltar, nem os maus instintos do cinocéfalo. A essa família dos antropomorfos associam-se características indicadoras de uma inteligência quase humana. Empregados em casas de família, podem servir a mesa, limpar os quartos, cuidar das roupas, engraxar os sapatos, manejar com destreza a faca, a colher e o garfo e até mesmo beber vinho, sem ficarem nada devendo ao melhor criado bípede implume. Buffon, sabemos, possuiu um desses macacos, que o atendeu por longos anos como um serviçal fiel e zeloso.

O que se encontrava naquele momento amarrado na sala de Granite House era uma criatura portentosa, com um metro e oitenta de altura, corpo admiravelmente bem-proporcionado, peito largo, cabeça de dimensões médias, ângulo facial alcançando sessenta e cinco graus, crânio arredondado, nariz proeminente, pele coberta por um pelo liso, macio e brilhante, em suma um modelo perfeito dos antropomorfos. Seus olhos, pouco menores que olhos humanos, faiscavam com inteligente vivacidade; seus dentes brancos reluziam sob seu bigode, que ele exibia junto com um cavanhaque frisado cor de avelã.

– Que belo mancebo! – admirou-se Pencroff. – Se soubéssemos sua língua, poderíamos até trocar uma ideia!

– Então é sério, patrão? – indagou Nab. – Vamos admiti-lo como criado?

– Sim, Nab – respondeu, sorrindo, o engenheiro. – Mas não fique enciumado!

– E espero que seja um excelente criado – acrescentou Harbert. – Ele parece jovem, sua educação será fácil e, para domesticá-lo, não seremos obrigados a recorrer à força, nem a lhe arrancar os caninos, como se faz em tais circunstâncias! Ele não poderá senão se afeiçoar a patrões tão benevolentes.

– Como nós seremos – respondeu Pencroff, que tinha esquecido todo o seu rancor contra os "desaforados".

Depois aproximou-se do animal.

– E então, meu garoto – perguntou –, como vamos indo?

O orangotango respondeu com um leve rosnado, que não denotava excesso de mau humor.

– Queremos então fazer parte da colônia? – perguntou o marujo. – Vamos entrar na criadagem do sr. Cyrus Smith?

Novo rosnado aprovador do macaco.

– E nos contentaremos com a nossa comida à guisa de salário?

Terceiro rosnado afirmativo.

– Vocabulário um tanto restrito – observou Gedeon Spilett.

– Ótimo! – replicou Pencroff. – Os melhores criados são os que falam menos. E depois, nada de salário! Ouviu, meu rapaz? No início, você não terá salário; mais tarde, porém, se fizer por merecer, passará a ganhar o dobro!

Foi assim que a colônia ganhou um novo membro, que viria a lhe prestar mais de um serviço. Quanto ao nome que lhe dariam, o marujo pediu que, em memória a outro macaco que ele conhecera, fosse batizado como Júpiter e chamado pelo apelido: Jup.

Eis como, sem grandes cerimônias, mestre Jup foi acolhido em Granite House.

7

Projetos • Uma ponte sobre o Mercy • Transformar o planalto do Mirante numa ilha • A ponte levadiça • A colheita do trigo • O riacho • Os pontilhões • O terreiro • O pombal • Os dois onagros • A carroça atrelada • Expedição a porto Balão

Os colonos da ilha Lincoln, portanto, haviam reconquistado seus domínios, sem se verem obrigados a passar pelo antigo escoadouro, o que lhes poupou um trabalho pesado de cantaria. Aliás, tiveram sorte, pois, quando se preparavam para a empreitada, o bando de macacos foi tomado por um pavor tão súbito quanto inexplicável: alguma coisa botara-os para correr de Granite House. Teriam aqueles animais pressentido um ataque sério e iminente por outra via? Afinal, esta era a única maneira de interpretar a debandada.

Os colonos aproveitaram as últimas horas do dia para transportar os cadáveres dos símios para o bosque e enterrá-los; em seguida, foram arrumar a bagunça deixada pelos intrusos (bagunça e não depredação, pois, embora eles houvessem revirado os móveis dos quartos, não tinham quebrado nada). Nab acendeu novamente o fogo e as reservas da despensa forneceram uma refeição suculenta muito bem recebida.

Jup não foi esquecido, comendo com apetite pinhões e raízes de rizomas, com os quais se fartou regiamente. Pencroff soltara seus braços, julgando conveniente manter suas pernas imobilizadas até que pudessem contar com sua resignação.

Depois disso, antes de se deitarem, Cyrus Smith e seus companheiros, sentados ao redor da mesa, discutiram alguns projetos cuja execução era urgente.

Os mais importantes e prementes eram a construção de uma ponte sobre o Mercy, a fim de colocar a parte sul da ilha em comunicação com Granite House, e a criação de um curral, destinado ao alojamento dos carneiros selvagens e outros animais laníferos que houvessem por bem capturar.

Como vemos, as duas iniciativas contribuiriam para resolver a questão do vestuário, no momento a mais grave. Com efeito, a ponte facilitaria o transporte da lona do balão, que forneceria o tecido, enquanto do curral viria a lã, matéria-prima para as roupas de inverno.

Quanto ao curral, a intenção de Cyrus Smith era instalá-lo nas adjacências da nascente do córrego Vermelho, onde os ruminantes encontrariam pastagens abundantes e forragem fresca. O caminho que ia do planalto do Mirante à nascente já estava parcialmente aberto e, com uma carroça mais bem aparelhada que a primeira, os deslocamentos ficariam mais fáceis, sobretudo se conseguissem capturar algum animal de tração.

Contudo, se não havia inconveniente no fato de o curral ficar afastado de Granite House, o mesmo não se pode dizer do terreiro, e Nab chamou a atenção dos colonos para isso. Afinal, as aves precisavam estar ao alcance do mestre-cuca e nenhum local pareceu mais favorável do que a área das margens do lago limítrofe ao antigo escoadouro. Lá, não só as aves terrestres, como também as aquáticas, poderiam prosperar e o casal de inambus, capturado na última excursão, seria perfeito para um primeiro teste de domesticação.

No dia seguinte, 3 de novembro, as novas obras começaram pela construção da ponte, e todos os braços foram requeridos para essa importante tarefa. Transformados em carpinteiros, os colonos desceram para a praia carregando nos ombros serrotes, machados, alicates e martelos.

Lá, Pencroff fez uma reflexão:

– E se, durante nossa ausência, desse na veneta de mestre Jup retirar a escada que ontem ele tão galantemente lançou para nós?

– Vamos prender sua extremidade inferior – propôs Cyrus Smith. O que foi feito por meio de dois moirões, solidamente fincados na areia. Em seguida, os colonos, subindo pela margem esquerda do Mercy, não demoraram a chegar ao cotovelo formado pelo rio.

Lá chegando, fizeram uma pausa para avaliar se o local era apropriado para receber uma ponte, o que se confirmou.

Com efeito, daquele ponto até porto Balão, descoberto na véspera na costa meridional, havia uma distância de apenas seis quilômetros, e, da ponte ao porto, seria fácil abrir uma estrada para a carroça, o que agilizaria as comunicações entre Granite House e o sul da ilha.

Cyrus Smith então comunicou a seus companheiros um plano ao mesmo tempo muito simples de executar e vantajoso, que ele meditava já há algum tempo. Tratava-se de isolar completamente o planalto do Mirante, a fim de protegê-lo de qualquer tentativa de ataque por parte de quadrúpedes ou quadrúmanos. Dessa maneira, Granite House, as Chaminés, o terreiro e toda a parte superior do planalto, destinada às sementeiras, estariam imunes às devastações infligidas pelos animais.

Nada mais fácil de executar do que esse plano, e eis como o engenheiro pretendia agir.

O planalto já se achava defendido em três de seus flancos por cursos d'água, artificiais ou naturais: a noroeste, pela margem do lago Grant, desde o ângulo apoiado na boca do antigo escoadouro até a incisão praticada na margem leste do lago, para a vazão das águas; ao norte, desde essa incisão até o mar, pelo novo curso d'água que escavara um leito no planalto e na praia, a montante e a jusante da queda, bastando, com efeito, escavar um pouco mais o leito desse córrego para deter a travessia dos animais; em toda a orla do litoral leste, pelo próprio mar, desde a foz do supramencionado córrego até a foz do Mercy; ao sul, finalmente, desde essa foz até o cotovelo do Mercy, local escolhido para a ponte.

Restava então a zona oeste do planalto, compreendida entre o cotovelo do rio e o ângulo sul do lago, distância inferior a dois quilômetros, totalmente devassada. Contudo, nada mais fácil do que escavar um fosso, largo e profundo, a ser ocupado pelas águas do lago e cujo excedente escoaria por uma segunda queda-d'água no leito do Mercy. O nível do lago desceria um pouco, sem dúvida, em consequência dessa nova perda, mas Cyrus Smith percebera que a vazão do córrego Vermelho era suficientemente intensa para permitir a execução de seu plano.

– Isso transformará – acrescentou o engenheiro – o planalto do Mirante numa verdadeira ilha, cuja única via de acesso ao restante de nossos domínios será a ponte que vamos lançar sobre o Mercy, os dois pontilhões já instalados a montante e a jusante da queda e, finalmente, dois outros a ser construídos, um sobre o fosso que proponho escavar, o outro na margem esquerda do Mercy. Ora, o quanto antes erguermos essas pontes e pontilhões, mais cedo o planalto do Mirante estará ao abrigo de uma possível surpresa.

Cyrus Smith, a fim de se fazer compreender melhor pelos companheiros, desenhara um mapa do planalto e seu intuito foi imediatamente apreendido em toda a sua amplitude e aprovado por unanimidade. Pencroff, brandindo um formão, exaltou-se:

– À ponte, à ponte!

Era o trabalho mais urgente. Árvores foram escolhidas, derrubadas, desgalhadas e fatiadas em vigas, dormentes e tábuas. A ponte em si, fixa no lado que se apoiava na margem direita do Mercy, devia ser móvel no lado conectado à margem esquerda, de maneira a poder ser levantada por meio de contrapesos, como determinadas pontes de eclusa.

Como vemos, era uma obra desafiadora, e, apesar de executada com destreza, exigiu certo tempo, pois naquele ponto a largura do Mercy alcançava aproximadamente vinte e cinco metros. Viram-se obrigados, portanto, a fincar estacas no leito do rio, a fim de suportar a plataforma fixa da ponte, e instalar um bate-estacas para golpear a cabeça dessas peças, que assim deveriam formar dois arcos e permitir à ponte suportar pesos consideráveis.

Por sorte, não faltavam nem ferramentas para trabalhar a madeira, nem ferragens para rebitá-la, nem a técnica de um homem especialista nesse tipo de obras, nem, por fim, a desenvoltura dos auxiliares, que naqueles sete meses haviam naturalmente adquirido grande destreza manual. A propósito, Gedeon Spilett não era o mais desajeitado do grupo, rivalizando com o próprio marujo, "que nunca esperara tanto de um simples jornalista!".

A construção da ponte do Mercy exigiu três semanas de dedicação integral. Almoçavam no próprio canteiro de obras e, com o tempo magnífico que fazia por essa época, só retornavam a Granite House para jantar.

Durante esse período, puderam constatar que mestre Jup se adaptava com facilidade, familiarizando-se com seus agora patrões, aos quais observava sempre com extrema curiosidade. Contudo, por medida de precaução, Pencroff ainda não lhe dava completa liberdade de movimentos, aguardando, e com razão, que os limites do planalto se vissem demarcados depois das obras planejadas. Top e Jup entendiam-se às mil maravilhas e brincavam com entusiasmo, embora Jup jamais perdesse a gravidade.

A ponte foi concluída no dia 20 de novembro. Sua báscula, equilibrada por meio de contrapesos, movia-se com facilidade, bastando um pequeno esforço para levantá-la; entre a charneira e a última trave sobre a qual ela vinha se apoiar, quando fechada, havia um vão de seis metros, suficientemente largo para desencorajar os animais.

Trataram então os colonos de planejar o resgate da lona do aeróstato, que tinham pressa de deixar em completa segurança; porém, para transportá-la, precisavam conduzir a carroça até porto Balão, o que demandava a abertura de uma estrada através da mata fechada do Faroeste. Como isso exigiria certo tempo, Nab e Pencroff fizeram uma excursão prévia até o porto para verificar o estado do "pano" e, constatando que não sofrera nenhum dano na gruta onde se encontrava guardado, ficou decidido que as obras relativas ao planalto do Mirante seriam tocadas adiante.

– Isso – observou Pencroff – nos permitirá instalar nosso terreiro em melhores condições, uma vez que não teremos a temer nem a visita das raposas, nem a agressão de outros animais predadores.

– Sem falar – acrescentou Nab – que podemos arar o planalto e transplantar ervas silvestres...

– E planejar nosso segundo trigal! – exclamou o marujo com um ar triunfante.

Com efeito, a primeira lavoura de trigo, germinado a partir de uma única semente, prosperara admiravelmente, graças aos cuidados de Pencroff. Produzira as dez espigas anunciadas pelo engenheiro, e, na medida em que cada espiga continha oitenta grãos, em seis meses a colônia se achava à frente de oitocentas sementes, o que anunciava duas colheitas anuais.

Oitocentas sementes, portanto, menos cinquenta, que foram estocadas por prudência, seriam semeadas num novo campo e com o mesmo cuidado dispensado à semente única.

O terreno foi preparado, depois cercado por uma paliçada resistente, alta e pontiaguda, apta a impedir a passagem dos quadrúpedes. Para afugentar as aves, recorreram a cataventos e espantalhos, frutos da imaginação extravagante de Pencroff. As setecentas e cinquenta sementes foram então distribuídas em pequenos sulcos regulares; o resto era com a natureza.

No dia 21 de novembro, Cyrus Smith começou a desenhar o fosso que deveria fechar o planalto a oeste, desde o ângulo sul do lago Grant até o cotovelo do Mercy. Naquela área, o solo era formado por uma camada de sessenta a noventa centímetros de terra vegetal assentada diretamente no granito. Isso os obrigou a fabricar uma nova carga de nitroglicerina, que funcionou como sempre. Em menos de quinze dias, um fosso com três metros e meio de largura e um metro e oitenta de profundidade foi escavado no duro solo do planalto. De maneira análoga, criaram uma nova abertura na orla rochosa do lago e as águas afluíram para esse novo leito, formando

Para afugentar as aves, recorreram a cataventos e espantalhos.

um pequeno canal ao qual deram o nome de córrego Glicerina e que se tornou um afluente do Mercy. Tal como o engenheiro antecipara, o nível do lago baixou, porém de maneira quase imperceptível. Finalmente, para fechar o cinturão, o leito do riacho da praia foi consideravelmente alargado e as areias contidas por uma cerca dupla.

Essas obras foram definitivamente concluídas na primeira quinzena de setembro e o planalto do Mirante, isto é, uma espécie de pentágono irregular com um perímetro de aproximadamente seis quilômetros, protegido por um cinturão de água, tornou-se absolutamente inexpugnável.

O calor foi intenso naquele mês de dezembro. No entanto, os colonos não cogitaram suspender a execução de seus planos e, como era urgente organizar o terreiro, assim procederam.

Desnecessário dizer que, depois do fechamento completo do planalto, mestre Jup fora colocado em liberdade, passando a seguir os patrões e não manifestando qualquer intenção de escapar. Era um animal doce, não obstante muito forte e de uma agilidade surpreendente. Ah! Quando se tratava de subir a escada de Granite House, ninguém rivalizava com ele. Já o utilizavam em determinadas tarefas: ele puxava fardos de lenha e carregava as pedras que haviam sido extraídas do leito do córrego Glicerina.

– Ainda não é um pedreiro, mas já é um macaco de imitação! – dizia gaiatamente Harbert. E, se havia um apelido sob medida, era de fato este!

O terreiro ocupou uma área de cento e sessenta metros quadrados, na margem sudeste do lago. Instalada a cerca, os colonos construíram abrigos para os animais que viessem a ocupá-lo. Eram cabanas de galhos, divididas em compartimentos, que logo estavam à espera dos hóspedes.

Os primeiros foram o casal de inambus, que não demorou a dar várias crias. Tiveram como companheiros meia dúzia de patos, frequentadores das margens do lago. Alguns pertenciam a uma espécie chinesa, cujas asas abrem em leque e o brilho e vivacidade da plumagem dão inveja aos faisões dourados. Alguns dias depois, Harbert capturou um casal de galináceos de cauda arredondada e dotada de longas penas, magníficos mutuns, que não demoraram a ser domesticados. Quanto aos pelicanos, martins-pescadores e frangos-d'água, vieram por conta própria para o terreiro, e todo esse mundinho, após algumas brigas, grasnando, piando, cacarejando, terminou por se entender e proliferar numa proporção que assegurava com sobras a alimentação futura da colônia.

A fim de coroar sua obra, Cyrus Smith construiu um pombal num canto do terreiro. Nele, foi alojada uma dúzia dos pombos que viviam nas rochas do planalto. As aves aprenderam facilmente a voltar todas as noites para sua nova residência e mostraram mais propensão à domesticação do que seus congêneres, os pombos-torcazes, que, aliás, só se reproduzem em estado selvagem.

Chegara afinal o momento de utilizar, para a confecção do tecido, a lona do aeróstato, pois guardá-la sob aquela forma e arriscar-se num balão de ar quente para deixar a ilha, atravessando um mar por assim dizer ilimitado, só seria imaginável numa situação de indigência completa, o que nem sequer passava pela cabeça do pragmático Cyrus Smith.

Urgia agora trazer a lona do balão para Granite House, e os colonos trataram de aliviar um pouco a carroça, tornando-a mais leve e conferindo-lhe maior dirigibilidade. Contudo, embora tivessem o veículo, o motor ainda era um sonho! Não existiria na ilha algum ruminante de espécie nativa capaz de substituir cavalo, burro, boi ou vaca? Eis a questão.

– Na verdade – disse Pencroff –, um animal de tração nos seria muito útil, enquanto aguardamos que o sr. Cyrus se disponha a construir uma carroça a vapor, ou mesmo uma locomotiva, pois um dia certamente teremos uma ferrovia ligando Granite House a porto Balão, com baldeação no monte Franklin!

E o honrado marujo acreditava no que dizia! Oh, imaginação, quando a fé a ti se mistura!

Deixando de lado o exagero, um simples quadrúpede atrelado teria resolvido o problema de Pencroff, e, como tinha um fraco por ele, a Providência não o fez esperar muito tempo.

Um dia, era 23 de dezembro, ouviram Nab gritar e Top latir simultaneamente, como se competindo um com o outro. Atarefados nas Chaminés, os colonos acorreram na mesma hora, temendo algum incidente desagradável.

O que teriam visto? Dois belos animais de grande porte, que se haviam aventurado no planalto, cujas pontes não haviam sido recolhidas. Pareciam dois cavalos, ou dois asnos, macho e fêmea, formas finas, pelo baio, pernas e rabo brancos, zebrados com listas pretas na cabeça, pescoço e tronco. Avançavam tranquilamente, sem aparentar nenhuma preocupação, e observavam com o olho inquieto aqueles homens, nos quais ainda não reconheciam donos.

– São onagros! – exclamou Harbert. – Quadrúpedes a meio caminho entre a zebra e o asno!

– Por que não burros? – indagou Nab.

– Porque não têm as orelhas compridas e suas formas são mais graciosas!

– Burros ou cavalos – replicou Pencroff –, são cavalos-força, como diria o sr. Smith e, sendo assim, uma excelente aquisição!

O marujo, sem assustar os dois animais, esgueirando-se pelo capinzal até a pinguela do córrego Glicerina, deslocou-a, e os onagros viram-se prisioneiros.

Agora, iriam dominá-los mediante a violência e submetê-los a uma domesticação compulsória? Não. Ficou decidido que, durante alguns dias, permitiriam que eles circulassem livremente pelo planalto, onde a pastagem era farta, e imediatamente o engenheiro providenciou a construção, próximo ao terreiro, de uma estrebaria, na qual os onagros deviam encontrar, junto com uma boa enxerga, um refúgio para a noite.

Dessa forma, portanto, o magnífico casal foi deixado inteiramente livre, com os colonos evitando inclusive assustá-lo, mantendo-se distantes. Em diversas ocasiões, contudo, os onagros pareceram exprimir a necessidade de debandar daquele planalto, muito apertado para eles, acostumados aos espaços amplos e às florestas profundas. Os colonos então os viam seguir o cinturão de água, que lhes opunha uma barreira intransponível, lançar zurros agudos, depois galopar pela campina e, novamente sossegados, mirar horas a fio aqueles imensos bosques, cujo acesso agora lhes era vedado!

Enquanto isso, arreios em fibras vegetais haviam sido confeccionados, e, poucos dias após a captura dos onagros, não só a carroça estava pronta para ser atrelada, como uma estrada reta, ou melhor, uma clareira, havia sido aberta através da floresta do Faroeste, desde o cotovelo do Mercy até porto Balão. Já era possível, portanto, levar a carroça até lá. O primeiro treinamento dos onagros se deu no fim de dezembro.

Pencroff já conquistara os animais o suficiente para que estes viessem comer em sua mão e não criassem caso quando ele se aproximava, porém, uma vez atrelados, empinaram e não foi fácil contê-los. Logo iriam, entretanto, adaptar-se àquela vida nova, afinal o onagro, menos rebelde que a zebra, é comumente usado como animal de tração nas partes montanhosas da África austral, tendo inclusive se aclimatado na Europa em zonas relativamente frias.

Nesse dia, toda a colônia, menos Pencroff, que caminhava à frente de seus animais, subiu na carroça e tomou a direção de porto Balão. Mesmo trepidando naquela estrada precária, o veículo chegou ao destino sem maiores problemas e, no mesmo dia, foi carregado com a lona e os diversos apetrechos do aeróstato.

Às oito da noite, a carroça, após atravessar de volta a ponte do Mercy, percorria novamente a margem esquerda do rio e estacionava na praia. Os onagros foram desatrelados, levados para a estrebaria, e Pencroff, antes de dormir, dava suspiros de satisfação que ecoavam estrepitosamente nas paredes de Granite House.

8

Roupa-branca • Calçados em couro de foca • Fabricação da piroxila • Diversas sementeiras • A pescaria • Os ovos de tartaruga • Progressos de mestre Jup • O curral • Caça aos carneiros selvagens • Novas riquezas vegetais e animais • Lembranças da pátria distante

A PRIMEIRA SEMANA de janeiro foi dedicada à confecção da roupa-branca de que a colônia necessitava. As agulhas encontradas no baú funcionaram entre dedos vigorosos, quando não delicados, e podemos afirmar que o que foi costurado o foi de maneira inconsútil.

Linha era o que não faltava, graças à ideia de Cyrus Smith de reaproveitar a já empregada na costura das faixas do aeróstato. Estas foram descosturadas com admirável paciência por Gedeon Spilett e Harbert, já que Pencroff fora obrigado a desistir da tarefa, que o enfadava sobremaneira; na hora de costurar, porém, ninguém rivalizou com ele. Com efeito, não há quem ignore que os marujos têm uma notável aptidão para a profissão de costureiro.

Os pedaços de lona que compunham o envelope do aeróstato foram em seguida limpos com sódio e potássio, obtidos com a incineração de plantas, de tal maneira que o algodão, livre do verniz, recuperou sua flexibilidade e elasticidade naturais; em seguida, submetido à ação descolorante da atmosfera, adquiriu uma alvura perfeita.

Algumas dúzias de camisas e meias – estas não de tricô, naturalmente, mas feitas de lonas costuradas – foram assim confeccionadas. Que satisfação para os colonos vestir finalmente roupa-branca – roupa-branca bem rude, sem dúvida, mas havia mais com que se preocupar – e deitar sobre lençóis, que transformaram os colchonetes de Granite House em camas absolutamente sérias.

Foi também por essa época que confeccionaram calçados em couro de foca, que vieram substituir na hora certa os sapatos e botas trazidos da América. Os novos calçados, largos e folgados, jamais causariam bolhas nos pés que os calçavam!

O calor não deu trégua no início de 1866, mas as caçadas na mata não foram interrompidas. Cutias, porcos-do-mato, capivaras, cangurus, exemplares de pelo e pluma, pareciam proliferar, e Gedeon Spilett e Harbert, agora exímios atiradores, nunca perdiam um único tiro.

Cyrus Smith não cansava de recomendar que poupassem munição, e logo tomou providências para substituir a pólvora e o chumbo que haviam sido encontrados no baú, os quais pretendia reservar para o futuro. Sabia ele, com efeito, onde a sorte poderia lançá-los no caso de abandonarem seus domínios? Portanto, cumpria precaver-se contra todos os imperativos do desconhecido, e economizar munição, substituindo-a por outras substâncias facilmente renováveis.

Para substituir o chumbo, do qual não encontrara vestígio na ilha, Cyrus Smith usou, sem grandes desvantagens, limalha de ferro, fácil de fabricar. Como esses grãos não tinham o peso dos grãos de chumbo, foi obrigado a fazê-los mais grossos, cada cápsula contendo menor quantidade deles, mas a habilidade dos caçadores compensou a desvantagem. Quanto à pólvora, Cyrus Smith poderia tê-la fabricado, uma vez que dispunha de salitre, enxofre e carvão, mas esse composto exige cuidados extremos e, sem um instrumental específico, é difícil produzi-lo de boa qualidade.

Cyrus Smith preferiu então fabricar piroxila, isto é, algodão-pólvora, substância na qual o algodão é dispensável, pois entra apenas pela celulose. A celulose não passa de um tecido elementar dos vegetais, encontrando-se praticamente em estado puro não apenas no algodão, como também nas fibras têxteis do cânhamo e do linho, no papel, na roupa velha, na medula do sabugueiro etc. Ora, sabugueiros, precisamente, abundavam na ilha, na direção da foz do córrego Vermelho, e os colonos já usavam, à guisa de café, as bagas desses arbustos, que pertencem à família das caprifoliáceas.

Portanto, bastava colher aquela celulose, isto é, a medula do sabugueiro, e, quanto à outra substância necessária à fabricação da piroxila, era simplesmente ácido nítrico fumegante. Como dispunha de ácido sulfúrico, Cyrus Smith não teria dificuldade para fabricar ácido nítrico, extraindo o salitre que a natureza lhe fornecia.

Resolveu então fabricar e usar piroxila, embora lhe reconhecendo gravíssimos inconvenientes, quais sejam, efeitos desiguais, inflamabilidade excessiva, uma vez que ela se inflama a 170° em vez de a 240°, e, por fim, uma deflagração demasiadamente instantânea passível de degradar as armas de fogo. Em contrapartida, entre as vantagens da piroxila, contava o fato de não se alterar com a umidade, não sujar o cano das espingardas, e sua força propulsiva equivaler a quatro vezes a da pólvora comum.

Para fabricar a piroxila, bastou mergulhar a celulose por quinze minutos no ácido nítrico fumegante, depois lavar com muita água e secar. Como se vê, nada mais simples.

Cyrus Smith só tinha à sua disposição ácido nítrico comum, e não o fumegante ou monoidratado, isto é, aquele que emite vapores esbranquiçados em contato com o ar úmido; contudo, substituindo este último pelo ácido nítrico comum, misturado na proporção de três volumes por cinco de ácido sulfúrico concentrado, o engenheiro deveria obter o mesmo resultado, o que aconteceu. Os caçadores da ilha agora dispunham de uma substância preparada com esmero e que, empregada com moderação, deu excelentes resultados.

Por volta dessa época, os colonos capinaram três acres* do planalto do Mirante, o resto tendo sido conservado no estado de pastagens para manutenção dos onagros. Fizeram então diversas ex-

* Um acre equivale a 0,4046 hectares. (Nota do autor)

cursões às florestas do Jacamar e do Faroeste, trazendo de lá uma abundante colheita de vegetais silvestres, espinafres, agriões, raiz-forte e rabanetes, que um cultivo racional em breve deveria modificar e que iam equilibrar o regime de alimentação nitrogenada ao qual se haviam até então submetido os colonos da ilha Lincoln. Carrearam igualmente grandes quantidades de lenha e carvão. Cada expedição era, ao mesmo tempo, uma oportunidade de melhorar as estradas, cujo calçamento compactava-se pouco a pouco sob as rodas da carroça.

A coutada continuava a fornecer seu contingente de coelhos à copa de Granite House. Por se localizar um pouco além do ponto em que nascia o córrego Glicerina, os animais não podiam penetrar no planalto demarcado, nem, por conseguinte, devastar as lavouras recém-plantadas. Quanto à ostreira, instalada em meio às pedras da praia e cujos espécimes eram constantemente renovados, fornecia diariamente excelentes moluscos. Além disso, a pesca, tanto nas águas do lago quanto na corrente do Mercy, não demorou a dar resultado, pois Pencroff armara linhas no fundo, dotadas de anzóis de ferro, e volta e meia fisgava belas trutas e alguns peixes, extremamente saborosos, cujos flancos prateados eram rajados de amarelo. Dessa forma, mestre Nab, encarregado do rancho, podia variar agradavelmente o cardápio. A única coisa ainda ausente à mesa dos colonos era pão, e, como dissemos, esta era uma privação à qual eram muito sensíveis.

Promoveram também, nessa época, uma caçada às tartarugas marinhas, que frequentavam as praias do cabo Mandíbula. Naquele local, a praia contava com pequenas intumescências, que continham ovos perfeitamente esféricos, com a casca branca e dura, e cuja albumina tinha a propriedade de não se coagular como a dos ovos de aves. Era o sol que se encarregava de fazê-los eclodir, e seu número era naturalmente muito considerável, uma vez que cada tartaruga pode botar anualmente até duzentos e cinquenta ovos.

– Uma autêntica plantação de ovos – comentou Gedeon Spilett –, é só colher.

Mas eles não se contentaram com os produtos, também foram à cata dos produtores, o que lhes permitiu transportar para Granite House uma dúzia desses quelônios, deveras apreciáveis do ponto de vista alimentar. A sopa de tartaruga, temperada com ervas aromáticas e decorada com algumas crucíferas, suscitou repetidos e merecidos elogios a mestre Nab, seu idealizador.

Convém ainda citar aqui uma circunstância auspiciosa, que lhes permitiu acumular novas reservas para o inverno. Cardumes de salmões vieram aventurar-se no Mercy e subiram seu curso ao longo de vários quilômetros. Era a época em que as fêmeas, indo à procura de lugares adequados para cruzar, precediam os machos e causavam um grande rebuliço naquelas águas mansas. Milhares desses peixes, que mediam até setenta centímetros de comprimento, invadiram assim o rio e, para detê-los, bastou instalar algumas barragens. Com esse método, capturaram centenas, que foram salgados e estocados para o inverno, quando o frio, congelando os cursos d'água, impedia qualquer tipo de pescaria.

Foi por essa época que o sagaz Jup viu-se promovido ao cargo de criado de quarto. Trajava agora um paletó, calça curta de lona branca e um avental cujos bolsos faziam sua alegria, pois enfiava as patas neles e não permitia que ninguém os revistasse. O habilidoso orangotango fora magnificamente paramentado por Nab, e quase se diria que os dois se entendiam quando "conversavam". Jup, aliás, tinha por Nab uma simpatia real, e Nab a retribuía. A menos que necessitassem de seus serviços – para carregar lenha, ou para subir na copa de alguma árvore –, Jup passava a maior parte do tempo na cozinha, procurando imitar Nab em tudo que via este fazer. O zeloso professor, por sinal, demonstrava uma paciência de Jó instruindo seu aluno, enquanto este desenvolvia uma inteligência notável, assimilando as lições que seu mestre lhe dava.

Julguem portanto a satisfação que um dia mestre Jup proporcionou aos comensais de Granite House quando, de guardanapo no braço, veio, sem que fossem avisados, servi-los à mesa. Jeitoso e solícito, cumpriu sua tarefa com uma habilidade a toda prova, tirando os pratos, equilibrando as travessas, servindo a bebida, tudo com uma seriedade que divertiu à larga os colonos e entusiasmou Pencroff.

– Jup, sopa!

– Jup, um prato!

– Jup! Grande Jup! Imprescindível Jup!

Era só o que se ouvia, e Jup, sem jamais se desconcertar, atendendo a tudo e cuidando de tudo, balançou a cabeça inteligente quando Pencroff, repetindo a piada do primeiro dia, não resistiu:

– É, Jup, vamos ter de dobrar seu salário!

Desnecessário dizer que o orangotango se adaptara completamente a Granite House, habituando-se a acompanhar seus patrões à floresta, sem jamais esboçar qualquer intenção de fuga. Tinham de vê-lo, então, caminhando da maneira mais gozada, com um cajado que Pencroff fizera para ele e que ele carregava no ombro como uma espingarda! Era preciso colher alguma fruta na copa de uma árvore? Ei-lo prontamente lá no alto! A roda da carroça atolava? Jup, com um único tranco do ombro, a desatolava!

– Que figura original! – exclamava Pencroff. – Se fosse tão mau quanto é bom, seria inesuperável!

Foi no fim de janeiro que os colonos empreenderam grandes obras na região central da ilha. Haviam decidido que, nas cercanias do córrego Vermelho, ao pé do monte Franklin, seria criado um curral, destinado a abrigar os ruminantes, cuja presença teria sido incômoda em Granite House, e mais especialmente os carneiros selvagens, que deveriam fornecer a lã destinada à confecção das roupas de inverno.

Todas as manhãs a colônia, às vezes a equipe inteira, ou mais frequentemente representada por Cyrus Smith, Harbert e Pencroff, dirigia-se às nascentes do córrego. Com a ajuda dos onagros e sob um dossel verdejante de árvores, aquilo se transformara num singelo passeio de oito quilômetros pela estrada recém-criada, batizada como estrada do Curral.

Próximo das nascentes, haviam escolhido um terreno amplo, limítrofe à vertente meridional da montanha. Era um autêntico prado, com arvoredos espalhados aqui e ali, situado exatamente no pé do contraforte que o fechava de um dos lados. Um regato, nascido em suas encostas, após irrigá-lo transversalmente ia perder-se no córrego Vermelho. O capim viçoso e as árvores esparsas permitiam que o ar circulasse livremente em sua superfície. Bastava então isolá-lo com uma cerca disposta circularmente, cujas extremidades terminassem apoiadas no contraforte, e alta o suficiente para que animais, mesmo os mais ágeis, não pudessem transpô-la. Aquele cercado poderia conter, além de uma centena de animais de chifres, carneiros ou cabras selvagens, as crias que viessem a nascer em seguida.

O perímetro do curral foi então desenhado pelo engenheiro e os amigos deveriam proceder à derrubada das árvores necessárias à construção da cerca; porém, como a abertura da estrada já exigira o sacrifício de um certo número de troncos, estes foram carreados e forneceram uma centena de moirões, depois solidamente fincados no solo.

Na parte frontal do cercado, uma entrada larga foi construída e fechada por um portão de dois batentes feito com grossas chapas de madeira, que ainda iam receber ferrolhos externos.

A construção desse curral levou não menos de três semanas, pois, além das obras da cerca, Cyrus Smith construiu amplos alpendres de madeira, sob os quais os ruminantes poderiam se proteger. Aliás, fizeram questão de construí-los bem sólidos, uma vez que carneiros selvagens são robustos animais e era de se recear que a princípio se rebelassem. Os moirões, pontiagudos na extremidade superior, endurecida com fogo, haviam sido acoplados por meio de traves cavilhadas e, intervaladamente, calços garantiam a firmeza do conjunto.

Terminada a construção do curral, restava efetuar uma grande batida ao pé do monte Franklin, nas pastagens frequentadas pelos ruminantes. Essa operação foi realizada no dia 7 de fevereiro, num belo dia de verão, e todos tomaram parte dela. Os dois onagros, já amestrados, montados por Gedeon Spilett e Harbert, prestaram grandes serviços naquela circunstância.

A manobra consistia unicamente em juntar carneiros e cabras, apertando pouco a pouco o cerco ao seu redor. Assim, Cyrus Smith, Pencroff, Nab e Jup posicionaram-se em diversos pontos da mata, enquanto os dois cavaleiros e Top galopavam num raio de oitocentos metros em torno do curral. Os carneiros selvagens eram numerosos nessa região da ilha. Belos animais, do tamanho de gamos, os chifres mais fortes que os do carneiro doméstico, o tosão cinza e um pelo comprido, assemelhavam-se a argalis.

Fatigante dia de caça! Quantas idas e vindas, carreiras em todas as direções, gritos proferidos! Dos cem carneiros arrebanhados, mais de dois terços escaparam dos vaqueiros; no fim, contudo, cerca de trinta carneiros e dez cabras selvagens, pouco a pouco empurrados para o curral, cuja porta aberta parecia lhes oferecer uma saída, lá entraram e foram capturados.

Em suma, o resultado foi satisfatório e os colonos não tinham do que se queixar. A maior parte dos carneiros era composta de fêmeas, algumas das quais não demoraram a parir. Logo, não havia dúvida de que o rebanho prosperaria e que não apenas a lã como também as peles abundariam dentro em pouco.

Aquela noite, os caçadores chegaram extenuados a Granite House, o que não os impediu de correrem para visitar o curral no dia seguinte. Os prisioneiros bem que haviam tentado derrubar a cerca, porém, havendo fracassado, não demoraram a sossegar.

Durante esse mês de fevereiro, não aconteceu nenhum incidente significativo. O trabalho diário prosseguia metodicamente e, ao mesmo tempo em que as estradas do Curral e de porto Balão recebiam melhorias, uma terceira foi aberta, a qual, partindo do cercado, levava à costa ocidental. A região ainda inexplorada da ilha Lincoln continuava a ser a das extensas matas que cobriam a península Serpentina, covil das feras, que Gedeon Spilett pretendia expurgar de seus domínios.

Antes que a estação fria voltasse, os colonos intensificaram os cuidados dispensados à cultura das mudas silvestres transplantadas da floresta para o planalto do Mirante. Harbert nunca voltava de uma excursão sem trazer alguns vegetais úteis. Um dia, eram espécimes da tribo das chicoriáceas, cuja semente espremida fornecia um óleo excelente; noutro, era uma azedinha comum, cujas propriedades antiescorbúticas não eram de se desdenhar; noutro, alguns desses preciosos tubérculos cultivados em todos os tempos na América meridional, as batatas, das quais hoje se conhecem mais de duzentas espécies. A horta, agora bem cuidada, regada e defendida contra as aves, dividia-se em pequenos canteiros, onde cresciam alface, batata-roxa, azeda, rabanete, raiz-forte e outras crucíferas. O solo no planalto era prodigiosamente fértil, e tudo anunciava colheitas abundantes.

Bebidas variadas tampouco faltavam aos colonos, e, a não ser pela ausência do vinho, os mais exigentes não tinham do que se queixar. Ao chá de oswego fornecido pelas monardas dídimas, e ao licor fermentado extraído das raízes do dragoeiro, Cyrus Smith acrescentara uma autêntica cerveja: produzida com brotos da *Abies nigra*, que, depois de fervidos e fermentados, geraram essa bebida agradável e particularmente higiênica que os anglo-americanos chamam de *spring-beer*, isto é, cerveja de pinheiro.

Perto do fim do verão, o terreiro contava com um belo casal de abetardas, aves pertencentes à espécie hubara, que se caracteriza por um tipo de manto de plumas; uma dúzia de patos-trombeteiros, cuja mandíbula superior era prolongada de ambos os lados por um apêndice membranoso; e magníficos galos de crista, com a crista, a carúncula e a epiderme negras, semelhantes aos galos de Moçambique, pavoneando-se à beira do lago.

Como se vê, tudo prosperava, graças à atividade daqueles homens corajosos e inteligentes. Sem dúvida contavam com o auxílio da Providência, porém, fiéis ao grande preceito, primeiro ajudavam-se mutuamente para depois serem ajudados pelo céu.

Encerradas essas escaldantes jornadas de verão, à noite, quando se anunciava a brisa marinha, eles gostavam de sentar na orla do planalto do Mirante, sob uma espécie de caramanchão forrado de trepadeiras. Ali, conversavam, instruíam-se mutuamente, faziam planos, e o inesgotável bom humor do marujo alegrava incessantemente esse pequeno mundo, no qual jamais deixara de reinar a mais perfeita harmonia.

Falavam também da pátria, os Estados Unidos, tão querida e imensa. Qual teria sido o desfecho da guerra de Secessão? Evidentemente esta não teria se estendido! Richmond caíra prontamente, sem dúvida, nas mãos do general Grant! A tomada da capital dos confederados decerto fora o último ato da funesta luta! E o Norte triunfara pela boa causa. Ah! Como um jornal teria sido bem recebido pelos exilados da ilha Lincoln! Já havia onze meses que toda comunicação entre eles e o resto dos homens fora interrompida e, em breve, no dia 24 de março, completaria um ano desde que o balão os lançara naquela terra desconhecida! Naquele momento não passavam de náufragos, não sabiam sequer se conseguiriam salvar dos elementos suas míseras vidas! E agora, graças ao conhecimento de seu chefe, graças à inteligência de todos, eram verdadeiros colonos, equipados com armas, ferramentas e instrumentos, que haviam transformado, em benefício próprio, os animais, as plantas e os minerais da ilha, isto é, os três reinos da natureza!

Sim! Conversavam muito sobre todas essas coisas e ainda faziam planos para o futuro!

Quanto a Cyrus Smith, a maior parte do tempo silencioso, costumava mais ouvir a seus companheiros do que falar. Às vezes, sorria de alguma reflexão de Harbert, de alguma tirada de Pencroff, porém, a todo instante e onde quer que estivesse, meditava naqueles fatos inexplicáveis, naquele estranho enigma cujo segredo ainda lhe escapava.

9

Mau tempo • O elevador hidráulico • Vidraçaria • A árvore-do-pão • Aumentam as visitas ao curral • Crescimento do rebanho • Uma pergunta do repórter • Coordenadas exatas da ilha Lincoln • Proposta de Pencroff

O TEMPO VIROU durante a primeira semana de março. O mês começou com lua cheia e calor excessivo. Sentiam a atmosfera impregnada de eletricidade, todos receando um período mais ou menos longo de temporais.

Com efeito, no dia 2, os trovões roncaram. Como o vento soprava do leste, o granizo atacou diretamente a fachada de Granite House, crepitando como uma rajada de metralhadora. Tiveram de vedar hermeticamente a porta e os postigos das janelas, caso contrário todo o interior dos quartos teria sido inundado.

Vendo cair aquelas pedras de gelo, algumas do tamanho de um ovo de pomba, Pencroff só pensou numa coisa: que o seu campo de trigo corria sérios riscos.

Pôs-se então imediatamente a caminho de sua plantação, onde as espigas já começavam a erguer suas cabecinhas verdes e, cobrindo-a com uma lona grossa, conseguiu proteger a safra. Foi castigado pela geada, mas não se queixou.

O mau tempo estendeu-se pela semana, com os trovões reboando sem cessar. Entre dois aguaceiros, ainda era possível escutá-los roncando fora dos limites do horizonte para, em seguida, recomeçarem com renovado furor. Relâmpagos riscavam o céu e diversas árvores da ilha foram atingidas por raios, entre as quais um imenso pinheiro que se erguia nas proximidades do lago, na orla da floresta. Da mesma forma, a praia foi duas ou três vezes atingida pelo fluido elétrico, fundindo a areia e vitrificando-a. Ao topar com aqueles fulguritos, o engenheiro teve a ideia de guarnecer as janelas com vidros grossos e resistentes, capazes de enfrentar vento, chuva e granizo.

Os colonos, sem trabalhos urgentes para realizar do lado de fora, aproveitaram o tempo adverso para promover melhorias no interior de Granite House, cujas dependências se aprimoravam e completavam dia a dia. O engenheiro construíra um torno, que lhe permitiu fabricar alguns utensílios de toalete ou de cozinha, especialmente botões, cuja falta era muito sentida. Instalaram igualmente uma prateleira para as armas, mantidas sempre limpas, e nem as estantes nem os armários deixavam a desejar. Serravam, aplainavam, limavam, torneavam, e durante todo esse período de mau tempo não se ouviam senão o rangido dos serrotes ou os rosnados do torno respondendo aos roncos do trovão.

Mestre Jup não tinha sido esquecido e ocupava um quarto separado, perto do armazém geral, espécie de conjugado mobiliado com um estrado sempre cheio de boa palha, que lhe convinha perfeitamente.

– Não há o que reclamar desse Jup! – repetia incansavelmente Pencroff. – Nenhuma insolência! Que criado, Nab, que criado!

– Meu aluno – respondia Nab –, e será tão bom quanto eu.

– Melhor – replicava, rindo, o marujo –, considerando que você fala e ele, não.

Desnecessário dizer que Jup agora entendia de todo o serviço. Batia roupas, rodava o espeto, varria os quartos, servia a mesa, dispunha a lenha e – detalhe que encantava Pencroff – nunca ia se deitar sem antes cobrir o digno marujo em sua cama.

Quanto à saúde dos membros da colônia – bípedes ou bímanos, quadrúmanos ou quadrúpedes – não deixava nada a desejar. Com aquela vida ao ar livre, naquele solo salubre, sob aquela zona tem-

Seu campo de trigo corria sérios riscos.

perada, exercitando a cabeça e as mãos, nada sugeria que um dia a doença viesse visitá-los.

Todos passavam muito bem, com efeito. Harbert ganhara cinco centímetros em um ano. Seus traços, que haviam se definido e tornado mais enérgicos, anunciavam um homem pleno tanto no aspecto físico quanto no moral. Aliás, aproveitava todo o tempo livre que lhe deixavam as ocupações manuais para se instruir, lia os poucos livros encontrados no baú e, após as aulas práticas decorrentes da circunstância em que se achavam, encontrava no engenheiro, para as ciências, e no repórter, para as línguas, professores que se deleitavam em complementar sua educação.

A ideia fixa do engenheiro era transmitir ao rapaz tudo que ele sabia, instruindo-o tanto pelo exemplo como pela palavra, e Harbert lucrava amplamente com as aulas de seu professor.

"Se eu vier a morrer", pensava Cyrus Smith, "é ele que irá me substituir!"

O período dos temporais terminou no dia 9 de março, mas o céu continuou nublado durante todo aquele último mês do verão. A atmosfera, violentamente perturbada por aquelas comoções elétricas, não foi capaz de recuperar sua pureza anterior, e as chuvas e a neblina não deram trégua, exceto por três ou quatro belos dias, que propiciaram excursões de todo tipo.

Por essa época, a onagra pariu uma cria do mesmo sexo e que nasceu perfeita. No curral, nas mesmas circunstâncias, o rebanho de carneiros se expandiu e diversos cordeiros já baliam sob os galpões, para grande alegria de Nab e Harbert, que tinham cada um seu favorito entre os recém-nascidos.

Também fizeram uma tentativa de domesticação com os porcos-do-mato, por sinal muito bem-sucedida. Um estábulo foi construído próximo ao terreiro e logo recebeu diversas crias prontas para se "civilizar", isto é, engordar nas mãos de Nab. Mestre Jup, encarregado de lhes trazer não só a ração diária, como uma sopa rala e sobras de alimento da cozinha, cumpria conscienciosamente suas tarefas. Acontecia-lhe, às vezes, divertir-se à custa de seus pequenos hóspedes e puxar-lhes o rabo, mas era traquinice e não maldade, pois aqueles rabinhos torcidos eram um brinquedo irresistível para ele e seu instinto de criança.

Num dia desse mês de março, Pencroff, conversando com o engenheiro, lembrou-lhe uma promessa que este ainda não tivera tempo de cumprir:

– E aquele tal aparelho que iria dar fim às cansativas escadas de Granite House, sr. Cyrus? – interpelou-o. – Virá a fabricá-lo algum dia?

– Refere-se a uma espécie de elevador? – respondeu Cyrus Smith.

– Podemos chamar de elevador, se quiser – assentiu o marujo. – O nome não interessa, contanto que a geringonça nos suba confortavelmente até a nossa moradia.

– Nada mais fácil, Pencroff, mas será de fato útil?

– Claro que sim, sr. Cyrus. Agora que já temos o imprescindível, pensemos no conforto. Para pessoas, pode ser considerado um luxo, mas, para coisas, é indispensável! Afinal, não é nada estimulante subir uma escada longa com uma carga nas costas!

– Muito bem, Pencroff, tentaremos satisfazê-lo – curvou-se Cyrus Smith.

– Ótimo, mas cadê o motor?

– Faremos um.

– Um motor a vapor?

– Não, a água.

E, com efeito, para manobrar seu aparelho, uma força natural achava-se à disposição do engenheiro, a qual este podia canalizar sem grande dificuldade.

Para isso, bastava aumentar a vazão da pequena derivação executada no lago, que fornecia água ao interior de Granite House. O orifício escavado entre as pedras e a relva, na extremidade superior do escoadouro, foi então alargado, o que produziu uma forte queda-d'água no fundo do corredor, cujo excedente escoou pelo poço interno. Abaixo dessa queda, o engenheiro instalou um cilindro com palhetas, o qual se encaixava numa roda em que se enrolava um cabo resistente com um cesto preso na ponta. Dessa forma, por meio de uma longa corda que ia até o chão e permitia acionar ou travar o motor hidráulico, era possível elevar-se no cesto até a porta de Granite House.

Foi no dia 17 de março que o elevador funcionou pela primeira vez e, para satisfação geral, doravante todos os fardos, lenha, carvão, provisões e os próprios colonos foram içados mediante aquele sistema, tão simples, que substituiu a escada primitiva, que não deixou saudades. Top mostrou-se particularmente encantado com aquela melhoria, pois não tinha, e não podia ter, a habilidade de mestre Jup ao subir os degraus e muitas vezes fora nas costas de Nab, ou mesmo nas do orangotango, que lograra alcançar Granite House.

Foi também por essa época que Cyrus Smith decidiu fabricar vidro, a princípio adaptando o forno de cerâmica a essa nova função. Era uma empreitada que apresentava grandes dificuldades; porém, após várias tentativas infrutíferas, ele terminou por conseguir montar uma oficina de vidraçaria, da qual Gedeon Spilett e Harbert, ajudantes naturais do engenheiro, não arredaram pé durante alguns dias.

Quanto às substâncias que entram na composição do vidro, são exclusivamente areia, greda e soda (carbonato ou sulfato). Ora, a praia fornecia a areia, o calcário fornecia a greda, as plantas marinhas forneciam a soda, as piritas forneciam o ácido sulfúrico e o solo fornecia o carvão para esquentar o forno à temperatura desejada. Cyrus Smith achava-se então em condições propícias para agir.

A ferramenta cuja fabricação ofereceu mais dificuldade foi a "bengala" do vidraceiro, tubo de ferro com um metro e meio a um metro e oitenta de comprimento, que serve para recolher por uma de suas pontas a matéria-prima mantida em estado de fusão. Pencroff, contudo, adaptando uma lâmina de ferro, comprida e fina, e enrolando-a em forma de cano de espingarda, conseguiu fabricar a tal bengala, logo pronta para uso.

No dia 28 de março, o forno foi ajustado para altas temperaturas. Cem partes de areia, trinta e cinco de greda, quarenta de sulfato de soda, misturadas a duas ou três de carvão em pó, compuseram a substância, que foi depositada em retortas de cerâmica refratária. Quando a temperatura elevada do forno reduziu-a ao estado líquido, ou melhor, ao estado pastoso, Cyrus Smith "colheu" com a bengala certa quantidade dessa pasta; virou-a e revirou-a sobre uma placa de metal previamente disposta, de maneira a lhe conferir a forma apropriada para soprar; em seguida passou a bengala para Harbert, dizendo-lhe que soprasse pela outra ponta.

– Como se fizesse bolhas de sabão? – perguntou o rapaz.

– Exatamente – respondeu o engenheiro.

E Harbert, inflando as bochechas, tendo o cuidado de girá-la o tempo todo, soprou tanto e tão bem na bengala que o seu sopro dilatou a massa vítrea. Outras quantidades de substância em fusão acrescentaram-se à primeira, daí resultando uma esfera medindo trinta centímetros de diâmetro. Então Cyrus Smith pegou de volta a bengala das mãos de Harbert e, imprimindo-lhe um movimento de pêndulo, terminou por alongar a bolha maleável, de maneira a conferir-lhe uma forma cilindro-cônica.

A operação do sopro gerara um cilindro de vidro, terminado em duas calotas hemisféricas, facilmente removidas com a ajuda de um ferro aguçado e passado na água fria; em seguida, pelo mesmo procedimento, o cilindro foi fendido em seu comprimento e, após adquirir maleabilidade mediante um segundo aquecimento, foi estendido sobre uma placa e achatado com um rolo de madeira.

A primeira lâmina de vidro estava então fabricada, bastando recomeçar cinquenta vezes a operação para fabricar cinquenta outras. Dessa forma, as janelas de Granite House logo se viram guarnecidas de placas diáfanas, talvez não muito claras, mas suficientemente transparentes.

Quando passaram a fabricar copos, frascos e garrafas, a coisa virou diversão. Os utensílios eram aprovados tais como saíam da ponta da bengala. Pencroff, louco para soprar, reivindicara sua vez, mas soprava tão forte que seus artefatos exibiam as formas mais mirabolantes, deixando-o perplexo.

Durante uma das expedições realizadas por essa época, uma nova espécie de árvore foi descoberta, cujos produtos vieram enriquecer ainda mais a reserva de víveres da colônia.

Um dia, enquanto caçavam, Cyrus Smith e Harbert haviam se aventurado na floresta do Faroeste, na margem esquerda do Mercy. Como sempre, o rapazola fazia mil perguntas ao engenheiro, às quais este respondia com todo o gosto. Com a caça, porém, acontece o mesmo que em toda atividade terrena, e, quando nela não empenhamos todo o zelo requerido, há muitas razões para que não seja bem-sucedida. Ora, como Cyrus Smith não era caçador e, nesse dia, Harbert discorresse sobre química e física, diversos cangurus, capivaras e cutias, mesmo passando a uma distância adequada para o tiro, escaparam do fuzil do rapaz. Daí resultou que, com o dia já bem avançado e os dois caçadores correndo grande risco de voltarem de mãos abanando, Harbert deteve-se e soltou um grito de alegria, exclamando:

– Ei, sr. Smith, está vendo essa árvore?

E apontava para o que na verdade era um arbusto, pois compunha-se apenas de um caule simples, revestido por uma casca escamosa e dotado de folhas riscadas por pequenos veios paralelos.

– E que árvore é aquela que parece uma palmeira? – perguntou Cyrus Smith.

– É uma *Cycas revoluta*, cujo desenho consta do nosso dicionário de história natural!

– Mas não vejo fruta nesse arbusto…

– É, sr. Cyrus – explicou Harbert –, mas o seu tronco contém uma farinha que a natureza nos fornece já toda moída.

– É então a árvore-do-pão?

– Exatamente, a árvore-do-pão!

– Isso é uma grande descoberta, meu rapaz – reagiu o engenheiro –, enquanto aguardamos a colheita do trigo. Mãos à obra e queiram os céus que você não esteja enganado!

Harbert não estava engando. Quebrou o caule de uma *Cycas*, que era composto de um tecido glandular e encerrava certa quantidade de medula farinácea, atravessada por feixes lígneos, separados por anéis da mesma substância dispostos concentricamente. A essa fécula misturava-se um suco mucilaginoso de sabor desagradável, mas que seria fácil eliminar espremendo. Essa substância celular formava uma verdadeira farinha de qualidade superior, extremamente nutritiva, cuja exportação as leis japonesas antigamente proibiam.

Cyrus Smith e Harbert, após esquadrinharem a área do Faroeste onde cresciam aquelas *Cycas*, anotaram alguns pontos de referência e voltaram a Granite House, onde divulgaram sua descoberta.

No dia seguinte, os colonos puseram-se a caminho para fazer uma primeira colheita e Pencroff, cada vez mais entusiasmado com sua ilha, dizia ao engenheiro:

– Sr. Cyrus, acredita na existência de ilhas de náufragos?

– O que entende por isso, Pencroff?

– Pois bem, entendo ilhas criadas especialmente para um naufrágio digno e nas quais os pobres-diabos consigam sempre se safar!

– Quem sabe? – respondeu o engenheiro, sorrindo.

– É certo, senhor – retrucou Pencroff –, e o mais certo é que a ilha Lincoln é uma delas!

Retornaram a Granite House com uma volumosa carga de caules de *Cycas*. A fim de extrair o suco mucilaginoso misturado à fécula, o engenheiro construiu uma prensa e obteve um volume expressivo de farinha, que, nas mãos de Nab, transformou-se em bolos e pudins. Se ainda não era o autêntico pão com fermento, estavam chegando perto.

Também por essa época, o onagro, as cabras e as ovelhas do curral passaram a fornecer diariamente o leite necessário à colônia. Assim, a carroça, ou melhor, uma espécie de coche leve que a substituíra, fazia frequentes viagens ao curral e, quando era sua vez de fazer o carreto, Pencroff levava Jup como motorista, tarefa de que Jup, estalando o chicote, incumbia-se com a inteligência de costume.

Tudo prosperava então, tanto no curral como em Granite House e de fato os colonos, a não ser por estarem longe da pátria, não tinham do que se queixar. Sentiam-se tão afeitos àquela vida, tão acostumados àquela ilha, que não teriam deixado aquele solo hospitaleiro sem se lamentar!

Não obstante, o amor à terra natal cala tão fundo no coração do homem que, se alguma embarcação tivesse inopinadamente se apresentado à vista da ilha, os colonos teriam feito sinais, chamado e partido! Até lá, viviam aquela existência feliz, temendo antes que um acontecimento qualquer viesse interrompê-la.

Mas quem pode se gabar de ter o destino definido e estar ao abrigo de seus reveses!

Em todo caso, aquela ilha Lincoln, que os colonos já habitavam há mais de um ano, era o tema recorrente de suas conversas. Um dia, contudo, um deles fez uma observação que viria a se revelar prenhe de consequências.

Era 1º de abril, domingo de Páscoa, guardado por Cyrus Smith e seus companheiros mediante o repouso e a oração. Haviam tido um dia bonito, tal como são os dias de outubro no hemisfério boreal.

À noite, após o jantar, estavam todos reunidos na varanda, na orla do planalto do Mirante, e contemplavam a noite subir no horizonte. Nab serviu algumas xícaras daquela infusão de sementes de sabugueiro, que substituíam o café. Conversavam sobre a ilha, sobre sua situação isolada no Pacífico, quando Gedeon Spilett foi impelido a dizer:

– Caro Cyrus, por acaso efetuou um novo cálculo da posição de nossa ilha, depois que encontramos o sextante no baú?

– Não – respondeu o engenheiro.

– Deveríamos fazê-lo, visto esse instrumento ser mais preciso do que o usado anteriormente.

– Para quê? – disse Pencroff. – A ilha está onde está!

– Sem dúvida – continuou Gedeon Spilett –, mas é bem capaz de a imprecisão dos aparelhos ter falseado o resultado das observações e, como isso não custa nada...

– Tem razão, caro Spilett – concordou o engenheiro. – Eu deveria ter feito essa verificação mais cedo. De toda forma, se erro cometi, ele não deva ultrapassar cinco graus em longitude ou latitude.

– Ora! Quem sabe? – insistiu o repórter. – Quem sabe não estamos muito mais próximos de uma terra habitada do que julgamos?

– Saberemos isso amanhã – concluiu Cyrus Smith –, e, não fossem as inúmeras ocupações, que me tomaram todo o tempo, já saberíamos.

– Combinado! – exclamou Pencroff. – O sr. Cyrus é um observador arguto demais para se haver enganado e, se não se mexeu, a ilha está onde foi colocada.

– É o que veremos.

Assim, logo no dia seguinte, o engenheiro armou o sextante e fez as observações necessárias para confirmar as coordenadas já obtidas, e eis o resultado do procedimento:

Sua primeira observação apontara como localização da ilha Lincoln:

Em longitude oeste: entre 150° e 155°;

Em latitude sul: entre 30° e 35°.

A segunda forneceu exatamente:

Em longitude oeste: 150°30';

Em latitude sul: 34°57'.

Assim, portanto, a despeito dos recursos precários, Cyrus Smith procedera com tamanha habilidade que seu erro não excedera cinco graus.

– Agora – disse Gedeon Spilett –, uma vez que, além de um sextante, possuímos um atlas, vejamos, caro Cyrus, a posição exata que a ilha Lincoln ocupa no Pacífico.

Harbert foi apanhar o atlas, que, como sabemos, havia sido publicado na França e cuja nomenclatura, por conseguinte, era em língua francesa.

O mapa do Pacífico foi desdobrado e, com o compasso na mão, o engenheiro preparou-se para determinar o ponto.

Subitamente, o compasso parou em sua mão e ele disse:

– Ora, já existe uma ilha nessa área do Pacífico!

– Uma ilha? – exclamou Pencroff.

– A nossa, evidentemente! – retrucou Gedeon Spilett.

– Não – continuou Cyrus Smith. – Essa ilha está situada a 153° de longitude e 37°11' de latitude, isto é, dois graus e meio a mais a oeste e dois graus a mais ao sul do que a ilha Lincoln.

– E que ilha é essa? – perguntou Harbert.

– A ilha Tabor.

– Uma ilha importante?

– Não, um recife perdido no Pacífico e talvez nunca antes visitado!

– Muito bem, nós o visitaremos – disse Pencroff.

– Nós?

– Sim, sr. Cyrus. Construiremos um barco com coberta e eu mesmo irei pilotá-lo. A que distância estamos dessa ilha Tabor?

– Cento e cinquenta milhas a nordeste, aproximadamente – respondeu Cyrus Smith.

– Cento e cinquenta milhas! Ridículo! – bradou Pencroff. – Com um bom vento, em quarenta e oito horas está atravessado!

– Mas para quê? – perguntou o repórter.

– Ainda não sei. Quando chegarmos lá, veremos!

E, dada essa resposta, decidiram construir uma embarcação que lhes permitisse fazer-se ao mar em outubro, quando o bom tempo retornasse.

10

Construção do barco • Segunda colheita de trigo • Caçada aos kulas • Uma nova planta mais agradável do que útil • Baleia à vista • O arpão de Vineyard • O cetáceo é retalhado • Uso das barbatanas • O fim do mês de maio • Pencroff não tem mais nada a desejar

QUANDO PENCROFF METIA um projeto na cabeça, não sossegava enquanto este não fosse executado. Ora, ele queria visitar a ilha Tabor e, como para essa travessia fazia-se necessária uma embarcação de certas dimensões, urgia construir a referida embarcação.

Eis o plano arquitetado pelo engenheiro e aprovado junto ao marujo.

O barco teria dez metros de quilha e três de bojo, medidas que lhe dariam velocidade, caso seus fundos e linhas-d'água fossem satisfatórios, devendo submergir mais de um metro e oitenta, calado de água suficiente para não pô-lo à deriva. Teria uma coberta ao longo de todo o comprimento, atravessada por duas escotilhas que dariam acesso a dois camarotes separados por uma divisória e seria armado como *sloop*, com brigandina, traquete, varredoura, beque, foque e velame de fácil manejo, fácil de arriar, em caso de procela, e de posicionar na direção do vento. Por fim, o casco seria construído com bordos livres, isto é, não superpostos, e, quanto ao seu esqueleto, seria executado "a quente", após o ajuste das cavernas, que seriam montadas sobre as traves horizontais.

Que tipo de madeira utilizar na construção do barco? Olmo ou abeto, que abundavam na ilha? Optaram pelo abeto, madeira que "trabalha", segundo a expressão dos marceneiros, mas boa para ser modelada, suportando tão satisfatoriamente como o olmo a imersão na água.

Resolvidos esses detalhes, e considerando que o verão não retornaria antes de seis meses, combinaram que Cyrus Smith e Pencroff trabalhariam sozinhos no barco, enquanto Gedeon Spilett dava continuidade à atividade da caça e Nab e mestre Jup, seu ajudante, às tarefas domésticas a eles confiadas.

Escolhidas as árvores, estas foram derrubadas, desbastadas e serradas em tábuas, como teriam feito experientes madeireiros. Uma semana depois, na reentrância que existia entre as Chaminés e o paredão, um estaleiro fora montado e uma quilha, com dez metros de comprimento, dotada de um cadaste na popa e um esporão na proa, estendia-se sobre a areia.

Cyrus não agira às cegas nessa nova empreitada. Especialista em construção marítima, como em quase tudo, fora no papel que delineara o gabarito da embarcação. Nesse quesito, dispunha de um excelente assessor em Pencroff, que, havendo trabalhado alguns anos num estaleiro do Brooklyn, dominava a parte prática. Portanto, foi só após cálculos severos e reflexões maduras que as cavernas foram acopladas à quilha.

Pencroff, não é difícil acreditar, era puro entusiasmo na execução de seu novo artefato e não queria abandoná-lo um instante.

Uma única atividade conseguiu arrancá-lo, mas só um dia, de seu estaleiro. Foi a segunda colheita de trigo, que se deu em 15 de abril. Tão bem-sucedida como a primeira, produziu a safra de grãos prevista.

– Cinco alqueires, sr. Cyrus! – disse Pencroff, após medir escrupulosamente suas riquezas.

– Cinco alqueires – repetiu o engenheiro –, e, a cento e trinta mil grãos por alqueire, isso dá seiscentos e cinquenta mil grãos.

– Pois bem, semearemos tudo dessa vez – disse o marujo –, salvo uma pequena reserva!

– Sim, Pencroff, e, se a próxima colheita der um rendimento proporcional, teremos quatro mil alqueires.

– E comeremos pão?

– Comeremos pão.

– Mas não precisaremos de um moinho?

– Faremos um moinho.

O terceiro campo de trigo foi então incomparavelmente mais extenso do que os dois primeiros, e a terra, preparada com todo carinho, recebeu o valioso sêmen. Feito isso, Pencroff voltou a seus afazeres.

Nesse ínterim, Gedeon Spilett e Harbert caçavam nas redondezas, embrenhando-se nas profundezas da mata do Faroeste, espingardas carregadas, prontas para qualquer encontro desagradável. Era um inextricável emaranhado de árvores magníficas que, na falta de espaço, comprimiam-se umas contra as outras. A exploração daquelas massas verdejantes era extremamente difícil e o repórter jamais se aventurava sem carregar consigo a bússola de bolso, pois o sol mal atravessava a densa folhagem, prejudicando a orientação. Natural, portanto, a caça rarear naquela zona, nada propícia à locomoção. Mesmo assim, três grandes herbívoros foram abatidos durante a última quinzena de abril. Eram kulas, animais que os colonos já tinham visto ao norte do lago, que se deixaram matar estupidamente entre os grossos galhos das árvores sobre as quais haviam procurado refúgio. Suas peles foram levadas para Granite House e, por meio do ácido sulfúrico, submetidas a uma espécie de curtimento que as tornou utilizáveis.

Uma descoberta valiosa, em domínio bem diverso, também foi feita durante uma dessas excursões, esta da lavra de Gedeon Spillet.

Foi no dia 30 de abril. Os dois caçadores haviam se embrenhado no Faroeste, dessa vez em seu sudoeste, quando o repórter, cinquenta passos à frente de Harbert, chegou a uma espécie de clareira, sobre a qual as árvores, mais espaçadas, permitiam a passagem de alguns raios.

Gedeon Spilett estacou imediatamente ao sentir o odor exalado por certos vegetais com talos retilíneos, cilíndricos e ramosos, que produziam flores dispostas em cachos e sementes minúsculas. O repórter arrancou um ou dois desses talos e recuou até o adolescente, indagando:

– Tem ideia do que seja isso, Harbert?

– Onde encontrou essa planta, sr. Spilett?

– Ali, numa clareira, onde cresce em abundância.

– Pois bem, sr. Spilett – declarou Harbert –, eis um achado que lhe assegura todos os direitos à gratidão de Pencroff.

– Então é tabaco?

– Sim, e, mesmo não sendo de primeira qualidade, não deixa de ser tabaco!

– Ah, o bom Pencroff vai ficar satisfeito! Mas não fumará tudo, claro, espero que deixe um pouco para nós!

– Ei, tive uma ideia, sr. Spilett – sugeriu Harbert. – Não vamos contar nada a Pencroff. Vamos preparar essas folhas e, um belo dia, lhe oferecemos um cachimbo abarrotado de fumo até a boca!

– Combinado, Harbert, e nesse dia o nosso digno companheiro não terá mais nada a desejar no mundo!

O repórter e o rapaz fizeram um bom estoque da valiosa planta e voltaram a Granite House, onde a introduziram "de contrabando", como se Pencroff fosse o mais severo agente da alfândega.

Cyrus Smith e Nab foram inteirados do segredo, e o marujo não desconfiou de nada o tempo todo necessário à secagem das delgadas folhas, que, em seguida, foram picadas e submetidas a certo grau de torrefação sobre pedras quentes. Embora isso tudo tenha levado dois meses, todas as operações puderam ser feitas às escondidas de Pencroff, que, ocupado com a construção do barco, só subia a Granite House na hora do repouso. No entanto, sua tarefa favorita foi novamente interrompida, à sua revelia, no dia 1º de maio, por uma expedição pesqueira da qual todos os colonos foram obrigados a participar.

Nos últimos dias, havia sido possível observar no mar, a duas ou três milhas ao largo, um gigantesco animal nadando nas águas da ilha Lincoln. Era uma baleia de grandes dimensões, que, possivelmente, devia pertencer à espécie austral, conhecida como baleia do Cabo.

– Que sorte a nossa se a capturássemos! – exclamou o marujo. – Ah! se tivéssemos uma embarcação apropriada e um arpão em bom estado, eu bradaria: "Vamos à besta, pois vale a pena agarrá-la!"

– Ei, Pencroff – disse Gedeon Spilett –, eu adoraria vê-lo manobrar um arpão. Deve ser, no mínimo, curioso!

– Curioso e arriscado – ponderou o engenheiro. – Porém, uma vez que não temos armas para atacar esse animal, inútil preocupar-se com ele.

– Espanta-me – disse o repórter – ver uma baleia sob essa latitude razoavelmente elevada.

– Ora, e por quê, sr. Spilett? – retrucou Harbert. – Estamos precisamente numa zona do Pacífico que os pescadores ingleses e americanos chamam de "Whale-Field",* e é aqui, entre a Nova Zelândia e a América do Sul, que se concentram as baleias do hemisfério sul.

– É a pura verdade – concordou Pencroff –, e o que me admira é não termos visto mais desses animais. Enfim, já que é impossível nos aproximar, melhor esquecer!

E Pencroff voltou à sua atividade, não sem antes dar um suspiro de decepção, pois em todo marujo há um pescador, e, se o prazer da pescaria é proporcional às dimensões do animal pescado, fácil imaginar o que um baleeiro sente diante de uma baleia!

Se fosse só o prazer! Impossível, contudo, omitir que a presa teria sido de grande utilidade para a colônia, visto que o óleo, a gordura e as barbatanas poderiam ser empregados em mil e uma coisas.

Pois bem, deu-se o seguinte: a baleia avistada parecia não querer abandonar as águas da ilha. Portanto, seja das janelas de Gra-

* "Campo de baleias", em inglês no original.

nite House, seja do planalto do Mirante, Harbert e Gedeon Spilett, quando não estavam caçando, e Nab, enquanto vigiava seus fogões, não desgrudavam da luneta, observando todos os movimentos do animal. O cetáceo, profundamente infiltrado na vasta baía da União, sulcava-a rapidamente desde o cabo Mandíbula até o cabo da Garra, impelido por sua nadadeira caudal poderosa, sobre a qual se apoiava e movia por saltos a uma velocidade que às vezes alcançava vinte quilômetros por hora. Além disso, às vezes chegava tão perto do recife que era possível examiná-la com vagar. Era de fato a baleia austral, que é toda negra e cuja cabeça é mais deprimida que a das baleias do norte.

Também era possível vê-la expelir por seus orifícios, e a grande altura, uma nuvem de vapor... ou de água, pois – por mais insólito que pareça – os naturalistas e baleeiros ainda não se entenderam a esse respeito. Seria ar ou água? A maioria julga tratar-se de vapor, que, condensando-se subitamente em contato com o ar frio, cai igual chuva.

Seja como for, a presença daquele mamífero marinho preocupava os colonos. Pencroff, sobretudo, parecia irritadíssimo e distraído. Terminou por desejar aquela baleia como uma criança um brinquedo proibido. À noite, sonhava com ela em voz alta e, certamente, se tivesse meios de atacá-la, se o saveiro se mostrasse em condições de resistir ao mar aberto, não teria hesitado em sair em sua perseguição.

Mas o que os colonos não puderam fazer, o acaso fez por eles, e, em 3 de maio, gritos de Nab, posicionado na janela da cozinha, anunciaram que a baleia encalhara nas areias da ilha.

Harbert e Gedeon Spilett, que estavam de saída para a caça, largaram as espingardas; Pencroff deixou de lado o machado; Cyrus Smith e Nab juntaram-se aos companheiros – e todos se dirigiram rapidamente para o local.

O encalhe se dera na praia da ponta do Destroço, a cinco quilômetros de Granite House e em mar aberto. Logo, era provável que

– Que monstro! – exclamou Nab.

o cetáceo não conseguisse se soltar com facilidade. Seja como for, tinham de se apressar, a fim de lhe cortar a retirada em caso de necessidade. Correram com picaretas e porretes rebitados, atravessaram a ponte do Mercy, desceram a margem direita do rio, adentraram a praia e, em menos de vinte minutos, estavam junto ao enorme animal, sobre o qual já fervilhava um mundo de aves.

– Que monstro! – exclamou Nab.

A expressão era correta, pois tratava-se de uma baleia austral, com vinte e quatro metros de comprimento, um gigante da espécie, que não devia pesar menos de vinte e duas toneladas!

Nesse ínterim, o monstro encalhado não se mexia e tampouco procurava, debatendo-se, voltar a flutuar na maré alta.

Os colonos logo tiveram a explicação para sua imobilidade, quando puderam, com a maré baixa, contornar o animal.

Estava morto, com um arpão cravado em seu flanco esquerdo.

– Então há baleeiros nessas paragens? – sugeriu imediatamente Gedeon Spilett.

– Pode me dizer por quê? – perguntou o marujo.

– Considerando que o arpão permanece aqui...

– Ora, sr. Spilett, isso não prova nada! – argumentou Pencroff. – Há casos de baleias que percorreram milhares de quilômetros com um arpão no flanco, e, se esta tivesse sido golpeada no norte do Atlântico e vindo morrer no sul do Pacífico, nada haveria de espantoso nisso!

– No entanto... – atalhou Gedeon Spilett, insatisfeito com a explicação de Pencroff.

– Isso é perfeitamente possível – interveio Cyrus Smith. – Mas examinemos esse arpão. Quem sabe, adotando um costume bastante difundido, não gravaram nele o nome do navio...

Com efeito, arrancando o arpão que o animal trazia no flanco, Pencroff leu esses dizeres:

– Um barco de Vineyard![*] Um barco da minha pátria! – exclamou. – O *Maria Stella*! Que formoso baleeiro, por Deus! Conheço-o de ponta a ponta! Ah, amigos, uma embarcação de Vineyard, um baleeiro de Vineyard!

E o marujo, agitando o arpão, repetia entusiasmado aquele nome que lhe calava fundo no coração, o nome de sua terra natal!

Contudo, como não esperavam que o *Maria Stella* viesse reivindicar o animal arpoado, resolveram proceder a seu esquartejamento antes que a decomposição se instalasse. As aves de rapina, que nos últimos dias vinham observando a opulenta presa, queriam, sem mais delongas, assumir sua posse, e foi preciso afugentá-las com alguns tiros.

Era uma baleia fêmea, cujas tetas forneceram grande quantidade de um leite que, segundo a opinião do naturalista Dieffenbach, podia passar por leite de vaca, e, com efeito, deste não diferia nem pelo sabor, nem pela coloração, nem pela densidade.

Pencroff já trabalhara antes num baleeiro e supervisionou metodicamente a operação de esquartejamento, atividade deveras desagradável, que durou três dias, mas diante da qual nenhum dos colonos refugou, sequer Gedeon Spilett, que, nas palavras do marujo, terminaria dando um "excelente náufrago".

A banha, cortada em postas paralelas de setenta centímetros de espessura, depois dividida em nacos que podiam pesar quinhentos quilos cada um, foi derretida em grandes recipientes de barro, transportados para o próprio local do esquartejamento, pois ninguém queria empestear as cercanias do planalto do Mirante, e, com esse derretimento, perdeu cerca de um terço de seu peso. Mas tudo era

[*] Porto do estado de Nova York. (Nota do autor)

descomunal: só a língua forneceu três toneladas de óleo e o lábio inferior duas. Além disso, junto com aquela gordura, que devia garantir por muito tempo a provisão de estearina e glicerina, havia também as barbatanas, que sem dúvida teriam sua utilidade, embora não se usassem nem guarda-chuvas nem espartilhos em Granite House. Com efeito, a parte superior da boca do cetáceo achava-se equipada, de ambos os lados, com oitocentas lâminas córneas, de grande flexibilidade e contextura fibrosa, afiadas em suas bordas como dois grandes pentes, cujos dentes, com dezoito centímetros de comprimento, servem para reter milhares de animálculos, pequenos peixes e moluscos, de que a baleia se alimenta.

Concluída a operação, para grande satisfação dos cirurgiões, destinaram os restos do animal às aves, que deveriam eliminá-los até o último vestígio, e as tarefas cotidianas retomaram seu curso em Granite House.

Todavia, antes de retornar ao estaleiro, Cyrus Smith teve a ideia de fabricar algumas engenhocas que despertaram vivamente a curiosidade de seus companheiros. Pegou uma dúzia de barbatanas, cortou-as em seis partes iguais e afiou-as na extremidade.

– E isso, sr. Cyrus – indagou Harbert, terminada a operação –, servirá para...?

– Matar lobos, raposas e até onças – respondeu o engenheiro.

– Agora?

– Não, no inverno, quando tivermos gelo à nossa disposição.

– Não compreendo... – disse Harbert.

– Vai compreender, meu rapaz – acalmou-o o engenheiro. – Esse artefato não é invenção minha, sendo muito usado pelos caçadores aleútes na América russa. Essas barbatanas que estão vendo, amigos, pois bem!, quando gear, eu as vergarei, mergulharei na água, até que se revistam inteiramente de uma camada de gelo que conservará sua curvatura, e as espalharei pela neve, após tê-las previamente dissimulado sob uma camada de gordura. Ora, o que acontecerá quando um animal faminto engolir uma dessas iscas? O calor de seu estômago fará com que o gelo derreta e a barbatana, expandindo-se, irá perfurá-lo com suas pontas aguçadas.

– Aí está uma coisa inteligente! – exclamou Pencroff.

– E que economizará pólvora e balas – acrescentou Cyrus Smith.

– Melhor que os mundéus! – comentou Nab.

– Aguardemos então o inverno!

– Aguardemos.

Enquanto isso, a construção do barco progredia e, perto do fim do mês, ele se achava quase todo guarnecido. Já era possível antever que teria uma conformação excelente para resistir ao mar bravio.

Pencroff trabalhava ardorosamente, e só a sua robusta natureza para ignorar a fadiga. Em segredo, contudo, seus companheiros preparavam-lhe uma recompensa por tantos labores, e, no dia 31 de maio, ele deveria sentir uma das grandes alegrias de sua vida.

Nesse dia, no fim do jantar, no momento em que ia deixar a mesa, Pencroff sentiu uma mão apoiando-se em seu ombro.

Era a mão de Gedeon Spilett, que o interpelou:

– Um instante, mestre Pencroff, isso não é jeito de sair da mesa! Esqueceu-se da sobremesa?

– Obrigado, sr. Spilett – respondeu o marujo –, preciso voltar ao trabalho.

– E não aceitaria uma xícara de café?

– Tampouco.

– Quem sabe um cachimbo?

Pencroff levantou-se de um pulo e, ao ver o repórter lhe oferecer um cachimbo todo preparado e Harbert, um tição, seu rosto grande e generoso empalideceu.

Quis articular uma palavra, em vão. Então, agarrando o cachimbo, levou-o aos lábios e, esquentando a brasa, deu cinco ou seis baforadas seguidas. Uma nuvem azulada e perfumada espalhou-se e, das profundezas dessa nuvem, ouviu-se uma voz delirante, que repetia:

– Fumo! Fumo de verdade!

– Sim, Pencroff – concordou Cyrus Smith –, eu diria um excelente tabaco!

– Oh, divina Providência! Autor sagrado de todas as coisas! – exclamou o marujo. – Isso significa que não falta mais nada em nossa ilha!

E Pencroff fumava, fumava, fumava!

– E quem fez essa descoberta? – perguntou finalmente. – Harbert, sem dúvida...

– Não, Pencroff, foi o sr. Spilett.

– Sr. Spilett! – exclamou o marujo, apertando o repórter contra o peito num abraço que este nunca experimentara.

– Ufa, Pencroff! – respondeu Gedeon Spilett, recuperando a respiração, por um instante comprometida. – Divida um pouco dessa gratidão com Harbert, que identificou a planta, com Cyrus, que a preparou, e com Nab, que sofreu para guardar segredo!

– Muito bem, amigos, retribuirei isso algum dia! – respondeu o marujo. – Agora, é para todo o sempre!

II

O inverno • Pisoagem da lã • O pisão • Uma ideia fixa de Pencroff • As barbatanas • Para que serve um albatroz • O combustível do futuro • Top e Jup • Tempestades • Estragos no terreiro • Uma excursão ao pântano • Cyrus Smith sozinho • Exploração do poço

O INVERNO CHEGOU com o mês de junho, que corresponde ao dezembro das zonas boreais, e a atividade principal dos colonos passou a ser a confecção de roupas quentes e resistentes.

A lã dos carneiros do curral havia sido tosquiada e agora bastava transformar a valiosa matéria têxtil em tecido.

Desnecessário dizer que Cyrus Smith, não tendo à sua disposição máquinas de cardar, pentear, alisar, esticar, retorcer, nem *mule-jenny*, nem *self-acting* para fiar a lã, nem tear para tecê-la, foi obrigado a proceder de maneira mais rudimentar a fim de economizar a fiação e a tecelagem. E, com efeito, ele se propunha pura e simplesmente a utilizar a propriedade peculiar aos filamentos da lã, quando pressionados em todos os sentidos, de se emaranhar e constituir, mediante seu simples entrecruzamento, o tecido chamado feltro. Esse feltro, portanto, podia ser obtido por meio de uma simples pisoagem, operação que, embora diminua a maleabilidade do tecido, aumenta de modo considerável suas propriedades caloríferas. Ora, precisamente, a lã fornecida pelos carneiros selvagens era feita de fios muito curtos, o que é um bom ponto de partida para a feltragem.

O engenheiro, auxiliado pelos companheiros, inclusive Pencroff – mais uma vez forçado a abandonar seu barco! –, deu início aos procedimentos preliminares, que tiveram por finalidade desvencilhar a lã daquela substância oleosa e gordurosa de que é impregnada, conhecida como suarda. Essa lavagem é feita em tinas cheias d'água, a uma temperatura de 70°, nas quais a lã permanece mergulhada durante vinte e quatro horas. Em seguida, esta passa por uma lavagem profunda por meio de banhos de soda; depois de bem seca pela pressão, está em condições de ser pisoada, isto é, produzir um pano forte, grosseiro sem dúvida e sem valor algum num centro industrial da Europa ou da América, mas que decerto encontraria alta cotação nos "mercados da ilha Lincoln".

Era um tipo de têxtil conhecido desde tempos remotos e, com efeito, os primeiros panos de lã foram confeccionados mediante o processo empregado por Cyrus Smith.

Seu talento de engenheiro lhe foi muito útil na construção da máquina de pisoar, pois, habilidosamente, ele conseguiu aproveitar a força mecânica, não utilizada até o momento, da queda-d'água da praia para mover uma espécie de prensa ou pisão.

Era tudo muito rudimentar. Uma árvore, dotada de cames que erguiam e deixavam cair alternadamente soquetes verticais; lagares destinados a receber a lã, em cujo interior esses soquetes caíam; uma estrutura em forma de andaime, contendo e conectando todo o sistema – assim se apresentava o referido mecanismo e assim foi durante séculos, até o momento em que alguém teve a ideia de substituir esses soquetes por cilindros compressores e submeter o material não mais a uma simples prensagem, mas uma verdadeira laminação.

A operação, dirigida com mestria por Cyrus Smith, foi um sucesso. A lã – previamente borrifada com uma solução saponácea destinada, de um lado, a facilitar a cardagem, a aproximação, a compressão e a maleabilidade, e de outro, a impedir sua alteração pela pisoagem – saiu do pisão sob a forma de uma grossa toalha de feltro. As estrias e asperezas de que o fiapo de lã é naturalmente dotado haviam se agarrado e urdido tão bem que formaram um pano apto a confeccionar tanto roupas como cobertores. Não era, evidentemente, nem merinos, nem musselina, nem caxemira escocesa, nem *stoff*, nem repes, nem cetim-da-china, nem de Orléans, nem alpaca, nem algodão, nem flanela! Era "feltro lincolniano", e agora a ilha Lincoln contava com mais uma indústria.

Os colonos obtiveram então, além de boas roupas, grossos cobertores, e puderam aguardar sem temor a chegada do inverno de 1866-67.

Com efeito, em 20 de junho um frio mais intenso começou a imperar e, para sua grande decepção, Pencroff foi obrigado a interromper a construção do barco, que, aliás, teria de estar pronto para a primavera seguinte.

A ideia fixa do marujo era fazer uma expedição de reconhecimento até a ilha Tabor, embora Cyrus Smith não aprovasse essa viagem, movida por mera curiosidade, pois evidentemente não havia qualquer esperança de encontrar socorro naquele rochedo deserto e semiárido. Uma viagem de cento e cinquenta milhas, numa embarcação relativamente pequena, por mares desconhecidos, isso não deixava de lhe causar certa apreensão. Se a embarcação, uma vez ao largo, se visse na impossibilidade de alcançar Tabor e impedida de regressar à ilha Lincoln, o que seria dela no meio daquele Pacífico tão pródigo em catástrofes?

Cyrus Smith conversava frequentemente a respeito desse projeto com Pencroff, encontrando no marujo uma obstinação incomum em realizar aquela viagem, obstinação de que o próprio marujo não se dava conta.

– Pense bem, amigo – disse-lhe um dia o engenheiro –, após falar tão bem da ilha Lincoln, após manifestar tantas vezes a saudade que sentiria se tivesse de abandoná-la, você é o primeiro a querer deixá-la.

– Deixá-la só por alguns dias – respondeu Pencroff –, só por alguns dias, sr. Cyrus! O tempo de ir e voltar, de ver que rochedo é esse!

– Mas ele não chega aos pés da ilha Lincoln!

– Tenho certeza disso!

– Então por que aventurar-se?

– Para saber o que acontece na ilha Tabor!

– Mas não acontece nada! Não pode acontecer nada lá!

– Quem sabe?

– E se for surpreendido por alguma tempestade?

– Isso é raro nessa estação – argumentou Pencroff. – Entretanto, sr. Cyrus, como é bom prever tudo, peço-lhe para levar Harbert comigo nessa viagem.

– Pencroff – perguntou o engenheiro, pousando a mão no ombro do marujo –, se acontecesse alguma desgraça a você e a essa criança, que o acaso transformou em nosso filho, acha que viríamos a nos consolar um dia?

– Sr. Cyrus – retrucou Pencroff, com uma confiança inabalável –, não lhes daremos esse desgosto. Proponho que voltemos a falar dessa viagem em um momento mais propício. Pois imagino que, depois de ver o nosso barco bem emadeirado e acastelado, de observar como ele se comporta no mar, depois de circum-navegar nossa ilha, pois faremos isso juntos, imagino que não hesitará mais em me deixar partir! Não lhe escondo que seu barco será uma obra-prima!

– Diga pelo menos: nosso barco, Pencroff! – respondeu o engenheiro, momentaneamente desconcertado.

A conversa terminou dessa forma, para recomeçar mais tarde, sem que nenhum dos dois arredasse pé de seu ponto de vista.

A primeira nevasca veio no fim de junho. Embora antes disso o curral tivesse sido abastecido, dispensando as visitas diárias, decidiram vistoriá-lo pelo menos uma vez por semana.

Os mundéus foram novamente montados, bem como testados os dispositivos fabricados por Cyrus Smith. As barbatanas curvas, aprisionadas num estojo de gelo e revestidas por espessa camada de gordura, foram instaladas na orla da floresta, no ponto pelo qual os animais costumavam passar a caminho do lago.

Para grande satisfação do engenheiro, essa invenção, copiada dos pescadores aleútes, foi muito bem-sucedida. Uma dúzia de raposas, alguns javalis e até mesmo uma onça se deixaram iludir e foram encontrados mortos, com o estômago perfurado pelas barbatanas dilatadas.

Aqui, faz-se necessário relatar um experimento, isto é, a primeira tentativa feita pelos colonos de se comunicar com seus semelhantes.

Gedeon Spilett já pensara várias vezes em lançar ao mar uma mensagem dentro de uma garrafa, que as correntes pudessem carregar até uma costa habitada, ou em usar pombos para isso. Mas como esperar seriamente que pombos ou garrafas pudessem transpor a distância que separava a ilha de qualquer terra, a saber, dois mil quilômetros?

Pura maluquice.

Em 30 de junho, contudo, capturaram, não sem dificuldade, um albatroz, ferido levemente na pata por um tiro de espingarda disparado por Harbert. Era uma ave magnífica, da família desses grandes voadores, cuja envergadura das asas alcança três metros e que podem atravessar oceanos tão extensos quanto o Pacífico.

Harbert bem queria ter conservado aquela ave soberba, cujo ferimento curou rapidamente, e amestrá-la. No entanto, após Gedeon Spillet declarar que não podiam perder a oportunidade de usar aquele carteiro para se comunicarem com as terras do Pacífico, Harbert foi obrigado a ceder. Afinal, se o albatroz viera de alguma região habitada, não deixaria de para lá voltar quando solto.

Quem sabe, Gedeon Spilett, em quem às vezes o jornalista renascia, no fundo não vibrava por entregar às mãos do acaso uma reportagem bombástica descrevendo as aventuras dos colonos da ilha Lincoln! Que sucesso para o correspondente oficial do *New York Herald*, e para o número que contivesse a reportagem, se um dia ela chegasse ao endereço de seu diretor, o honradíssimo John Benett!

Gedeon Spilett redigiu então uma mensagem sucinta, que foi acondicionada num saco de lona forte e calafetada, suplicando, a quem a encontrasse, que a fizesse chegar à redação do *New York*

Herald. Prenderam o saco no pescoço do albatroz, e não em sua pata, pois essas aves costumam descansar na superfície do mar; em seguida, devolveram a liberdade ao veloz carteiro aéreo, e não foi sem um sentimento de emoção que os colonos o viram desaparecer ao longe nas brumas do ocidente.

– Que direção ele tomou? – perguntou Pencroff.

– A da Nova Zelândia – respondeu Harbert.

– Boa viagem! – exclamou o marujo, que, por sinal, não esperava grandes resultados daquele método de correspondência.

O inverno trouxe o trabalho de volta para o interior de Granite House: remendo de roupas, confecções diversas, entre elas a das velas da embarcação, cortadas da inesgotável lona do aeróstato...

O frio persistiu durante o mês de julho e nem lenha nem carvão foram poupados. Cyrus Smith instalara uma segunda lareira no salão, e era lá que passavam as longas noites. Conversavam enquanto trabalhavam, liam quando as mãos ficavam ociosas, e o tempo transcorria com proveito para todos.

Era um verdadeiro prazer para os colonos quando, daquela sala bem iluminada pelas velas e bem aquecida pelo carvão, após um jantar revigorante, o café de sabugueiro fumegando na xícara, os cachimbos empenachando-se com sua fumaça aromática, ouviam a tempestade estrugir do lado de fora! Seria um bem-estar absoluto, se isso pudesse existir para quem está longe de seus semelhantes e sem comunicação possível com eles! Conversavam sempre sobre a pátria, os amigos que haviam deixado, a grandeza da república americana, cuja influência só viria a aumentar... Cyrus Smith, que se envolvera a fundo nos assuntos da União, despertava grande interesse dos ouvintes com suas histórias, pontos de vista e prognósticos.

Um dia, Gedeon Spilett chegou a lhe dizer:

– Mas, afinal, caro Cyrus, não acha que todo esse movimento industrial e comercial, para o qual prevê uma progressão constante, corre o risco de um dia ser interrompido?

– Interrompido?! E por quê?

– Ora essa, pela falta de carvão, o qual podemos considerar, indubitavelmente, o mais valioso de todos os minérios!

– De fato – concordou o engenheiro –, e parece até que a natureza quis confirmar esse valor ao criar o diamante, que não passa de puro carbono cristalizado.

– Não está querendo dizer, sr. Cyrus – replicou Pencroff –, que passaremos a queimar diamante em lugar de carvão nos bojos das caldeiras!

– Claro que não, meu amigo – respondeu Cyrus Smith.

– Mesmo assim, insisto – volveu Gedeon Spilett. – Não acha que um dia não haverá mais carvão?

– Oh! As jazidas carboníferas ainda são consideráveis e os cem mil operários que extraem anualmente cem milhões de quintais métricos estão longe de havê-las exaurido.

– Com o aumento exponencial do consumo de carvão de terra – raciocinou Gedeon Spilett –, não podemos prever que esses cem mil operários em breve serão duzentos mil e que a extração será duplicada?

– Sem dúvida. Contudo, depois das jazidas da Europa, que novas máquinas logo permitirão explorar mais a fundo, as jazidas da América e da Austrália produzirão para o consumo da indústria por muito tempo ainda.

– Quanto tempo? – perguntou o repórter.

– Pelo menos duzentos e cinquenta ou trezentos anos.

– O que é tranquilizador para nós – interveio Pencroff –, mas preocupante para nossos sobrinhos-bisnetos!

– Descobrirão outra coisa – disse Harbert.

– Tomara – respondeu Gedeon Spilett –, pois afinal, sem carvão, é o fim das máquinas e, sem elas, nada de estradas de ferro, barcos a vapor, fábricas, nada do que exige o progresso da vida moderna!

– Mas o que descobrirão? – indagou Pencroff. – É capaz de imaginar, sr. Cyrus?

– Aproximadamente, amigo.

– E o que será queimado no lugar do carvão?

– Água – respondeu Cyrus Smith.

– Água?! – exclamou Pencroff. – Água para aquecer barcos a vapor e locomotivas, água para esquentar água?

– Sim, mas água decomposta em seus elementos constitutivos – explicou Cyrus Smith –, e decomposta, sem dúvida, pela eletricidade, que terá se tornado então uma força poderosa e controlável, pois todas as grandes descobertas, por uma lei inexplicável, parecem convergir e complementar-se num mesmo momento. Sim, amigos, creio que um dia água será empregada como combustível, que o hidrogênio e o oxigênio que a compõem, utilizados isolada ou simultaneamente, fornecerão uma fonte de calor e luz inesgotáveis e de uma intensidade de que o carvão seria incapaz. Um dia, os porões dos *steamers* e os *tenders* das locomotivas, em vez de carvão, serão abastecidos com esses dois gases comprimidos, que queimarão nas caldeiras com imenso poder calorífico. Por conseguinte, nada a temer. Enquanto esta terra for habitada, ela proverá as necessidades de seus habitantes, e, assim como jamais lhe faltarão espécimes dos reinos vegetal, mineral ou animal, jamais lhes faltarão luz e calor. Dito isso, creio que, quando se esgotarem as jazidas de carvão mineral, nos aqueceremos com água. A água é o carvão do futuro.

– Eu gostaria de presenciar isso – disse o marujo.

– Levantou cedo demais, mestre Pencroff – respondeu Nab, em sua única participação na conversa.

Todavia, não foram as palavras de Nab que encerraram a conversa, e sim os latidos de Top, que rebentaram mais uma vez naquela entonação estranha que já preocupara o engenheiro. Ao mesmo tempo, o cão voltara a girar ao redor da boca do poço que se abria na ponta do corredor interno.

– Por que será que Top continua a latir dessa forma? – interrogou Pencroff.

– E Jup a rosnar? – acrescentou Harbert.

Com efeito, o orangotango, juntando-se ao cão, dava inequívocos sinais de agitação, e, detalhe singular, os dois animais pareciam mais inquietos do que irritados.

– É evidente – sugeriu Gedeon Spilett – que esse poço está em comunicação direta com o mar e que, de tempos em tempos, algum animal marinho vem respirar no fundo.

– Exatamente – concordou o marujo –, e esta é a única explicação possível... Vamos, Top, silêncio – acrescentou Pencroff, voltando-se para o cão –, e você, Jup, para o quarto!

O macaco e o cão se calaram. Jup foi se deitar, mas Top permaneceu no salão e continuou a emitir pequenos rosnados durante toda a noite.

Ninguém aludiu mais àquele incidente, o qual, no entanto, deixou o engenheiro com o semblante preocupado.

Durante o resto do mês de julho, chuva e frio se alternaram. A temperatura não caiu tanto quanto no inverno anterior, e seu mínimo não ultrapassou 8°F (−13,33°C). De toda forma, embora menos frio, foi um inverno permeado por tempestades e ventanias. Violentas ressacas mais uma vez comprometeram as Chaminés. Parecia que um maremoto, provocado por algum abalo submarino, levantava ondas monstruosas e as precipitava contra a muralha de Granite House.

Debruçados nas janelas e vendo aquelas massas líquidas descomunais quebrando sob seus olhos, só restava aos colonos admirar o magnífico espetáculo da fúria impotente do oceano. As vagas, entrechocando-se, formavam uma espuma deslumbrante, a praia inteira sumia sob o raivoso aguaceiro e o maciço parecia despontar do próprio mar, cujos vapores erguiam-se a uma altura de mais de dez metros.

Durante essas tempestades, devido às constantes quedas de árvores, era problemático aventurar-se pelas veredas da ilha, perigoso inclusive. Mesmo assim, os colonos não deixaram passar uma semana sem fazer pelo menos uma visita ao curral. Felizmente, o cercado, protegido pelo contraforte sudeste do monte Franklin, não sofreu grandes ataques do furacão, que poupou as árvores, os galpões e a cerca. Mas o terreiro, instalado no planalto do Mirante e por conseguinte diretamente exposto às ventanias oriundas do leste, sofreu grandes e inevitáveis estragos. O pombal foi destelhado duas vezes e a barreira desmoronou. Tudo isso teria de ser refeito com mais solidez, pois agora estava claro que a ilha Lincoln se assentava numa zona turbulenta do Pacífico. Parecia realmente que ela constituía o ponto central de portentosos furacões, que a cingiam como a fieira a um pião. Com a ressalva de que, no caso, era o pião que ficava imóvel e a fieira que rodava.

Durante a primeira semana do mês de agosto, as rajadas foram diminuindo e a atmosfera revestiu-se de uma calma que ela parecia nunca haver perdido. Simultaneamente, a temperatura caiu, o frio voltou a se instalar e a coluna termométrica desceu até −8°F (−22°C).

No dia 3 de agosto, uma expedição, programada com alguns dias de antecedência, foi feita à região sudeste da ilha, na direção do pântano das Tadornas. O que atraía os caçadores eram as aves aquáticas, que lá estabeleciam sua querência de inverno. Patos-selvagens, narcejas, marrecas, mergulhões abundavam, e ficou decidido que dedicariam um dia inteiro a uma incursão contra essas aves.

Não só Gedeon Spilett e Harbert, como também Pencroff e Nab tomaram parte na expedição. Sozinho, Cyrus Smith, alegando trabalho, não se juntou a eles e permaneceu em Granite House.

Os caçadores então tomaram a estrada de porto Balão e dirigiram-se ao pântano, após prometerem voltar no fim do dia. Top e Jup os acompanhavam. Assim que atravessaram a ponte do Mercy, o engenheiro levantou-a e regressou a Granite House, com o intento de pôr em execução um plano para o qual desejava estar sozinho.

Ora, esse plano era explorar meticulosamente o poço interno, cuja entrada se abria no corredor de Granite House e que se comunicava com o mar, uma vez que antigamente servia de passagem para as águas do lago.

Por que Top rondava com tanta frequência aquele orifício? Por que deixava escapar latidos tão estranhos, quando uma espécie de inquietude o reconduzia na direção do poço? Por que Jup juntava-se a Top numa espécie de ansiedade compartilhada? Aquele poço teria outras ramificações além da comunicação vertical com o mar? Conduzia a outras regiões da ilha? Eis o que Cyrus Smith queria saber e, antes de tudo, estar sozinho para saber. Resolvera então empreender a exploração do poço durante uma ausência dos companheiros, e a ocasião chegara.

Era fácil descer até o fundo do poço usando a escada de corda, desativada desde a instalação do elevador e cujo comprimento era suficiente. Foi o que fez o engenheiro. Arrastou a escada até a boca do poço, cujo diâmetro media cerca de um metro e oitenta, e, após prender solidamente sua ponta superior, desenrolou-a dentro do buraco. Em seguida, tendo acendido uma lamparina, pegou um revólver, enfiou um facão no cinto e começou a descer os primeiros degraus.

A parede não apresentava falhas em nenhum ponto, embora de quando em quando surgissem algumas arestas na rocha. Ora, por meio daquelas arestas, uma criatura ágil poderia realmente ter subido até a entrada do poço.

Apesar dessa observação, passeando com cuidado sua lanterna por aquelas arestas, o engenheiro não encontrou nenhuma marca ou rachadura que sugerisse terem servido para uma escalada antiga ou recente.

Cyrus Smith desceu mais profundamente, iluminando todos os recantos das paredes, e nada viu de suspeito.

Quando alcançou os últimos degraus, sentiu a superfície da água, então perfeitamente calma. Nem no seu nível, nem em qualquer outra parte do poço, abria-se galeria lateral que pudesse se ramificar no interior do maciço. As paredes, nas quais Cyrus Smith bateu com o cabo do facão, não ecoavam. Era um granito compacto, através do qual nenhum ser vivo seria capaz de abrir caminho. Para chegar ao fundo do poço e subir depois até a sua boca, cumpria necessariamente passar por aquele canal, sempre imerso, que colocava o poço em comunicação com o mar através do subsolo rochoso da praia, e isso só era possível a animais marinhos. Quanto à questão de saber aonde desembocava o canal, em que ponto do litoral e a que profundidade, impossível resolvê-la.

Cyrus Smith, então, concluídas suas buscas, retirou a escada, cobriu novamente a boca do poço e, todo pensativo, voltou ao salão de Granite House, ruminando: "Nada vi, mas, mesmo assim, alguma coisa há!"

12

O aparelho da embarcação • Um ataque de cachorros-do-mato • Jup ferido • Jup tratado • Jup curado • Acabamento do barco • Triunfo de Pencroff • O Bonadventure • Primeiro teste ao sul da ilha • Mensagem inesperada

À NOITINHA, após uma proveitosa caçada, e trazendo o que era possível para eles, os quatro caçadores regressaram literalmente carregados de animais abatidos.

Top tinha um rosário de marrecas-arrebio em volta do pescoço e Jup, cinturões de narcejas.

– Pronto, mestre Pencroff! – exclamou Nab. – Já temos com que nos entreter! Conservas, patês, faremos uma reserva e tanto! Mas preciso de ajuda. Conto consigo, mestre Pencroff.

– Não, Nab – respondeu o marujo. – A enxárcia do barco me chama, terá de se virar sem a minha assessoria.

– E o senhor, sr. Harbert?

– Amanhã, tenho de ir ao curral, Nab – disse o rapaz.

– Será então o senhor, sr. Spilett, que irá me ajudar?

– Só se for para lhe fazer companhia, Nab – respondeu o repórter –, mas aviso desde já que, se me revelar suas receitas, eu as publicarei.

– Como julgar melhor, sr. Spilett – respondeu Nab –, como julgar melhor!

Foi assim que, no dia seguinte, Gedeon Spilett, transformado em ajudante de Nab, instalou-se em seu laboratório culinário. Antes disso, porém, o engenheiro comunicara-lhe o resultado das buscas efetuadas na véspera e, a esse respeito, o repórter foi da opinião do amigo, isto é, que embora nada tivesse sido encontrado, não deixava de subsistir um enigma!

A onda de frio perseverou ainda por uma semana e, exceto para cuidar do terreiro, os colonos não deixaram Granite House. A casa vivia perfumada pelos aromas deliciosos emanados das engenhosas receitas de Nab e do repórter; mas nem todo o butim da caçada no pântano foi transformado em conservas: como as peças conservavam-se perfeitamente naquele frio intenso, patos selvagens e outras aves foram consumidos frescos e declarados superiores a quaisquer outros animais aquáticos do mundo conhecido.

Durante aquela semana, Pencroff, auxiliado por Harbert, que manejava habilidosamente a agulha na feitura dos velames, trabalhou com tanto ardor que as velas da embarcação ficaram prontas. Cordas de cânhamo não faltavam, graças à enxárcia recuperada junto com o envelope do balão. Cabos e cordas da rede, tudo era feito num excelente fio, do que o marujo tirou bom partido. As velas foram guarnecidas com resistentes relingas, e ainda sobrou com que fabricar adriças, ovéns, escotas etc. Quanto às roldanas e polias, a conselho de Pencroff e usando o torno, Cyrus Smith produziu a quantidade necessária. Aconteceu então de o "recheio" da embarcação ficar pronto muito antes da embarcação propriamente dita. Pencroff hasteou inclusive uma bandeira azul, vermelha e branca, cujas cores haviam sido fornecidas por certas plantas tintoriais, muito abundantes na ilha. Detalhe: às trinta e sete estrelas representando os trinta e sete estados da União, que resplandeciam no pavilhão dos iates americanos, o marujo acrescentara uma trigésima oitava, a estrela do "estado de Lincoln", pois já considerava sua ilha anexada à grande república.

– E – ele dizia – se não é de fato, é de coração.

Nesse ínterim, a bandeira foi hasteada na janela central de Granite House e os colonos a saudaram com três hurras.

A estação fria chegava ao fim e parecia que aquele segundo inverno transcorreria sem incidentes graves, quando, na noite de 11 de agosto, o planalto do Mirante viu-se ameaçado por uma devastação completa.

Dormiam os colonos profundamente, após um dia cheio, quando, em torno das quatro horas da madrugada, foram subitamente despertados pelos latidos de Top.

Dessa vez o cão não latia próximo à boca do poço, mas na soleira da porta, jogando-se em cima dela como se quisesse arrombá-la. Jup, por sua vez, emitia gritos estridentes.

– O que há, Top? – exclamou Nab, primeiro a acordar.

Mas o cão continuou a latir ainda mais furioso.

– O que pode ser? – indagou Cyrus Smith.

E todos, vestindo-se às pressas, precipitaram-se para as janelas do recinto, que abriram.

Sob seus olhos desdobrava-se um tapete de neve, cuja brancura mal se percebia naquela noite quase indevassável. Os colonos nada viam, apenas ouviam latidos estranhos em meio à penumbra. Tudo indicava que a praia fora invadida por um certo número de animais que não era possível distinguir.

– O que é? – gritou Pencroff.

– Lobos, onças ou macacos! – respondeu Nab.

– Diabos! Eles podem alcançar o planalto!

– E o nosso terreiro? – preocupou-se Harbert. – E as nossas plantações?

– Mas por onde eles passaram? – perguntou Pencroff.

– Devem ter atravessado o pontilhão da praia – respondeu o engenheiro –, que algum de nós se esqueceu de fechar.

– Com efeito – admitiu Spilett –, lembro-me de tê-lo deixado aberto...

– Que coisa feia, sr. Spilett! – exclamou o marujo.

– O que está feito está feito – respondeu Cyrus Smith. – Analisemos as medidas a ser tomadas!

Foram essas as perguntas e respostas rapidamente trocadas entre Cyrus Smith e seus companheiros. Fato é que a ponte fora atravessada, a praia, invadida por animais, e estes, fossem quais fossem, podiam, subindo a margem esquerda do Mercy, alcançar o planalto do Mirante. Logo, melhor se apressarem e, em caso de necessidade, combatê-los.

– Mas que animais serão? – perguntou pela segunda vez um deles, no momento em que os latidos ressoavam ainda mais alto.

Aqueles sons fizeram Harbert estremecer. Lembrou-se de já tê-los ouvido durante sua primeira visita à nascente do córrego Vermelho.

– São cachorros-do-mato, são raposas! – ele disse.

– Avante! – insuflou o marujo.

E todos, armando-se com machados, espingardas e revólveres, precipitaram-se para o cesto do elevador e alcançaram a praia.

Cachorros-do-mato em alcateia, fustigados pela fome, são animais perigosos.

Mesmo assim os colonos não hesitaram em se lançar no meio do bando e com alguns poucos disparos, piscando na escuridão, fizeram recuar os primeiros agressores.

O mais importante era impedir os saqueadores de subir ao planalto do Mirante, pois as plantações e o terreiro ficariam à sua mercê e imensos, talvez irreparáveis danos, sobretudo no que se referia ao campo de trigo, decerto se produziriam. Porém, como a invasão do planalto só podia ser feita pela margem esquerda do Mercy, bastava erguer contra os cachorros-do-mato uma barreira intransponível no recanto da praia compreendido entre o rio e o paredão de granito.

Isso foi compreendido por todos e, a uma ordem de Cyrus Smith, alcançaram o local designado, enquanto o bando de cachorros avançava no breu.

Cyrus Smith, Gedeon Spilett, Harbert, Pencroff e Nab distribuíram-se então de maneira a formar uma linha intransponível. Top, arreganhando suas poderosas mandíbulas, precedia os colonos, seguido por Jup, armado com um cajado nodoso que ele agitava feito um tacape.

Era uma noite trevosa. Apenas o clarão dos disparos permitia ver os agressores, que deviam ser no mínimo uma centena e cujos olhos luziam como brasas.

– Eles não podem passar! – exclamou Pencroff.

– Não passarão! – respondeu o engenheiro.

Se não passaram, porém, não foi porque não tentaram. As últimas fileiras empurravam as primeiras e uma luta encarniçada estourou, durante a qual não faltaram tiros e machadadas. Diversos cadáveres de cachorros-do-mato já cobriam o terreno, mas o bando parecia não diminuir, dando a impressão de renovar-se incessantemente através do pontilhão da praia.

Os colonos, logo obrigados a partir para corpo a corpo, terminaram se ferindo, felizmente sem gravidade. Com um tiro de revólver, Harbert salvara Nab, em cujas costas um cachorro-do-mato acabava de se abater como um tigre. Top lutava com verdadeiro furor, saltando na garganta das raposas e estrangulando-as sumariamente. Jup, armado com seu porrete, espalhava bordoadas e não fora à toa que o haviam posicionado na retaguarda. Dotado, sem dúvida, de uma visão que lhe permitia guiar-se nas trevas, estava sempre no local mais intenso da luta, emitindo de vez em quando um silvo agudo, que nele era sinal de extremo júbilo. Num dado momento, investiu tão fundo contras as fileiras de animais que, ao clarão de um disparo, foi possível vê-lo cercado por cinco ou seis cachorros grandes, aos quais enfrentou com raro sangue-frio.

A luta, contudo, após uma resistência de duas longas horas, viria a terminar com a vitória dos colonos! As primeiras luzes do amanhecer sem dúvida contribuíram para a retirada dos agressores, que debandaram para o norte, atravessando de volta o pontilhão, que Nab correu para erguer imediatamente.

Quando o dia iluminou suficientemente o campo de batalha, os colonos puderam contar meia centena de cadáveres espalhados pela praia.

– E Jup! – exclamou Pencroff. – Onde está Jup?

Jup desaparecera. Nab chamou-o e, pela primeira vez, Jup não respondeu ao chamado do amigo.

Todos puseram-se à sua cata, com grande receio de encontrá-lo entre os mortos. Removeram os cadáveres, que manchavam a neve com seu sangue, e Jup foi encontrado no meio de uma verdadeira montanha de cachorros-do-mato, cujos maxilares arrebentados e vértebras quebradas testemunhavam terem sido objeto do terrível porrete do intrépido animal. O pobre Jup ainda segurava nas mãos o toco de seu tacape partido; privado de sua arma, fora atacado por uma alcateia e ferimentos profundos lanhavam o seu peito.

– Está vivo! – exclamou Nab, debruçando-se sobre ele. – Cuidaremos dele como se fosse um dos nossos.

Jup pareceu entender, pois inclinou a cabeça sobre o ombro de Pencroff, num gesto de gratidão. O marujo também estava ferido, mas seus ferimentos, assim como os de seus companheiros, não eram graves, pois, graças às armas de fogo, quase sempre conseguiram manter os agressores à distância. Logo, apenas o estado do orangotango inspirava cuidados.

Carregado por Nab e Pencroff, Jup foi transportado até o elevador, e, emitindo fracos gemidos, mal conseguia respirar. Içado lentamente até Granite House, foi instalado num dos colchões retirados de um dos estrados e seus ferimentos cuidadosamente lavados. Nenhum órgão vital parecia comprometido, porém, muito debilitado pela perda de sangue, Jup teve febre alta.

Deitaram-no então, após o curativo, impuseram-lhe uma dieta severa, "como se para uma pessoa humana", disse Nab, e fizeram-lhe beber algumas xícaras de uma infusão refrescante, cujos ingredientes foram fornecidos pela farmácia vegetal de Granite House.

Jup dormiu um sono a princípio agitado, mas pouco a pouco sua respiração tornou-se mais regular e ele pareceu se acalmar. De tempos em tempos, Top, caminhando, se é que podemos dizer, "na ponta dos pés", vinha visitar o amigo e parecia aprovar todos os cuidados a ele dispensados. Uma das mãos de Jup pendia para fora do colchão e Top a lambia com a expressão contrita.

Naquela mesma manhã, procederam à inumação dos cadáveres, que foram arrastados até a mata do Faroeste e enterrados a uma boa profundidade.

Aquele ataque, que poderia ter tido consequências muito graves, foi uma lição para os colonos, e daí em diante não dormiam mais sem que um deles se certificasse de que todas as pontes estavam erguidas, impedindo qualquer tipo de invasão possível.

Jup, no entanto, após ser motivo de preocupação por alguns dias, reagiu vigorosamente contra a doença. Sua constituição prevaleceu, a febre baixou gradativamente e Gedeon Spilett, que era um pouco médico, logo o considerou pronto para outra. Em 16 de agosto, Jup voltou a se alimentar. Nab preparava-lhe iguarias açucaradas que o doente degustava com deleite, pois, se tinha um pequeno defeito, este era o de ser um tantinho guloso, e Nab jamais fizera nada para corrigi-lo.

– O que posso fazer? – dizia ele a Gedeon Spilett, que às vezes o censurava por paparicá-lo. – Ele nunca teve outro prazer senão o da boca, esse pobre Jup, e fico muito feliz de assim poder lhe agradecer por seus serviços!

Depois de dez dias acamado, em 21 de agosto, mestre Jup se levantou. Os ferimentos haviam cicatrizado, e claro estava que ele não demoraria a recuperar a flexibilidade e vigor habituais. Como todos os convalescentes, foi tomado então por uma fome voraz; e o repórter deixou-o comer à vontade, pois confiava em seu instinto, muito em falta nas criaturas racionais, o qual devia preservar o orangotango de todo tipo de excessos. Nab ficou exultante ao ver o apetite de seu aluno voltar.

– Coma, Jup – dizia-lhe –, não faça cerimônia! Você derramou seu sangue por nós, o mínimo que podemos fazer é ajudá-lo a se restabelecer!

Finalmente, em 25 de agosto, ouviu-se a voz de Nab chamando os companheiros.

– Sr. Cyrus, sr. Gedeon, sr. Harbert, mestre Pencroff, venham! Venham!

Os colonos, reunidos no salão, levantaram-se ao ouvirem o chamado de Nab, que se encontrava no quarto destinado a Jup.

– O que há? – perguntou o repórter.

– Vejam! – respondeu Nab, dando uma grande gargalhada.

E o que viram? Mestre Jup, fumando, tranquila e gravemente, acocorado como um turco à porta de Granite House!

– Meu cachimbo! – exclamou Pencroff. – Ele pegou meu cachimbo! Ah, meu bom Jup, receba-o como um presente! Fume, amigo, fume!

E Jup lançava gravemente grossas baforadas, parecendo muito satisfeito.

Cyrus Smith não se espantou tanto com o incidente, citando diversos exemplos de macacos domesticados que haviam adotado o hábito de fumar.

Portanto, a partir desse dia, mestre Jup teve seu próprio cachimbo, o ex-cachimbo do marujo, pendurado em seu quarto, junto ao estoque de tabaco. Abastecia-o pessoalmente, acendia num carvão em brasa e parecia ser o mais feliz dos quadrúmanos. Acerta quem imaginar que tal coincidência de gostos só fez estreitar ainda mais os laços de amizade que já uniam o digno símio e o honesto marujo.

– Talvez seja um homem – Pencroff dizia às vezes a Nab. – Porventura se admiraria se um dia se pusesse a falar?

– Por Deus, não – respondia Nab. – Mais me admira, na verdade, o fato de ele não falar, pois, afinal, não lhe falta senão o dom da palavra!

– Seria de toda forma muito engraçado se um belo dia ele me dissesse: "E se trocássemos de cachimbo, Pencroff?"

– É mesmo – respondia Nab. – Pena que ele seja mudo de nascença!

Com o mês de setembro, o inverno partiu definitivamente e as obras recomeçaram com ardor.

A construção do barco avançou célere. As traves foram assentadas na quilha e a ossatura consolidada, com cintas encurvadas pela exposição ao vapor d'água a fim de se adequarem às exigências do gabarito, ligando todas as partes do casco.

Como havia madeira em quantidade, Pencroff sugeriu ao engenheiro duplicar interiormente o casco com uma escoa impermeável, o que conferiria ainda mais robustez à embarcação.

Sem saber o que o futuro lhes reservava, Cyrus Smith aprovou a ideia do marujo de fazer sua embarcação a mais sólida possível.

A escoa e a coberta da embarcação foram totalmente concluídas em 15 de setembro. Para calafetar as emendas, fabricaram estopa com zostera seca, a qual foi introduzida a golpes de malho entre o madeirame do casco, da escoa e da coberta; em seguida, essas emendas foram calafetadas com alcatrão fervente, que os pinheiros da floresta forneciam em abundância.

A conformação interior da embarcação foi das mais simples. Primeiro, foi lastreada com pesados fragmentos de granito, emboçados num leito de cal, pesando aproximadamente cinco toneladas. Um convés foi estendido por cima desse lastro e o interior dividido em duas cabines, ao lado das quais corriam dois bancos, que serviam de baús. O pé do mastro devia escorar a divisória que separava as duas cabines, cujo acesso era feito por duas escotilhas, abertas no tombadilho e dotadas de alçapões.

Pencroff não teve dificuldade alguma em encontrar uma árvore adequada para o mastaréu. Escolheu um jovem pinheiro, bem reto, sem nodosidades, que ele só precisou esquadrar na gola e abaular na cabeça. As ferragens do mastro, do leme e do casco, rudimentares porém sólidas, foram fabricadas na metalúrgica das Chaminés. Por fim, vergas, topes, retranca, antenas, remos etc. – tudo estava terminado na primeira semana de outubro. Resolveram então testar a embarcação nas cercanias da ilha, a fim de estudar seu comportamento no mar e até que ponto era possível confiar nela.

Durante todo esse tempo, não haviam se esquecido das obras mais urgentes. O curral fora reformado, pois era preciso abrigar e alimentar as crias do rebanho de carneiros e cabras. Também vistoriaram o viveiro de ostras, a coutada, as minas de carvão e ferro, bem como determinadas áreas até então inexploradas das florestas do Faroeste, fartas em caça.

Descobriram igualmente outras plantas nativas, que, embora não de utilidade imediata, contribuíram para diversificar as reservas vegetais de Granite House. Eram ficus, uns, semelhantes aos da África meridional, com folhas carnudas e comestíveis, outros, produtores de sementes que davam uma espécie de farinha.

Em 10 de outubro, o barco foi lançado ao mar. Pencroff estava radiante. A operação foi um êxito completo. Toda aparelhada, empurrada sobre cilindros até a beira da praia, a embarcação foi capturada pela preamar e flutuou, para aplausos dos colonos e, especialmente, de Pencroff, que não demonstrou nenhum tipo de modéstia na ocasião. Aliás, sua vaidade iria sobreviver ao término da construção do barco, uma vez que, depois disso, seria chamado para comandá-lo. O posto de capitão foi-lhe atribuído por unanimidade e com alegria.

Para satisfazer ao capitão Pencroff, a primeira providência foi batizarem a embarcação e, após várias propostas longamente discutidas, os sufrágios contemplaram o nome *Bonadventure*, que era o nome de batismo do leal marujo.

Tão logo o *Bonadventure* foi soerguido pela maré, viram que ele se mantinha estável em suas linhas-d'água e que navegaria corretamente em todas as velocidades.

Em todo caso, o teste seria feito naquele mesmo dia num périplo ao redor da costa. O tempo estava bonito, a brisa, fresca, o mar, fácil, sobretudo no litoral sul, pois o vento soprava do noroeste já fazia uma hora.

– A bordo! A bordo! – gritava o capitão Pencroff.

Mas era preciso almoçar antes de partir, e pareceu-lhes inclusive conveniente levar provisões a bordo, para o caso de a expedição adentrar a noite.

Cyrus Smith também se mostrava ansioso para testar a embarcação, cujo projeto, salvo por um detalhe ou outro alterado por recomendação do marujo, era de sua autoria. Por outro lado, não depositava nela a mesma confiança que Pencroff, e, como este não voltara a tocar no assunto da viagem à ilha Tabor, Cyrus Smith torcia para que o marujo houvesse desistido do plano. Teria lhe repugnado, com efeito, ver dois de seus três companheiros aventurarem-se longe naquele barco, afinal de pequeno porte, com uma capacidade de apenas quinze toneladas.

Às dez e meia, estavam todos a bordo, inclusive Jup e Top. Nab e Harbert levantaram a âncora, que mordia a areia junto à foz do Mercy, a brigandina foi içada, o pavilhão lincolniano flutuou no topo do mastro, e o *Bonadventure*, pilotado por Pencroff, fez-se ao mar.

Para sair da baía da União, tiveram primeiro de posicionar-se de modo a pegar o vento pela popa, o que permitiu constatar que, sob aquela configuração, a velocidade da embarcação era satisfatória.

Após haverem dobrado a ponta do Destroço e o cabo da Garra, Pencroff foi obrigado a navegar rente à margem, a fim de contornar a costa meridional da ilha e, após alguns bordejos, observou que o *Bonadventure* era capaz de avançar a aproximadamente cinco quartos de vento e que resistia satisfatoriamente à deriva. Mantinha a dirigibilidade mesmo com o vento de proa, mostrando-se, no jargão dos marujos, "nervoso", e inclusive ganhando velocidade.

Os passageiros do *Bonadventure* estavam absolutamente encantados. Tinham ali uma boa embarcação que, em caso de necessidade, poderia lhes prestar grandes serviços. Com o bom tempo e a brisa agradável, o passeio foi deslumbrante.

Pencroff navegou em direção ao mar aberto, a três ou quatro milhas da costa, nas imediações de porto Balão. A ilha surgiu então em toda a sua envergadura e sob um novo aspecto, mostrando seu variegado panorama desde o cabo da Garra até o promontório do Réptil, desde os primeiros planos de florestas, nos quais as coníferas ainda contrastavam com a jovem folhagem das outras árvores, até o monte Franklin, que dominava o conjunto com seu pico nevado.

– Que beleza! – exclamou Harbert.

– Como nossa ilha é bonita e generosa – completou Pencroff. – Amo-a como amava minha pobre mãe. Ela nos recebeu, pobres e carentes de tudo, e o que falta a estes cinco filhos que caíram do céu?

– Nada! – respondeu Nab. – Nada, capitão!

E os dois bravos indivíduos emitiram três formidáveis hurras em homenagem à sua ilha!

Nesse ínterim, Gedeon Spilett, recostado ao pé do mastro, desenhava a paisagem que se desdobrava aos seus olhos.

Cyrus Smith observava em silêncio.

– E então, sr. Cyrus – indagou Pencroff –, o que acha do nosso barco?

– Parece comportar-se muito bem – respondeu o engenheiro.

– Ótimo! Acredita agora que ele pode fazer uma viagem de certa duração?

– Que viagem, Pencroff?

– À ilha Tabor, por exemplo.

– Amigo – respondeu Cyrus Smith –, penso que, numa emergência, não hesitaríamos em confiar no *Bonadventure*, até mesmo para uma travessia mais longa. Mas, não se iluda, eu veria com pesar sua partida para a ilha Tabor, já que nada o obriga a ir até lá.

– Nada mais natural do que desejar conhecer seus vizinhos – insistiu Pencroff, que se obstinava em sua ideia. – A ilha Tabor é nossa vizinha, a única! Os bons modos exigem nossa ida até lá, nem que seja para uma visitinha!

– Diabos! – zombou Gedeon Spilett. – Como nosso amigo Pencroff é intransigente com relação às formalidades!

– Não sou intransigente com absolutamente nada – replicou o marujo, um pouco ofendido ante a oposição do engenheiro, a quem, no entanto, não pretendia inquietar.

– Pense, Pencroff – argumentou Cyrus Smith –, não pode ir sozinho à ilha Tabor.

– Basta-me um homem.

– Que seja – respondeu o engenheiro. – Então é de dois dos cinco colonos que o senhor arrisca privar a colônia da ilha Lincoln?

– Dos seis! – atalhou Pencroff. – Está se esquecendo de Jup.

– Dos sete! – acrescentou Nab. – Top também é um dos nossos.

– Não há risco, sr. Cyrus – continuou Pencroff.

– É possível, Pencroff, mas, repito, é expor-se sem necessidade!

O teimoso marujo não respondeu e mudou de assunto, determinado a insistir mais tarde. Não suspeitava, porém, que um incidente viria em seu auxílio, transformando em obra de caridade o que não passava de um capricho, no fim das contas, discutível.

Com efeito, após manter-se ao largo, o *Bonadventure* reaproximou-se da costa, dirigindo-se a porto Balão. Era importante verificar as passagens abertas entre os bancos de areia e os recifes e balizá-las da melhor maneira possível, uma vez que a pequena enseada devia ser o ancoradouro da embarcação.

Estavam a apenas meia milha da costa e, para se posicionar contra o vento, bordejaram por um instante. O *Bonadventure* avançava lentamente naquele momento, pois a brisa, parcialmente detida pelas terras altas, mal enfunava suas velas, e o mar, liso como gelo, só encapelava ao sabor de lufadas que passavam caprichosamente.

Harbert, na proa a fim de indicar a melhor rota, exclamou de repente:

– Orce, Pencroff, orce!

– O que há? – indagou o marujo, levantando-se. – Uma pedra?

– Não... espere – disse Harbert. – ...não estou vendo direito... orce mais um pouco... assim... aproxime-se...

E ao dizer isso, Harbert, deitado ao comprido no costado, mergulhou o braço na água e o retirou rapidamente, dizendo:

– Uma garrafa!

Tinha na mão uma garrafa fechada, que acabava de recolher a poucas centenas de metros da costa.

Cyrus Smith pegou a garrafa. Sem dizer uma palavra, fez saltar a rolha e retirou um papel úmido, no qual se liam estas palavras:

Náufrago... Ilha Tabor:
153° long. O. – 37°11' lat. S.

13

Expedição aprovada • Hipóteses • Preparativos • Os três passageiros • Primeira noite • Segunda noite • A ilha Tabor • Buscas na praia • Buscas na mata • Ninguém • Animais • Plantas • Uma habitação • Deserta

– Um náufrago! – exclamou Pencroff. – Abandonado a centenas de milhas daqui, naquela ilha Tabor! Ah, sr. Cyrus, agora não se opõe mais ao meu plano de viagem!

– Não, Pencroff – aquiesceu Cyrus Smith –, e partirá o quanto antes.

– Amanhã?

– Amanhã.

O engenheiro tinha nas mãos o papel retirado da garrafa. Meditou por alguns instantes e retomou a palavra:

– Dessa mensagem, amigos – disse –, da própria forma como foi concebida, podemos a priori deduzir o seguinte: em primeiro lugar, que o náufrago da ilha Tabor é um homem com conhecimentos bastante avançados de náutica, visto fornecer a latitude e a longitude da ilha em conformidade com as que encontramos, com a margem de um minuto; em segundo lugar, que é inglês ou americano, uma vez que a mensagem foi redigida em língua inglesa.

– Isso faz todo o sentido – acrescentou Gedeon Spilett –, pois a presença desse náufrago explica a chegada do baú às praias da ilha. Naufrágio houve, uma vez que náufrago há. Quanto a este último, seja lá quem for, sorte a dele Pencroff ter tido a ideia de construir o barco e testá-lo justamente hoje, já que, mais um dia, a garrafa iria espatifar-se contra os rochedos.

– Realmente – concordou Harbert –, é uma sorte inaudita o *Bonadventure* ter passado precisamente quando a garrafa ainda boiava.

– E isso não lhe parece estranho? – perguntou Cyrus Smith a Pencroff.

– Parece-me uma coincidência dos diabos, nada além – respondeu o marujo. – Vê alguma coisa de extraordinário nisso, sr. Cyrus? A garrafa tinha que ir mesmo para algum lugar, por que não aqui em vez de acolá?

– É possível que tenha razão, Pencroff – respondeu o engenheiro –, e, no entanto...

– Ora – observou Harbert –, nada prova que essa garrafa esteja boiando há muito tempo no mar...

– Nada – concordou Gedeon Spilett. – A própria mensagem parece ter sido escrita recentemente. O que acha, Cyrus?

– Difícil verificar, mas saberemos! – decidiu Cyrus Smith.

Enquanto conferenciavam, Pencroff não ficara de braços cruzados. Fizera uma manobra e o *Bonadventure*, enviesado e a todo pano, singrava na direção do cabo da Garra. Todos especulavam sobre o náufrago da ilha Tabor. Ainda haveria tempo de salvá-lo? Que acontecimento na vida dos colonos! Eles mesmos não passavam de náufragos e, considerando que nem todos tinham tido sua sorte, cumpria tentar socorrê-los.

O cabo da Garra foi dobrado e, por volta das quatro horas, o *Bonadventure* fundeava na embocadura do Mercy.

Acertaram naquela mesma noite os detalhes relativos à nova expedição. Julgaram conveniente Pencroff e Harbert, que sabiam manobrar a embarcação, serem os únicos a empreender a viagem. Partindo no dia seguinte, 11 de outubro, chegariam ao longo do dia 13, pois, com o vento que soprava, quarenta e oito horas eram suficientes para uma travessia de cento e cinquenta milhas. Um dia na ilha, três ou quatro para voltar, podia-se então esperar que, no dia 17, estivessem de retorno à ilha Lincoln. O tempo estava aberto, o barômetro subia com estabilidade, o vento parecia constante, todas as condições, portanto, conspiravam a favor daquela brava gente, que um dever humanitário arrastava para longe de sua ilha.

Feito isso, e deliberado que Cyrus Smith, Nab e Gedeon Spilett permaneceriam em Granite House, surgiu uma reivindicação: Spilett, que não esquecia sua profissão de repórter do *New York Herald*, declarou que, se preciso fosse, iria a nado, mas não perderia a aventura. Foi então admitido na tripulação do barco.

Os colonos dedicaram a tarde a transportar para bordo do *Bonadventure* objetos de higiene, utensílios, armas e munições, uma bússola, bem como víveres para uma semana, e, efetuado o carregamento, subiram para Granite House.

Às cinco horas da manhã do dia seguinte, despediram-se não sem certa emoção de ambos os lados, e Pencroff, enfunando velas, navegou na direção do cabo da Garra, que ele dobraria para pegar em seguida a rota do sudoeste.

O *Bonadventure* já se encontrava a um quarto de milha da costa, quando seus tripulantes avistaram, na altura de Granite House, dois homens fazendo acenos de despedida. Eram Cyrus Smith e Nab.

– Nossos amigos! – exclamou Gedeon Spilett. – É a nossa primeira separação em quinze meses...!

Pencroff, o repórter e Harbert deram um último aceno de adeus e Granite House logo desapareceu por trás das rochas escarpadas do cabo.

Durante as primeiras horas da viagem, o *Bonadventure* permaneceu constantemente à vista da costa meridional da ilha Lincoln, que não demorou a se apresentar sob a forma de uma corbelha verde, da qual emergia o monte Franklin. As colinas, reduzidas pela distância, davam-lhe um aspecto nada propício a atrair navios às suas paragens.

O promontório do Réptil foi deixado para trás por volta de uma hora, mas a dez milhas ao largo. De tal distância, nada mais era possível distinguir da costa ocidental, que se estendia até a retaguarda do monte Franklin e, três horas depois, tudo que constituía a ilha Lincoln desaparecera abaixo da linha do horizonte.

O *Bonadventure* comportava-se às mil maravilhas. Empinava com facilidade de encontro às ondas e avançava celeremente. Pencroff orçara o tope da vela e a embarcação, livre e altaneira, navegava seguindo uma direção retilínea, guiada pela bússola.

De tempos em tempos, Harbert assumia o leme, e a mão do rapaz era tão firme que o marujo não tivera um bordejo a lhe recriminar.

Gedeon Spilett conversava com um e com outro e, quando necessário, não se eximia da tarefa. O capitão Pencroff estava plenamente satisfeito com sua tripulação e não deixava por menos: iria premiá-la "com uma jarra de vinho por cada bordejo"!

Ao anoitecer, a lua crescente, que deveria estar em seu primeiro quarto apenas no dia 16, desenhou-se no crepúsculo solar e logo se apagou. A noite foi escura e constelada, indicando tempo aberto para o dia seguinte.

Pencroff, por prudência, recolheu o tope da vela, com receio de ser surpreendido, com a lona na cabeça do mastro, por alguma ventania. Talvez fosse excesso de zelo para uma noite tão calma, mas Pencroff era um marujo cauteloso, não merecendo censura por isso.

O repórter dormiu parte da noite. Pencroff e Harbert revezaram-se de duas em duas horas no leme. O marujo confiava em Harbert como em si próprio e sua confiança justificava-se pelo sangue-frio e tirocínio do rapaz. Pencroff dava-lhe a rota como um comandante a seu timoneiro, e Harbert não deixava o *Bonadventure* desviar uma linha.

A noite transcorreu sem incidentes e o correr do dia 12 de outubro nas mesmas condições. A direção sudoeste foi rigorosamente mantida durante todo esse dia e, se o *Bonadventure* não deparasse com nenhuma corrente desconhecida, terminaria por aportar na ilha Tabor.

Quanto ao mar que a embarcação singrava, era absolutamente deserto. Às vezes, alguma ave de grande envergadura, albatroz ou fragata, passava ao alcance da espingarda e Gedeon Spilett se perguntava se não fora a um daqueles poderosos voadores que entregara sua última reportagem endereçada ao *New York Herald*. Aqueles pássaros eram as únicas criaturas que pareciam frequentar aquela parte do oceano compreendida entre a ilha Tabor e a ilha Lincoln.

– E olhem que estamos numa época em que os baleeiros costumam se dirigir ao Pacífico sul – observou Harbert. – Na verdade, não creio que exista oceano mais ermo do que este!

– Não é tão ermo assim! – replicou Pencroff.

– O que está sugerindo? – indagou o repórter.

– Ora, não vê que estamos nele! Ou por acaso toma nosso barco por um destroço e nossas pessoas por belugas?

E Pencroff riu da própria piada.

À noite, feitos os cálculos, era possível estimar que o *Bonadventure* transpusera uma distância de cento e vinte milhas desde sua partida da ilha Lincoln, isto é, nas últimas trinta e seis horas, o que dava uma velocidade de três milhas e um terço por hora. O vento era fraco e tendia à calmaria. Todavia, se os cálculos se confirmassem e a direção estivesse correta, avistariam a ilha Tabor ao amanhecer do dia seguinte.

Portanto, nem Gedeon, nem Harbert, nem Pencroff dormiram na noite de 12 para 13 de outubro. Na expectativa do dia seguinte, viram-se arrebatados por uma emoção irresistível. Quantas incertezas naquela empreitada! Estariam próximos da ilha Tabor? A ilha continuaria habitada por aquele náufrago em cujo auxílio acorriam? Quem seria esse homem? Sua presença não racharia a pequena colônia, tão unida até o momento? Todas essas perguntas, que decerto seriam respondidas no dia seguinte, mantinham-nos em vigília e, às primeiras cores da manhã, cravaram sucessivamente seus olhares em todos os pontos do horizonte oeste.

– Terra à vista! – gritou Pencroff, por volta das seis da manhã.

E, sendo inadmissível um engano por parte de Pencroff, era evidente que a terra estava lá.

Julguem da alegria da pequena tripulação do *Bonadventure*! Dali a poucas horas estariam no litoral da ilha!

A ilha Tabor, espécie de costa baixa, apenas ligeiramente acima das águas, encontrava-se a apenas quinze milhas de distância. O talha-mar do *Bonadventure*, que se acercava do sul da ilha, apontou diretamente para lá e, à medida que o sol ascendia no leste, alguns picos esparsos destacaram-se.

– É apenas um rochedo, muito menos importante que a ilha Lincoln – observou Harbert –, e, como ela, provavelmente oriundo de alguma convulsão submarina.

Às onze da manhã, o *Bonadventure* estava a apenas duas milhas de terra, e Pencroff, procurando uma passagem para fundear, avançava agora com extrema prudência naquelas águas desconhecidas.

Descortinavam então o rochedo em toda a sua extensão, sobre o qual destacavam-se alguns aglomerados de seringueiras verdejantes e algumas outras árvores altas, semelhantes às que cresciam na ilha Lincoln. Porém, coisa de se estranhar, nenhuma fumaça indicava que a ilha fosse habitada, nenhum sinal surgia num ponto qualquer do litoral!

E, no entanto, a mensagem era clara: havia um náufrago, e aquele náufrago devia estar de atalaia!

Enquanto isso, o *Bonadventure* aventurava-se entre duas passagens bastante traiçoeiras que circundavam os recifes, cujas menores sinuosidades Pencroff observava atentamente. Deixara Harbert no leme e, posicionado na proa, examinava as águas, pronto a recolher a vela, cuja adriça ele segurava firme nas mãos. Gedeon Spilett, com a luneta nos olhos, esquadrinhava o litoral sem avistar nada.

Finalmente, por volta do meio-dia, o *Bonadventure* abicou o seu talha-mar no litoral. A âncora foi lançada, as velas, recolhidas, e a tripulação da pequena embarcação pisou em terra.

A propósito, não restava dúvida tratar-se efetivamente da ilha Tabor, uma vez que, segundo os mapas mais recentes, não existia

– *Terra à vista!*

nenhuma outra ilha naquela zona do Pacífico, entre a Nova Zelândia e a costa americana.

A embarcação foi solidamente amarrada, a fim de que o refluxo da maré não a carregasse; em seguida, bem armados, Pencroff e os dois amigos seguiram pelo o litoral a fim de alcançarem uma espécie de pão de açúcar, com setenta ou oitenta metros de altitude, que se erguia a oitocentos metros de onde se encontravam.

– Do alto desse morro – disse Gedeon Spilett –, decerto teremos uma noção básica do recife, o que facilitará nossas buscas.

– Cumpre fazer aqui – acrescentou Harbert – o que o sr. Cyrus fez quando chegamos à ilha Lincoln e escalamos o monte Franklin.

– Sem dúvida – concordou o repórter –, é a melhor maneira de proceder!

Enquanto conversavam, os exploradores avançavam, seguindo a orla de uma pradaria que terminava justamente no sopé do pão de açúcar. Bandos de pombos-da-rocha e de andorinhas-do-mar, semelhantes aos da ilha Lincoln, esvoaçavam acima deles. Na mata, que margeava a pradaria à esquerda, ouviram um farfalhar de arbustos e perceberam moitas se mexendo, o que indicava a presença de animais ariscos; mas nada até aquele momento sugeria que o recife fosse habitado.

Ao chegarem ao sopé do morro, Pencroff, Harbert e Gedeon Spilett escalaram-no em poucos instantes e seus olhares percorreram o horizonte.

Estavam comprovadamente numa pequena ilha, que não media mais de dez quilômetros de circunferência e cujo perímetro, pouco denteado por cabos ou promontórios, pouco recortado por enseadas ou baías, apresentava uma forma oval e alongada. Ao redor, o mar, absolutamente deserto, estendia-se até os limites do céu. Nenhuma terra, nenhuma vela à vista!

A ilhota, arborizada em toda a sua extensão, não oferecia a mesma diversidade de aspectos da ilha Lincoln, árida e selvagem numa parte, fértil e rica na outra. Aqui, era uma massa uniforme de vegetação, que dominava dois ou três outeiros. Obliquamente à forma oval da ilha, um riacho corria através de uma ampla pradaria e ia se lançar ao mar por meio de uma estreita foz na costa ocidental.

– Não é lá essas coisas – constatou Harbert.

– De fato – concordou Pencroff –, teria sido pequena para nós.

– Além disso – acrescentou o repórter –, parece desabitada.

– É – confirmou Harbert –, nada indica a presença do homem.

– Vamos descer e procurar – sugeriu Pencroff.

O marujo e os dois companheiros retornaram então ao litoral, onde fundeava o *Bonadventure*. Haviam decidido contornar o recife a pé, antes de se aventurar pelo interior, de maneira a que nada escapasse às suas buscas.

A praia não oferecia obstáculos, a não ser, aqui e ali, grandes rochas, facilmente contornáveis. Espantando bandos de aves aquáticas e rebanhos de focas, que fugiam para o mar tão logo os percebiam ao longe, os exploradores desceram rumo ao sul.

– Não é a primeira vez que esses animais deparam com homens – observou o repórter. – Se os temem, é porque os conhecem.

Uma hora depois, os três chegaram à ponta sul do recife, que terminava num cabo agudo, e subiram para o norte, a fim de percorrer a costa ocidental, igualmente formada por areia e rochas e guarnecida de matas frondosas no segundo plano.

Não se via vestígio de habitação em parte alguma, tampouco qualquer pegada em todo o perímetro da ilha, que, após quatro horas de marcha, foi inteiramente percorrida.

Aquilo era, no mínimo, extraordinário: tudo sugeria que a ilha Tabor não era, ou deixara de ser, habitada. Talvez, no fim das contas, a mensagem tivesse sido escrita vários meses ou anos antes, sendo bem provável, nesse caso, que o náufrago houvesse sido repatriado ou morrido de indigência.

Pencroff, Gedeon Spilett e Harbert, levantando hipóteses, algumas delas bem plausíveis, fizeram uma refeição frugal a bordo do

Bonadventure e retomaram as buscas, planejando estendê-las até o anoitecer.

Partiram às cinco da tarde, embrenhando-se na mata.

Diversos animais fugiam à medida que o grupo avançava, e os expedicionários puderam notar que se tratava sobretudo de cabras e porcos de espécies europeias. Sem dúvida algum baleeiro desembarcara-os na ilhota, onde haviam se proliferado rapidamente. Harbert jurou capturar dois ou três casais vivos e levá-los para a ilha Lincoln.

Não restava mais sombra de dúvida, portanto, que, numa época qualquer, homens haviam passado por aquele recife. Isso ficou ainda mais evidente quando, ao longo da mata, toparam com trilhas abertas, troncos de árvores derrubados pelo machado e, em toda parte, vestígios de ação humana. Aquelas árvores, porém, que a decomposição desmanchava, haviam sido derrubadas já fazia muitos anos, pois as incisões do machado estavam cobertas de musgo e a relva crescia, alta e espessa, escondendo as trilhas.

– Ora – observou Gedeon Spilett –, isso prova que homens não só desembarcaram nesse recife, como o habitaram durante certo tempo. Agora, quem eram esses homens? Quantos eram? Quantos restam?

– A mensagem – lembrou Harbert – fala em apenas um náufrago.

– Pois bem – declarou Pencroff –, se ele continua nesta ilha, impossível não o encontrarmos!

As buscas, portanto, prosseguiram. O grupo seguiu naturalmente pelo caminho que atravessava a ilha na diagonal, passando assim a margear o riacho que corria na direção do mar.

Se os animais de origem europeia e o trabalho fruto da mão humana demonstravam de maneira incontestável que o homem já estivera naquele recife, vários espécimes do reino vegetal só faziam confirmar tal asserção. E, em determinados pontos, permeando as clareiras, era visível que a terra, em eras decerto bastante remotas, fora cultivada com plantas comestíveis.

Qual não foi a alegria de Harbert ao deparar com batata, chicória, azeda, cenoura, couve, nabo, cujas sementes bastava recolher e transplantar para o solo da ilha Lincoln!

– Ótimo! Excelente! – vibrou Pencroff. – Isso vem muito bem a calhar para Nab e para a colônia. Quer dizer, se porventura não encontrarmos o náufrago, pelo menos nossa viagem não terá sido inútil e Deus nos terá recompensado!

– Sem dúvida – concordou Gedeon Spilett. – E o estado em que se encontram essas lavouras sugere que a ilha deixou de ser habitada há algum tempo.

– Com efeito – reforçou Harbert –, um habitante, independentemente de quem fosse, não teria desprezado recurso tão importante!

– Sim! – concluiu Pencroff. – O náufrago partiu!

– Devemos então presumir que é uma mensagem vencida?

– Evidentemente!

– E que a garrafa só chegou à ilha Lincoln após boiar uma eternidade no mar?

– Por que não? – replicou Pencroff. – De toda forma, já é noite e acho melhor suspender as buscas.

– Retornemos a bordo. Amanhã recomeçamos – disse o repórter.

Sendo o mais sensato a fazer, iam seguir seu conselho quando Harbert, apontando para um vulto confuso entre as árvores, exclamou:

– Uma casa!

Acorreram todos na direção da habitação indicada. À luz do crepúsculo, foi possível perceber que fora construída com tábuas revestidas por uma grossa lona calafetada com alcatrão.

A porta, semiaberta, foi empurrada por Pencroff, que entrou feito um furacão...

A casa estava vazia!

14

Inventário • A noite • Algumas letras • Continuação das buscas • Plantas e animais • Harbert corre grande perigo • A bordo • Partida • Mau tempo • Uma centelha de instinto • Perdidos no mar • Fogueira providencial

PENCROFF, Harbert e Gedeon Spilett calaram-se em meio à escuridão.

Pencroff chamou em voz alta.

Nenhuma resposta.

O marujo então fez a pederneira funcionar e acendeu um punhado de ramos secos. A luz iluminou fugazmente uma pequena sala, que pareceu absolutamente deserta. Ao fundo, havia uma lareira rudimentar, com algumas cinzas frias, guarnecida com uma braçada de lenha seca. Pencroff lançou ali os ramos acesos, a lenha crepitou e a luz do fogo clareou o cenário.

O marujo e os dois amigos perceberam então uma cama desfeita, cujas cobertas, úmidas e amareladas, atestavam falta de uso. Num canto da lareira, duas chaleiras enferrujadas e uma panela virada; um armário, com algumas roupas de marinheiro em vias de mofar; sobre a mesa, um talher de estanho e uma Bíblia carcomida pela umidade; num canto, algumas ferramentas, pá, picareta, malho, duas espingardas de caça, uma delas quebrada; sobre uma tábua que formava uma prateleira, um barril de pólvora ainda intacto, um barril de projéteis de chumbo e várias latas de espoletas; tudo coberto por uma espessa camada de poeira, que talvez longos anos houvessem acumulado.

– Não há ninguém – disse o repórter.

– Ninguém! – confirmou Pencroff.

– Já faz tempo que esse quarto não é frequentado – observou Harbert.

– Oh, sim, muito tempo! – concordou o repórter.

– Sr. Spilett – disse então Pencroff –, em vez de retornar a bordo, penso ser preferível passar a noite nesta casinhola.

– Tem razão, Pencroff – respondeu Gedeon Spilett. – E se o dono voltar, ora, aposto que vai gostar de encontrar o lugar ocupado!

– Ele não voltará! – disse o marujo, balançando a cabeça.

– Acha que ele deixou a ilha? – perguntou o repórter.

– Se tivesse deixado a ilha, teria levado armas e ferramentas – considerou Pencroff. – Sabe o valor que os náufragos atribuem a tais objetos, últimos destroços de um naufrágio. Não! Não! – repetiu o marujo, com uma voz convicta. – Não! Ele não deixou a ilha! Se tivesse fugido num bote feito por ele, ainda menos motivos teria para largar itens de primeira necessidade! Não, ele está na ilha!

– Vivo...? – questionou Harbert.

– Vivo ou morto. Ora, se morreu, suponho não ter enterrado a si próprio – respondeu Pencroff. – Decerto encontraremos seus restos mortais!

Decidiram então passar a noite na casa abandonada, que uma reserva de lenha jogada num canto permitiria aquecer suficientemente. Fechada a porta, Pencroff, Harbert e Gedeon Spilett sentaram-se num banco para conferenciar e refletir. Viam-se numa disposição de ânimo aberta a tudo admitir, assim como a tudo esperar, e espreitavam ansiosamente sons vindos do exterior. Se a porta se abrisse subitamente e um homem surgisse à sua frente, não teriam ficado de modo algum surpresos, a despeito do estado de abandono da casa, e mantinham as mãos preparadas para apertar as mãos desse homem, desse náufrago, desse amigo desconhecido que amigos esperavam!

Mas nenhum ruído se fez ouvir, a porta não se abriu e as horas passaram sem que nada acontecesse.

Como aquela noite pareceu longa ao marujo e seus dois companheiros! Quanto a Harbert, dormiu por cerca de duas horas, o sono sendo uma necessidade em sua faixa etária. Os três tinham pressa em retomar a exploração da véspera, esquadrinhar o recife em seus mais recônditos recantos! As deduções de Pencroff revelaram-se absolutamente corretas, e, como a casa estava abandonada e as ferramentas, utensílios e armas continuavam lá, era praticamente certo que seu hóspede sucumbira. Convinha então procurar seus despojos e dar-lhe ao menos uma sepultura cristã.

Amanheceu. Pencroff e seus companheiros procederam imediatamente a uma vistoria na habitação.

Fora construída, é verdade, num local privilegiado, na encosta de uma pequena colina assombreada por cinco ou seis seringueiras. No terreno em frente, através das árvores, o machado abrira um amplo descampado, proporcionando uma ampla vista para o mar. Um pequeno gramado, protegido por uma cerca de madeira caindo aos pedaços, conduzia ao rio, em cuja margem esquerda desembocava o riacho.

Logo constataram que a habitação fora construída com tábuas oriundas do casco ou coberta de um navio. Tudo sugeria, portanto, que uma embarcação desgarrada naufragara na costa da ilha e pelo menos um homem da tripulação se salvara, o qual, com os destroços e as ferramentas disponíveis, construíra aquele reduto.

Isso ficou ainda mais evidente quando Gedeon Spilett, após contornar a casa, detectou em uma dessas tábuas – provavelmente uma das que compunham os paveses do navio naufragado – estas letras, já semiapagadas:

BR.TA...A

– *Britannia!* – exclamou Pencroff, a quem o repórter chamara. – É um nome comum a muitos navios... Não saberia dizer se é inglês ou americano!

– Pouco importa, Pencroff!

– Com efeito, pouco importa – concordou o marujo. – E o sobrevivente de sua tripulação, caso ainda esteja vivo, nós o resgataremos, independentemente do país a que pertença! Porém, antes de recomeçar as buscas, passemos a bordo do *Bonadventure*!

Uma vaga preocupação a respeito do barco invadira Pencroff. Se, apesar de tudo, o recife fosse habitado e algum habitante houvesse invadido... mas deu de ombros para a inverossímil suposição.

Fato é que não desagradava ao marujo ir almoçar a bordo. O caminho, já desbravado, aliás, não era longo, não mais que dois quilômetros. Puseram-se então em marcha, ao mesmo tempo que seus olhos vasculhavam a mata e os arbustos, através dos quais cabras e porcos fugiam às centenas.

Vinte minutos após deixarem a casa, Pencroff e seus companheiros avistaram a costa oriental da ilha e o *Bonadventure*, que, retido pela âncora, mordia profundamente a areia.

Pencroff não pôde reprimir um suspiro de satisfação. Afinal de contas, aquele barco era seu filho, e nada mais legítimo do que um pai preocupado com seu rebento.

Subiram a bordo e almoçaram substancialmente; terminada a refeição, retomaram as buscas, redobrando a atenção.

Afinal, era altamente provável que o único habitante do recife houvesse sucumbido. Portanto, era antes os vestígios de um morto que de um vivo que Pencroff e seus companheiros procuravam! Entretanto, foi em vão que dedicaram metade do dia a vasculhar os arvoredos que cobriam o recife. A única conclusão era que, se o náufrago morrera, não restava mais agora nenhum sinal de seu cadáver, pois alguma fera, sem dúvida, o devorara até o último osso.

– Regressaremos amanhã ao amanhecer – disse Pencroff a seus dois companheiros, que por volta das duas da tarde, deitaram-se à sombra de um grupo de pinheiros, a fim de repousar por alguns instantes.

– A propósito, não vejo problema em levarmos conosco os utensílios pertencentes ao náufrago – acrescentou Harbert.

– Concordo plenamente – disse Gedeon Spilett –, essas armas e ferramentas completarão o equipamento de Granite House. Se não estou errado, o estoque de pólvora e chumbo é expressivo.

– Sim – disse Pencroff –, mas não vamos esquecer de capturar um ou dois casais de porcos, de que a ilha Lincoln é desprovida...

– Nem de recolher essas sementes – acrescentou Harbert –, que nos fornecerão todos os legumes do velho e do novo continentes.

– Talvez fosse conveniente então – opinou o repórter – permanecermos mais um dia na ilha Tabor e recolhermos tudo que nos possa ser útil.

– Não, sr. Spilett – replicou Pencroff –, sou a favor de partirmos amanhã mesmo, ao amanhecer. O vento tende a virar para oeste, assim voltaremos com o mesmo bom vento da vinda.

– Então não percamos tempo! – exclamou Harbert, levantando-se.

– Não percamos tempo – repetiu Pencroff. – Você, Harbert, trate de colher essas sementes, que conhece melhor do que nós. Enquanto isso, o sr. Spilett e eu faremos uma caçada aos porcos e, mesmo com Top ausente, tenho grandes esperanças de conseguir capturar alguns!

Harbert tomou o atalho que conduzia à parte verdejante do recife, enquanto o marujo e o repórter embrenhavam-se na floresta.

Diversos espécimes da raça suína debandaram então à sua frente, e os animais, singularmente ágeis, pareciam avessos a uma aproximação. Mesmo assim, após meia hora de perseguição, os caçadores conseguiram capturar um casal que havia se escondido numa capoeira fechada. Foi nesse momento que gritos ressoaram a poucas centenas de passos, no norte da ilhota. A esses gritos misturavam-se horríveis estertores, que nada tinham de humano.

Pencroff e Gedeon Spilett puseram-se imediatamente de pé, do que se aproveitaram os porcos para fugir justo no momento em que o marujo preparava as cordas para amarrá-los.

– É a voz de Harbert! – disse o repórter.

– Depressa! – exclamou Pencroff.

E, sem perda de tempo, o marujo e Gedeon Spilett correram na direção de onde partiam aqueles gritos.

Fizeram bem em se apressar, pois na curva da trilha, próximo a uma clareira, avistaram o rapaz sendo atacado por uma criatura selvagem, um gigantesco macaco sem dúvida, o qual estava prestes a lhe fazer passar um mau pedaço.

Atirar-se sobre aquele monstro, derrubá-lo por sua vez, arrebatar-lhe Harbert, depois segurá-lo com firmeza, foi coisa de um instante para Pencroff e Gedeon Spilett. O marujo possuía uma força hercúlea, o repórter era muito forte também, e, apesar da resistência, o monstro foi amarrado e reduzido à impotência.

– Não está machucado, Harbert? – perguntou Gedeon Spilett.

– Não! Não!

– Ah! Se esse macaco lhe tivesse feito algum mal...! – rosnou Pencroff.

– Mas não é um macaco! – explicou Harbert.

A essas palavras, Pencroff e Gedeon Spilett viram uma criatura singular encoscorada no solo.

De fato, não era um macaco! Era uma criatura humana, um homem! Mas que homem! Um selvagem, em toda a terrível acepção da palavra, e ainda mais assustador na medida em que parecia decaído ao último grau do embrutecimento!

Cabeleira eriçada, barba descendo até o peito, corpo praticamente nu, exceto por uma espécie de tanga na altura dos quadris, olhos ferozes, mãos descomunais, unhas incomensuravelmente compridas, pele escura feito mogno, pés cascudos como se de chifre: era esta a criatura miserável que, não obstante, cumpria chamar de homem! Em todo caso, nada mais natural do que se perguntar se naquele corpo subsistia uma alma ou tão somente um vulgar instinto bestial!

Avistaram o rapaz sendo atacado por uma criatura selvagem.

– Tem certeza que é, ou tenha sido, um homem? – perguntou Pencroff ao repórter.

– Infelizmente! Disso não resta dúvida – foi a resposta.

– Seria então o náufrago? – disse Harbert.

– Sim – confirmou Gedeon Spilett –, mas o desgraçado não tem mais nada de humano!

O repórter falava a verdade. Era evidente que, se é que um dia o náufrago havia sido criatura civilizada, o isolamento fizera dele um selvagem, e, pior, talvez, um verdadeiro homem das selvas. Sons roucos saíam de sua boca, por entre dentes tão afiados quanto os de carnívoros, feitos para triturar apenas carne crua. A memória devia tê-lo abandonado fazia tempos, sem dúvida, e, fazia tempos também, não sabia mais fazer fogo! Via-se que era dinâmico, ágil, mas que todas as qualidades físicas haviam se desenvolvido nele em detrimento das qualidades morais!

Gedeon Spilett dirigiu-se a ele. Ele pareceu não compreender, sequer ouvir... e, no entanto, olhando-o bem nos olhos, o repórter julgou ver que nem toda a razão se extinguira em sua pessoa.

Entretanto, o prisioneiro não se debatia, e não tentava romper as amarras. Estaria aturdido ante a presença daqueles homens de quem fora semelhante? Encontraria num recanto de seu cérebro alguma fugaz lembrança que o reconduzia à humanidade? Livre, teria tentado fugir, ou teria ficado? Não sabiam, mas nem por isso fizeram a experiência, e, após ter considerado o miserável com extrema atenção:

– Seja quem for – disse Gedeon Spilett –, independentemente de quem tenha sido e do que possa vir a ser, nosso dever é levá-lo conosco para a ilha Lincoln!

– Sim! Sim! – respondeu Harbert. – Quem sabe, dando-lhe carinho e atenção, não conseguimos acender nele alguma centelha de inteligência!

– A alma não morre – disse o repórter –, e seria uma grande satisfação arrancar do limbo essa criatura de Deus!

Pencroff balançava a cabeça com ar de dúvida.

– Seja como for, temos de tentar – insistiu o repórter –, a humanidade nos delega essa missão.

Era este, com efeito, seu dever de criaturas civilizadas e cristãs. Todos os três compreendiam isso e sabiam muito bem que Cyrus Smith os aprovaria por terem agido daquela forma.

– Devemos mantê-lo amarrado? – perguntou o marujo.

– Pode ser que ele consiga andar, se soltarmos os pés… – sugeriu Harbert.

– Tentemos – respondeu Pencroff.

As cordas que travavam os pés do prisioneiro foram desamarradas, mas os braços permaneceram imobilizados. Ele se levantou voluntariamente, não parecendo manifestar qualquer desejo de fugir. Seus olhos secos dardejavam um olhar interrogativo sobre os três homens que caminhavam ao seu lado e nada denotava lembrar-se de ser seu semelhante ou, pelo menos, de tê-lo sido. Um silvo contínuo escapava-lhe dos lábios e o aspecto assustava, mas o homem não procurou resistir.

A conselho do repórter, o infeliz foi reconduzido à sua moradia. Talvez a visão de seus pertences lhe causasse alguma impressão! Talvez uma centelha fosse o suficiente para reavivar seu pensamento obscurecido, para reacender sua alma apagada!

A casa não ficava longe e em poucos minutos estavam lá. O prisioneiro, contudo, não reconheceu nada, era como se tivesse perdido a consciência de todas as coisas!

O que conjecturar a partir daquele nível de embrutecimento a não ser que o isolamento da mísera criatura no recife datava de muito tempo atrás e que, após ali chegar de posse da razão, a solidão o degradara àquele estado?

Ocorreu então ao repórter que a visão do fogo talvez exercesse alguma influência nele e, num piscar de olhos, produziu uma bela labareda na fogueira, irresistível até para os animais.

A princípio, a visão da chama pareceu prender a atenção do infeliz; no entanto, ele logo recuou e seu olhar inconsciente se extinguiu.

Evidentemente, nada restava a fazer, pelo menos por ora, senão levá-lo para bordo do *Bonadventure*, o que foi feito, e lá ele permaneceu sob a vigilância de Pencroff.

Harbert e Gedeon Spilett regressaram ao recife para encerrar as operações e, poucas horas depois, ressurgiam na praia, trazendo os utensílios e as armas, um saco de sementes de hortaliças, algumas peças de caça e dois casais de porcos. Tudo foi embarcado e o *Bonadventure* ficou pronto para levantar ferros assim que a maré começasse a subir na manhã seguinte.

O prisioneiro fora instalado na cabine da proa, onde permaneceu calmo, silencioso, surdo e mudo, tudo junto.

Pencroff lhe ofereceu comida, mas ele repeliu a carne assada servida, a qual sem dúvida não apreciava. E, com efeito, quando o marujo apontou um dos patos abatidos por Harbert, atirou-se nele com um apetite bestial e o devorou.

– Acha que irá se recuperar? – perguntou Pencroff, coçando a cabeça.

– Talvez – respondeu o repórter. – É bem possível que nosso convívio lhe seja benéfico, pois o isolamento é que fez dele o que ele é. Agora ele não estará mais sozinho!

– Não resta dúvida de que faz muito tempo que o pobre homem se encontra nesse estado! – opinou Harbert.

– Difícil dizer... – replicou Gedeon Spilett.

– Que idade ele pode ter? – perguntou o rapaz.

– Impossível saber agora – respondeu o repórter –, devido à espessa barba que lhe cobre a face, mas não é mais jovem. Meu palpite é que ande pela casa dos cinquenta.

– Notou, sr. Spilett, as profundas olheiras que ele tem? – indagou o rapaz.

– Sim, Harbert, mas acrescento que são mais humanas do que seríamos levados a crer pelo aspecto de sua pessoa.

– Isso é o que veremos – concluiu Pencroff. – Estou curioso para saber a opinião do sr. Smith a respeito do nosso selvagem. Fomos atrás de uma criatura humana e é um monstro que levamos de volta! Enfim, a gente faz o que pode!

A noite passou e, se o prisioneiro dormiu ou não, não sabemos, mas, em todo caso, embora livre das cordas, não se mexeu. Parecia uma daquelas feras que os primeiros momentos de captura deprimem e cuja raiva volta mais tarde.

Ao raiar do dia seguinte, 15 de outubro, a mudança de tempo prevista por Pencroff se produzira. O vento virara para noroeste e favorecia o retorno do *Bonadventure*; porém, ao mesmo tempo, esfriava, dificultando a navegação.

Levantaram ferros às cinco da manhã. Pencroff rizou a grande vela e apontou o timão para lés-nordeste, de maneira a navegar diretamente para a ilha Lincoln.

O primeiro dia da travessia não foi marcado por nenhum incidente. O prisioneiro permanecera calmo na cabine da proa e, talvez por ter sido marinheiro, o balanço oceânico parecia produzir nele uma espécie de salutar reação. Voltava-lhe então à memória alguma lembrança de sua antiga profissão? Em todo caso, mantinha-se tranquilo, mais perplexo que abatido.

No dia seguinte, 16 de outubro, o vento esfriou muito, desviando mais ainda para o norte e, por conseguinte, para uma direção menos favorável à navegação do *Bonadventure*, que quicava sobre as ondas. Pencroff logo conseguiu encaixar-se nele e, sem dizer nada, começou a se preocupar com o estado do mar, que rebentava violentamente contra a proa da embarcação. Se o vento não se alterasse, sem dúvida levariam mais tempo para alcançar a ilha Lincoln do que haviam levado para alcançar Tabor.

Com efeito, na manhã do dia 17, fazia quarenta e oito horas que o *Bonadventure* partira e nada indicava sua aproximação dos mares da ilha. Impossível, aliás, recorrer ao cálculo para estimar a rota percorrida, pois direção e velocidade haviam sido muito irregulares.

Vinte e quatro horas depois, continuavam sem qualquer sinal de terra à vista. O vento batia então direto na popa e o mar estava detestável. Foi necessário manobrar com rapidez as velas da embarcação, fustigadas pelo mar e completamente cheias, e cambar várias vezes, fazendo curtos bordejos. No dia 18, por exemplo, o *Bonadventure* foi inteiramente coberto por uma onda e, se os passageiros não houvessem tomado a precaução de se amarrar na coberta, teriam sido engolfados.

Nessa oportunidade, Pencroff e seus companheiros, ocupados em se desvencilhar, receberam uma ajuda inesperada do prisioneiro, que se lançou pela escotilha como se o seu instinto de marinheiro houvesse prevalecido, e rachou os paveses com uma vigorosa estocada, a fim de fazer escoar mais rapidamente a água que alagava o convés. Em seguida, libertada a embarcação, sem ter pronunciado uma palavra, ele desceu novamente para o seu alojamento.

Pencroff, Spilett e Harbert, absolutamente estupefatos, deixaram-no agir.

Entretanto, a situação era periclitante e o marujo tinha motivos para se julgar perdido naquele mar imenso, sem qualquer possibilidade de reencontrar sua rota!

A noite de 18 para 19 foi escura e fria. Todavia, por volta das onze horas, o ventou amainou, a ressaca acalmou e o *Bonadventure*, jogando menos, ganhou velocidade. De resto, resistira intrepidamente ao mar bravio.

Pencroff, Spilett e Harbert não cogitaram tirar sequer uma hora de sono. Vigiavam atentamente, pois ou a ilha Lincoln estava próxima, e a veriam ao amanhecer, ou o *Bonadventure*, carregado pelas correntes e pelo vento, desviara, e, nesse caso, tornava-se impossível retificar sua direção.

Pencroff, mesmo preocupadíssimo, não desesperava, pois tinha nervos de aço. Sentado junto ao leme, procurava obstinadamente enxergar através daquela sombra espessa que o envolvia.

Eram aproximadamente duas horas da manhã, quando, bruscamente, pôs-se de pé:

– Uma fogueira! Uma fogueira! – gritou.

E, com efeito, uma intensa luminosidade surgia vinte milhas a nordeste. Lá estava a ilha Lincoln, e aquele fogo, obviamente aceso por Cyrus Smith, mostrava a rota a ser seguida.

Pencroff, que apontava bem mais para o norte, alterou sua rota e virou a proa em direção ao lume, que brilhava acima do horizonte como uma estrela de primeira grandeza.

15

O retorno • Discussão • Cyrus Smith e o desconhecido • Porto Balão • A terceira safra • Um moinho de vento • A primeira farinha e o primeiro pão • A fé do engenheiro • Uma experiência tocante • Algumas lágrimas

NO DIA SEGUINTE, 20 de outubro, às sete horas da manhã, após quatro jornadas de viagem, o *Bonadventure* tocou suavemente na praia, na altura da foz do Mercy.

De madrugada, Cyrus Smith e Nab, inquietos com o mau tempo e a ausência prolongada dos companheiros, haviam subido até o planalto do Mirante e finalmente avistado a embarcação, que tanto tardara a chegar!

– Lá estão eles! Graças a Deus! – exclamara Cyrus Smith.

Quanto a Nab, em sua alegria, pusera-se a dançar e girar em círculo, batendo as mãos e gritando: "Oh, meu patrão!", pantomima mais comovente que o mais belo discurso!

A primeira coisa que o engenheiro pensou, depois de contar os indivíduos que via a bordo do *Bonadventure*, foi que Pencroff não encontrara o náufrago da ilha Tabor ou, sabe-se lá, o infeliz se recusara a deixar sua ilha e trocar uma prisão por outra.

E, com efeito, Pencroff, Gedeon Spilett e Harbert eram os únicos no convés do *Bonadventure*.

Quando a embarcação atracou, o engenheiro e Nab já a aguardavam na praia, e, antes que os passageiros pulassem na areia, Cyrus Smith os interpelava:

– Estávamos preocupadíssimos com o atraso de vocês, amigos! Enfrentaram algum problema sério?

– Ao contrário – respondeu Gedeon Spilett –, tudo correu às mil maravilhas. Já lhe contaremos o que aconteceu.

– De toda forma – insistiu o engenheiro –, suas buscas não deram em nada, uma vez que continuam sendo três, como ao partirem…

– Correção, sr. Cyrus – interveio o marujo. – Somos quatro.

– Encontraram o náufrago?

– Sim.

– E o trouxeram com vocês?

– Sim.

– Vivo?

– Sim.

– Onde ele está? Quem é?

– É – respondeu o repórter –, ou melhor, era um homem! É tudo que lhe podemos dizer, Cyrus.

Dali a pouco o engenheiro se inteirava das peripécias da viagem, das condições em que as buscas haviam sido efetuadas, do estado de abandono em que se encontrava a única habitação da ilhota, e, por fim, de como haviam feito a captura de um náufrago que parecia não mais pertencer à espécie humana.

– E isso a tal ponto – acrescentou Pencroff – que fico na dúvida se fizemos bem ao trazê-lo para cá.

– Claro que sim, Pencroff! – replicou sem titubear o engenheiro.

– Mas o infeliz enlouqueceu…

– No momento presente isso é até possível – argumentou Cyrus Smith. – Contudo, não faz muitos meses, esse infeliz era nosso semelhante. Em que estado não ficaria qualquer um de nós depois de uma longa solidão nesta ilha? Coitado de quem é só, amigos, e tudo sugere que o isolamento começa por destruir a razão, uma vez que encontraram a pobre criatura nessas condições!

– Ei, sr. Cyrus – questionou Harbert –, o que o leva a crer que o infeliz perdeu o juízo apenas há poucos meses?

– Como a mensagem que encontramos foi escrita recentemente, só o náufrago pôde escrevê-la.

– A menos – observou Gedeon Spilett – que tenha sido redigida por um companheiro desse homem, morto em seguida.

– Isso é impossível, caro Spilett.

– E pode me dizer por quê?

– Porque a mensagem teria se referido a dois náufragos – apontou Cyrus Smith –, e só fala em um.

Harbert resumiu em poucas palavras os incidentes da travessia, enfatizando a espécie de ressurreição passageira que pareceu operar-se no espírito do prisioneiro, quando, por um instante, no auge da tormenta, este agira como um calejado marinheiro.

– Parabéns, Harbert – comentou o engenheiro –, está certo ao atribuir importância a esse fato. O infeliz não deve ser incurável; é o desespero a causa de seu desatino. Aqui, porém, ele encontrará seus semelhantes e, visto ainda haver nele uma alma, trataremos de salvá-la.

Então, diante da comiseração do engenheiro e da perplexidade de Nab, o náufrago da ilha Tabor, arrancado da cabine que ocupava na proa do *Bonadventure* e uma vez em terra, manifestou prontamente o desejo de fugir.

Cyrus Smith, no entanto, aproximou-se e, pousando-lhe a mão no ombro, num gesto cheio de autoridade, fitou-o com infinita doçura. Imediatamente, o infeliz, sofrendo uma espécie de dominação instantânea, acalmou-se aos poucos, seus olhos abaixaram, sua testa se inclinou, e ele não opôs mais nenhuma resistência.

– Um degredado! – murmurou o engenheiro.

Cyrus Smith estudara-o atentamente. Embora à primeira vista a mísera criatura não tivesse mais nada de humano, Cyrus, assim como já fizera o repórter, surpreendeu um intangível fulgor de inteligência em seu olhar.

Ficou decidido que o degredado, ou melhor, o desconhecido, pois foi assim que seus novos companheiros passaram a chamá-lo, ocuparia um dos quartos de Granite House, de onde, aliás, não poderia escapar. Ele se deixou levar sem opor resistência. Quem sabe, fruto dos cuidados que viriam a lhe dispensar, os colonos da ilha Lincoln não poderiam esperar que um dia ele se integrasse ao grupo!

Durante o almoço – que Nab adiantara, atropelado pela fome do repórter, de Harbert e de Pencroff –, Cyrus Smith pediu que lhe contassem em detalhe todas as peripécias da viagem de exploração à ilha Tabor. Concordou com os amigos que o desconhecido devia ser inglês ou americano, pois não só o nome *Britannia* sugeria isso, como, através daquela barba desgrenhada e sob aquela floresta de cabelos, o engenheiro julgara reconhecer as feições típicas do anglo-saxão.

– Você terminou não contando como se deu seu encontro com o selvagem; sabemos apenas que ele o teria estrangulado se não tivéssemos a sorte de chegar a tempo de socorrê-lo! – disse Gedeon Spilett.

– Confesso que me sinto um pouco encabulado de contar o que aconteceu – disse Harbert. – Eu estava, acho, concentrado na minha colheita de mudas, quando ouvi uma espécie de avalanche descendo de uma árvore muito alta. Mal tive tempo de me voltar... O infeliz, que devia estar encoscorado na referida árvore, caiu nas minhas costas em menos tempo do que estou levando para contar a história a vocês, e não fossem o sr. Spilett e Pencroff...

– Foi por um triz, mocinho! – disse Cyrus Smith. – Sem isso, porém, o coitado talvez houvesse se furtado a todas as suas buscas e não tivéssemos um companheiro a mais.

– Alimenta mesmo a esperança, Cyrus, de transformá-lo novamente num homem? – perguntou o repórter.

– Sim – respondeu o engenheiro.

Terminado o almoço, Cyrus Smith e seus companheiros deixaram Granite House e dirigiram-se à praia a fim de descarregar o *Bonadventure*. O engenheiro, após examinar armas e ferramentas, não viu nada que lhe permitisse identificar o desconhecido.

A captura dos porcos feita em Tabor foi vista por todos como muito proveitosa para a ilha Lincoln, e os animais foram conduzidos ao estábulo, onde viriam a se adaptar com facilidade.

Os dois barris contendo pólvora e chumbo, bem como os pacotes de espoletas, foram muito bem recebidos. Planejaram inclusive construir um pequeno paiol fora de Granite House, ou então na caverna superior, onde não haveria risco de explosão. Não obstante, julgaram por bem continuar a usar a piroxila, pois, como essa substância dava excelentes resultados, não havia razão alguma para substituí-la pela pólvora comum.

Quando terminaram de descarregar a embarcação, Pencroff consultou Cyrus Smith:

– Não acharia prudente colocar o nosso *Bonadventure* em local seguro?

– Ele não está bem na foz do Mercy? – perguntou Cyrus Smith.

– Não, sr. Cyrus – respondeu o marujo. – Aqui ele passa metade do tempo encalhado na areia, e isso o deteriora. É que é uma boa embarcação, acredite, tendo se comportado admiravelmente na borrasca que enfrentamos em nosso regresso.

– Não poderíamos mantê-lo ancorado diretamente no rio?

– Sem dúvida poderíamos, mas essa foz não oferece nenhum abrigo e, com os ventos do leste, creio que o *Bonadventure* teria muito a sofrer com a pororoca.

– Então onde pretende estacioná-lo, Pencroff?

– Em porto Balão – respondeu o marujo. – Aquela pequena angra, cercada por rochedos, me parece ser exatamente o porto que lhe convém.

– Não seria um pouco longe?

– Está brincando! A menos de cinco quilômetros de Granite House! Além disso, temos uma bela estrada em linha reta para chegar lá!

– Faça isso, Pencroff, leve daqui o seu *Bonadventure* – concordou o engenheiro –, embora francamente eu o preferisse mais perto de nossos olhos. Assim que tivermos tempo, construiremos um pequeno porto para ele.

– Magnífico! – exclamou Pencroff. – Um porto com farol, quebra-mar e ancoradouro de estaleiro! Ah, com o senhor, sr. Cyrus, tudo é muito fácil!

– Sim, meu bom Pencroff – aquiesceu o engenheiro –, mas com a condição, todavia, que me ajude, pois você é responsável por grande parte de nossas conquistas!

Harbert e o marujo embarcaram então novamente no *Bonadventure*, levantaram ferros, desfraldaram a vela e, aproveitando o vento do largo, alcançaram sem demora o cabo da Garra. Duas horas depois, o barco descansava nas águas plácidas de porto Balão.

Durante os primeiros dias que passou em Granite House, o desconhecido dera algum sinal de mudança em sua natureza selvagem? Algum fulgor mais intenso brilhava no fundo daquele espírito trevoso? A alma, enfim, retornava ao corpo? Sim, a olhos vistos, e a tal ponto que Cyrus Smith e o repórter perguntavam-se se algum dia a razão do miserável se vira completamente obliterada.

No início, habituado ao ar livre, àquela liberdade sem limites de que gozava na ilha Tabor, o desconhecido manifestara uma fúria incontida, fazendo os colonos temerem que viesse a se jogar por uma das janelas de Granite House. Aos poucos, porém, foi se acalmando, e puderam restituir-lhe a liberdade de movimentos.

Logo, motivos havia, e muitos, para terem esperança. Abandonando seu instinto inicial, que o levara a apreciar a carne crua, o desconhecido passou a aceitar uma alimentação menos animalesca que a praticada em Tabor, e a carne cozida não lhe provocava mais a sensação de repulsa que experimentara a bordo do *Bonadventure*.

Cyrus Smith havia se aproveitado de um momento em que ele dormia para lhe cortar a cabeleira e a barba hirsutas que formavam uma espécie de crina, dando-lhe aquele aspecto tão selvagem. Também o vestira mais apropriadamente, após livrá-lo do farrapo de pano que o cobria. Graças a esses cuidados, o desconhecido recuperou a aparência humana, com os olhos inclusive parecendo mais doces. Não restava dúvida de que, quando a inteligência o iluminasse, o semblante daquele homem revelaria uma espécie de beleza.

Diariamente, Cyrus Smith impôs-se o dever de passar algumas horas em sua companhia, trabalhando ao seu lado e executando diversas tarefas, de maneira a prender sua atenção. Com efeito, talvez bastasse uma centelha para ressuscitar aquela alma, uma recordação para despertar a razão naquele cérebro. Ele já dera mostras do que era capaz durante a tempestade, a bordo do *Bonadventure*!

O engenheiro tampouco deixava de falar em voz alta, de maneira a penetrar ao mesmo tempo pelos órgãos da audição e da visão no fundo daquela inteligência entorpecida. Ora um de seus companheiros, ora outro, às vezes todos, juntavam-se a ele. Conversavam quase sempre sobre coisas relativas à marinhagem, capazes de ecoar num lobo do mar. Por instantes, o desconhecido prestava uma vaga atenção ao que se dizia, e os colonos logo se persuadiram de que os compreendia em parte. Algumas vezes a expressão de seu rosto manifestava uma dor profunda, prova de que sofria intimamente, uma vez que sua fisionomia não saberia iludir a tal ponto. Ainda assim, não falava, embora em diversas oportunidades todos julgassem que algumas palavras sairiam de sua boca.

A criatura, em todo caso, parecia serena e triste! Mas sua calma seria apenas aparente? Sua tristeza, simples fruto de seu degredo? Ainda não era possível afirmar nada. Vendo somente determinados objetos, e numa área delimitada, em contato incessante com os colonos, com os quais terminaria por se habituar, não tendo nenhum desejo a ser satisfeito, mais bem alimentado, mais bem-vestido, era natural que sua natureza física se alterasse gradualmente; mas estaria impregnado de uma vida nova ou, para empregar uma expressão que lhe assentava bem, apenas se deixara domesticar como um animal com relação ao dono? Esta era uma questão capital, que Cyrus

Smith tinha pressa em resolver. No entanto, não queria molestar o doente! Para ele, o desconhecido estava simplesmente doente! Viria a ser um convalescente?

Isso fazia com que o engenheiro não despregasse os olhos dele. Como se espreitasse sua alma, por assim dizer! Pronto para dar o bote!

Os colonos acompanhavam com sincera emoção todas as fases do tratamento adotado por Cyrus Smith. Ajudavam-no igualmente nessa obra humanitária e todos, exceto talvez o incrédulo Pencroff, logo passaram a compartilhar sua esperança e sua fé.

A calma do desconhecido era profunda, como dissemos, e ele manifestava pelo engenheiro, cuja influência sofria visivelmente, uma espécie de afeição. Cyrus Smith então resolveu testá-lo, transferindo-o para outro ambiente, para diante daquele oceano que seus olhos tinham antigamente o hábito de contemplar, para a orla da mata que devia lembrar-lhe aquela em que vivera tantos anos de sua vida!

– Mas – disse Gedeon Spilett –, podemos acreditar que, posto em liberdade, ele não escapará?

– É uma experiência a ser feita – foi a resposta do engenheiro.

– Ora! – exclamou Pencroff. – Quando esse camarada tiver o horizonte à sua frente e farejar o ar livre, porá sebo nas canelas!

– Não creio nisso – disse Cyrus Smith.

– Experimentemos – propôs Gedeon Spilett.

– Isso mesmo – decidiu o engenheiro.

Estavam no dia 30 de outubro e, por conseguinte, fazia nove dias que o náufrago da ilha Tabor era prisioneiro em Granite House. Fazia calor e um belo sol dardejava seus raios sobre a ilha.

Cyrus Smith e Pencroff foram ao quarto ocupado pelo desconhecido, a quem encontraram deitado próximo à janela, contemplando o céu.

– Venha, amigo – disse-lhe o engenheiro.

O desconhecido levantou-se prontamente. Seus olhos pregaram-se em Cyrus Smith e ele o seguiu, enquanto o marujo fechava a marcha, pouco confiante nos resultados da experiência.

Ao chegarem à porta, Cyrus Smith e Pencroff cederam-lhe um lugar no elevador, enquanto Nab, Harbert e Gedeon Spilett os aguardavam ao pé de Granite House. Descido o cesto, em poucos instantes estavam todos reunidos na praia.

Os colonos afastaram-se um pouco do desconhecido, de maneira a conceder-lhe certa liberdade.

Este deu alguns passos, avançando em direção ao mar e, apesar do brilho interso em seu olhar, não fez menção alguma de querer escapar. Observava as marolas que, abrandadas pelo recife, vinham morrer na areia.

– Bom, isso foi o mar – observou Gedeon Spilett –, e é possível que ele não lhe inspire o desejo de fugir.

– É verdade – concordou Cyrus Smith –, temos de levá-lo ao planalto, na orla da floresta. Lá, a experiência será mais conclusiva.

– Aliás, ele não poderá escapar – lembrou Nab –, uma vez que as pontes estão erguidas.

– Oh! – exclamou Pencroff. – E isso é homem de se atrapalhar com um riacho como o córrego Glicerina! Ele o atravessaria com um pé nas costas, quer dizer, num pulo!

– Logo veremos – limitou-se a responder Cyrus Smith, cujos olhos não abandonavam os olhos do doente.

Este foi então conduzido até a foz do Mercy, e todos, subindo a margem esquerda do rio, alcançaram o planalto do Mirante.

Ao passarem pelas primeiras árvores da floresta, cuja folhagem a brisa balançava sutilmente, o desconhecido pareceu aspirar com embriaguez aquele aroma penetrante que impregnava a atmosfera e um longo suspiro escapou-lhe do peito.

Os colonos mantinham-se atrás, preparados para contê-lo, caso fizesse qualquer movimento para fugir.

E, com efeito, o infeliz esteve a ponto de se atirar no riacho que o separava da floresta, suas pernas distenderam-se um pouco como uma mola… porém, quase imediatamente, ele recuou, agachou-se e uma grossa lágrima escorreu-lhe dos olhos!

– Ah! – exclamou Cyrus Smith. – Ei-lo de volta à humanidade, está chorando!

16

Um mistério por desvendar • Primeiras palavras do desconhecido • Doze anos no rochedo! • Confissões que escapam! • O desaparecimento • Confiança de Cyrus Smith • Construção de um moinho • O primeiro pão • Um gesto de fidelidade • Mãos honestas!

SIM! O infeliz chorara! Alguma recordação, sem dúvida, aflorara em sua mente, e, nas palavras de Cyrus Smith, ele se refizera homem pelas lágrimas.

Os colonos deixaram-no durante certo tempo no planalto e até se afastaram um pouco, de modo a que ele se sentisse livre. Contudo, não lhe passou pela cabeça aproveitar-se daquela liberdade, e Cyrus Smith resolveu levá-lo de volta para Granite House.

Dois dias após essa cena, o desconhecido pareceu querer misturar-se aos poucos à vida comunitária. Era evidente que ouvia, compreendia, porém não menos evidente sua estranha obstinação em não se dirigir aos colonos, pois uma noite, Pencroff, à porta de seu quarto, ouviu essas palavras escaparem-lhe dos lábios:

– Não! Aqui! Eu! Jamais!

O marujo transmitiu essas palavras aos companheiros.

– Estamos diante de um doloroso mistério! – disse Cyrus Smith.

O desconhecido começara a fazer uso das ferramentas agrícolas e trabalhava na horta. Quando interrompia o trabalho, o que ocorria frequentemente, quedava como que ensimesmado. Todos, porém, aconselhados pelo engenheiro, respeitavam o isolamento que ele parecia querer preservar. Se um dos colonos se aproximava, ele recuava, e soluços estremeciam seu peito, como se este estivesse abarrotado deles!

Seria o remorso que o angustiava daquela forma? Era lícito pensar que sim, e um dia Gedeon Spilett não conteve esta observação:

– Se ele não fala, é porque tem coisas muito graves a dizer!

Cumpria ter paciência e esperar.

Alguns dias mais tarde, em 3 de novembro, o desconhecido, enquanto trabalhava no planalto, parara subitamente, após deixar a enxada cair no terreno. Cyrus Smith, que o observava de não muito distante, viu mais uma vez lágrimas lhe escorrendo dos olhos. Uma espécie de compaixão irresistível o atraiu para ele. Tocou levemente em seu braço e perguntou:

– Amigo?

O olhar do desconhecido tentou evitar o olhar do engenheiro e, quando este lhe estendeu a mão, ele recuou bruscamente.

– Amigo – disse Cyrus Smith, com uma voz mais firme. – Quero que olhe para mim!

O desconhecido fitou o engenheiro e pareceu cair sob sua influência, como um hipnotizado dominado pelo hipnotizador. Fez menção de fugir, mas sua fisionomia sofreu uma espécie de transformação. Seu olhar parecia de fogo. Palavras procuraram escapar de seus lábios. Ele não podia mais se conter...! Por fim, cruzou os braços, e, com uma voz rouca, perguntou a Cyrus Smith:

– Quem são vocês?

– Náufragos como você – respondeu o engenheiro, cuja emoção era profunda. – Nós o trouxemos para cá, para junto de seus semelhantes.

– Semelhantes...! Não os tenho!

– Encontra-se no meio de amigos...

– Amigos... meus! Amigos! – exclamou o desconhecido, escondendo a cabeça nas mãos. – Não... nunca mais... deixe-me! Deixe-me!

Em seguida, fugiu para o lado do planalto que dava para o mar e ali permaneceu longo tempo imóvel.

Cyrus Smith juntou-se novamente ao grupo e contou o que acabara de acontecer.

– Sim! Há um mistério na vida desse homem – concordou Gedeon Spilett. – É como se apenas o remorso lhe devolvesse a humanidade.

– Não sei muito bem que espécie de homem trouxemos para cá – murmurou o marujo. – Ele guarda segredos.

– Que respeitaremos – acrescentou prontamente Cyrus Smith. – Se cometeu algum erro, expiou-o cruelmente e, para nós, está absolvido.

O desconhecido deixou-se ficar durante duas horas na praia, sozinho, evidentemente sob a influência de lembranças que lhe reavivavam todo o passado – funesto, sem dúvida. Os colonos, sem perdê-lo de vista, respeitaram seu recolhimento.

No entanto, transcorridas essas duas horas, ele pareceu ter tomado uma decisão e foi ao encontro de Cyrus Smith. Embora vermelhos das lágrimas que derramara, seus olhos agora estavam secos. Seu semblante exprimia profunda humildade. Parecia temeroso, envergonhado, contraído, e seu olhar não desgrudava do chão.

– Cavalheiro – disse a Cyrus Smith –, seus companheiros e o senhor são ingleses?

– Não – respondeu o engenheiro –, somos americanos.

– Ah! – reagiu o desconhecido, murmurando estas palavras: "Prefiro assim."

– E você, amigo? – perguntou o engenheiro.

– Inglês – respondeu precipitadamente.

Como se fosse um sacrifício pronunciar estas poucas palavras, afastou-se num estado de extrema agitação, percorrendo a praia desde a cachoeira até a foz do Mercy.

Ao passar próximo a Harbert, deteve-se e, com a voz embargada, perguntou-lhe:

– Em que mês estamos?

– Dezembro – respondeu Harbert.

– E o ano?

– 1866.

– Doze anos! Doze anos! – exclamou. E deixou-o bruscamente.

Harbert relatara aos colonos as perguntas e a resposta que ouvira.

– O infeliz não estava a par nem do mês nem do ano! – impressionou-se Gedeon Spilett.

– Que coisa! – exclamou Harbert. – E já estava há doze anos na ilha Tabor quando o encontramos lá!

– Doze anos! – repetiu Cyrus Smith. – Ah! Doze anos de isolamento, talvez após uma vida de horrores, podem perfeitamente alterar a razão de um homem.

– Tendo a crer – disse então Pencroff – que esse homem não chegou à ilha Tabor devido a um naufrágio, tendo sido degredado em consequência de algum crime.

– É bem possível, Pencroff – concordou o repórter –, e, se isso se confirmar, não é nada improvável que os homens que o deixaram na ilha voltem um dia para buscá-lo!

– E não o encontrarão lá – apontou Harbert.

– Então – disse Pencroff –, teríamos que retornar e...

– Amigos – ponderou Cyrus Smith –, não tratemos essa questão antes de saber com o que estamos às voltas. Tudo sugere que esse indivíduo sofreu muito, que vem expiando severamente seus pecados, quaisquer que sejam eles, e que sente uma necessidade premente de desabafar. Não o provoquemos, não cabe a nós contar sua história! Ele a contará, e quando a soubermos, veremos o melhor partido a tomar. Aliás, só ele pode nos dizer se, mais que esperança, tinha certeza de um dia ser repatriado, mas duvido!

– E por quê?

– Porque, no caso de ter certeza de ser libertado num prazo estipulado, ele teria aguardado a hora de se ver livre e não teria lançado aquela mensagem ao mar. Não, é mais provável que tenha sido condenado a morrer naquele recife e nunca mais rever seus semelhantes.

– Contudo – observou o marujo – há uma coisa que não consigo entender.

– Do que se trata?

– Se há doze anos esse homem foi abandonado na ilha Tabor, podemos perfeitamente supor que já vivia há muitos anos no estado de selvageria em que o encontramos!

– Isso é bem provável! – respondeu Cyrus Smith.

– Se fosse assim, a mensagem estaria escrita há vários anos!

– Sem dúvida... e no entanto parecia ter sido escrita recentemente...!

– Além do mais, como admitir que a garrafa com a mensagem tenha levado anos para vir da ilha Tabor à ilha Lincoln?

– Isso não é absolutamente impossível – argumentou o repórter. – Ela já não poderia estar há muito tempo nas imediações da ilha?

– Não – respondeu Pencroff –, pois ainda boiava. Não podemos sequer supor que, após encalhar na praia, ela tenha sido tragada pelo mar, visto que teria inevitavelmente se quebrado nos rochedos do litoral sul!

– Com efeito – respondeu Cyrus Smith, que restou pensativo.

– E depois – acrescentou o marujo –, se a mensagem tivesse vários anos, se estivesse encerrada naquela garrafa anos a fio, teria sido danificada pela umidade. Ora, não aconteceu nada disso, ela se encontrava em perfeito estado de conservação.

A observação do marujo fazia todo sentido, havendo ali um fato incompreensível, pois a mensagem parecia ter sido escrita recentemente, quando os colonos a encontraram na garrafa. Além disso, ela fornecia a localização da ilha Tabor em latitude e longitude com precisão, o que pressupunha no autor conhecimentos bastante profundos de hidrografia, que um simples marujo não podia ter.

– Há em tudo isso, repito, alguma coisa de inexplicável – disse o engenheiro –, mas não pressionemos nosso novo companheiro a falar. Quando ele quiser, amigos, estaremos prontos a ouvi-lo!

Durante os dias seguintes, o desconhecido não pronunciou uma palavra e não deixou o planalto uma única vez. Trabalhava na terra, sem descanso, mas sempre afastado. Na hora das refeições, não ia a Granite House, embora houvesse sido convidado em diversas oportunidades, limitando-se a comer alguns legumes crus. Ao anoitecer, não regressava ao quarto que lhe fora destinado, deixando-se ficar sob as copas das árvores ou, quando o tempo estava ruim, recolhendo-se em alguma anfractuosidade das rochas. Vivia ainda, portanto, como no tempo em que não tinha outro abrigo senão as florestas da ilha Tabor e, verificando-se inútil toda pressão no sentido de que modificasse seu estilo de vida, os colonos esperaram pacientemente. Contudo, aproximava-se finalmente o momento em que, instigado pela própria consciência, terríveis confissões iam-lhe escapar.

No dia 10 de novembro, por volta de oito horas da noite, quando começava a escurecer, o desconhecido apresentou-se inopinadamente diante dos colonos, que estavam reunidos na sacada. Seus olhos brilhavam de uma maneira estranha e toda a sua pessoa recuperara o aspecto feroz dos tempos malditos.

Cyrus Smith e seus companheiros, ao verem que, sob a influência de uma terrível emoção, seus dentes batiam como os de um febril, ficaram aterrados. O que tinha, afinal? A visão de seus semelhantes lhe era insuportável? Estava enfastiado daquela existência naquele ambiente honesto? A nostalgia do embrutecimento o arrebatava novamente? Tudo sugeria isso até ele se exprimir assim, em frases incoerentes:

– Por que estou aqui...? Com que direito me arrancaram do meu rochedo...? Como pode haver algum laço entre os senhores e eu...? Sabem quem eu sou... o que fiz... por que estava lá... sozinho? E quem lhes diz que não fui abandonado lá... que não estava condenado a morrer lá...? Conhecem meu passado...? Sabem por acaso se não roubei, assassinei... se não sou um miserável... um marginal… cuja vida deve ser vivida como a de uma besta-fera… longe de todos… hein… sabem?

Os colonos escutavam atentamente o desgraçado, de quem essas semiconfissões escapavam, por assim dizer, à revelia. Cyrus Smith quis então acalmá-lo aproximando-se dele, mas ele recuou prontamente.

– Não! Não! – exclamou. – Só uma coisa… Estou livre?

– Está livre – respondeu o engenheiro.

– Então adeus! – exclamou, e fugiu como um louco.

Nab, Pencroff e Harbert correram no mesmo instante para a orla da mata… mas voltaram desacompanhados.

– Temos que deixá-lo à vontade! – disse Cyrus Smith.

– Não voltará nunca mais… – exclamou Pencroff.

– Voltará – replicou o engenheiro.

E os dias foram passando. Mesmo assim, Cyrus Smith – seria uma espécie de pressentimento? – persistiu na inabalável crença de que cedo ou tarde o infeliz voltaria.

– É a última revolta dessa natureza rude – dizia – que o remorso tocou e que um novo isolamento iria destruir.

Nesse ínterim, obras de todos os tipos foram tocadas adiante, tanto no planalto do Mirante como no curral, onde Cyrus Smith tinha a intenção de construir uma chácara. Desnecessário dizer que as sementes recolhidas por Harbert na ilha Tabor haviam sido cuidadosamente semeadas. O planalto formava então uma vasta horta, bem distribuída e bem cuidada, que não deixava ociosos os braços dos colonos. Ali não faltava trabalho. À medida que as hortaliças se multiplicavam tiveram de ampliar os canteiros simples, que tendiam a se tornar verdadeiras lavouras e a substituir as pastagens. Mas o capim abundava em outras zonas da ilha e os onagros não precisavam temer um futuro racionamento. Era preferível, aliás, transformar em horta o planalto do Mirante, defendido por seu profundo cinturão de cursos d'água, e transferir para a área externa os pastos, que não careciam ser protegidos contras as depredações de quadrúmanos e quadrúpedes.

Em 15 de novembro, realizou-se a terceira colheita. A plantação de trigo crescera em superfície, desde a primeira semeadura, dezoito meses antes! A segunda safra, de seiscentos mil grãos, produziu dessa vez quatro mil alqueires, ou seja, mais de quinhentos milhões de grãos! A colônia era rica em trigo, pois agora bastava semear uma dezena de alqueires para assegurar a colheita anual e garantir que todos, homens e animais, dela pudessem sobreviver.

Terminada a colheita, a segunda quinzena do mês de novembro foi dedicada à arte da panificação.

Com efeito, tinham a semente, mas farinha, não, e a montagem de um moinho se fez necessária. Cyrus Smith poderia utilizar a segunda queda-d'água sobre o Mercy para isso, uma vez que a primeira já fora aproveitada para mover os soquetes do pisão. Após confabularem, decidiram construir um simples moinho de vento nas colinas do Mirante. O resultado seria o mesmo e, além disso, o vento era constante no planalto, exposto às brisas do mar aberto.

– E – acrescentou Pencroff – um moinho de vento é sempre alegre e combinará com a paisagem!

Puseram então mãos à obra, escolhendo madeiras apropriadas para a caixa e o mecanismo do moinho. Para as mós, cogitavam usar grandes blocos de greda espalhados no norte do lago, e para as velas, a inesgotável lona do balão.

Cyrus Smith desenhou o projeto, e a localização do moinho foi decidida, um pouco à direita do terreiro, próximo à margem do lago. A torre deveria assentar-se numa base escorada por sólidos andaimes, de maneira a poder girar, com todo o mecanismo nela embutido, segundo os caprichos do vento.

O trabalho foi rapidamente concluído. Nab e Pencroff eram agora exímios carpinteiros e bastava-lhes seguir os gabaritos fornecidos pelo engenheiro. Da mesma forma, uma espécie de guarita cilíndrica, na verdade um cone, coberta por um telhado em bico, não demorou a erguer-se no local escolhido. As quatro pás das velas haviam sido solidamente fixadas no eixo giratório, de maneira a formarem certo ângulo com ele, por meio de vergalhões metálicos. Quanto às diversas partes do mecanismo interno – a caixa destinada a conter as duas mós, a mó fixa e a mó corrediça; a moega, espécie de grande calha quadrada, larga na parte superior, estreita na base, que devia permitir aos grãos caírem sobre as mós; a calha basculante, destinada a permitir a passagem do grão; e, finalmente o crivo, que, mediante a peneiração, separa o farelo da farinha – tudo foi fabricado com esmero. As ferramentas eram boas, o que facilitava o trabalho, pois, no fim das contas, nada mais simples que os órgãos de um moinho. Foi apenas questão de tempo.

Como todos haviam trabalhado na construção do moinho, no dia 1º de dezembro ele estava terminado.

Para variar, Pencroff, encantado com sua obra, não duvidava que o aparelho fosse perfeito.

– Agora é só esperar um bom vento para moer bem moidinha a nossa primeira colheita! – exclamou.

– Um bom vento, eu concordo, Pencroff – respondeu o engenheiro –, uma ventania é que não seria propícia.

– Ora! Só faria nosso moinho girar mais rápido!

– Isso não é necessário – explicou Cyrus Smith. – Por experiência, sabemos que um moinho produz mais quando o número de voltas percorridas por suas pás em um minuto é o sêxtuplo do número de pés percorridos pelo vento em um segundo. Com um vento médio, soprando a vinte e quatro pés por segundo, suas pás darão seis voltas por minuto, e não precisamos de mais que isso.

– Então demos sorte! – exclamou Harbert. – Pois está soprando uma bela brisa de nordeste que é exatamente o que queremos.

Não havia nenhum motivo para adiar a inauguração do moinho, considerando a pressa dos colonos em saborear o primeiro pedaço de pão da ilha Lincoln. Na manhã daquele dia, portanto, dois ou três alqueires de trigo foram moídos e, no dia seguinte, no almoço, uma magnífica broa, um pouco massuda talvez, embora fermentada com levedo de cerveja, imperava na mesa de Granite House. Podemos imaginar o prazer, aliás, com que todos lhe trincaram os dentes!

Nesse ínterim, o desconhecido não reaparecera. Por várias vezes, Gedeon Spilett e Harbert percorreram a mata, nas cercanias de Granite House, sem encontrá-lo, sem detectar qualquer vestígio dele. Estavam seriamente preocupados com aquele desaparecimento prolongado. Para o ex-selvagem da ilha Tabor, viver nas matas abundantes em caça do Faroeste não devia ser problema, mas não era de se temer que reincidisse em seus hábitos e que aquela independência lhe ressuscitasse os instintos ferozes? Mesmo assim, Cyrus Smith, movido sem dúvida por uma espécie de pressentimento, persistia em afirmar que o fugitivo regressaria.

– Sim, ele voltará! – repetia, com uma fé que seus companheiros não partilhavam. – Quando estava na ilha Tabor, esse infeliz tinha consciência de sua solidão! Aqui, sabe que semelhantes o esperam! Já não começou a contar sua vida pregressa? Pois o pobre arrependido voltará para contá-la por inteiro e, nesse dia, ele será nosso!

O que estava por vir daria razão a Cyrus Smith.

No dia 3 de dezembro, Harbert deixou o planalto do Mirante e foi pescar na margem meridional do lago. Ia desarmado e despreocupado, já que os animais perigosos não incursionavam naquela parte da ilha.

Enquanto isso, Pencroff e Nab trabalhavam no terreiro, ao passo que Cyrus Smith e o repórter entretinham-se nas Chaminés, fabricando soda, pois o estoque de sabão terminara.

De repente, gritos ressoaram:

– Socorro! Aqui!

Cyrus Smith e o repórter, muito afastados, não perceberam, mas Pencroff e Nab, abandonando o terreiro às pressas, correram em direção ao lago.

Pencroff, encantado com sua obra, não duvidava que o aparelho fosse perfeito.

Antes deles, contudo, o desconhecido, cuja presença no local ninguém podia suspeitar, atravessara o córrego Glicerina, que separava o planalto da mata, e num pulo estava na margem oposta.

Achava-se Harbert diante de uma grande onça, semelhante à que fora abatida no promontório do Réptil. Atacado de surpresa, estava imprensado contra uma árvore, ao passo que o animal, todo encolhido, preparava-se para saltar... O desconhecido, contudo, armado com apenas uma faca, atirou-se sobre a temível fera, que então se voltou contra esse novo adversário.

A luta foi curta. O desconhecido era de uma força e habilidade prodigiosas. Imobilizara a onça pela garganta com um punho implacável como uma tenaz, ignorando as garras da fera que lhe penetravam a carne, e com o outro enfiava-lhe a faca no coração.

A onça caiu no chão. O desconhecido empurrou-a com o pé e ia escapar no momento em que os colonos chegavam ao palco da refrega, justo quando Harbert, agarrando-se a ele, gritava:

– Não! Não! Você não vai embora!

Cyrus Smith foi até o desconhecido, que franziu o cenho ao vê-lo aproximar-se. Sob suas roupas dilaceradas, sangrava na altura do ombro, mas isso lhe parecia indiferente.

– Amigo – disse-lhe Cyrus Smith –, acabamos de contrair uma dívida de gratidão consigo. Para salvar nosso pupilo, você arriscou sua vida!

– Minha vida! – murmurou o desconhecido. – O que vale ela? Menos que nada!

– Está ferido?

– Pouco importa.

– Posso cumprimentá-lo?

E, como Harbert tentasse apertar a mão que acabava de salvá-lo, o desconhecido cruzou os braços, seu peito se inflou, seu olhar se velou, e ele pareceu querer fugir; porém, fazendo um violento esforço, num tom brusco, explodiu:

– Quem são vocês? E o que pretendem ser para mim?

Era a história dos colonos que ele pedia dessa forma, e pela primeira vez. Quem sabe, se contassem aquela história, ele não contava a sua?

Em poucas palavras, Cyrus Smith relatou tudo que se passara desde a partida de Richmond, como haviam escapado, os recursos de que dispunham no momento.

O desconhecido escutava com extrema atenção.

Em seguida, o engenheiro explicou quem eram, Gedeon Spilett, Harbert, Pencroff, Nab e ele, acrescentando que a maior alegria que haviam sentido desde a chegada à ilha Lincoln havia sido quando, ao retornarem de Tabor, puderam contar com um companheiro a mais.

A essas palavras, o desconhecido ruborizou, sua cabeça tombou-lhe no peito e um sentimento de confusão estampou-se sobre sua pessoa:

– E agora que nos conhece – acrescentou Cyrus Smith –, gostaria de nos apertar a mão?

– Não – respondeu o desconhecido com uma voz surda. – Não! Os senhores são pessoas honestas! Enquanto eu...!

17

Ainda isolado • Um pedido do desconhecido • Construção de alojamentos no curral • Há doze anos! • O contramestre do *Britannia* • Degredo na ilha Tabor • A mão de Cyrus Smith • A mensagem misteriosa

AQUELAS ÚLTIMAS PALAVRAS confirmavam os pressentimentos dos colonos. Havia na vida daquele infeliz um passado terrível, talvez expiado aos olhos dos homens, mas de que sua consciência ainda não o absolvera. Em todo caso, o culpado sentia remorsos, arrependia-se, e a mão que seus novos amigos lhe pediam, e teriam cordialmente apertado, ele não se sentia digno de estendê-la a pessoas honestas! Entretanto, após o episódio da onça, não retornou à floresta e, a partir desse dia, não deixou mais as dependências de Granite House.

Qual era o mistério daquela existência? O desconhecido falaria um dia? Só o futuro diria. Enquanto isso, os amigos reiteraram a promessa de não lhe perguntar por aquele segredo e de conviverem como se não suspeitassem de nada.

A vida comunitária prosseguiu então como antes por alguns dias. Cyrus Smith e Gedeon Spilett trabalhavam juntos, ora químicos, ora físicos. O repórter só abandonava o engenheiro para ir caçar com Harbert, pois não teria sido prudente deixar o rapaz vagar pela floresta, cumprindo estar de sobreaviso. Quanto a Nab e Pencroff, um dia nos estábulos ou no terreiro, outro no curral, sem contar as obras em Granite House, não lhes faltava ocupação.

O desconhecido trabalhava isolado e retomara sua vida à parte, ausentando-se das refeições, deitando-se sob as árvores do planalto, jamais se misturando aos companheiros. Parecia realmente que a companhia daqueles que o haviam salvado era impossível para ele!

– Mas então – observou Pencroff – por que ele pediu socorro a seus semelhantes? Por que arremessou aquela mensagem ao mar?

– Ele nos dirá – respondeu, como sempre, Cyrus Smith.

– Quando?

– Talvez antes do que pense, Pencroff.

E, com efeito, o dia da confissão estava próximo.

Em 10 de dezembro, uma semana após seu retorno a Granite House, Cyrus Smith viu o desconhecido aproximar-se dele e, numa voz calma e tom humilde, dizer-lhe:

– Senhor, tenho um pedido a lhe fazer.

– Fale – respondeu o engenheiro –, mas antes permita que eu lhe faça uma pergunta.

A essas palavras, o desconhecido corou e fez menção de se retirar. Cyrus Smith compreendeu o que acontecia na alma do culpado, que sem dúvida temia que o engenheiro o interrogasse sobre o seu passado!

Cyrus Smith reteve-o com a mão.

– Espere – falou –, não somos apenas companheiros, somos amigos. Faço questão de lhe dizer isso. Agora sou todo ouvidos.

O desconhecido passou a mão nos olhos. Padecia de uma espécie de tremor e permaneceu por alguns instantes sem conseguir articular uma palavra.

– Senhor – disse finalmente –, vim lhe pedir um favor.

– E qual seria?

– O senhor tem, a seis ou sete quilômetros daqui, ao pé da montanha, um curral para os seus animais domésticos. Esses animais necessitam de cuidados. Peço autorização para ir morar lá, junto com eles.

Cyrus Smith relanceou o desafortunado com um sentimento de profunda comiseração. Então disse:

– Amigo, o curral não passa de simples estábulos, que mal servem para animais…

– Será satisfatório para mim, senhor.

– Amigo – continuou Cyrus Smith –, nunca iremos contrariá-lo em nada. Apraz-lhe morar no curral. Está bem. A propósito, será sempre bem-vindo em Granite House. Porém, já que assim deseja, tomaremos as providências necessárias para que se instale apropriadamente.

– Seja como for, lá me sentirei bem.

– Amigo – respondeu Cyrus Smith, que insistia expressamente naquele tratamento cordial –, por favor, deixe isso por nossa conta!

– Obrigado, cavalheiro – respondeu o desconhecido, retirando-se.

O engenheiro logo comunicou aos colegas a proposta que lhe fora feita, e foi decidido que construiriam uma cabana de madeira no curral, a qual tratariam de deixar o mais confortável possível.

No mesmo dia, os colonos dirigiram-se ao local com as ferramentas necessárias, e a semana ainda não terminara quando a casa ficou pronta para receber seu ocupante. Fora erguida a cerca de sessenta metros dos estábulos, pois dali seria fácil vigiar o rebanho de carneiros selvagens, no momento com oitenta cabeças. Alguns móveis, cama, mesa, banco, armário, baú, foram fabricados, e armas, munições e ferramentas, transportadas para lá.

A propósito, o desconhecido não fora visitar sua nova morada, deixando os colonos trabalharem nela enquanto ele se ocupava no planalto, sem dúvida querendo dar um retoque final em sua obra. E, de fato, graças a ele, todas as terras estavam aradas e prontas para serem semeadas tão logo chegasse o momento.

No dia 20 de dezembro, as instalações no curral estavam prontas. O engenheiro comunicou ao desconhecido que sua cabana estava preparada para recebê-lo, e este respondeu que já naquela noite dormiria lá.

Aquela noite, os colonos estavam reunidos no salão de Granite House. Eram então oito horas – horário em que seu companheiro deveria deixá-los. Não querendo constrangê-lo na presença de todos, impondo-lhe despedidas que talvez o desgostassem, haviam-no deixado e subido para Granite House.

Ora, conversavam no salão não fazia muito tempo quando ouviram uma leve batida na porta. Quase imediatamente o desconhecido entrou e, sem mais preâmbulos, disse:

– Senhores, antes de me despedir, seria bom que soubessem a minha história. Ei-la.

Estas palavras singelas não deixaram de impressionar fortemente Cyrus Smith e seus companheiros.

O engenheiro levantou-se.

– Não lhe pedimos nada, amigo – disse. – É seu direito calar-se...

– É meu dever falar.

– Sente-se, então.

– Ficarei de pé.

– Estamos prontos a ouvi-lo – respondeu Cyrus Smith.

O desconhecido mantinha-se num canto da sala, um vulto na penumbra. Estava sem chapéu, com os braços cruzados no peito, e foi nessa posição que, numa voz cava, falando como alguém que se obriga a falar, fez o seguinte relato, que seus ouvintes não interromperam uma única vez:

– Em 20 de dezembro de 1854, um iate de passeio movido a vapor, o *Duncan*, pertencente ao *laird* escocês, lorde Glenarvan, lançava âncora no cabo Bernouilli, na costa ocidental da Austrália, na altura do paralelo 37. A bordo desse iate, estavam lorde Glenarvan, sua mulher, um major do exército inglês, um geógrafo francês, uma moça e um rapaz. Estes dois últimos eram os filhos do capitão Grant, cujo navio, o *Britannia*, havia ido a pique um ano antes. O *Duncan* era comandado pelo capitão John Mangles e contava com uma tripulação de quinze homens.

"Eis por que esse iate se encontrava, por essa época, nas costas da Austrália.

"Seis meses antes, uma garrafa com uma mensagem escrita em inglês, alemão e francês fora descoberta no mar da Irlanda e recolhida pelo *Duncan*. Essa mensagem dizia em substância que ainda havia três sobreviventes do naufrágio do *Britannia*, que esses sobreviventes eram o capitão Grant e dois de seus homens, e que eles haviam encontrado refúgio numa terra cuja latitude a mensagem fornecia, mas cuja longitude, apagada pela água do mar, não era mais legível.

"Essa latitude era de 37°11' sul. Portanto, desconhecida a longitude, se seguíssemos esse paralelo 37 através dos continentes e mares, tínhamos certeza de chegar à terra habitada pelo capitão Grant e seus dois companheiros.

"Diante da hesitação do almirantado inglês em empreender essa busca, lorde Glenarvan resolveu tentar de tudo para encontrar o capitão. Mary e Robert Grant haviam sido postos em contato com ele. O iate, o *Duncan*, foi equipado para uma campanha distante, da qual a família do lorde e os filhos do capitão quiseram participar, e o *Duncan*, deixando Glasgow, tomou a rota do Atlântico, contornou o estreito de Magalhães e subiu pelo Pacífico até a Patagônia, onde, segundo a interpretação inicial da mensagem, era possível supor que o capitão Grant estivesse prisioneiro dos nativos.

"O *Duncan* desembarcou seus passageiros na costa ocidental da Patagônia e partiu com a intenção de resgatá-los na costa oriental, no cabo Corrientes.

"Lorde Glenarvan atravessou a Patagônia, seguindo o paralelo 37 e, sem topar com qualquer indício do capitão, embarcou novamente em 13 de novembro a fim de prosseguir suas buscas através do oceano.

"Após visitar sem sucesso as ilhas Tristão da Cunha e de Amsterdã, situadas em seu percurso, o *Duncan*, como eu disse, chegou ao cabo Bernouilli, na costa australiana, em 20 de dezembro de 1854.

"A intenção de lorde Glenarvan era atravessar a Austrália como ele atravessara a América, e desembarcou. A poucos quilômetros do litoral, havia uma fazenda, pertencente a um irlandês, que ofereceu hospitalidade aos viajantes. Lorde Glenarvan informou ao fazendeiro as razões que o haviam trazido àquelas paragens e perguntou-lhe se tinha conhecimento de que um três-mastros inglês, o *Britannia*, perdera-se há menos de dois anos na costa oeste da Austrália.

"O irlandês nunca ouvira falar naquele naufrágio, porém, para grande surpresa dos presentes, um dos criados do irlandês, interferindo na conversa, disse:

"– Milorde, louve e agradeça a Deus. Se o capitão Grant ainda estiver vivo, está vivo em terra australiana.

"– Quem é o senhor? – perguntou lorde Glenarvan.

"– Um escocês como o senhor, milorde – respondeu esse homem –, e um dos companheiros do capitão Grant, um dos náufragos do *Britannia*.

"Esse homem chamava-se Ayrton. Era, com efeito, o contramestre do *Britannia*, como atestavam seus papéis. Porém, separado do capitão Grant no momento em que o navio rebentava nos recifes, julgara até aquele momento que seu capitão perecera com toda a tripulação e que o único sobrevivente do *Britannia* era ele, Ayrton.

"– Só que – acrescentou este – não é na costa oeste, mas na costa leste da Austrália que o *Britannia* ficou à deriva e, se ainda estiver vivo, como indica sua mensagem, o capitão Grant encontra-se prisioneiro dos indígenas australianos e é na outra costa que convém procurá-lo.

"Esse homem, falando assim, tinha a voz franca, o olhar firme. Impossível duvidar de suas palavras. O irlandês, que o tinha em seu serviço há mais de um ano, respondia por ele. Lorde Glenarvan acreditou na lealdade desse homem e, graças a seus conselhos, resolveu atravessar a Austrália seguindo o paralelo 38. O pequeno grupo, formado por lorde Glenarvan, sua mulher, os dois filhos, o major, o francês, o capitão Mangles e alguns marujos, devia ter Ayrton como guia, enquanto o *Duncan*, comandado pelo imediato,

Tom Austin, dirigia-se a Melbourne, onde aguardaria as instruções de lorde Glenarvan.

"Partiram em 23 de dezembro de 1854.

"É o momento de dizer que esse Ayrton era um traidor. De fato, era contramestre do *Britannia*; porém, em virtude de graves desavenças com o capitão, tentara conclamar sua tripulação à revolta e se apoderar do navio, e o capitão Grant o desembarcara, em 8 de abril de 1852, na costa oeste da Austrália, depois partira, abandonando-o, o que não deixava de ser justiça.

"Aquele miserável, portanto, nada sabia a respeito do naufrágio do *Britannia*. Acabava de sabê-lo pelo relato de Glenarvan! Desde que fora abandonado, tornara-se, sob o nome Ben Joyce, chefe de um bando de degredados evadidos, e, se sustentou impudentemente que o naufrágio se dera na costa leste, se impeliu lorde Glenarvan a se lançar naquela direção, era porque tencionava separá-lo de seu navio, apoderar-se do *Duncan* e transformar aquele iate num pirata do Pacífico."

Nesse ponto, o desconhecido interrompeu-se por um instante. Sua voz tremia, mas ele continuou nos seguintes termos:

– A expedição partiu e atravessou o território australiano. Naturalmente, fracassou, uma vez que Ayrton, ou Ben Joyce, como queria ser chamado, era seu guia, ora precedido, ora seguido por seu bando de sentenciados, que fora avisado a respeito do golpe planejado.

"Enquanto isso, o *Duncan* fora enviado a Melbourne para reparos. Tratava-se, portanto, de persuadir lorde Glenarvan a ordenar que o navio deixasse Melbourne e se dirigisse para a costa leste da Austrália, onde seria fácil apoderar-se dele. Após conduzir a expedição à orla desse litoral, em meio a vastas florestas carentes de tudo, Ayrton obteve uma carta e tratou de levá-la ao imediato do *Duncan*, carta que dava ordens ao iate para dirigir-se imediatamente à costa leste, à baía Twofold, isto é, a poucas jornadas do lugar onde a expedição estacionara. Era nesse ponto que Ayrton combinara encontrar seus cúmplices.

"No momento em que a carta ia ser-lhe entregue, o traidor foi desmascarado e não teve saída senão fugir. Contudo, para ter o *Duncan* à sua mercê, era fundamental estar de posse daquela carta. Ayrton conseguiu apoderar-se dela e, dois dias depois, chegava a Melbourne.

"Até ali o criminoso triunfara em seus odiosos planos. Podia conduzir o *Duncan* até a baía Twofold, onde os sentenciados não teriam dificuldade para apoderar-se da embarcação e, massacrada sua tripulação, Ben Joyce passaria a ser o senhor daqueles mares... Deus iria detê-lo ao final de seus funestos desígnios.

"Ao chegar a Melbourne, Ayrton entregou a carta ao imediato, Tom Austin, que a leu e aparelhou imediatamente. Tentem agora imaginar o desapontamento e a raiva de Ayrton quando, no dia seguinte ao aparelhamento, soube que o imediato conduzia o navio não para a costa leste da Austrália, para a baía de Twofold, e sim para a costa leste da Nova Zelândia. Quis se opor a isso, Austin mostrou-lhe a carta...! E, com efeito, por um engano providencial do geógrafo francês que redigira a carta, a costa leste da Nova Zelândia é que se encontrava indicada como local de destinação.

"Todos os planos de Ayrton malograram! Quis revoltar-se. Confinado, foi levado para a costa da Nova Zelândia, ignorando o paradeiro dos cúmplices, e igualmente o de lorde Glenarvan.

"O *Duncan* rondou aquela costa até o dia 3 de março. Nesse dia, Ayrton ouviu detonações. Eram os canhões do navio que davam salvas e, dali a pouco, lorde Glenarvan e todos os seus comandados chegavam a bordo.

"Eis o que acontecera.

"Após mil peripécias e perigos, lorde Glenarvan conseguira terminar sua viagem e chegar à costa leste da Austrália, à baía de Twofold. Nem sinal do *Duncan*! Telegrafou para Melbourne. Responderam-lhe: '*Duncan* partiu 18 do corrente para destinação desconhecida.'

"Lorde Glenarvan só pôde imaginar uma coisa: é que o honesto iate caíra nas mãos de Ben Joyce e ele se tornara chefe de um navio pirata!

"Mesmo assim, lorde Glenarvan não quis desistir da empreitada. Era um homem intrépido e generoso. Embarcou num navio mercante e, nele, chegou à costa oeste da Nova Zelândia. Atravessou-a no paralelo 37, sem encontrar qualquer vestígio do capitão Grant, porém, na outra costa, para sua grande surpresa e pela vontade dos céus, reencontrou o *Duncan*, sob as ordens do imediato, que o aguardava fazia cinco semanas!

"Era 3 de março de 1855. Lorde Glenarvan, então, estava a bordo do *Duncan*, mas Ayrton também estava! Compareceu perante o lorde, que quis arrancar-lhe tudo que o bandido podia saber a respeito do capitão Grant. Ayrton negou-se a falar. Lorde Glenarvan então lhe disse que, na primeira escala, o entregariam às autoridades inglesas. Ayrton conservou o silêncio.

"O *Duncan* retomou a rota do paralelo 37. Enquanto isso, lady Glenarvan procurou vencer a resistência do bandido. Sua influência terminou por prevalecer, e Ayrton, em troca de suas revelações, sugeriu a lorde Glenarvan que, em vez de entregá-lo às autoridades inglesas, o abandonasse numa daquelas ilhas do Pacífico. Lorde Glenarvan, disposto a tudo a para saber alguma coisa relativa ao capitão Grant, aceitou.

"Ayrton então contou toda a sua vida, e de sua narrativa concluíram que ele nada sabia a respeito do capitão Grant desde o dia em que este o desembarcara na costa australiana.

"Mesmo assim, lorde Glenarvan cumpriu com a palavra dada. O *Duncan* continuou sua rota e chegou à ilha Tabor. Era lá que Ayrton devia ser deixado e foi lá também que, por um verdadeiro milagre, o capitão e seus dois homens foram encontrados, exatamente naquele paralelo 37. O degredado ia então substituí-los naquele recife deserto e, no momento em que ele deixou o iate, foram estas as palavras pronunciadas por lorde Glenarvan:

"– Aqui, Ayrton, você estará afastado de todas as terras e sem comunicação possível com seus semelhantes. Não poderá fugir desse recife, no qual o *Duncan* o abandona. Estará só, perante um Deus que lê no mais recôndito dos corações, mas não estará nem perdido, nem ignorado como esteve o capitão Grant. Por mais indigno que seja da lembrança dos homens, os homens se lembrarão de você. Sei onde está, Ayrton, e sei onde encontrá-lo. Jamais o esquecerei!

"E o *Duncan*, desfraldando as velas, logo desapareceu ao longe.

"Estavam em 18 de março de 1855.

"Ayrton estava sozinho, mas não lhe faltavam nem munições, nem armas, nem sementes. À disposição do degredado, havia a casa construída pelo honesto capitão Grant. Bastava levar a vida e expiar no isolamento os crimes que cometera.

"Senhores, ele se arrependeu, teve vergonha de seus crimes, sofreu muito! Ruminou que, se algum dia os homens viessem buscá-lo naquele rochedo, precisava estar digno para retornar com eles! Como sofreu o miserável! Como suou para se recuperar mediante o trabalho! Como rezou para se regenerar por meio da prece!

"Durante dois, três anos, foi assim. Porém, Ayrton, abatido pelo isolamento, espreitando o tempo todo se algum navio não surgia no horizonte de sua ilha, perguntando-se se a pena do degredo chegava ao fim, sofria como nunca ninguém sofreu! Ah! Como a solidão é severa para quem carrega remorsos!

"O céu, contudo, não o julgava suficientemente castigado, o infeliz, pois este foi percebendo que virava um selvagem! Sentiu aos poucos que embrutecia! Ele não pode afirmar se isso foi depois de dois ou quatro anos de degredo, mas, no fim, transformou-se no miserável que os senhores encontraram!

"Não preciso lhes dizer, cavalheiros, que Ayrton ou Ben Joyce e eu somos a mesma pessoa!"

Cyrus Smith e seus companheiros haviam se levantado ao final daquele relato. Difícil dizer o quanto estavam emocionados!

A solidão é severa para quem carrega remorsos!

Quantas misérias, sofrimentos e desespero desfilavam diante de seus olhos!

– Ayrton – disse finalmente Cyrus Smith –, você foi um grande criminoso, mas o Céu certamente deve julgar que já expiou seus crimes! Provou isso ao reconduzi-lo para junto de seus semelhantes. Está perdoado, Ayrton! E, agora, quer ser nosso companheiro?

Ayrton recuou.

– Gostaria de me cumprimentar? – ofereceu o engenheiro.

Ayrton precipitou-se para aquela mão estendida por Cyrus Smith e grossas lágrimas correram de seus olhos.

– E agora, quer se juntar a nós? – perguntou Cyrus Smith.

– Sr. Smith, preciso de mais um tempo – respondeu Ayrton. – Deixe-me sozinho na cabana do curral.

– Como preferir, Ayrton – respondeu ele.

Ayrton ia se retirar, quando o engenheiro lhe fez uma última pergunta:

– Mais um detalhe, amigo. Uma vez que seu desígnio era viver isolado, por que então lançou ao mar aquela mensagem que nos colocou no seu rastro?

– Mensagem? – indagou Ayrton, que parecia não saber do que lhe falavam.

– Sim, a mensagem que encontramos dentro de uma garrafa e que dava a localização exata da ilha Tabor!

Ayrton passou a mão na testa. Em seguida, após refletir, respondeu:

– Nunca lancei mensagem ao mar! – respondeu.

– Nunca? – exclamou Pencroff.

– Nunca!

E, inclinando-se, Ayrton alcançou a porta e saiu.

18

Conversa • Cyrus Smith e Gedeon Spilett • Uma ideia do engenheiro • O telégrafo elétrico • Os fios • A pilha • O alfabeto • Verão • A colônia prospera • Fotografia • Miragem de neve • Dois anos na ilha Lincoln

– Pobre homem! – disse Harbert, que, após se lançar na direção da porta, entrou novamente, depois de ver Ayrton deslizar pela corda do elevador e desaparecer na escuridão.

– Ele voltará! – disse Cyrus Smith.

– E essa agora, sr. Cyrus – exclamou Pencroff –, o que significa isso? Se não foi Ayrton que jogou aquela garrafa ao mar, quem foi então?

Era a pergunta que sibilava na cabeça de todos!

– Foi ele mesmo – respondeu Nab –, mas o infeliz já estava semilouco.

– Sim! – disse Harbert. – E não tinha mais consciência do que fazia.

– É a única explicação possível, amigos – respondeu, inquieto, Cyrus Smith –, e agora compreendo como Ayrton indicou exatamente a localização da ilha Tabor, uma vez que os próprios acontecimentos que precederam seu abandono na ilha permitiam que ele a conhecesse.

– No entanto – observou Pencroff –, se ainda não degenerara num bruto na época em que redigiu a mensagem, e se a lançou no mar sete ou oito anos atrás, como o papel resistiu à ação da umidade?

– Isso prova – opinou Cyrus Smith – que Ayrton só se viu privado de inteligência numa época bem mais recente do que ele supõe.

– É a única resposta – concordou Pencroff. – Caso contrário, seria inexplicável.

– Inexplicável, de fato – reforçou o engenheiro, que parecia não querer estender a conversa.

– Mas Ayrton teria falado a verdade? – indagou o marujo.

– Sim – respondeu o repórter. – A história que ele contou é verdadeira de ponta a ponta. Lembro-me perfeitamente dos jornais noticiando a tentativa de lorde Glenarvan e o resultado obtido.

– Ayrton falou a verdade – reiterou Cyrus Smith. – Não duvide disso, Pencroff, pois ela foi suficientemente cruel para com ele. Quem se acusa dessa forma fala a verdade!

No dia seguinte, 21 de dezembro, os colonos desceram à praia para se dirigirem ao planalto e lá não encontraram Ayrton. Na noite da véspera, este se recolhera em sua casa do curral e os colonos julgaram por bem não importuná-lo com sua presença. O tempo decerto faria o que palavras de estímulo não haviam logrado.

Harbert, Pencroff e Nab voltaram então às suas ocupações costumeiras. Nesse dia, por acaso, as mesmas tarefas reuniram Cyrus Smith e o repórter na oficina das Chaminés.

– Saiba, meu caro Cyrus – disse Gedeon Spilett –, que a explicação que você deu ontem a respeito daquela garrafa não me convenceu em nada! Como admitir que o infeliz tenha escrito aquela mensagem e lançado aquela garrafa ao mar sem guardar nenhuma recordação disso?

– É que não foi ele que a lançou, caro Spilett.

– Então ainda acredita...

– Não acredito em nada, não sei de nada! – exclamou Cyrus Smith, interrompendo o repórter. – Limito-me a classificar esse incidente entre os muitos para os quais não encontrei explicação até hoje!

– É verdade, Cyrus – disse Gedeon Spilett –, são coisas realmente inacreditáveis! O seu salvamento, a arca encalhada na areia, as aventuras de Top, essa garrafa, enfim… nunca teremos a chave de todos esses enigmas?

– Sim – respondeu com veemência o engenheiro –, sim, quando eu houver vasculhado esta ilha até suas entranhas!

– Talvez o acaso nos forneça a solução desse mistério!

– O acaso! Spilett! Não acredito no acaso, assim como não acredito nos mistérios deste mundo. Há uma causa para tudo que acontece de inexplicável aqui, e essa causa, eu a descobrirei. Mas até lá, observemos e trabalhemos.

Janeiro chegou. Começava o ano de 1867. Durante os dias seguintes, tendo Harbert e Gedeon Spilett ido para o lado do curral, puderam constatar que Ayrton tomara posse da cabana preparada para ele. Ocupava-se do numeroso rebanho entregue a seus cuidados, poupando assim a seus companheiros o incômodo de vir a cada dois ou três dias visitar o curral. Entretanto, a fim de não deixar Ayrton isolado por muito tempo, faziam-lhe visitas frequentes.

Além disso, devido às suspeitas partilhadas pelo engenheiro e Gedeon Spilett, era importante que aquela parte da ilha fosse submetida a certa vigilância, e Ayrton, se porventura ocorresse algum incidente, não deixaria de alertar os moradores de Granite House.

Por outro lado, era bem possível que o incidente fosse de natureza urgente e exigisse ser levado imediatamente ao conhecimento do engenheiro. Independentemente de todos fatos relativos ao mistério da ilha Lincoln, muitos outros poderiam se produzir que exigissem a pronta intervenção dos colonos, como a visão de um navio passando ao largo diante da costa ocidental, um naufrágio nos ancoradouros do oeste, a possível chegada de piratas etc.

Assim, Cyrus Smith resolveu estabelecer uma comunicação instantânea entre o curral e Granite House.

Foi no dia 10 de janeiro que expôs seu plano aos companheiros.

– Essa eu quero ver! Como vai se dar isso, sr. Cyrus? – perguntou Pencroff. – Por acaso está pensando em instalar um telégrafo?

– Exatamente – respondeu o engenheiro.

– Elétrico? – exclamou Harbert.

– Elétrico – confirmou Cyrus Smith. – Temos todos os elementos necessários para fabricar uma pilha; o mais difícil será estirar os fios metálicos, mas, por meio de uma fieira, acho que conseguiremos.

– Nesse ritmo, não perco a esperança de nos ver um dia rodando numa ferrovia! – replicou o marujo.

Puseram então mãos à obra, começando pelo mais difícil, isto é, pela confecção dos fios, pois, caso fracassassem, seria inútil fabricar a pilha e os demais acessórios.

O ferro da ilha Lincoln, sabemos, era de excelente qualidade e, por conseguinte, bastante propício à confecção de fios. Cyrus Smith começou por fabricar uma fieira, isto é, uma placa de aço perfurada com orifícios cônicos de bitolas diferentes pelas quais o fio ia passando até adquirir o grau de tenuidade pretendida. Essa peça de aço, após ter sido temperada em seu grau máximo de resistência, foi fixada solidamente sobre uma armação de madeira fincada profundamente no solo, a poucos passos da grande cachoeira, cuja força motriz o engenheiro também viria a utilizar.

Com efeito, ali estava o pisão, então desativado, mas cujo eixo, movido com extrema potência, poderia servir para esticar o fio, enrolando-o à sua volta.

A operação foi delicada e exigiu extremo cuidado. O ferro, preparado com antecedência em vergalhões finos e compridos, cujas pontas haviam sido afinadas com a lima, e introduzido na grande bitola da fieira, foi esticado pelo eixo vertical, enrolado numa extensão de sete a oito metros, em seguida desenrolado e novamente inserido nas bitolas de menor diâmetro! Por fim, o engenheiro obteve fios com doze a dezoito metros de comprimento, fáceis de emendar e esticar ao longo de uma distância de oito quilômetros, ou seja, a que separava o curral das dependências de Granite House.

Poucos dias foram necessários para levar a cabo essa atividade e Cyrus Smith, assim que a máquina entrou em funcionamento, deixou inclusive seus companheiros às voltas com os fios e foi tratar de fabricar sua pilha.

Tratava-se, no caso, de obter uma pilha de corrente constante. Sabemos que os elementos das pilhas modernas compõem-se geralmente de carvão de retorta, zinco e cobre. Este último era o que faltava ao engenheiro, que, a despeito de suas buscas, não encontrara sinal dele na ilha Lincoln. Ou seja, teriam que se virar sem ele. O carvão de retorta, isto é, esse grafite duro que encontramos nas retortas das usinas de gás depois que a hulha foi desidrogenada, poderiam produzi-lo, mas para isso precisariam construir aparelhos especiais, o que teria sido uma tarefa insana. Quanto ao zinco, lembramos que o baú encontrado na ponta do Destroço era revestido por um invólucro desse metal, que não podia ser mais propício em tal circunstância.

Cyrus Smith, após maduras reflexões, resolveu então fabricar uma pilha muito simples, inspirado na que Becquerel imaginou em 1820, e na qual emprega-se exclusivamente zinco. Quanto às outras substâncias, ácido nítrico e potássio, tudo isso ele tinha à disposição.

Eis como foi montada essa pilha, cujos efeitos deviam ser produzidos pela reação recíproca do ácido e do potássio.

Começaram por fabricar certo número de frascos de vidro, os quais encheram com ácido nítrico. O engenheiro vedou-os com uma rolha atravessada por um tubo de vidro fechado em sua extremidade inferior e mergulhou-os no ácido por meio de um tampão de argila enrolado num pedaço de pano. Nesse tubo, por sua extremidade superior, despejou então uma solução de potássio que obtivera previamente pela incineração de diversas plantas, e, dessa forma, o ácido e o potássio puderam reagir reciprocamente através da argila.

Em seguida Cyrus Smith pegou duas lâminas de zinco, uma das quais foi mergulhada no ácido nítrico, a outra na solução de potássio. Produziu-se imediatamente uma corrente, que ia da lâmina do frasco à do tubo, e tendo essas duas lâminas sido conectadas por um fio metálico, a lâmina do tubo tornou-se o polo positivo e a do frasco o polo negativo do dispositivo. Cada frasco produziu sua corrente, que, reunidas, deveriam bastar para gerar todos os fenômenos da telegrafia elétrica.

Foi este o engenhoso e rudimentar aparelho construído por Cyrus Smith, aparelho que permitiria aos colonos estabelecer uma comunicação telegráfica entre Granite House e o curral.

Em 6 de fevereiro começaram a fincar os postes, revestidos com isolantes de vidro, pelos quais correria o fio, o qual deveria acompanhar a estrada do curral. Alguns dias depois instalaram o fio, pronto para gerar, a uma velocidade de cem mil quilômetros por segundo, a corrente elétrica que a terra se encarregaria de reconduzir a seu ponto de partida.

Duas pilhas foram fabricadas, uma para Granite House, outra para o curral, pois se era necessário que o curral se comunicasse com Granite House, o mesmo poderia se dar no sentido inverso.

Quanto ao receptor e ao manipulador, primaram pela simplicidade. Nas duas estações, o fio se enrolava num eletroímã, isto é, num prego com um fio enrolado em volta. Estabelecida a comunicação entre os dois polos, a corrente, partindo do polo positivo, atravessava o fio, passava no eletroímã, temporariamente magnetizado, e voltava pelo solo ao polo negativo. Interrompida a corrente, o eletroímã perdia prontamente seu magnetismo. Obtido dessa forma esse movimento da placa, Cyrus Smith pôde facilmente conectar-lhe um ponteiro disposto num mostrador que estampava as letras do alfabeto e, assim, transmitir de uma estação à outra.

Todo esse aparato foi concluído em 12 de fevereiro. Nesse dia, Cyrus Smith, tendo lançado a corrente através do fio, perguntou se tudo ia bem no curral e, instantes depois, recebia uma resposta satisfatória de Ayrton.

Pencroff não cabia em si de alegria e não havia dia ou noite que não passasse um telegrama, que nunca ficava sem resposta, para o curral.

Esse modo de comunicação trouxe duas vantagens bastante concretas: em primeiro lugar, permitia certificarem-se da presença de Ayrton no curral, e depois, arrancava-o de seu isolamento. A propósito, Cyrus Smith não deixava passar uma semana sem fazer-lhe uma visita, e Ayrton vinha de tempos em tempos a Granite House, onde sempre tinha boa acolhida.

As atividades rotineiras não foram abandonadas no verão. Os recursos da colônia, em especial no que se refere a legumes e cereais, aumentavam dia a dia, e as mudas trazidas da ilha Tabor haviam se adaptado perfeitamente. O planalto do Mirante oferecia um aspecto tranquilizador. A quarta colheita de trigo havia sido admirável, e, o leitor está certo, ninguém se lembrou de contar os presumíveis quatrocentos bilhões de grãos. Cumpre dizer que Pencroff chegou a pensar nisso, porém, depois que Cyrus Smith alertou-o de que, contando trezentos grãos por minuto, ou seja, nove mil por hora, seriam-lhe necessários aproximadamente cinco mil e quinhentos anos para terminar a contagem, o generoso marujo julgou dever desistir dela.

O tempo continuava magnífico, com a temperatura subindo ao longo do dia, porém, ao crepúsculo, brisas oceânicas vinham moderar os ardores da atmosfera e proporcionavam noites frescas aos moradores de Granite House. Não deixou de haver alguns temporais, que, embora de curta duração, caíam, pelo menos na ilha Lincoln, com uma força extraordinária. Durante algumas horas, os relâmpagos não cessavam de incandescer o céu e as trovoadas eram praticamente contínuas.

Por essa época, a pequena colônia desfrutava uma grande prosperidade. As aves do terreiro proliferavam e, a fim de reduzir sua população a um número mais moderado, os amigos viviam de seu excedente. Os porcos já haviam dado crias, e, nada mais compreensível, seus cuidados absorviam grande parte do tempo de Nab e Pencroff. Os onagros, que haviam parido dois belos animais, eram geralmente montados por Gedeon Spilett e Harbert, que instruído pelo repórter tornara-se excelente cavaleiro, bem como atrelados à carroça, para transportar fosse lenha e carvão a Granite House ou os diversos produtos minerais que o engenheiro utilizava.

Várias excursões de reconhecimento foram realizadas por essa época, chegando às profundezas da mata do Faroeste. Lá, os exploradores podiam se aventurar sem temer altas temperaturas, pois os raios solares mal venciam o espesso dossel que se emaranhava acima de suas cabeças. Percorreram assim toda a margem esquerda do Mercy, que ladeava a estrada que ia do curral à foz do rio da Cachoeira.

Os colonos saíam sempre bem armados, pois costumavam encontrar alguns porcos-do-mato muito selvagens e ferozes, que eram obrigados a enfrentar seriamente.

Essa época foi também o período de uma guerra implacável às onças. Gedeon Spilett lhes votava um ódio todo especial, e seu aluno Harbert não ficava atrás. Armados como andavam, não temiam encontrar uma dessas feras. A intrepidez de Harbert era admirável e o sangue-frio do repórter, inabalável. Assim, duas dezenas de magníficas peles já decoravam o salão de Granite House e, se continuassem naquele ritmo, em breve as onças estariam extintas na ilha, objetivo almejado pelos caçadores.

O engenheiro participou de uma ou outra dessas expedições às regiões desconhecidas da ilha, as quais ele estudava atentamente. Mas o que ele procurava nas áreas mais densas daquelas vastas matas não eram vestígios de animais. Nunca, porém, deparou com nada de suspeito. Nem Top, nem Jup, que o acompanhavam, indicavam por sua atitude que houvesse qualquer coisa de extraordinário e, no entanto, mais de uma vez, o cão ladrou na boca daquele poço que o engenheiro explorara em vão.

Foi por essa época que Gedeon Spilett, assessorado por Harbert, bateu várias chapas das partes mais pitorescas da ilha, recorrendo à câmera fotográfica que encontrara no baú e da qual não fizera uso até o momento.

Essa câmera, equipada com uma lente poderosa, era bastante completa. Substâncias necessárias à revelação fotográfica, colódio para preparar a placa de vidro, nitrato de prata para sensibilizá-la, hipossulfato de sódio para fixar a imagem obtida, cloreto de amônio para banhar o papel destinado a fornecer a prova positiva, acetato de sódio e cloreto de ouro para impregnar esta última, nada faltava. Até papel havia, já cloretado, e, antes de colocá-lo no chassi sobre as provas negativas, bastava embeber as folhas durante alguns minutos em nitrato de prata diluído em água.

Em pouco tempo, o repórter e seu ajudante tornaram-se exímios fotógrafos, obtendo belíssimas reproduções de paisagens, entre as quais a vista da ilha capturada do planato do Mirante, com o monte Franklin no horizonte, a foz do Mercy, tão pitorescamente emoldurada em suas elevadas rochas, a clareira e o curral escorados nas primeiras encostas da montanha, toda a curiosa linha do cabo da Garra, da ponta do Destroço etc.

Os fotógrafos não se esqueceram de tirar o retrato de todos os habitantes da ilha, sem exceção.

– É um povo inteiro! – dizia Pencroff.

E o marujo, encantado ao ver sua imagem fielmente reproduzida enfeitar as paredes de Granite House, detinha-se sem pressa diante daquela exposição, como teria feito diante das mais ricas vitrines da Broadway.

Entretanto, cumpre revelar, o retrato mais bem-sucedido foi incontestavelmente o de mestre Jup. Mestre Jup posara com uma gravidade indescritível, parecendo querer falar!

– Está mesmo fazendo uma careta! – exclamava Pencroff.

Porque, se mestre Jup não ficasse satisfeito, a coisa teria sido bem difícil; mas ficou, e contemplava sua imagem com ares sentimentais, deixando transparecer um leve quê de vaidade.

Os calores escaldantes do verão terminaram junto com o mês de março. Choveu algumas vezes, mas a atmosfera permanecia quente. Esse mês de março, correspondente ao setembro das latitudes meridionais, não foi tão ameno quanto era de esperar, talvez prenúncio de um inverno precoce e rigoroso.

Pareceu inclusive, certa manhã – do dia 21 –, que a neve daria o ar da graça. Com efeito, Harbert, chegando de madrugada a uma das janelas de Granite House, gritou:

– Venham ver! O recife está coberto de neve!

– Neve nesta época? – duvidou o repórter, que se juntara ao rapaz.

Vieram então todos e constataram que não só o recife, como toda a praia abaixo de Granite House, estavam cobertos de uma camada branca, uniformemente espalhada sobre o solo.

– É neve mesmo! – disse Pencroff.

– Ou algo muito parecido! – zombou Nab.

– Ei, o termômetro está marcando 58°F (14°C)! – observou Gedeon Spilett.

Cyrus Smith contemplava a extensão branca sem se pronunciar, pois de fato não sabia como explicar aquele fenômeno, àquela época do ano e sob tal temperatura.

– Com mil diabos! – exclamou Pencroff. – Nossas plantações vão congelar!

E o marujo já se preparava para descer, quando foi precedido pelo veloz Jup, que deslizou pela corda até o solo.

Contudo, o orangotango ainda não tocara a terra quando a enorme camada de neve levantou-se, espalhando no ar flocos tão inumeráveis que encobriu por alguns minutos a luz do sol.

– Pássaros! – exclamou Harbert.

As aves marinhas haviam descido às centenas.

Com efeito, revoadas de aves marinhas, com a plumagem branca e reluzente, haviam descido às centenas para o recife e a costa e desapareceram ao longe, deixando os colonos extasiados como se assistissem a uma mudança de cenário mágica, trocando subitamente o verão pelo inverno. Lamentavelmente, a transformação fora tão súbita que nem o repórter nem o rapaz conseguiram abater uma só daquelas aves, cuja espécie não puderam identificar.

Alguns dias depois, no dia 26 de março, completavam-se dois anos que os náufragos haviam sido lançados na ilha Lincoln!

19

Lembranças da pátria • Possibilidades futuras • Plano de reconhecimento do litoral • Partida em 16 de abril • A península Serpentina vista do mar • Os basaltos da costa ocidental • Mau tempo • Cai a noite • Novo incidente

DOIS ANOS JÁ! E dois anos sem nenhum contato com seus semelhantes! Perdidos naquela ilha, sem notícias do mundo civilizado, era como se estivessem num minúsculo asteroide do mundo solar!

O que acontecia naquele momento em seu país? A imagem da pátria não os abandonava, pátria dilacerada pela guerra civil no momento em que a haviam deixado e que a rebelião do Sul talvez ainda ensanguentasse! Embora tudo isso representasse um grande sofrimento para eles, sendo objeto de muitas conversas, jamais colocavam em dúvida que a causa do Norte fosse triunfar, honrando a Confederação americana.

Ao longo desses dois anos, nenhum navio passara à vista da ilha, ou pelo menos nenhuma vela fora percebida. Era evidente que a ilha Lincoln não só se achava fora das rotas percorridas, como talvez fosse desconhecida – o que, aliás, atestavam os mapas –, pois, apesar de carente de um porto, sua aguada deveria atrair embarcações desejosas de renovar suas provisões de água. Contudo, o mar que a cercava continuava deserto, tão longe quanto era possível deitar-lhe o olhar, e os colonos não contavam senão consigo mesmos para repatriar-se.

Entretanto, uma possibilidade de salvação existia, e essa probabilidade foi discutida seriamente, num dia da primeira semana de abril, pelos colonos, então reunidos na sala de Granite House.

Falavam sobre a pátria, a qual tão poucas esperanças tinham de rever.

– Só vejo uma maneira, uma única – disse Gedeon Spilett –, de deixarmos a ilha Lincoln, que é construir uma embarcação suficientemente grande para resistir ao mar por algumas centenas de milhas. Parece-me que, depois de um saveiro, podemos perfeitamente fazer um navio!

– E, se fomos até a ilha Tabor, podemos perfeitamente alcançar as Pomotu! – acrescentou Harbert.

– Não digo que não – ponderou Pencroff, cuja opinião prevalecia nos assuntos marítimos –, não digo que não, embora uma coisa seja ir até ali e outra ir até lá! Se o nosso saveiro tivesse sido ameaçado por alguma borrasca durante a viagem à ilha Tabor, sabíamos que dispúnhamos de um porto, para um lado ou para o outro; mas mil e duzentas milhas é um belo estirão, e a terra mais próxima fica, no mínimo, a essa distância!

– E em caso de necessidade, Pencroff, você tentaria a aventura? – instigou-o o repórter.

– Tentarei tudo que quiserem, sr. Spilett – respondeu o marujo –, e sabe que não sou homem de recuar!

– A propósito, não se esqueçam de que contamos com um marujo a mais entre nós – observou Nab.

– E quem seria? – indagou Pencroff.

– Ayrton.

– Está certo – aprovou Harbert.

– Se ele concordar em vir conosco! – atalhou Pencroff.

– Calma lá! – disse o repórter. – Acha por acaso que, se o iate de lorde Glenarvan tivesse aparecido na ilha Tabor enquanto Ayrton ainda estava lá, ele teria se recusado a partir?

– Esquecem, amigos – disse então Cyrus Smith –, que Ayrton já não detinha o uso da razão durante seus últimos anos de cativeiro. Mas a questão não é essa. Trata-se de saber se devemos incluir entre nossas probabilidades de salvação o retorno desse navio escocês. Ora, lorde Glenarvan prometeu a Ayrton vir resgatá-lo na ilha Tabor quando julgasse seus crimes suficientemente expiados, e creio que virá.

– Sim – concordou o repórter –, e eu acrescentaria que isso não deve demorar, uma vez que já se vão doze anos que Ayrton foi degredado!

– Ei! – interveio Pencroff. – Concordo com o senhor que o lorde virá e que isso não deve demorar a acontecer. Mas onde irá fundear? Na ilha Tabor, não na ilha Lincoln.

– Isso é ainda mais certo – acrescentou Harbert – na medida em que a ilha Lincoln nem sequer consta do mapa.

– Portanto, amigos – prosseguiu o engenheiro –, devemos tomar todas as disposições necessárias para que a nossa presença e a de Ayrton na ilha Lincoln fiquem registradas na ilha Tabor.

– Exatamente – aprovou o repórter –, e nada mais fácil do que depositar, na cabana que foi o refúgio do capitão Grant e de Ayrton, uma mensagem fornecendo a localização da nossa ilha, mensagem que lorde Glenarvan ou sua tripulação decerto encontrarão.

– É inclusive ridículo – observou o marujo – não termos tomado tal precaução quando estivemos na ilha Tabor.

– E por que a teríamos tomado? – indagou Harbert. – Não conhecíamos a história de Ayrton naquele momento; ignorávamos que viriam buscá-lo um dia; e, quando soubemos dessa história, a estação já ia adiantada para nos permitir retornar à ilha Tabor.

– Sim – respondeu Cyrus Smith –, era tarde demais e o jeito agora é adiar essa travessia para a próxima primavera.

– E se o iate escocês aparecer nesse ínterim? – questionou Pencroff.

– Isto é pouco provável – disse o engenheiro –, pois lorde Glenarvan não escolheria o inverno para se aventurar nesses mares longínquos. Ou ele já retornou à ilha Tabor depois que Ayrton está conosco, isto é, nesses últimos cinco meses, e partiu novamente, ou só voltará mais tarde. Nesse caso, teremos tempo, nos primeiros dias de outubro, de ir à ilha Tabor e deixar uma mensagem.

– Temos de admitir – comentou Nab – que seria muito azar se o *Duncan* tivesse reaparecido nesses mares nos últimos meses!

– Espero que não seja nada disso – replicou Cyrus Smith – e que o céu não tenha roubado a melhor chance que nos resta!

– Seja como for – ponderou o repórter –, esclareceremos tudo isso quando retornarmos à ilha Tabor, pois, se os escoceses lá voltaram, deixaram forçosamente vestígios de sua passagem.

– Exatamente – aprovou o engenheiro. – Por conseguinte, amigos, uma vez que temos uma chance de voltar à pátria, aguardemos com paciência e, caso ela nos tenha sido roubada, veremos então o que fazer.

– Em todo caso – disse Pencroff –, que fique bem claro: se, por um ou outro motivo, deixarmos a ilha Lincoln, não será por falta de conforto!

– Não, Pencroff – concluiu o engenheiro –, será porque aqui estamos longe de tudo que um homem deve mais prezar no mundo: sua família, seus amigos, seu país natal!

Estando as coisas assim decididas, deixaram em suspenso a questão de empreender a construção de um navio de grande calado para se aventurarem seja nos arquipélagos, no norte, seja para os lados da Nova Zelândia, no oeste, e cuidaram apenas das tarefas rotineiras com vistas à terceira invernada em Granite House.

Em contrapartida, decidiram utilizar o saveiro, antes da chegada das chuvas, para um périplo ao redor da ilha. O reconhecimento completo do litoral ainda não fora concluído, e os colonos tinham apenas uma ideia imprecisa da costa a oeste e ao norte, desde a foz do rio da Cachoeira até os cabos Mandíbula, assim como da estreita baía que os esculpia qual mandíbulas de tubarão.

Fora Pencroff quem sugerira a viagem, e Cyrus Smith aderiu prontamente a seu plano, pois queria ver com os próprios olhos toda aquela região de seus domínios.

O tempo não estava firme, mas o barômetro não oscilava bruscamente, o que prometia boas condições de navegação. Exatamente durante a primeira semana de abril, após uma forte queda barométrica, seguiu-se uma subida, assinalada por um forte vendaval de oeste que durou cinco a seis dias. Depois disso, o ponteiro do instrumento voltou a estacionar a uma altura de vinte e nove polegadas e nove décimos (setecentos e cinquenta e nove milímetros e quarenta e cinco décimos), e a ocasião pareceu propícia ao planejado périplo.

Ficou decidido que partiriam no dia 16 de abril, e o *Bonadventure*, fundeado em porto Balão, foi abastecido para uma viagem de certa duração.

Cyrus Smith comunicou a Ayrton a viagem e convidou-o a participar. Todavia, tendo ele preferido ficar em terra, pediram-lhe que se instalasse em Granite House durante a ausência dos companheiros. Mestre Jup ficaria com ele, do que não se queixou nem um pouco.

Na manhã do dia programado, todos os colonos, acompanhados de Top, embarcaram. Soprava uma brisa amena de sudoeste, e o *Bonadventure* foi obrigado a ziguezaguear ao deixar porto Balão a fim de alcançar o promontório do Réptil. Das noventa milhas que media o perímetro da ilha, a costa sul perfazia cerca de vinte, desde o porto até o promontório. Daí a necessidade de aproveitar aquele vento de proa e transpor o quanto antes aquelas vinte milhas.

Precisaram de nada menos que o dia inteiro para alcançar o promontório, pois, ao deixar o porto, a embarcação só dispôs de duas horas de vazante e, ao contrário, de seis horas de maré alta, difícil de superar. Já anoitecera, portanto, quando o promontório foi dobrado.

Pencroff propôs então ao engenheiro seguirem em velocidade reduzida, com dois rizes na vela. Cyrus Smith, contudo, preferiu fundear a poucas amarras da terra, a fim de observar aquela parte da costa no dia seguinte. A propósito, em se tratando de uma exploração minuciosa do litoral da ilha, haviam decidido não navegar à noite, quando lançariam ferros rente à costa, na medida em que as condições do tempo permitissem.

Passaram a noite então fundeados atrás do promontório e, com o vento amainado pela neblina, o silêncio não foi mais perturbado. Os passageiros, à exceção do marujo, talvez não tenham dormido tão bem a bordo do *Bonadventure* como teriam feito em seus quartos de Granite House, mas terminaram por ferrar no sono.

No dia seguinte, 17 de abril, Pencroff aparelhou tão logo amanheceu e, a todo pano e com vento de bombordo, avançou quase triscando a costa ocidental.

Embora os colonos já conhecessem aquele magnífico litoral, uma vez que haviam percorrido a pé sua orla arborescente, ainda assim ele despertou admiração geral. Acompanhavam a terra tão perto quanto possível, moderando a velocidade, de maneira a não perderem nada de vista, apenas evitando chocar-se com alguns troncos de árvores que boiavam aqui e ali. Em diversas ocasiões, chegaram a lançar a âncora para que Gedeon Spilett fizesse algumas fotografias da soberba paisagem.

Por volta do meio-dia, o *Bonadventure* alcançara a foz do rio da Cachoeira. Do outro lado, na margem direita, as árvores voltavam a aparecer, mais espacejadas, e, cinco quilômetros adiante, não formavam mais senão arvoredos isolados entre os contrafortes ocidentais do monte, cujo árido espinhaço estendia-se até o litoral.

Que contraste entre a região sul e a região norte dessa costa! Se esta era arborizada e verdejante, a outra era inóspita e selvagem! Lembrava um "litoral de ferro", como são chamados em alguns países, e sua conformação acidentada indicava que uma verdadeira cristalização se produzira bruscamente no basalto ainda ebuliente das primeiras eras geológicas. Aglomerado de aspecto terrível que teria desanimado os colonos, se o acaso tivesse escolhido aquela parte da ilha para deixá-los! Do cume do monte Franklin, não fora possível reconhecer o aspecto profundamente sinistro daquele litoral, pois o dominavam de uma altitude demasiado elevada; contudo, visto do mar, mostrava um caráter estranho, talvez sem equivalente em qualquer outra parte do mundo.

O *Bonadventure* seguiu costeando o litoral a uma distância de meia milha. Podia-se constatar que era composto por blocos de pedra de todas as dimensões e formas: de seis a noventa metros de altura, cilíndricos como torres, prismáticos como campanários, piramidais como obeliscos, cônicos como chaminés de fábrica. Nem mesmo uma geleira dos mares glaciais teria se esculpido com mais extravagância em seu sublime horror! Aqui, pontes lançadas de uma rocha a outra; ali, arcadas dispostas como as de uma nave de igreja cuja profundidade o olhar fosse incapaz de alcançar; lá, amplos esboroamentos, com abóbadas de aspecto monumental; acolá, uma verdadeira mixórdia de pontas piramidais, agulhas com que nenhuma catedral gótica jamais sonhou. Todos os caprichos da natureza, mais mirabolantes que os da imaginação, desenhavam aquele litoral grandioso, que se prolongava por uma extensão de treze a quinze quilômetros.

Cyrus Smith e os companheiros, entre surpresos e estupefatos, apenas observavam, calados. Top, por sua vez, não se constrangia, soltando latidos logo repetidos pelos mil ecos do paredão basáltico. O engenheiro chegou a notar algo de anormal naqueles latidos, que lembravam a reação do cão na boca do poço de Granite House.

– Acostemos – disse.

E o *Bonadventure* veio quase a resvalar nos rochedos do litoral. Existiria ali alguma gruta a ser explorada? Cyrus Smith não viu nada, nenhuma caverna, nenhuma anfractuosidade que pudesse servir de abrigo a uma criatura qualquer, visto que a base das rochas imergia no torvelinho das águas. Os latidos de Top logo cessaram, e o barco voltou a manter uma distância de algumas dezenas de metros do litoral.

Na porção noroeste da ilha, o litoral voltava a ser liso e arenoso. Algumas poucas árvores perfilavam-se numa terra rasa e pantanosa, que os colonos já haviam entrevisto, e, por um contraste violento com o outro lado, tão deserto, a vida ali se manifestava pela presença de miríades de aves aquáticas.

À tardinha, aproveitando a profundidade das águas naquele local, o *Bonadventure* fundeou numa ligeira reentrância do litoral, no norte da ilha e próximo à terra. A noite transcorreu calmamente, pois a brisa se extinguiu, por assim dizer, com as últimas luzes do dia e só voltou com as primeiras cores da alvorada.

Sendo fácil atracar, os caçadores oficiais da colônia, isto é, Harbert e Gedeon Spilett, aproveitaram o início da manhã para uma excursão de duas horas, voltando com numerosos rosários de patos e marrecos. Top tivera uma atuação impecável e, graças ao seu zelo e habilidade, nenhuma caça fora perdida.

Às oito da manhã, o *Bonadventure* aparelhava e navegava celeremente, subindo em direção ao cabo Mandíbula-Norte, pois havia vento de popa e a brisa tendia a esfriar.

– De resto – afirmou Pencroff –, não me admiraria se topássemos com uma ventania oeste. Ontem, o sol morreu num horizonte muito vermelho e hoje de manhã nasceram esses rabos-de-gato, que não pressagiam nada de bom.

Os tais "rabos-de-gato" eram cirros esguios, espalhados no zênite e cuja altitude nunca era inferior a mil e quinhentos metros acima do nível do mar. Lembravam algodões esgarçados e sua presença de fato costuma prenunciar alguma perturbação próxima nos elementos.

– Muito bem – disse Cyrus Smith –, desfraldemos o máximo de velas possível e vamos buscar refúgio no golfo do Tubarão. Imagino que lá o *Bonadventure* estará em segurança.

– Perfeitamente – respondeu Pencroff. – A propósito, o litoral norte se resume a dunas pouco interessantes de estudar.

– Eu gostaria muito – acrescentou o engenheiro – de passar não só a noite como também o dia de amanhã nesse golfo, que merece ser explorado mais detidamente.

– Creio que seremos forçados a isso, queiramos ou não – disse Pencroff –, pois o horizonte está ficando ameaçador a oeste. Vejam como está sujo!

– De toda forma, contamos com um vento favorável para alcançar o cabo Mandíbula – observou o repórter.

– Excelente vento – concordou o marujo. – Contudo, para entrar no golfo, teremos de bordejar, e para isso eu gostaria de enxergar com clareza nessas paragens que não conheço!

– Paragens que devem ser abundantes em escolhos – acrescentou Harbert –, a julgar pelo que vimos na costa sul do golfo do Tubarão.

– Pencroff – disse então Cyrus Smith –, faça o que puder, confiamos em você.

– Fique tranquilo, sr. Cyrus – respondeu o marujo –, não irei me expor sem necessidade! Eu preferiria uma facada nas minhas obras vivas do que uma só pedrada nas do meu *Bonadventure*!

O que Pencroff chamava de obras vivas era a parte imersa do casco do seu barco, que ele valorizava mais que a própria pele!

– Que horas são? – perguntou Pencroff.

– Dez horas – respondeu Gedeon Spilett.

– E qual a distância que nos resta percorrer até o cabo?

– Aproximadamente quinze milhas – respondeu o engenheiro.

– É coisa de duas horas e meia – disse então o marujo –, logo estaremos atravessando o cabo entre meio-dia e uma hora. Infelizmente, a maré vai virar nesse momento, e a vazante refluirá do golfo. Receio, portanto, que seja difícil entrar, tendo vento e mar contrários.

– Tanto mais que hoje é lua cheia – lembrou Harbert – e que essas marés de abril são muito fortes.

– E então, Pencroff, conseguiria ancorar na ponta do cabo? – perguntou Cyrus Smith.

– Ancorar próximo à terra, com mau tempo em perspectiva! – exclamou o marujo. – Tem ideia do que isso representa, sr. Cyrus? Seria o mesmo que lançar o barco contra o litoral!

– Qual é a alternativa?

– Tentarei manter-me em mar aberto até a maré-cheia, isto é, até as dezenove horas, e, se ainda estiver um pouco claro, tentarei entrar no golfo; caso contrário, nos restará bordejar a noite toda e entrarmos quando amanhecer.

– Repito, Pencroff, confiamos em você – declarou Cyrus Smith.

– Ah! – disse Pencroff. – Um farol nesse litoral seria um conforto para os navegadores.

– É mesmo – disse Harbert –, e dessa vez não teremos um engenheiro bonzinho para acender um fogo que nos guie até o porto!

– A propósito, caro Cyrus – disse Gedeon Spilett –, nunca lhe agradecemos por isso, mas, francamente, sem aquele fogo, jamais teríamos conseguido alcançar...

– Fogo...? – perguntou Cyrus Smith, bastante admirado com as palavras do repórter.

– Estamos querendo dizer, sr. Cyrus – interveio Pencroff –, que estávamos em sérias dificuldades a bordo do *Bonadventure*, durante as últimas horas que antecederam nosso regresso, e que, sem a precaução que o senhor tomou de acender uma fogueira, na noite de 19 para 20 de outubro, no platô de Granite House, teríamos passado a sotavento da ilha.

– Ah, sim, foi uma ótima ideia que tive! – admitiu o engenheiro.

– E dessa vez – acrescentou o marujo –, a menos que a ideia não ocorra a Ayrton, não haverá ninguém para nos prestar esse favorzinho!

– Realmente! Ninguém! – respondeu Cyrus Smith.

E, instantes depois, vendo-se a sós com o repórter na proa da embarcação, o engenheiro aproximava-se de seu ouvido e lhe dizia:

– Se existe verdade neste mundo, Spilett, eu nunca acendi fogueira alguma na noite de 19 para 20 de outubro, nem no platô de Granite House, nem em qualquer outra parte da ilha!

20

Noite no mar • O golfo do Tubarão • Confidências • Preparativos para o inverno • Precocidade da estação inclemente • Frio intenso • Obras no interior • Seis meses depois • Uma fotografia • Incidente inesperado

AS COISAS ACONTECERAM tal como previra Pencroff, e seus pressentimentos se confirmaram. O vento terminou por esfriar e, de brisa auspiciosa, passou ao estado de ventania, isto é, estabeleceu-se a uma velocidade de quarenta a quarenta e cinco milhas por hora,* situação em que um veleiro, em mar aberto, teria rizado as velas e recolhido a bujarrona. Ora, como eram aproximadamente seis horas quando o *Bonadventure* se posicionou na boca do golfo, justo no momento da vazante, foi-lhes impossível penetrar em suas águas. Viram-se então obrigados a se manter ao largo, pois não havia a mínima condição de alcançarem a foz do Mercy. Então, após instalar o foque no grande mastro à guisa de joanete, aguardaram, com a proa apontada para a terra.

Felizmente, apesar da ventania, o mar, protegido pela costa, não engrossou muito. Não tiveram, portanto, que recear o impacto das ondas, que representam um grande perigo para as pequenas embarcações. O *Bonadventure* não teria virado, sem dúvida, pois estava bem lastreado, mas, se as tampas das escotilhas não houvessem resistido, o imenso volume de água que açoitava seu costado poderia tê-lo comprometido. Pencroff, exímio marinheiro, mostrava-se atento a tudo. Entretanto, embora depositasse uma confiança extrema

---

* Cerca de 106km/h. (Nota do autor)

em sua embarcação, nem por isso deixou de esperar o dia com certa ansiedade!

Aquela noite, Cyrus Smith e Gedeon Spilett não tiveram oportunidade de conversar a sós e, no entanto, a frase pronunciada pelo engenheiro ao ouvido do repórter exigia que voltassem a discutir aquela misteriosa influência que parecia reinar na ilha Lincoln. Gedeon Spilett não tirava da cabeça aquele novo e inexplicável incidente, a aparição de uma fogueira na costa da ilha. Afinal, tinha certeza de que a vira! Seus companheiros, Harbert e Pencroff, da mesma forma! Aquele fogo servira para indicar a localização da ilha durante a noite escura e, enquanto eles não duvidavam de que tivesse sido a mão do engenheiro que a acendera, eis que Cyrus Smith declarava taxativamente não ter sido seu autor!

Gedeon Spilett prometeu a si mesmo voltar àquele incidente tão logo o *Bonadventure* retornasse e intimar Cyrus Smith a informar aqueles estranhos fatos aos seus companheiros. Quem sabe não se decidiam então a passar um pente-fino na ilha Lincoln...

Em todo caso, nenhuma fogueira se acendeu naquele litoral ainda desconhecido, formado pela entrada do golfo, e a pequena embarcação manteve-se ao largo durante toda a noite.

Quando as primeiras luzes da aurora se desenharam no horizonte, a leste, o vento, que se acalmara ligeiramente, girou três quartos e permitiu a Pencroff embocar com mais facilidade a estreita entrada do golfo. Eram sete horas quando o *Bonadventure*, após apontar a proa para o cabo Mandíbula-Norte, entrou prudentemente na passagem e se aventurou naquelas águas, cercadas por uma singular moldura de lavas.

– Eis aqui – disse Pencroff – um pedaço de mar que daria um ancoradouro admirável, no qual as frotas poderiam manobrar à vontade.

– O mais curioso – observou Cyrus Smith – é que o golfo se formou a partir de dois aglomerados de lavas, que, expelidas pelo vulcão, acumularam-se em virtude de erupções sucessivas. Daí resulta, portanto, ser completamente protegido de todos os lados, tudo levando a crer que, mesmo nas piores borrascas, o mar aqui seja calmo como um lago.

– Sem dúvida – concordou o marujo –, uma vez que, para se esgueirar, o vento tem apenas esse gargalo escavado entre os dois cabos, sem falar que o cabo do norte encobre o do sul, o que dificulta sobremaneira a entrada das rajadas. Na verdade, o nosso *Bonadventure* poderia passar um ano aqui sem sequer retesar as amarras!

– É um pouco grande para ele! – observou o repórter.

– Ora, sr. Spilett – replicou o marujo –, concordo que seja grande para o *Bonadventure*, mas, se as frotas da União necessitarem de um porto seguro no Pacífico, creio que não encontrarão nada melhor do que esse ancoradouro!

– Estamos na goela do Tubarão – sugeriu Nab, aludindo à forma do golfo.

– Sem tirar nem pôr, caro Nab! – reforçou Harbert. – Não tem medo que ela se feche com você dentro?

– Não, sr. Harbert – respondeu Nab. – Mesmo assim, esse golfo não me agrada! Tem cara ruim!

– Ei! – exclamou Pencroff. – Faço com ele uma homenagem aos Estados Unidos, e você vem depreciar o meu golfo!

– Mas pelo menos as águas são profundas? – perguntou o engenheiro. – Afinal, o que é suficiente para o calado do *Bonadventure* talvez não seja para os nossos encouraçados.

– Fácil verificar – respondeu Pencroff.

E o marujo lançou ao fundo uma corda comprida, que lhe servia de sonda e à qual se prendia um pedaço de ferro. Essa corda media aproximadamente cinquenta braças e foi se desenrolando até a ponta sem tocar o solo.

– Pronto – concluiu Pencroff –, nossos encouraçados podem vir que não encalharão!

– Com efeito – admitiu Cyrus Smith –, nosso golfo é um verdadeiro abismo. Por outro lado, considerando a origem plutônica da ilha, não admira o fundo do mar apresentar depressões desse tipo.

– Eu acrescentaria – interveio Harbert – que esses paredões parecem cortados a prumo, e, mesmo com uma sonda cinco ou seis vezes mais longa, acho que Pencroff não encontraria fundo.

– Tudo isso é uma dádiva – atalhou então o repórter –, mas eu lembraria que falta uma coisa importante no ancoradouro de Pencroff!

– E que coisa é essa, sr. Spilett?

– Um píer, uma passagem qualquer, que dê acesso ao interior da ilha. Não vejo um único ponto no qual possamos assentar o pé!

E, com efeito, os paredões de lava, demasiado íngremes, não ofereciam, em todo o perímetro do golfo, nenhum local propício a um desembarque. Era uma cortina intransponível, que lembrava, com maior aridez por certo, os fiordes da Noruega. O *Bonadventure*, passando rente aos penhascos, não encontrou sequer uma reentrância pela qual a tripulação pudesse desembarcar.

Pencroff consolou-se, ruminando que, em caso de necessidade, rasgariam aquele paredão com nitroglicerina, e, não havendo definitivamente nada a fazer naquele golfo, conduziu sua embarcação de volta rumo ao gargalo e saiu em torno das duas da tarde.

– Ufa! – exclamou Nab, dando um longo suspiro de satisfação.

É, o bom Nab parecia mesmo não sentir-se à vontade dentro daquela imensa mandíbula!

Do cabo Mandíbula à foz do Mercy, eram apenas oito milhas. Apontaram então para Granite House e o *Bonadventure*, com as velas enfunadas, acompanhou o litoral a uma milha de distância. Às imensas rochas magmáticas logo sucederam aquelas dunas ardilosas nas quais o engenheiro fora tão singularmente encontrado e que as aves marinhas frequentavam às centenas.

Por volta das quatro horas, deixando à sua esquerda a ponta do recife, Pencroff entrava no canal que o separava da costa, e, às cinco, a âncora do *Bonadventure* mordia o fundo de areia na foz do Mercy.

Fazia três dias que os colonos haviam deixado o lar. Ayrton esperava-os na praia e mestre Jup correu alegremente em direção ao barco, emitindo fortes guinchos de satisfação.

A exploração integral do litoral da ilha fora então realizada e nenhum indício suspeito, observado. Se alguma criatura misteriosa morasse ali, só podia ser sob o dossel das matas impenetráveis da península Serpentina, região ainda inexplorada pelos colonos.

Gedeon Spilett debateu a situação com o engenheiro e ambos resolveram atentar seus companheiros para o caráter estranho de determinados incidentes produzidos na ilha, o último deles sendo talvez o mais intrigante.

Cyrus Smith, relembrando a propósito a fogueira acesa por mão desconhecida no litoral, repetiu pela vigésima vez ao repórter:

– Mas vocês têm certeza de que viram mesmo? Não era uma erupção parcial do vulcão, uma estrela cadente qualquer?

– Não, Cyrus – reafirmou o repórter –, era indubitavelmente um fogo aceso pela mão humana. Em todo caso, interrogue Pencroff e Harbert. Eles viram como eu e confirmarão minhas palavras.

Sucedeu então que, dias depois, na noite de 25 de abril, quando todos os colonos achavam-se reunidos no planalto do Mirante, Cyrus Smith tomou a palavra:

– Amigos, julgo-me no dever de chamar sua atenção para determinados fenômenos ocorridos na ilha e a respeito dos quais sua opinião será bem-vinda. Esses fenômenos são, por assim dizer, sobrenaturais...

– Sobrenaturais! – exclamou o marujo, expelindo uma baforada do cachimbo. – Está querendo dizer que a nossa ilha é sobrenatural?

– Não, Pencroff, mas misteriosa, seguramente – respondeu o engenheiro. – A menos que possam nos explicar o que Spilett e eu não pudemos compreender até aqui.

– Fale, sr. Cyrus – pediu o marujo.

– Pois bem! Por acaso conseguem explicar – começou o engenheiro – o que fez com que, após ser atirado no mar, eu fosse encontrado a quinhentos metros da praia, no interior da ilha, e isso sem eu ter qualquer consciência desse deslocamento?

– A menos que, desmaiado... – sugeriu Pencroff.

– Isso não é plausível – replicou o engenheiro. – Mas vamos adiante. Conseguem explicar como Top descobriu o local onde os senhores se abrigaram, a oito quilômetros da caverna onde eu jazia?

– O instinto do cão... – opinou Harbert.

– Instinto singular – interveio o repórter –, uma vez que, apesar da chuva e do vento daquela noite, Top chegou às Chaminés sem um pingo de lama!

– Continuemos – prosseguiu o engenheiro. – Conseguem explicar como o nosso cão foi tão estranhamente rechaçado das águas do lago após sua luta com o dugongo?

– Não! Isso não, confesso – respondeu Pencroff. – E o ferimento que o dugongo tinha no flanco, que parecia provocado por um instrumento cortante, é igualmente incompreensível.

– Tem mais, amigos – continuou Cyrus Smith. – Como aquele chumbinho foi parar no corpo do filhote de porco-do-mato? Como o baú foi magicamente encalhar na praia, sem que houvesse sinal de naufrágio? Como a garrafa com a mensagem apareceu tão a propósito, por ocasião de nossa primeira excursão marítima? Como o nosso bote, com as amarras arrebentadas, desceu as águas do Mercy ao nosso encontro, justo no momento em que precisávamos dele? Como, após a invasão dos macacos, a escada foi tão oportunamente arremessada do alto de Granite House? Como, por fim, a mensagem que Ayrton declara jamais ter escrito caiu em nossas mãos?

Cyrus Smith acabava de enumerar, sem esquecer nenhum, todos os estranhos fenômenos ocorridos na ilha. Harbert, Pencroff e Nab entreolharam-se, sem saber o que responder, pois aquela série de incidentes, assim agrupados pela primeira vez, não deixou de surpreendê-los no mais alto grau.

– Com mil caranguejos! – exclamou finalmente Pencroff. – O sr. Cyrus tem toda razão, como explicar tudo isso?

– Pois bem, amigos – concluiu o engenheiro –, um último fato veio acrescentar-se a estes, e não menos compreensível!

– Qual, sr. Cyrus? – perguntou Harbert, ansiosamente.

– Quando voltaram da ilha Tabor, Pencroff – explicou o engenheiro –, vocês não falaram que avistaram uma fogueira na ilha Lincoln?

– Exatamente – confirmou o marujo.

– E têm certeza absoluta disso?

– Como vejo o senhor.

– Você também, Harbert?

– Ah, sr. Cyrus – exclamou Harbert –, era um fogo que brilhava como uma estrela de primeira grandeza!

– E não era uma estrela? – insistiu o engenheiro.

– Não – respondeu Pencroff –, pois o céu estava coberto por grossas nuvens e, de toda forma, uma estrela não estaria tão próxima ao horizonte. Mas o sr. Spilett estava conosco e pode confirmar nossas palavras.

– Acrescento – disse o repórter – que a claridade era muito viva e emitia uma espécie de halo elétrico.

– Sim! Sim! Isso mesmo... – concordou Harbert –, e brilhava exatamente na altura de Granite House.

– Pois bem, amigos, fiquem sabendo que, na noite de 19 para 20 de outubro, nem Nab nem eu acendemos fogueira na costa.

– Vocês não... – exclamou Pencroff, no auge do espanto, sem conseguir terminar a frase.

– Não deixamos Granite House – continuou Cyrus Smith –, e se uma fogueira apareceu no litoral, foi outra mão que a acendeu, não a nossa!

Pencroff, Harbert e Nab estavam estupefatos. Impossível ter sido uma miragem, um fogo efetivamente atraíra seus olhos naquela noite de 19 para 20 de outubro!

Sim, não havia como negar, pairava ali um mistério! Uma influência inexplicável, claramente benéfica para os colonos, porém que não fazia senão excitar sua curiosidade, manifestava-se, sempre em momentos periclitantes, na ilha Lincoln. Haveria então alguma criatura escondida em seus mais profundos recônditos? Era o que cumpria saber a todo custo!

Cyrus Smith lembrou igualmente aos companheiros a estranha reação de Top e Jup, quando estes rondavam a boca do poço que conectava Granite House ao mar, relatando haver explorado o duto sem descobrir nada de suspeito. No fim da reunião, os colonos decidiram por unanimidade, tão logo o verão retornasse, efetuar uma varredura completa na ilha.

A partir desse dia, contudo, sinais de preocupação surgiram no rosto de Pencroff. Aquela ilha, que ele considerava propriedade pessoal, pareceu não pertencer-lhe mais por inteiro; outro soberano, do qual sentia-se súdito, a compartilhava com ele. Volta e meia Nab e ele debatiam aqueles fatos inexplicáveis e, já por natureza muito propensos à fabulação, ambos não estavam longe de crer que a ilha Lincoln se achava subordinada a algum poder sobrenatural.

Nesse ínterim o mês de maio, equivalente ao novembro das zonas boreais, se aproximava, trazendo com ele um clima adverso. O frio tinha tudo para ser severo e precoce. Não havia tempo a perder, as obras com vistas à invernada não podiam mais esperar.

Isso não significa que não estivessem bem preparados para receber aquela estação, por mais rigorosa que se mostrasse. Não faltavam roupas de feltro, e os carneiros selvagens, cujo rebanho aumentara, forneceram em abundância a matéria-prima necessária à fabricação da lã.

Desnecessário dizer que Ayrton também recebeu esses confortáveis trajes para o inverno. Além disso, Cyrus Smith incentivara-o a passar a estação fria em Granite House, onde estaria mais bem acomodado do que no curral, o que Ayrton prometera fazer tão logo terminasse as tarefas por lá. O que se deu em meados de abril. A partir dessa época, Ayrton aderiu à vida comunitária, mostrando-se útil em diversas circunstâncias. Contudo, sempre humilde e triste, nunca participava dos momentos recreativos do grupo!

Durante a maior parte do terceiro inverno que passavam na ilha Lincoln, os colonos permaneceram confinados em Granite House. Os temporais e borrascas eram tão terríveis que pareciam abalar a base dos rochedos da ilha. Violentas ressacas ameaçavam cobrir a ilha em toda a sua extensão e certamente teriam levado a pique qualquer navio porventura fundeado naquela zona. Por duas vezes, durante uma dessas tormentas, o Mercy tornou-se caudaloso a ponto de ameaçar arrastar pontes e pinguelas, o que os obrigou a reforçar as da praia, que desapareciam sob as águas quando o mar quebrava no litoral.

Como o leitor imagina, com razão, aqueles vendavais, comparáveis a ciclones, em que se misturavam chuva e neve, causaram grandes estragos no planalto do Mirante. O moinho e o terreiro sofreram muito, obrigando os colonos a fazer reparos urgentes, caso contrário as aves correriam sérios riscos.

Por ocasião dessas intempéries, alguns casais de onças e bandos de símios se aventuravam até as franjas do planalto, gerando sempre o temor de que, impelidos pela fome, os mais ágeis e audazes conseguissem atravessar o riacho, o qual, aliás, quando congelado, oferecia-lhes fácil acesso. Sem uma vigilância constante, portanto, lavouras e animais domésticos teriam sido infalivelmente destruídos, e muitas vezes tiveram de recorrer a um disparo de fogo para manter os perigosos visitantes a respeitosa distância. Trabalho, portanto, era o que não faltava aos colonos, pois, além dos afazeres externos, havia sempre mil providências a tomar nas dependências de Granite House.

Também promoveram belas caçadas, realizadas sob frio intenso nos vastos pântanos das Tadornas. Gedeon Spilett e Harbert, assessorados por Jup e Top, não desperdiçavam um tiro em meio àquela miríade de patos, marrecos, narcejas, marrecas-arrebio e quero-queros. A propósito, o acesso a esse farto território, fosse pela estrada de porto Balão, após atravessar a ponte do Mercy, fosse contornando as rochas da ponta do Destroço, não era fácil, e os caçadores nunca se afastavam mais de três ou quatro quilômetros de Granite House.

Assim transcorreram os rigorosos quatro meses do inverno, isto é, junho, julho, agosto e setembro. Contudo, no fim das contas, Granite House não sofreu muito com as intempéries, o mesmo se dando com o curral, que, menos exposto que o planalto e em grande parte protegido pelo monte Franklin, recebia apenas o resquício das ventanias já quebradas pelas florestas e grandes rochedos do litoral. Os danos no curral, portanto, foram irrelevantes, bastando a mão incansável e habilidosa de Ayrton para repará-los prontamente, quando, na segunda quinzena de outubro, o novo colono resolveu passar alguns dias lá.

Nenhum novo incidente inexplicável voltou a se produzir durante aquele inverno. A despeito da vigilância de Pencroff e Nab, de olho nos fatos mais triviais plausíveis de ser associados a uma causa misteriosa, nada de estranho se sucedeu. Top e Jup inclusive pararam de rondar a boca do poço, não demonstrando mais qualquer sinal de inquietude. Embora aparentemente interrompida, aquela sequência de fatos insólitos era sempre o assunto central dos serões de Granite House, quando os colonos reafirmavam sua decisão de vasculhar a ilha até em suas mais ermas e inóspitas regiões. Porém, um episódio da mais alta gravidade, e cujas consequências poderiam vir a ser funestas, veio desviá-los momentaneamente de seus planos.

Estavam em outubro. O verão voltava a galope. Banhada pelos raios solares, a natureza se renovava e, em meio à fronde sempre verde das coníferas que compunham a orla da mata, já surgia a folhagem nova dos lódãos, banksias e cedros.

Cyrus Smith examinou a chapa.

Todos se lembram que, em mais de uma oportunidade, Spilett e Harbert haviam tirado fotografias da ilha Lincoln.

Ora, no dia 17 daquele mês, por volta das três horas da tarde, Harbert, encantado com a pureza do céu, teve a ideia de registrar a vista da baía da União, que fazia face ao planalto do Mirante, desde o cabo Mandíbula até o cabo da Garra.

A linha do horizonte desenhava-se admiravelmente e o mar, ondulando sob uma brisa amena, exibia em segundo plano a imobilidade das águas de um lago, com lantejoulas cintilando aqui e ali.

A lente fora posicionada em uma das janelas do salão de Granite House, dominando, por conseguinte, a praia e a baía. Harbert procedeu como de costume e, obtida a chapa, foi fixá-la com as substâncias que ficavam guardadas num recanto escuro de Granite House.

Ao retornar à claridade, examinando-a detidamente, Harbert percebeu em sua chapa um pontinho quase imperceptível manchando o horizonte marítimo. Tentou eliminá-lo por meio de repetidas lavagens, em vão.

"É um defeito da lente", pensou.

Teve então a curiosidade de examinar aquele defeito com uma lente mais forte, que ele desatarraxou da luneta.

No entanto, assim que olhou, soltou um grito e a chapa quase lhe escapou das mãos.

Correndo imediatamente até o quarto de Cyrus Smith, estendeu a chapa e a luneta ao engenheiro apontando-lhe a pequena mancha.

Cyrus Smith examinou o pontinho e, levando a luneta aos olhos, precipitou-se para a janela.

Depois de percorrer lentamente o horizonte, a luneta terminou por imobilizar-se no ponto suspeito e Cyrus Smith, abaixando-a, deixou escapar uma única palavra: "Navio!"

E, com efeito, um navio flutuava na barra da ilha Lincoln!

FIM DA SEGUNDA PARTE

TERCEIRA PARTE

O segredo da ilha

I

Desgraça ou salvação? • Ayrton é chamado • Conversa importante • Não é o *Duncan* • Embarcação suspeita • De sobreaviso • O navio se aproxima • Anoitece • Um tiro de canhão • O brigue ancora diante da ilha

JÁ FAZIA dois anos e meio que os náufragos do balão haviam sido lançados na ilha Lincoln, permanecendo desde então sem nenhuma comunicação com seus semelhantes. O repórter bem que tentara entrar em contato com o mundo habitado, entregando a uma ave uma mensagem com sua enigmática localização, mas aquela era uma chance impossível de considerar seriamente. Apenas Ayrton, e nas circunstâncias que sabemos, viera juntar-se aos membros da pequena colônia. Ora, eis que, nesse dia mesmo, 17 de outubro, outros homens apareciam inopinadamente diante da ilha, naquele mar sempre deserto!

Não restava sombra de dúvida! Era um navio! Mas passaria ao largo ou fundearia? Dentro de poucas horas os colonos saberiam com exatidão a que estavam sujeitos.

Cyrus Smith e Harbert, após chamarem imediatamente Gedeon Spilett, Pencroff e Nab ao salão de Granite House, expuseram-lhes a situação. Pencroff, apoderando-se da luneta, percorreu rapidamente o horizonte e, parando no ponto indicado, isto é, naquele que formara a imperceptível mancha no retrato, exclamou, com uma voz que denotava grande satisfação:

– Com mil diabos! É realmente um navio!

– Vem para cá? – perguntou Gedeon Spilett.

– Impossível afirmar qualquer coisa no momento – respondeu Pencroff –, só a mastreação aparece acima do horizonte, não se vê um pedaço do casco!

– O que faremos? – indagou o adolescente.

– Vamos esperar – foi a resposta de Cyrus Smith.

E durante um bom lapso de tempo os colonos permaneceram silenciosos, às voltas com todo tipo de pensamentos, emoções, temores e esperanças gerados por aquele incidente, o mais grave já produzido desde sua chegada à ilha Lincoln.

Tudo bem, não se achavam na situação de náufragos abandonados numa ilha árida, lutando por suas míseras existências contra uma natureza madrasta, ou devorados por saudades de terras habitadas. Principalmente Pencroff e Nab, que, tão felizes e tão ricos, não abandonariam sem tristeza sua ilha. Haviam se afeiçoado àquela vida nova, em meio àquela natureza que sua inteligência houvera, por assim dizer, civilizado! Mas, enfim, aquele navio talvez trouxesse notícias do continente, talvez fosse um pedaço da pátria vindo ao seu encontro! Transportava semelhantes, sendo fácil imaginar o que sentiram nesse momento!

De tempos em tempos, Pencroff pegava a luneta e se acomodava na janela, estudando atentamente a embarcação, então a uma distância de vinte milhas a leste. Os colonos, portanto, não tinham ainda como assinalar sua presença. Um pavilhão não teria sido avistado; uma detonação não teria sido ouvida; um fogo não seria visível.

Uma coisa, contudo, era certa: a ilha, dominada pelo monte Franklin, não escapara aos olhares dos vigias do navio. Mas por que aquela embarcação atracaria ali? Não seria um simples acaso que a impelia até aquela parte do Pacífico, onde os mapas não mencionavam nenhuma terra, exceto o recife Tabor, que por sua vez estava fora das rotas comumente seguidas pelos correios de longo curso dos arquipélagos polinésios, da Nova Zelândia e da costa americana?

A essa pergunta, ruminada por todos, Harbert respondeu com outra, inesperada.

– Não seria o *Duncan*? – exclamou.

O *Duncan*, o leitor não esqueceu, era o iate de lorde Glenarvan, que abandonara Ayrton no rochedo e ficara de voltar um dia para resgatá-lo. Ora, o recife não se encontrava tão distante da ilha Lincoln e uma embarcação que se dirigisse ao primeiro decerto não deixaria de explorar a segunda. Apenas cinquenta milhas os separavam em longitude, e setenta e cinco em latitude.

– Temos que avisar Ayrton – disse Gedeon Spilett – e expor-lhe imediatamente a situação. Só ele pode nos dizer se é mesmo o *Duncan*.

Todos concordaram, e o repórter, dirigindo-se ao posto de telégrafo que estabelecia a comunicação entre o curral e Granite House, passou o seguinte telegrama:

"Venha sem demora."

Alguns instantes depois, a campainha soava:

"Estou a caminho", respondia Ayrton.

Os colonos continuaram a monitorar o navio.

– Se for o *Duncan* – disse Harbert –, Ayrton o reconhecerá sem dificuldade, uma vez que navegou nele durante certo tempo.

– E, caso o reconheça – acrescentou Pencroff –, será uma tremenda emoção!

– Sim – respondeu Cyrus Smith –, com o detalhe de que agora Ayrton é digno de subir a bordo do *Duncan*. E queiram os céus tratar-se efetivamente do iate de lorde Glenarvan, pois qualquer outro navio me pareceria suspeito! Esses mares são mal frequentados e sempre receio a visita de alguns piratas malaios à nossa ilha.

– Nós a defenderíamos! – exclamou Harbert.

– Sem dúvida, meu rapaz – concordou o engenheiro, sorrindo –, mas é preferível não sermos obrigados a isso.

– Uma simples observação – disse Gedeon Spilett. – A ilha Lincoln é desconhecida dos navegadores, uma vez que não consta sequer dos mapas mais recentes. Não acha, Cyrus, que este é um motivo para um navio, vendo-se inesperadamente à vista dessa terra nova, procurar visitá-la, em vez de fugir?

– Decerto – respondeu Pencroff.

– Penso a mesma coisa – disse o engenheiro. – É inclusive lícito afirmar ser dever de um capitão assinalar e, por conseguinte, fazer o reconhecimento de toda terra ou ilha ainda não catalogada, e a ilha Lincoln está nesse caso.

– Muito bem – disse então Pencroff –, vamos admitir que esse navio aproxime-se e lance ferros aqui, a poucas amarras de nossa ilha. O que faremos?

A pergunta, feita bruscamente, ficou a princípio sem resposta. Contudo, após refletir, Cyrus Smith respondeu no tom calmo que lhe era peculiar:

– Amigos, eis o que faremos: vamos nos comunicar com o navio, comprar passagens e deixar nossa ilha, após tomar posse dela em nome dos estados da União. Mais tarde, aqui retornaremos junto com todos os que quiserem nos acompanhar para colonizá-la definitivamente e dotar a república americana de uma base de grande utilidade nesta zona do oceano Pacífico!

– Hurra! – berrou Pencroff. – E não será um presentinho que daremos a nosso país! A colonização já está praticamente concluída, todas as partes da ilha estão batizadas, há um porto natural, um ancoradouro, estradas, uma linha telegráfica, um estaleiro, uma fábrica, só falta inserir a ilha Lincoln nos mapas!

– E se a tomarem de nós durante nossa ausência? – atalhou Gedeon Spilett.

– Com mil diabos! – assustou-se o marujo. – Então prefiro ficar aqui sozinho e protegê-la. E, palavra de Pencroff, não permitirei que seja surrupiada como o relógio do bolso de um tolo!

Durante uma hora, foi impossível afirmar com certeza se a embarcação assinalada dirigia-se ou não à ilha Lincoln. Nesse ínterim, aproximara-se, mas a que velocidade navegava? Foi o que Pencroff não soube responder. Todavia, como o vento soprava do noroeste, era possível admitir que o navio avançava com as amuras a estibordo. Além disso, o vento contribuía para empurrá-lo para as praias da ilha e, embora as sondagens não constassem no mapa, ele não tinha por que temer aproximar-se naquele mar calmo.

Por volta das quatro horas, uma hora após ser avisado, Ayrton chegava a Granite House. Adentrou o salão e disse:

– Às suas ordens, senhores.

Cyrus Smith estendeu-lhe a mão, como sempre fazia, e, conduzindo-o até a janela, expôs-lhe a situação:

– Ayrton, pedimos que viesse por um motivo grave. Um navio encontra-se nas águas da ilha.

Ayrton empalideceu ligeiramente e seus olhos turvaram-se por um instante. Em seguida, debruçando-se na janela, examinou o horizonte, porém não viu nada.

– Use esta luneta – aconselhou Gedeon Spilett –, e olhe bem, Ayrton, pois é possível que esse navio seja o *Duncan*, vindo a esses mares para repatriá-lo.

– O *Duncan*! – murmurou Ayrton. – Já?!

Esta última palavra saiu espontaneamente dos lábios de Ayrton, que deixou a cabeça cair entre as mãos.

Doze anos abandonado num recife deserto não lhe pareciam então expiação suficiente? O culpado arrependido ainda não se sentia perdoado, nem a seus olhos, nem aos de seus semelhantes.

– Não – exclamou –, não! Não pode ser o *Duncan*.

– Olhe bem, Ayrton – disse o engenheiro –, pois é importante sabermos com antecedência o que nos aguarda.

Ayrton pegou a luneta e apontou-a na direção indicada. Por alguns minutos, observou o horizonte sem se mexer, sem pronunciar uma única palavra. E concluiu:

– Com efeito, é um navio, mas não creio ser o *Duncan*.

– Por que não seria ele? – perguntou Gedeon Spilett.

– Porque o *Duncan* é um iate a vapor e não percebo sinal de fumaça nem acima nem junto à embarcação.

– Estaria navegando a vela? – questionou Pencroff. – O vento é favorável à rota que ele parece seguir, e, encontrando-se tão longe de quaisquer terras, deve ser de seu interesse economizar carvão.

– É possível que tenha razão, sr. Pencroff – respondeu Ayrton –, e que o navio tenha apagado suas caldeiras. Quando ele estiver mais perto, saberemos do que se trata.

Como se vê, achavam-se todos num estado de espírito que não lhes permitia prosseguir com suas atividades. Gedeon Spilett e Pencroff, especialmente nervosos, iam e vinham, irrequietos. Harbert demonstrava mais curiosidade. Apenas Nab conservava sua calma habitual. Seu país não era onde o patrão estivesse? Quanto ao engenheiro, permanecia absorto em seus pensamentos, e, no fundo, mais temia do que desejava a chegada do navio.

Nesse ínterim, a embarcação aproximara-se um pouco da ilha. Com a ajuda da luneta, puderam constatar que era uma embarcação de longo curso, e não um daqueles *praos* malaios, utilizados normalmente pelos piratas do Pacífico. Tudo indicava, portanto, que as apreensões do engenheiro eram injustificadas e que a presença daquela embarcação nas águas da ilha Lincoln não constituía perigo. Pencroff, após um exame mais acurado, julgou poder afirmar que aquele navio estava aparelhado como brigue e que corria obliquamente em direção à costa, com as amuras a estibordo e gáveas, traquetes e velame arriados. O que foi confirmado por Ayrton.

Porém, se continuasse àquela velocidade, o navio logo desapareceria atrás da ponta do cabo da Garra, a sudoeste, e, para observá-lo, teriam de subir ao topo das colinas da baía Washington, próximo a porto Balão. Circunstância nada auspiciosa, pois já eram cinco da tarde e o crepúsculo não tardaria a dificultar todo tipo de observação.

– O que faremos quando anoitecer? – indagou Gedeon Spilett. – Uma fogueira para assinalar nossa presença?

Era uma questão grave, que, não obstante alguns pressentimentos que o engenheiro dissimulou, recebeu uma resposta afirmativa. O navio poderia desaparecer durante a noite, ir-se para sempre, e, desaparecido aquele navio, algum outro tornaria às águas da ilha Lincoln? Ora, quem era capaz de prever o que o futuro reservava aos colonos?

– Sim – disse o repórter –, devemos mostrar a essa embarcação, seja ela qual for, que a ilha é habitada. Desprezar a chance que nos é oferecida decerto resultaria em arrependimentos futuros!

Ficou então decidido que Nab e Pencroff iriam até porto Balão e, lá, ao escurecer, acenderiam uma grande fogueira, cujo brilho certamente despertaria a atenção da tripulação do brigue.

Porém, no momento em que Nab e o marujo preparavam-se para deixar Granite House, a embarcação mudou de rumo e navegou em direção à ilha, mais precisamente à baía da União. Era um bom veleiro aquele brigue, pois acercou-se sem demora.

Nab e Pencroff cancelaram então sua partida e a luneta foi deixada nas mãos de Ayrton, a fim de que este pudesse afirmar de maneira definitiva se se tratava ou não do *Duncan*. O iate escocês também poderia estar aparelhado como brigue. A questão agora era saber se havia uma chaminé entre os dois mastros da embarcação observada, naquele momento a uma distância de apenas dez milhas.

O horizonte estava bastante claro. A verificação era fácil, e Ayrton logo deixou a luneta cair, declarando:

– Não é o *Duncan*! Não podia ser...!

Pencroff enquadrou novamente o brigue no campo de visão da luneta e percebeu que aquele brigue, com uma arqueação de trezentas a quatrocentas toneladas, magnificamente afilado, ousadamente mastreado, admiravelmente projetado, era um excelente velocista. Mas a que nação pertencia? Difícil dizer.

– Vejo uma bandeira hasteada na carangueja, mas não consigo distinguir as cores.

– Antes de meia hora, teremos uma posição – respondeu o repórter. – Aliás, é mais que evidente que o capitão desse navio tem a intenção de fundear, e, por conseguinte, se não for hoje, amanhã no mais tardar seremos apresentados a ele.

– Tanto melhor! – exclamou Pencroff. – É preferível saber com quem estamos lidando e não me desagradaria conhecer as cores desse indivíduo!

E, falando assim, o marujo não largava a luneta.

O dia começava a morrer e, com o dia, o vento do largo arrefecia também. O pavilhão do brigue, menos enfunado, enrolava-se nas adriças, tornando-se cada vez mais difícil de observar.

– Não é de forma alguma a bandeira americana – resmungava Pencroff de vez em quando –, nem inglesa, cujo vermelho se veria com facilidade, nem as cores francesas ou alemãs, nem o pavilhão branco da Rússia, nem o amarelo da Espanha... parece uma cor chapada... Vejamos... nesses mares... o que encontraríamos normalmente...? A bandeira chilena? Mas ela é tricolor... brasileira? É verde... japonesa? É preta e amarela, enquanto esta...

Nesse momento, uma brisa desfraldou a bandeira desconhecida. Ayrton, agarrando a luneta que o marujo deixara cair, levou-a ao olho e, numa voz cava, anunciou:

– O pavilhão negro!

Com efeito, uma sombra escura desdobrava-se na gávea do brigue, dando-lhes agora todos os motivos para considerá-lo um navio suspeito!

Os pressentimentos de Cyrus Smith se confirmavam. Era um navio pirata! Singraria aqueles baixos mares do Pacífico rivalizando com os *praos* malaios que ainda os infestam? O que vinha procurar nas paragens da ilha Lincoln? Via ali uma terra desconhecida, ignorada, ideal para vir a ser um entreposto de cargas

– *O pavilhão negro!*

roubadas? Vinha procurar em seu litoral um porto seguro para os meses de inverno? O honesto domínio dos colonos estaria fadado a transformar-se num antro ignóbil, espécie de capital da pirataria do Pacífico?

Todas essas ideias apresentaram-se instintivamente ao espírito dos colonos. Não havia por que duvidar, aliás, da significação que convinha atribuir à cor do pavilhão desfraldado. Era a bandeira dos piratas! A que o *Duncan* estaria desfraldando agora se os degredados houvessem triunfado em seus planos criminosos!

Não havia tempo para muita conversa.

– Amigos – disse Cyrus Smith –, e se o navio quiser apenas observar o litoral da ilha? E se a tripulação não desembarcar? É uma probabilidade. De toda forma, convém fazer de tudo para dissimular nossa presença aqui. O moinho, erguido no planalto do Mirante, dá muito na vista. Ayrton e Nab devem ir desmontar suas asas. Camuflemos também, com galhos mais grossos, as janelas de Granite House. Apaguem todos os fogos. Enfim, que nada denuncie a presença do homem nesta ilha!

– E nosso navio? – perguntou Harbert.

– Oh! – respondeu Pencroff. – Está abrigado em porto Balão e desafio esses piolhentos a o encontrarem!

As ordens do engenheiro foram imediatamente executadas. Nab e Ayrton subiram até o planalto e tomaram as medidas necessárias para escamotear todo indício de habitação humana. Enquanto isso, o resto do grupo ia à orla da mata do Jacamar a fim de colher braçadas de galhos e cipós capazes de, a certa distância, simular uma trepadeira natural e vedar suficientemente as sacadas da muralha granítica. Ao mesmo tempo, munições e armas foram dispostas de maneira a poder ser utilizadas prontamente, no caso de um ataque surpresa.

Tomadas todas essas precauções, Cyrus Smith falou, com uma voz emocionada:

– Amigos, se esses miseráveis quiserem nos tomar a ilha Lincoln, nós a defenderemos, certo?

– Sim, Cyrus – respondeu o repórter –, e, se necessário, morreremos para defendê-la.

O engenheiro estendeu a mão aos companheiros, que a apertaram com fervor.

Solitário, quieto no seu canto, Ayrton não se juntara aos colonos. Talvez o ex-degredado ainda se considerasse indigno!

Cyrus Smith pressentiu o que se passava na alma de Ayrton e, acercando-se dele, perguntou:

– E o sr. Ayrton – indagou –, o que fará?

– Meu dever – respondeu Ayrton.

E foi postar-se próximo à janela, mergulhando os olhos através da folhagem.

Eram sete e meia. O sol descera, fazia uns vinte minutos, por detrás de Granite House, descorando aos poucos o horizonte leste. Enquanto isso, o brigue continuava a avançar rumo à baía da União. Não estava a mais de oito milhas nesse momento, e numa diagonal exata do planalto do Mirante, pois, ao bordejar na altura do cabo da Garra, avançara velozmente na direção norte, aproveitando o fluxo da preamar. Inclusive era possível dizer, daquela distância, que já entrara na vasta baía, pois uma linha reta, esticada do cabo da Garra ao cabo Mandíbula, fora transposta a oeste, no costado de estibordo.

Pretendia o brigue aventurar-se na baía? Era a primeira pergunta. Uma vez na baía, lançaria ferros? Era a segunda. Não se limitaria, após estudar o litoral, a retomar o largo sem desembarcar a tripulação? Os colonos teriam todas as respostas dali a uma hora. Só lhes restava esperar.

Uma profunda angústia invadira Cyrus Smith ao ver o barco suspeito hastear o pavilhão negro.

Este não representava uma ameaça direta à obra que haviam levado a cabo até aquele momento? Os piratas (não restava dúvida de que os marinheiros do brigue eram dessa laia) já teriam então frequentado aquela ilha, uma vez que, ao fundear, haviam desfraldado suas cores? Teriam operado algum desembarque anteriormente, o que explicaria determinadas bizarrices que permaneciam inexplicáveis até ali? Haveria em regiões ainda inexploradas da ilha algum cúmplice pronto a estabelecer contato com eles?

A todas essas perguntas que silenciosamente se fazia, Cyrus Smith não sabia o que responder, mas pressentia que a situação da colônia poderia ver-se gravemente comprometida pela chegada do brigue.

Os membros da colônia, no entanto, estavam dispostos a resistir até a última gota de sangue. Estariam aqueles piratas em maior número e mais bem armados do que os colonos? Eis o que teria sido importante saber! Mas como chegar até eles?

Anoitecera. A lua nova, tragada pela irradiação solar, desaparecera. Uma profunda escuridão envolvia ilha e mar. As nuvens, pesadas, aglomeradas no horizonte, não deixavam passar nenhuma luminosidade. O vento arrefecera junto com o crepúsculo. Nenhuma folha se mexia nas árvores, nenhuma marola murmurava na praia. Da embarcação nada se via, todas as suas lanternas estavam apagadas e, embora continuasse à vista da ilha, impossível saber sua localização exata.

– Ei, quem sabe? – disse então Pencroff. – Talvez o maldito navegue durante a noite e já não o encontremos ao amanhecer...

Como se em resposta à observação feita pelo marujo, uma luz intensa riscou o ar ao largo e um tiro de canhão reverberou.

O navio continuava ali e havia peças de artilharia a bordo.

Seis segundos haviam transcorrido entre a luz e o disparo.

Logo, o brigue estava a aproximadamente uma milha e um quarto da costa.

Ao mesmo tempo, ouviram um barulho de correntes rangendo através dos escovéns.

O navio acabava de lançar âncora diante de Granite House.

2

Conversas • Pressentimentos • A sugestão de Ayrton • Aprovada • Ayrton e Pencroff no recife Grant • Cativos de Norfolk • Seus planos • Tentativa heroica de Ayrton • Seu regresso • Seis contra cinquenta

AS INTENÇÕES DOS CORSÁRIOS eram óbvias. Ancorados a curta distância da ilha, ficara evidente que pretendiam lançar seus escaleres ao mar no dia seguinte e alcançar a praia.

Embora preparados e determinados a agir, os colonos não abandonaram a prudência. Quem sabe, na eventualidade de os piratas desembarcarem no litoral sem se embrenharem na ilha, não conseguissem dissimular sua presença? Com efeito, era possível que estes não tivessem outro plano senão se abastecer de água no Mercy, e, nesse caso, era altamente provável que a ponte, a três quilômetros da foz, e as obras das Chaminés escapassem a seus olhares.

Mas por que aquele pavilhão hasteado na carangueja do brigue? Por que aquele disparo de canhão? Pura bravata sem dúvida, a menos que fosse sinal para um assalto! Cyrus Smith agora sabia que o navio estava poderosamente armado. Ora, para responder ao canhão dos piratas, de que dispunham os colonos da ilha Lincoln? De simples espingardas.

– Por outro lado – observou Cyrus Smith –, desfrutamos de uma situação inexpugnável. O inimigo não tem como descobrir a boca do escoadouro, agora que ele está imerso sob os bambuzais e o capinzal. Ninguém é capaz de entrar em Granite House.

– E nossas plantações, nosso terreiro, nosso curral, tudo, enfim, tudo? – exclamou Pencroff, batendo o pé. – Eles podem devastar, destruir tudo em poucas horas!

– É verdade, Pencroff – respondeu Cyrus Smith –, e não temos nenhum modo de impedi-los.

– Serão numerosos? Eis a questão – interveio o repórter. – Se forem apenas uma dúzia, não será difícil detê-los, mas quarenta, cinquenta, mais talvez!

– Sr. Smith – disse então Ayrton, que dera um passo na direção do engenheiro –, peço uma autorização.

– Para quê, amigo?

– Para ir até o navio verificar o contingente da tripulação.

– Mas, Ayrton... – respondeu, hesitante, o engenheiro –, estaria arriscando sua vida...

– E por que não, senhor?

– Isso vai além de seu dever.

– Tenho mais que o meu dever a cumprir – respondeu Ayrton.

– Usaria o bote para alcançar o navio? – perguntou Gedeon Spilett.

– Não, senhor, iria a nado. O bote não passaria onde um homem pode deslizar sob a água.

– Sabe que o brigue está a uma milha e um quarto da costa? – indagou Harbert.

– Sou bom nadador, sr. Harbert.

– É arriscar a vida, ouça o que lhe digo – insistiu o engenheiro.

– Não me importa – replicou Ayrton. – Quem sabe assim não consigo me redimir diante de mim mesmo?

– Vá, Ayrton – aquiesceu o engenheiro, sentindo claramente que uma recusa teria entristecido profundamente o ex-degredado, agora um homem honesto.

– Irei com o senhor – ofereceu-se Pencroff.

– O senhor desconfia de mim! – respondeu vivamente Ayrton.

Depois, mais humildemente:

– Ai de mim!

– Não! Não! – replicou com vivacidade Cyrus Smith. – Não, Ayrton! Pencroff não desconfia do senhor! O senhor interpretou mal suas palavras.

– Na verdade – explicou o marujo –, proponho a Ayrton acompanhá-lo apenas até o recife. É possível, embora pouco provável, que um daqueles malandros tenha desembarcado e, nesse caso, dois homens serão suficientes para impedi-lo de dar o alarme. Esperarei Ayrton no recife, e ele irá sozinho ao navio, uma vez que se ofereceu para isso.

Combinaram assim e Ayrton fez seus preparativos para a partida. Seu plano era audacioso, mas, graças à escuridão da noite, poderia dar certo. Uma vez no navio, Ayrton, agarrado às amarras ou às correntes dos ovéns, poderia calcular o contingente e talvez flagrar as intenções dos corsários.

Ayrton e Pencroff, escoltados pelos companheiros, desceram até a praia. Ayrton se despiu e esfregou sebo no corpo, de maneira a mitigar a sensação de frio da água. Com efeito, era possível que fosse obrigado a permanecer imerso durante várias horas.

Nesse ínterim, Pencroff e Nab tinham ido buscar o bote, amarrado algumas centenas de metros acima, nas areias ribeirinhas do Mercy, e, quando voltaram, Ayrton estava pronto para partir.

Os colonos jogaram um cobertor nos ombros de Ayrton e apertaram-lhe a mão.

Ayrton embarcou no bote com Pencroff.

Eram dez e meia da noite quando ambos desapareceram nas trevas. Os amigos retornaram às Chaminés e ficaram de prontidão.

Após atravessar o canal sem dificuldade, o bote atracou na margem oposta do recife, o que foi feito com certa precaução, pois os piratas poderiam estar efetuando uma ronda. Após uma pausa para observação, os dois companheiros constataram que o recife estava deserto. Então, Ayrton, seguido por Pencroff, atravessou-o celeremente, espantando as aves aninhadas nos buracos de rocha; depois, sem hesitar, lançou-se ao mar e nadou silenciosamente na direção do navio, cuja localização exata era indicada por algumas luzes, acesas bem a propósito.

Quanto a Pencroff, encolheu-se numa reentrância da margem e aguardou o retorno do companheiro.

Enquanto isso, Ayrton nadava vigorosamente, fendendo o espelho d'água sem lhe produzir o mais ínfimo tremor. Sua cabeça mal saía da água, e seus olhos estavam cravados no vulto escuro do brigue, cujas luzes refletiam-se no mar. Seu único pensamento era a missão que prometera cumprir, esquecia-se dos perigos que teria pela frente não só a bordo do navio, como também naquelas águas que tubarões costumavam frequentar. A correnteza o impelia e ele se afastava rapidamente da costa.

Meia hora depois, Ayrton, sem ser visto nem ouvido, submergia e acercava-se do navio, agarrando-se com uma das mãos nas correntes do gurupés. Respirou então, e subindo pelas correntes, conseguiu alcançar a ponta do beque, onde secavam alguns calções de marinheiro. Depois de vestir um, prendeu-se com firmeza e escutou.

Ninguém dormia a bordo do brigue. Ao contrário. Conversava-se, cantava-se, ria-se. E eis as frases, acompanhadas de imprecações, que mais impressionaram Ayrton:

– Foi uma ótima aquisição esse brigue!

– É veloz o *Speedy*! Merece o nome que tem!

– Pode vir toda a marinha de Norfolk! Vai ficar na rabeira!

– Um hurra para o comandante!

– Hurra para Bob Harvey!

O que Ayrton sentiu ao ouvir esse fragmento de conversa, o leitor só compreenderá se souber que, naquele Bob Harvey, ele acabava de reconhecer um ex-comparsa da Austrália, um marujo temerário, que dera seguimento a seus planos criminosos. Nas águas da ilha Norfolk, Harvey se apoderara do brigue, então com uma carga de armas, munições, utensílios e ferramentas de toda sorte, destinados a uma das ilhas Sandwich. Todo o seu bando embarcara, e, piratas após o degredo, mais ferozes que os próprios malaios, os miseráveis riscavam o Pacífico, destruindo navios e massacrando tripulações!

Os degredados falavam em voz alta, contando suas proezas e encharcando-se de rum. Eis o que Ayrton pôde captar:

A tripulação atual do *Speedy* compunha-se exclusivamente de detentos ingleses, evadidos de Norfolk.

Ah, sim, eis o que é Norfolk.

No leste da Austrália, a 29°2' de latitude sul e 165°42' de longitude leste, acha-se uma pequena ilha, com trinta quilômetros de diâmetro, que o monte Pitt domina a uma altura de trezentos e dezenove metros acima do nível do mar. É a ilha Norfolk, transformada em colônia penal à qual são recolhidos os condenados mais perigosos das penitenciárias inglesas, contingente formado por quinhentos degredados submetidos a uma disciplina de ferro, passíveis de punições terríveis, vigiados por cento e cinquenta soldados e cento e cinquenta carcereiros sob as ordens de um governador. Difícil conceber pior aglomeração de delinquentes. Muito raramente, malgrado a excessiva vigilância de que são objeto, alguns conseguem escapar, assenhoreando-se de navios que eles atacam para depois com eles aterrorizar os arquipélagos polinésios.

Assim haviam agido Bob Harvey e seus comparsas. Assim tencionara agir Ayrton antes deles. Harvey sequestrara o brigue *Speedy*, ancorado diante de Norfolk, massacrara sua tripulação e já fazia um ano que aquele navio, transformado em navio pirata, assombrava os mares do Pacífico, sob o comando de Harvey, ex-capitão de longo curso, agora corsário dos mares, que Ayrton tão bem conhecia!

A maior parte dos degredados estava reunida no tombadilho, na popa do navio, mas alguns, deitados na coberta, conversavam em voz alta.

Em meio a gritos e libações, Ayrton ficou sabendo que o acaso fora o único responsável por impelir o *Speedy* para as águas da ilha

Lincoln. Bob Harvey nunca pusera os pés ali; tão somente – como presumira Cyrus Smith –, ao topar em sua rota com aquela ilha desconhecida, cuja localização não aparecia indicada em mapa algum, concebera o projeto de visitá-la e, julgando-a boa para um ancoradouro, tirar-lhe proveito.

Quanto ao pavilhão negro, desfraldado na ponta da carangueja do *Speedy*, e ao disparo de canhão, a exemplo dos navios de guerra quando hasteiam sua bandeira, não passava de bravata de corsários. Ou seja, não se tratava de um sinal, ainda não vigorando nenhum tipo de comunicação entre os fugitivos de Norfolk e a ilha Lincoln.

O domínio dos colonos achava-se então ameaçado por um perigo inaudito. Evidentemente, a ilha, com sua aguada fácil, seu pequeno porto, seus recursos exuberantes, tão bem valorizados pelos colonos, as profundezas ocultas de Granite House, não poderia senão apetecer aos degredados; em suas mãos, ela se tornaria um excelente covil, e, justamente pelo fato de ser desconhecida, lhes garantiria, talvez duradouramente, impunidade e segurança. Além disso, claro, a vida dos colonos não seria respeitada e a primeira medida de Bob Harvey e seus cúmplices seria massacrá-los sem misericórdia. Cyrus Smith e seus amigos não tinham então sequer a alternativa de fugir e se esconder na ilha, uma vez que os degredados pretendiam fixar residência nela e que, no caso de o *Speedy* partir para uma incursão, era bem provável que alguns homens da tripulação permanecessem em terra, a fim de se estabelecerem. Portanto, fazia-se necessário matar até o último daqueles miseráveis, indignos de compaixão, e contra os quais era lícito usar todo recurso.

Pelo menos foi o que pensou Ayrton, intuindo que Cyrus Smith compartilhava seu modo de ver.

Mas a resistência e, em última instância, a vitória seriam possíveis? Isso dependia do armamento do brigue e do número de homens que o operava.

Foi isso que Ayrton resolveu saber a todo custo. Como, uma hora após sua chegada, as vociferações haviam começado a se acalmar e um bom número de degredados já se encontrava mergulhado no sono da ebriedade, ele não hesitou em se aventurar no convés do *Speedy*, que as lanternas apagadas deixavam então numa escuridão profunda.

Alcançou então o beque, e, pelo gurupés, o castelo de proa do brigue. Esgueirando-se entre os degredados estendidos ao léu, contornou o barco e notou que o *Speedy* estava armado com quatro canhões, que deviam lançar projéteis de oito a dez libras. Verificou igualmente, apalpando-os, que os canhões eram carregados pela culatra. Portanto, tratava-se de peças modernas, de uso fácil e efeito terrível.

Quanto aos homens deitados no convés, deviam ser uns dez, mas era de se supor que muitos outros dormiam no interior do brigue. Pelo vozerio, Ayrton estimara serem cerca de cinquenta a bordo. Era muito para os seis colonos da ilha Lincoln! Ao menos, graças ao devotamento de Ayrton, Cyrus Smith não seria surpreendido, conheceria a força dos adversários e tomaria as providências adequadas.

Agora só restava a Ayrton retornar e prestar contas de sua missão a seus companheiros. Dirigiu-se, portanto, à proa do brigue, a fim de deslizar até o mar.

Entretanto, ocorreu a esse homem, o qual, segundo suas palavras, pretendia fazer mais que seu dever, uma ideia heroica: sacrificar a própria vida e salvar a ilha e os colonos. Cyrus Smith não poderia evidentemente resistir a cinquenta bandidos armados até os dentes; penetrando em Granite House à força ou cercando-os e deixando-os à míngua, eles terminariam por prevalecer. Viu então seus salvadores, aqueles que o haviam feito novamente homem, e homem honrado, aqueles a quem devia tudo, mortos sem piedade, suas obras devastadas, sua ilha transformada num covil de piratas! Ruminou, em suma, que era ele, Ayrton, a principal causa daquela catástrofe, uma vez que seu ex-comparsa Bob Harvey não fizera mais que concretizar seus próprios planos, e um sentimento de horror apoderou-se de todo o seu ser. Daí aquela irresistível vontade de explodir o brigue, e junto com ele todos os que nele se encontravam. Pereceria na explosão, mas teria cumprido seu dever.

Ayrton não hesitou. Alcançar o paiol de pólvora, que fica sempre na proa do barco, era fácil. Não devia faltar pólvora num navio que exercia aquele tipo de atividade, bastando uma fagulha para destruí-lo num piscar de olhos.

Ayrton alcançou a entrecoberta, juncada de marujos que a bebedeira, mais que o sono, mantinha anestesiados. Uma lanterna estava acesa ao pé do grande mastro, em torno do qual estava afixada uma rede com armas de fogo dos mais variados modelos.

Ayrton desemaranhou da rede um revólver e certificou-se de que estava carregado e pronto para uso. Era tudo de que necessitava para realizar a obra de destruição. Esgueirou-se então até a proa, de maneira a posicionar-se sob o tombadilho do brigue, onde devia estar o paiol.

No entanto, era difícil rastejar naquela entrecoberta escura sem esbarrar em algum degredado ainda não emborcado no sono. Ayrton, alvo de alguns palavrões e socos, foi mais de uma vez obrigado a interromper seu avanço. Finalmente chegou à divisória que fechava as dependências da proa e encontrou a porta que devia abrir o paiol em si.

Forçado a arrombá-la, Ayrton pôs mãos à obra. Tarefa difícil de ser executada sem ruído, visto tratar-se de arrebentar um cadeado. Mas a mão vigorosa do marinheiro destruiu o cadeado e a porta se abriu...

Nesse momento, um braço pousou no ombro de Ayrton.

– O que faz aqui? – perguntou com uma voz ríspida um homem grandalhão, que, erguendo-se na penumbra, jogou bruscamente na cara de Ayrton a luz de uma lamparina.

Ayrton recuou agilmente. No clarão fugaz da lamparina, reconhecera seu ex-comparsa, Bob Harvey, sem que este, que julgava Ayrton morto há tempos, o reconhecesse.

– O que faz aqui? – perguntou Bob Harvey, agarrando Ayrton pelo cinto.

Mas Ayrton, sem responder, repeliu vigorosamente o chefe dos degredados e tentou correr para o paiol. Um tiro de revólver em meio àqueles barris de pólvora e tudo estaria terminado...!

– Atrás dele, cambada! – gritara Bob Harvey.

Despertados pelo alerta, dois ou três piratas haviam se levantado e, lançando-se sobre Ayrton, tentado derrubá-lo no chão. O vigoroso espião desvencilhou-se daqueles braços e, com dois tiros de seu revólver, abateu dois corsários; porém, uma facada de que ele não conseguira se esquivar penetrara-lhe no músculo do ombro.

Ayrton percebeu claramente que não podia mais executar seu plano. Bob Harvey fechara a porta do paiol, e, na entrecoberta, a movimentação indicava um despertar geral dos piratas. Ayrton precisava resguardar-se para combater ao lado de Cyrus Smith. Só lhe restava, então, fugir!

Mas ainda seria possível? Isso era incerto, embora Ayrton estivesse determinado a tudo para retornar ao convívio dos companheiros.

Restavam-lhe quatro tiros. Disparou dois: o primeiro deles, destinado a Bob Harvey, não o atingiu, pelo menos não gravemente. De todo modo, aproveitando-se de um movimento de recuo dos adversários, Ayrton alcançou a escada da escotilha e conseguiu subir para o convés. Ao passar diante da lanterna, quebrou-a com uma coronhada, fazendo com que se instalasse uma escuridão profunda, o que poderia lhe favorecer a fuga.

Despertados pelo barulho, dois ou três corsários desciam a escada naquele momento. Um quinto disparo do revólver de Ayrton fez com que um rolasse escada abaixo, enquanto os outros escafediam-se, sem nada entender do que se passava. Em dois pulos, Ayrton atravessou o convés do brigue e, três segundos mais tarde, após ter descarregado pela última vez o revólver na cara de um pirata que acabava de agarrá-lo pelo pescoço, transpunha a amurada e se jogava no mar.

Não dera seis braçadas e as balas começaram a crepitar à sua volta feito granizo.

Quais não foram as emoções de Pencroff, abrigado sob uma rocha do recife, e as de Cyrus Smith e do repórter, bem como de Harbert e Nab, enfarruscados nas Chaminés, ouvindo aquelas detonações reverberarem a bordo do brigue! Lançando-se na praia, com as espingardas nos ombros, prepararam-se para rechaçar a agressão.

Para eles, não havia dúvida possível! Ayrton, surpreendido pelos piratas, fora massacrado por eles, e talvez os miseráveis pretendessem aproveitar a noite para operar um desembarque na ilha!

Trinta minutos de um suspense mortífero se escoaram. Nesse ínterim, as detonações haviam cessado e nem sinal de Ayrton ou Pencroff. O recife teria sido invadido? Não era hora de correr em socorro dos dois? Mas como? A maré, cheia naquele momento, tornava o canal intransponível. O bote desaparecera! Imaginem a terrível preocupação de Cyrus Smith e seus companheiros!

Finalmente, em torno de meia-noite e meia, um bote carregando dois homens encalhou na areia da praia. Eram Ayrton, levemente ferido no ombro, e Pencroff, são e salvo, que os amigos receberam de braços abertos.

Todos se refugiaram sem demora nas Chaminés. Lá, Ayrton narrou o sucedido, sem nada esconder da ideia de explodir o brigue que tentara pôr em prática.

Todas as mãos se estenderam para Ayrton, que não dissimulou quão grave era a situação. Os piratas estavam cientes. Sabiam que a ilha Lincoln era habitada. Só desembarcariam em grande número e bem armados. Não respeitariam nada. Se os colonos caíssem em suas mãos, não deviam esperar qualquer tipo de compaixão!

– Pois bem! Saberemos morrer! – bradou o repórter.

– Voltemos para casa e aumentemos a vigilância – aconselhou o engenheiro.

– Temos alguma chance de sair dessa, sr. Cyrus? – perguntou o marujo.

– Hum! Seis contra cinquenta!

– Sim! Seis... sem contar...

– Ora, quem? – perguntou Pencroff.

Cyrus não respondeu, mas sua mão apontou para o céu.

3

A bruma se dissipa • As instruções do engenheiro • Três postos • Ayrton e Pencroff • O primeiro escaler • Duas outras embarcações • No recife • Seis piratas na ilha • O brigue levanta ferros • Os projéteis do Speedy • Situação desesperadora • Desfecho inesperado

A NOITE TRANSCORREU sem incidentes. Os colonos mantiveram-se em estado de alerta e não abandonaram o posto das Chaminés. Os piratas, por sua vez, não pareciam ter feito nenhuma tentativa de desembarque. Desde que os últimos tiros de espingarda haviam sido disparados contra Ayrton, nenhuma detonação, aliás, nenhum ruído permitia detectar a presença do brigue nas águas da ilha. A rigor, tudo indicava que, pensando estar às voltas com um forte contingente, ele levantara ferros e se afastara daquelas paragens.

Lamentavelmente, não fora nada disso, e, tão logo o dia raiou, os colonos puderam entrever um vulto difuso nas brumas da manhã. Era o *Speedy*.

– Amigos, ouçam as disposições que julgo apropriado tomar, antes que essa cerração se dissipe completamente. Enquanto ela nos esconder dos olhos dos piratas, poderemos agir sem despertar sua atenção. O mais importante é impingir aos degredados que a população da ilha é grande e, por conseguinte, capaz de lhes fazer frente. Proponho então nos dividirmos em três grupos, que se posicionarão, o primeiro nas próprias Chaminés e o segundo na foz do Mercy. Quanto ao terceiro, julgo aconselhável instalar-se no recife, a fim de impedir, ou pelo menos atrasar, qualquer tentativa de desembarque. Temos a nosso dispor duas carabinas e quatro fuzis. Todos nós estaremos armados, e, como temos uma bela provisão de pólvora e balas, não economizaremos chumbo. Nada temos a temer dos fuzis, tampouco dos canhões do brigue. O que poderiam contra essas rochas? E, como não atiraremos a partir das janelas de Granite House, não passará pela cabeça dos piratas disparar projéteis naquela direção, o que poderia causar danos irreparáveis. O que devemos temer é a possibilidade de um corpo a corpo, uma vez que os degredados têm o número a seu favor. Portanto, sem nos expor, cumpre evitar a todo custo um desembarque. Logo, atirem a valer! Mas com precisão! Cada um de nós tem oito ou dez inimigos a liquidar e assim faremos!

Cyrus Smith expusera perfeitamente a situação, embora falasse com sua voz mais calma, como se se tratasse de supervisionar obras e não de travar uma batalha. Seus companheiros aprovaram tais disposições sem pronunciar uma palavra. Agora era cada um assumir seu posto antes que a cerração se dissipasse completamente.

Nab e Pencroff subiram imediatamente para Granite House e de lá trouxeram munição suficiente. Gedeon Spilett e Ayrton, ambos excelentes atiradores, armaram-se com duas carabinas de precisão, com um alcance de mil e oitocentos metros. Os outros quatro fuzis foram distribuídos entre Cyrus Smith, Nab, Pencroff e Harbert.

Eis como eles se posicionaram.

Cyrus Smith e Harbert emboscaram-se nas Chaminés, dominando assim a praia, ao pé de Granite House, num perímetro bem amplo.

Gedeon Spilett e Nab foram camuflar-se em meio às rochas, na foz do Mercy, cuja ponte, bem como os pontilhões, fora suspensa, de maneira a impedir a passagem de qualquer bote e mesmo qualquer desembarque na margem oposta.

Quanto a Ayrton e Pencroff, empurraram o bote para a água e se prepararam para atravessar o canal a fim de ocupar separadamente dois postos no recife. Dessa forma, o tiroteio, deflagrado em quatro pontos diferentes, faria os degredados pensarem que a ilha era ao mesmo tempo densamente povoada e severamente defendida.

Se ainda assim não pudessem evitar um desembarque, se, por exemplo, um escaler do brigue os driblasse, Pencroff e Ayrton deveriam retornar com o bote ao litoral e dirigir-se ao ponto mais ameaçado.

Antes de ocuparem seus postos, os colonos apertaram-se as mãos pela última vez. Pencroff conseguiu se controlar e reprimir a emoção quando beijou Harbert, seu filho...! E se separaram.

Alguns instantes depois, Cyrus Smith e Harbert, de um lado, e o repórter e Nab, de outro, haviam desaparecido atrás das rochas, e, cinco minutos mais tarde, Ayrton e Pencroff, após atravessarem com êxito o canal, desembarcavam no recife e se escondiam nas anfractuosidades de sua margem oriental.

Nenhum deles fora detectado, pois eles mesmos mal distinguiam o brigue na cerração.

Eram seis e meia da manhã.

Dali a pouco, a névoa foi se rasgando nas camadas superiores da atmosfera e o tope dos mastros do brigue surgiu. Por alguns instantes ainda, grossas volutas deslizaram na superfície do mar; em seguida, uma brisa soprou, dissipando rapidamente a massa nevoenta.

O *Speedy* revelou-se por inteiro, fundeado por meio de duas âncoras, com a proa para o norte, expondo à ilha seu costado de bombordo. Como calculara Cyrus Smith, não estava a mais de uma milha e um quarto da costa.

O sinistro pavilhão negro tremulava em sua carangueja.

Com a luneta, o engenheiro percebeu que os quatro canhões que compunham a artilharia de bordo apontavam para a ilha, evidentemente preparados para abrir fogo ao primeiro sinal.

Nesse ínterim, o *Speedy* permanecia mudo. Viam-se cerca de trinta piratas zanzando no convés. Alguns haviam subido no tombadilho; outros dois, posicionados nas traves da grande bujarrona e equipados com lunetas, observavam atentamente a ilha.

Tudo sugeria que Bob Harvey e sua tripulação continuavam sem entender o que se passara durante a noite a bordo do brigue.

Aquele homem seminu que acabava de arrombar a porta do paiol de pólvora e contra o qual haviam lutado, que descarregara seu revólver seis vezes em cima deles, que matara um e ferira outros dois, aquele homem escapara às suas balas? Conseguira alcançar a costa a nado? De onde vinha? O que acabara de fazer a bordo? Seu plano tinha sido realmente explodir o brigue, como pensava Bob Harvey? Tudo isso parecia estar bastante confuso na mente dos degredados. De uma coisa, porém, eles não tinham dúvida: a ilha desconhecida diante da qual o *Speedy* lançara ferros era habitada e nela talvez houvesse uma colônia inteira pronta a se defender. No entanto, ninguém se mostrava, nem na praia, nem nas encostas. O litoral parecia absolutamente deserto. Enfim, não havia sinal de habitação. Os habitantes teriam fugido para o interior?

Eis o que devia se perguntar o chefe dos piratas, que, sem dúvida homem prudente, procurava identificar os pontos-chave antes de para lá expedir o seu bando.

Durante uma hora e meia, nenhum prenúncio de ataque ou desembarque foi surpreendido a bordo do brigue. Era evidente que Bob Harvey hesitava. Suas melhores lunetas, sem dúvida, não lhe haviam permitido avistar nenhum dos colonos, dispersos atrás das rochas. Tampouco era provável que sua atenção houvesse sido atraída pelo véu de galhos verdes e cipós que dissimulava as janelas de Granite House, contrastando com o paredão nu. Com efeito, como imaginar uma habitação escavada àquela altura, no maciço granítico? Do cabo da Garra até os cabos Mandíbula, em todo o perímetro da baía da União, não havia nada que sugerisse que a ilha fosse ou pudesse estar ocupada.

Às oito horas, no entanto, os colonos notaram certo movimento a bordo do *Speedy*. Um dos escaleres fora descido ao mar, com sete homens armados com espingardas. Um assumiu o leme, quatro, os remos, e os outros dois, agachados na proa, em posição de tiro, escrutavam a ilha. Seu objetivo, sem dúvida, era efetuar um primeiro reconhecimento, porém sem desembarcar, pois neste último caso teriam vindo em maior número.

Os piratas, encarapitados na mastreação até o tope do joanete, haviam decerto percebido que um recife protegia a costa, e que, separando-os, havia um canal com cerca de oitocentos metros de largura. Todavia, observando a direção seguida pelo escaler, Cyrus Smith logo viu que a princípio ele tentava apenas penetrar no canal, mas que margearia o recife, medida de prudência, por sinal, mais que justificada.

Pencroff e Ayrton, escondidos cada qual em estreitas anfractuosidades das rochas, viram o escaler se aproximando e aguardaram que ele se postasse ao alcance de seus projéteis.

O escaler avançava com extrema precaução. Os remos só mergulhavam de quando em quando. Podia-se ver igualmente que um dos degradados instalados na proa tinha uma linha de sonda na mão e procurava reconhecer o canal escavado pela corrente do Mercy. Estava claro que a intenção de Bob Harvey era aproximar o brigue da costa o mais rente possível. Cerca de trinta piratas, espalhados pelos ovéns, não perdiam um único movimento do escaler e apontavam os locais onde este poderia atracar sem perigo.

O escaler estava a apenas duas amarras do recife quando parou. O homem do leme, em pé, procurava o melhor ponto para atracar.

Naquele momento, ouviram-se dois disparos. Uma tênue fumaça espiralou acima das rochas do recife. O homem do leme e o homem da sonda tombaram para trás dentro do escaler. As balas de Ayrton e Pencroff os tinham atingido a ambos ao mesmo tempo.

Quase imediatamente, uma detonação mais violenta reverberou e um reluzente jato de vapor saiu dos flancos do brigue. Um projétil, atingindo o topo das rochas que abrigavam Ayrton e Pencroff, estilhaçou-as, mas os dois atiradores saíram incólumes.

Horríveis palavrões soaram no escaler, que logo voltou a avançar. O timoneiro foi na mesma hora substituído por um de seus comparsas e os remos mergulharam precipitadamente na água.

Todavia, em vez de regressar para bordo, como teríamos esperado, o escaler seguiu acompanhando a margem do recife, de maneira a contorná-lo pela extremidade sul. Os remadores davam tudo de si a fim de se porem fora do alcance das balas.

Avançaram até cinco amarras da parte côncava do litoral, que terminava na ponta do Destroço, e, após contorná-la descrevendo um semicírculo, sempre protegidos pelos canhões do brigue, rumaram para a foz do Mercy.

Assim fazendo, sua intenção evidente era penetrar no canal e posicionar-se na retaguarda dos colonos a postos no recife, de maneira a que estes, independentemente de seu número, ficassem espremidos entre os fogos do escaler e os do brigue, vendo-se assim em posição deveras desvantajosa.

O escaler avançou quinze minutos naquela direção. Silêncio completo, calma absoluta no ar e nas águas.

Pencroff e Ayrton, mesmo cientes do risco de serem apanhados, não haviam debandado, seja porque ainda não queriam mostrar-se aos agressores e se expor aos canhões do *Speedy*, seja porque contassem com Nab e Gedeon Spilett, de tocaia na foz do rio, e Cyrus Smith e Harbert, emboscados nas rochas das Chaminés.

Vinte minutos depois dos primeiros disparos, o escaler estava diante do Mercy, a menos de duas amarras. Como a maré começava a subir com sua violência costumeira, provocada pela estreiteza da passagem, os degredados sentiram-se arrastados na direção do rio e foi somente pela força dos remos que se mantiveram no meio do canal. Porém, ao passarem a uma distância propícia da foz do Mercy, duas balas os saudaram e dois inimigos tombaram dentro do escaler. Nab e Spilett não haviam errado seus alvos.

O brigue respondeu na hora, disparando um projétil na direção do posto denunciado pela fumaça das armas de fogo, mas sem outro resultado a não ser tirar lasca de algumas rochas.

Nesse momento, o escaler contava apenas com três homens em condições de luta. Arrebatado pela corrente, deslizou pelo canal com a rapidez de uma flecha, passou em frente a Cyrus Smith e Harbert, que não o julgando a bom alcance, não se manifestaram; em seguida, contornando a ponta norte do recife com os dois remos que lhe restavam, posicionou-se para regressar ao brigue.

Até ali os colonos não tinham do que se queixar. O início da contenda não sorria para os adversários. Estes já contavam quatro feridos graves, talvez mortos; eles, ao contrário, incólumes, não haviam desperdiçado uma única bala. Se os piratas continuassem a atacá-los daquela forma, tentando desembarcar por meio do escaler, seriam destruídos um a um.

Já era possível afirmar que as providências tomadas pelo engenheiro haviam se mostrado eficientes. Tudo indicava que os piratas julgavam lidar com adversários numerosos e bem armados, um osso duro de roer.

O escaler, obrigado a vencer a corrente oceânica, necessitou de meia hora para juntar-se novamente ao brigue. Gritos terríveis o receberam, quando foi içado a bordo com os feridos, e três ou quatro tiros de canhão foram disparados, os quais não resultaram em nada.

Uma dúzia de degredados, no entanto, fulos de raiva e talvez ainda ébrios da carraspana da véspera, lançou-se na embarcação.

Outro escaler foi então lançado ao mar, com seis homens a bordo, e, enquanto o primeiro dirigia-se diretamente ao recife a fim de desemboscar os colonos, o segundo manobrava de maneira a forçar a entrada do Mercy.

A situação tornava-se evidentemente muito perigosa para Pencroff e Ayrton, e eles compreenderam a necessidade de retornar à ilha.

Porém, antes disso, aguardaram o escaler colocar-se em sua mira e desfecharam mais dois tiros bem estudados, provocando nova desordem na tripulação. Em seguida, abandonando o posto, não sem antes enfrentar uma saraivada de tiros de fuzil, os dois botaram sebo nas canelas, lançaram-se no bote, atravessaram o canal, no momento em que o segundo escaler alcançava a ponta sul, e correram para se refugiarem nas Chaminés.

Mal eles se juntaram a Cyrus Smith e Harbert, o recife foi invadido e esquadrinhado pelos piratas do primeiro escaler.

Quase no mesmo instante, novas detonações estrondeavam no posto do Mercy, do qual o segundo escaler aproximara-se rapidamente. Dois de seus marinheiros foram mortalmente atingidos por Gedeon Spilett e Nab, e a própria embarcação, irresistivelmente arrastada, espatifou-se contra os rochedos na foz do Mercy. Mesmo assim, os seis sobreviventes, erguendo as armas acima das cabeças para preservá-las do contato com a água, conseguiram desembarcar na margem direita do rio. Em seguida, vendo-se a uma distância perigosa dos projéteis disparados do posto, fugiram com todas as suas pernas na direção da ponta do Destroço, fora do alcance das balas.

O balanço era então o seguinte: no recife, doze degredados, entre eles vários feridos sem dúvida, mas ainda dispondo de um escaler; na ilha, seis desembarcados, porém impossibilitados de alcançar Granite House, já que não tinham como atravessar o rio, cujas pontes permaneciam erguidas.

– Está dando certo! – exclamou Pencroff, ao chegar, esbaforido, às Chaminés. – Está dando certo, sr. Cyrus! O que acha?

– Acho – respondeu o engenheiro – que o combate vai ganhar novos contornos, pois, se forem um pouquinho espertos, os corsários não vão insistir na mesma tática em condições tão desfavoráveis!

– Em todo caso, não atravessarão o canal – declarou o marujo. – As carabinas de Ayrton e do sr. Spilett estão lá para impedi-los. Lembre-se de que elas têm um alcance de quase dois mil metros!

– Não me esqueci – interveio Harbert –, mas o que poderiam duas espingardas contra os canhões do brigue?

– Ei! Suponho que o brigue ainda não tenha entrado no canal! – berrou Pencroff.

– E se ele vier? – indagou Cyrus Smith.

– Impossível, correria o risco de encalhar e se dar mal!

– Não sei não – opinou então Ayrton. – Os bandidos podem aproveitar a maré-cheia para entrar no canal e esperar a vazante para aportar na areia. Ora, dessa forma nossas posições ficariam expostas ao fogo de seus canhões.

– Com mil diabos dos fundos do inferno! – praguejou Pencroff. – Os piolhentos estão mesmo aparelhando para levantar ferros!

– Seremos obrigados a nos refugiar em Granite House? – indagou Harbert.

– Aguardemos! – decretou Cyrus Smith.

– Mas e Nab e o sr. Spilett...? – disse Pencroff.

– Darão um jeito de juntar-se a nós em tempo hábil. Esteja preparado, Ayrton. Agora é a sua carabina e a do sr. Spilett que devem falar.

Pura verdade! O *Speedy* começava a girar sobre sua âncora e manifestava a intenção de acercar-se do recife. O mar devia engrossar ainda por uma hora e meia e, já estando rompida a corrente de fluxo, seria fácil para o brigue manobrar. Contudo, entrar no canal era outra história e Pencroff, contrariando a opinião de Ayrton, não acreditava em tal ousadia.

Nesse meio-tempo, os ocupantes do recife haviam gradualmente se aproximado da margem oposta, tendo agora apenas o canal a separá-los da ilha. Armados com simples espingardas, não podiam causar danos aos colonos emboscados nas Chaminés ou na foz do Mercy; porém, ignorando que estes dispunham de carabinas de longo alcance, não se julgavam expostos ao fogo. Era então despreocupadamente que circulavam pelo recife e percorriam sua orla.

Tal ilusão teve vida curta. As carabinas de Ayrton e de Gedeon Spilett manifestaram-se e sem dúvida disseram coisas desagradáveis a dois daqueles degredados, pois eles tombaram para trás.

A debandada foi geral. Os outros dez nem se deram ao trabalho de recolher os companheiros feridos ou mortos, correndo para o escaler que os trouxera e alcançando o brigue com a força dos remos.

– Oito a menos! – vibrou Pencroff. – Parece até que o sr. Spilett e Ayrton atiram juntos desde criancinhas!

– Senhores! – alertou Ayrton, recarregando a carabina. – A coisa ficou preta. O brigue está aparelhando!

– A âncora está aprumada...

– Sim, vão zarpar.

Com efeito, à medida que a tripulação do brigue manobrava para operar, ouvia-se nitidamente o tilintar do linguete batendo no cabrestante. Recolhida a âncora, o *Speedy* começou a mover-se em direção à ilha. O vento soprava do largo; o grande traquete e a vela da gávea foram içados e o navio foi se aproximando da praia.

Dos dois bastiões, do Mercy e das Chaminés, sem dar sinal de vida porém ligeiramente inquietos, os colonos assistiram àquela manobra. Passariam maus bocados quando expostos ao fogo dos canhões do brigue e sem condições de lhe responder à altura. Como então impedir os piratas de desembarcar?

Cyrus Smith considerava a situação grave e se perguntava que atitude tomar. Dali a pouco teria de tomar uma decisão. Mas qual? Confinarem-se em Granite House, esperar o cerco, resistir semanas, meses até, uma vez que os víveres eram abundantes? Mas e depois? Nem por isso os piratas deixariam de ocupar a ilha, a qual devastariam a seu bel-prazer, e, com o tempo, de subjugar os prisioneiros de Granite House.

Restava, contudo, uma chance: era Bob Harvey não entrar com seu navio no canal e permanecer fora do recife. Meia milha ainda o separava da costa e, a essa distância, seus disparos não teriam grandes consequências.

– Nunca – repetia Pencroff –, nunca esse Bob Harvey, supondo que seja bom marujo, entrará no canal! Ele sabe perfeitamente que isso significa arriscar o brigue, por menos que o mar esteja hostil! E o que seria dele sem o seu navio?

Nesse ínterim, o brigue se aproximara do recife, sendo possível perceber que procurava alcançar sua extremidade inferior. O vento amainara e, como a corrente já perdera grande parte da força, Harvey era absolutamente soberano para manobrar como bem entendesse.

A rota seguida anteriormente pelos escaleres lhe permitira conhecer o canal, no qual entrara desabridamente. Seu plano estava claro: queria ancorar com os costados voltados para as Chaminés e, de lá, responder com obuses de canhão às balas que estavam a dizimar sua tripulação.

O *Speedy* não demorou a alcançar a ponta do recife, contornando-o com facilidade; a brigandina foi então aberta, e o brigue, posicionando-se a barlavento, surgiu diante do Mercy.

– Bandidos! Estão vindo! – exasperou-se Pencroff.

Nesse momento, Nab e Gedeon Spilett juntaram-se a Cyrus Smith, Ayrton, o marujo e Harbert.

O repórter e o companheiro, agindo de maneira sensata, haviam julgado conveniente abandonar o posto do Mercy, onde não podiam fazer mais nada contra o navio. Era preferível que todos estivessem juntos no momento de uma ação decisiva. Gedeon Spilett e Nab haviam chegado ali esgueirando-se por trás das rochas, não sem antes driblarem uma saraivada de balas.

– Spilett! Nab! – exclamara o engenheiro. – Não estão feridos?

– Não! – respondeu o repórter. – Apenas algumas escoriações, balas que resvalaram! Mas o maldito brigue está entrando no canal!

– Exatamente! – confirmou Pencroff. – E daqui a dez minutos estará ancorado em frente a Granite House!

– Tem algum plano, Cyrus? – indagou o repórter.

– Vamos nos refugiar em Granite House, enquanto é tempo, lá os piratas não podem nos avistar.

– É minha opinião também – disse Gedeon Spilett. – Mas depois de nos enfunarmos lá...

– As circunstâncias nos dirão como agir – foi a resposta do engenheiro.

– A caminho, então, e rápido! – disse o repórter.

– Não quer, sr. Cyrus, que Ayrton e eu fiquemos aqui? – perguntou o marujo.

– Para quê, Pencroff? – questionou Cyrus Smith. – Não. Não devemos nos separar!

Não havia um instante a perder. Os colonos deixaram as Chaminés. Uma espécie de cortina de pedras impedia que fossem vistos do brigue, mas duas ou três detonações e o estrépito dos projéteis contra as rochas lhes informaram que o *Speedy* se aproximava.

Arrojar-se dentro do elevador, subi-lo até a porta de Granite House, onde Top e Jup já se encontravam desde a véspera, adentrar no salão, foi coisa de minutos.

Já não era sem tempo, pois, através das ramagens, os colonos perceberam o *Speedy* deslizando pelo canal envolto na fumaça. Foram inclusive obrigados a se esquivar, pois as descargas eram incessantes e os projéteis dos quatro canhões atingiam a esmo tanto o bastião do Mercy, que se encontrava desocupado, como as Chaminés. Rochas estilhaçadas e hurras acompanhavam cada detonação.

Quando ainda alimentavam esperanças de que Granite House fosse poupada, graças à precaução que Cyrus Smith tomara de camuflar as janelas, um projétil, passando rente ao portal, penetrou no corredor.

– Maldição! Será que fomos descobertos? – exclamou Pencroff.

Os colonos talvez não tivessem sido detectados, mas por via das dúvidas Bob Harvey julgara de bom alvitre disparar um projétil através da folhagem suspensa que mascarava aquele ponto do maciço. Aliás, já intensificava os disparos quando outro projétil, fendendo a cortina de folhagem, deixou à mostra um buraco escavado no granito.

A situação dos colonos era desesperadora. Seu covil fora descoberto. Não dispunham de meios para se defender daqueles projéteis, nem para ficar a salvo das lascas de pedra que estilhaçavam ao seu redor. Não lhes restava senão refugiar-se no corredor superior de Granite House, deixando sua moradia à mercê da destruição. Nesse instante, uma explosão seca ressoou, seguida por gritos aterradores!

Cyrus Smith e seus companheiros precipitaram-se para uma das janelas...

O brigue, irresistivelmente soerguido por uma espécie de coluna líquida, acabava de rachar ao meio e, em menos de dez segundos, era engolido pelas águas junto com sua criminosa tripulação!

4

Os colonos na praia • Ayrton e Pencroff trabalham no resgate • Conversa durante o almoço • O raciocínio de Pencroff • Vistoria minuciosa no casco do brigue • O paiol intacto • As novas riquezas • Últimos destroços • O pedaço de cilindro rachado

– EXPLODIRAM! – bradou Harbert.

– Sim! Explodiram como se Ayrton houvesse ateado fogo à pólvora! – gritou Pencroff, lançando-se no elevador, juntamente com Nab e o rapaz.

– Mas o que terá acontecido? – perguntou Gedeon Spilett, ainda estupefato ante aquele inesperado desfecho.

– Ah, dessa vez saberemos...! – respondeu nervosamente o engenheiro.

– Saberemos o quê?

– Mais tarde! Mais tarde! Venha, Spilett. O que importa é que esses piratas foram exterminados.

E Cyrus Smith, arrastando o repórter e Ayrton, juntou-se a Pencroff, Nab e Harbert na praia.

Não se via mais nada do brigue, sequer a mastreação. Após ser erguido pela coluna de água, ele se deitara de lado e, sem dúvida em consequência de algum rombo, fora a pique nessa posição. Porém, como naquele ponto o canal não media mais de sessenta metros de profundidade, os costados do brigue imerso decerto se mostrariam na maré vazante.

Alguns destroços boiavam na superfície. Era toda a madeirada: mastros e vergas sobressalentes, gaiolas com galinhas ainda vivas, caixotes e barris que aos poucos subiam à superfície após escapar pelas vigias, mas não se via à deriva nenhum destroço propriamente do barco, por exemplo tábuas do convés ou ripas do casco, o que tornava bastante inexplicável o súbito afundamento do *Speedy*.

Em contrapartida, os dois mastros, que haviam se partido poucos metros acima da carlinga, rompendo estais e ovéns, logo emergiram nas águas do canal, junto com suas velas, algumas desdobradas, outras rizadas. Ora, os colonos não podiam permitir que a maré-cheia carregasse todas aquelas riquezas, e Ayrton e Pencroff correram para o bote com a intenção de juntar e amarrar todos aqueles destroços no litoral, da ilha ou do recife.

Iam embarcar quando uma reflexão de Gedeon Spilett os reteve.

– E os seis degredados que desembarcaram na margem direita do Mercy? – indagou.

Realmente, não podiam esquecer os seis homens cujo escaler espatifara-se contra os rochedos e que haviam alcançado a ponta do Destroço.

Olharam naquela direção. Não se via nenhum dos fugitivos. Era provável que, vendo o brigue ser engolido pelas águas do canal, houvessem fugido para o interior da ilha.

– Cuidaremos deles mais tarde – disse então Cyrus Smith. – Continuam perigosos, pois estão armados, mas, enfim, seis contra seis, as chances são iguais. Portanto, ao mais urgente!

Ayrton e Pencroff embarcaram no bote e remaram vigorosamente na direção dos destroços.

Naquele momento, devido à lua nova de dois dias, o mar estava liso e volumoso. Teriam de esperar pelo menos uma hora para o casco do brigue emergir das águas do canal.

Ayrton e Pencroff tiveram tempo de amarrar os mastros e vergas com algumas cordas, cujas pontas foram puxadas até a praia de Granite House. Ali, juntando forças, conseguiram sirgar os destroços. O bote então recolheu tudo que boiava, gaiolas com galinhas, barris, baús, e transportou tudo para as Chaminés.

Alguns cadáveres também boiavam. Entre outros, Ayrton reconheceu o de Bob Harvey, e o apontou para o companheiro, exclamando com uma voz alterada:

– O que eu era ontem, Pencroff!

– Mas que hoje não é mais, bravo Ayrton! – respondeu o marujo.

Chamava atenção o pequeno número de corpos boiando. Mal se contava meia dúzia, que a vazante já começava a carregar para o oceano. Muito provavelmente os corsários, surpreendidos pelo naufrágio, não haviam tido tempo de escapar, e o navio, ao cambar, conservara a maioria presa nos paveses. Ora, o refluxo da maré, carreando para o largo os cadáveres daqueles miseráveis, pouparia aos colonos a triste missão de enterrá-los num canto qualquer da ilha.

Durante duas horas, Cyrus Smith e seus companheiros dedicaram-se exclusivamente a sirgar o madeirame até a areia, soltar-lhe as vergas e colocar a seco as velas, que estavam absolutamente intactas. Conversavam pouco, de tal forma o trabalho os absorvia, mas quantos pensamentos não os fustigavam! Que sorte apoderar-se daquele brigue, ou melhor, de tudo que ele encerrava. Com efeito, um navio é um pequeno mundo todo equipado, e os apetrechos da colônia se veriam enriquecidos com um bom número de objetos úteis. Seria, em maior escala, o equivalente do baú encontrado na ponta do Destroço.

"Aliás", pensava Pencroff, "por que não fazer o brigue voltar a navegar? Se for apenas um rombo, vedamos, ora bolas...! Afinal, um barco de trezentas a quatrocentas toneladas é um verdadeiro transatlântico comparado ao nosso *Bonadventure*! E vai-se longe com ele! E aonde se quiser! Discutirei o assunto com o sr. Cyrus e Ayrton! Vale a pena!"

Com efeito, se o brigue ainda estivesse apto a navegar, as chances de repatriamento dos colonos da ilha Lincoln aumentavam expressivamente. Porém, para decidir essa importante questão, convinha esperar a maré baixar de todo, a fim de vistoriarem detidamente o casco da embarcação.

– O que eu era ontem, Pencroff!

Após colocar os destroços em segurança na praia, Cyrus Smith e seus companheiros reservaram alguns minutos para almoçar. Estavam literalmente famintos. Felizmente, a copa não ficava longe e Nab pôde improvisar alguma coisa. Almoçaram então nas proximidades das Chaminés e, como se pode imaginar, enquanto comiam seu único assunto foi o inesperado incidente que salvara a colônia de maneira tão milagrosa.

– Literalmente milagrosa – repetia Pencroff –, pois temos de admitir que aqueles piolhentos explodiram na hora agá! Granite House começava a ficar simplesmente inabitável!

– E faz alguma ideia, Pencroff – perguntou o repórter –, de como isso aconteceu, do que provocou a explosão do brigue?

– Ora, sr. Spilett, nada mais simples – respondeu Pencroff. – Um navio pirata não recebe os mesmos cuidados que um navio de guerra! Degredados não são marinheiros! Está claro que o paiol do brigue estava aberto, uma vez que seus canhões não paravam de atirar! Bastaria um imprudente ou desastrado para fazer o motor explodir!

– Sr. Cyrus – interveio Harbert –, o que me admira é a explosão não ter feito mais estragos. A detonação não foi forte, e, no fim das contas, há poucos despojos e pedaços de madeira arrancados. O navio parece antes ter ido a pique do que pelos ares.

– Isso o surpreende, meu rapaz? – perguntou o engenheiro.

– Sim, sr. Cyrus.

– Pois a mim também – este admitiu. – No entanto, quando visitoriarmos o casco do brigue, sem dúvida teremos a explicação desse fato.

– Não pode ser! – exclamou Pencroff. – Não venha me dizer, sr. Cyrus, que acredita que o *Speedy* afundou depois de esbarrar numa pedra!

– Por que não? – indagou Nab. – Se há pedras no canal...

– Bem, Nab, isso significa que você não abriu os olhos no momento preciso – argumentou Pencroff. – Um segundo antes de ser engolido pelas águas, eu vi perfeitamente, o brigue foi erguido por um vagalhão e despencou de bombordo na água. Ora, se houvesse colidido, ele teria afundado tranquilamente, indo a pique como faz um navio honesto.

– Justamente, não era um navio honesto! – retrucou Nab.

– Enfim, daqui a pouco saberemos, Pencroff – interveio o engenheiro.

– Saberemos – repetiu o marujo –, mas aposto minha cabeça como não há escolhos no canal. Então, sr. Cyrus, seja franco, está novamente querendo dizer que há alguma coisa de mágico nesse incidente?

Cyrus Smith não respondeu.

– Em todo caso – atalhou Gedeon Spilett –, impacto ou explosão, você há de concordar, Pencroff, veio na hora agá.

– Sim...! Sim...! – ele concordou. – Mas essa não é a questão. Pergunto ao sr. Smith se ele vê alguma coisa de sobrenatural em tudo isso.

– Sem comentários, Pencroff – disse o engenheiro. – Eis tudo que posso lhe responder.

Resposta que não satisfez em absoluto Pencroff, que apostava numa explosão e não recuava em seu ponto de vista. Jamais admitiria que naquele canal, formado por um leito de areia fina como a da própria praia e que ele atravessara diversas vezes na vazante, houvesse algum escolho ignorado. Ademais, no momento em que o brigue foi a pique, a maré estava cheia, isto é, havia mais água do que ele precisava para navegá-lo, sem colidir com quaisquer rochedos que não estivessem a descoberto na maré baixa. Logo, era impossível ter havido uma colisão. Logo, o navio não batera. Logo, explodira.

E haveremos de convir que o raciocínio do marujo não estava de todo incorreto.

Por volta de uma e meia, os colonos embarcaram no bote e dirigiram-se ao local do naufrágio. Pena que não tivessem conseguido salvar os dois escaleres do brigue, mas, como sabemos, um espatifara-se na foz do Mercy e já não valia um caracol; o outro desaparecera quando o brigue afundou e, sem dúvida esmagado por ele, não emergira.

Nesse momento o casco do *Speedy* começou a surgir acima das águas. O brigue devia estar mais que deitado de lado, pois, após ter os mastros quebrados pelo peso do lastro, deslocado pela queda, mantinha a quilha quase empinada. Tinha sido efetivamente virado de pernas pro ar pela inexplicável e terrível ação submarina, que se manifestara ao mesmo tempo pelo deslocamento de uma imensa coluna de água.

Os colonos contornaram a quilha, e, à medida que a maré baixava, constataram, se não a causa que provocara a catástrofe, pelo menos o efeito produzido por ela.

Na proa, de ambos os lados da quilha, dois ou três metros antes da raiz da roda de proa, uma rachadura de pelo menos seis metros de comprimento rasgava o costado do brigue. Nela, havia dois rombos cujo reparo era impossível. Não apenas o forro de cobre e o costado haviam desaparecido, reduzidos a pó sem dúvida, como não se viam vestígios nem do próprio esqueleto do navio nem das cavilhas de ferro e malaguetas que o articulavam. A falsa-quilha fora separada com uma violência inaudita, e a quilha em si, arrancada da carlinga em diversos pontos, rachara em todo o comprimento.

– Com mil diabos! – exclamou Pencroff. – Vai ser uma mão de obra fazer esse navio boiar de novo!

– Eu diria mesmo impossível – reforçou Ayrton.

– Em todo caso – observou Gedeon Spilett ao marujo –, se explosão houve, ela produziu efeitos singulares! Esburacou o casco do navio em suas partes inferiores e não danificou nem o convés nem as obras mortas! Esses rombos parecem resultado de um impacto, não da explosão de um paiol!

– Não há escolhos no canal! – rebateu o marujo. – Aceito qualquer outra explicação, menos o impacto de uma rocha!

– Tentemos entrar no bojo da embarcação – sugeriu o engenheiro. – Talvez assim tenhamos uma noção mais precisa sobre a causa de sua destruição.

Era a melhor coisa a fazer, além, é claro, de listar todos os objetos a bordo e deixar tudo preparado para o resgate.

O acesso ao interior do brigue estava liberado. A maré continuava a descer, possibilitando que entrassem no porão da coberta, agora transformado em sótão pela reversão do casco. O lastro, constituído por pesados lingotes de ferro fundido, rasgara-o em diversos pontos. Ouvia-se o mar efervescendo, saindo pelas fissuras do casco.

Cyrus Smith e seus companheiros avançaram então, machados em punho, sobre o convés rachado ao meio. Ali amontoavam-se baús de todos os tipos, que, tendo permanecido muito pouco tempo na água, talvez conservassem intacto o seu conteúdo.

Trataram então de colocar toda aquela carga em local seguro. A maré só deveria subir dentro de algumas horas, tempo que utilizaram da maneira mais proveitosa possível. Ayrton e Pencroff instalaram, por sobre o rombo produzido no casco, um guincho para içar os barris e baús. O bote os recebia e transportava imediatamente para a praia. Pegaram tudo, indistintamente, para mais tarde procederem a uma triagem.

Mesmo assim, puderam constatar com extrema satisfação que o brigue transportava uma carga muito variada, com um sortimento de artigos de todos os tipos – utensílios, produtos manufaturados, ferramentas –, enfim, o que costuma carregar um navio que faz cabotagem na Polinésia. Era provável que encontrassem um pouco de tudo e, não há como negar, era precisamente isso que faltava à ilha Lincoln.

Em contrapartida, observava Cyrus Smith num pasmo silencioso, não só o casco do brigue, como foi dito, sofrera imensamente com o impacto de o que quer que tenha determinado a catástrofe, como sua estrutura interna estava destroçada, principalmente na proa. Divisórias e pontaletes estavam quebrados como se algum poderosíssimo obus houvesse explodido no interior do brigue. Os colonos não tiveram dificuldade de ir da proa até a popa, após deslocar os baús, que aos poucos foram retirados. Não eram volumes pesados, cuja remoção fosse difícil, mas simples fardos, cuja amarração, aliás, não era mais perceptível.

Os colonos alcançaram então a proa do brigue, na área originalmente encimada pelo tombadilho. Era ali que, segundo as indicações de Ayrton, deviam procurar pelo paiol de pólvora. Se Cyrus Smith estivesse certo e o dito paiol não houvesse explodido, era bem possível que restassem barris intactos e que a pólvora, geralmente acondicionada em invólucros de metal, não houvesse sofrido contato com a água.

Foi o que aconteceu. Em meio a um estoque de munições de todo tipo, encontraram cerca de vinte barris, cujo interior era revestido de cobre e que foram removidos com precaução. Constatando que a destruição do *Speedy* não poderia ser atribuída a uma explosão, Pencroff deu a mão à palmatória. A área do casco na qual se localizava o paiol era justamente a que menos sofrera.

– Pode ser! – respondeu o teimoso marujo. – Mas, quanto a uma rocha, não existe rocha no canal!

– O que teria acontecido então? – perguntou Harbert.

– Não faço ideia – respondeu Pencroff –, o sr. Cyrus não faz ideia, ninguém sabe e jamais saberá!

Essas buscas tomaram várias horas e, com a enchente da maré, eles tiveram de suspender a operação de resgate. Aliás, a carcaça do brigue já não corria o risco de ser carregada pela maré, pois encalhara, achando-se como que encravada no leito do canal.

Podiam, portanto, sem inconveniente, esperar a próxima vazante para retomar as operações. Quanto à embarcação em si, porém, estava efetivamente condenada, e tinham inclusive de se apressar se quisessem salvar o que restava do casco, pois este logo seria engolido pela areia movediça do canal.

Eram cinco da tarde. Fora um dia estafante para os trabalhadores. Comeram com grande apetite, e, esquecendo o cansaço, não resistiram, depois do jantar, ao impulso de vistoriar os baús de que se compunha a carga do *Speedy*.

A maior parte deles continha roupas, as quais, o leitor adivinhou, foram muito bem recebidas. Havia com que vestir uma colônia inteira, roupa-branca para os mais diversos fins, calçados para todos os pés.

– E essa agora, estamos ricos! – exclamava Pencroff. – Mas o que faremos com tudo isso?

E a todo instante ouviam-se os hurras do alegre marujo, que reconhecia tonéis de aguardente, barricas de tabaco, armas de fogo e armas brancas, fardos de algodão, ferramentas agrícolas, de carpinteiro, de marceneiro, de ferreiro, caixotes com sementes de todos os tipos, cuja breve permanência na água em nada degradara. Ah! Como aquelas dádivas teriam sido bem-vindas dois anos antes! Mas enfim, mesmo agora, quando já se haviam equipado por iniciativa própria, aquelas riquezas teriam sua utilidade.

Lugar era o que não faltava nos armazéns de Granite House; porém, não tiveram tempo de estocar tudo aquele dia. Não se esqueciam, nesse ínterim, de que seis sobreviventes da tripulação do *Speedy* haviam desembarcado na ilha, que eram possivelmente malfeitores da pior espécie e que convinha se precaver. Embora a ponte do Mercy e os pontilhões estivessem suspensos, aqueles degredados não eram do tipo que se deixasse deter por um rio ou riacho e, impelidos pelo desespero, podiam ser temíveis.

Mais tarde resolveriam como agir a seu respeito, até lá cumpria vigiar os baús e fardos amontoados junto às Chaminés, e foi a isso que os colonos, revezando-se durante a noite, dedicaram-se.

A noite transcorreu sem que os corsários tentassem qualquer ataque. Mestre Jup e Top, de guarda ao pé de Granite House, os teriam detectado na hora.

Nos três dias seguintes, 19, 20 e 21 de outubro, concentraram-se em salvar tudo que pudesse ter um valor ou utilidade qualquer, fosse na carga, fosse na estrutura do brigue. Durante a maré baixa, esvaziavam o porão. Na cheia, armazenavam os objetos salvos. Grande parte do forro de cobre foi arrancada do casco, que, à medida que os dias passavam, chafurdava mais. Mas antes que a areia tragasse os objetos pesados que haviam corrido para o fundo, Ayrton e Pencroff mergulharam várias vezes no leito do canal, onde recuperaram as correntes e âncoras do brigue, os lingotes de seu lastro e até os quatro canhões, que, escorados por barricas vazias, seguiram flutuando até a terra firme.

Vemos que o arsenal da colônia não ganhara menos com esse resgate do que a cozinha e as despensas de Granite House. Pencroff, sempre entusiasmado com seus planos, já falava em construir uma bateria que defendesse o canal e a foz do rio. Com quatro canhões, comprometia-se a impedir qualquer frota, "por mais pujante que fosse", de se aventurar nas águas da ilha Lincoln.

Quando do brigue não restava mais senão uma carcaça sem utilidade, o mau tempo chegou e terminou de destruí-la. Cyrus Smith cogitara explodi-la a fim de recolher seus destroços na costa, mas um vento gordo soprando de nordeste e a maré-cheia permitiram-lhe economizar a pólvora.

Com efeito, durante a noite de 23 para 24, o casco do brigue foi inteiramente desmantelado e parte dos destroços naufragou na praia.

Quanto aos registros de bordo, desnecessário dizer que, embora houvesse vasculhado minuciosamente os armários do tombadilho, Cyrus Smith não encontrou sinal deles. Os piratas evidentemente haviam destruído tudo que dizia respeito ao capitão e ao armador do *Speedy*, e, como o nome de seu porto original não constava do quadro de proa, não havia pistas de sua nacionalidade. Entretanto, pela configuração singular de sua proa, Ayrton e Pencroff apostavam que vinha de estaleiro inglês.

Uma semana após a catástrofe, ou melhor, após o feliz porém inexplicável desenlace ao qual a colônia devia sua salvação, não se via mais nada do navio, sequer na vazante. Seus destroços haviam se dispersado e Granite House estava abastecida com praticamente tudo que ele carregava a bordo.

No entanto, o mistério que escondia aquela estranha destruição nunca teria sido esclarecido, sem dúvida, se, em 30 de novembro, caminhando pela praia, Nab não houvesse encontrado um grosso cilindro de ferro, com marcas de explosão. Retorcido e dilacerado nas arestas, o cilindro parecia ter sofrido a ação de alguma substância explosiva.

Nab levou o pedaço de metal até o seu patrão, que se achava entretido com o resto do grupo na oficina das Chaminés.

Cyrus Smith examinou atentamente o cilindro e, voltando-se para Pencroff, perguntou:

– Então, amigo, insiste em sustentar que o *Speedy* não afundou em consequência de uma colisão?

– Sim, sr. Cyrus – respondeu o marujo. – O senhor sabe tão bem como eu que não há pedras no canal.

– E se ele houvesse colidido com esse pedaço de ferro? – disse o engenheiro, mostrando o cilindro rachado.

– O quê, esse pedaço de cano? – exclamou Pencroff, na mais completa incredulidade.

– Amigos – continuou Cyrus Smith –, lembram-se de que, antes de ir a pique, o brigue foi ejetado por uma verdadeira coluna de água?

– Sim, sr. Cyrus! – respondeu Harbert.

– Muito bem, querem saber o que gerou esse fenômeno? Foi isto – disse o engenheiro, mostrando o cilindro rasgado.

– Isto? – duvidou Pencroff.

– Sim! Esse cilindro é tudo que resta de um torpedo!

– Um torpedo! – exclamaram todos.

– E quem foi que aprontou essa? – questionou Pencroff, ainda relutante.

– Tudo que posso afirmar é que não fui eu! – respondeu Cyrus Smith. – O certo é que estava lá e é fácil calcular seu poder de destruição!

5

As conclusões do engenheiro • As hipóteses mirabolantes de Pencroff • Uma bateria aérea • Os quatro projéteis • A propósito dos piratas sobreviventes • Hesitação de Ayrton • Impulso generoso de Cyrus Smith • Muito a contragosto, Pencroff se rende

A EXPLOSÃO SUBMARINA daquele torpedo, portanto, explicava tudo. Cyrus Smith, que durante a guerra da União tivera oportunidade de testar essas terríveis máquinas de destruição, não podia se enganar. Fora aquele cilindro, recheado com uma substância explosiva, nitroglicerina, picrato ou similar, que fizera a água do canal erguer-se qual uma tromba, e o brigue, atingido em seu fundo, soçobrar instantaneamente. Daí a impossibilidade de fazê-lo flutuar novamente, considerando-se o estrago provocado em seu casco. O *Speedy* não resistira a um torpedo que teria destruído uma fragata encouraçada com a mesma facilidade que a um simples pesqueiro!

Sim! Tudo se explicava, tudo... exceto a presença daquele torpedo nas águas do canal!

– Meus amigos – prosseguiu então Cyrus Smith –, não podemos mais duvidar da presença de uma criatura misteriosa, talvez um náufrago como nós, abandonado em nossa ilha, e digo isto a fim de que Ayrton tome conhecimento do caráter estranho do que vem acontecendo nos últimos dois anos. Quem é esse benfeitor desconhecido cuja intervenção, tão benéfica para nós, se manifestou nas mais diversas circunstâncias? Não posso imaginar. Que interesse tem ele em agir assim, em se esconder, após tantos serviços prestados? Não posso compreender. Nem por isso, contudo, seus serviços deixam de ser reais, e do tipo que só um homem dispondo de um poder prodigioso poderia nos prestar. Ayrton é seu devedor, como nós, pois, se foi o desconhecido que me salvou das águas após a queda do balão, foi evidentemente ele que escreveu a mensagem, ele que colocou aquela garrafa no canal e ele que nos fez conhecer a situação de nosso companheiro. Acrescento que o baú, tão convenientemente abastecido com tudo que nos faltava, foi ele que o conduziu e encalhou na ponta do Destroço; que a fogueira, disposta nas encostas da ilha deserta e que lhes permitiu alcançá-la, foi ele que a acendeu; que o chumbinho encontrado no corpo do porco-do-mato, foi ele que o disparou; que o torpedo que destruiu o brigue no canal foi coisa dele; em suma, que todos esses fatos inexplicáveis, que não conseguíamos explicar, são obra dessa criatura misteriosa. Logo, seja ela quem for, náufrago ou degredado nesta ilha, seríamos ingratos se nos julgássemos desobrigados de lhe retribuir. Contraímos uma dívida, e alimento a esperança de a pagarmos um dia.

– Tem razão em falar dessa forma, meu caro Cyrus – respondeu Gedeon Spilett. – Sim, há uma criatura quase todo-poderosa, escondida em algum lugar desta ilha, cujas intervenções foram de grande valia para nossa colônia. Acrescento que esse desconhecido me parece dispor de recursos que beiram o sobrenatural, isto se o sobrenatural fosse plausível na realidade da vida prática. Será que nos ouve secretamente através do poço de Granite House e assim tem conhecimento de nossos planos? Terá sido ele que nos induziu a avistar aquela garrafa, quando nosso bote fez sua primeira incursão ao mar? Que expulsou Top das águas do lago e matou o dugongo? Que, como tudo leva a crer, o salvou das águas, Cyrus, e isso diante de circunstâncias sob as quais qualquer outro homem se sentiria impotente? Se for verdade, ele possui então um poder que o faz senhor dos elementos.

A observação do repórter era correta e todos viam a coisa da mesma forma.

– Sim – respondeu Cyrus Smith –, se a intervenção de um ser humano não constitui mais dúvida para nós, concordo que ele detém recursos superiores àqueles de que a humanidade dispõe. Este é outro mistério, mas se descobrirmos o homem, o mistério também será desvendado. A questão, portanto, é a seguinte: devemos respeitar o incógnito dessa criatura generosa ou fazer de tudo para chegar até ela? Qual é a opinião dos senhores a respeito?

– Minha opinião – respondeu Pencroff – é que se trata de um homem e tanto e, seja quem for, tem minha estima.

– Tudo bem – comentou Cyrus Smith –, mas isso não é resposta, Pencroff.

– Patrão – disse então Nab –, tenho na cabeça que podemos procurar o quanto quisermos o cavalheiro em questão, mas que não o descobriremos enquanto ele assim não quiser.

– Até que faz sentido o que você falou, Nab – disse Pencroff.

– Concordo com Nab – aderiu Gedeon Spilett –, mas esta não é uma razão para não se tentar a aventura. Encontrando ou não esse ente misterioso, teremos, pelo menos, cumprido nosso dever para com ele.

– E você, meu rapaz, qual é a sua opinião? – indagou o engenheiro, voltando-se para Harbert.

– Ah! – exclamou Harbert, cujo olhar se iluminou. – Eu gostaria de agradecer a quem, primeiro, salvou sua vida e, depois, a nossa!

– Está querendo muito, meu rapaz – reagiu Pencroff –, e eu também, e todos nós! Não sou curioso, mas com certeza daria um olho para ficar cara a cara com esse cidadão! Vejo-o bonito, alto, forte, com uma barba, cabelos no formato de raios, deitado nas nuvens, com uma grande bola nas mãos!

– Ora, mas é o retrato de Deus pai que mestre Pencroff acaba de fazer!

– É possível, sr. Spilett – replicou o marujo –, mas é assim que o imagino.

– E você, Ayrton?

– Sr. Smith – respondeu Ayrton –, não posso lhe dar minha opinião em tal circunstância. O que o senhor fizer estará bem-feito. Se resolver me convocar para suas buscas, estarei pronto a segui-lo.

– Obrigado, Ayrton – continuou Cyrus Smith –, mas eu gostaria de uma resposta mais direta à pergunta que lhe fiz. Você é nosso companheiro, já arriscou a vida diversas vezes pelo grupo e, como todos aqui, deve ser consultado quando se trata de tomar uma decisão importante. Fale então.

– Sr. Smith – declarou Ayrton –, penso que devemos fazer de tudo para encontrar esse benfeitor desconhecido. Será que está sozinho? Sofre? Será uma vida que possamos reerguer? Eu também, como o senhor disse, tenho uma dívida de gratidão para com ele. Foi ele, só pode ter sido ele, que foi à ilha Tabor e, encontrando lá o miserável que o senhor conheceu, lhe comunicou que havia um infeliz a ser salvo...! Logo, é graças a ele que voltei a ser um homem. Não, nunca o esquecerei!

– Está decidido – disse então Cyrus Smith. – Começaremos nossas buscas o quanto antes. Não deixaremos parte alguma da ilha inexplorada, vasculharemos até seus antros mais secretos. Que esse amigo desconhecido leve em consideração nossa intenção e nos perdoe!

Durante alguns dias, os colonos dedicaram-se com ardor aos trabalhos de ceifa e colheita. Pretendiam assim, antes de colocarem em execução o plano de explorar as zonas ainda desconhecidas da ilha, concluir todas as tarefas indispensáveis. Era também a época em que se colhiam os diversos legumes provenientes das mudas da ilha Tabor. Tinham, portanto, de estocar tudo, e, felizmente, espaço não faltava em Granite House, onde podiam armazenar todas as riquezas da ilha. Os produtos da colônia eram ali metodicamente classificados e salvaguardados em lugar seguro, disso podemos ter certeza, inacessíveis tanto aos animais quanto aos homens. Não havia motivos para temer a umidade naquele espesso maciço granítico. Várias cavidades naturais situadas na galeria superior foram ampliadas ou desentulhadas, com auxílio de picaretas ou explosivos, e Granite House ganhou uma espécie de grande entreposto, para estocar mantimentos, munições, ferramentas, utensílios sobressalentes, em suma, todo o patrimônio da colônia.

Quanto aos canhões provenientes do brigue, bonitas peças em aço fundido, foram, por insistência de Pencroff e com a ajuda de cadernais e guindastes, içados até o próprio patamar de Granite House e montados em seteiras, entre as janelas, logo sendo possível ver seus reluzentes focinhos apontando através do paredão granítico. Daquela altura, as bocas de fogo controlavam efetivamente toda a baía da União. Era como um pequeno Gibraltar, e todo navio que abicasse ao largo do recife veria-se inevitavelmente exposto ao fogo daquela bateria aérea.

– Sr. Cyrus – disse Pencroff no dia 8 de novembro –, agora que terminamos a montagem da artilharia, convém testar o alcance de nossas peças.

– Acha necessário? – questionou o engenheiro.

– Mais que necessário, imprescindível! Sem isso, como saber até onde podem ir esses belos projéteis que temos em nosso estoque?

– Façamos então o teste, Pencroff – aquiesceu o engenheiro. – De toda forma, acho que devemos realizar o experimento empregando não a pólvora comum, cujo estoque faço questão de manter intacto, mas a piroxila, que nunca nos faltará.

– Os canhões serão capazes de resistir à detonação da piroxila? – indagou o repórter, tão ansioso como Pencroff para testar a artilharia de Granite House.

– Penso que sim. E agiremos com prudência – acrescentou o engenheiro.

O engenheiro tinha base para pensar que aqueles canhões eram de excelente fabricação, era um especialista no assunto. Feitos em aço e carregados pela culatra, deviam, justamente por isso, suportar uma carga considerável e, por conseguinte, ter um alcance satisfatório. Ora, do ponto de vista da efetividade, a trajetória descrita pelo projétil deve ser a mais retilínea possível, o que só pode ser obtido se o referido projétil sair da boca de fogo impelido por uma grande velocidade inicial.

– Ora – explicou Cyrus Smith aos companheiros –, a velocidade inicial é proporcional ao volume de pólvora empregado. O segredo está no uso, quando da fabricação das peças, de um metal altamente resistente, e o aço, sem sombra de dúvida, é número um neste quesito. Logo, tenho motivos para crer que nossos canhões suportarão sem risco a combustão dos gases da piroxila e darão excelentes resultados.

– Teremos uma noção mais exata depois do nosso teste! – concluiu Pencroff.

Desnecessário dizer que os quatro canhões estavam em perfeito estado. Após serem retirados da água, o marujo se dera ao trabalho de os polir conscienciosamente. Quantas horas dedicadas a esfregá-los, lubrificá-los, a limpar o mecanismo do obturador, o ferrolho, o parafuso de pressão! E agora aquelas peças reluziam de tal forma que poderiam perfeitamente equipar uma fragata da marinha dos Estados Unidos.

Naquele dia, então, na presença de todo o contingente da colônia, incluindo Jup e Top, os quatro canhões foram sucessivamente testados. Carregaram-nos com piroxila, lembrando que seu poder explosivo, como dissemos, é o quádruplo do da pólvora comum; o projétil a ser lançado era cilindro-cônico.

Pencroff, segurando a corda do estopim, estava pronto para abrir fogo.

A um sinal de Cyrus Smith, o tiro partiu. O projétil, dirigido para o mar, passou por cima do recife e foi se perder ao largo, a uma distância, aliás, que não pôde ser calculada com precisão.

O segundo canhão foi apontado para as pedras no fim da ponta do Destroço, e o projétil, atingindo uma rocha aguda a aproximadamente cinco quilômetros de Granite House, estilhaçou-a.

Fora Harbert quem apontara o canhão e fizera o disparo, ficando todo prosa por isso. Só Pencroff ficou mais orgulhoso que ele! Um tiro daqueles, cuja honra cabia à sua querida criança!

O terceiro projétil, disparado dessa vez na direção das dunas que formavam a costa superior da baía da União, atingiu a areia a uma distância de pelo menos seis mil metros, ricocheteando em seguida e indo se perder no mar numa nuvem de espuma.

Cyrus Smith caprichou na munição da quarta peça, a fim de testar seu alcance máximo. Em seguida, com todos a certa distância para o caso de um acidente, o estopim foi aceso, a chama percorrendo uma corda comprida.

Uma violenta detonação ressoou, mas a peça resistira e os colonos, precipitando-se para a janela, puderam ver o projétil decepar as rochas do cabo Mandíbula, a quase oito quilômetros de Granite House, e desaparecer no golfo do Tubarão.

– Pois bem, sr. Cyrus – exclamou Pencroff, cujos hurras concorriam com as detonações produzidas –, o que diz de nossa artilharia? Que venham todos os piratas do Pacífico! Nem sequer um mísero deles desembarcará sem a nossa permissão!

– Em todo caso, Pencroff, prefiro não passar por essa experiência.

– A propósito – continuou o marujo –, e os seis piolhentos que estão a zanzar pela ilha, o que faremos com eles? Permitiremos que circulem pelas nossas florestas, plantações, pastagens? Esses piratas são verdadeiras onças, e me parece que devemos tratá-los como tais... Qual é a sua opinião, Ayrton? – acrescentou Pencroff, voltando-se para o companheiro.

Ayrton hesitou em sua resposta, e Cyrus Smith lamentou que Pencroff lhe houvesse feito a pergunta de maneira um tanto estouvada. Ficou bastante emocionado, portanto, quando Ayrton respondeu com uma voz humilde:

– Fui uma dessas onças, sr. Pencroff, não me cabe opinar...

E, com um passo lento, se afastou.

Pencroff deu um tapa na testa.

– Que besta satânica eu sou! – exclamou. – Pobre Ayrton! Claro que ele tem o direito de opinar, como qualquer um de nós...!

– Sim – disse Gedeon Spilett –, mas sua reserva lhe honra e devemos respeitar os sentimentos que ele nutre com relação ao seu triste passado.

– Entendido, sr. Spilett – respondeu o marujo –, não reincidirei! Eu preferia engolir minha língua a magoar Ayrton! Mas voltemos ao que interessa. Penso que esses bandidos não merecem qualquer tipo de compaixão e que devemos bani-los da ilha o quanto antes.

– É realmente esta sua opinião, Pencroff? – perguntou o engenheiro.

– Literalmente.

– E, antes de persegui-los sem misericórdia, não esperaria que eles cometessem um novo ato de hostilidade contra nós?

– E o que eles fizeram não basta? – indagou Pencroff, que não entendia o porquê de tais hesitações.

– Eles podem se regenerar! – argumentou Cyrus Smith. – Talvez se arrepender...

– Arrepender, eles! – exclamou o marujo, dando de ombros.

– Pense em Ayrton, Pencroff! – disse então Harbert, segurando a mão do marujo. – Ele voltou a ser um homem honrado!

Pencroff olhou alternadamente para os seus companheiros. Jamais lhe passara pela cabeça que sua proposta fosse causar tanta celeuma. Sua natureza rude não admitia transigir com aqueles delinquentes desembarcados na ilha, cúmplices de Bob Harvey, assassinos da tripulação do *Speedy*... Considerava-os bestas-feras, a serem destruídas sem hesitação ou remorsos.

– Caramba! Tenho todos contra mim! Querem ser generosos com esses piolhentos? Tudo bem, só espero que não venhamos a nos arrepender disso.

– Que perigo corremos – indagou Harbert –, estando de sobreaviso?

– Hum! – fez o repórter, que não costumava se pronunciar. – Eles são seis e estão bem armados. Se cada um deles se emboscar num canto e atirar em um de nós, logo eles serão donos da colônia!

– E por que não fizeram isso até agora? – replicou Harbert.

– Sem dúvida porque não era de seu interesse. Aliás, somos seis também.

– Tudo bem! Tudo bem! – respondeu Pencroff, a quem nenhum argumento poderia convencer. – Deixemos esses ilustres indivíduos tocarem suas vidinhas e não pensemos mais neles.

– Vamos, Pencroff – suavizou Nab –, não banque o malvado! Se um desses infelizes estivesse aqui, na sua frente, ao alcance de seu fuzil, você não atiraria nele...

– Como se fosse um cão hidrófobo, Nab – respondeu friamente Pencroff.

– Pencroff – disse então o engenheiro –, você costuma respeitar minhas opiniões. Não confiaria em mim nesta circunstância também?

– Farei como achar melhor, sr. Smith – respondeu o marinheiro, nem um pouco convencido.

– Muito bem então, aguardemos e só ataquemos se atacados.

Assim foi estipulado o comportamento a ser adotado com relação aos piratas, embora Pencroff não previsse nada de bom.

Não os atacariam, mas ficariam com um pé atrás. Afinal de contas, a ilha era grande e fértil. Se algum pingo de honestidade lhes restara na alma, aqueles miseráveis talvez pudessem se emendar. Seu interesse não era, evidentemente, nas condições a que se viram relegados, construir uma vida nova. De toda forma, por uma questão de humanidade, resolveram aguardar, perdendo assim o privilégio de circular sem maiores precauções. Até aquele dia sua única preocupação haviam sido as feras. Agora, seis corsários, talvez da pior espécie, vagavam na ilha. O que, sem dúvida, era grave e, para pessoas menos indômitas, teria significado a segurança perdida.

Não importa! Aqui e agora, os colonos tinham razão contra Pencroff. Teriam razão no futuro? É o que veremos.

6

Planos para a expedição • Ayrton no curral • Visita a porto Balão • Observações de Pencroff feitas a bordo do *Bonadventure* • Telegrama enviado ao curral • Ayrton não responde • Partida no dia seguinte • O que aconteceu com o fio • Um tiro

ENTRETANTO, a grande preocupação dos colonos era efetuar a exploração completa da ilha, exploração agora com duas finalidades: desentocar a criatura misteriosa, cuja existência já não era mais discutível, e, ao mesmo tempo, descobrir o paradeiro dos piratas – o antro que haviam escolhido, a vida que levavam e o que a colônia devia temer da parte deles.

A intenção de Cyrus Smith era partir o quanto antes; porém, como a expedição deveria durar vários dias, pareceu-lhe apropriado carregar a carroça com apetrechos de acampamento e alguns utensílios, o que facilitaria a logística das escalas. Ora, justamente naquele momento, um dos onagros, ferido na perna, não podia ser atrelado, necessitando de alguns dias de repouso. Julgaram conveniente, portanto, adiar a partida em uma semana, isto é, 20 de novembro. O mês de novembro, sob tal latitude, corresponde ao maio das zonas boreais. Estavam, por conseguinte, no verão. O sol começava a incidir sobre o trópico de Capricórnio, gerando os dias mais longos do ano. A época mostrava-se então bastante propícia à expedição planejada, a qual, ainda que não atingisse seu objetivo principal, decerto seria fecunda em descobertas, principalmente do ponto de vista dos espécimes naturais, visto que Cyrus Smith pretendia explorar as densas florestas do Faroeste, que se estendiam até a ponta da península Serpentina.

Os colonos decidiram empregar os nove dias que antecediam a partida na conclusão das obras no planalto do Mirante.

Nesse intervalo, fazia-se necessária a presença de Ayrton no curral, onde os animais domésticos requeriam seus cuidados. Decidiram então que ele passaria dois dias lá e só retornaria a Granite House após abastecer fartamente os estábulos.

Pouco antes de sua partida, Cyrus Smith perguntou se ele não queria a companhia de algum colega, ressaltando que a ilha estava menos segura do que antes.

Ayrton não viu utilidade nisso; afinal, ele não só daria conta da tarefa sozinho, como nada temia. Se algum incidente se produzisse no curral ou nas cercanias, ele avisaria imediatamente os colonos telegrafando para Granite House.

Ayrton partiu ao amanhecer do dia 9, levando a carroça atrelada a um só dos onagros, e, duas horas depois, a campainha elétrica anunciava que encontrara tudo em ordem no curral.

Durante aqueles dois dias, Cyrus Smith tratou de executar um plano que visava deixar Granite House de uma vez por todas ao abrigo de qualquer surpresa. Tratava-se de camuflar completamente a saída superior do antigo escoadouro, que já estava cimentada e disfarçada por arbustos e plantas, no ângulo sul do lago Grant. Nada mais fácil, uma vez que bastava sobre-elevar em sessenta ou noventa centímetros o nível das águas do lago, sob as quais o orifício ficaria então completamente submerso.

Ora, para fazer esse nível subir, bastava construir uma pequena represa nas duas aberturas às margens do lago, pelas quais se alimentavam o córrego Glicerina e o ribeirão da Grande Cachoeira. Os colonos foram recrutados para esse trabalho, e as duas barragens, que, aliás, não excediam a três ou quatro metros de largura por um de altura, foram construídas rapidamente com blocos de rochas bem cimentados.

Concluída a obra, era impossível suspeitar da existência da passagem subterrânea na ponta do lago pela qual escoava anteriormente o volume excedente de água.

Desnecessário dizer que o pequeno afluente que servia para abastecer a cisterna de Granite House e para operar o elevador fora cuidadosamente preservado, estando descartada, portanto, a hipótese de falta d'água. Içado o elevador, aquele seguro e confortável covil desafiava qualquer surpresa ou ataque-relâmpago.

Como a obra fora executada com presteza, Pencroff, Gedeon Spilett e Harbert encontraram tempo para dar uma esticada até porto Balão. O marujo ansiava por saber se a pequena enseada em que estava ancorado o *Bonadventure* fora visitada pelos degredados.

– Afinal – observou –, esses cavalheiros adentraram a terra pela costa meridional, e, se tiverem seguido pela praia, é de se temer que tenham descoberto o pequeno porto; nesse caso, eu não daria meio dólar pelo nosso *Bonadventure*.

Não deixavam de ter fundamento as apreensões de Pencroff e uma visita a porto Balão pareceu a todos bastante oportuna.

O grupo partiu então no dia 10 de novembro, após o almoço, e bem armado. Pencroff, introduzindo ostensivamente duas balas em cada cano de sua espingarda, chacoalhava a cabeça, o que não pressagiava nada de bom para qualquer um que se aproximasse dele além da conta, "bicho ou homem", dizia ele. Gedeon Spilett e Harbert também pegaram suas espingardas e, por volta das três horas, os três deixaram Granite House.

Nab acompanhou-os até o cotovelo do Mercy e, depois que eles passaram, levantou a ponte. Combinaram que um tiro de espingarda anunciaria a volta dos colonos e que Nab, a esse sinal, retornaria para restabelecer a ligação entre as duas margens do rio.

O pequeno grupo avançou diretamente pela estrada do porto em direção à costa meridional da ilha. Era uma distância de apenas cinco quilômetros, mas Gedeon Spilett e seus companheiros levaram duas horas para transpô-la. Assim, haviam vistoriado toda a orla do caminho, tanto para o lado da mata fechada como para o do pântano das Tadornas. Não encontraram nenhum vestígio dos fugitivos, que, sem dúvida, ainda sem saberem o número dos colonos e os meios de defesa de que dispunham, deviam ter se dirigido para as regiões menos acessíveis da ilha.

Chegando a porto Balão, Pencroff viu com extrema satisfação o *Bonadventure* tranquilamente fundeado na apertada angra. De resto, o ancoradouro achava-se tão bem protegido em meio aos altos rochedos que nem do mar, nem da terra era possível avistá-lo, a menos que se estivesse no local ou sobre ele.

– Vamos – disse Pencroff –, os tratantes ainda não passaram por aqui. Os répteis preferem o capinzal, e é evidentemente no Faroeste que os encontraremos.

– Sorte a nossa, pois se eles houvessem encontrado o *Bonadventure* – acrescentou Harbert – fugiriam nele, o que nos teria impedido de retornar em breve à ilha Tabor.

– Isso mostra – opinou o repórter – como é importante deixarmos uma mensagem lá informando a localização da ilha Lincoln e do novo alojamento de Ayrton, para o caso de o iate escocês vir resgatá-lo.

– Muito bem, o *Bonadventure* continua firme, sr. Spilett! – exclamou o marujo. – Sua tripulação e ele estão prontos para largar ao primeiro sinal.

– Creio que esta será a primeira coisa que faremos tão logo nossa expedição pela ilha estiver concluída. Afinal de contas, é possível que esse desconhecido, se é que vamos encontrá-lo, saiba coisas insuspeitas sobre a ilha Lincoln e a ilha Tabor. Não esqueçamos que ele é o autor inconteste da mensagem, e talvez tenha alguma informação sobre o retorno do iate.

– Com mil diabos! – praguejou Pencroff. – Quem pode ser? O sujeito nos conhece e nós não o conhecemos! Se for um simples náufrago, por que se esconderia? Somos pessoas decentes, suponho, e companhia de pessoas decentes não desagrada a ninguém! Terá vindo voluntariamente para cá? Pode deixar a ilha se bem lhe aprouver? Ainda se encontra nela? Sumiu...?

Conversando assim, Pencroff, Harbert e Gedeon Spillet subiram a bordo e percorriam o convés do *Bonadventure*. De repente, examinando a abita na qual se enrolava o cabo da âncora, o marujo exclamou:

– Ei! Que negócio é esse? Essa é demais!

– O que há, Pencroff? – perguntou o repórter.

– Há que não fui eu quem deu esse nó!

E Pencroff apontava a corda que amarrava o cabo na abita para impedi-lo de correr.

– Como assim, não foi você? – perguntou Gedeon Spilett.

– Não fui eu! Juro. Este é um nó simples e tenho o hábito de fazê-lo duplo.

– Não teria se equivocado, Pencroff?

– De jeito nenhum! – afirmou o marujo. – Já é por reflexo e a mão não se engana!

– Então os degredados teriam vindo a bordo? – perguntou Harbert.

– Não faço ideia – respondeu Pencroff –, o que é certo é que ergueram a âncora do *Bonadventure* e fundearam novamente! Vejam! Outra prova. Correram tanto o cabo da âncora que sua capa não está mais tocando no escovém. Repito que usaram nossa embarcação!

– Mas se fossem os corsários, teriam saqueado o barco ou mesmo zarpado de vez...

– Zarpado...! E para onde...? Para a ilha Tabor...? – duvidou Pencroff. – Acha mesmo que eles teriam se aventurado numa embarcação tão rudimentar?

– Aliás, se assim fosse, teríamos de admitir que sabiam da ilhota – respondeu o repórter.

– Seja como for – disse o marujo –, não me chamo mais Bonadventure Pencroff, de Vineyard, se o nosso *Bonadventure* não navegou sem a nossa presença a bordo!

O marujo mostrava-se de tal forma assertivo que nem Gedeon Spilett nem Harbert ousaram contestar suas declarações. Era evidente que a embarcação se deslocara um pouco desde que Pencroff a conduzira até porto Balão. Para o marujo, não restava dúvida de que a âncora fora levantada e, depois, mais tarde, lançada novamente no fundo do mar. Ora, qual o sentido dessas duas manobras se não fosse visando algum périplo?

– Mas como não teríamos visto o *Bonadventure* passar ao largo da ilha? – questionou o repórter, que tentava formular todas as objeções possíveis.

– Ora, sr. Spilett – respondeu o marujo –, bastar zarpar à noite com uma boa brisa para, em duas horas, estar fora do campo de visão da ilha!

– Muito bem – redarguiu Gedeon Spilett –, insisto e pergunto: com que finalidade os degredados teriam usado o *Bonadventure* e em seguida o devolvido ao seu porto de origem?

– Ponha isso no rol de coisas inexplicáveis e vamos esquecer o assunto! – tornou o marujo. – O importante era que o *Bonadventure* estivesse aqui, e aqui ele está. Infelizmente, se os corsários o tomarem de novo, é bem possível que não o encontremos mais de volta no lugar!

– Então, Pencroff – disse Harbert –, não seria prudente levar o *Bonadventure* para defronte de Granite House?

– Sim e não – respondeu Pencroff –, quer dizer, não. A foz do Mercy é um péssimo lugar para uma embarcação, e o mar, lá, uma verdadeira pororoca.

– Mas e sirgando-o pela areia, até o sopé das Chaminés...?

– Talvez... sim... – respondeu Pencroff. – Em todo caso, visto que deixaremos Granite House para uma longa excursão, penso que, durante nossa ausência, o *Bonadventure* ficará mais seguro aqui e que esta é a medida mais correta até que enxotemos esses malandros da nossa ilha.

– É a minha opinião também – disse o repórter. – Pelo menos assim, em caso de mau tempo, ele não ficará exposto como na foz do Mercy.

– Mas e se os piratas vierem visitá-lo outra vez? – inquietou-se Harbert.

– Pois bem, meu rapaz – respondeu Pencroff –, não o encontrando aqui, iriam na mesma hora procurá-lo do lado de Granite House, e nada os impediria de apoderar-se dele durante nossa ausência! Penso, portanto, como o sr. Spilett, que o melhor é deixá-lo ancorado em porto Balão. Porém, na nossa volta, caso ainda não tenhamos livrado a ilha desses patifes, seria prudente conservar o barco em Granite House até eliminarmos qualquer possibilidade de uma nova e indesejável visita.

– Combinado. A caminho! – disse o repórter.

Assim que chegaram a Granite House, Pencroff, Harbert e Gedeon Spilett relataram o ocorrido ao engenheiro, que aprovou suas medidas para o presente e para o futuro. Prometeu inclusive ao marujo estudar a zona do canal situada entre o recife e a costa, a fim de verificar se não seria possível criar ali um porto artificial por meio de quebra-mares. Dessa forma, o *Bonadventure* estaria sempre ao alcance e à vista dos colonos e, em caso de necessidade, lacrado.

Na mesma noite passaram um telegrama para Ayrton pedindo-lhe que trouxesse do curral um casal de cabras, que Nab queria aclimatar nas pastagens do planalto. Fato curioso, Ayrton não acusou recebimento do telegrama, como era seu costume, o que, naturalmente, inquietou ao engenheiro. Por outro lado, também era possível que ele não se encontrasse no curral ou estivesse a caminho de Granite House. Afinal, partira dois dias antes, ficando de voltar, no mais tardar, na noite do dia 10 ou na manhã do dia 11.

Os colonos então esperaram que Ayrton aparecesse nas encostas do Mirante. Nab e Harbert foram, inclusive, postar-se nas cercanias da ponte, a fim de abaixá-la quando seu companheiro viesse.

No entanto, já eram dez da noite e nem sinal de Ayrton. Jugaram então conveniente passar outro telegrama, pedindo resposta imediata.

A campainha de Granite House permaneceu muda.

A preocupação dos colonos aumentou. O que teria acontecido? Ayrton não estaria mais no curral? Ou, se estava, perdera a liberdade de ação? Deveriam ir até lá naquela noite escura?

Debateram. Uns queriam partir, outros, ficar.

– Ora – sugeriu Harbert –, pode ser que o telégrafo tenha sofrido algum acidente e parado de funcionar...

– É possível – concordou o repórter.

– Esperemos até amanhã – propôs Cyrus Smith. – De fato, é possível que Ayrton não tenha recebido nossa mensagem, assim como não recebemos a sua.

Esperaram, e, nada mais compreensível, com certa ansiedade.

Desde as primeiras luzes do dia 11 de novembro, Cyrus Smith voltara a lançar corrente elétrica através do fio sem receber nenhuma resposta.

Tentou novamente: mesmo resultado.

– Direto para o curral! – ordenou.

– E armados! – acrescentou Pencroff.

Decidiram então que Granite House não ficaria desprotegida e que Nab permaneceria lá. Após acompanhar os colegas até o córrego Glicerina, ele levantaria a ponte e, emboscado atrás de uma árvore, aguardaria o retorno deles ou de Ayrton.

No caso de os piratas aparecerem e ameaçarem transpor a passagem, ele tentaria detê-los a tiros de espingarda e, em última instância, se refugiaria em Granite House, onde, uma vez içado o elevador, estaria em segurança.

Smith, Spilett, Harbert e Pencroff deviam dirigir-se diretamente ao curral, e, caso lá não encontrassem Ayrton, dar uma batida no bosque das cercanias.

Às seis horas da manhã, o grupo havia atravessado o córrego Glicerina e Nab se posicionado atrás de um cômoro, coroado por imensos dragoeiros, na margem esquerda do riacho.

Os colonos, deixando para trás o planalto do Mirante, tomaram imediatamente a estrada do curral. Carregavam os fuzis no ombro, preparados para abrir fogo à menor demonstração hostil. As duas carabinas e os dois fuzis estavam carregados.

As capoeiras, de ambos os lados da estrada, eram cerradas, podendo esconder facilmente malfeitores. Estes, graças às suas armas, eram realmente temerários.

Os colonos seguiam céleres e silenciosos. Top ia na frente, ora correndo pelo caminho, ora fazendo algum desvio pela mata, mas sempre mudo e não parecendo pressentir nada insólito. E podia-se contar que o fiel cão não se deixaria surpreender e latiria ao menor sinal de perigo.

Pela estrada, Cyrus Smith e seus companheiros seguiam o fio telegráfico que ligava o curral a Granite House. Após procurarem ao longo de aproximadamente três quilômetros, ainda não haviam observado nenhuma solução de continuidade. Os postes estavam em bom estado, os isolantes intactos, o fio normalmente retesado. Todavia, a partir daquele ponto, o engenheiro observou que a tensão parecia afrouxar, e, por fim, ao chegar ao poste nº 74, Harbert, que encabeçava a marcha, parou, gritando:

– O fio está arrebentado!

Seus companheiros apertaram o passo e chegaram ao local onde o rapaz se detivera.

Ali, o poste derrubado se achava atravessado na estrada. A solução de continuidade do fio estava portanto constatada, e era evidente que os telegramas de Granite House não haviam sido recebidos no curral, nem os do curral em Granite House.

– Não foi o vento que derrubou esse poste – observou Pencroff.

– Não – respondeu Gedeon Spilett. – A terra foi escavada em sua base e ele se desenraizou pela mão do homem.

– Além disso, o fio está cortado – acrescentou Harbert, mostrando as duas pontas do fio de ferro, que fora violentamente rompido.

– O rompimento é recente? – perguntou Cyrus Smith.

– Sim – respondeu Harbert –, foi produzido há bem pouco tempo.

– Ao curral! Ao curral! – gritou o marujo.

Os colonos encontravam-se então a meio caminho de Granite House e do curral. Restavam-lhes ainda quatro quilômetros a percorrer. Apertaram o passo.

De fato, tudo levava a crer que algum grave acontecimento se dera no curral. Ayrton certamente enviara um telegrama, que não chegara, mas não era esse o motivo da aflição de seus companheiros, e sim – circunstância ainda mais inexplicável – o fato de Ayrton, que prometera voltar na noite anterior, não ter aparecido. Resumindo, não fora à toa que toda a comunicação entre o curral e Granite House se interrompera, e quem, à exceção dos corsários, tinha interesse em interromper essa comunicação?

Puseram-se então a correr, preocupadíssimos. Sinceramente afeiçoados ao novo companheiro, iriam encontrá-lo golpeado pela mão daqueles dos quais um dia fora chefe?

Não demoraram a chegar ao ponto em que a estrada margeava o pequeno riacho afluente do córrego Vermelho, o qual irrigava as pastagens do curral. Moderaram então os passos, a fim de não estarem esbaforidos no momento em que a luta talvez se tornasse necessária. As espingardas não estavam mais travadas, e sim engatilhadas. Cada um vigiava um recanto da floresta. Top emitia alguns rosnados surdos, o que não era de bom augúrio.

Finalmente, o terreno cercado surgiu através das árvores. Não se via sinal de estragos. O portão estava fechado normalmente. Um silêncio profundo reinava no curral. Não se ouviam nem os balidos costumeiros dos carneiros selvagens, nem a voz de Ayrton.

Um estampido ressoou, e em resposta a ele um grito de dor.

– Entremos! – disse Cyrus Smith.

E o engenheiro avançou, enquanto seus companheiros, de atalaia a vinte passos dele, preparavam-se para fazer fogo.

Cyrus Smith ergueu o trinco interno do portão e ia empurrar um dos batentes, quando Top latiu com veemência. Um estampido ressoou acima da cerca, e em resposta a ele um grito de dor.

Harbert, atingido por uma bala, jazia no solo!

7

O repórter e Pencroff no curral • Harbert é transportado • Desespero do marujo • Confabulação entre o repórter e o engenheiro • Método terapêutico • Renasce a esperança • Como avisar Nab? • Um mensageiro seguro e fiel • A resposta de Nab

Ao ouvir o grito de Harbert, Pencroff, deixando cair a arma, lançou-se em sua direção.

– Eles o mataram! – exclamou. – Ele, o meu pupilo!

Cyrus Smith e Gedeon Spilett haviam se precipitado para Harbert. O repórter verificou se o coração do desafortunado rapaz ainda batia.

– Está vivo – disse. – Mas precisamos transportá-lo daqui.

– Para Granite House? Impossível! – respondeu o engenheiro.

– Para o curral, então! – gritou Pencroff.

– Um instante! – pediu Cyrus Smith.

E se arrojou pela esquerda de maneira a contornar a cerca. Ali, viu-se na presença de um bandido que, apontando a arma para sua cabeça e atirando, atravessou-lhe o chapéu com uma bala. Segundos depois, antes mesmo que tivesse tempo de dar o segundo disparo, caía, golpeado no coração pelo punhal de Cyrus Smith, ainda mais certeiro que o seu fuzil.

Simultaneamente, Gedeon Spilett e o marujo subiam na cerca, transpunham-na, pulavam no terreiro, derrubavam as estacas que escoravam o portão por dentro e penetravam na casa, que estava vazia. E logo em seguida o pobre Harbert repousava na cama de Ayrton.

Alguns instantes depois, Cyrus Smith estava ao seu lado.

Ao ver Harbert sem sentidos, o sofrimento de Pencroff foi lancinante. Soluçava, chorava, queria arrebentar a cabeça na parede.

Nem o engenheiro nem o repórter foram capazes de acalmá-lo. A emoção também os sufocava. Não conseguiam falar.

Sem perda de tempo, fizeram tudo ao seu alcance para evitar a morte do pobre rapaz, que agonizava diante de seus olhos. Gedeon Spilett, após tantas peripécias em sua vida, tinha certa prática de medicina caseira. Sabia um pouco de tudo, e em diversas ocasiões vira-se obrigado a tratar de ferimentos produzidos por arma branca ou de fogo. Auxiliado por Cyrus Smith, dispensou então os cuidados que o estado de Harbert exigia.

O que mais impressionou o repórter foi o estupor generalizado que o acometia, devido à hemorragia e mesmo ao impacto, caso a bala houvesse atingido um osso com força suficiente para provocar um trauma violento.

Harbert estava branco feito cera, e seu pulso tão débil que Gedeon Spilett só o sentiu bater muito espaçadamente, como se prestes a parar. Ao mesmo tempo, os sentidos e a inteligência não reagiram. Eram sintomas muito graves.

O peito de Harbert foi descoberto, e o sangue, estancado com a ajuda de lenços, foi lavado com água fria.

A contusão, ou melhor, o ferimento apareceu: um buraco oval no peito, entre a terceira e quarta vértebras. Fora naquele ponto que a bala atingira Harbert.

Cyrus Smith e Gedeon Spilett viraram então o adolescente, que deixou escapar um gemido tão fraco que soou como um último suspiro.

Havia outro ferimento similar nas costas de Harbert, por onde a bala saíra.

– Deus seja louvado! – animou-se o repórter. – A bala não ficou no corpo, não teremos que extraí-la.

– Mas e o coração...? – perguntou Cyrus Smith.

– O coração não foi atingido, caso contrário Harbert estaria morto!

– Morto! – rugiu Pencroff.

O marujo só ouvira as últimas palavras pronunciadas pelo repórter.

– Não, Pencroff – respondeu Cyrus Smith –, não! Ele não está morto. Seu pulso continua dando sinais de vida! Harbert chegou a emitir um gemido. Mas, para o bem do seu rapaz, acalme-se. Precisamos de toda a nossa frieza. Não nos faça perdê-la, amigo.

Pencroff calou-se e, operando-se nele uma grande reação, grossas lágrimas banharam seu rosto. Enquanto isso, Gedeon Spilett tentava refrescar a memória e proceder com método. Pelo que ele observara, não restava dúvida de que a bala, que entrara pela frente, saíra por trás. Mas que devastações o projétil causara em sua passagem? Que órgãos essenciais teria comprometido? Eis o que um cirurgião profissional teria dificuldade para dizer nesse momento, e, com muito mais motivos, o repórter.

De uma coisa, contudo, ele sabia: era imprescindível prevenir o estrangulamento inflamatório das partes lesionadas e, em seguida, combater a inflamação local e a febre decorrentes do ferimento, ferimento letal, quem sabe? Ora, que tópicos, que flogísticos usar? Com que recursos deter aquela inflamação?

Enfim, o mais importante era fazer sem demora um curativo nas duas feridas. Não pareceu necessário a Gedeon Spilett provocar uma nova hemorragia, lavando as feridas com água morna e comprimindo-lhes os lábios. A perda de sangue fora grande e Harbert estava muito debilitado.

O repórter julgou então dever limitar-se a lavar as duas feridas com água fria.

Harbert estava deitado sobre o flanco esquerdo e assim foi mantido.

– Ele não deve se mexer – instruiu Gedeon Spilett. – Está na melhor posição para que os ferimentos das costas e do peito possam supurar satisfatoriamente. Além disso, é imprescindível um repouso absoluto.

– O quê? Não podemos removê-lo para Granite House? – perguntou Pencroff.

– Não, Pencroff – respondeu o repórter.

– Maldição! – exclamou o marujo, cujo punho voltou-se para o céu.

– Pencroff! – repreendeu-o Cyrus Smith.

Gedeon Spilett procedera a um novo e minucioso exame no rapaz ferido. A palidez de Harbert era tão intensa que deixou o repórter um pouco atordoado.

– Cyrus – ele disse –, não sou médico... estou numa perplexidade terrível... preciso de seus conselhos e de sua experiência...!

– Mantenha a calma... amigo – reconfortou-o o engenheiro, apertando a mão do repórter. – Julgue com frieza... pense apenas nisto: precisamos salvar Harbert!

Essas palavras fizeram com que Gedeon Spilett recuperasse o autocontrole, que, num momento de desânimo, o pesado sentimento de responsabilidade lhe fizera perder. Sentou-se junto à cama. Cyrus Smith permaneceu em pé. Pencroff rasgara a própria camisa, e, mecanicamente, a esfiapava.

Gedeon Spilett explicou então a Cyrus Smith que, antes de qualquer coisa, julgava dever estancar a hemorragia, mas não fechar as duas feridas nem induzir sua cicatrização imediata, uma vez que houvera lesão interna e não convinha deixar a supuração acumular-se no pulmão.

Cyrus Smith aprovou incondicionalmente e ficou decidido que fariam os curativos nas duas feridas sem tentar fechá-las por meio de uma coaptação imediata. Por sorte, não houve necessidade de desbridá-las.

Mas e agora? Para reagir contra a inflamação que decerto viria, possuíam um agente eficaz?

Sim! Dispunham de um, de que a natureza era pródiga. Tinham água fria, isto é, o sedativo mais poderoso contra a inflamação das feridas, o agente terapêutico mais eficaz nos casos graves, atualmente adotado por todos os médicos. Além disso, a água fria tem a vantagem de deixar o ferimento num repouso absoluto, dispensando qualquer curativo prematuro, vantagem considerável, uma vez que a experiência demonstrou que o contato com o ar é funesto durante os primeiros dias.

Foi assim que Gedeon Spilett e Cyrus Smith raciocinaram, guiados simplesmente pelo bom senso, agindo como teria feito o melhor cirurgião. Compressas de pano, constantemente embebidas em água fria, foram então aplicadas nos ferimentos do pobre Harbert.

A primeira coisa que o marujo fez foi acender o fogo na lareira da habitação, onde contavam com todos os apetrechos necessários à sobrevivência. Açúcar de bordo e plantas medicinais – as mesmas que o adolescente colhera nas margens do lago Grant – permitiram o preparo de refrescantes tisanas, que lhe administraram sem que ele se desse conta. Ardia em febre, e o dia inteiro e a noite se passaram assim, sem que recuperasse os sentidos. A vida de Harbert estava por um fio e esse fio poderia romper-se a qualquer instante.

No dia seguinte, 12 de novembro, Cyrus Smith e seus companheiros voltaram a alimentar certa esperança. Harbert saíra de seu longo estupor. Abriu os olhos, reconheceu Cyrus Smith, o repórter e Pencroff. Pronunciou duas ou três palavras. Não sabia o que acontecera. Contaram-lhe, e Gedeon Spilett suplicou que ele se mantivesse em repouso absoluto, pois sua vida não corria perigo e as feridas cicatrizariam em poucos dias. Em todo caso, Harbert quase não sentia dor e aquela água fria, aspergida de tempos em tempos, impedia qualquer inflamação. A supuração fazia-se regularmente, a febre não tendia a aumentar, enfim, tudo indicava que o terrível ferimento não viria a resultar em alguma catástrofe. Pencroff sentiu seu coração se aliviar pouco a pouco. Parecia uma irmã de caridade ou uma mãe à cabeceira do filho.

Harbert adormeceu novamente, mergulhando num sono mais sereno.

– Repita que tem esperança, sr. Spilett! – afligia-se Pencroff. – Repita que salvará Harbert!

– Sim, nós o salvaremos! – respondeu o repórter. – A lesão é grave, talvez inclusive a bala tenha atravessado o pulmão, mas a perfuração desse órgão não é letal.

– Deus o ouça! – repetiu Pencroff.

Como o leitor pode bem supor, durante as vinte e quatro horas em que estavam no curral, os colonos não tiveram outro pensamento senão cuidar de Harbert. Não estavam preocupados nem com o perigo que os espreitava, caso os degredados voltassem, nem com precauções a serem tomadas para o futuro.

Naquele dia, porém, enquanto Pencroff velava o leito do doente, Cyrus Smith e o repórter debateram acerca do que fazer.

A primeira providência foi dar uma batida no curral. Nenhum vestígio de Ayrton. O infeliz fora raptado pelos ex-cúmplices? Fora surpreendido por eles no curral? Lutara e sucumbira na luta? Esta última hipótese era bastante plausível. Spilett, no momento em que escalava a cerca, percebera nitidamente um dos degredados, em cujo encalço Top se arrojara, fugindo pelo contraforte sul do monte Franklin. Era um dos que se encontravam a bordo do escaler que se espatifara nas rochas, na foz do Mercy. A propósito, aquele que Cyrus Smith matara, cujo cadáver encontraram fora da cerca, pertencia de fato ao bando de Bob Harvey.

Quanto ao curral, não sofrera nenhum dano. Os portões permaneciam fechados e os animais não puderam se dispersar pela floresta. Tampouco se via sinal de luta ou estragos na habitação ou na cerca. Apenas as munições, de que Ayrton se aprovisionara, haviam desaparecido com ele.

– O coitado deve ter sido surpreendido – disse Cyrus Smith –, e, ao se defender, sucumbiu.

– Sim! Não podemos descartar essa possibilidade! – concordou o repórter. – Depois, sem dúvida, os bandidos se instalaram no curral, onde encontraram tudo em abundância, só fugindo ao perceberem nossa chegada. É mais que evidente que, vivo ou morto, Ayrton não se achava mais aqui naquele momento.

– O jeito é dar uma batida na floresta – propôs o engenheiro – e livrar a ilha desses miseráveis. Os pressentimentos de Pencroff não o enganavam quando ele teve o impulso de caçá-los como feras selvagens. Isso nos teria poupado muitos dissabores!

– Sim – replicou o repórter –, mas agora temos o direito de ser impiedosos!

– Seja como for – disse o engenheiro –, precisamos aguardar e permanecer no curral até conseguirmos remover Harbert para Granite House sem riscos.

– E Nab?

– Nab está em segurança.

– E se, preocupado com a nossa ausência, ele se aventurasse atrás de nós?

– Ele não pode vir de jeito nenhum! – exclamou Cyrus Smith. – Será assassinado no caminho!

– É muito provável que saia à nossa procura!

– Ah! Se o telégrafo ainda funcionasse, poderíamos alertá-lo! Mas isso é impossível agora! Quanto a deixar Pencroff e Harbert sozinhos aqui, nem pensar...! Pois bem, irei eu a Granite House.

– Não, não, Cyrus! – exortou o repórter. – Você não pode se expor! Sua coragem seria inútil. Aqueles miseráveis certamente estão vigiando o curral, emboscados na mata fechada que o cerca... Se partir, em breve estaremos a lamentar não uma desgraça, mas duas!

– Mas e Nab? – repetiu o engenheiro. – Faz vinte e quatro horas que não recebe notícias nossas. Ele virá!

– E, não estando de sobreaviso como estamos – acrescentou Gedeon Spilett –, será abatido...!

– Não há meio de avisá-lo?

Enquanto o engenheiro refletia, seus olhos depararam com Top, que, andando de um lado para outro, parecia dizer: "E eu, eu não estou aqui?"

– Top! – exclamou Cyrus Smith.

O animal pulou ao chamado do dono.

– Sim, Top irá! – concordou o repórter, que compreendera o engenheiro. – Top passará por onde não passaríamos! Levará notícias do curral para Granite House e trará as de lá!

– Depressa! – gritou Cyrus Smith. – Depressa!

Gedeon Spilett rasgara rapidamente uma página de seu caderno e escreveu estas linhas:

"Harbert ferido. Estamos no curral. Olho vivo. Não abandone Granite House. Algum sinal dos piratas? Resposta via Top."

Esse bilhete lacônico continha tudo que Nab precisava saber e ao mesmo tempo lhe perguntava tudo que os colonos tinham interesse em saber. Foi dobrado e afixado na coleira de Top, de uma forma bem visível.

– Top! Meu cão – disse então o engenheiro, acariciando o animal. – Nab, Top! Nab! Vá! Vá!

Diante daquelas palavras, Top deu um salto. Compreendia, adivinhava o que exigiam dele. A estrada do curral lhe era familiar, em menos de meia hora podia atravessá-la. Aliás, tudo indicava que onde nem Cyrus Smith nem o repórter poderiam aventurar-se sem perigo, Top, correndo através dos arbustos ou pela orla da mata, passaria despercebido.

O engenheiro foi até o portão do curral e empurrou um dos batentes.

– Nab! Top, Nab! – repetiu ainda uma vez, apontando o braço na direção de Granite House.

Top arrojou-se para fora e desapareceu quase imediatamente.

– Ele chegará lá! – disse o repórter.

– Sim, e voltará! Fiel animal!

– Que horas são? – perguntou Gedeon Spilett.

– Dez.

– Ele deve estar de volta daqui a uma hora. Aguardemos o seu retorno e não descuidemos da vigilância.

O portão do curral foi novamente fechado. O engenheiro e o repórter entraram na habitação. Harbert achava-se num torpor profundo naquele momento. Pencroff mantinha as compressas em estado de permanente umidade.

Gedeon Spilett, vendo que por ora não havia nada a fazer, tratou de preparar algo para comerem, sem tirar os olhos da parte do terreno escorada no contraforte, pela qual um ataque poderia irromper.

Ansiosos, os colonos aguardaram pelo retorno de Top. Um pouco antes das onze horas, Cyrus Smith e o repórter, empunhando suas carabinas, postaram-se atrás do portão, prontos a abri-lo ao primeiro latido do animal. Não duvidavam que Top houvesse chegado são e salvo a Granite House e que Nab o tivesse despachado imediatamente de volta.

Estavam os dois ali, fazia uns dez minutos, quando ouviram uma detonação, imediatamente seguida por uma série de latidos.

O engenheiro abriu o portão e, ainda percebendo um resíduo de fumaça trezentos metros dentro da mata, fez fogo naquela direção.

Quase no mesmo instante Top pulou para dentro do curral, cujo portão foi prontamente fechado.

– Top! Top! – exclamou o engenheiro, abraçando a simpática cabeçorra do cão.

No bilhete preso em seu pescoço, Cyrus Smith leu estas palavras, desenhadas na caligrafia rudimentar de Nab:

"Nenhum sinal dos piratas nas imediações de Granite House. Não arredarei o pé daqui. Coitado do sr. Harbert!"

8

Os piratas se aproximam do curral • Instalação provisória • Continuação do tratamento de Harbert • As primeiras alegrias de Pencroff • Retorno ao passado • O que o futuro reserva • As ideias de Cyrus Smith a tal respeito

Isso significava que os piratas continuavam ali, espionando o curral, decididos a matar os colonos um a um! O jeito era tratá-los mesmo feito animais ferozes. Entretanto, cumpria tomar grandes precauções, pois, naquele momento, os miseráveis estavam mais bem posicionados, vendo e não sendo vistos, podendo surpreender pela brusquidão de um ataque e não podendo ser surpreendidos.

Cyrus Smith então organizou tudo de maneira a tornar o curral, já provido de víveres, um local habitável. O alojamento de Ayrton fora abastecido de todos os itens de primeira necessidade, e os piratas, assustados com a chegada dos colonos, não haviam tido tempo de saqueá-lo. Era provável, como observou Gedeon Spilett, que as coisas tivessem se passado da seguinte forma: os seis corsários, ao invadirem a ilha, seguiram pelo litoral sul e, após percorrerem a dupla margem da península Serpentina, sem coragem para enfrentar as matas do Faroeste, haviam se dirigido à foz do rio da Cachoeira. Uma vez ali, subindo a margem direita do curso d'água, teriam alcançado os contrafortes do monte Franklin, onde era natural que procurassem refúgio, e descoberto o curral, então desabitado. E, para colocarem em execução seus planos abomináveis, haviam se instalado lá. A chegada de Ayrton surpreendera-os, mas eles haviam conseguido dominar o infeliz e... o resto é fácil de imaginar!

Agora, os facínoras, reduzidos a cinco, é verdade, mas bem armados, vagavam na mata, e aventurar-se por lá era expor-se às suas balas, sem chances de enfrentá-las ou preveni-las.

– Esperar! Não resta outra coisa a fazer! – repetia Cyrus Smith. – Quando Harbert se recuperar, daremos uma grande batida na ilha e destruiremos esses bandidos. Esta será a finalidade de nossa grande expedição... ao mesmo tempo que...

– ...a busca do nosso misterioso protetor – disse Gedeon Spilett, concluindo a frase do engenheiro. – Ah, dessa vez temos de admitir que sentimos falta de sua proteção, e justamente quando nos teria sido mais valiosa!

– Quem sabe?

– O que quer dizer com isso? – intrigou-se o repórter.

– Que não estamos no fim de nossas provações, caro Spilett, e que a poderosa entidade talvez ainda tenha ocasião de se manifestar. Mas não se trata disso. A vida de Harbert antes de qualquer coisa.

Esta era a preocupação mais dolorosa dos colonos. Passaram alguns dias e, felizmente, o estado do pobre rapaz não piorara. Ora, ganhar tempo, por pouco que fosse, significava muito naquela situação. A água fria, sempre mantida na temperatura apropriada, impedira definitivamente a inflamação das feridas. Pareceu inclusive ao repórter que aquela água, um pouco sulfurosa, o que se explicava pela proximidade do vulcão, tinha uma ação mais eficaz na cicatrização do que a água comum. A supuração já não era tão abundante, e, graças aos cuidados incessantes de que era cercado, Harbert voltava à vida e sua febre tendia a baixar. Foi, a propósito, submetido a uma dieta severa, e, por conseguinte, sua fraqueza era e devia ser extrema; mas não lhe faltavam tisanas, e o repouso absoluto lhe fazia muito bem.

Cyrus Smith, Gedeon Spilett e Pencroff haviam se tornado mestres em curativos. Toda a roupa-branca da casa fora sacrificada. As feridas de Harbert foram protegidas com compressas e bandagens, nem apertadas nem largas demais, que ajudavam na cicatrização sem provocar reação inflamatória. O repórter excedia-se nesses curativos, sabendo de sua importância, e repetia aos companheiros o que a maioria dos médicos admitia francamente: é mais raro ver-se um curativo bem-feito do que uma cirurgia bem-feita.

Ao fim de dez dias, em 22 de novembro, Harbert estava visivelmente melhor. Começara a ingerir algum alimento. As cores voltavam às suas faces e seus bondosos olhos sorriam para os enfermeiros. Conversava pouco, apesar do empenho de Pencroff, que, de sua parte, falava o tempo todo para impedi-lo de tomar a palavra, contando as histórias mais inverossímeis. Harbert interrogara-o a respeito de Ayrton, admirado de não vê-lo ao seu lado e julgando que ele devia estar no curral. O marujo, porém, não querendo afligir Harbert, limitara-se a responder que Ayrton juntara-se a Nab a fim de defender Granite House.

– E então! – dizia ele. – Aqueles malditos piratas! Gente indigna de qualquer tipo de consideração! E o sr. Smith, que estava amolecendo com eles! Eles é que vão amolecer, mas levando um chumbo de primeira!

– E não foram mais vistos? – perguntou Harbert.

– Não, meu filho – respondeu o marujo –, mas nós os encontraremos e, quando você ficar bom, veremos se esses covardes que atacam por trás ousarão nos encarar de frente!

– Ainda me sinto muito fraco, Pencroff!

– Ora, irá se recuperar aos poucos! O que é uma bala atravessando o peito? Brincadeira de criança! Já recebi mais de uma e não estou nada mal!

Enfim, as coisas pareciam evoluir satisfatoriamente e, se não surgisse nenhuma complicação, podiam considerar a cura de Harbert favas contadas. Imaginem, contudo, qual não teria sido a situação dos colonos se o seu estado se agravasse, se, por exemplo, a bala continuasse no corpo ou tivessem que amputar um braço ou uma perna!

– Juro – disse mais de uma vez Gedeon Spilett –, tremi só de pensar em tal eventualidade!

– E se tivéssemos de agir – comentou um dia Cyrus Smith –, teria hesitado?

– Não, Cyrus! – exclamou Gedeon Spilett. – Mas louvado seja Deus por nos ter poupado essa complicação.

Naquela circunstância, como em outras anteriores, os colonos haviam recorrido à lógica do simples bom senso, tantas vezes eficiente, e mais uma vez, graças a seus conhecimentos gerais, haviam se saído bem! Mas não chegaria um momento em que toda aquela ciência seria insuficiente? Estavam sozinhos naquela ilha. Ora, os homens completam-se pelo estado de sociedade, são necessários uns aos outros. Cyrus Smith sabia disso perfeitamente, o que às vezes o levava a temer o dia em que se vissem impotentes face a uma adversidade imprevista!

Algo lhe dizia, aliás, que os colonos, tão felizes até ali, entravam numa fase nefasta. Nos dois anos e meio desde que haviam escapado de Richmond, podemos afirmar que tudo lhes sorrira. Se a ilha era abundante em minerais, vegetais e animais, e a natureza fora constantemente benévola com eles, sua ciência soubera tirar partido do que ela lhes oferecia.

O bem-estar material da colônia era, por assim dizer, completo. Como se não bastasse, em determinadas circunstâncias bem precisas, uma força inexplicável viera em seu socorro...! Mas tudo aquilo não podia durar indefinidamente!

A verdade é que Cyrus Smith intuía que a sorte se voltava contra eles.

Com efeito, o navio dos corsários adentrara as águas da ilha, e, embora estes houvessem sido, por assim dizer, milagrosamente destruídos, seis deles, pelo menos, haviam escapado à catástrofe e desembarcado na ilha. Os cinco sobreviventes haviam como que evaporado. Ayrton sem dúvida fora massacrado pelos miseráveis, de posse de armas de fogo, as quais começaram por derrubar Harbert, atingido quase mortalmente. Seriam aqueles os primeiros golpes que a fortuna adversa assestava contra os colonos? Eis o que ruminava Cyrus Smith! Eis o que não se cansava de repetir para o repórter! Da mesma forma, ambos pressentiam que aquela intervenção tão estranha, porém tão eficaz, que tanto os auxiliara até ali, agora lhes deixava na mão. A criatura misteriosa, fosse lá quem fosse, cuja existência eles não podiam negar, haveria abandonado a ilha? Teria porventura sucumbido também?

Para tais perguntas, não havia resposta possível. Mas não imaginem que Cyrus Smith e seus companheiros, ao discutirem o assunto, houvessem perdido a esperança! Longe disso. Encaravam a situação com frieza, analisavam as probabilidades, preparavam-se para possíveis reveses, conservavam-se firmes e aprumados face ao futuro, e, se a adversidade viesse por fim golpeá-los, encontraria neles homens preparados para a luta.

9

Sem notícias de Nab • Proposta de Pencroff e do repórter rejeitada • Expedições de Gedeon Spilett • Um farrapo de pano • Uma mensagem • Partida precipitada • Chegada ao planalto do Mirante

A CONVALESCENÇA DO JOVEM doente evoluía normalmente. A única coisa que todos desejavam agora era que seu estado permitisse transportá-lo para Granite House. Por mais bem instalada e equipada a habitação do curral, nada se comparava ao conforto do aconchegante lar de granito. Além disso, o curral não oferecia a mesma segurança a seus ocupantes; apesar de toda a sua vigilância, eles continuavam a ser um alvo fácil para o fogo dos corsários. Lá, ao contrário, no bojo daquele maciço inexpugnável e inacessível, nada teriam a temer e qualquer atentado contra suas pessoas deveria forçosamente malograr. Esperavam, portanto, com impaciência o momento em que Harbert estivesse em condições de ser removido, sem riscos para o seu ferimento, e, embora as trilhas através da mata do Jacamar fossem bastante precárias, estavam decididos a executar tal façanha.

Os colonos não tinham notícias de Nab, mas isso não os preocupava. O corajoso negro, bem entrincheirado nas profundezas de Granite House, não se deixaria surpreender. Julgando inútil expor o fiel cão a algum disparo de fuzil, o que privaria os colonos de seu auxiliar mais eficiente, não enviaram Top de volta.

Tinham, portanto, pressa de estar reunidos em Granite House. Custava ao engenheiro ver suas forças divididas, pois isso era fazer o jogo dos piratas. Desde o desaparecimento de Ayrton, não eram mais senão quatro contra cinco, já que ainda não podiam contar com Harbert; não era menor a preocupação do valoroso rapaz, que percebia claramente os contratempos de que era a causa.

Durante o dia 29 de novembro, a questão de saber como, naquelas condições, agiriam contra os piratas foi discutida a fundo entre Cyrus Smith, Gedeon Spilett e Pencroff, num momento em que Harbert, entregue ao torpor, não podia ouvi-los.

– Amigos – disse o repórter, depois de falarem de Nab e da impossibilidade de se comunicarem com ele –, tal como vocês, penso que aventurar-nos na estrada do curral seria arriscarmo-nos a levar um tiro sem poder retribuí-lo. Por outro lado, não acham que já passou da hora de escorraçar esses miseráveis?

– Penso da mesma forma – concordou Pencroff. – Não fazemos, suponho, o gênero de quem teme uma bala, e, de minha parte, se o sr. Cyrus aprovar, estou disposto a me encafuar nessa floresta! Que diabos! Um homem vale outro!

– Mas vale cinco? – replicou o engenheiro.

– Junto-me a Pencroff – disse o repórter – e nós dois, bem armados, na companhia de Top...

– Meu caro Spilett, e o senhor, mestre Pencroff – ponderou Cyrus Smith –, raciocinemos friamente. Se os degredados estivessem entocados em algum ponto da ilha, se conhecêssemos o referido ponto e tudo se resumisse a desentocá-los, eu compreenderia o ataque direto. Mas não acha que, no presente caso, nós é que devemos temer que eles disparem o primeiro tiro?

– Ora, sr. Cyrus – exclamou Pencroff –, uma bala nem sempre vai aonde o atirador deseja!

– A que feriu Harbert não errou o caminho, mestre – replicou o engenheiro. – Além do mais, note que, se vocês dois se forem, eu permanecerei sozinho no curral para defendê-lo. Quem garante que os piratas, ao vê-los sair daqui, não atravessarão a mata para atacar enquanto estiverem fora, sabendo que aqui só restaram um adolescente ferido e um homem?

– Tem razão, sr. Cyrus – concordou Pencroff, quase não se contendo de raiva –, tem razão. Eles farão tudo para recuperar o curral, pois sabem que está bem abastecido. E, sozinho, o senhor nada poderia contra eles! Ah, se estivéssemos em Granite House!

– Se estivéssemos em Granite House – opinou o engenheiro –, a coisa mudaria de figura! Lá, eu não temeria deixar Harbert com um dos nossos, enquanto os outros três esquadrinhassem as florestas da ilha. Mas, já que estamos no curral, o melhor a fazer é ficar aqui até podemos sair todos juntos.

Não havia nada a replicar aos argumentos de Cyrus Smith, e todos compreenderam isso muito bem.

– Se pelo menos Ayrton ainda estivesse entre nós! – disse Gedeon Spilett. – Pobre homem! Seu retorno à vida social teve curtíssima duração!

– Se...? – acrescentou Pencroff, num tom meio estranho.

– Tem esperanças, então, Pencroff, de que os piolhentos o tenham poupado? – perguntou Gedeon Spilett.

– Sim! Se for do interesse deles!

– O quê! Acha que Ayrton, reencontrando seus ex-cúmplices, esqueceu tudo que nos deve...?

– Quem sabe? – foi a resposta do marujo, aventurando-se na ignóbil suposição, ainda que vacilante.

– Pencroff – disse Cyrus Smith, segurando o braço do marujo –, você teve um mau pensamento e me afligiria muito se persistisse em duvidar assim! Respondo pela fidelidade de Ayrton!

– Eu também – acrescentou vivamente o repórter.

– Sim... sim...! Errei – admitiu Pencroff. – Foi de fato um mau pensamento, nada o justifica! Mas o que querem? Não consigo raciocinar direito. Ficar enclausurado neste curral me oprime terrivelmente, nunca estive tão nervoso como agora!

– Um pouco de paciência, Pencroff – pediu o engenheiro.

– Dentro de quanto tempo, meu caro Spilett, acha que Harbert poderá ser removido para Granite House?

– Difícil dizer, Cyrus – respondeu o repórter –, pois uma imprudência poderia resultar em consequências funestas. Mas, enfim, ele convalesce normalmente e, se recuperar as forças dentro de uma semana, muito bem, veremos!

Uma semana! Isso adiava o retorno a Granite House somente para os primeiros dias de dezembro.

Faltava um mês para o fim da primavera. Os dias eram bonitos, o calor começava a se intensificar. As florestas da ilha estavam em plena frondação e aproximava-se o momento das colheitas do ano. O retorno ao planalto do Mirante seria então sucedido por grandes atividades agrícolas, que só viriam a ser interrompidas pela planejada exploração da ilha.

Compreende-se, portanto, o quanto aquele isolamento no curral prejudicava os colonos. E, embora se curvassem à necessidade, não o faziam sem impaciência.

Por uma ou duas vezes o repórter se aventurara na estrada e contornara o terreno cercado. Top o acompanhava e Spilett, com a carabina armada, mantinha-se alerta.

Não tiveram nenhum encontro desagradável, não encontraram nenhum rastro suspeito. Se houvesse algum perigo, Top daria o sinal, e, como não latiu, podia-se concluir que, naquele momento pelo menos, nada havia a temer e que os corsários entretinham-se em outra parte da ilha.

Ao sair pela segunda vez, contudo, no dia 27 de novembro, Gedeon Spilett, que se aventurara na mata por cerca de quatrocentos metros, no sul da montanha, observou que Top farejava alguma coisa. O cão não parecia mais indiferente; ia e vinha, fuçando o capinzal e os arbustos, como se o faro lhe houvesse indicado algum objeto suspeito.

Spilett seguiu Top, instigando-o, fustigando-o com a voz, sempre alerta, a carabina no ombro, usando as copas das árvores para se proteger. Era bem improvável que Top tivesse farejado a presença de um homem, pois nesse caso teria latido com moderação e apenas rosnado. Ora, uma vez que se mantinha calado, era porque não havia perigo próximo nem iminente.

Assim decorreram aproximadamente cinco minutos, com Top a farejar e o repórter seguindo-o com prudência, quando, de repente, o cão se precipitou em direção a uma moita fechada e voltou com um farrapo na boca.

Era um trapo de roupa, manchado, roto, que Gedeon Spilett levou imediatamente para o curral.

Ali, os colonos o examinaram, nele reconhecendo um pedaço do agasalho de Ayrton, um farrapo daquele feltro fabricado exclusivamente nas oficinas têxteis de Granite House.

– Como vê, Pencroff – observou Cyrus Smith –, houve resistência por parte do infeliz Ayrton. Os bandidos o arrastaram à força! Ainda duvida de sua honestidade?

– Não, sr. Cyrus – respondeu o marujo –, e já me arrependi de minha estúpida desconfiança! Julgo, contudo, que devemos deduzir uma consequência desse fato.

– E qual seria? – perguntou o repórter.

– É que Ayrton não foi morto no curral! É que o levaram vivo, uma vez que ele resistiu! Ora, isso significa que ainda pode estar vivo!

– Tem razão, isso é possível – concordou o engenheiro, que ficou pensativo.

Eis uma esperança à qual podiam se agarrar os companheiros de Ayrton. Imaginaram, com efeito, que, surpreendido no curral, Ayrton levara um tiro, tal como Harbert. Entretanto, se os corsários não o haviam matado imediatamente, se o tinham levado vivo para alguma outra parte da ilha, não seria possível admitir que continuasse prisioneiro? Talvez inclusive um deles houvesse reconhecido em Ayrton um ex-comparsa da Austrália, o próprio Ben Joyce, chefe dos degredados evadidos... E quem sabe não haviam concebido a louca esperança de recrutar Ayrton novamente! Que utilidade ele não teria se conseguissem transformá-lo num traidor...!

Aquele incidente foi então favoravelmente interpretado no curral, e não lhes pareceu impossível acharem Ayrton ainda vivo. Este, de sua parte, se estivesse prisioneiro, sem dúvida de tudo faria para escapar das garras dos bandidos, voltando a ser um poderoso auxiliar para os colonos!

– Em todo caso – observou Gedeon Spilett –, se, por sorte, Ayrton conseguir fugir, é para Granite House que irá diretamente, pois ignora a tentativa de assassinato de que Harbert foi vítima e, por conseguinte, não tem como saber que estamos literalmente encurralados.

– Ah, como eu gostaria que ele estivesse lá, em Granite House! – exclamou Pencroff –, e nós também! Pois afinal, se por um lado os piolhentos não podem tentar nada contra o nosso lar, por outro podem devastar o planalto, nossas plantações, nosso terreiro!

Pencroff tornara-se um autêntico fazendeiro, afeiçoado de coração às suas colheitas. Entretanto, era Harbert o mais impaciente para voltar a Granite House, pois sabia o quanto a presença dos colonos era necessária lá. E era ele que os retinha no curral! Assim, uma única ideia absorvia sua mente: partir o quanto antes e como fosse! Julgava poder suportar o traslado para Granite House. Assegurava que recuperaria as forças mais rapidamente em seu quarto, com o ar e a vista do mar!

Harbert não se cansava de pressionar Gedeon Spilett nesse sentido, mas este, temendo com razão que seus ferimentos, mal cicatrizados, se abrissem no caminho, não dava a ordem de partida.

Nesse ínterim, ocorreu um incidente, que levou Cyrus Smith e os dois amigos a ceder aos desejos do rapaz, e sabe lá Deus o quanto de sofrimento e remorso aquela decisão viria a lhes custar!

Era 29 de novembro. Sete da manhã. Os três colonos conversavam no quarto de Harbert, quando ouviram Top dar alguns latidos significativos.

Cyrus Smith, Pencroff e Gedeon Smith empunharam os fuzis, preparados para abrir fogo, e saíram.

Top, que correra até o pé da cerca, saltava e latia, mas era de contentamento.

– Vem alguém!

– Isso é certo!

– Não é um inimigo!

– Será Nab?

– Ou Ayrton?

Assim que essas palavras foram trocadas entre o engenheiro e os dois amigos, um corpo pulava por cima da cerca e aterrissava no solo do curral.

Era Jup, mestre Jup em pessoa, ao qual Top dispensou verdadeira recepção de amigo!

– Jup! – exclamou Pencroff.

– Foi Nab quem o enviou! – opinou o repórter.

– Se for assim – disse o engenheiro –, deve ter trazido alguma mensagem.

Pencroff precipitou-se para o orangotango. Evidentemente, se tivesse algum fato importante a relatar ao patrão, Nab não encontraria mensageiro mais seguro e ágil do que mestre Jup, capaz de transpor obstáculos os quais nem os colonos nem o próprio Top talvez superassem.

Cyrus Smith não se enganara. No pescoço de Jup estava pendurado um saquinho e, nesse saquinho, havia um bilhete escrito pelo punho de Nab.

Imagine o leitor o desespero de Cyrus Smith e seus companheiros ao lerem estas palavras:

SEXTA-FEIRA, 6h MANHÃ

PIRATAS INVADIRAM PLANALTO!

NAB

Entreolharam-se em silêncio e voltaram a entrar no refúgio. O que era aconselhável fazer? A presença dos facínoras no planalto do Mirante significava desastre, devastação, ruína!

Harbert, ao ver o engenheiro, o repórter e Pencroff entrarem, compreendeu que a situação se agravara e, batendo os olhos em Jup, não duvidou mais que uma catástrofe ameaçava Granite House.

– Sr. Cyrus – ele disse –, quero partir. Aguentarei a viagem! Quero partir!

Gedeon Spilett aproximou-se de Harbert e, após examiná-lo, concluiu:

– Então vamos!

Debateram prontamente se Harbert seria transportado numa padiola ou na carroça, que Ayrton trouxera para o curral. Na padiola, não sofreria tanto com os solavancos, mas necessitaria de dois carregadores, o que significava menos dois fuzis em ação, caso fossem alvo de um ataque no caminho.

Não poderiam, ao contrário, usar a carroça e deixar todos os braços livres para agir? Não poderiam instalar na caçamba o colchão em que Harbert repousava e avançar cautelosamente, de maneira a evitar os impactos? Sim, poderiam.

A carroça foi trazida. Pencroff atrelou o onagro. Cyrus Smith e o repórter ergueram o colchão de Harbert e o instalaram no fundo da carroça, entre as duas xelmas.

O tempo estava aberto. Intensos raios de sol atravessavam a copa das árvores.

– As armas estão preparadas? – perguntou Cyrus Smith.

Estavam. Ao engenheiro e Pencroff, armados cada um com um fuzil de dois tiros, bem como a Gedeon Spilett, com sua carabina, nada mais restava senão partir.

– Como se sente, Harbert? – indagou o engenheiro.

– Ah, sr. Cyrus – respondeu o rapaz –, fique tranquilo, não morrerei no caminho!

Era visível que a pobre criança, quando assim falava, recorria a toda a sua energia, e que só graças a uma suprema vontade guardava um resto de forças.

O engenheiro sentiu um aperto no coração. Hesitou novamente em dar o sinal de partida. Não o fazer, porém, significava angustiar Harbert, talvez matá-lo.

– Avante! – ordenou Cyrus Smith.

O portão do curral foi aberto. Jup e Top, que sabiam calar-se nos momentos oportunos, precipitaram-se na frente. A carroça saiu, o portão foi fechado e o onagro, tangido por Pencroff, avançou num passo lento.

Claro, teria sido preferível seguirem por um caminho que levasse diretamente do curral a Granite House, mas a carroça teria dificuldade para avançar por dentro da mata. Viram-se então obrigados a ir pelo primeiro caminho, embora este devesse ser conhecido dos bandidos.

Cyrus Smith e Gedeon Spilett caminhavam um de cada lado da carroça, prontos para reagir a qualquer ataque. Contudo, era bastante improvável que os piratas fossem abandonar o planalto do Mirante. O bilhete de Nab fora evidentemente escrito e enviado assim que os bandidos surgiram. Ora, nele constava o horário de seis horas da manhã e o ágil orangotango, acostumado a visitar o curral, levara apenas quarenta e cinco minutos para transpor os oito quilômetros que o separavam de Granite House. Portanto, a estrada devia estar segura naquele momento, e, se tivessem de abrir fogo, seria apenas nas imediações de Granite House.

Mesmo assim, os colonos mantinham-se em alerta máximo. Top e Jup, este armado com seu tacape, ora à frente, ora esquadrinhando a mata nas margens do caminho, não assinalavam nenhum perigo.

A carroça avançava lentamente, tangida por Pencroff. Haviam deixado o curral às sete e meia e, uma hora depois, seis dos oito quilômetros haviam sido deixados para trás, sem que se produzisse um único incidente.

A estrada estava deserta, assim como toda aquela parte da floresta do Jacamar, que se estendia entre o Mercy e o lago. Nenhum sobressalto. A mata parecia tão erma como no dia em que os colonos aportaram na ilha.

Aproximavam-se do planalto. Mais uns dois quilômetros, avistariam a pinguela do córrego Glicerina. Cyrus Smith tinha praticamente certeza de que o pontilhão estava no lugar, ou porque os degredados tivessem entrado por outro local, ou porque, após atravessarem um dos cursos d'água que fechavam o terreno, haviam tomado a precaução de abaixá-lo novamente, precavendo-se para uma possível retirada.

Por fim, a clareira das últimas árvores descortinou um horizonte marítimo. A carroça, porém, seguiu adiante, pois seus defensores não podiam pensar em abandoná-la.

Nesse momento, Pencroff deteve o onagro, e com uma voz terrível, vociferou:

– Ah, miseráveis!

E, com a mão, apontou para uma densa fumaça que espiralava acima do moinho, dos estábulos e das dependências do terreiro.

Um homem agitava-se em meio a esses vapores.

Era Nab.

Seus companheiros deram um grito. Ele os ouviu e acorreu...

Os piratas haviam abandonado o planalto havia meia hora, após o devastarem!

– E o sr. Harbert? – exclamou Nab.

Nesse instante, Gedeon Spilett foi até a carroça.

Harbert desmaiara!

10

Harbert transportado para Granite House • Nab relata o ocorrido • Cyrus Smith inspeciona o planalto • Ruínas e destruição • Desamparados face à doença • A casca de salgueiro • Febre letal • Top não para de latir!

CORSÁRIOS, Granite House em perigo, o planalto devastado, nada importava. O estado de Harbert vinha antes de tudo. O deslocamento não teria lhe feito bem, provocando alguma lesão interna? O repórter não saberia dizer, mas tanto ele como seus companheiros estavam desesperados.

A carroça foi conduzida até o cotovelo do rio. Lá, alguns galhos, dispostos em forma de padiola, receberam o colchão em que Harbert jazia desacordado. Dez minutos depois, após incumbirem Nab de levar de volta a carroça para o planalto do Mirante, Cyrus Smith, Gedeon Spilett e Pencroff chegavam ao sopé do paredão.

O elevador foi acionado e dali a pouco Harbert achava-se deitado em sua cama de Granite House.

Os cuidados que os amigos lhe dedicaram terminaram por despertá-lo. Ele sorriu por um instante, vendo-se em seu quarto, porém mal conseguiu murmurar algumas palavras, tão grande era sua fraqueza.

Gedeon Spilett examinou seus ferimentos. Temia que, ainda mal cicatrizados, houvessem reaberto... alarme falso. De onde vinha então aquela prostração? Por que o estado de Harbert piorara?

O rapaz mergulhou então numa espécie de sono febril, e o repórter e Pencroff permaneceram à sua cabeceira.

O elevador foi acionado.

Nesse ínterim, Cyrus Smith colocava Nab a par do que acontecera no curral e Nab relatava ao patrão os acontecimentos de que o planalto acabava de ser o cenário.

Somente na noite da véspera os piratas haviam irrompido na orla da mata, nas cercanias do córrego Glicerina. Nab, que vigiava próximo ao terreiro, não hesitara em abrir fogo contra um deles, que se dispunha a atravessar o curso d'água, porém, como a noite estava muito fechada, não pudera saber se acertara o miserável. Em todo caso, isso não fora suficiente para expulsar o bando e Nab mal tivera tempo de subir para Granite House, onde, pelo menos, achou-se em segurança.

Mas que atitude tomar? Como impedir as devastações com que os bandidos ameaçavam o planalto? Nab tinha algum meio de avisar seu patrão? E, a propósito, como estariam os animais do curral?

Cyrus Smith e seus companheiros haviam partido no dia 11 de novembro e estavam no dia 29. Fazia então dezenove dias que Nab não tinha outras notícias a não ser as trazidas por Top, notícias calamitosas: Ayrton desaparecido, Harbert gravemente ferido, o engenheiro, o repórter e o marujo, por assim dizer, aprisionados no curral!

"O que fazer?", perguntava-se o pobre Nab. Ele, pessoalmente, encontrava-se a salvo, pois os corsários não podiam atingi-lo em Granite House. Mas e as construções, plantações, todas as obras à mercê dos piratas! Não seria melhor avisar Cyrus Smith do perigo que o ameaçava e esperar pelo seu conselho?

Acudiu-lhe então a ideia de usar Jup para levar uma mensagem. Conhecia a extrema inteligência do orangotango, posta à prova em inúmeras ocasiões. Jup compreendia, por exemplo, a palavra "curral", corriqueiramente pronunciada à sua frente. Além disso, lembramos que ele conduzira diversas vezes a carroça para lá, junto com Pencroff. O dia ainda não amanhecera. O ágil orangotango saberia como atravessar furtivamente aquelas matas, das quais, por sinal, os bandidos deviam julgá-lo habitante natural.

Nab não pensou duas vezes. Escreveu a mensagem, prendeu-a no pescoço de Jup e levou o símio até a porta de Granite House, de onde desenrolou uma longa corda até o solo; em seguida, repetiu diversas vezes estas palavras:

– Jup! Jup! Curral! Curral!

O animal compreendeu, agarrou a corda, deixou-se escorregar num piscar de olhos até a praia e desapareceu no lusco-fusco da manhã, sem que a atenção dos bandidos fosse despertada em nenhum momento.

– Fez bem, Nab – aprovou Cyrus Smith –, no entanto, se não nos avisasse, talvez tivesse feito melhor ainda!

Ao falar assim, Cyrus Smith pensava em Harbert, cuja convalescença parecia severamente comprometida pelo deslocamento.

Nab terminou seu relato. Os piratas não haviam aparecido na praia. Ignorando o número de habitantes da ilha, talvez imaginassem Granite House defendida por um contingente poderoso. Decerto não se haviam esquecido que, durante o ataque do brigue, tinham sido recebidos por uma saraivada de tiros, tanto das rochas inferiores como das superiores, e, sem dúvida, não quiseram se expor. Em contrapartida, o planalto do Mirante estava franqueado para eles, fora do alcance da artilharia de Granite House. Entregaram-se, portanto, os corsários, a seu temperamento destrutivo, saqueando, queimando, fazendo o mal pelo mal. Só vieram a debandar meia hora antes da chegada dos colonos, os quais eles deviam julgar confinados no curral.

Nab deixara o seu refúgio às pressas. Arriscando-se a receber uma bala, subira até o planalto para tentar apagar o incêndio que consumia as dependências do terreiro. Embora inutilmente, lutara contra as chamas até o momento em que a carroça apareceu na orla da floresta.

Assim se desenrolaram esses graves incidentes. A presença dos piratas constituía uma ameaça permanente aos colonos da ilha Lincoln, até ali tão venturosos. Agora, contudo, um perigo maior os espreitava!

Gedeon Spilett permaneceu em Granite House, junto a Harbert e a Pencroff, enquanto Cyrus Smith, na companhia de Nab, foi avaliar pessoalmente a extensão do desastre.

Sorte os facínoras não terem alcançado o sopé de Granite House, caso contrário as oficinas das Chaminés não teriam escapado à destruição. No fim das contas, porém, esse dano talvez fosse mais facilmente sanado do que as ruínas espalhadas pelo planalto do Mirante!

Cyrus Smith e Nab tomaram a direção do Mercy e subiram sua margem esquerda, sem encontrar vestígio da passagem dos corsários. Do outro lado do rio, na mata fechada, tampouco perceberam qualquer indício suspeito.

As probabilidades, aliás, apontavam para o seguinte: ou os bandidos sabiam do retorno dos colonos a Granite House, tendo-os visto passar pela estrada do curral; ou, após a devastação do planalto, haviam se embrenhado na mata do Jacamar, seguindo o curso do Mercy, ignorando esse retorno.

No primeiro caso, teriam retornado ao curral, agora indefeso e bem provido de recursos valiosos para eles.

No segundo, teriam retornado a seu acampamento e lá aguardavam uma oportunidade para reiniciar o ataque.

Logo, embora houvesse uma possibilidade de defesa, toda iniciativa destinada a libertar a ilha permanecia subordinada ao estado de Harbert. Com efeito, Cyrus Smith não disporia de seu contingente máximo e ninguém podia, naquele momento, deixar Granite House.

O engenheiro e Nab chegaram ao planalto. Que desolação! As plantações haviam sido pisoteadas. As espigas da colheita, prestes a ser efetuada, jaziam no solo. As demais culturas não haviam sofrido menos. Da horta, nada sobrara. Por sorte, Granite House possuía uma reserva de sementes capaz de reparar os prejuízos.

Já o moinho, as dependências do terreiro e o estábulo dos onagros, o fogo destruíra tudo.

Alguns animais assustados vagavam pelo planalto. As aves, que durante o incêndio se haviam refugiado nas águas do lago, já retornavam ao seu sítio costumeiro e saracoteavam nas margens. Ali, tudo deveria ser reconstruído.

O semblante de Cyrus Smith, mais pálido que o normal, denotava uma raiva íntima e mal contida, mas ele não pronunciou uma palavra. Voltou uma última vez os olhos para as plantações devastadas e a fumaça, que ainda subia das ruínas, e retornou a Granite House.

Os dias seguintes foram os mais tristes dos colonos até aquele momento na ilha. A fraqueza de Harbert aumentava a olhos vistos. Uma doença mais grave, sequela do profundo distúrbio fisiológico que ele sofrera, ameaçava declarar-se, e Gedeon Spilett começava a sentir-se impotente diante de tal recaída!

Com efeito, Harbert permanecia numa espécie de torpor quase contínuo e alguns sintomas de delírio começaram a se manifestar. Tisanas refrescantes eram o único remédio à disposição dos colonos. A febre ainda não estava muito alta, mas logo veio a se manifestar em acessos periódicos.

Gedeon Spilett admitiu isso em 6 de dezembro. A pobre criança, cujos dedos, nariz e orelhas tornaram-se extremamente pálidos, foi primeiro sacudida por ligeiros calafrios, arrepios, tremores. Seu pulso estava baixo e irregular, a pele, seca, a sede, intensa. A essa fase sucedeu outra de calor; o rosto ganhou vida, a pele ganhou cor, o pulso acelerou; em seguida, um suor abundante, depois do qual a febre pareceu diminuir. A crise durara aproximadamente cinco horas.

Gedeon Spilett não abandonava Harbert, agora vítima de uma febre sezão, o que só gerava mais inquietude e a qual era preciso debelar a todo custo antes que se agravasse.

– E, para isso – disse Gedeon Spilett a Cyrus Smith –, precisamos de um febrífugo.

– Um febrífugo...! – exclamou o engenheiro. – Mas não temos aqui nem quinino, nem sulfato de quinino!

– De fato – concordou Gedeon Spilett –, mas há salgueiros nas margens do lago e casca de salgueiro costuma ser uma boa alternativa ao quinino.

– O que estamos esperando para ir até lá? – respondeu Cyrus Smith.

Com efeito, a casca de salgueiro vem sendo considerada, muito a propósito, um similar do quinino, assim como o castanheiro-da-índia, a folha de azevinho, a serpentária etc. Embora não equivalesse ao quinino, cumpria evidentemente testar aquela substância, aplicando-a em estado natural, já que não tinham recursos para extrair seu alcaloide, isto é, a salicina.

Cyrus Smith foi pessoalmente coletar alguns pedaços de casca no tronco de uma espécie de salgueiro-preto; trouxe-os para Granite House, triturou-os, e, naquela mesma noite, o pó foi ministrado a Harbert.

A noite transcorreu sem contratempos. Harbert delirou um pouco, mas a febre não retornou, assim como no dia seguinte.

Pencroff voltou a alimentar esperanças. Gedeon Spilett não dizia nada. Era possível que as sezões não se manifestassem diariamente, que a febre fosse terçã, em suma, e voltasse no dia seguinte. Aguardaram o dia seguinte na mais aflitiva ansiedade.

Notava-se igualmente que, durante o período apirético, Harbert ficava como que prostrado, com a cabeça pesada e suscetível a vertigens. Outro sintoma fez o repórter estremecer: o fígado de Harbert começara a congestionar e logo um delírio mais forte demonstrou que o cérebro também fora afetado.

– É uma febre terçã! – disse.

– Uma febre terçã! – exclamou Cyrus Smith. – Está enganado, Spilett! Malária não é uma coisa que venha do nada. É preciso que haja uma bactéria...!

– Não estou enganado – respondeu o repórter. – Harbert sem dúvida contraiu essa bactéria nos pântanos da ilha, e isso basta. Ele já teve um primeiro surto. Se tiver um segundo, e se não conseguirmos impedir o terceiro... ele estará perdido...!

– Mas e a casca de salgueiro...?

– É insuficiente – respondeu o repórter –, e se não cortarmos o terceiro acesso de febre maligna com o quinino, ele morrerá!

Pencroff, ainda bem, não ouvira nada dessa conversa. Teria enlouquecido.

Nada mais compreensível que a preocupação do engenheiro e do repórter durante todo aquele dia 7 de novembro e a noite seguinte.

No meio do dia, veio a segunda crise, terrível. Harbert percebeu que estava perdido! Estendia os braços para Cyrus Smith, para Spilett, para Pencroff! Não queria morrer...! A cena foi dilacerante. Tiveram que arrancar Pencroff dali.

A crise durou cinco horas. Era evidente que Harbert não aguentaria outra igual.

A noite foi terrível. Em seu delírio, Harbert dizia coisas de partir o coração. Em sua alucinação, lutava contra todos os corsários, chamava por Ayrton! Conclamava por aquela criatura misteriosa, aquele protetor, que agora sumira e cuja imagem o obcecava... Em seguida, recaía numa prostração profunda que o deixava completamente aniquilado... Mais de uma vez Gedeon Spilett julgou que o pobre menino falecera!

No dia seguinte, 8 de dezembro, o estado de fraqueza continuou. As mãos emagrecidas de Harbert comprimiam os lençóis. O repórter lhe ministrara novas doses de casca triturada, mas não esperava nenhum resultado disso.

– Se até o amanhecer não lhe dermos um febrífugo mais forte – afirmou –, Harbert morrerá!

Anoiteceu, provavelmente a última noite daquele menino corajoso, bondoso, inteligente, tão maduro para sua idade e que todos amavam como filho! O único remédio que havia contra aquela terrível malária, o único específico capaz de vencê-la, não existia na ilha Lincoln!

Durante aquela noite, de 8 para 9 de dezembro, Harbert delirou ainda mais intensamente. Com o fígado supercongestionado e o cérebro afetado, já não conseguia reconhecer nenhum dos amigos.

Sobreviveria até o dia seguinte, até o terceiro surto, que deveria ceifá-lo sem misericórdia? Suas forças haviam se esgotado e, no intervalo das crises, parecia um ser inanimado.

Por volta das três da manhã, Harbert deu um grito assustador, parecendo debater-se em suprema convulsão. Transtornado, Nab, que estava à sua cabeceira, correu para o quarto contíguo, onde seus companheiros velavam!

Naquele exato momento, Top latiu de uma maneira estranha.

Foram todos para junto do enfermo e contiveram o adolescente moribundo, que parecia querer lançar-se para fora da cama, enquanto Gedeon Spilett, tomando-lhe o braço, sentia o pulso subir gradativamente...

Eram cinco da manhã. Os raios da alvorada começavam a alcançar os quartos de Granite House. Anunciava-se um belo dia, talvez o último do desventurado Harbert...!

A luz do sol bateu na mesa, instalada junto à cama.

De repente, Pencroff deu um grito, apontando para um objeto sobre a mesa...

Era uma latinha oblonga, cuja tampa trazia as palavras:

SULFATO DE QUININO

II

Mistério insolúvel • Convalescença de Harbert • Partes da ilha ainda inexploradas • Preparativos para a partida • Primeiro dia • A noite • Segundo dia • Os kauris • O casal de casuares • Pegadas na floresta • Chegada ao promontório do Réptil

GEDEON SPILETT PEGOU a lata e abriu-a. Continha aproximadamente duzentos gramas de um pó branco, do qual levou algumas partículas aos lábios. O extremo amargor daquela substância não podia enganá-lo. Era de fato o precioso alcaloide do quinino, o antiperiódico por excelência.

Tinham de ministrar imediatamente aquele pó a Harbert. Como aparecera ali, discutiriam mais tarde.

– Café – pediu Gedeon Spilett.

Alguns instantes depois, Nab trazia uma xícara de infusão morna. Gedeon Spilett despejou nela cerca de dezoito grãos* de quinino e conseguiram fazer com que Harbert ingerisse o composto.

Tinham tempo, pois a terceira crise da febre maligna ainda não se manifestara!

E, permitam-nos acrescentar, não haveria de se manifestar!

A propósito, a esperança renascera entre os colonos. A força misteriosa atuara novamente, e num momento crucial, quando já tinham perdido a fé...!

Ao cabo de algumas horas, Harbert já repousava mais tranquilo. Os colonos puseram-se então a especular sobre o incidente. A in-

* 10 gramas. (Nota do autor)

tervenção do desconhecido fora mais evidente do que nunca. Mas como ele penetrara em Granite House durante a noite?

Isso era absolutamente inexplicável; na verdade, a maneira como o "gênio da ilha" procedia não era menos estranha do que o próprio gênio.

Durante esse dia, e de três em três horas, o sulfato de quinino foi ministrado a Harbert.

No dia seguinte o enfermo já apresentava melhoras. Claro, curado não estava, e, como as febres intermitentes são sujeitas a frequentes e perigosas recaídas, todos os cuidados lhe foram dispensados. Mais importante, o antídoto específico estava ali, e, sem dúvida, não muito longe o desconhecido que o providenciara! Enfim, uma imensa esperança voltou ao coração de todos.

Essa esperança não se viu desiludida. Dez dias depois, no dia 20 de dezembro, Harbert entrava em convalescença. Ainda estava fraco, uma dieta severa lhe fora imposta, mas nenhuma outra crise irrompera. Além de tudo, o dócil menino submetia-se docilmente às prescrições que lhe impunham! Era tão grande sua vontade de ficar bom!

Pencroff parecia um homem resgatado do fundo de um abismo! Tinha crises de alegria que pareciam delírio! Vencida a ameaça da terceira crise, abraçara o repórter até quase sufocá-lo. E passou a chamá-lo de doutor Spilett.

Restava descobrir o verdadeiro médico.

– Vamos descobri-lo! – repetia o marujo.

E aquele homem, fosse quem fosse, podia naturalmente esperar um abraço de leão-marinho do honrado Pencroff!

O mês de dezembro terminou e, junto com ele, o ano de 1867, durante o qual os colonos da ilha Lincoln haviam sido tão duramente castigados. Adentraram 1868 com um tempo magnífico, um calor soberbo, uma temperatura tropical, que a brisa marinha por sorte vinha refrescar. Harbert ressuscitava e, de sua cama, instalada perto de uma das janelas de Granite House, aspirava aquele ar salubre, carregado de emanações salinas, que lhe devolviam a saúde. Já começava a comer alguma coisa, e só Deus sabe as pequenas iguarias, leves e saborosas, que Nab lhe preparava!

– Ai, que vontade de ser ex-moribundo... – brincava Pencroff.

Durante todo esse período, os corsários não se haviam mostrado uma única vez nas cercanias de Granite House. De Ayrton, nenhuma notícia, e, embora o engenheiro e Harbert ainda concebessem alguma esperança de encontrá-lo, seus companheiros não duvidavam mais que o infeliz houvesse sucumbido. Aquele estado de incerteza não podia durar e, tão logo o adolescente recobrasse a forma, empreenderiam a planejada expedição, cujo resultado julgavam tão importante. Convinha, no entanto, aguardar mais um pouco, talvez um mês inteiro, pois só a força máxima da colônia seria capaz de derrotar os degredados.

No mais, Harbert estava cada vez melhor. A congestão hepática desaparecera e os ferimentos podiam ser considerados definitivamente cicatrizados.

Durante aquele mês de janeiro, realizaram-se importantes obras no planalto do Mirante, focadas exclusivamente em salvar o que era possível das colheitas de trigo e legumes devastadas. As sementes e mudas foram recolhidas de maneira a fornecer uma nova safra para a mudança de estação que se avizinhava. No que se refere à reconstrução do terreiro, do moinho e das estrebarias, Cyrus Smith preferiu esperar. Enquanto seus companheiros e ele estivessem no encalço dos bandidos, estes poderiam muito bem fazer uma nova incursão ao planalto, não sendo recomendável dar-lhes motivo para exercerem novamente seu ofício de saqueadores e incendiários. Quando houvessem expurgado a ilha daqueles malfeitores, providenciariam a reconstrução.

O jovem convalescente começou a pôr-se de pé na segunda quinzena de janeiro; no início uma hora por dia, depois duas, depois três. As forças voltavam-lhe a olhos vistos, de tal forma era vigorosa sua compleição. Tinha dezoito anos por essa época. Era alto e prometia ser um homem de aspecto nobre e formoso. A partir desse momento, sua recuperação, embora ainda exigisse certos cuidados – e o doutor Spilett era um médico severo –, evoluía satisfatoriamente.

No fim do mês, Harbert já percorria o planalto do Mirante e as praias. Alguns banhos de mar, que tomou na companhia de Pencroff e Nab, fizeram-lhe muito bem. Cyrus Smith julgou poder estipular o dia da partida, marcada então para 15 de fevereiro. As noites, muito claras naquela época do ano, seriam propícias às buscas que empreenderiam em todos os quadrantes da ilha.

Os preparativos requeridos para a grande jornada foram então iniciados, e prometiam ser intensos, pois os colonos haviam jurado não retornar a Granite House sem alcançarem um duplo objetivo: um, destruir os piratas e encontrar Ayrton, caso ainda estivesse vivo; dois, descobrir aquele que regia com tanta proficiência os destinos da colônia.

Da ilha Lincoln, os colonos conheciam a fundo toda a costa oriental, desde o cabo da Garra até os cabos Mandíbula, passando pelos vastos pântanos das Tadornas, as cercanias do lago Grant, a floresta do Jacamar, espremida entre a estrada do curral e o Mercy, os cursos do Mercy e do córrego Vermelho e, por fim, os contrafortes do monte Franklin, por entre os quais situava-se o curral.

Já haviam explorado, porém de maneira incipiente, o amplo litoral da baía Washington, desde o cabo da Garra até o promontório do Réptil, a orla florestal e pantanosa da costa oeste e as dunas sem fim que terminavam na boca entreaberta do golfo do Tubarão.

Em compensação, permaneciam completamente inexploradas as regiões arborescentes que cobriam a península Serpentina, toda a margem direita do Mercy, a margem esquerda do rio da Cachoeira, bem como o emaranhado de vertentes e trincheiras que escoravam três quartos da base do monte Franklin a oeste, ao norte e a leste, onde sem dúvida se escondiam inúmeros antros profundos. Por conseguinte, milhares de acres da ilha restavam por ser percorridos.

Ficou então decidido que a expedição atravessaria as matas do Faroeste, de maneira a englobar toda a zona situada à direita do Mercy.

O melhor talvez fosse dirigirem-se primeiro ao curral, por temor de que os piratas tivessem passado novamente por lá, fosse para saqueá-lo, fosse para nele instalar-se. Porém, ou a devastação do curral era agora um fato consumado, sendo tarde demais para impedi-la, ou os bandidos haviam resolvido entrincheirar-se lá e os colonos teriam tempo de sobra para atacá-los em seu covil.

Discutida a questão, o plano inicial foi mantido, isto é, rumariam para o promontório do Réptil através da mata. Abrindo caminho com o machado, lançariam dessa forma o primeiro traçado de uma estrada que ligaria Granite House à extremidade da península, com uma extensão entre vinte e cinco e vinte e sete quilômetros.

A carroça estava em perfeitas condições. Os onagros, bem descansados, prontos para um bom estirão. Víveres, apetrechos de acampamento, cozinha portátil e diversos utensílios foram carregados, bem como as armas e munições cuidadosamente escolhidas no arsenal agora tão completo de Granite House. Não deviam esquecer, contudo, que os corsários talvez vagassem pela floresta e que, naquelas matas fechadas, corriam o risco de serem alvos de um disparo covarde. Daí a necessidade de o pequeno grupo de colonos permanecer coeso e não se dividir sob hipótese alguma.

Foi igualmente decidido que ninguém permaneceria em Granite House. Até mesmo Top e Jup participariam da expedição. A inexpugnável habitação tinha defesas próprias.

A véspera da partida, 14 de fevereiro, caiu num domingo. Este foi inteiramente dedicado ao repouso e santificado pelas ações de graças que os colonos entoaram ao Criador. Harbert, inteiramente curado, porém ainda um pouco debilitado, teria direito a um lugar na carroça.

Ao raiar do dia, Cyrus Smith tomou as últimas providências para deixar Granite House ao abrigo de qualquer invasão. As escadas de corda, que antes serviam para a ascensão, foram transportadas para as Chaminés e enterradas no fundo na areia, de maneira que pudessem servir na volta, já que o cilindro do elevador fora desmontado e nada mais restava do dispositivo. Pencroff, encarregado dessa tarefa, foi o último a deixar Granite House, de onde desceu por uma corda dupla esticada até o solo e depois recolhida, eliminando o acesso que ligava a praia ao patamar superior.

Fazia um tempo magnífico.

– Teremos um dia quente pela frente! – disse alegremente o repórter.

– Ora, doutor Spilett – respondeu Pencroff –, caminharemos sob árvores, nem sequer veremos o sol!

– Pé na estrada! – disse o engenheiro.

A carroça esperava na praia, defronte das Chaminés. O repórter ordenara que Harbert se acomodasse na caçamba, pelo menos durante as primeiras horas de viagem, e o rapaz foi obrigado a submeter-se às recomendações de seu médico.

Nab posicionou-se à frente dos onagros. Cyrus Smith, o repórter e o marujo encabeçariam a marcha. Top saltitava alegremente. Harbert ofereceu um lugar a Jup no veículo, e Jup aceitou sem cerimônia. O momento da partida chegara e o pequeno grupo pôs-se a caminho.

A carroça dobrou a esquina da foz e, após subir por um quilômetro e meio a margem esquerda do Mercy, atravessou a ponte que dava acesso à estrada de porto Balão. Naquele ponto, os exploradores, abandonando a estrada à sua esquerda, começaram a se embrenhar sob o dossel das amplas matas que formavam a região do Faroeste.

Durante os primeiros quilômetros, as árvores, bem espaçadas, permitiam à carroça manobrar com certa liberdade; de tempos em tempos era preciso ceifar alguns cipós e capoeiras de arbustos, mas nenhum obstáculo sério deteve a marcha dos colonos.

A espessa ramagem das árvores fazia uma sombra fresca no solo. Cedros, pinheiros, casuarinas, banksias, seringueiras, dragoeiros e outras essências já identificadas sucediam-se além dos limites do olhar. O mundo das aves que frequentavam a ilha estava ali completo, tetrazes, jacamares, faisões, lóris e toda a escandalosa família das cacatuas, periquitos e papagaios. Cutias, cangurus e capivaras corriam pelo matagal, e tudo aquilo lembrava aos colonos as primeiras excursões que haviam feito após chegarem à ilha.

– Entretanto – opinou Cyrus Smith –, observo que esses animais, quadrúpedes e aves, estão mais ariscos do que antes. O que sugere que essas matas foram recentemente percorridas pelos corsários, dos quais devemos certamente encontrar indícios.

E, com efeito, em diversos pontos puderam constatar a passagem mais ou menos recente de um bando de homens; aqui, incisões feitas nas árvores, talvez com a finalidade de marcar o caminho; ali, cinzas de uma fogueira extinta e pegadas que determinados trechos arenosos do solo haviam conservado. Mas nada, em suma, que parecesse pertencer a um acampamento definitivo.

O engenheiro recomendara aos companheiros que se abstivessem de caçar. Disparos de armas de fogo poderiam chamar a atenção dos bandidos, que talvez rondassem a floresta. Além disso, quem fosse caçar teria que se afastar da carroça, e era rigorosamente proibido isolar-se do grupo.

Na segunda parte do dia, a cerca de oito quilômetros de Granite House, começaram a enfrentar dificuldades para avançar. Tiveram, por exemplo, de derrubar algumas árvores para desbravar certas capoeiras e abrir uma trilha. Antes de embrenhar-se na mata fechada, Cyrus Smith tivera o cuidado de despachar Top e Jup como batedores, os quais cumpriam conscienciosamente sua missão, e, quando o cão e o orangotango voltavam sem nada assinalar, era porque nada havia a temer nem dos piratas nem das feras, duas espécies de indivíduos do reino animal nivelados por seus ferozes instintos.

Na noite daquele primeiro dia, os colonos acamparam a cerca de quinze quilômetros de Granite House, à beira de um pequeno afluente do Mercy, cuja existência eles ignoravam e que provavelmente se conectava ao sistema hidrográfico ao qual o solo devia sua admirável fertilidade.

Após jantarem copiosa e vorazmente, tomaram as medidas necessárias para que a noite transcorresse sem contratempos. Se o engenheiro tivesse de lidar apenas com animais ferozes, onças e que tais, teria simplesmente cercado o acampamento com fogueiras, o que bastaria para defendê-lo; agindo assim, contudo, os piratas seriam atraídos pelas chamas, sendo preferível nesse caso ficarem no escuro.

A segurança, a propósito, foi planejada com rigor. A guarda seria feita em dupla e de duas em duas horas haveria revezamento. Ora, com Harbert dispensado da sentinela por motivo de força maior, Pencroff e Gedeon Spilett, de um lado, e o engenheiro e Nab, de outro, montaram guarda alternadamente no entorno do acampamento.

Em todo caso, durou apenas algumas horas a escuridão noturna, que se devia antes à densidade da vegetação do que ao ocultamento do sol. O silêncio só era rompido pelos rugidos das onças e os guinchos dos macacos, que pareciam irritar especialmente mestre Jup.

A noite transcorreu sem incidentes e, no dia seguinte, 16 de fevereiro, a marcha, mais lenta que árdua, foi retomada através da floresta.

Naquele dia, percorreram somente oito quilômetros, pois a todo instante era preciso abrir nova trilha com o machado. Verdadeiros *settlers*, os colonos poupavam as árvores altas e bonitas, cuja derrubada, aliás, lhes teria demandado um esforço injustificável, e sacrificavam as pequenas. O resultado disso era que a estrada foi ganhando uma direção pouco retilínea, encompridando-se com numerosos desvios.

Ao longo do dia, Harbert identificou novas espécies de árvores, cuja presença ainda não fora assinalada na ilha, como fetos arborescentes com palmas choronas, que pareciam escorrer como as águas de uma cascata, e pés de alfarroba, cujas bagas pendentes os onagros pastaram com avidez e que formavam polpas açucaradas e saborosas.

Os colonos também depararam com magníficos conglomerados de kauris, cujos troncos cilíndricos, coroados por um cone de vegetação, erguiam-se a uma altura de sessenta metros. Eram de fato as árvores-rainhas da Nova Zelândia, tão famosas como os cedros do Líbano.

Quanto à fauna, constituía-se em grande parte de espécimes já conhecidos dos caçadores. Ainda assim, vislumbraram, mas sem poder deles se aproximar, um casal de aves de grande porte, exclusivas da Austrália, um tipo de casuar, batizadas como emas, as quais, com um metro e meio de altura e plumagem acastanhada, pertencem à ordem dos pernaltas. Top arrojou-se para eles com toda a velocidade de suas quatro patas, mas os casuares, prodigiosamente ágeis, deixaram-no facilmente para trás.

Quanto a vestígios deixados pelos corsários na floresta, encontraram mais alguns. Próximo a restos de uma fogueira recentemente apagada, os colonos depararam com pegadas, que foram examinadas com extrema atenção. Medindo-as individualmente, comprimento e largura, descobriram tratar-se de cinco homens. Os cinco piratas haviam evidentemente acampado naquele local, porém – e isso foi objeto de minuciosas buscas! – não foi possível detectar uma sexta pegada, que, nesse caso, teria sido a do pé de Ayrton.

– Ayrton não estava com eles! – disse Harbert.

– Não – respondeu Pencroff –, e se não estava com eles é porque aqueles miseráveis já o haviam matado! Esses piolhentos não teriam um covil onde pudéssemos imprensá-los como se fossem tigres?

– Não – respondeu o repórter. – Mais provável estarem vagando a esmo, sendo de seu interesse agir assim até o momento em que forem senhores da ilha.

– Senhores da ilha! – exclamou o marujo. – Senhores da ilha...! – repetiu, e engasgava como se um punho de ferro o esganasse.

Em seguida, num tom mais calmo, perguntou:

– Sabe, sr. Cyrus, que bala usei para carregar o meu fuzil?

– Não, Pencroff!

– A que atravessou o peito de Harbert, e juro que ela não errará o alvo!

Aquelas justas represálias, porém, não seriam capazes de devolver a vida a Ayrton, e, daquele exame das pegadas deixadas no solo, resultava que o melhor que tinham a fazer era abandonarem toda esperança de um dia revê-lo!

Naquela noite, montaram acampamento a vinte e dois quilômetros de Granite House e Cyrus Smith calculou estarem a menos de oito do promontório do Réptil.

E, com efeito, no dia seguinte, haviam quase alcançado a extremidade da península e atravessado a floresta em todo o seu comprimento, porém nenhum indício os levara ao antro em que os piratas se haviam refugiado, nem ao outro, não menos secreto, que albergava o misterioso desconhecido.

12

Exploração da península Serpentina • Acampamento na foz do rio da Cachoeira • A dois quilômetros do curral • Reconhecimento efetuado por Gedeon Spilett e Pencroff • O retorno dos dois • Todos avante! • Uma porta aberta • Uma janela iluminada • Ao luar!

Os colonos dedicaram o dia seguinte, 18 de fevereiro, a explorar toda a faixa arborizada que ocupava o litoral desde o promontório do Réptil até o rio da Cachoeira. Puderam então vasculhar a fundo aquela floresta, cuja largura variava entre quatro e seis quilômetros, por estar compreendida entre as duas margens da península Serpentina. As árvores, por seu porte majestoso e espessa ramagem, atestavam a força vegetativa do solo, mais espantosa ali do que em qualquer outra zona da ilha. Alguém diria um recorte de uma floresta virgem da América ou da África Central, transportada para aquela zona intermediária. O que levava a crer que os soberbos vegetais encontravam naquele solo, úmido na camada superior mas aquecido internamente por fogos vulcânicos, um calor que não combinava com clima temperado. Os espécimes de árvores predominantes eram precisamente os kauris e eucaliptos, que ali assumiam dimensões gigantescas.

A finalidade dos colonos não era, contudo, admirar aquelas magnificências vegetais. Já sabiam que, nesse aspecto, a ilha Lincoln merecia um lugar no grupo das Canárias, cujo primeiro nome foi ilhas Afortunadas. Lamentavelmente, porém, sua ilha não lhes pertencia mais de modo absoluto; outros haviam se apoderado dela, celerados conspurcavam-lhe o solo, sendo mister destruí-los até o último.

Na costa ocidental, por mais que procurassem não encontraram nenhum vestígio. Nenhuma pegada, nenhuma árvore lascada, nenhuma cinza fria, nenhum acampamento deixado para trás.

– Isso não me admira – disse Cyrus Smith a seus companheiros. – Os corsários desembarcaram na ilha nas imediações da ponta do Destroço e se embrenharam imediatamente nas matas do Faroeste, após atravessarem o pântano das Tadornas. Seguiram então aproximadamente a rota que fizemos ao deixar Granite House. É o que explica as marcas que vimos na mata. Porém, ao chegarem ao litoral, os bandidos logo viram que não encontrariam ali um covil apropriado e foi então que, subindo em direção ao norte, descobriram o curral.

– Para onde talvez tenham retornado… – disse Pencroff.

– Não penso assim – respondeu o engenheiro –, uma vez que eles devem supor que nossas buscas irão se dirigir para aquelas bandas. Para eles, o curral é um mero entreposto, não um acampamento definitivo.

– Sou da opinião de Cyrus – concordou o repórter. – Para mim, foi entre contrafortes do monte Franklin que os bandidos encontraram um covil.

– Então, sr. Cyrus, direto para o curral! – exclamou Pencroff. – Temos que terminar logo com isso e até agora só perdemos tempo!

– Não, amigo – retrucou o engenheiro. – Esquece que tínhamos interesse em saber se as matas do Faroeste não escondiam alguma habitação. Nossa exploração tem uma dupla finalidade, Pencroff. Se de um lado devemos castigar o crime, de outro temos um ato de gratidão a cumprir!

– Muito bem falado, sr. Cyrus – concordou o marujo. – Mas no que se refere ao tal cavalheiro, tenho para mim que só o encontraremos quando ele bem quiser!

E, na realidade, Pencroff não fazia senão exprimir a opinião de todos. Era provável que o covil do desconhecido fosse tão misterioso quanto ele próprio!

Aquela noite, a carroça estacionou na foz do rio da Cachoeira. O acampamento foi montado como de costume e tomaram-se as precauções rotineiras para a noite. Harbert, que voltara a ser o rapaz forte e saudável de antes da doença, usufruía amplamente daquela vida ao ar livre, entre as brisas do oceano e a atmosfera revigorante da mata. Seu lugar não era mais na carroça, mas à frente da caravana.

No dia seguinte, 19 de fevereiro, os colonos, abandonando o litoral, no qual, além da foz, aglomeravam-se tão pitorescamente basaltos de todas as formas, subiram a margem esquerda do rio. A trilha já estava parcialmente aberta devido a excursões anteriores do curral até a costa ocidental. Os colonos se achavam então a uma distância de oito quilômetros do monte Franklin.

O plano do engenheiro consistia no seguinte: esquadrinhar todo o vale, cujo talvegue formava o leito do rio, e alcançar sorrateiramente os arredores do curral; se estivesse ocupado, reconquistá-lo; se não estivesse, nele entrincheirar-se, transformando-o no centro de operações que teriam por objetivo a exploração do monte Franklin.

O plano foi aprovado por unanimidade pelos colonos, ansiosos para retomar o controle integral da ilha!

Seguiram então pelo estreito vale que separava os dois contrafortes mais imponentes da montanha. As árvores, cerradas nas ribanceiras do rio, iam se tornando mais raras nas zonas superiores do vulcão. Era um solo montanhoso, bastante acidentado e propício a emboscadas, pelo qual se aventuraram com extrema precaução. Top e Jup seguiam na frente como batedores e, zanzando para um lado e para outro nas capoeiras fechadas, rivalizavam em inteligência e habilidade. Nada, porém, sugeria que as margens do curso d'água tivessem sido frequentadas recentemente, nada indicava nem a presença nem a proximidade dos corsários.

Por volta das cinco da tarde, a carroça parou a aproximadamente dois quilômetros do terreno cercado. Um anel de árvores gigantes ainda o escondia.

A meta, portanto, era realizar uma batida no curral, a fim de saberem se estava ocupado. Atacar de peito aberto, em plena luz do dia, por menos que os piratas se achassem emboscados, era expor-se a uma surpresa desagradável, como acontecera com Harbert. Preferiram, então, aguardar a noite.

Mesmo assim, Gedeon Spilett insistiu em vistoriar as imediações do curral, e Pencroff, já impaciente, ofereceu-se para acompanhá-lo.

– Não, amigos – interferiu o engenheiro –, esperem anoitecer. Não permitirei que nenhum dos dois se exponha à luz do dia.

– Mas, sr. Cyrus... – replicou o marujo, pouco inclinado a obedecer.

– Por favor, Pencroff – disse o engenheiro.

– Tudo bem! – aceitou o marujo, extravasando sua raiva de outra forma, ao agraciar os corsários com os adjetivos mais rudes do repertório marítimo.

Os colonos posicionaram-se então ao redor da carroça e observaram atentamente a área contígua à mata.

Três horas transcorreram dessa forma. O vento amainara, e um silêncio absoluto reinava sob as grandes árvores. O frêmito de um galho mais fino, um rumor de passos pisando folhas secas, o rastejar de um corpo no matagal teriam sido percebidos sem dificuldade. Tudo parecia tranquilo. Em todo caso, Top, deitado no solo, a cabeça esticada sobre as patas, não dava nenhum sinal de inquietude.

Às oito horas, a noite pareceu suficientemente escura para que o reconhecimento fosse efetuado em boas condições. Gedeon Spilett declarou-se pronto a partir em companhia de Pencroff. Cyrus Smith consentiu. Top e Jup ficariam com o engenheiro, Harbert e Nab, pois não convinha que um latido ou rosnado despropositado chamasse a atenção.

– Não se arrisquem imprudentemente – recomendou Cyrus Smith ao marujo e ao repórter. – A missão de vocês não é tomar posse do curral, mas tão somente saber se está ou não ocupado.

– Entendido – respondeu Pencroff.

E ambos partiram.

Sob as árvores, graças à espessura da folhagem, certa penumbra já tornava os objetos invisíveis além de um raio de nove a dez metros. O repórter e Pencroff, detendo-se todas as vezes em que julgavam suspeito algum ruído, avançavam com a mais extrema cautela.

Caminhavam afastados um do outro, a fim de oferecer um campo menor para os disparos. Enfim, esperavam, a todo instante, que uma detonação se produzisse.

Cinco minutos após deixarem a carroça, Gedeon Spilett e Pencroff haviam alcançado a orla da mata, em frente à clareira, ao fundo da qual situava-se o terreno cercado.

Pararam. Raios tênues ainda banhavam a pastagem desguarnecida de árvores. A dez metros erguia-se o portão do curral, que parecia fechado. Esses dez metros a ser transpostos entre a orla da mata e o cercado formavam a zona vermelha, para empregar uma expressão da balística. Com efeito, uma ou várias balas disparadas da crista da cerca teriam abatido o primeiro que se aventurasse por ali.

Spilett e o marujo não eram homens de recuar, mas sabiam que uma imprudência de sua parte, da qual seriam as primeiras vítimas, teria consequências graves para seus companheiros. Se eles morressem, o que seria de Cyrus Smith, Nab e Harbert?

Pencroff, entretanto, superexcitado ao sentir-se tão perto do curral, onde supunha os bandidos refugiados, ia avançar, quando a mão vigorosa do repórter reteve-o.

– Daqui a pouco será noite – murmurou Gedeon Spilett ao ouvido de Pencroff –, e poderemos agir.

Pencroff, apertando convulsivamente a coronha de sua espingarda, conteve-se e, resmungando, esperou.

Dali a pouco, as últimas luzes do crepúsculo extinguiram-se por completo. As trevas, que pareciam sair da mata fechada, invadiram a clareira. O monte Franklin erguia-se como um imenso biombo na frente do arrebol e, num piscar de olhos, a escuridão se instalou, tal como acontece nas regiões de baixa latitude. O momento chegara.

O repórter e Pencroff, posicionados na orla da mata, não haviam perdido de vista o terreno cercado. O curral parecia completamente deserto. A cumeeira da cerca formava uma linha um pouco mais escura que a treva circundante e nada alterava sua nitidez. Entretanto, se estivessem ali, os bandidos teriam decerto deixado um dos seus de tocaia, de maneira a se precaverem contra qualquer surpresa.

Gedeon Spilett apertou a mão do companheiro e ambos avançaram rastejando na direção do curral, com as espingardas engatilhadas.

Chegaram ao portão da cerca sem que nenhuma luz projetasse suas sombras.

Pencroff tentou empurrar o portão, que, como o repórter e ele já esperavam, estava fechado. No entanto, o marujo pôde constatar que as traves externas não haviam sido colocadas.

Daí ser possível concluir que os piratas ocupavam de fato o curral e que possivelmente haviam trancado o portão, a fim de que não pudessem arrombá-lo.

Spilett e Pencroff puseram-se à espreita.

Nenhum barulho do outro lado da cerca. Os carneiros e cabras, decerto dormindo em seus estábulos, em nada perturbavam a calma da noite.

O repórter e o marujo, tranquilizados, cogitaram escalar a cerca e penetrar no curral. O que contrariava as instruções de Cyrus Smith.

Verdade que a operação podia dar certo, mas também podia fracassar. Ora, se os bandidos não desconfiavam de nada, se ignoravam a incursão lançada contra eles, se, enfim, existia naquele momento uma chance de surpreendê-los, deveriam comprometer essa chance, transpondo inconsequentemente a cerca?

O repórter não pensou assim, julgando mais razoável aguardar que os colonos estivessem todos reunidos para tentar invadir o cur-

– Daqui a pouco será noite e poderemos agir.

ral. O certo é que era possível alcançar a cerca sem ser visto e que o terreno não parecia vigiado. Determinado esse ponto, não lhes restava senão voltar para a carroça e avaliar o caso.

Pencroff provavelmente compartilhou aquele modo de ver, pois não criou nenhuma dificuldade em acompanhar o repórter quando este se retirou para o bosque.

Alguns minutos depois, o engenheiro era colocado a par da situação.

– Muito bem, após refletir longamente, tenho todos os motivos para crer que os corsários não estão no curral.

– Logo saberemos – respondeu Pencroff –, quando escalarmos a cerca.

– Ao curral, amigos! – falou Cyrus Smith.

– Deixaremos a carroça na mata? – indagou Nab.

– Não – respondeu o engenheiro –, é nosso furgão de munições e víveres, e, em caso de necessidade, nos servirá de trincheira.

– Avante! – disse Gedeon Spilett.

A carroça saiu da mata e pôs-se em movimento em direção à cerca. A escuridão era profunda, o silêncio, tão absoluto como no momento em que Pencroff e o repórter se haviam afastado rastejando no solo. A relva densa abafava completamente o rumor dos passos.

Os colonos estavam preparados para abrir fogo. Jup, por ordens de Pencroff, mantinha-se na retaguarda. Nab levava Top na coleira, a fim de que ele não disparasse na frente.

A clareira logo surgiu. Estava deserta. Sem hesitar, o pequeno bando deslocou-se até a cerca. Num curto espaço de tempo, a zona perigosa foi transposta. Nenhum tiro fora disparado. Quando a carroça alcançou a cerca, parou, com Nab postando-se à frente dos onagros para contê-los. O engenheiro, o repórter, Harbert e Pencroff dirigiram-se então ao portão, a fim de ver se estava escorado por dentro...

Um dos batentes estava aberto!

– Não foi isto que me relataram há pouco! – exclamou o engenheiro, voltando-se para o marujo e Gedeon Spilett.

Ambos estavam estupefatos.

– Juro pela minha salvação – disse Pencroff – que esse portão estava fechado agorinha mesmo!

Os colonos hesitaram. Os corsários estariam no curral no momento em que Pencroff e o repórter faziam seu reconhecimento? Isso não podia ser objeto de dúvida, uma vez que o portão, então fechado, só pudera ser aberto por eles! Ainda estavam ali ou um deles acabava de sair?

Todas essas dúvidas apresentaram-se instantaneamente no espírito de cada um, mas como dirimi-las?

Nesse momento, Harbert, que avançara alguns passos pelo terreno, recuou precipitadamente e segurou a mão de Cyrus Smith.

– O que há? – perguntou o engenheiro.

– Uma luz!

– Na casa?

– Sim!

Todos os cinco avançaram na direção da porta e, com efeito, através dos vidros da janela à sua frente, viram bruxulear uma tênue luminosidade.

Cyrus Smith tomou rapidamente uma decisão.

– É uma chance única – disse aos companheiros –, encontrar os corsários confinados e desprevenidos! São nossos! Avante!

Os colonos entraram todos no terreno do curral, fuzis apontados. A carroça fora deixada na parte externa sob a guarda de Jup e Top, que, por medida de segurança, foram amarrados.

Cyrus Smith, Pencroff, Gedeon Spilett, de um lado, Harbert e Nab, do outro, seguindo a cerca, observaram a área do curral que estava absolutamente escura e deserta.

Em poucos instantes, todos estavam junto à casa, diante da porta fechada.

Cyrus Smith fez um sinal com a mão aos companheiros ordenando que não se mexessem e aproximou-se do vidro, então fracamente iluminado pela luz interna.

Seus olhos mergulharam no cômodo único que formava o rés do chão da casa.

Sobre a mesa, uma lanterna acesa. Ao lado, a cama utilizada por Ayrton.

Nela, repousava o corpo de um homem.

Subitamente, Cyrus Smith recuou, e com uma voz abafada, exclamou:

– Ayrton!

E, arrombando mais do que abrindo a porta, os colonos precipitaram-se dentro do quarto.

Ayrton parecia dormir. Seu rosto trazia as marcas de um sofrimento longo e cruel. Em seus pulsos e tornozelos viam-se manchas escuras e escoriações.

Cyrus Smith se debruçou sobre ele.

– Ayrton! – exclamou o engenheiro, segurando o braço daquele que acabava de encontrar em circunstâncias tão inesperadas.

A esse chamado, Ayrton abriu os olhos e, olhando de frente Cyrus Smith, depois os outros, exclamou:

– Vocês! Vocês!

– Ayrton! Ayrton! – repetiu Cyrus Smith.

– Onde estou?

– Na casa do curral!

– Sozinho?

– Sim!

– Mas eles virão! – agitou-se Ayrton. – Defendam-se! Defendam-se!

Extenuado, Ayrton voltou a perder os sentidos.

– Spilett – disse então o engenheiro –, podemos ser atacados de uma hora para outra. Estacionem a carroça dentro do curral. Depois façam uma barricada no portão e voltem todos para cá.

Pencroff, Nab e o repórter apressaram-se a executar as ordens do engenheiro. Não havia um instante a perder. A carroça inclusive talvez já estivesse nas mãos dos facínoras!

Num piscar de olhos o repórter e seus dois companheiros atravessaram o curral e alcançaram o portão da cerca, atrás do qual ouvia-se Top rosnar surdamente.

O engenheiro, deixando Ayrton por um instante, saiu da casa, preparado para abrir fogo. Harbert estava ao seu lado. Ambos vigiavam a crista do contraforte que dominava o curral. Se os corsários estivessem emboscados naquele lugar, poderiam matar um a um os colonos.

Nesse momento, a lua surgiu no leste, acima da escura cortina da floresta, e uma luz lívida banhou o interior do cercado. O curral ficou todo iluminado, com seus arvoredos, o pequeno curso d'água que o irrigava e seu vasto tapete de relva. O branco da casa e de parte da cerca destacava-se contra o fundo da montanha. No lado oposto, na direção da porta, o descampado continuava mergulhado no breu.

Um vulto negro surgiu. Era a carroça entrando no círculo de luz. Cyrus Smith ouviu então seus companheiros fechando e trancando o portão por dentro.

Contudo, justamente naquele instante, Top, arrebentando violentamente a coleira, pôs-se a latir furiosamente e disparou para o fundo do curral, à direita da casa.

– Amigos, alerta! Apontar armas...! – gritou Cyrus Smith.

Os colonos, engatilhando os fuzis, prepararam-se para abrir fogo. Top continuava a latir e Jup, correndo na direção do cão, emitia guinchos estridentes.

Os colonos foram atrás dos dois animais e chegaram à beira do pequeno riacho, assombreado por grandes árvores.

E ali, iluminados de cheio, o que viram?

Cinco corpos estendidos na areia!

Eram os cadáveres dos piratas que, quatro meses antes, haviam desembarcado na ilha Lincoln!

13

Relato de Ayrton • Planos de seus ex-cúmplices • Instalação no curral • O justiceiro da ilha Lincoln • O *Bonadventure* • Buscas em torno do monte Franklin • Os vales superiores • Ruídos subterrâneos • A solução de Pencroff • No fundo da cratera • O regresso

O QUE ACONTECERA? Quem atacara os piratas? Teria sido Ayrton? Não, uma vez que, um minuto antes, este afirmara temer seu retorno!

Naquele momento, porém, Ayrton achava-se mergulhado num desmaio profundo, do qual foi impossível arrancá-lo. Depois das poucas palavras que pronunciara, tomado por um torpor invencível, voltara a desabar em sua cama, inerte.

Às voltas com mil pensamentos confusos, dominados pela ansiedade, os colonos esperaram a noite inteira, sem deixar a cabana, portanto sem retornar ao local onde jaziam os cadáveres. Quanto às circunstâncias em que os bandidos haviam encontrado a morte, era muito possível que Ayrton nada tivesse a declarar, uma vez que ele próprio ignorava estar na casa do curral. Por outro lado, poderia perfeitamente narrar os fatos anteriores à terrível execução.

No dia seguinte, Ayrton saía de sua letargia e os companheiros puderam lhe demonstrar toda a alegria que sentiam em revê-lo, praticamente são e salvo, após cento e quatro dias de separação.

Ayrton então relatou em poucas palavras o que acontecera, ou pelo menos o que sabia.

No dia seguinte à sua chegada ao curral, no último 10 de novembro, ao cair da noite, foi surpreendido pelos piratas, que haviam escalado a cerca. Estes, após amarrá-lo e amordaçá-lo, levaram-no para uma caverna escura, ao pé do monte Franklin, onde se haviam refugiado.

Estava com a morte decretada e marcada para o dia seguinte, quando um dos bandidos o reconheceu e chamou pelo nome que ele usava na Austrália. Aqueles miseráveis queriam massacrar Ayrton! Respeitaram Ben Joyce!

A partir daquele momento, contudo, Ayrton virou alvo do assédio de seus ex-cúmplices, que o queriam novamente em suas fileiras não só para se apoderarem de Granite House e penetrarem naquela morada inacessível, como para se tornarem senhores da ilha, após assassinarem seus colonos!

Ayrton resistiu. O ex-degredado, arrependido e perdoado, preferia morrer a trair seus companheiros.

Amarrado, amordaçado e vigiado, vivera durante quatro meses naquela caverna.

Entretanto, pouco tempo após sua chegada à ilha os piratas haviam descoberto o curral e, desde então, embora não o habitassem, viviam de suas reservas de víveres. Em 11 de novembro, dois desses bandidos, inopinadamente surpreendidos pela chegada dos colonos, abriram fogo contra Harbert, e um deles voltou gabando-se de ter matado um dos habitantes da ilha, mas voltara sozinho. Seu comparsa, como sabemos, já não existia, apunhalado por Cyrus Smith.

É de se imaginar a inquietude e o desespero de Ayrton ao receber a notícia da morte de Harbert! Agora os colonos eram apenas quatro, encontrando-se, por assim dizer, à mercê dos degredados!

Na esteira desse episódio, e durante todo o tempo que os colonos permaneceram no curral, retidos pelo estado de Harbert, os piratas não deixaram a caverna, e, mesmo após saquearem o planalto do Mirante, julgaram prudente não abandoná-la.

Os maus-tratos infligidos a Ayrton então redobraram. Suas mãos e seus pés ainda exibiam a marca de sangue das cordas que o prendiam dia e noite. A todo instante esperava uma morte à qual lhe parecia impossível escapar.

A situação não se modificou até a terceira semana de fevereiro. Os degredados, continuando a espreitar uma oportunidade favorável, raramente deixavam seu covil, realizando apenas algumas excursões para caçar, no interior da ilha ou na costa meridional. Ayrton não tinha mais notícia dos amigos, nem esperança de revê-los um dia!

Por fim, o infeliz, enfraquecido pelos maus-tratos, caíra numa prostração tão profunda que não via nem ouvia mais. Assim, a partir daquele momento, isto é, tudo que se referia aos últimos dois dias, não era sequer capaz de dizer o que acontecera.

– Mas, sr. Smith – acrescentou –, se eu era prisioneiro na caverna, como vim parar no curral?

– E como é possível que os piratas estejam estendidos, mortos, no meio do cercado? – indagou o engenheiro.

– Mortos! – exclamou Ayrton, que, a despeito da fraqueza, soergueu-se um pouco.

Seus companheiros o ampararam e ele fez menção de se levantar. Permitiram-lhe e todos se dirigiram ao pequeno riacho.

O dia já amanhecera completamente.

Ali, à beira d'água, na posição em que os havia surpreendido uma morte decerto fulminante, jaziam os cadáveres dos cinco corsários!

Ayrton estava aterrado. Cyrus Smith e seus companheiros o observavam sem pronunciar uma palavra.

A um sinal do engenheiro, Nab e Pencroff inspecionaram aqueles corpos, já hirtos.

Neles, não se via nenhuma marca de ferimento.

Entretanto, após examiná-los minuciosamente, Pencroff detectou, na testa de um, no peito de outro, nas costas deste, no ombro daquele, um pontinho vermelho, escoriação quase invisível, cuja origem era impossível apontar.

– Foi nesse ponto que foram feridos! – disse Cyrus Smith.

– Mas com que arma? – exclamou o repórter.

– Uma arma fulminante cujo segredo não detemos!

– E quem os fulminou...? – perguntou Pencroff.

– O justiceiro da ilha – respondeu Cyrus Smith –, aquele que o transportou para cá, Ayrton, aquele cuja influência continua a manifestar-se, aquele que faz para nós tudo que não podemos fazer com as próprias mãos e que, feito isso, evapora no ar.

– Ora, vamos atrás dele, diabos! – exclamou Pencroff.

– Sim, vamos – aprovou Cyrus Smith –, mas só encontraremos a criatura superior que realiza tais prodígios caso ela aceite mostrar-se a nós!

Aquela proteção invisível, que pulverizava os feitos dos colonos, ao mesmo tempo irritava e comovia o engenheiro. A relativa inferioridade que ela comprovava era capaz de ofender um caráter altivo. Uma generosidade que age de modo a recusar qualquer demonstração de gratidão denotava uma espécie de desdém com relação aos devedores, o que, até certo ponto, aos olhos de Cyrus Smith, empanava o valor do serviço prestado.

– Procuremos – ele continuou –, e Deus queira nos seja permitido um dia provar a esse protetor glacial que ele não está às voltas com ingratos! Eu daria tudo para ficar quite com ele, prestando-lhe igualmente, e nem que fosse ao preço de nossas vidas, algum eminente favor!

A partir daquele dia, encontrar o desconhecido passou a ser a única preocupação dos habitantes da ilha Lincoln. Tudo os instigava a descobrir a chave daquele enigma, chave que só poderia ser o nome de um homem dotado de um poder efetivamente inexplicável e, de certa maneira, sobre-humano.

Após alguns instantes, os colonos regressaram às dependências do curral, onde seus cuidados devolveram prontamente a Ayrton sua energia moral e física.

Nab e Pencroff transportaram os cadáveres dos corsários para a mata, a certa distância do curral, e os enterraram bem fundo.

Em seguida, os colonos colocaram Ayrton a par dos fatos que se haviam desenrolado durante seu sequestro. Ele soube então das desventuras de Harbert e da série de provações que os amigos haviam passado. Estes, temendo que os facínoras o houvessem massacrado impiedosamente, haviam perdido as esperanças de rever Ayrton.

– E agora – disse Cyrus Smith, terminando sua narrativa –, resta-nos um dever a cumprir. Metade de nossa tarefa está realizada, mas, se os piratas estão fora de combate, não é a nós que devemos tal fato.

– Muito bem! – respondeu Gedeon Spilett. – Vasculhemos o labirinto dos contrafortes do monte Franklin! Não deixemos uma reentrância, uma toca inexplorada! Ah, se um dia algum repórter se viu na presença de um mistério emocionante, esse repórter sou eu, ouçam o que estou dizendo, amigos!

– E só regressaremos a Granite House – acrescentou Harbert – depois de encontrar nosso benfeitor.

– Sim! – reforçou o engenheiro. – Faremos tudo que for humanamente possível... mas, repito, só o encontraremos se ele consentir!

– Vamos ficar no curral? – perguntou Pencroff.

– Sim – respondeu Cyrus Smith –, aqui as provisões são abundantes e estamos no centro de nosso perímetro de buscas. Em caso de necessidade, usaremos a carroça para voltar a Granite House.

– Entendido – disse o marujo. – Apenas uma observação.

– Qual?

– O verão aproxima-se do fim e não podemos esquecer que temos uma viagem pela frente.

– Uma viagem? – espantou-se Gedeon Spilett.

– Sim! À ilha Tabor – explicou Pencroff. – É imprescindível deixarmos lá uma mensagem explicando a localização da nossa ilha e a situação exata de Ayrton, para o caso de o iate escocês vir resgatá-lo. Quem sabe já não é tarde demais?

– Mas, Pencroff – indagou Ayrton –, como pretende realizar essa viagem?

– No *Bonadventure*!

– No *Bonadventure*! – exclamou Ayrton. – O *Bonadventure* não existe mais...

– Meu *Bonadventure* não existe mais! – desesperou-se Pencroff, dando um pulo.

– Não! – respondeu Ayrton. – Os bandidos o descobriram ancorado no porto, não faz uma semana, fizeram-se ao mar e...

– E? – interrogou Pencroff, com o coração na boca.

– E, não tendo mais Bob Harvey para pilotar, colidiram contra as rochas e espatifaram o barco!

– Ah, miseráveis! Bandidos! Velhacos infames! – vociferava Pencroff.

– Pencroff – disse Harbert, tomando a mão do marujo –, faremos outro *Bonadventure*, maior! Temos todas as ferragens, toda a ossatura do brigue à nossa disposição!

– Por acaso sabia que precisamos de pelo menos cinco ou seis meses para construir uma embarcação de trinta ou quarenta toneladas?

– Daremos um tempo – respondeu o repórter – e não faremos a viagem à ilha Tabor este ano.

– Que remédio, Pencroff, o jeito é nos resignar – disse o engenheiro. – Só espero que esse atraso não nos prejudique.

– Ah, o meu *Bonadventure*! Meu pobre *Bonadventure*! – lastimava-se Pencroff, efetivamente consternado com a perda de sua embarcação, da qual tinha tanto orgulho.

A destruição do *Bonadventure* era evidentemente um fato lamentável para os colonos e eles combinaram que aquela perda deveria ser reparada o mais cedo possível. Estipulado isso, dedicaram-se exclusivamente a levar a bom termo a exploração das áreas mais secretas da ilha.

As buscas foram iniciadas naquele mesmo dia, 19 de fevereiro, e duraram a semana inteira. A base da montanha, entre seus contrafortes e suas numerosas ramificações, formava um labirinto extravagante de vales e contravales. Era ali, estava claro, no fundo daquelas gargantas estreitas, talvez inclusive no bojo do maciço do monte Franklin, que convinha realizar as buscas. Nenhuma parte da ilha teria sido mais propícia a esconder uma habitação que alguém pretendesse manter oculta. Contudo, aqueles contrafortes eram tão inextricáveis que Cyrus Smith foi obrigado a adotar um método rigoroso em sua exploração.

Primeiro os colonos esquadrinharam todo o vale encravado no lado sul do vulcão e que recolhia as primeiras águas do rio da Cachoeira. Foi ali que Ayrton lhes mostrou a caverna em que os piratas haviam se refugiado e na qual ele permanecera cativo até sua remoção para o curral. O local achava-se tal qual Ayrton o deixara. Ali, encontraram certa quantidade de munições e víveres, que os bandidos haviam desviado com a intenção de fazer um estoque.

Todo o vale que desembocava na gruta, vale assombreado por belas árvores, com predominância das coníferas, foi minuciosamente explorado, e, contornando o contraforte sudoeste em sua extremidade, os colonos embrenharam-se por uma garganta ainda mais estreita, que dava acesso ao pitoresco conglomerado de basaltos do litoral.

Naquele ponto, as árvores se faziam mais raras. A rocha substituía o capim. As cabras e carneiros selvagens saltitavam por entre as pedras. Ali começava a parte árida da ilha. Já era possível perceber que, dos numerosos vales que se ramificavam na base do monte Franklin, apenas três eram arborizados e ricos em pastagens como o do curral, que confinava no oeste com o vale do rio da Cachoeira, e, a leste, com o vale do córrego Vermelho. Esses dois cursos d'água, a jusante transformados em rios pela absorção de alguns afluentes, beneficiavam-se de todas as águas da montanha, determinando assim a fertilidade de sua bacia meridional. Quanto ao Mercy, era mais diretamente abastecido por abundantes nascentes, perdidas sob a manta da floresta do Jacamar, e eram igualmente nascentes dessa natureza que, espalhando-se em mil e um filetes, irrigavam o solo da península Serpentina.

Ora, qualquer um desses três vales, onde não faltava água, poderia ter servido de covil para um solitário, que neles encontraria o necessário para sobreviver. Os colonos, porém, já os haviam explorado de ponta a ponta e em parte alguma notaram sinais de presença humana.

Seria então no fundo daquelas gargantas áridas, em meio àqueles deslizamentos de rochas, nas inóspitas ravinas do norte, entre as concreções de lava, que se esconderiam o covil e seu ocupante?

Em sua base, a região norte do monte Franklin compunha-se de apenas dois vales, largos e pouco profundos, sem indício de vegetação, semeados por blocos erráticos, entremeados por compridas morenas, pavimentados por lavas, enxameados de grandes protuberâncias minerais, salpicados de obsidianas e labradoritas. A exploração daquela zona era difícil e demandou tempo. Deparavam com um sem-número de grotões, pouco confortáveis sem dúvida, porém praticamente invisíveis e inacessíveis. Chegaram a vistoriar túneis escuros que datavam da época plutônica, ainda chamuscados pela passagem dos fogos arcaicos, os quais adentravam a montanha. Percorreram aquelas escuras galerias, iluminando-as com resinas inflamadas, vasculharam as cavidades mais exíguas, sondaram as profundezas. Em toda parte, contudo, apenas silêncio e escuridão. Parecia que nenhum ser humano jamais pusera os pés naquelas antigas galerias, que seu braço jamais deslocara um único daqueles blocos. A conformação rochosa achava-se tal como o vulcão a projetara acima das águas na época da emersão da ilha.

Entretanto, muito embora aquelas substruções parecessem completamente desabitadas e nelas a escuridão fosse completa, Cyrus Smith foi obrigado a reconhecer que não era o silêncio absoluto que ali reinava.

Chegando ao fundo de uma grota, que se prolongava por uma extensão de várias centenas de metros montanha adentro, ficou admirado de ouvir um ruído abafado, cuja intensidade era amplificada pela sonoridade das rochas.

Gedeon Spilett, que o acompanhava, tampouco deixou de perceber aquela efervescência, que indicava um renascer do fogo subterrâneo. Em diversos pontos do caminho, ambos puseram-se à espreita, concordando que alguma reação química se forjava nas entranhas da terra.

– Quer dizer que o vulcão não está totalmente extinto? – perguntou o repórter.

– É possível que, após havermos explorado sua cratera – respondeu Cyrus Smith –, algum trabalho tenha se realizado nas camadas inferiores. Todo vulcão, mesmo considerado extinto, pode voltar a ser ativo.

– E se o monte Franklin acordasse? – perguntou Gedeon Spilett. – A ilha Lincoln não correria perigo?

– Não creio – respondeu o engenheiro. – Se a cratera funcionar como válvula de segurança, os vapores e lavas excedentes vazarão, como das outras vezes, pelo seu ralo habitual.

– A não ser que as lavas abram uma nova passagem em direção às regiões férteis da ilha!

– Me explique, caro Spilett – replicou Cyrus Smith –, por que elas não seguiriam pelo seu caminho natural?

– Ora, vulcões são caprichosos! – sugeriu o repórter.

– Observe – continuou o engenheiro – que a inclinação do maciço do monte Franklin favorece a dispersão do magma na direção dos vales que exploramos neste momento. Seria preciso que um terremoto abalasse o centro de gravidade da montanha para que tal distribuição se alterasse.

– Ora, não podemos descartar um terremoto nessas circunstâncias – lembrou Spilett.

– É verdade – concordou o engenheiro –, sobretudo quando forças subterrâneas começam a despertar e, após um longo repouso, as entranhas do globo sofrem um entupimento. Por exemplo, meu caro Spilett, uma erupção constituiria um fato grave para nós, sendo deveras preferível que esse vulcão não resolvesse despertar! Porém, somos impotentes quanto a isso, concorda? Em todo caso, aconteça o que acontecer, não creio que nosso domínio do Mirante esteja seriamente ameaçado. Entre ele e a montanha, o solo é notavelmente rebaixado, e se um dia fluíssem na direção do lago, as lavas seriam rechaçadas para as dunas e zonas adjacentes ao golfo do Tubarão.

– Ainda não vimos no topo da montanha nenhuma fumaça indicando erupção iminente – atalhou Gedeon Spilett.

– De fato – aquiesceu Cyrus Smith –, no momento nenhum vapor escapa da cratera, cujo cume observei ontem, precisamente. Contudo, é possível que, na base da chaminé, o tempo tenha acumulado rochas, cinzas e lavas enfurecidas e que a válvula a que me referi esteja momentaneamente sobrecarregada. Porém, à primeira investida séria, todo obstáculo desaparecerá, e pode ter certeza, meu caro Spilett, que nem a ilha, que é a caldeira, nem o vulcão, que é a chaminé, rebentarão sob a pressão do gás. Contudo, repito, seria preferível que não houvesse erupção.

– De toda forma, não devemos nos iludir – concluiu o repórter. – Ouvimos realmente ruídos abafados nas próprias entranhas do vulcão!

– Exatamente – concordou o engenheiro, ainda à escuta –, não devemos nos iludir... Está em curso uma reação cuja importância ou resultado definitivo não podemos avaliar.

Cyrus Smith e Gedeon Spilett, ao saírem, encontraram os companheiros, para quem expuseram a situação.

– Pois muito bem! – exclamou Pencroff. – Quer dizer que esse tal vulcão anda querendo aprontar! Ele que se atreva! Encontrará aqui um adversário à altura...

– E quem seria ele? – indagou Nab.

– Nosso gênio, Nab, nosso gênio, que lhe amordaçará a cratera, bastando para isso ela se atrever a abrir um pouquinho que seja.

Como o leitor pode ver, a confiança do marujo no padroeiro de sua ilha era absoluta e, de fato, a força oculta, que até ali se manifestara mediante atos inexplicáveis, parecia ilimitada; aliás, era decerto por isso que ele escapara às minuciosas buscas dos colonos, pois, a despeito de todos os esforços e de todo o zelo – mais que zelo, tenacidade – que eles empenharam nas explorações, o misterioso covil não veio a ser descoberto.

De 19 a 25 de fevereiro, o perímetro de buscas foi estendido a toda a região setentrional da ilha Lincoln, cujos redutos mais inacessíveis foram vasculhados. Os colonos, tal como fazem detetives nas paredes de uma casa suspeita, chegaram a auscultar com uma sonda as muralhas rochosas. O engenheiro desenhou inclusive uma planta bastante exata da montanha, levando as buscas aos últimos sopés que a sustentavam. Dessa forma, ela foi explorada até a altura do cone ceifado, que terminava o primeiro patamar rochoso, depois até a aresta superior do imenso chapéu em cujo fundo se abria a cratera.

Fizeram mais que isso: vistoriaram o abismo, ainda inativo, mas em cujas profundezas ainda ressoavam distintamente alguns rugidos. Em contrapartida, nenhuma fumaça, nenhum vapor, nenhum aquecimento do paredão indicava uma erupção próxima. Porém nem ali, assim como tampouco em qualquer outra região do monte Franklin, os colonos encontraram vestígios daquele a quem procuravam.

As buscas dirigiram-se então para a zona das dunas. Percorreram com cuidado os elevados paredões magmáticos do golfo do Tubarão, da base à crista, embora fosse extremamente difícil alcançar o nível do golfo. Ninguém! Nada!

Estas duas palavras resumiam todos os esforços dispendidos em vão, tanta obstinação para nenhum resultado, e havia uma espécie de raiva na decepção de Cyrus Smith e seus companheiros.

Só lhes restava, então, pensar na volta, pois aquelas buscas não podiam prosseguir indefinidamente. Os colonos achavam-se, por assim dizer, em todo o seu direito de acreditar que a criatura misteriosa não residia na superfície da ilha, o que gerou as mais loucas hipóteses em suas imaginações superexcitadas. Pencroff e Nab, em especial, não se limitavam mais ao estranho, deixando-se seduzir pelo mundo do sobrenatural.

Em 25 de fevereiro, os colonos regressavam a Granite House e, por meio da corda dupla, que uma flecha propeliu à soleira da porta, restabeleceram a comunicação entre sua morada e o solo.

Um mês depois, comemoravam, no vigésimo quinto dia de março, o terceiro aniversário de sua chegada à ilha Lincoln!

14

Três anos na ilha • A questão do novo navio • O que ficou resolvido • Prosperidade da colônia • O estaleiro • O frio do hemisfério sul • Resignação de Pencroff • Lavagem da roupa • O monte Franklin

TRÊS ANOS HAVIAM decorrido desde a fuga dos prisioneiros de Richmond, e quantas vezes, durante aqueles três anos, eles não evocaram a pátria, sempre presente em seu pensamento!

Não tinham a menor dúvida de que a guerra civil terminara, parecendo-lhes impossível que os justos anseios do Norte não houvessem triunfado. Mas que tipo de incidentes permeara aquela guerra terrível? Quanto sangue custara? Que amigos haviam sucumbido na luta? Eis o que volta e meia debatiam, sem ainda vislumbrar o dia em que lhes seria dado rever a pátria. Regressar, nem que fosse por alguns dias, reatar o laço social com o mundo habitado, estabelecer uma comunicação entre a pátria e a ilha, depois passar o máximo de tempo possível, o melhor talvez de suas vidas, naquela colônia que haviam fundado e a qual estaria então na esfera da metrópole, seria porventura um sonho irrealizável?

Tal sonho, contudo, só havia duas maneiras de realizá-lo: ou um navio aparecer um dia nas águas da ilha Lincoln, ou os próprios colonos construírem um suficientemente robusto para enfrentar o oceano até as terras mais próximas.

– A menos – dizia Pencroff – que o nosso gênio também nos forneça os meios de nos repatriar!

E, realmente, se tivessem dito a Pencroff e a Nab que um navio de trezentas toneladas os esperava no golfo do Tubarão ou em porto

Balão, eles não teriam esboçado sequer um gesto de surpresa. Nessa esfera de ideias, não duvidavam de mais nada.

Cyrus Smith, porém, menos crédulo, aconselhou-os a voltar à realidade, e passaram todos a discutir a construção de uma embarcação, tarefa efetivamente urgente, uma vez que se tratava de deixar na ilha Tabor, o mais cedo possível, uma mensagem com a localização do novo reduto de Ayrton.

O *Bonadventure* não existia mais, precisariam de pelo menos seis meses para a construção de um novo navio. Ora, o inverno batia à porta e a viagem não poderia ser feita antes da próxima primavera.

– Portanto, temos tempo de nos preparar para o verão – disse o engenheiro, que discutia o assunto com Pencroff. – Julgo então, amigo, já que teremos que refazer a embarcação, ser preferível dar-lhe dimensões mais ambiciosas. A vinda do iate escocês à ilha Tabor suscita muitas dúvidas. É inclusive possível que ele já tenha vindo e, depois de procurar em vão por um sinal de Ayrton, partido novamente. Não seria então de bom alvitre construirmos um navio com capacidade para nos transportar, em caso de necessidade, seja para os arquipélagos polinésios, seja para a Nova Zelândia? O que acha?

– Acho, sr. Cyrus – respondeu o marujo –, que o tamanho do barco não é problema. Madeira e ferramentas, temos de sobra. Tudo é questão de tempo.

– E quantos meses exigiria a construção de um navio de duzentos e cinquenta, trezentas toneladas? – perguntou Cyrus Smith.

– Entre sete e oito meses – calculou Pencroff. – Contudo, não devemos esquecer que o inverno é iminente e que o frio intenso dificulta o manuseio da madeira. Descontando então algumas semanas de ócio, podemos nos julgar com sorte se a embarcação ficar pronta em novembro do ano que vem.

– Perfeito – aprovou Cyrus Smith. – Seria precisamente a época boa para uma travessia de certa envergadura, seja para a ilha Tabor, seja para terras mais distantes.

– Tem razão, sr. Cyrus – concordou o marujo. – Pode se debruçar no projeto, os operários estão a postos. Imagino que até Ayrton queira nos dar uma mãozinha nessa circunstância.

Consultados, os colonos aprovaram a ideia do engenheiro, sem dúvida a decisão mais acertada. Verdade que a construção de um navio de duzentas a trezentas toneladas era um trabalho de vulto, mas os diversos êxitos anteriores davam-lhes uma grande autoconfiança.

Cyrus Smith tratou então de desenhar o plano do navio e determinar seu gabarito. Nesse ínterim, seus companheiros procederam à derrubada e ao transporte das árvores que forneceriam a madeira para as cintas, o cavername e o costado. As matas do Faroeste ofereciam a melhor matéria-prima: carvalhos e olmos. Aproveitaram para alargar a trilha aberta durante a primeira excursão e transformá-la numa estrada decente, batizada como estrada do Faroeste, e as árvores foram transportadas até as Chaminés, local escolhido como base do estaleiro. Quanto à estrada, terminou com um traçado um tanto estranho, de certa forma determinado pela localização das árvores a serem abatidas, mas no fim facilitou o acesso a uma grande área da península Serpentina.

Era importante que a madeira fosse cortada e serrada com presteza, já que não era recomendável empregá-la verde, exigindo, portanto, um tempo de secagem. Os carpinteiros trabalharam com afinco durante todo o mês de abril, o qual registrou apenas algumas fortes ventanias equinociais. Mestre Jup ajudava-os com destreza, fosse trepando na copa de uma árvore para amarrar as cordas da derrubada, fosse emprestando seus ombros robustos para o transporte dos troncos desgalhados. Toda a madeira foi empilhada sob um amplo caramanchão de costaneiras, construído junto às Chaminés, e ali esperou o momento de ser utilizada.

Foi um abril esplendoroso, tal como costuma ser outubro na zona norte. Os trabalhos agrícolas foram acelerados e em pouco tempo não restava mais nenhum vestígio de devastação no planalto do Mirante. O moinho foi reconstruído e novas dependências, ao redor do terreiro das aves, foram reerguidas com uma área maior, tendo em vista o aumento exponencial da população avícola. Os estábulos alojavam agora cinco onagros, quatro deles muito fortes, bem amestrados, deixando-se atrelar ou montar, e uma cria recém-nascida. Os apetrechos da colônia foram acrescidos de um arado, e os onagros eram utilizados na lavoura como autênticos bois de Yorkshire ou do Kentucky. Os colonos dividiam as tarefas e os braços não ficavam ociosos. Por outro lado, que vigor o desses trabalhadores, e com que bom humor animavam os serões de Granite House, urdindo mil planos para o futuro!

Desnecessário dizer que Ayrton participava plenamente da vida comunitária e que sua ideia de morar no curral era página virada. Mesmo assim, continuava triste, pouco comunicativo, partilhando mais o trabalho do que o entretenimento dos companheiros. Em contrapartida, era um operário incansável, forte, habilidoso, safo, inteligente. Estimado e amado por todos, não podia ignorar isso.

O curral não foi abandonado. Dia sim, dia não, um dos colonos, comboiando a carroça ou montando um dos onagros, saía para cuidar do rebanho de carneiros e cabras e trazia o leite que abastecia a copa de Nab. Aproveitavam essas excursões para caçar. Isso significava que eram Harbert e Gedeon Spilett – Top à frente – os que mais percorriam a estrada do curral, e, com as excelentes armas de que dispunham, capivaras, cutias, cangurus, javalis, e porcos-do-mato, no que se refere à caça de grande porte, e patos, tetrazes, galos-monteses, jacamares e marrecos, no que se refere a presas menores, eram acepipes que nunca faltavam em casa. As populações da coutada, da ostreira, algumas tartarugas capturadas, uma nova pescaria daqueles excelentes salmões, que vieram novamente desovar nas águas do Mercy, os legumes do planalto do Mirante, as frutas silvestres, eram riquezas em cima de riquezas, e mestre-cuca Nab quase não dava conta de estocá-las.

Não é preciso dizer que o fio telegráfico instalado entre o curral e Granite House fora reparado, o que permitira restabelecer a comunicação quando um ou outro colono ia ao curral e julgava necessário lá pernoitar. Aliás, agora reinava a mais completa segurança na ilha, não havendo por que temer qualquer agressão, pelo menos da parte de seres humanos.

No entanto, não era impossível que o sucedido voltasse a se repetir. Um desembarque de piratas, até mesmo de degredados evadidos, não devia ser descartado. Afinal, amigos dos comparsas de Bob Harvey, ainda detidos em Norfolk, podiam estar a par do segredo de seus planos e sentir-se tentados a imitá-lo. Os colonos, portanto, não tiravam os olhos das águas próximas à ilha e diariamente varriam com sua luneta o largo horizonte que cingia a baía da União e a baía Washington. Quando iam ao curral, examinavam com igual atenção a parte oeste do oceano, e, por sobre o contraforte, seu olhar podia percorrer um vasto setor do horizonte ocidental.

Embora nada de suspeito surgisse, nunca era demais ficar de sobreaviso.

Uma noite, a propósito, o engenheiro comunicou aos amigos seus planos de fortificar o curral. Parecia-lhe prudente aumentar a altura da cerca e flanqueá-la com uma espécie de casamata, na qual, em caso de necessidade, os colonos pudessem resistir contra uma tropa inimiga. Sendo Granite House a princípio inexpugnável, pela própria localização, o curral, com suas dependências, armazéns e animais, seria sempre o alvo de quaisquer piratas que desembarcassem na ilha e, se os colonos fossem compelidos a procurar refúgio em suas dependências, era fundamental prepararem-se para resistir.

Era um projeto a ser amadurecido, cuja execução, aliás, teve que ser adiada para a primavera.

No dia 15 de maio, a quilha da nova embarcação estava pronta no estaleiro e logo a roda de proa e o cadaste encaixavam-se quase perpendicularmente em cada uma de suas extremidades. Essa quilha, construída num excelente carvalho, media trinta e três metros de comprimento, o que permitiria dar à viga mestra uma largura de sete metros e meio. Mas isso foi tudo que os carpinteiros conseguiram fazer antes da chegada do frio e do mau tempo. Durante a semana seguinte, ainda instalaram as primeiras cavernas da proa; em seguida, os trabalhos foram suspensos.

As condições do tempo pioraram nos últimos dias do mês. O vento soprava do leste, às vezes com a violência de um furacão. O engenheiro chegou a preocupar-se com os hangares do estaleiro, pois, nas proximidades de Granite House, o recife não protegia inteiramente o litoral contra os furores do mar aberto e, durante as grandes tempestades, as ondas vinham quebrar diretamente no sopé do paredão granítico.

Afortunadamente, porém, seus temores não se concretizaram. O vento privilegiou antes a parte sudeste e, sob tais condições, a praia de Granite House estava completamente protegida pela rebarba da ponta do Destroço.

Pencroff e Ayrton, os construtores mais empolgados com a nova embarcação, estenderam suas tarefas o máximo possível. Não eram homens que se deixassem atrapalhar pelo vento que os desgrenhava, nem pela chuva que lhes penetrava até os ossos, não havendo diferença entre uma martelada dada num dia chuvoso ou num dia de sol. Porém, quando um frio muito intenso veio a suceder esse período úmido, a madeira, cujas fibras adquiriam a dureza do ferro, tornou-se extremamente difícil de ser trabalhada, e, por volta de 10 de junho, tiveram de interromper a construção do barco.

Cyrus Smith e seus companheiros admiravam-se com o rigor da temperatura durante os invernos da ilha Lincoln. O frio era comparável ao experimentado nos estados da Nova Inglaterra, situados praticamente à mesma distância do equador. Se, no hemisfério boreal, ou pelo menos na parte ocupada pela Nova Bretanha e o norte dos Estados Unidos, esse fenômeno se explica pela conformação plana dos territórios que confinam com o polo, e sobre os quais nenhuma protuberância do solo opõe obstáculos às borrascas hiperbóreas, ali, na ilha Lincoln, tal explicação era inválida.

– Chegou-se a observar – dizia um dia Cyrus Smith aos seus companheiros – que, em latitudes iguais, as ilhas e regiões do litoral são menos castigadas pelo frio que as regiões mediterrânicas. Ouvi muita gente falar que os invernos da Lombardia, por exemplo, são mais rigorosos que os da Escócia, isso em virtude de o mar, durante o inverno, liberar os calores por ele acumulados durante o verão. As ilhas, portanto, acham-se em melhores condições para propiciar tal liberação.

– Mas então, sr. Cyrus – perguntou Harbert –, por que a ilha Lincoln parece fugir a essa regra?

– Pergunta espinhosa – disse o engenheiro. – Todavia, eu estaria disposto a admitir que tal singularidade deve-se à localização da ilha no hemisfério austral, que, como você sabe, meu rapaz, é mais frio que o boreal.

– Exatamente – confirmou Harbert. – Por exemplo, no hemisfério sul, há geleiras flutuantes em latitudes mais baixas do que no norte do Pacífico.

– É verdade – concordou Pencroff –, e, quando eu exercia o ofício de baleeiro, cheguei a ver icebergs atravessados no cabo Horn.

– Talvez pudéssemos explicar o frio que golpeia a ilha Lincoln pela presença de geleiras ou banquisas a uma distância relativamente próxima – opinou Gedeon Spilett.

– É um ponto de vista aceitável, caro Spilett – admitiu Cyrus Smith –, e é evidentemente à proximidade do gelo polar que devemos nossos rigorosos invernos. Chamo igualmente sua atenção para o fato de ser uma causa puramente física que torna o hemisfério austral mais frio que o boreal. Com efeito, uma vez que, durante o verão, o sol está mais próximo desse hemisfério, durante o inverno dele se encontra necessariamente mais afastado. O que por conseguinte explica a exacerbação da temperatura nos dois sentidos, visto que, se encontramos invernos muito frios na ilha Lincoln, não esqueçamos que os verões, em contrapartida, são aqui muito quentes.

– Mas então por favor me explique, sr. Cyrus – suplicou Pencroff, franzindo as sobrancelhas –, por que o nosso hemisfério, como o senhor disse, é tão mal aquinhoado nessa partilha? Isso não é justo!

– Amigo Pencroff – disse o engenheiro, rindo –, justo ou não, temos que encarar a situação, e eis a origem de tal particularidade. A terra não descreve um círculo em torno do sol, e sim uma elipse, como estabelecem as leis da mecânica racional. A terra ocupa um dos focos da elipse e, por conseguinte, em certa fase de seu percurso, alcança seu apogeu, isto é, sua distância máxima do sol, e, em outra fase, seu perigeu, isto é, sua distância mínima. Ora, acontece que é precisamente durante o inverno das regiões austrais que ela está em seu ponto mais distante do sol e, por conseguinte, nas condições requeridas para que tais regiões padeçam o frio mais intenso. Quanto a isso, nada a fazer, e os homens, Pencroff, por mais sábios que venham a ser, jamais conseguirão mudar uma palha na ordem cosmográfica estabelecida por Deus.

– E, mesmo assim – acrescentou Pencroff, depois de, a muito custo, dar o braço a torcer –, o mundo é muito sábio! Que livro grosso, sr. Cyrus, faríamos com tudo que sabemos.

– E um ainda mais grosso com o que não sabemos – respondeu Cyrus Smith.

Por uma ou outra razão, o fato é que o mês de junho trouxe o frio de sempre, e os colonos passaram a maior parte do tempo confinados em Granite House.

Ah! Se aquele confinamento era um martírio para todos, decerto o que mais sofria com ele era Gedeon Spilett.

– Preste atenção, Nab – ele disse um dia –, dou-lhe, mediante documento lavrado em cartório, todas as heranças que devo receber um dia, se você me conseguir, não importa onde, a assinatura de um jornal qualquer! Juro, a única coisa que me falta para ser feliz é saber todas as manhãs o que aconteceu na véspera, em outro lugar que não aqui!

Nab caiu na risada.

– Que ideia! – exclamou. – Para mim, o que interessa é o trabalho do dia a dia!

A verdade é que, do lado de dentro como do lado de fora, trabalho não faltava.

A colônia da ilha Lincoln achava-se então no auge de sua prosperidade, três anos de trabalho duro haviam-na transformado no que era. O incidente do brigue destruído propiciara uma nova fonte de riquezas. Sem falar da estrutura completa, que seria aproveitada no navio em construção, utensílios e ferramentas de todo tipo, armas e munições, roupas e instrumentos, atulhavam agora os armazéns de Granite House. Os colonos nem sequer precisaram recorrer à confecção de peças grossas de feltro. Se haviam passado frio durante a primeira invernada, agora estavam preparados para os rigores da estação inclemente. Roupa-branca também abundava, a qual era tratada com grande zelo. Do cloreto de sódio, que não é outra coisa senão sal marinho, Cyrus Smith extraíra soda e cloro. A soda, que foi fácil transformar em carbonato de sódio, e o cloro, com o qual se produziram cloretos de cálcio e outras substâncias, encontraram diversos usos domésticos. A propósito, lavavam a roupa apenas quatro vezes por ano, como era costume antigamente nas famílias dos velhos tempos, e permitam-nos acrescentar que Pencroff e Gedeon Spilett, à espera de que o correio lhes trouxesse o jornal, mostraram-se excelentes lavadeiros.

Assim transcorreram os meses do inverno, junho, julho e agosto, em meio a um frio intenso. A média das observações termométricas não ultrapassou 8°F (−13,33°C), ficando, portanto abaixo da observada no inverno anterior. Por outro lado, que fogo aconchegante ardia incessantemente nas lareiras de Granite House, cuja fumaça chamuscava e zebrava o paredão de granito! A lenha, que brotava naturalmente em toda parte, não era poupada. Além disso, a sobra da madeira destinada à construção do navio permitiu economizar carvão de pedra, cujo transporte era mais trabalhoso.

Homens e animais iam bem de saúde. Mestre Jup era um pouco friorento, cá entre nós.

Talvez fosse este o seu único defeito, o que levou os colonos a confeccionar um felpudo robe de chambre para ele. Mas que criado habilidoso, dedicado, incansável, discreto, lacônico: um modelo para todos os seus pares bípedes do Velho e do Novo Mundo!

– Verdade que, de alguém com quatro mãos à disposição, o mínimo que se espera é que se saia razoavelmente bem em suas tarefas! – dizia Pencroff.

E, de fato, o inteligente quadrúmano se saía muito bem!

Durante os sete meses transcorridos desde as últimas buscas realizadas na montanha e ao longo do mês de setembro, que trouxe de volta os dias amenos, ninguém se preocupou com o gênio da ilha. Sua ação não se manifestou em nenhuma circunstância. Verdade que teria sido inútil, pois não se produziu nenhum incidente passível de ameaçar os colonos.

Cyrus Smith observou inclusive que, se porventura tinham mesmo feito contato com o desconhecido através do paredão de granito e o instinto de Top os alertara para o fato, nada de semelhante voltara a acontecer desde então. Os latidos do cão haviam cessado completamente, assim como as inquietudes do orangotango. Os dois amigos – pois eram amigos – haviam parado de rosnar próximo à boca do poço interno, já não grunhiam e nem ganiam mais daquela maneira singular que, no início, chamara a atenção do engenheiro. Mas estaria Cyrus Smith em condições de asseverar que tudo estava dito sobre aquele enigma e que este jamais revelaria sua chave? Poderia afirmar que não viria a ocorrer algum episódio que traria o misterioso personagem de volta? Quem sabe o que o futuro lhes reservava?

O inverno chegou ao fim. Contudo, um fato cujas consequências poderiam vir a ser graves se deu nos primeiros dias que marcaram o retorno da primavera.

No dia 7 de setembro, Cyrus Smith, observando o cume do monte Franklin, avistou, na parte superior da cratera, um anel de fumaça, cujos primeiros vapores projetavam-se na atmosfera.

15

O despertar do vulcão • O verão • Retomada das obras • A noite de 15 de outubro • Um telegrama • Um pedido • Uma resposta • Partida para o curral • O bilhete • O fio suplementar • A costa de basalto • Na maré alta • Na maré baixa • A gruta • Uma luz ofuscante

AVISADOS PELO ENGENHEIRO, os colonos interromperam suas tarefas e contemplaram em silêncio o topo do monte Franklin.

O vulcão então acordara e os vapores haviam atravessado a camada mineral acumulada no fundo da cratera. Mas o fogo subterrâneo provocaria alguma erupção violenta? Esta era uma eventualidade impossível de se prever.

Entretanto, mesmo em se admitindo a hipótese de uma erupção, era pouco provável que a ilha em seu conjunto sofresse suas consequências. Derramamentos de matérias vulcânicas nem sempre são calamitosos. A ilha já fora submetida a provação, como atestava a lava escorrida que riscava os contrafortes setentrionais da montanha. Além disso, a forma da cratera, com o gargalo escavado em sua borda superior, devia projetar a matéria expelida no lado oposto das regiões férteis da ilha.

O passado, contudo, não avalizava necessariamente o futuro. Não é raro, no cume dos vulcões, crateras antigas se fecharem e novas se abrirem. O fato se produziu nos dois mundos, no Etna, no Popocatépetl, no Orizaba, e, às vésperas de uma erupção, tudo pode acontecer. Bastava, em suma, um terremoto, fenômeno que às vezes acompanha as erupções vulcânicas, para que a disposição interna da montanha se modificasse e novas vias se abrissem para as lavas incandescentes.

Após explicar essas coisas aos companheiros, sem exagerar a situação, Cyrus Smith expôs-lhes os prós e os contras.

Resumindo, estavam de mãos atadas. Ao menos Granite House, salvo se sobreviesse algum terremoto, não parecia ameaçada. O curral, porém, corria certo risco, se alguma nova cratera se abrisse nos paredões sul do monte Franklin.

A partir desse dia, vapores não cessaram de empenachar o cume da montanha e era possível inclusive constatar que ganhavam altura e densidade, sem que nenhuma chama se misturasse às suas espessas volutas. O fenômeno ainda se concentrava na parte inferior da chaminé central.

Nesse ínterim, com a volta dos dias ensolarados, os trabalhos foram retomados. Apressavam o máximo possível a construção do navio, e, aproveitando a cachoeira da praia, Cyrus Smith conseguiu montar uma serraria hidráulica que transformava rapidamente os troncos de árvores em tábuas e chapas de madeira. O mecanismo de tal dispositivo era tão simples quanto os que funcionam nas rústicas serrarias da Noruega. Bastava um primeiro impulso horizontal na peça de madeira e um segundo, vertical, na serra, o que o engenheiro conseguiu por meio de uma roda, dois cilindros e algumas roldanas, adequadamente dispostos.

No fim de setembro, o casco do navio, configurado qual uma escuna, erguia-se no estaleiro. A ossatura estava praticamente terminada e, com todas as cavernas presas por uma cinta provisória, já era possível apreciar as formas da embarcação. A escuna, fina na proa e com a popa despojada, seria evidentemente apropriada para uma longa travessia, em caso de necessidade; mas a instalação do costado, do forro interno e da coberta ainda exigiria um tempo considerável. Por sorte, as ferragens do antigo brigue haviam sido recuperadas após a explosão submarina. Das cavernas e peças curvas mutiladas, Pencroff e Ayrton haviam arrancado as cavilhas e grande quantidade de pregos de cobre – o que, se representou uma economia para os ferreiros, deu muito que fazer aos carpinteiros.

Interromperam suas tarefas e contemplaram em silêncio o topo do monte Franklin.

Os trabalhos no estaleiro foram interrompidos durante uma semana, período em que cuidaram da colheita, da preparação do feno e da estocagem das diversas safras que abundavam no planalto do Mirante. Encerrada essa tarefa, passaram a dedicar tempo integral ao acabamento da escuna.

Ao anoitecer, os trabalhadores estavam literalmente extenuados. A fim de não perderem tempo, haviam alterado os horários das refeições, almoçando ao meio-dia e só jantando quando a luz do dia baixava. Subiam então para a Granite House e desabavam em suas camas.

Às vezes, entretanto, a conversa, quando surgia um assunto palpitante, adiava um pouco a hora do sono. Entregando-se a especulações sobre o futuro, os colonos discutiam abertamente as consequências de uma viagem da escuna até as terras mais próximas. Nesses planos, contudo, predominava sempre a ideia de um regresso posterior à ilha Lincoln. Jamais abandonariam aquela colônia fundada com tanto sacrifício e sucesso, à qual as comunicações com a América dariam um novo desenvolvimento.

Pencroff e Nab alimentavam inclusive esperanças de lá terminar seus dias.

– Harbert – indagava o marujo –, pensa em abandonar a ilha Lincoln um dia?

– Nunca, Pencroff, ainda mais se você resolver ficar!

– Está tudo acertado, mocinho – respondia Pencroff –, ficarei à sua espera. Traga a mulher e os filhos; transformarei seus pirralhos em verdadeiros espalha-brasas!

– Negócio fechado – aceitava Harbert, rindo e corando ao mesmo tempo.

– E o senhor, sr. Cyrus – continuava Pencroff, entusiasmado –, o senhor continuará a ser o governador da ilha! Agora me respondam! Quantos habitantes ela será capaz de alimentar? Dez mil, ao menos!

E a conversa prosseguia, com Pencroff dando asas à sua fértil imaginação e, para não ficar atrás, com Spilett fundando um jornal, o *New Lincoln Herald*!

Assim é o coração do homem. A necessidade de construir uma obra duradoura, que lhe sobreviva, é a prova de sua superioridade sobre tudo o que vive nesta terra. É ela que lhe dá o poder e o justifica no mundo inteiro.

Não obstante, quem sabe Jup e Top também não acalentavam seu sonhozinho de futuro?

Tudo que o calado Ayrton queria era rever lorde Glenarvan e mostrar-se reabilitado diante de todos.

Um dia, 15 de outubro, a conversa, passeando por essas hipóteses, estendera-se além do costume. Eram nove da noite. Longos bocejos, mal dissimulados, davam o toque de recolher e Pencroff acabava de se dirigir para sua cama, quando a campainha elétrica, instalada no salão, tocou subitamente.

Estavam todos ali reunidos: Cyrus Smith, Gedeon Spilett, Harbert, Ayrton, Pencroff e Nab. Logo, não havia nenhum colono no curral.

Cyrus Smith pôs-se de pé. Os demais entreolhavam-se, julgando não ter escutado direito.

– O que significa isso? – exclamou Nab. – Será o diabo que nos chama?

Ninguém respondeu.

– Com essa tempestade... – observou Harbert. – Talvez a interferência da eletricidade...

Harbert não terminou a frase. O engenheiro, para o qual todos os olhares se haviam voltado, balançava a cabeça negativamente.

– Calma, pessoal – disse então Gedeon Spilett. – Se for um sinal, venha de quem vier, irá repetir-se.

– E quem o senhor pensa que seja? – exclamou Nab.

– Ora – respondeu Pencroff –, aquele que...

A frase do marujo foi interrompida por um novo frêmito do martelinho sobre a campainha.

Cyrus Smith correu para o aparelho e, lançando a corrente através do fio, enviou esta pergunta ao curral:

– O que deseja?

Instantes depois, o ponteiro, movendo-se no mostrador alfabético, dava a seguinte resposta aos ocupantes de Granite House:

"Venham com urgência ao curral."

– Finalmente! – suspirou Cyrus Smith.

Sim! Finalmente! O mistério ia ser desvendado! Ardendo de curiosidade, ansiosos para se dirigirem ao curral, os colonos simplesmente se esqueceram do cansaço e da necessidade de repouso. Sem pronunciarem uma palavra, num piscar de olhos deixaram Granite House e desceram até a praia. Jup e Top ficaram, pois não precisariam deles.

Era uma noite escura. A lua, nova naquele período, recolhera-se junto com o sol. Como observara Harbert, grossas nuvens de tempestade formavam uma abóbada baixa e pesada, vedando todo o fulgor das estrelas. Alguns relâmpagos de calor, reflexos de um temporal distante, iluminavam o horizonte.

Tudo indicava que, dentro de poucas horas, violentas trovoadas sacudiriam a própria ilha. Era uma noite ameaçadora.

A escuridão, contudo, por mais profunda que fosse, não era suficiente para deter os colonos, acostumados com a estrada do curral. Eles subiram a margem esquerda do Mercy, alcançaram o planalto, atravessaram a ponte do córrego Glicerina e prosseguiram através da floresta.

Iam num passo célere, às voltas com uma emoção inexprimível. Para eles não restava dúvida: iam finalmente decifrar o enigma, saber o nome daquela criatura misteriosa tão profundamente engastada em suas vidas, tão generosa em sua influência, tão poderosa em sua ação! Afinal, estava claro que, para ter agido sempre tão a propósito, o desconhecido havia se imiscuído em suas vidas, conhecendo seus menores detalhes, ouvindo tudo que diziam em Granite House!

Todos, abismados em suas reflexões, apertavam o passo. A escuridão era tão grande sob o dossel das árvores que a vista não alcançava a beira da estrada. Dentro da floresta, aliás, o silêncio era absoluto. Quadrúpedes e aves, influenciados pela atmosfera opressa, estavam imóveis e calados. Nenhum sopro agitava as folhas. Apenas o passo dos colonos ressoava, na penumbra, sobre o solo encarquilhado.

O silêncio, durante o primeiro quarto de hora de marcha, só foi interrompido por esta observação de Pencroff:

– Deveríamos ter trazido uma lanterna.

E por esta resposta do engenheiro:

– Acharemos uma no curral.

Cyrus Smith e os companheiros haviam deixado Granite House às nove horas e doze minutos. Às nove e quarenta e sete, haviam percorrido cinco dos oito quilômetros que separavam a foz do Mercy e o curral.

Naquele momento, grandes relâmpagos esbranquiçados espocavam acima da ilha, desenhando o contorno escuro da folhagem. Eram tão intensos que ofuscavam e cegavam. A tempestade, evidentemente, estava prestes a desabar. Os relâmpagos foram ficando mais frequentes e intensos. Rugidos distantes estrondeavam nas profundezas do céu. A atmosfera era sufocante.

Os colonos avançavam como se impelidos por uma força irresistível.

Às nove e quinze, um clarão repentino lhes mostrou o terreno cercado. Ainda não haviam transposto a porteira quando o temporal caiu com uma violência inaudita.

Atravessaram o curral na carreira e viram-se diante da casa, possivelmente ocupada pelo desconhecido, uma vez que fora de lá que o telegrama partira. Contudo, não se via luz através da janela.

O engenheiro bateu à porta.

Nenhuma resposta.

Cyrus Smith abriu e os colonos entraram no quarto, que se achava na mais completa escuridão.

Nab fez faísca com a pederneira e um instante depois a lamparina era acesa e apontada para todos os recantos do quarto...

Não havia ninguém. Tudo se encontrava tal como haviam deixado.

– Teríamos sido vítimas de uma ilusão? – murmurou Cyrus Smith.

Não! Não era possível! O telegrama dizia efetivamente:

"Venham com urgência ao curral."

Aproximaram-se da mesa conectada ao sistema de fios. Tudo estava em seu lugar, a pilha e a caixa que a continha, bem como o aparelho receptor e transmissor.

– Quem foi o último a vir aqui? – indagou o engenheiro.

– Eu, sr. Smith – respondeu Ayrton.

– E isso foi...?

– Quatro dias atrás.

– Ei! Uma mensagem! – exclamou Harbert, apontando para um papel deixado sobre a mesa.

No papel estavam escritas estas palavras, em inglês:

"Siga o novo fio."

– Vamos! – exclamou Cyrus Smith, compreendendo que o despacho não partira do curral, e sim do covil misterioso, que um fio suplementar, emendado no original, conectava diretamente a Granite House.

Nab pegou a lamparina acesa e todos deixaram o curral.

A tempestade persistia com extrema violência. O intervalo que separava os trovões dos raios diminuía sensivelmente. O meteoro logo iria dominar o monte Franklin e a ilha toda. Ao luzir dos clarões intermitentes, era possível avistar o cume do vulcão com sua espiral de vapores.

Não havia, em toda a área do curral que separava a casa do cercado, nenhuma linha de transmissão. Porém, do outro lado da porteira, o engenheiro, correndo diretamente até o primeiro poste, viu, à luz de um relâmpago, que um novo fio caía do isolador até o chão.

– Aqui está ele! – exclamou.

Embora se estendesse por sobre o terreno, o fio era, em toda a sua extensão, revestido por uma substância isolante, tal como um cabo submarino, o que propiciava a livre transmissão da corrente. Pela direção que seguia, parecia embrenhar-se na mata, correndo, consequentemente, para oeste.

– Vamos segui-lo! – disse Cyrus Smith.

E, à luz ora da lanterna, ora dos relampejos, os colonos lançaram-se no caminho traçado pelo fio.

Raios e trovões espocavam continuamente e tamanha era a sua violência que tornava impossível a conversa. Se bem que o importante não era conversar, e sim seguir em frente.

Cyrus Smith e seus companheiros escalaram primeiro o contraforte situado entre o vale do curral e o rio da Cachoeira, o qual atravessaram em seu ponto mais estreito. O fio, ora estendido sobre os galhos baixos das árvores, ora correndo no solo, era um guia confiável.

O engenheiro imaginara que o fio pudesse parar no fundo do vale, onde se localizaria o misterioso antro.

Nada disso. Tiveram de escalar o contraforte do sudoeste e descer no planalto árido que terminava na cortina de basaltos tão estranhamente aglomerados. De tempos em tempos, um ou outro dos colonos punha-se de cócoras, apalpava o fio e, se necessário, corrigia o rumo. Contudo, já não havia mais dúvida de que o fio corria diretamente para o mar. Lá, com toda a probabilidade, no âmago das rochas ígneas, situava-se o refúgio que tanto haviam procurado.

No céu flamejante, os raios não davam trégua. Muitos deles golpeavam o cume do vulcão e, em meio à densa fumaça, serpenteavam cratera adentro. Havia momentos em que a montanha parecia engolir fogo.

Faltando poucos minutos para as dez horas, os colonos alcançaram o elevado terraço que dava para a zona oceânica a oeste. O vento aumentara de intensidade. A rebentação explodia cento e cinquenta metros abaixo deles.

Cyrus Smith calculou que seus companheiros e ele haviam percorrido uma distância de três quilômetros desde o curral.

Naquele ponto, o fio atravessava as rochas, acompanhando a íngreme escarpa de uma ravina estreita e denteada.

Os colonos enveredaram por ela, arriscando-se temerariamente a provocar avalanches e ser lançados ao mar. Muito embora a descida fosse extremamente perigosa, ignoravam o perigo, já não eram mais senhores de si mesmos; como o ímã atrai o ferro, uma força irresistível empurrava-os para aquele ponto misterioso.

Desceram, portanto, quase inconscientemente aquela ravina, que, mesmo à luz do dia, teria sido, por assim dizer, intransitável. As pedras, quando atravessavam zonas de luz, rolavam e brilhavam como bólidos em chamas. Cyrus Smith encabeçava a marcha. Ayrton fechava o grupo. Por vezes iam passo a passo, por vezes escorregavam numa pedra lisa, se levantavam e seguiam adiante.

Finalmente, o fio, fazendo um ângulo reto, tocou as rochas do litoral, verdadeiro cemitério de escolhos fustigados pelas grandes ressacas. Os colonos haviam alcançado a base do paredão basáltico.

A partir daquele ponto estendia-se um beiral correndo na horizontal e paralelamente ao mar. O fio seguia por ele, orientando os colonos. Não haviam dado cem passos quando, inclinando-se num moderado declive, o beiral chegou ao nível das ondas.

O engenheiro pegou o fio e notou que ele continuava mar adentro.

Seus companheiros, imóveis ao seu lado, ficaram estupefatos.

Um grito de desapontamento, quase de desespero, escapou de todas as bocas! Teriam então de mergulhar naquelas águas e procurar uma gruta submarina? No estado de superexcitação moral e física em que se achavam, não teriam hesitado em fazê-lo.

Uma reflexão do engenheiro os deteve.

Cyrus Smith conduziu-os até uma anfractuosidade das rochas e, lá, expôs seu plano:

– Aguardemos. A maré está cheia. Quando baixar, teremos caminho livre.

– Mas o que o faz pensar...? – indagou Pencroff.

– Ele não nos teria chamado se não houvesse um meio de chegar até ele!

O tom enfático da afirmação de Cyrus Smith calava qualquer objeção. A observação, aliás, tinha sua lógica. Tudo sugeria que uma passagem, transitável durante a maré baixa e que no momento as águas obstruíam, se abrisse no sopé do paredão.

O que se daria dentro de poucas horas. Os colonos então permaneceram silenciosamente espremidos sob uma espécie de pórtico profundo, escavado na rocha. Veio a chuva e logo as nuvens rasgadas pelos raios despejaram um aguaceiro infernal. Os ecos reproduziam o estrépito da borrasca e lhe emprestavam uma sonoridade grandiosa.

Os colonos pareciam em estado de choque. Mil pensamentos estranhos e sobrenaturais confundiam-se em suas mentes, fazendo-os esperar por uma grande e transcendental aparição, que, só assim, corresponderia à ideia que faziam do gênio misterioso da ilha.

À meia-noite, Cyrus Smith, empunhando a lamparina, desceu até a praia a fim de estudar a disposição das rochas. A jusante já começara havia duas horas.

O engenheiro não se enganara. A abóbada de uma vasta gruta começava a se desenhar sob as águas. Exatamente naquele ponto, o fio, fazendo um ângulo reto, penetrava na goela aberta.

Cyrus Smith voltou para junto dos amigos e disse simplesmente:

– Daqui a uma hora a abertura estará desimpedida.

– Ela então existe? – perguntou Pencroff.

– Chegou a duvidar? – disse Cyrus Smith.

– Mas essa gruta deve ter sempre água até certa altura – observou Harbert.

– Ou seca completamente – resumiu Cyrus Smith –, e, nesse caso, a percorreremos a pé, ou não seca, e um meio qualquer de transporte será colocado à nossa disposição.

Uma hora depois, todos enfrentaram a chuva e desceram até o nível do mar. Em três horas, a maré baixara quarenta e cinco metros. O topo do arco desenhado pela abóbada encontrava-se pelo menos dois metros e meio acima do nível das águas. Parecia o arco de uma ponte, sob a qual passavam águas espumantes.

Debruçando-se, o engenheiro percebeu alguma coisa escura flutuando na superfície. Puxou-a para si.

Era um escaler, preso por uma corda a alguma saliência interna do paredão. Esse escaler era fabricado com placas de ferro rebitadas. Debaixo dos bancos, no assoalho, havia dois remos.

– Todos a bordo! – disse Cyrus Smith.

Um instante depois, os colonos estavam no escaler. Nab e Ayrton assumiram os remos, Pencroff o leme. Cyrus Smith ia na proa, com a lanterna iluminando as águas.

A abóbada excessivamente baixa, sob a qual o escaler navegou no início, alteava-se bruscamente em seguida, mas as trevas imperavam e a luz incipiente da lanterna não permitia que pudessem verificar a extensão daquela gruta, sua largura, altura e profundidade. Um silêncio imponente dominava o âmago da substrução basáltica. Nenhum ruído externo chegava até ali, nem os estrondos da borrasca atravessavam as espessas paredes.

Em determinadas partes do globo existem grutas imensas, espécie de criptas naturais remanescentes da época geológica. Algumas foram invadidas pelas águas do mar; outras contêm lagos inteiros dentro de seus flancos. Assim é a gruta de Fingal, na ilha de Staffa, uma das Hébridas, assim as grutas de Morgat, na baía de Douarnenez, na Bretanha, as grutas de Bonifácio, na Córsega, as do

Lysefjord, na Noruega, a imensa caverna do Mamute, no Kentucky, com cento e cinquenta metros de altura e mais de trinta quilômetros de comprimento! Em diversos pontos do globo, a natureza escavou e conservou, para admiração do homem, essas criptas.

Porventura a gruta que os colonos exploravam estender-se-ia até o centro da ilha? Nos últimos quinze minutos, o escaler navegava por meandros e curvas, que o engenheiro indicava a Pencroff. Num certo momento, com uma voz breve, ele ordenou:

– Mais à direita!

A embarcação, alterando a rota, foi posicionar-se junto à parede à sua direita. O engenheiro, com razão, queria verificar se o fio continuava a correr naquela direção.

Lá estava ele, fixado nas saliências da rocha.

– Em frente! – bradou Cyrus Smith.

E os dois remos, mergulhando nas águas escuras, deslocaram a embarcação.

O escaler avançou por mais quinze minutos e, desde a entrada da gruta, já atravessara uma distância de oitocentos metros, quando a voz de Cyrus Smith ressoou novamente:

– Alto! – disse.

O escaler parou e os colonos perceberam uma claridade intensa, iluminando a vasta cripta tão profundamente escavada nas entranhas da ilha.

Puderam então examinar com vagar aquela gruta, cuja existência nada até aquele momento pudera sugerir.

A uma altura de trinta metros do nível das águas, suportada por fustes de basalto que pareciam forjados no mesmo molde, estendia-se uma abóbada. Formas irregulares e nervuras caprichosas equilibravam-se sobre essas colunas que a natureza erguera aos milhares nos primórdios da formação do globo. Os fragmentos basálticos, embutidos um no outro, mediam entre doze e quinze metros de altura, e a água, plácida apesar da agitação externa, vinha banhar sua base.

O brilho do foco de luz, assinalado pelo engenheiro, batendo em cada aresta prismática e espetando-as com agulhas de fogo, penetrava por assim dizer as paredes como se estas fossem diáfanas, transformando em incontáveis gemas cintilantes as mais ínfimas saliências da substrução.

Em decorrência do reflexo, a água reproduzia esses diversos lampejos em sua superfície, de maneira que o escaler parecia flutuar entre duas zonas luminosas.

Não havia como se enganar a respeito da natureza da radiação projetada pelo foco luminoso, cujos raios, precisos e retilíneos, distribuíam-se por todos os ângulos, todas as nervuras da cripta. Aquela luz provinha de uma fonte elétrica, sua alvura denunciava-lhe a origem. Era o sol daquela gruta e a ocupava por inteiro.

A um sinal de Cyrus Smith, os remos voltaram a bater na água, causando uma verdadeira chuva de respingos, e o escaler tomou a direção do foco luminoso, do qual logo veio a distar apenas duzentos metros.

Naquele ponto, o lençol d'água media aproximadamente cem metros de largura, sendo possível perceber, para além do foco luminoso, um enorme muro basáltico, que vedava completamente aquele lado. A gruta ali alargava-se consideravelmente e o mar formava um pequeno lago. Contudo, a abóbada, as paredes laterais, a muralha da cabeceira, todos aqueles prismas, todos aqueles cilindros, todos aqueles cones achavam-se de tal forma impregnados do fluido elétrico que o brilho parecia emanar deles próprios, e era como se as pedras, esculpidas em facetas como diamantes sem preço, suassem na luz!

No centro do lago, um objeto fusiforme flutuava na superfície, silencioso e imóvel. O brilho que ele emitia escapava-lhe dos flancos, como duas bocas de fogão incandescentes. O aparelho, cuja forma lembrava o corpo de um imenso cetáceo, tinha setenta e cinco metros de comprimento e perfilava-se aproximadamente três metros e meio acima do nível das águas.

O escaler aproximou-se lentamente. Na proa, Cyrus Smith, de pé, mantinha-se à espreita, às voltas com uma violenta agitação. Então, de repente, agarrando o braço do repórter, exclamou:

– Mas é ele! Só pode ser ele! Ele...!

Em seguida, voltou a cair no banco, murmurando um nome que Gedeon Spilett foi o único a ouvir.

Sem dúvida o repórter conhecia aquele nome, pois, completamente atônito, acrescentou, com uma voz sumida:

– Ele! Um fora da lei!

– Ele! – confirmou Cyrus Smith.

A uma ordem do engenheiro, o escaler aproximou-se do singular aparelho flutuante e atracou em seu flanco esquerdo, do qual, através de um vidro espesso, escapava um facho de luz.

Cyrus Smith e seus companheiros subiram na plataforma, sobre a qual havia uma escotilha aberta. Todos se lançaram por aquela abertura.

Ao pé da escada havia uma coxia interna, iluminada eletricamente. Na extremidade dessa coxia, uma porta que Cyrus Smith empurrou.

Um salão luxuosamente decorado, que atravessaram rapidamente, confinava com uma biblioteca, iluminada por um teto luminoso.

Ao fundo da biblioteca, uma porta larga, igualmente fechada, foi aberta pelo engenheiro.

Um vasto salão, espécie de museu onde se acumulavam, junto com tesouros da natureza mineral, obras de arte e maravilhas da indústria, surgiu aos olhos dos colonos, que se julgaram magicamente transportados para o mundo dos sonhos.

Estendido num suntuoso divã, viram um homem, o qual pareceu não perceber sua presença.

Então Cyrus Smith tomou a palavra, e, para surpresa de seus companheiros, pronunciou em alto e bom som:

– O senhor nos chamou, capitão Nemo? Aqui estamos.

16

O capitão Nemo • Suas primeiras palavras • História de um herói da independência • O ódio aos invasores • Seus companheiros • A vida submarina • Sozinho • A ilha Lincoln: último refúgio do *Náutilus* • O gênio misterioso da ilha

A ESSAS PALAVRAS, o homem deitado levantou-se e seu rosto surgiu na luz: cabeça magnífica, fronte alta, olhar altivo, barba branca, cabelo basto penteado para trás.

O homem apoiou-se com a mão no espaldar do divã que acabava de deixar. Seu olhar parecia sereno. Via-se que uma doença lenta minava-o gradativamente, mas sua voz pareceu ainda forte quando ele disse em inglês, e num tom que denotava extrema surpresa:

– Eu não tenho nome, cavalheiro.

– Conheço o senhor! – replicou Cyrus Smith.

O capitão Nemo cravou um olhar inflamado no engenheiro, como se quisesse aniquilá-lo.

Então, caindo sobre as almofadas do divã, murmurou:

– Afinal, o que importa? Vou morrer mesmo!

Cyrus Smith aproximou-se do capitão Nemo e Gedeon Spilett tomou sua mão, julgando-a febril. Ayrton, Pencroff, Harbert e Nab mantinham-se respeitosamente a distância, num recanto daquele magnífico salão, cuja atmosfera parecia saturada de eflúvios elétricos.

O capitão Nemo retirara bruscamente a mão e, com um sinal, convidou o engenheiro e o repórter a sentarem.

Todos o observavam com genuína emoção. Então era ele a quem chamavam de o "gênio da ilha", a poderosa criatura cuja intervenção, em inúmeras circunstâncias, havia sido tão eficaz, o benfeitor ao qual deviam tanta gratidão! Onde Pencroff e Nab esperavam encontrar um semideus, tinham apenas um homem, e esse homem achava-se à beira da morte!

Mas como era possível Cyrus Smith conhecer o capitão Nemo? Por que este se levantara com tamanha vivacidade ao ouvir pronunciado aquele nome, o qual devia julgar ignorado por todos...?

O capitão tornara a acomodar-se no divã e, reclinado, observava o engenheiro, sentado ao seu lado.

– Conhece o nome que eu adotava, cavalheiro? – perguntou.

– Conheço – respondeu Cyrus Smith –, assim como conheço o nome deste admirável aparelho submarino...

– O *Náutilus*? – disse, quase sorrindo, o capitão.

– O *Náutilus*.

– E sabe... sabe quem eu sou?

– Sei.

– Já faz, contudo, trinta anos que não tenho nenhum contato com o mundo habitado, trinta anos que vivo nas profundezas do mar, único ambiente em que encontrei independência! Quem teria traído meu segredo?

– Um homem que nunca firmou compromisso com o senhor, capitão Nemo, e que, por conseguinte, não pode ser acusado de traição.

– Aquele francês que o acaso jogou a bordo de minha embarcação, dezesseis anos atrás?

– Ele mesmo.

– Quer dizer que esse homem e seus dois companheiros não pereceram no *Maëlstrom* que sorvera o *Náutilus*?

– Não. E, sob o título *20 mil léguas submarinas*, foi publicado um livro contando a sua história.

– Poucos meses de minha história, cavalheiro! – reagiu prontamente o capitão.

– É verdade – concordou Cyrus Smith –, mas poucos meses de uma vida tão estranha bastaram para torná-lo conhecido...

– Como um grande criminoso, sem dúvida – completou o capitão Nemo, deixando um sorriso de altivez se lhe desenhar nos lábios. – Sim, um revoltado, talvez banido da humanidade!

O engenheiro não respondeu.

– E o que mais, cavalheiro?

– Não me cabe julgar o capitão Nemo – declarou Cyrus Smith –, ao menos no que concerne ao seu passado. Como todo mundo, ignoro quais foram as motivações que o levaram a adotar essa estranha existência, e não posso julgar os efeitos sem conhecer as causas. O que sei é que uma instância magnânima socorreu-nos constantemente desde a nossa chegada à ilha Lincoln, que todos nós devemos nossas vidas a uma criatura boa, generosa e poderosa, e que essa criatura poderosa, generosa e boa é o senhor, capitão Nemo!

– Sou eu – repetiu simplesmente o capitão.

O engenheiro e o repórter haviam se levantado. Seus companheiros se aproximaram e a gratidão que transbordava de seus corações estava prestes a traduzir-se em gestos, palavras...

O capitão Nemo deteve-os com um gesto e, num tom de voz mais alterado do que ele decerto pretendera, disse:

– Depois de me escutarem – disse.

E o capitão, em frases claras e concisas, desfiou sua vida.

A narrativa foi breve, porém, mesmo assim, ele teve de reunir em si todas as energias que lhe restavam para chegar ao fim. Era evidente que se debatia com uma fraqueza extrema. Em diversos momentos, Cyrus Smith insistiu para que ele repousasse um pouco, mas ele balançou a cabeça como homem cujo amanhã não mais lhe pertence e, quando o repórter lhe ofereceu seus préstimos, retrucou:

– Eles são inúteis, minhas horas estão contadas.

O capitão Nemo era indiano, era o príncipe Dakkar, filho de um rajá do então território independente de Bundelkund e sobrinho do herói da Índia, Tipu Sahib. Quando completou dez anos, seu pai mandou-o para a Europa, a fim de que recebesse uma educação esmerada e na secreta intenção de que um dia ele pudesse lutar, com armas iguais, contra aqueles que o pai considerava opressores de seu país.

Dos dez aos trinta anos de idade, o príncipe Dakkar, superiormente dotado, grande de coração e inteligência, instruiu-se em todas as coisas, realizando estudos elevados e profundos nos domínios das letras, ciências e artes.

O príncipe Dakkar viajou por toda a Europa. Seu nascimento e fortuna faziam com que fosse requisitado pela sociedade, mas as seduções mundanas não o atraíam. Jovem e formoso, continuou sério, melancólico, devorado pela sede de aprender, com um rancor implacável embutido no coração.

O príncipe Dakkar odiava. Odiava o único país no qual jamais desejara colocar os pés, a única nação cujas ofertas recusou constantemente: odiava a Inglaterra, e isso na mesma proporção em que a admirava em mais de um aspecto.

A realidade é que aquele indiano reunia em si todos os ódios ferozes do vencido contra o vencedor. O invasor não encontrara misericórdia no coração do invadido. Filho de um soberano cuja servidão o Reino Unido só formalmente conseguira impor, aquele príncipe, da família de Tipu Sahib, educado nas ideias de reivindicação e vingança, tendo o inelutável amor por seu poético país aviltado pelos grilhões ingleses, jamais quis colocar os pés naquela terra, para ele maldita, à qual a Índia devia sua escravidão.

O príncipe Dakkar tornou-se um artista a quem as maravilhas da arte impressionavam nobremente, um cientista para o qual nada das altas ciências era estranho, um homem que se formou no convívio com as cortes europeias. Aos olhos dos que o observavam superficialmente, talvez passasse por um desses cosmopolitas curiosos no saber mas negligentes na ação, opulento viajante, espírito altivo e platônico, que corria incessantemente o mundo e não pertencia a país algum.

Não era nada disso. Aquele artista, cientista e homem continuara indiano no coração, indiano pelo desejo de vingança, indiano pela esperança que acalentava de um dia poder reivindicar os direitos de seu país, expulsar o estrangeiro de lá, restaurar-lhe a independência.

Com esse intuito, o príncipe Dakkar regressou a Bundelkund em 1849. Casado com uma nobre indiana, cujo coração sangrava como o dele em virtude do infortúnio da pátria, teve dois filhos, que ele amava. Mas a felicidade doméstica não era capaz de fazê-lo esquecer a escravidão da Índia. Esperava uma oportunidade. Ela se apresentou.

O jugo inglês intensificara-se sobre as populações hindus. O príncipe Dakkar incorporou-se à voz dos descontentes. Recapitulou mentalmente todo o ódio que sentia contra o estrangeiro. Percorreu não só as regiões ainda independentes da península indiana, como as regiões diretamente subordinadas à administração inglesa. Lembrou os grandes dias de Tipu Sahib, morto heroicamente em Seringapatam em defesa da pátria.

Em 1857, estourou a grande revolta dos sipaios. O príncipe Dakkar foi sua alma. Organizou o imenso levante. Colocou seus talentos e riquezas a serviço da causa. Deu tudo de si; bateu-se nas primeiras fileiras; arriscou a vida como o mais humilde daqueles heróis que haviam se amotinado para libertar o país; foi ferido dez vezes em vinte encontros e escapara da morte quando os últimos soldados da independência tombavam sob as balas inglesas.

Jamais o poderio britânico na Índia correra tamanho perigo, e se, como haviam esperado, os sipaios contassem com apoio externo, isso talvez representasse um ponto final na influência e dominação do Reino Unido na Ásia.

Nesse período, o nome do príncipe Dakkar estava em todas as bocas. O herói que o portava não se escondeu, lutando corajosamente. Sua cabeça foi posta a prêmio e, embora não houvesse um traidor para entregá-la, seu pai, sua mãe, sua mulher e seus filhos pagaram por ele antes mesmo que ele pudesse saber dos perigos que corriam por sua causa...

O direito, mais uma vez, caíra diante da força. Mas a civilização jamais recua, parecendo seguir uma lei inexorável. Os sipaios foram derrotados e o país dos antigos rajás voltou a cair sob a dominação ainda mais vigilante da Inglaterra.

O príncipe Dakkar, que não lograra morrer, retornou então às montanhas do Bundelkund. Lá, agora sozinho, com uma repugnância invencível a tudo que portava nome de homem, alimentando ódio e horror ao mundo civilizado, querendo fugir dele para sempre, calculou o que restava de sua fortuna, reuniu vinte fiéis companheiros e, um dia, todos desapareceram.

Aonde então o príncipe Dakkar fora procurar aquela independência que lhe recusava a terra habitada? Sob as águas, na profundeza dos mares, onde ninguém podia segui-lo.

O guerreiro foi substituído pelo cientista. Uma ilha deserta do Pacífico foi o local escolhido para sediar o estaleiro, no qual uma embarcação submarina foi construída com base em seus planos. A eletricidade, cuja incomensurável força mecânica ele soubera utilizar, por meios que um dia serão conhecidos, e que ele extraía de fontes inexauríveis, foi empregada para todas as necessidades de seu aparelho flutuante, como força motriz, luminosa e calorífica. O mar, com seus infinitos tesouros, suas miríades de peixes, seus feixes de vareques e sargaços, seus portentosos mamíferos, e não só o que a natureza nele preservava, como tudo que os homens haviam perdido em suas águas, bastou amplamente para as necessidades do príncipe e de sua tripulação, e esta foi a realização de seu mais ardente desejo, uma vez que não queria mais ter nenhum contato com a terra. Batizou seu aparelho submarino de *Náutilus*, adotou a alcunha de capitão Nemo e desapareceu sob os mares.

Durante muitos anos, o capitão visitou todos os oceanos, de um polo a outro. Pária do universo habitado, coletou tesouros admiráveis naqueles mundos desconhecidos. Os milhões perdidos na baía de Vigo, em 1702, pelos galeões espanhóis, forneceram-lhe uma mina inesgotável de riquezas, que ele sempre colocou, anonimamente, à disposição dos povos que se batiam pela independência de suas pátrias.*

Pois bem, havia muitos anos desde que abandonara o contato com seus semelhantes, quando, na noite de 6 de novembro de 1866, três homens embarcaram a bordo do *Náutilus*. Eram um professor francês, seu criado e um pescador canadense. Esses homens haviam sido lançados ao mar, numa colisão ocorrida entre o *Náutilus* e a fragata americana *Abraham Lincoln*, que o perseguia.

Por intermédio do referido professor, o capitão Nemo veio a saber que o *Náutilus*, ora tomado por um mamífero gigante da família dos cetáceos, ora por um aparelho submarino carregando uma tripulação de piratas, era perseguido em todos os mares.

O capitão Nemo poderia ter devolvido ao oceano aqueles três homens, que o acaso lançara no meio de sua misteriosa existência. Não o fez, conservou-os prisioneiros, e, durante sete meses, eles puderam admirar todas as maravilhas de um périplo que percorreu vinte mil léguas submarinas.

Um dia, 22 de junho de 1867, esses três homens, que nada sabiam do passado do capitão Nemo, conseguiriam escapar, após se apoderarem do escaler do *Náutilus*. Entretanto, como naquele momento o *Náutilus* fora arrastado para a costa da Noruega, nos turbilhões do *Maëlstrom*, o capitão julgou que os fugitivos, afogados nos terríveis redemoinhos, haviam encontrado a morte no fundo do abismo. Por conseguinte, ignorava que o francês e seus dois companheiros haviam sido milagrosamente arrastados para o litoral, que pescadores das ilhas Lofotten os haviam recolhido e que, ao regressar à França,

* Trata-se da insurreição dos candiotas, aos quais o capitão Nemo ajudou, com efeito, em tais circunstâncias. (Nota do autor)

o professor publicara um livro no qual os sete meses daquela estranha e audaciosa viagem do *Náutilus* eram narrados e oferecidos à curiosidade popular.

Por muito tempo ainda o capitão Nemo continuou a viver daquela forma, correndo os mares. Porém, paulatinamente, seus companheiros faleceram e foram repousar em seu cemitério de coral, no fundo do Pacífico. O vazio instalou-se no *Náutilus* e no fim o capitão Nemo foi o único sobrevivente de todos que se haviam refugiado com ele nas profundezas do oceano.

O capitão Nemo tinha então sessenta anos. Vendo-se só, levou o seu *Náutilus* para um dos portos submarinos que às vezes lhe serviam de escala.

Um desses portos situava-se embaixo da ilha Lincoln e era ele que nesse momento dava asilo ao *Náutilus*.

O capitão Nemo encontrava-se ali fazia seis anos, sem navegar, à espera da morte, isto é, do instante em que seria reunido a seus companheiros, quando o acaso o fez assistir à queda do balão que carregava os prisioneiros dos sulistas. Passeava sob as águas em seu escafandro, a algumas centenas de metros do litoral da ilha, quando o engenheiro foi lançado ao mar. Um impulso generoso arrebatou o capitão… e ele salvou Cyrus Smith.

A princípio, Nemo quis fugir daqueles cinco náufragos, mas seu porto seguro estava fechado, em consequência de um levantamento do basalto que se produzira sob a influência das ações vulcânicas, e ele não podia mais atravessar a entrada da cripta. Onde ainda havia água suficiente para uma ligeira embarcação atravessar a barra, não havia para o *Náutilus*, cujo calado era relativamente considerável.

O capitão Nemo, por força das circunstâncias, lá ficou e pôs-se a observar aqueles homens lançados sem recursos sobre uma ilha deserta, mas não quis ser visto. Pouco a pouco, percebendo que os náufragos eram honestos, enérgicos e ligados uns aos outros por uma amizade fraterna, interessou-se por seus feitos e sua sorte.

Quase involuntariamente, penetrara em todos os segredos de sua existência. Por meio do escafandro, era-lhe fácil chegar ao fundo do poço interno de Granite House e, subindo pelas saliências da rocha até sua boca superior, ouvir os colonos contar o passado e analisar o presente e o futuro. Por intermédio deles, soube da imensa luta dos Estados Unidos contra os próprios Estados Unidos para abolir a escravatura! Sim! Aqueles homens eram dignos de reconciliar o capitão Nemo com a humanidade, que tão honradamente eles representavam na ilha!

O capitão Nemo salvara Cyrus Smith. Foi ele também quem guiou o cão até as Chaminés; que rechaçou Top das águas do lago; que fez encalhar, na ponta do Destroço, aquele baú contendo tantos objetos úteis para os colonos; que empurrou a canoa na corrente do Mercy; que lançou a corda do alto de Granite House por ocasião do ataque dos símios; que, por meio da mensagem dentro da garrafa, revelou a presença de Ayrton na ilha Tabor; que mandou o brigue pelos ares ao plantar um torpedo no fundo do canal; que salvou Harbert da morte certa providenciando o sulfato de quinino; que, finalmente, disparou nos piratas aquelas balas elétricas, cujo segredo detinha e empregava em suas caçadas submarinas. Assim se explicavam inúmeros incidentes aparentemente sobrenaturais e que, sem exceção, atestavam a generosidade e o poder do capitão.

Aquele grande misantropo, no entanto, ainda não saciara sua sede do bem. Como tinha conselhos úteis a dar a seus protegidos e, por outro lado, sentia o coração bater resserenado ante a proximidade da morte, convocou, como sabemos, os colonos de Granite House, por meio de um fio com o qual conectara o curral ao *Náutilus*, dotado de um dispositivo alfabético... Talvez não tivesse feito isso, se soubesse que Cyrus Smith conhecia o bastante de sua história para dirigir-se a ele como Nemo.

O capitão terminara o relato de sua vida. Cyrus Smith então tomou a palavra; lembrou todos os episódios em que Nemo havia exercido sua influência benfazeja sobre a colônia e, em nome dos companheiros e do seu, agradeceu à generosa criatura a quem tanto deviam.

Não passava pela cabeça de Nemo, contudo, reclamar a paga pelos serviços que prestara. Um último pensamento agitava seu espírito e, antes de apertar a mão que o engenheiro lhe estendia, proferiu:

– Agora, cavalheiro, agora que conhece minha vida, julgue-a!

Falando assim, o capitão aludia evidentemente a um grave incidente, de que os três estrangeiros lançados a bordo de seu submarino haviam sido testemunhas, incidente que o professor francês necessariamente contara em seu livro e cuja repercussão fora decerto terrível.

Com efeito, alguns dias antes da fuga do professor e de seus dois companheiros, o *Náutilus*, perseguido por uma fragata no norte do Atlântico, arrojara-se como um aríete contra ela, afundando-a sem misericórdia.

Cyrus Smith compreendeu a alusão e permaneceu calado.

– Era uma fragata inglesa, cavalheiro – exclamou o capitão Nemo, voltando a ser por um instante o príncipe Dakkar –, uma fragata inglesa, bem entendido? E me atacava! Eu estava acuado numa baía estreita e pouco profunda...! Precisava passar e... passei!

Então, com uma voz mais calma, acrescentou:

– A justiça e a lei estavam do meu lado. Em todas as partes do globo disseminei o bem na medida em que pude e o mal na medida em que o devia fazer. A justiça nem sempre está no perdão!

Alguns instantes de silêncio sucederam a essa resposta, e o capitão Nemo repetiu a pergunta:

– O que pensam a meu respeito, senhores?

Cyrus Smith estendeu a mão ao capitão e, conforme ele pedia, respondeu com uma voz grave:

– Seu erro, capitão, foi ter julgado possível ressuscitar o passado, lutando contra o necessário progresso. É o tipo de erro que alguns admiram, outros criticam, mas do qual só Deus é juiz e o qual a razão humana deve absolver. Podemos combater o erro dos bem-intencionados, mas não deixamos de estimá-los. Seu erro é daqueles que não excluem a admiração e seu nome nada tem a recear do julgamento da história. Esta aprecia as loucuras heroicas, muito embora condene seus resultados.

O peito do capitão Nemo estufou e ele apontou a mão para o céu, murmurando:

– Errei ou tinha razão?

Cyrus Smith continuou:

– Todas as grandes ações remontam a Deus, pois Dele brotam! Capitão Nemo, as pessoas honradas aqui presentes, a quem o senhor socorreu, irão chorá-lo por toda a vida!

Harbert aproximara-se do capitão. Dobrou os joelhos, tomou sua mão e beijou-a.

Uma lágrima escapou dos olhos do moribundo.

– Eu te abençoo, meu filho...! – foram suas palavras.

17

As derradeiras horas do capitão Nemo • Últimas vontades do moribundo • Uma lembrança para os seus amigos de um dia • O esquife do capitão Nemo • Conselhos aos colonos • Momento supremo • No fundo dos mares

O DIA AMANHECERA. Nenhum raio luminoso, contudo, penetrava na cripta profunda. A maré, alta naquele momento, obstruía sua abertura. Entretanto, a luz artificial que escapava em longos fachos dos costados do *Náutilus* não enfraquecera e o espelho d'água continuava a rebrilhar em torno do aparelho flutuante.

Um extremo cansaço afligia então o capitão Nemo, que recostara novamente no divã. Transportá-lo para Granite House, nem pensar, uma vez que ele manifestara a vontade de permanecer em meio às maravilhas do *Náutilus*, que milhões não pagavam, e lá esperar a morte iminente.

Durante aquela longa prostração, que o manteve praticamente sem sentidos, Cyrus Smith e Gedeon Spilett examinaram atentamente o estado do doente. Era visível que a vida do capitão extinguia-se aos poucos. Faltavam forças àquele corpo, outrora tão forte, agora tênue invólucro de uma alma prestes a lhe escapar. A vida concentrava-se no coração e no cérebro.

O engenheiro e o repórter conferenciaram em voz baixa. Haveria algum remédio a ser ministrado ao moribundo? Seria possível, se não salvá-lo, pelo menos prolongar-lhe a vida em alguns dias? Ele mesmo declarara que não havia remédio, aguardando serenamente a morte, que não temia.

– Não há nada que possamos fazer – disse Gedeon Spilett.

– Mas ele está morrendo de quê? – perguntou Pencroff.

– Suas forças estão se esvaindo.

– E se o transportássemos para o ar livre, para o sol, quem sabe não se reanimava? – insistiu o marujo.

– Não, Pencroff – respondeu o engenheiro –, tudo seria em vão! Aliás, o capitão Nemo não consentiria partir. Há trinta anos ele vive no *Náutilus*, é no *Náutilus* que deseja morrer.

O capitão Nemo provavelmente ouviu a resposta de Cyrus Smith, pois soerguendo-se um pouco, com a voz fraca, porém ainda inteligível, declarou:

– Tem razão, cavalheiro. É aqui que devo e quero morrer. A propósito, tenho um pedido a fazer.

Cyrus Smith e seus companheiros haviam se acercado novamente do divã, dispondo as almofadas de maneira a que o moribundo ficasse mais confortável.

Foi então possível ver seu olhar deter-se em cada uma das maravilhas daquele salão, iluminado por raios elétricos coados pelos arabescos do teto luminoso. Contemplou um a um os quadros pendurados nos esplêndidos reposteiros que cobriam as paredes, obras-primas dos mestres italianos, franceses e espanhóis, miniaturas de mármore e bronze em seus pedestais, o magnífico órgão instalado ao fundo do aposento, depois os mostruários distribuídos ao redor de um tanque central, no qual viviam os mais admiráveis espécimes marinhos, plantas, zoófitos, rosários de pérolas de valor incalculável, e, finalmente, seus olhos estacaram na divisa, inscrita no frontão daquele museu, a divisa do *Náutilus*:

Mobilis in mobile

Parecia querer acariciar pela última vez aquelas obras-primas da arte e da natureza, às quais limitara seu horizonte durante uma existência de anos e anos no fundo do mar!

Cyrus Smith respeitara o silêncio que o capitão Nemo guardara, à espera do que o moribundo ia dizer.

Após alguns minutos, durante os quais decerto viu sua vida inteira desfilar à sua frente, o capitão Nemo voltou-se para os colonos e indagou:

– Julgam, cavalheiros, dever-me algum tipo de gratidão?

– Capitão, daríamos nossas vidas para prolongar a sua!

– Muito bem – continuou o capitão Nemo –, muito bem...! Prometam-me executar minhas últimas vontades e me sentirei pago por tudo que fiz pelos senhores.

– Prometemos – respondeu Cyrus Smith.

E juntava os amigos à sua promessa.

– Senhores – continuou o capitão Nemo –, amanhã eu estarei morto.

Com um gesto, deteve Harbert, que fazia menção de protestar.

– Amanhã estarei morto, e não desejo outro túmulo senão o *Náutilus*. Ele é o meu esquife! Todos os meus amigos repousam no fundo do mar, e é lá que desejo repousar também.

Um silêncio profundo acolheu as palavras do capitão Nemo.

– Prestem atenção, senhores – continuou ele. – O *Náutilus* está aprisionado nesta gruta, cuja entrada acha-se obstruída. Se, no entanto, ele não pode deixar esta prisão, pode, em contrapartida engolfar-se no abismo que ela oculta e lá guardar meus restos mortais.

Os colonos escutavam religiosamente as palavras do moribundo.

– Amanhã, depois que eu morrer, sr. Smith – continuou o capitão –, o senhor e seus companheiros deixarão o *Náutilus*, pois todas as riquezas que ele contém devem desaparecer junto comigo. Uma única recordação lhes restará do príncipe Dakkar, cuja história agora conhecem. Aquele cofre... ali... contém diamantes que valem milhões, na maior parte lembranças da época em que, pai e esposo, quase acreditei na felicidade, e uma coleção de pérolas recolhidas por meus amigos e eu no fundo dos oceanos. Com esse tesouro, poderão, algum dia, realizar coisas boas. Em mãos como as suas e de seus companheiros, sr. Smith, o dinheiro não constituirá um perigo. Estarei, portanto, das alturas, associado às suas obras, nas quais confio plenamente!

Após alguns instantes de repouso, necessários devido à sua extrema fraqueza, o capitão Nemo continuou nos seguintes termos:

– Amanhã, peguem o cofre e deixem este aposento. Tranquem a porta, subam à plataforma do *Náutilus* e aparafusem a tampa da escotilha.

– Faremos isso, capitão – respondeu Cyrus Smith.

– Ótimo. Embarquem então no escaler que os trouxe até aqui. Porém, antes de abandonarem o *Náutilus*, dirijam-se à sua popa e abram duas grandes torneiras instaladas na linha de flutuação. A água penetrará nos reservatórios e o *Náutilus* afundará gradualmente, para ir repousar no fundo do abismo.

A um gesto de Cyrus Smith, o capitão acrescentou:

– Nada temam! Estarão simplesmente enterrando um defunto!

Nem Cyrus Smith nem qualquer de seus companheiros julgaram dever replicar o capitão Nemo. Aquelas eram as últimas vontades que ele lhes transmitia, só lhes restando executá-las.

– Tenho sua palavra, cavalheiros? – questionou o capitão Nemo.

– Sim, capitão – respondeu o engenheiro.

O capitão fez um sinal de agradecimento e pediu aos colonos que o deixassem a sós por algumas horas. Gedeon Spilett insistiu em permanecer ao seu lado, para a eventualidade de uma crise, mas o moribundo recusou, dizendo:

– Viverei até amanhã, cavalheiro!

Então todos deixaram o salão, atravessaram a biblioteca, o dormitório e chegaram à proa, na casa das máquinas, onde se achavam instalados os dispositivos elétricos, que, junto com o calor e a luz, geravam a força mecânica do *Náutilus*.

O *Náutilus* era uma obra-prima abarrotada de obras-primas, e o engenheiro ficou maravilhado.

Os colonos subiram à plataforma, situada a dois ou três metros acima da linha-d'água. Ali, posicionaram-se junto a um espesso vidro lenticular que tapava uma espécie de olho gigante, do qual brotava um facho de luz. Atrás desse olho abria-se uma cabine, que continha as rodas do leme e na qual ficava o timoneiro quando pilotava o *Náutilus* através das camadas líquidas, que os raios elétricos deviam iluminar num perímetro considerável.

Cyrus Smith e seus companheiros, profundamente impressionados com o que acabavam de ver e ouvir, ficaram a princípio silenciosos. Sentiam um aperto no coração quando pensavam que aquele cujo braço tantas vezes os socorrera, que aquele protetor que teriam conhecido por apenas parcas horas, estava às portas da morte!

Qualquer que fosse o juízo da posteridade acerca dos atos daquela existência por assim dizer extra-humana, o príncipe Dakkar permaneceria sempre uma fisionomia estranha, de lembrança indelével.

– Que homem! – exclamava Pencroff. – Dá para acreditar que tenha vivido assim no fundo do oceano? E pensar que talvez ele não tenha encontrado ali mais tranquilidade do que alhures!

– Talvez pudéssemos usar o *Náutilus* para deixar a ilha Lincoln e alcançar alguma terra habitada – observou então Ayrton.

– Com mil diabos! – gritou Pencroff. – Eu é que não me atreveria a dirigir um treco desses. Navegar sobre os mares, vá lá, mas sob, esqueçam!

– Creio – respondeu o repórter – que manobrar um aparelho submarino do tipo do *Náutilus* deve ser muito fácil, Pencroff, logo nos acostumaríamos com ele. Nenhuma borrasca, nenhuma abordagem a temer. Poucos metros abaixo da superfície, as águas do mar são serenas como as de um lago.

– É possível! – replicou o marujo. – Mas prefiro uma boa ventania a bordo de um navio bem aparelhado. Um barco é feito para andar sobre a água e não debaixo dela.

– Amigos – opinou o engenheiro –, é inútil, pelo menos a propósito do *Náutilus*, discutir a questão dos navios submarinos. O *Náutilus* não nos pertence e não temos o direito de dispor dele. Aliás, não podemos nem pensar em utilizá-lo. Além de não poder mais sair dessa gruta, cuja entrada está agora fechada por um deslocamento de rochas basálticas, o capitão Nemo deseja ser tragado pelas águas junto com ele após sua morte. Sua vontade é categórica, e nós a cumpriremos.

Conversaram mais um pouco e voltaram a descer para o interior do *Náutilus*, onde fizeram uma refeição ligeira, dirigindo-se, em seguida, ao salão.

O capitão Nemo saíra da letargia que o prostrara e seus olhos haviam recuperado o brilho. Via-se uma espécie de sorriso desenhar-se em seus lábios.

Os colonos aproximaram-se dele.

– Cavalheiros – disse o capitão –, os senhores são homens corajosos, honrados e bons. Dedicaram-se de coração à obra comum. Observei-os com frequência. Gostei dos senhores, gosto dos senhores...! Sua mão, sr. Smith!

Cyrus Smith estendeu a mão ao capitão, que a apertou afetuosamente.

– Isso é bom! – murmurou.

Depois, recobrando-se, prosseguiu:

– Mas chega de falar de mim! Cumpre falar dos senhores e da ilha Lincoln, onde encontraram refúgio... Pretendem abandoná-la?

– Para depois regressar, capitão! – respondeu Pencroff prontamente.

– Regressar? É mesmo, Pencroff – respondeu o capitão, sorrindo –, sei o quanto amam essa ilha. Ela se tornou outra sob seus cuidados, e pertence de fato aos senhores!

– Nosso plano, capitão – disse então Cyrus Smith –, seria doá-la aos Estados Unidos e nela fundar, para nossa marinha, um porto de escala, o qual desfrutaria de uma localização privilegiada no Pacífico.

– Os senhores pensam em sua pátria, cavalheiros – respondeu o capitão. – Trabalham para sua prosperidade e sua glória. Os senhores têm razão. A pátria...! É para lá que devemos voltar! É lá que devemos morrer...! E eu morro longe de tudo que amei!

– Tem por acaso alguma última vontade a transmitir? – indagou subitamente o engenheiro. – Alguma lembrança a legar aos amigos que porventura deixou nas montanhas da Índia?

– Não, sr. Smith. Não tenho mais amigos! Sou o último de minha linhagem... e já morri há muito tempo para todos que conheci... Mas voltemos aos senhores. A solidão e o isolamento são coisas tristes, acima das forças humanas... Morro por ter acreditado que era possível viver só...! Portanto, devem fazer de tudo para deixar a ilha Lincoln e rever o solo onde nasceram. Sei que aqueles miseráveis destruíram a embarcação que construíram...

– Estamos construindo um navio – explicou Gedeon Spilett –, um navio de tonelagem suficiente para nos transportar às terras mais próximas. De toda forma, ainda que a deixemos, cedo ou tarde, regressaremos à ilha Lincoln. São muitas as lembranças que nos prendem a este lugar para que possamos esquecê-lo um dia!

– Foi aqui que conhecemos o capitão Nemo – disse Cyrus Smith.

– E só aqui o recordaremos como ele merece! – acrescentou Harbert.

– E aqui repousarei no sono eterno, se... – respondeu o capitão.

Titubeou e, em vez de terminar a frase, limitou-se a dizer:

– Sr. Smith, eu gostaria de lhe falar... a sós!

Os demais, respeitando o desejo do moribundo, se retiraram.

Cyrus Smith afastou-se com o capitão Nemo por alguns minutos e logo chamou os amigos, porém sem lhes falar nada a respeito das coisas secretas que o moribundo houvera por bem lhe confidenciar.

Gedeon Spilett observou o enfermo com extrema atenção. Era visível que agora apenas uma energia moral sustentava o capitão e que em breve ele não não seria mais capaz de reagir contra o aniquilamento físico.

O dia terminou sem novidades. Os colonos não abandonaram um instante o *Náutilus*. Anoitecera, embora fosse impossível percebê-lo dentro daquela cripta.

O capitão Nemo não sofria, mas já expirava. Seu nobre rosto, empalidecido pela aproximação da morte, estava sereno. De seus lábios escapavam às vezes palavras quase intangíveis, alusivas às mil peripécias de sua estranha existência. Sentia-se que a vida se esvaía gradativamente de seu corpo, cujas extremidades já estavam frias.

Por uma ou duas vezes ainda, dirigiu a palavra aos colonos que velavam ao seu lado, sorrindo aquele sorriso que fica nos lábios até depois da morte.

Afinal, pouco depois da meia-noite, o capitão Nemo fez um esforço supremo e conseguiu cruzar os braços no peito, como se desejasse morrer naquela posição.

Em torno de uma da madrugada, toda a sua vida refugiara-se no olhar. Um último brilho fulgurou naquela retina que tantas chamas já havia lançado. Então, murmurando as palavras "Deus e Pátria!", ele expirou suavemente.

Cyrus Smith, inclinando-se, fechou os olhos daquele que fora o príncipe Dakkar e agora nem sequer era mais o capitão Nemo.

Harbert e Pencroff choravam. Ayrton enxugava uma lágrima furtiva. Nab estava ajoelhado ao lado do repórter, imóvel feito uma estátua.

Cyrus Smith, erguendo a mão acima da cabeça do cadáver, disse:

– Deus tenha sua alma!

E, voltando-se para os amigos, acrescentou:

– Oremos por aquele que acabamos de perder!

ALGUMAS HORAS DEPOIS, os colonos cumpriam a promessa feita ao capitão, realizando as últimas vontades do defunto.

– Deus tenha sua alma!

Cyrus Smith e seus companheiros deixaram o *Náutilus*, levando a única recordação legada por seu benfeitor, o cofre, contendo uma fortuna incalculável.

O magnífico salão, ainda irrigado pela luz, fora cuidadosamente fechado. A tampa do alçapão foi então aparafusada de maneira a que sequer uma gota d'água penetrasse no interior das câmaras do *Náutilus*.

Em seguida, os colonos embarcaram no escaler, atracado no flanco do submarino. Deslocaram-no até a popa. Ali, na linha de flutuação, havia duas grandes torneiras, que comunicavam com os reservatórios destinados a induzir a submersão do aparelho.

Abertas as torneiras, os reservatórios se encheram e o *Náutilus*, afundando pouco a pouco, desapareceu na massa líquida.

Mas os colonos ainda puderam acompanhá-lo através das camadas profundas. À medida que sua luz poderosa iluminava as águas transparentes, a cripta voltava à escuridão. Então aquela intensa projeção de efluências elétricas também se extinguiu, e logo o *Náutilus*, esquife do capitão Nemo, repousava no fundo do oceano.

18

As reflexões de cada um • Retorno ao estaleiro • 10 de janeiro de 1869 •
Uma espiral na boca do vulcão • Primeiros indícios de erupção •
Ayrton e Cyrus Smith no curral • Exploração da cripta Dakkar •
O que o capitão Nemo dissera ao engenheiro

AO ALVORECER, os colonos voltaram silenciosamente à entrada da gruta, à qual deram o nome de cripta Dakkar, em memória do capitão Nemo. Como a maré estava baixa naquele momento, passaram sem maiores problemas sob a arcada, cujos pedestais basálticos as ondas fustigavam.

Deixaram o escaler naquele local, num remanso protegido da rebentação. Por excesso de zelo, Pencroff, Nab e Ayrton o rebocaram para a pequena praia que confinava com um dos flancos da cripta, para um ponto onde ele não corria perigo algum.

A tempestade dera uma trégua ao anoitecer. Os últimos ribombos dos trovões morriam a oeste. Embora não chovesse mais, o céu continuava carregado de nuvens. Em suma, aquele mês de outubro, início da primavera austral, não prenunciava condições satisfatórias, com o vento deslocando-se de um ponto a outro do horizonte, o que não permitia contar com tempo firme.

Cyrus Smith e seus companheiros, deixando a cripta Dakkar, retornaram pela estrada do curral. No caminho, Nab e Harbert se lembraram de remover o fio estendido pelo capitão Nemo entre o curral e a cripta, o qual poderia ser útil mais tarde.

Falaram pouco durante o caminho. Os diversos incidentes daquela noite de 15 para 16 de outubro deixaram a todos muito impressionados. Aquele desconhecido, cujos poderes os protegiam tão eficazmente, aquele homem que a imaginação transformava num gênio, o capitão Nemo, não existia mais. Seu *Náutilus* e ele estavam sepultados no fundo de um abismo. A sensação unânime era de que se achavam ainda mais isolados do que antes. Haviam, por assim dizer, se acostumado a contar com uma presença poderosa, que lhes faltava naquele dia, e nem Gedeon Spilett nem Cyrus Smith achavam-se imunes a tal sensação. Daí todos respeitarem um profundo silêncio ao longo da estrada do curral.

Cerca de nove da manhã, estavam de volta a Granite House.

Haviam decidido acelerar ao máximo a construção da embarcação, e Cyrus Smith, mais do que nunca, dedicou-lhe seu tempo e seus conhecimentos. Sem saber o que o futuro lhes reservava, era uma garantia terem à disposição um navio sólido, capaz de resistir às grandes intempéries marítimas e de porte suficiente para tentar, em caso de necessidade, uma travessia de certa duração. Pronto o navio, se os colonos ainda não tivessem decidido deixar a ilha Lincoln para alcançar algum arquipélago polinésio do Pacífico ou as costas da Nova Zelândia, decerto o utilizariam para ir à ilha Tabor, a fim de lá deixar a mensagem com informações sobre Ayrton. Aquela era uma precaução indispensável a ser tomada para o caso de o iate escocês reaparecer naqueles mares, e não convinha ser negligente nesse ponto.

Voltaram então ao estaleiro. Cyrus Smith, Pencroff e Ayrton, auxiliados por Nab, Gedeon Spilett e Harbert, trabalharam sem descanso, exceto quando alguma outra tarefa urgente os solicitava. Era imprescindível que a nova embarcação estivesse concluída dentro de cinco meses, isto é, no começo de março, se quisessem visitar a ilha Tabor antes que os vendavais de equinócio inviabilizassem a travessia. Os carpinteiros, portanto, não perderam um segundo. Em todo caso, não tiveram de se preocupar com a fabricação de uma estrutura, pois a do *Speedy* fora inteiramente recuperada. Era então fundamental terminarem o casco do navio.

O final daquele ano de 1868 transcorreu em meio a essas relevantes atividades, que praticamente excluíam todas as demais. No fim de dois meses e meio, as cavernas já haviam sido instaladas e as primeiras cintas afixadas. Já era possível constatar a excelência do projeto desenhado por Cyrus Smith e antecipar a boa navegabilidade da embarcação. Pencroff imprimia um ritmo alucinante no trabalho, não se eximindo de resmungar quando um ou outro trocava o serrote do carpinteiro pelo fuzil do caçador. De toda forma, precisavam abastecer os armazéns de Granite House, com vistas ao próximo inverno. Mesmo assim o bom marujo torcia o nariz quando os operários não apareciam no estaleiro. Nessas ocasiões, sempre resmungando, fazia, de raiva, o trabalho de seis homens.

O verão, todo ele, foi um período opressivo. O tempo abafado, com o ar saturado de eletricidade, provocava violentas tempestades, que perturbavam intensamente as camadas atmosféricas. Era raro não ouvirem trovoadas ao longe. Parecia um murmúrio surdo, porém constante, como costuma acontecer nas regiões equatoriais do globo.

O 1º de janeiro de 1869 foi assinalado por uma tempestade de uma violência extrema e a ilha foi atingida por vários raios. Grandes árvores foram fulminadas e derrubadas, entre elas um dos imensos olmos que assombreavam o terreiro na extremidade sul do lago. Aquele meteoro teria alguma relação com os fenômenos que se consumavam nas entranhas da terra? Haveria alguma conexão entre os distúrbios atmosféricos e os distúrbios no cerne do globo? Cyrus Smith inclinava-se pela afirmativa, uma vez que a eclosão das tempestades coincidira com a recrudescência dos sintomas vulcânicos.

Foi em 3 de janeiro que Harbert, subindo bem cedo ao planalto do Mirante para arrear um dos onagros, avistou uma imensa espiral de fumaça desenrolando-se a partir da cratera do vulcão.

Harbert avisou imediatamente aos colonos, que correram para observar o fenômeno no cume do monte Franklin.

– Ei! – exclamou Pencroff. – Não são vapores dessa vez! Acho que o gigante não se contenta mais em respirar e resolveu começar a fumar!

A imagem forjada pelo marujo traduzia fielmente a alteração produzida na boca do vulcão. Embora nos últimos três meses a cratera viesse emitindo vapores mais ou menos intensos, estes resultavam de uma simples ebulição interna das matérias minerais. Agora, aos vapores acabava de suceder uma fumaça densa, que subia sob a forma de uma coluna cinza, com mais de cem metros na base e que se abria como um imenso cogumelo duzentos ou duzentos e cinquenta metros acima do cume da montanha.

– O fogo está dentro da chaminé – observou Gedeon Spilett.

– E não temos como apagá-lo! – acrescentou Harbert.

– É mesmo, devia haver limpadores de vulcão – declarou Nab, aparentemente com toda a seriedade do mundo.

– Também acho, Nab – disse Pencroff. – Mas você se encarregaria de tal limpeza?

E caiu na gargalhada.

Cyrus Smith não desgrudava os olhos da densa fumaça expelida pelo monte Franklin, chegando mesmo a ficar à escuta, como se pretendesse constatar algum estrondo distante. Em seguida, voltando até seus companheiros, dos quais se afastara um pouco, declarou:

– Com efeito, amigos, produziu-se uma alteração significativa, não podemos desdenhá-la. As matérias vulcânicas não se encontram mais simplesmente em estado de ebulição, e sim em chamas. Corremos o sério risco de uma erupção iminente!

– Muito bem, sr. Smith, assistiremos à erupção – exclamou Pencroff – e aplaudiremos se ela for bem-sucedida! Não penso que valha a pena nos preocupar com isso!

– Se por um lado, Pencroff – respondeu Cyrus Smith –, a trilha percorrida pelas lavas continua aberta e, graças a tal disposição, a cratera até o momento as desviou para o norte, por outro lado…

– Por outro lado, uma vez que não há vantagem alguma a tirar de uma erupção, é preferível que esta não aconteça – completou o repórter.

– Quem sabe? – divagou o marujo. – Talvez haja nesse vulcão alguma substância útil e preciosa que ele muito gentilmente expelirá e da qual faremos bom uso!

Cyrus Smith balançou a cabeça, indicando não esperar nada de bom do fenômeno cuja eclosão fora tão súbita. Não via com a mesma indiferença de Pencroff os efeitos de uma erupção. Se as lavas, em decorrência da conformação da cratera, não ameaçavam diretamente as partes arborizadas e cultivadas da ilha, outras complicações poderiam surgir. De fato, não é raro erupções virem acompanhadas de terremotos, e uma ilha, da natureza da Lincoln, formada por matérias tão díspares, basaltos de um lado, granito do outro, lavas ao norte, terreno movediço ao sul, elementos que, por conseguinte, não se integravam, corria o risco de desagregar-se. Logo, se o derramamento de matérias vulcânicas não constituía um perigo muito sério, qualquer oscilação na estrutura terrestre que sacudisse a ilha poderia acarretar consequências extremamente graves.

– Tenho a impressão – disse Ayrton, que se deitara, encostando o ouvido no solo – de ouvir um barulho parecido com o de uma carroça carregando barras de ferro.

Os colonos escutaram atentamente e constataram que Ayrton não se enganava. Àqueles ruídos misturavam-se às vezes roncos subterrâneos, que soavam como uma espécie de "*rinforzando*" e se extinguiam aos poucos, como se alguma ventania soprasse nas profundezas do globo. Porém, como ainda não se produzira nenhuma detonação propriamente dita, era possível concluir que vapores e fumaças haviam encontrado uma passagem livre através da chaminé central. Além disso, sendo a válvula suficientemente larga, era nula a possibilidade de desagregação e, por conseguinte, de explosão.

– Essa não! – queixou-se Pencroff. – Isso vai nos impedir de voltar ao trabalho? Deixemos o monte Franklin fumegar, zurrar, gemer, vomitar fogo e chamas o quanto quiser, o que não podemos é ficar de braços cruzados! Vamos, Ayrton, Nab, Harbert, sr. Cyrus, sr. Spilett, hoje necessitamos de nossa força máxima! Vamos aparafusar as cintas e uma dúzia de braços ainda será pouco. Antes de dois meses, quero que o nosso novo *Bonadventure* – pois lhe conservaremos o nome, certo? – esteja flutuando nas águas de porto Balão! Portanto, não temos nem um minuto a perder!

Todos os colonos, cujos braços eram requeridos por Pencroff, desceram para o estaleiro e procederam à instalação das cintas, ripas resistentes que formam o cinturão de uma embarcação e prendem uma à outra as cavernas da ossatura. Tarefa pesada e difícil, de que todos participaram.

Trabalharam, portanto, assiduamente, durante todo aquele dia, 3 de janeiro, sem se preocuparem com o vulcão, por sinal fora do campo de visão da praia de Granite House. Uma ou duas vezes, contudo, grandes sombras, tapando o sol, que descrevia sua trajetória diurna num céu translúcido, indicaram que uma espessa nuvem de fumaça passava entre seu disco e a ilha. O vento, soprando do largo, impelia todos os vapores para oeste. Cyrus Smith e Gedeon Spilett, percebendo nitidamente aquelas sombras fugazes, discutiam os progressos do fenômeno vulcânico, sem, contudo, interromperem o trabalho. Era, aliás, do mais alto interesse, sob todos os pontos de vista, que a embarcação ficasse pronta o quanto antes. Face às eventualidades que se anunciavam, a segurança dos colonos seria muito maior caso dispusessem daquela alternativa. Quem sabe um dia aquele navio não viesse a ser seu único refúgio?

À noite, depois do jantar, Cyrus Smith, Gedeon Spilett e Harbert dirigiram-se novamente ao planalto do Mirante. Como já anoitecera, a escuridão permitiria que constatassem se, aos vapores e à fumaça acumulados na boca da cratera, misturavam-se labaredas e matérias incandescentes expelidas pelo vulcão.

– A cratera está em chamas! – gritou Harbert, que, mais ágil que os companheiros, fora o primeiro a chegar ao planalto.

O monte Franklin, distante aproximadamente dez quilômetros, parecia naquele momento um gigantesco archote em cuja ponta se retorcessem labaredas fuliginosas. O volume de fumaça, escórias e cinzas que saía junto com o fogo impedia que seu brilho, mortiço, contrastasse fortemente com as trevas da noite. Ao mesmo tempo, uma luminosidade ocre espalhava-se sobre a ilha, delineando confusamente a massa arborescente dos primeiros planos. Imensos turbilhões escureciam as camadas superiores do céu, através das quais cintilavam algumas estrelas.

– A coisa está indo depressa! – comentou o engenheiro.

– Não admira! – concordou o repórter. – O vulcão não acordou de uma hora para outra. Lembre-se, Cyrus, de que os primeiros vapores surgiram quando explorávamos os contrafortes da montanha para descobrir o esconderijo do capitão Nemo. Se não me falha a memória, em torno de 15 de outubro...

– Exatamente! – interveio Harbert. – E isso já faz dois meses e meio!

– Os fogos subterrâneos então fermentaram durante dez semanas – continuou Gedeon Spilett –, e não espanta desenvolverem-se agora com tal violência!

– Não sentem certas vibrações no solo? – perguntou Cyrus Smith.

– Com efeito – aquiesceu Gedeon Spilett –, mas daí a um terremoto...

– Não afirmo que estejamos sob ameaça de um terremoto – explicou Cyrus Smith –, Deus nos proteja! Não. Essas vibrações decorrem da efervescência do fogo central. A crosta terrestre não passa da tampa de uma panela de pressão, e todos sabem que essa tampa, pressionada pelos gases, vibra como uma placa sonora. É isso que estamos sentindo.

– Olhem que beleza de chuva de fogo! – exclamou Harbert.

Naquele momento brotava da cratera uma espécie de buquê de rojões, cujo brilho o vapor fora impotente para empanar. Milhares de fragmentos luminosos e setas de fogo projetavam-se nas mais variadas direções. Alguns ultrapassavam o domo de fumaça, perfurando-o com um jato rápido e deixando atrás de si uma esteira de pó incandescente. A saraivada foi acompanhada de detonações sucessivas, como rajadas de uma bateria de metralhadoras.

Cyrus Smith, o repórter e o rapaz, depois de passarem uma hora no planalto do Mirante, desceram novamente à praia e retornaram a Granite House. O engenheiro estava pensativo, preocupado até, a ponto de Gedeon Spilett julgar dever lhe perguntar se pressentia algum perigo iminente, cuja causa direta ou indireta fosse a erupção.

– Sim e não – respondeu Cyrus Smith.

– No entanto – continuou o repórter –, a maior desgraça que poderia nos acontecer não seria um terremoto que destruísse a ilha? Ora, não creio que isso venha a ocorrer, uma vez que os vapores e a lava encontraram um ralo por onde escoar.

– Também não temo um terremoto, no sentido vulgarmente atribuído às convulsões do solo provocadas pela dilatação dos vapores subterrâneos – disse Cyrus Smith. – Mas outras causas podem produzir grandes desastres.

– Quais, meu caro Cyrus?

– Não sei ainda com exatidão... preciso verificar... visitar a montanha... dentro de poucos dias terei um posição a respeito.

Gedeon Spilett não insistiu, e dali a pouco, a despeito das detonações do vulcão, cuja intensidade aumentava e era reverberada pelos ecos da ilha, os ocupantes de Granite House mergulhavam num sono profundo.

Passaram três dias, 4, 5 e 6 de janeiro. Continuavam todos a trabalhar na construção do barco e, sem quaisquer outras explicações, o engenheiro empenhava-se de corpo e alma no trabalho. O monte

Franklin achava-se então encapuzado por uma nuvem escura de aspecto sinistro e, junto com as chamas, expelia rochas incandescentes, algumas das quais voltavam a cair na própria cratera. O que levava Pencroff, que insistia em considerar o fenômeno pelo seu lado jocoso, a dizer:

– Viva! O gigante engolidor de fogo! O gigante do circo!

E, com efeito, a matéria expelida voltava a cair no abismo e não parecia que as lavas, avolumadas pela pressão interna, fossem passar da boca da cratera. Pelo menos a fenda do nordeste, parcialmente visível, não lançava nenhuma torrente sobre a vertente setentrional da montanha.

Entretanto, mesmo com a construção do navio prosseguindo em ritmo acelerado, outras ocupações exigiam a presença dos colonos em diversos pontos da ilha. A principal delas era fazer-se presente no curral, onde o rebanho de carneiros e cabras estava confinado, e renovar a provisão de feno dos animais. Estabeleceram então que Ayrton iria até lá no dia seguinte, 7 de janeiro, e, como era capaz de dar conta sozinho da tarefa, com a qual estava acostumado, Pencroff e os demais manifestaram certa surpresa ao ouvirem o engenheiro dizer-lhe:

– Já que vai ao curral amanhã, irei com você.

– Ei, sr. Cyrus! – exclamou o marujo. – Nossos dias de trabalho são contados e, se for também, teremos quatro braços a menos!

– Depois de amanhã estaremos de volta – respondeu Cyrus Smith –, mas preciso ir ao curral... Quero saber a quantas anda a erupção.

– A erupção! A erupção! – reagiu Pencroff, contrariado. – Não vejo nada de importante nessa erupção, está aí uma coisa que não me preocupa!

A despeito da opinião do marujo, a excursão, programada pelo engenheiro, foi mantida para o dia seguinte. Harbert bem que desejava acompanhar Cyrus Smith, mas não quis irritar Pencroff, ausentando-se.

Ao raiar do dia seguinte, Cyrus Smith e Ayrton, conduzindo a carroça atrelada aos dois onagros, entravam na estrada do curral e para lá se dirigiram num trote picado.

Acima da floresta, abastecidas incessantemente com matéria fuliginosa pela cratera do monte Franklin, pairavam nuvens grossas, as quais, entrechocando-se pesadamente na atmosfera, pareciam ser compostas de elementos heterogêneos. Não era apenas à fumaça do vulcão que deviam o fato de ser estranhamente opacas e pesadas. Escórias em estado de pó, tais como a pozolana pulverizada, e cinzas pardacentas, tão finas como a mais fina fécula, mantinham-se em suspensão em meio às suas densas volutas. Essas cinzas são tão tênues que já foram vistas flutuando no ar meses inteiros. Na Islândia, após a erupção de 1783, a atmosfera ficou tão carregada de poeira vulcânica que por mais de um ano os raios solares mal conseguiram atravessá-la.

O mais das vezes, porém, esses elementos voláteis descem, e foi o que aconteceu na ocasião. Assim que Cyrus Smith e Ayrton chegaram ao curral, uma espécie de neve encardida, lembrando pólvora de caça, começou a cair, modificando instantaneamente o aspecto do terreno. Árvores, pastagens, tudo desapareceu sob uma camada com vários centímetros de espessura. Por sorte, o vento soprava do nordeste e grande parte da nuvem se dissiparia sobre o mar.

– Eis uma coisa singular, sr. Smith – foi o comentário de Ayrton.

– Isso é grave – respondeu o engenheiro. – Essa pozolana, essas pedras-pomes pulverizadas, em suma, toda essa poeira mineral não faz senão demonstrar a intensidade do distúrbio nas camadas inferiores do vulcão.

– E não há nada a fazer?

– Nada, a não ser acompanhar o ritmo de evolução do fenômeno. Trate, portanto, Ayrton, de tomar as providências necessárias no curral. Enquanto isso, subirei até a nascente do córrego Vermelho para observar o estado da montanha em sua vertente setentrional. Depois...

– Depois... sr. Smith?

– Depois faremos uma visita à cripta Dakkar... Quero verificar... Passo para pegá-lo dentro de duas horas.

Ayrton então entrou no curral e, enquanto aguardava o retorno do engenheiro, cuidou dos carneiros e cabras, aparentemente irrequietos diante dos primeiros sintomas de erupção.

Nesse ínterim, Cyrus Smith, aventurando-se até a crista dos contrafortes do leste, transpôs o córrego Vermelho e chegou ao local onde ele e seus companheiros haviam descoberto uma fonte sulfurosa, por ocasião de sua primeira exploração.

Que mudança! Em vez de uma única coluna de fumaça, ele contou treze, que irrompiam do solo como se violentamente impelidas por alguma válvula. Era evidente que a crosta terrestre sofria uma pressão terrível naquele ponto do globo. A atmosfera estava saturada de enxofre, hidrogênio, ácido carbônico, tudo misturado a vapores aquosos. Cyrus Smith sentia tremerem aquelas esponjas vulcânicas espalhadas pela planície, as quais não passavam de cinzas pulverulentas que o tempo transformara em blocos sólidos, mas não viu qualquer vestígio de lavas recentes.

Foi o que o engenheiro pôde comprovar ao examinar todo o lado setentrional do monte Franklin. Jatos de fumaça e fogo escapavam da cratera; um granizo feito de escórias caía no solo; mas não se via nenhum derramamento de lavas pela boca da cratera, o que atestava que o nível do magma ainda não atingira o orifício superior da chaminé central.

– Eu daria tudo para ficarmos nisso! – ruminou Cyrus Smith. – Pelo menos eu teria certeza de que as lavas voltaram a seu caminho rotineiro. Quem sabe não escoarão por uma nova boca? Mas o perigo não é esse! O capitão Nemo bem que pressentiu! Não! O perigo não é esse!

Cyrus Smith avançou até o imenso parapeito, cujo prolongamento emoldurava o estreito golfo do Tubarão. Dali pôde examinar detidamente o listrado das lavas e chegou à conclusão de que a última erupção datava de uma época bastante remota.

Então voltou sobre seus passos, prestando atenção aos ruídos subterrâneos que se propagavam como uma trovoada contínua e sobre os quais se destacavam estrepitosas detonações. Às nove da manhã, estava de volta ao curral.

Ayrton estava à sua espera.

– Os animais estão alimentados, sr. Smith – disse Ayrton.

– Ótimo, Ayrton.

– Eles parecem inquietos, sr. Smith.

– Sim, o instinto se manifesta, e o instinto não se engana.

– Quando quiser…

– Pegue uma lamparina e uma pederneira, Ayrton – respondeu o engenheiro –, e partamos.

Ayrton fez o que lhe era pedido. Os onagros, desatrelados, foram soltos no curral. A porteira foi fechada pelo lado de fora e Cyrus Smith, precedendo Ayrton, enveredou na direção oeste, pela estreita trilha que dava acesso à costa.

Caminhavam por um terreno acolchoado pela matéria pulverulenta despejada pela nuvem. Não viram um quadrúpede na mata. Até as aves haviam fugido. Às vezes, uma leve brisa erguia a camada de cinzas e os dois colonos, envoltos num turbilhão opaco, não se enxergavam. Tinham então o cuidado de proteger com um lenço os olhos e a boca, caso contrário corriam o risco de ficar cegos ou sufocar.

Tais condições impediam Cyrus Smith e Ayrton de caminhar com celeridade. Além disso, o ar estava pesado, como se o seu oxigênio houvesse queimado parcialmente e se tornado impróprio à respiração. A cada cem passos, tinham de parar e tomar fôlego. Logo, já passava das dez horas quando o engenheiro e Ayrton alcançaram a crista do enorme aglomerado de rochas basálticas e porfíricas que formava a costa noroeste da ilha.

Começaram a descer aquela costa íngreme, seguindo mais ou menos o detestável caminho que, naquela noite tempestuosa, os conduzira à cripta Dakkar. Na luz do dia, a descida foi menos perigosa e, muito a propósito, a camada de cinzas, cobrindo as rochas lisas, permitia firmar melhor o pé naquelas superfícies em declive.

O patamar que prolongava o rio, a uma altura de aproximadamente doze metros, foi logo alcançado. Cyrus Smith lembrava-se de que aquele patamar descia suavemente até o nível do mar. Embora naquele momento a maré estivesse na jusante, não se via a praia, e as ondas, sujas da poeira vulcânica, vinham rebentar diretamente nos basaltos do litoral.

Cyrus Smith e Ayrton encontraram sem dificuldade a entrada da cripta Dakkar e pararam sob a última rocha, que formava a base inferior do patamar.

– Espero que o escaler continue no lugar... – disse o engenheiro.

– E está, sr. Smith – respondeu Ayrton, puxando para si a leve embarcação atracada em uma das arcadas da abóbada.

– Vamos, Ayrton.

Os dois colonos embarcaram no escaler. Uma leve oscilação das ondas impeliu-o mais para o fundo da abóbada rebaixada, o que fez com que Ayrton, após raspar a pederneira, acendesse a lanterna. Ele então assumiu os remos e, com a lanterna instalada na proa do escaler, de maneira a projetar sua luz à frente, Cyrus Smith posicionou-se no leme, dirigindo-se para o meio das trevas da cripta. O *Náutilus* não estava mais ali para incandescer com suas luzes a caverna escura. Talvez a irradiação elétrica, alimentada por seu poderoso foco, ainda se propagasse no fundo das águas; do abismo, contudo, onde repousava o capitão Nemo, não emanava qualquer raio de luz.

A luz da lanterna, embora insuficiente, permitiu ao engenheiro avançar, margeando a parede direita da cripta. Um silêncio sepulcral reinava sob a abóbada, pelo menos junto à entrada, pois logo Cyrus Smith ouviu distintamente os ribombos estrondeando no âmago da montanha.

– É o vulcão – disse.

Um pouco adiante, junto com aquele estrépito infernal, começaram a sentir as combinações químicas, e vapores sulfurosos entranharam-se nas gargantas do engenheiro e de Ayrton.

– Eis o que temia o capitão Nemo! – murmurou Cyrus Smith, empalidecendo ligeiramente. – Mas temos de ir até o fim.

– Vamos! – respondeu Ayrton, que se curvou sobre os remos e impeliu o escaler na direção da cabeceira da cripta.

Vinte e cinco minutos após atravessar a abertura, o escaler chegava ao paredão do fundo e estacionava.

Cyrus Smith, subindo então em seu banco, passeou a lanterna por todos os recantos da muralha que separava a cripta da chaminé central do vulcão. Qual seria a espessura daquela parede? Trinta metros, três metros, impossível dizer. Mas os sons subterrâneos, reverberando com nitidez, indicavam não ser demasiado espessa.

O engenheiro, após explorar o paredão seguindo uma linha horizontal, prendeu a lanterna na ponta de um remo e iluminou a parte superior da parede basáltica. Ali, por fendas quase invisíveis, através dos prismas desagregados, transpirava uma fumaça acre, que infectava a atmosfera da gruta. Fissuras riscavam a muralha, algumas das quais, bem delineadas, desciam até apenas sessenta ou noventa centímetros das águas da cripta.

Cyrus Smith pensou um pouco. Em seguida, murmurou as seguintes palavras:

– Sim, o capitão tinha razão! Aqui é que mora o perigo, um perigo terrível.

Ayrton não disse nada, porém, a um sinal de Cyrus Smith, pegou novamente nos remos e, meia hora depois, ele e o engenheiro deixavam a cripta Dakkar.

19

Relato de Cyrus Smith sobre a exploração • Ritmo de construção do navio é acelerado • Última visita ao curral • A batalha do fogo contra a água • O que resta na superfície da ilha • Os colonos decidem lançar o navio ao mar • A noite de 8 para 9 de março

NA MANHÃ SEGUINTE, 8 de janeiro, após terem passado um dia e uma noite no curral, deixando tudo em ordem, Cyrus Smith e Ayrton retornavam a Granite House.

O engenheiro reuniu imediatamente os companheiros e inteirou-os de que a ilha Lincoln corria um imenso perigo, o qual nenhuma força humana era capaz de conjurar.

– Amigos – ele disse, e sua voz deixava transparecer uma emoção profunda –, a ilha Lincoln não é daquelas que irão durar o mesmo tempo que o globo. Ela está fadada a uma destruição mais ou menos próxima, cuja causa encontra-se nela própria e da qual nada poderá poupá-la.

Os colonos olharam um para o outro e depois para o engenheiro, sem compreender.

– Explique-se, Cyrus! – disse Gedeon Spilett.

– Explico-me – respondeu Cyrus Smith –, ou melhor, não farei senão transmitir a explicação que, durante nossos poucos minutos de conversa secreta, o capitão Nemo me deu.

– O capitão Nemo! – exclamaram os colonos.

– Sim, e este foi o último favor que ele houve por bem nos prestar antes de morrer!

– Último favor? – indignou-se Pencroff. – Último favor! Verão que, mesmo morto, ele ainda nos prestará outros favores.

– Mas o que lhe disse o capitão Nemo? – indagou o repórter.

– Saibam então, amigos – começou o engenheiro. – A ilha Lincoln não se acha nas mesmas condições das outras ilhas do Pacífico, e, mais cedo ou mais tarde, uma conformação singular, a mim revelada pelo capitão Nemo, deve provocar o esboroamento de suas fundações submarinas.

– Esboroamento! Na ilha Lincoln! Que ideia! – exclamou Pencroff, que, apesar do respeito que tinha por Cyrus Smith, não reprimiu um muxoxo.

– Escute bem, Pencroff – continuou o engenheiro. – Eis o que o capitão Nemo havia constatado e o que eu mesmo constatei, ontem, durante a exploração que fiz na cripta Dakkar. Essa cripta, que se prolonga sob a ilha até o vulcão, só é separada da chaminé central pela parede que forma sua cabeceira. Ora, essa parede é sulcada por rachaduras e fendas pelas quais já passam gases sulfurosos desenvolvidos no interior do vulcão.

– E daí? – indagou Pencroff, franzindo a testa.

– E daí que percebi que essas rachaduras aumentavam sob a pressão interna, que a muralha de basalto rasgava-se gradativamente e que, num tempo mais ou menos curto, abriria passagem para a água do mar que enche a gruta.

– Que bom! – replicou Pencroff, tentando um novo gracejo. – O mar apagará o vulcão e tudo estará terminado!

– Sim, tudo estará resolvido! – exclamou Cyrus Smith. – No dia em que o mar se precipitar através da parede e penetrar pela chaminé central até as entranhas da ilha, onde as matérias eruptivas se encontram em ebulição, nesse dia, Pencroff, a ilha Lincoln explodirá como a Sicília explodiria se o Mediterrâneo se precipitasse Etna adentro!

Os colonos não tiveram o que responder àquela frase tão peremptória do engenheiro. Haviam compreendido o perigo que os ameaçava.

Convém dizer, a propósito, que Cyrus Smith não exagerava de forma alguma. Muita gente sonha com uma forma de apagar vulcões, que, quase sem exceção, erguem-se à beira do mar ou de lagos, abrindo passagem para as águas. Mas não desconfiam de que estariam se arriscando a explodir uma parte do globo, como uma caldeira cujo vapor sofre subitamente um aumento da pressão. A água, precipitando-se num meio cuja temperatura pode ser calculada em milhões de graus, se vaporizaria com tão súbita energia que nenhuma tampa seria capaz de lhe resistir.

Logo, não restava dúvida de que a ilha, ameaçada por uma desagregação terrível e próxima, duraria apenas o tempo que a parede da cripta Dakkar resistisse. Não era uma questão de meses, nem de semanas, mas de dias, horas talvez!

O primeiro sentimento dos colonos foi de tristeza profunda! Não pensaram no perigo que os ameaçava diretamente, mas na destruição daquela terra que lhes dera asilo, daquela ilha que haviam fecundado, daquela ilha que amavam, que desejavam ver florescer ainda mais! Tanto esforço dispendido inutilmente, tantos sacrifícios em vão!

Pencroff não segurou uma lágrima, que correu sobre sua face e que ele não tentou esconder.

A conversa prosseguiu por algum tempo, quando discutiram as chances que ainda lhes restavam. Concluíram, porém, que não havia um instante a perder, que deviam acelerar ao máximo a construção e a aparelhagem do navio. Aquela era a única chance de salvação para os habitantes da ilha Lincoln!

Todos os braços foram então requeridos. Para que teria servido agora colher, estocar, caçar, aumentar as reservas de Granite House? O que ainda continham o armazém e as despensas dava para abastecer o navio para uma travessia, por mais longa que fosse! Agora o imprescindível era que ele estivesse à disposição dos colonos antes da consumação da inevitável catástrofe.

Voltaram ao trabalho com uma vontade redobrada. Em 23 de janeiro, o casco do navio estava quase todo cintado. Até ali, nenhuma modificação se produzira no cume do vulcão. Continuavam os vapores, fumaças misturadas com chamas e atravessadas por pedras incandescentes, que escapavam da cratera. Porém, durante a noite de 23 para 24, a pressão das lavas, que alcançaram o nível do primeiro patamar do vulcão, amputou-o do cone em forma de chapéu. Foi um estrondo terrível. Os colonos a princípio julgaram que a ilha estivesse se desagregando. Correram todos para fora de Granite House.

Eram aproximadamente duas horas da madrugada.

O céu estava em chamas. O cone superior – um maciço de trezentos metros de altura, pesando bilhões de libras – despencara sobre a ilha, cujo solo tremeu. Por sorte, o cone inclinava-se para o lado norte, tombando sobre a planície de areia e esponjas basálticas que se estendia entre o vulcão e o mar. A cratera, então completamente escancarada, projetava para o céu uma luz tão intensa que a atmosfera, por simples efeito da reverberação, parecia incandescente. Ao mesmo tempo, uma torrente de lavas, encorpando-se no novo cume, espargia-se em longas cachoeiras, como a água que escapa de um tanque e transborda, e mil serpentes de fogo rastejavam sobre as vertentes do vulcão.

– O curral! O curral! – exclamou Ayrton.

Era, com efeito, para o curral que se dirigiam as lavas, em virtude da configuração da nova cratera e, consequentemente, eram as partes férteis da ilha, as nascentes do córrego Vermelho, a mata do Jacamar que estavam ameaçadas de uma destruição imediata.

Ao ouvirem o grito de Ayrton, os colonos se haviam precipitado para o estábulo dos onagros, onde atrelaram a carroça. Todos só tinham um pensamento! Correr até o curral e libertar os animais lá alojados.

Ainda não eram três da madrugada quando chegaram ao curral. Terríveis balidos revelavam o pavor que aterrava carneiros e cabras. Uma torrente de matérias incandescentes e minerais liquefeitos caía do contraforte sobre as pastagens e carcomia aquele lado da cerca. A porteira foi aberta bruscamente por Ayrton, e os animais, enlouquecidos, evadiram-se em todas as direções.

Uma hora depois, a lava fervilhante ocupava o curral, volatilizava a água do riacho que o atravessava, incendiava a habitação, que ardeu como palha, e devorava até o último moirão da cerca. Do curral, não restava mais nada!

Os colonos bem quiseram lutar contra aquela invasão, e bem que tentaram, mas o homem é impotente face aos grandes cataclismas.

Chegara afinal o dia, 24 de janeiro. Cyrus Smith e seus companheiros, antes de retornarem a Granite House, quiseram verificar a direção definitiva que a inundação de lavas ia tomar. A depressão geral do terreno estendia-se do monte Franklin à costa leste, o que, apesar das matas fechadas do Jacamar, fazia recear que a torrente alcançasse o planalto do Mirante.

– O lago nos dará cobertura – disse Gedeon Spilett.

– Assim espero! – respondeu Cyrus Smith, e a tal se limitou sua resposta.

Os colonos bem quiseram avançar até a planície sobre a qual despencara o cone superior do monte Franklin, mas as lavas obstruíam a passagem. Elas corriam, de um lado, pelo vale do córrego Vermelho e, do outro, pelo vale do rio da Cachoeira, vaporizando os dois cursos d'água à sua passagem. Não havia qualquer possibilidade de atravessar aquela torrente; convinha, ao contrário, recuar. O vulcão, decapitado, não era mais reconhecível. Uma espécie de meseta agora o terminava, substituindo a antiga cratera. Dois gargalos, escavados em suas bordas sul e leste, despejavam lavas continuamente, formando assim duas correntes distintas. Acima da nova cratera, uma nuvem de fumaça e cinzas se confundia com o vapor acumulado sobre a ilha. Grandes trovões reverberavam e se misturavam aos roncos da montanha. De sua boca escapavam rochas ígneas que, projetadas a mais de trezentos metros, estilhaçavam no meio das nuvens e se espalhavam em saraivada. O céu respondia com raios à erupção vulcânica.

Por volta das sete da manhã, a posição dos colonos, refugiados na orla da mata do Jacamar, era insustentável. Não só os projéteis começavam a chover à sua volta, como as lavas, transbordando do leito do córrego Vermelho, ameaçavam obstruir a estrada do curral. Os primeiros renques de árvores pegaram fogo e sua seiva, subitamente transformada em vapor, as fez explodir como rojões, enquanto outras, menos úmidas, permaneceram intactas no meio da inundação.

Os colonos retornaram à estrada do curral. Caminhavam lentamente, meio que a contragosto. Porém, em consequência da inclinação do solo, a torrente alcançava rapidamente o leste e, tão logo as camadas inferiores das lavas solidificavam-se, outros lençóis magmáticos as recobriam imediatamente.

Enquanto isso, a principal corrente do vale do córrego Vermelho tornava-se cada vez mais ameaçadora. Toda aquela parte da floresta estava incandescente e densas volutas de fumaça rolavam sobre as árvores, cujas raízes já crepitavam na lava.

Os colonos detiveram-se nas proximidades do lago, a oitocentos metros da foz do córrego Vermelho. Uma questão de vida ou morte aguardava sua decisão.

Cyrus Smith, acostumado a lidar com situações graves e sabendo dirigir-se a homens capazes de ouvir a verdade, fosse qual fosse, disse então:

– Ou o lago irá deter essa corrente, e parte da ilha será preservada da devastação completa, ou a corrente invadirá as matas do Faroeste e nenhuma árvore ou planta restará na superfície do solo. Nossa única perspectiva sobre essas rochas nuas é a morte, que a explosão da ilha não nos fará esperar muito tempo!

– Então – exclamou Pencroff, cruzando os braços e batendo o pé no chão –, inútil trabalhar no barco, certo?

– Pencroff – respondeu Cyrus Smith –, convém cumprir seu dever até o fim!

Naquele momento, o rio de lava, após abrir passagem devorando belas árvores pela frente, chegou ao limiar do lago. Ali o terreno formava uma espécie de mureta que, se um pouco mais elevada, talvez fosse suficiente para conter a torrente.

– Mãos à obra! – gritou Cyrus Smith.

O pensamento do engenheiro foi imediatamente captado.

Precisavam represar aquela torrente, obrigando-a, dessa forma, a desembocar no lago.

Os colonos correram até o estaleiro. De lá, trouxeram pás, picaretas e machados e, fazendo uso de aterros e árvores abatidas, conseguiram, em poucas horas, erguer um dique com noventa centímetros altura por algumas centenas de metros de extensão. Parecia-lhes, quando terminaram, que haviam trabalhado apenas poucos minutos!

Já não era sem tempo. As matérias liquefeitas alcançaram quase imediatamente a parte inferior da mureta. A torrente engrossou como um rio invadido por uma tromba-d'água que tentasse transbordar e ameaçou transpor o único obstáculo capaz de impedi-la de inundar todo o Faroeste… mas o dique conseguiu contê-la e, após um minuto de hesitação, que foi terrível, ela se precipitou no lago Grant, formando uma cachoeira de sessenta metros de altura.

Os colonos, arquejantes, sem fazerem um só gesto ou pronunciarem uma só palavra, assistiram então à batalha entre os dois elementos.

Que espetáculo a luta entre a água e o fogo! Que pena seria capaz de descrever aquela cena, de um horror maravilhoso, que pincel seria capaz de pintá-la? A água silvava ao se evaporar em contato com as lavas em ebulição. Os vapores, projetados no ar, turbilhonavam a uma altura incomensurável, como se alguém tivesse destampado subitamente uma gigantesca caldeira. Porém, por mais considerável que fosse, a massa de água contida no lago devia terminar por ser absorvida, uma vez que não se renovava, ao passo que a torrente, alimentando-se numa fonte inesgotável, derramava continuamente novos fluxos de matéria incandescente.

As primeiras lavas a cair no lago solidificaram-se imediatamente, acumulando-se de maneira a logo emergirem. Sobre sua superfície deslizaram outras lavas que se transformaram em pedras por sua vez, porém na direção do centro do lago. Formou-se então uma espécie de píer e o lago ameaçou transbordar, pois o excedente de suas águas diluía-se em vapores. Silvos e crepitações rasgavam o ar fazendo um barulho ensurdecedor e o caudal, arrastado pelo vento, caía como chuva sobre o mar. O píer expandia-se, e os blocos de lavas solidificadas empilhavam-se uns sobre os outros. Ali, onde antes se estendiam águas plácidas, surgia um imenso aglomerado de rochas fumegantes, como se um deslocamento do terreno tivesse feito surgir milhares de escolhos. Imagine o leitor essas águas encrespadas por um furacão, depois subitamente solidificadas sob um frio de 20°F, e terão o aspecto do lago três horas depois que a irresistível torrente irrompeu sobre ele.

Dessa vez, a água seria vencida pelo fogo.

Foi uma sorte, para os colonos, a torrente de lava ter se dirigido para o lago Grant, o que lhes dava uns dias de trégua pela frente. O planalto do Mirante, Granite House e o estaleiro achavam-se momentaneamente preservados. Ora, aqueles poucos dias seriam dedicados a ajustar o casco do navio e calafetá-lo com todo cuidado. Em seguida, o lançariam ao mar e nele se refugiariam, com liberdade para aparelhá-lo quando ele repousasse em seu elemento. Diante do risco de explosão que ameaçava destruir a ilha, permanecer em terra era impensável. O refúgio de Granite House, por mais seguro tivesse sido até aquele momento, podia a qualquer instante ter suas paredes de granito reduzidas a pó!

Durante os seis dias seguintes, de 25 a 30 de janeiro, os colonos trabalharam no navio como se fossem vinte homens. Se faziam menção de descansar um pouco, o brilho das labaredas expelidas pelo

Que espetáculo a luta entre a água e o fogo!

vulcão os chamava de volta à labuta. A erupção continuava, porém menos avassaladora. Isso foi uma boa notícia, pois o lago Grant estava quase no limite e se novas lavas corressem por sobre as antigas, teriam inevitavelmente se espalhado pelo planalto do Mirante e, de, lá alcançado a praia.

Mas se daquele lado a ilha ainda se encontrava parcialmente protegida, o mesmo não acontecia em sua faixa ocidental.

Com efeito, o segundo caudal de lava, que atravessara o vale do rio da Cachoeira, vale largo, com o solo rebaixado de ambos os lados do córrego, não encontrara nenhum obstáculo à sua frente, o que fez com que o líquido incandescente se espalhasse pela floresta do Faroeste. Naquela época do ano, como as árvores estavam ressecadas pelo calor tórrido, a floresta pegou fogo instantaneamente, de tal maneira que o incêndio alastrou-se ao mesmo tempo pela base dos troncos e pelas altas ramagens, cujo emaranhado contribuía para os progressos da conflagração. Parecia inclusive que as labaredas corriam mais velozes pelo dossel das árvores do que a corrente de lavas a seus pés.

Aconteceu então que os animais, enlouquecidos, feras e muitos mais, onças, javalis, capivaras, kulas, caça de pelo e de pena, refugiaram-se do lado do Mercy e no pântano das Tadornas, do outro lado da estrada de porto Balão. Mas os colonos estavam por demais concentrados em sua obra para dar atenção mesmo aos mais temíveis daqueles animais. A propósito, após abandonarem Granite House, não lhes apetecera sequer procurar abrigo nas Chaminés, e acampavam numa barraca, nas imediações da foz do Mercy.

Diariamente, Cyrus Smith e Gedeon Spilett subiam ao planalto do Mirante. Às vezes Harbert os acompanhava, Pencroff nunca, não querendo ver o novo aspecto de sua ilha, tão injustamente devastada!

Era um espetáculo desolador, com efeito. Toda a parte arborizada da ilha estava agora careca. Um único buquê de árvores verdes erguia-se na ponta da península Serpentina. Aqui e ali esgarçavam-se troncos desgalhados e calcinados. O terreno das florestas destruídas encontrava-se mais árido que o pântano das Tadornas. A invasão das lavas fora completa. Onde antigamente crescia um admirável verdor, o solo não passava agora de um selvagem amontoado de esponjas vulcânicas. Os vales do rio da Cachoeira e do Mercy não despejavam mais uma única gota d'água no mar e, se, o lago Grant secasse integralmente, os colonos não teriam como aplacar a sede. Por sorte a extremidade sul do lago fora poupada e formara uma espécie de tanque, contendo tudo que restava de água potável na ilha. Na direção noroeste desenhavam-se as ásperas e pontiagudas arestas dos contrafortes do vulcão, evocando uma garra gigante esmagando o solo. Que espetáculo doloroso, que aspecto hediondo e que nostalgia sentiam aqueles colonos, transportados num piscar de olhos de um domínio fértil, coberto de florestas, irrigado por cursos d'água, enriquecido por lavouras, para uma rocha árida, sobre a qual, não fossem suas reservas, não conseguiriam sequer sobreviver!

– É de partir o coração! – disse um dia Gedeon Spilett.

– Sim, Spilett – concordou o engenheiro. – Que o céu nos conceda o tempo de terminar esse barco, agora nosso único refúgio!

– Não acha, Cyrus, que o vulcão parece estar querendo se acalmar? Ainda expele lavas, mas com menos abundância, se não me engano!

– Isso pouco importa – respondeu Cyrus Smith. – O fogo continua vivo nas entranhas da montanha, e o mar pode precipitar-se em sua direção a qualquer momento. Estamos na situação de passageiros cujo navio está sendo devorado por um incêndio que não podem apagar, sabendo que cedo ou tarde o fogo se alastrará para o paiol de pólvora! Venha, Spilett, venha, não temos tempo a perder!

Por mais uma semana ainda, isto é, até 7 de fevereiro, as lavas continuaram a se espalhar, mas a erupção manteve-se nos limites já indicados. O que Cyrus Smith mais temia era que o magma viesse desembocar na praia, pois, nesse caso, o estaleiro não seria poupado.

Ao mesmo tempo, por essa época, os colonos sentiram vibrações na estrutura da ilha que os preocuparam no mais alto grau.

Estavam em 20 de fevereiro. Precisavam ainda de um mês para deixar o navio em condições de ser lançado ao mar. A ilha resistiria até lá? A intenção de Pencroff e Cyrus Smith era proceder ao lançamento assim que o casco estivesse suficientemente estanque. O convés, o castelo de proa e de popa, a acomodação interna e a aparelhagem poderiam ficar para mais tarde, pois o importante era que os colonos contassem com um refúgio seguro fora da ilha. Talvez fosse inclusive aconselhável levarem o navio para porto Balão, isto é, o mais longe possível do foco eruptivo, uma vez que, na foz do Mercy, entre o recife e o paredão de granito, ele corria o risco de ser esmagado, em caso de sismo. Todos os esforços dos trabalhadores concentraram-se então no acabamento do casco.

Chegaram assim ao dia 3 de março, podendo então marcar a operação de lançamento para dali a dez dias.

A esperança retornou ao coração dos colonos, que tanto penaram naquele quarto ano de sua estada na ilha Lincoln! O próprio Pencroff pareceu sair um pouco da sombria taciturnidade em que o haviam mergulhado a ruína e a devastação de seu domínio. Só pensava agora, é verdade, naquele navio, no qual se concentravam todas as suas esperanças.

– Nós o terminaremos – ele garantiu ao engenheiro –, nós o terminaremos, sr. Cyrus, e na hora certa, pois a estação se aproxima do fim e daqui a pouco estaremos em pleno equinócio. Pois bem, se for preciso, podemos fundear na ilha Tabor e passar o inverno lá! Mas a ilha Tabor depois da ilha Lincoln! Ah, que tristeza! Nunca imaginei passar por uma coisa desse tipo!

– Apressemo-nos! – respondia invariavelmente o engenheiro.

E concentravam-se no trabalho.

– Sr. Smith – perguntou Nab, alguns dias depois –, se o capitão Nemo estivesse vivo, acredita que tudo isso teria acontecido?

– Sim, Nab – respondeu Cyrus Smith.

– Quer saber? Eu não! – murmurou Pencroff ao ouvido de Nab.

– Nem eu! – este respondeu seriamente.

Durante a primeira semana de março, o monte Franklin voltou a ameaçar. Uma chuva de milhares de lascas de vidro, feitas de lavas fluidas, golpeava o solo. A cratera voltou a se encher novamente de lavas, que se distribuíram por todas as vertentes do vulcão. A torrente correu pela superfície das esponjas endurecidas e terminou de destruir os magros esqueletos de árvores que haviam resistido à primeira erupção. A corrente, seguindo dessa vez a margem sudoeste do lago Grant, alcançou a outra margem do córrego Glicerina e invadiu o planalto do Mirante. Esse último golpe desferido contra a obra dos colonos foi terrível. Do moinho, das dependências do terreiro, dos estábulos, nada sobrou. As aves, amedrontadas, esvoaçaram em todas as direções. Top e Jup davam sinais de pavor absoluto, e seu instinto os advertia de que uma catástrofe estava próxima. Um grande contingente de animais da ilha perecera durante a primeira erupção. Os que haviam sobrevivido só encontraram refúgio no pântano das Tadornas, com a exceção de uns poucos, para os quais o planalto do Mirante ofereceu refúgio. Mas esse último abrigo também lhes foi vedado e a chama das lavas, ultrapassando a aresta do paredão granítico, começou a despejar suas cataratas de fogo sobre a praia. O horror sublime de tal espetáculo desafia qualquer descrição. Seu aspecto noturno era de um Niágara de chumbo líquido, com seus vapores incandescentes no topo e suas massas efervescentes na base.

Encurralados em sua última trincheira, e a despeito de as costuras superiores do navio ainda não estarem calafetadas, os colonos decidiram lançar-se ao mar!

Pencroff e Ayrton procederam então aos preparativos do lançamento, que deveria acontecer no dia seguinte, na manhã do dia 9 de março.

Porém, durante aquela noite do dia 8 para o dia 9, uma enorme coluna de vapor, escapando da cratera, subiu em meio a detonações apocalípticas a mais de mil metros de altitude. A parede da gruta Dakkar cedera sob a pressão dos gases e o mar, precipitando-se pela chaminé central no abismo ignívomo, vaporizou-se subitamente. A cratera, contudo, não foi suficiente para dar vazão aos vapores. Uma explosão, que deve ter sido ouvida a duzentos quilômetros de distância, sacudiu as camadas atmosféricas. Milhares de fragmentos de montanhas caíram no Pacífico, e, em poucos minutos o oceano cobriu o lugar onde existira a ilha Lincoln.

20

Um rochedo isolado no Pacífico • O último refúgio dos colonos da ilha Lincoln • A perspectiva da morte • Socorro inesperado • Por que e como ele veio • A última boa ação • Uma ilha em terra firme • O sepulcro do capitão Nemo

O ÚNICO PONTO SÓLIDO não invadido pelas águas do Pacífico era um rochedo isolado, com noventa metros de altura e quarenta e cinco de largura, emergindo apenas dez.

Era tudo que restava do maciço de Granite House! Com o paredão derrubado e desagregado, algumas das rochas do salão haviam se acumulado e formado aquele cocuruto. Tudo desaparecera no abismo ao seu redor: o cone inferior do monte Franklin, rasgado pela explosão, as mandíbulas lávicas do golfo do Tubarão, o planalto do Mirante, o recife da Salvação, os granitos de porto Balão, os basaltos da cripta Dakkar, e até mesmo a comprida península Serpentina, tão distante do foco eruptivo! Da ilha Lincoln, não restara senão aquele exíguo rochedo, refúgio derradeiro dos seis colonos e de seu cão Top.

Os animais haviam igualmente perecido na catástrofe, tanto as aves como os demais representantes da fauna da ilha, todos soterrados ou afogados, e o próprio Jup, maldição!, encontrara a morte em alguma fissura do terreno calcinado!

Se Cyrus Smith, Gedeon Spilett, Harbert, Pencroff, Nab e Ayrton tinham sobrevivido era porque, reunidos dentro da barraca, haviam sido projetados no mar no momento em que fragmentos da ilha choviam de todos os lados.

Quando voltaram à superfície, viram apenas, a duzentos metros, aquele aglomerado de pedras, para o qual nadaram e no qual se instalaram.

Era naquele rochedo nu que viviam nos últimos nove dias! Alguns mantimentos recolhidos antes da catástrofe no armazém de Granite House e um pouco de água doce que a chuva deixara numa pedra côncava, era tudo o que possuíam os desafortunados. Sua última esperança, o navio, tinha virado pó. Impossível deixar aquele recife. Não tinham fogo nem com que fazê-lo. Estavam fadados a perecer!

Naquele dia, 18 de março, restavam-lhe apenas conservas que dariam para dois dias, embora houvessem consumido o estrito necessário. Toda a sua ciência, toda a sua inteligência nada podiam face àquela situação. Estavam nas mãos de Deus.

Cyrus Smith estava calmo. Gedeon Spilett, mais nervoso, e Pencroff, às voltas com uma raiva surda, andavam de um lado para outro sobre o rochedo. Harbert não tirava os olhos do engenheiro, como se lhe pedindo um socorro que ele não podia lhe proporcionar. Nab e Ayrton pareciam resignados à sua sorte.

– Ah, que desgraça! Que desgraça! – não parava de repetir Pencroff. – Se tivéssemos nem que fosse uma casca de noz para nos levar até a ilha Tabor! Mas nada, nada!

– O capitão Nemo fez bem em morrer! – disse Nab.

Durante os cinco dias seguintes, Cyrus Smith e seus desafortunados companheiros viveram com a maior parcimônia, comendo apenas o necessário para não sucumbirem à fome. Definhavam a olhos vistos. Harbert e Nab começaram a dar sinais de delírio.

Naquela situação, podiam alimentar uma sombra de esperança? Não! Qual era sua chance de salvação? Que um navio passasse à vista do recife? Mas eles sabiam perfeitamente, por experiência, que embarcações jamais visitavam aquela região do Pacífico! E se, por uma coincidência verdadeiramente providencial, o iate escocês viesse justamente naquele momento resgatar Ayrton na ilha Tabor? Isso era improvável e, aliás, mesmo admitindo que ele chegasse lá, como os colonos não haviam conseguido deixar uma mensagem informando as mudanças ocorridas na situação de Ayrton, o comandante do iate, após vasculhar a ilhota sem resultado, retornaria para latitudes mais baixas.

Não! Não podiam alimentar mais nenhuma esperança de ser salvos. Uma morte horrível, a morte pela fome e pela sede, espreitava-os naquele rochedo!

E já se deitavam na pedra, desmaiados, sem consciência do que se passava à sua volta. Apenas Ayrton, mediante um esforço supremo, ainda soerguia a cabeça e lançava um olhar desesperado para aquele mar deserto...!

Mas eis que na manhã de 24 de março, os braços de Ayrton estenderam-se para um ponto do espaço. Ele então ficou de joelhos, depois de pé, sua mão parecia acenar...

Um navio à vista! E não navegava à deriva! Dirigia-se em linha reta para o recife, a todo vapor, e os infelizes já o teriam avistado há várias horas se ainda tivessem forças para observar o horizonte!

– O *Duncan*! – murmurou Ayrton, e caiu sem sentidos.

QUANDO CYRUS SMITH e seus companheiros voltaram a si, graças aos cuidados a eles dispensados, achavam-se no camarote de um vapor, sem compreender como haviam escapado da morte.

Uma palavra de Ayrton bastou para esclarecer tudo:

– O *Duncan*! – murmurou.

– O *Duncan*! – repetiu Cyrus Smith.

E, erguendo os braços para o céu, exclamou:

– Ah, Deus todo-poderoso! Quisestes então que fôssemos salvos!

Era o *Duncan*, com efeito, o iate de lorde Glenarvan, então comandado por Robert, filho do capitão Grant, o qual fora enviado à ilha Tabor para procurar Ayrton e repatriá-lo após doze anos de expiação...!

Os colonos estavam salvos, já se encontravam no caminho de volta!

– Capitão Robert – perguntou Cyrus Smith –, após deixar a ilha Tabor, onde não encontrou mais Ayrton, o que o fez navegar cem milhas para nordeste?

– Sr. Smith – respondeu Robert Grant –, não foi só Ayrton que vim buscar, mas também o senhor e seus companheiros!

– Nós?

– Sem dúvida! Na ilha Lincoln!

– Na ilha Lincoln! – exclamaram ao mesmo tempo Gedeon Spilett, Harbert e Pencroff, no auge do espanto.

– Como conhece a ilha Lincoln – perguntou Cyrus Smith –, uma vez que ela não consta de nenhum mapa?

– Tomei conhecimento dela pela mensagem que os senhores deixaram na ilha Tabor – respondeu Robert Grant.

– Mensagem? – exclamou Gedeon Spilett.

– Sem dúvida, ei-la – respondeu Robert Grant, apresentando um papel que indicava, em longitude e latitude, a localização da ilha Lincoln, "residência atual de Ayrton e cinco colonos americanos".

– O capitão Nemo...! – exclamou Cyrus Smith, após ler a mensagem e constatar provir do mesmo punho que escrevera a mensagem encontrada no curral!

– Ah! – disse Pencroff. – Então foi ele que pegou o nosso *Bonadventure*, ele que se aventurou sozinho até a ilha Tabor...!

– Para deixar essa mensagem! – respondeu Harbert.

– Veem como eu tinha razão ao falar que, mesmo depois de morto, o capitão ainda nos prestaria um último favor! – exclamou o marujo.

– Meus amigos – disse Cyrus Smith, com a voz profundamente emocionada –, que o Deus de todas as misericórdias receba a alma do capitão Nemo, nosso salvador!

Os colonos inclinaram-se às palavras de Cyrus Smith e murmuraram o nome do capitão.

Nesse momento, Ayrton, aproximando-se do engenheiro, disse-lhe simplesmente:

– Onde devo colocar esse cofre?

Era o cofre pelo qual Ayrton arriscara a própria vida no momento em que a ilha era tragada pelo cataclisma e o qual ele vinha fielmente devolver ao engenheiro.

– Ayrton! Ayrton! – exclamou Cyrus Smith, profundamente comovido.

Depois, dirigindo-se a Robert Grant:

– Cavalheiro – acrescentou –, onde o senhor havia deixado um criminoso, encontra um homem que a penitência tornou honrado e ao qual tenho orgulho de estender a mão!

Robert Grant então foi colocado a par da estranha história do capitão Nemo e dos colonos da ilha Lincoln. Em seguida, feito o levantamento geográfico daquele escolho, que devia agora constar dos mapas do Pacífico, deu ordens para virar de bordo.

Quinze dias depois, os colonos desembarcavam nos Estados Unidos, encontrando a pátria pacificada, após a terrível guerra que resultara no triunfo da justiça e da lei.

Das riquezas contidas no cofre legado pelo capitão Nemo aos colonos da ilha Lincoln, a maior parte foi aplicada na compra de um vasto domínio no estado de Iowa. Uma única pérola, a mais bela, foi desviada desse tesouro e expedida para lady Glenarvan, em nome dos náufragos repatriados pelo *Duncan*.

Lá, em seu domínio, os colonos ofereceram trabalho, isto é, fortuna e felicidade, a todos que haviam sonhado morar na ilha Lincoln. Lá, fundaram uma vasta colônia, à qual deram o nome da ilha desaparecida nas profundezas do Pacífico. Lá, passava um rio, batizado de Mercy; uma montanha, que ganhou o nome de Franklin; um pequeno lago, que passou a ser o lago Grant; florestas, que viraram as florestas do Faroeste. Era a ilha em terra firme.

Lá, graças à inteligência e dedicação do engenheiro e de seus amigos, tudo prosperou. Não faltava nenhum dos antigos colonos da ilha Lincoln, pois haviam jurado nunca se separar: Nab, sempre onde estivesse o patrão; Ayrton, disposto a se sacrificar em todas as situações; Pencroff, mais fazendeiro do que fora marujo; Harbert, que concluiu seus estudos sob a orientação de Cyrus Smith; e até Gedeon Spilett, fundador do *New Lincoln Herald*, que veio a ser o jornal mais bem-informado do mundo inteiro.

Lá, Cyrus Smith e seus companheiros receberam diversas vezes a visita de lorde e lady Glenarvan, do capitão John Mangles e sua mulher, irmã de Robert Grant, do próprio Robert Grant, do major Mac Nabbs, de todos os que tiveram um papel na dupla história do capitão Grant e do capitão Nemo.

Lá, por fim, unidos no presente como haviam sido no passado, foram todos felizes. Entretanto, jamais iriam esquecer aquela ilha, à qual chegaram pobres e desprotegidos, ilha que os acolhera e alimentara por quatro anos e da qual não restava senão um fragmento de granito fustigado pelas ondas do Pacífico, sepulcro daquele que foi o capitão Nemo!

FIM DA TERCEIRA E ÚLTIMA PARTE

A marca FSC® é a garantia de que a madeira utilizada na fabricação do papel deste livro provém de florestas de origem controlada e que foram gerenciadas de maneira ambientalmente correta, socialmente justa e economicamente viável.

Este livro foi composto por Mari Taboada em Fournier Pro 11/13 e impresso em papel offwhite $70g/m^2$ por Geográfica Editora em junho de 2017.

Publicado no ano do 60º aniversário da Zahar, editora fundada sob o lema "A cultura a serviço do progresso social".